MICHELLE RAVEN
Crossroads
Ohne Gnade

Die Romane von Michelle Raven bei LYX:

Romantic Thrill:

Crossroads:
1. Crossroads. Ohne Gnade

Hunter-Reihe:
1. Vertraute Gefahr
2. Riskante Nähe
3. Gefährliche Vergangenheit
4. Trügerisches Spiel
5. Späte Vergeltung

TURT/LE-Reihe:
1. TURT/LE. Gefährlicher Einsatz
2. TURT/LE. Riskantes Manöver
3. TURT/LE. Geheime Mission
4. TURT/LE. Brisanter Auftrag *(erscheint Mai 2015)*

Dyson-Dilogie:
1. Eine unheilvolle Begegnung
2. Verhängnisvolle Jagd

Außerdem erhältlich:
Tödliche Verfolgung
Verhängnisvolle Sehnsucht
Perfektion

Romantic Fantasy:

Ghostwalker-Reihe:
1. Ghostwalker. Die Spur der Katze
2. Ghostwalker. Pfad der Träume
3. Ghostwalker. Auf lautlosen Schwingen
4. Ghostwalker. Fluch der Wahrheit
5. Ghostwalker. Ruf der Erinnerung
6. Ghostwalker. Tag der Rache

Weitere Romane der Autorin sind bei LYX in Vorbereitung.

Prolog

Angespannt blickte Damon Thomas auf die Landschaft, die an der getönten Scheibe des Transportbusses vorbeiflog, auch wenn er sie in der Dämmerung kaum noch erkennen konnte. Schon lange war er den Wäldern der Olympic Peninsula nicht mehr so nahe gekommen. Was würde er darum geben, einfach darin eintauchen zu können! Fast meinte er einen Hauch des Fichtenduftes wahrzunehmen, während sie die gewundene Straße entlangfuhren, doch das musste Einbildung sein. Sämtliche Fenster waren mit Panzerglas versehen und fest verschweißt. Es gab kein Entkommen, so sehr er sich das auch wünschte.

Widerwillig löste er seinen Blick von der Landschaft und betrachtete den zweiten Häftling, der mit ihm nach Seattle transportiert wurde. Damon hatte sich im Clallam Bay Corrections Center darum bemüht, Russell Davis möglichst aus dem Weg zu gehen. Und das lag nicht an dessen kahlrasiertem Kopf, den durch rigoroses Training aufgepumpten Muskeln oder daran, dass er ein verurteilter Mörder war, sondern an Russells Faible für Gewalt. Seit er vor einem Dreivierteljahr im Gefängnis angekommen war, hatte er es sich zum Ziel gemacht, möglichst viele Kämpfe zu beginnen. Das war auch der Leitung nicht entgangen, und sie hatten Russell in Einzelhaft gesteckt. Nicht dass ihn das davon abhielt, die anderen Gefangenen zu schikanieren.

Mehr als einmal waren in der Dusche und anderen Gemeinschaftsräumen übel zusammengeschlagene Männer entdeckt worden, die allesamt behaupteten, nicht zu wissen, wer ihnen das angetan hatte. Aber es zweifelte niemand daran, dass sie Russell zum Opfer gefallen waren. Vorher war es in der Haftanstalt zwar auch nicht völlig gewaltfrei zugegangen, doch für die dort Einsitzenden würde es eine große Erleichterung sein, wenn Russell nicht mehr zurückkehrte. Damon hatte keine Informationen darüber, aber vielleicht war es jetzt endlich so weit. Als hätte er seinen Blick auf sich gespürt, drehte der Mörder sich nun langsam zu ihm um, was Damons Puls in die Höhe schießen ließ.

Russell hob die Augenbrauen und grinste ihn provozierend an. »Willst du was von mir, Kleiner?«

Stumm schüttelte Damon den Kopf und wandte sich wieder dem Fenster zu. Es war immer klug, Russells Bemerkungen zu ignorieren. Und »Kleiner« war geradezu lächerlich, wenn man bedachte, dass Damon einige Jahre älter war als Russell und auch bestimmt fünfzehn Zentimeter größer. Im Vergleich zu Russells Muskelbergen war er allerdings eher schlank gebaut und würde bei einem Kampf sicher den Kürzeren ziehen. Glücklicherweise musste er es nicht darauf ankommen lassen, denn sie waren beide mit Hand- und Fußschellen an die Sitze gekettet und ein Wachmann ließ sie nicht aus dem Blick. Jenseits des vergitterten Abteils saßen zwei weitere bewaffnete Wächter und ein FBI-Agent aus Seattle, die Fahrerkabine des Transporters war mit zwei Männern besetzt.

Damon lehnte die Stirn gegen die Scheibe und starrte in die zunehmende Dunkelheit, während sie die schmalen Straßen entlangfuhren. Nur selten kam ihnen ein Wagen entgegen, die meisten Touristen hatten den Olympic National Park bereits verlassen, um zu ihren Unterkünften zu fahren, oder vergnügten sich auf den Zeltplätzen. Es war lange her, seit er hier Urlaub gemacht hatte, die letzten drei Jahre hatte er eingesperrt im Hochsicherheitsgefängnis Clallam Bay verbracht. Dort hatte er von seinem Fenster aus einen Blick über die Juan-de-Fuca-Meerenge auf die häufig von Nebel eingehüllte Küste von Vancouver Island, aber den gemäßigten Regenwald im Inneren der Halbinsel oder die Olympic Mountains hatte er zuletzt bei seiner Ankunft gesehen. Auch damals war es dunkel gewesen, und die Verzweiflung hatte ihn fest im Griff gehabt.

Die Erinnerungen drohten Damon wieder zu verschlingen, doch er kämpfte dagegen an. Alles war besser als der immer gleiche Trott im Gefängnis. Hier im Wagen konnte er fast die Freiheit spüren, auch wenn es nur eine Illusion war. Früher hatte er sich in jeder freien Minute in der Natur aufgehalten und es geliebt, sich von allem Menschengemachten zu entfernen. Im Gefängnis starb er innerlich jeden Tag ein wenig mehr ab, bis er irgendwann nur noch eine leere Hülle sein würde. Wie sollte er es ertragen, noch zweiundzwanzig Jahre dort zu verbringen?

Damon presste die Handfläche an die kühle Scheibe und wünschte sich, der Transportbus wäre nicht klimatisiert. Er sehnte sich danach, ungefilterte Luft einzuatmen, eine Brise auf seinem Gesicht zu spüren. Aber das würde er wohl erst, wenn er in Seattle ausstieg. Aus dem Augenwinkel sah er etwas Helles im Scheinwerferlicht auftauchen. Ohne Vorwarnung riss der Fahrer das Lenkrad herum, der Wagen bewegte sich scharf zur Seite. Damon verlor den Halt auf der Sitzbank und rutschte in Richtung des Mittelgangs. Die Kette der Handschellen straffte sich, bis er nur noch daran hing. Schmerz schoss durch seine Handgelenke, als das Metall ins Fleisch biss.

Reifen quietschten, der Motor heulte auf. Die Wachmänner schrien durcheinander, auch sie waren von ihren Sitzen gerutscht und versuchten, sich wieder aufzurappeln, doch die Fliehkräfte hinderten sie daran. Der Wagen schleuderte in die andere Richtung, und Damon stieß mit dem Kopf schmerzhaft an die Kante der Sitzlehne vor ihm. Für einen Moment sah er nur schwarze Punkte, doch bevor er sich von dem Schlag erholen konnte, geriet die gesamte Welt um ihn herum aus den Fugen. Damon schaffte es gerade noch, sich am Sitz festzuhalten, als sich der Wagen noch weiter zur Seite neigte und dann umkippte. Ein Stück schlitterte er über den Asphalt, und Damon hing wie eine Schweinehälfte an der Stange, dann überschlug sich der Transporter erneut.

Schreie ertönten, als die Männer durcheinanderfielen, ein Sitz riss sich aus der Verankerung und stürzte auf einen Wachmann. Damon stürzte auf den Boden zurück – oder vielmehr die Decke –, seine Arme zum Zerreißen gespannt, weil sie immer noch an die Sitzlehne vor ihm gefesselt waren. Das Licht flackerte und ging dann ganz aus. Eine schwache Notbeleuchtung blinkte grünlich. Blut lief ihm in die Augen, und er wischte mit dem Gesicht über seinen Ärmel. Hoffentlich wurde er schnell aus dieser unbequemen Situation befreit, denn allzu lange würden seine Arme das nicht mehr mitmachen. Wenigstens war die Kette an seinen Beinen lang genug, sodass er nicht ganz in der Luft hing.

Aus den Augenwinkeln sah er eine Bewegung. Russell war ebenfalls von seinem Sitz geschleudert worden, doch offensichtlich war bei ihm die Stange zerbrochen, an der seine Handfesseln befestigt waren, und er konnte sich besser bewegen. Der Wachmann, der mit ihnen im Abteil gewesen war, lag benommen einige Meter entfernt. In dem schwachen Licht konnte Damon nicht sehen, wie schwer er verletzt war. Im vorderen Bereich des Wagens herrschte großes Durcheinander.

Flüche erklangen und ein furchtbares metallisches Kreischen. Dann endlich kam der Wagen mit einem Ruck zum Stehen. Damon pendelte nach vorn und stieß sich das Knie an etwas

Hartem. Für einen Moment herrschte völlige Stille. Ein Stöhnen erklang, gefolgt von einem Knirschen. Erneut ein Fluch, gleich darauf krachte etwas. Auf der Suche nach etwas, das ihm behilflich sein könnte, irrte Damons Blick durch den Wagen. Der Druck auf seine Handgelenke wurde langsam unerträglich.

Russell richtete sich langsam auf, in der Hand hielt er ein Stück Metall. Ohne zu zögern, bewegte er sich auf den Wachmann zu, der immer noch am Boden lag. Seine Absicht war völlig klar. Kein Zeichen von Reue war auf Russells Gesicht zu erkennen, als er zuschlug. Ganz im Gegenteil, Hass und Rachedurst standen deutlich sichtbar in seiner Miene. Noch einmal schlug er zu, dann durchwühlte er die Taschen des bewusstlosen Wärters. Mit einem triumphierenden Grinsen zog er einen Schlüsselbund heraus und entledigte sich seiner Hand- und Fußschellen. Danach bewegte er sich weiter zum vorderen Teil des Wagens.

Keines der schuss- und bruchsicheren Fenster war zerborsten, sonst wäre Russell vermutlich schon längst verschwunden. So aber war der einzige Ausgang die Tür in dem Metallgitter, das die Gefangenen vom Wachpersonal trennte. Der Schlüssel des Wachmanns war jedoch nicht für die Tür gedacht, wie der Mörder schnell merkte. Sie ließ sich nur von außen öffnen. Auf der Suche nach einer Fluchtmöglichkeit ließ Russell seinen Blick durch den Wagen wandern. Ihre Augen trafen sich für einen Moment, dann salutierte ihm Russell spöttisch und wandte sich wieder um.

Das schlechte Gefühl in Damon verstärkte sich, als er sah, wie Russell etwas vom Boden aufhob. Doch diesmal war es kein Metallrohr, sondern eine Pistole. Einer der Wachleute musste sie verloren haben, und sie war während des Unfalls unter dem Gitter hindurchgerutscht. Russell entsicherte die Waffe und hielt sie dann durch die Metallstäbe.

»Öffnen Sie die Tür, wenn Sie nicht sterben wollen.«

Der angesprochene Wachmann starrte ihn mit weit aufgerissenen Augen an und schien unfähig, sich zu rühren. Eine seltsame Stille herrschte, die gleich darauf von einem Schuss zerrissen wurde. Der Mann sackte in sich zusammen.

Für Russell schien es völlig normal zu sein, einen Menschen zu erschießen. Jedenfalls war keinerlei Bedauern in seinem Gesicht zu erkennen, als er sich noch einmal kurz umdrehte. »Okay, versuchen wir es noch mal. Entweder es öffnet sofort jemand diese verdammte Tür, oder ich schieße euch einen nach dem anderen ab.«

Erneut zerrte Damon an seinen Fesseln, konnte sich jedoch noch immer nicht befreien. Das Herz hämmerte in seiner Brust, Adrenalin jagte durch seinen Körper. Wenn er nicht irgendetwas unternahm, würde Russell jeden töten, der ihm im Weg war – ihn selbst eingeschlossen.

»Nein, nicht …!«

Ein Klacken ertönte, und der Ruf des Agenten verstummte, als die Tür nach innen aufschwang. Sofort trat Russell hindurch, beugte sich über den toten Wachmann und nahm dessen Waffe an sich. Dann wandte er sich dem zweiten Wachmann zu, der ihm anscheinend die Tür geöffnet hatte.

»Danke, das war sehr freundlich. Wenn auch völlig dämlich.« Ohne eine Vorwarnung schoss er, und der Wächter stürzte tot zu Boden.

Damit blieb nur noch der FBI-Agent übrig, der offenbar eingeklemmt war und sich nicht bewegen konnte. Russell hockte sich vor ihn und presste die Mündung der Pistole an die Stirn des Mannes. Agent Curtis war etwa fünfzig und eher schmächtig, er hatte keine Chance gegen Russell.

»Zu schade, dass Agent Lynch nicht hier ist, ich hatte mich so darauf gefreut, ihn wiederzusehen. Und ich hätte es viel mehr genossen, ihn zu töten. Ich würde Sie ja bitten, ihm etwas von mir auszurichten, aber leider werden Sie das nicht mehr können.«

Der Agent hustete. »Denken Sie nicht, dass Sie damit davonkommen, Davis. Gabriel wird Sie fassen, so wie letztes Mal, aber diesmal wird er dafür sorgen, dass Sie nie wieder aus dem Loch herauskommen.« Seine Stimme klang überraschend ruhig dafür, dass eine Pistole auf ihn gerichtet war und er wissen musste, dass er in den nächsten Sekunden sterben würde.

Russells Rücken versteifte sich. »Niemand wird mich jemals wieder fangen, ich töte jeden, der auch nur in meine Nähe kommt. Ihr habt keine Chance gegen mich.«

»Das …« Curtis' Stimme ging in einem lauten Knall unter. Danach herrschte einen Moment lang Stille.

Damon schloss kurz die Augen, als er sah, dass der Agent zusammengesackt war. Armes Schwein. Er hatte sicher nicht damit gerechnet, dass eine Routineüberführung von zwei Gefangenen so enden würde. Aber wer hatte das schon. Er selbst wollte einfach nur hier raus. Hauptsache der Mörder kam nicht auf die Idee, ihn auch zu töten.

Angespannt beobachtete Damon, wie Russell die Tür des Transporters öffnete und sich hinausschwang. Hoffentlich würde ihm bald jemand aus dieser unbequemen Position helfen, denn lange hielt sein Körper das nicht mehr aus. Schon jetzt brannten seine Armmuskeln wie Feuer, Blut lief ihm über die Handgelenke und tropfte auf ihn herunter, wenn er sich bewegte. Damon zuckte zusammen, als er draußen weitere Schüsse hörte.

Einige Sekunden später kletterte Russell wieder in den Wagen. Er warf Damon einen kurzen Blick zu, dann nahm er den toten Männern die Waffen ab und richtete sich wieder auf. Damon lief ein Schauer über den Rücken, als Russell auf ihn zukam. Verdammt, er wollte nicht sterben, nicht jetzt und nicht so. Und erst recht nicht durch die Hand dieses Verbrechers. Da er sich kaum bewegen konnte, hob er nur das Kinn und blickte Russell direkt in die Augen. Im Gefängnis hatte er gelernt, seine Angst nie zu zeigen.

Russell grinste ihn an. »Ziemlich unbequeme Position, was?« Damon schwieg, was den Mörder dazu veranlasste, ihm die Hand auf die Schulter zu legen. Der Druck belastete seine sowieso schon schmerzenden Schultergelenke zusätzlich, und Damon spürte, wie ihm der Schweiß ausbrach. Die Lippen fest zusammengepresst versuchte er den reißenden Schmerz zu ignorieren. »Dumm gelaufen, dass du hier hängst und ich frei bin.« Mit dem Lauf der Pistole stach Russell in Damons Brust. »Ich denke, ich werde dich erlösen. Wie würde dir das gefallen?«

Wieder sagte Damon nichts. Er würde nicht betteln, und Russell würde sowieso machen, was er wollte. Da er alle anderen getötet hatte, würde er sicher nicht ausgerechnet ihn verschonen.

Neugierig blickte Russell ihn an. »Mit dir hatte ich im Gefängnis nie das Vergnügen. Aber ich hab dich dort gesehen. Hältst dich von allen fern, als wärst du was Besseres. Dabei bist du auch nur ein Mörder.« Auf Damons erstaunten Blick hin grinste Russell. »Oh ja, ich hab es mir zur Aufgabe gemacht, über jeden was zu wissen. Das kann sehr hilfreich sein.« Er legte den Kopf schräg, als horchte er auf etwas. »Schade, ich würde mich ja gerne noch länger mit dir unterhalten, aber ich muss jetzt los. Willst du mitkommen?«

Überrascht von dem Angebot starrte Damon ihn einen Moment lang nur an. Einerseits wollte er nichts lieber als hier raus, andererseits wusste er, was passieren würde, wenn sie nach ihrem Fluchtversuch wieder gefasst wurden. Auf keinen Fall wollte er noch mehr Jahre seines Lebens hinter Gittern verschwenden. Vor allem aber würde er mit jemandem wie Russell Davis niemals gemeinsame Sache machen.

Das Grinsen erlosch, als Damon nicht schnell genug antwortete, und ein grausamer Ausdruck erschien auf Russells Gesicht. Er presste sich enger an Damon und hielt ihm die Mündung der Pistole unters Kinn. »Um das klarzustellen: Hierbleiben bedeutet, dass ich dich erschieße. Ich lasse keine Zeugen zurück. Also, willst du sterben oder mit mir kommen?«

»Was hättest du davon?«

»Das frage ich mich allerdings auch langsam.« Der Druck der Pistole wurde stärker. »Die Zeit läuft ab. Ja oder nein?«

Damon blieb keine Wahl. Er wollte nicht sterben, doch sowie er frei war, würde er sich von dem Mörder trennen. »Hast du die Schlüssel noch?« Er wackelte mit den Fingern, auch wenn der Schmerz ihn die Zähne zusammenbeißen ließ.

»Kluge Entscheidung.« Russell griff in seine Hosentasche und holte den Schlüsselbund heraus. Mit ein wenig Recken gelang es ihm, die Handschellen aufzuschließen.

Damons Arme fielen herunter, und der scharfe Schmerz trieb ihm die Tränen in die Augen. Ein Keuchen entfuhr ihm, das er sofort unterdrückte.

»Hier, mach deine Füße selbst los.« Russell drückte ihm den Schlüsselbund in die Hand, doch er rutschte ihm aus den blutigen und gefühllosen Fingern und fiel zu Boden.

Russell gab einen ungeduldigen Laut von sich und hob ihn wieder auf. Anschließend riss er brutal an der Kette, bis er an das Schloss der Fußschelle kam. Auf die gleiche Art verfuhr er mit dem zweiten Fuß, dann war Damon frei. Wenn er seine Arme hätte bewegen können, hätte Damon die Gelegenheit genutzt, um Russell zu überwältigen, aber so konnte er einfach nur dastehen und hoffen, dass ihn der Mörder nicht doch noch tötete. Der packte ihn jetzt am Arm und zog ihn mit sich zum Ausgang. Als sie an dem Wachmann vorbeigingen, der immer noch bewusstlos am Boden lag, feuerte Russell einen Schuss ab.

Damon zuckte zurück und starrte den Mann an, auf dessen Brust sich nun Blut ausbreitete. »Das war völlig unnötig, er hätte uns nicht aufhalten können!«

Russell drehte sich zu ihm um und legte die Hand um Damons Kehle. »Ich hab dir doch gesagt, dass ich keine Zeugen zurücklasse. Wenn du damit nicht leben kannst, kann ich dir die Sache erleichtern.« An seiner Brust spürte Damon das Metall der Waffe. »Ich nehme dich nur mit, solange du dich als nützlich erweist. Solltest du das irgendwann nicht mehr sein, bist du tot. Verstanden?«

Klar und deutlich. Allerdings würde ihn das nicht davon abhalten, bei der allerersten Gelegenheit zu verschwinden. »Ja.«

»Gut. Und noch etwas: Wenn du versuchst, zu fliehen, knalle ich dich ab.«

Das war nicht gerade eine Neuigkeit, deshalb nickte Damon nur. Einen Moment lang blickte Russell ihn noch durchdringend an, dann schob er ihn vor sich aus dem Bus. Damon stolperte über etwas und konnte sich gerade noch auf den Beinen halten. Schwer atmend lehnte er sich an die Seite des umgestürzten Busses. Einer der Fahrer lag zusammengekrümmt am Boden, der andere war in der Fahrerkabine eingeklemmt. Ein rundes Loch zierte seine Stirn dort, wo ihn die Kugel getroffen hatte.

»Komm jetzt endlich!« Wieder griff Russell nach seinem Arm und zog ihn mit sich.

Ein paar Meter weiter lagen einige Kadaver von Hirschen, gegen die der Transportbus offensichtlich geprallt war.

Russell lachte. »Ist es nicht genial, dass wir von einer Gruppe blöder Viecher gerettet wurden?«

Damons Magen zog sich zusammen, als er erkannte, wo sie waren. Der Crescent Lake lag still im Mondschein da, genauso wie die Ranger Station. In den Fenstern einer Lodge weiter hinten am See brannte noch Licht. Normalerweise wimmelte es hier von Touristen, aber nachts war es ziemlich einsam. Russell reichte das jedoch offensichtlich nicht, denn er zog ihn weiter unter einer Unterführung durch und auf den Regenwald zu. Gleich darauf tauchten sie in das tiefdunkle Gebiet ein. Auf einem schmalen Weg entfernten sie sich weiter von der Unfallstelle, und Damon spürte, wie ihm sein Leben immer mehr entglitt.

1

»Ich will aber mein eigenes Zelt haben!«

Die weinerliche Stimme seiner siebenjährigen Tochter entlockte Warren Harper ein innerliches Seufzen. Seit sie morgens in Portland aufgebrochen waren, wo er Emma bei ihrer Mutter abgeholt hatte, war sie mit nichts zufriedenzustellen. Nicht einmal die grandiose Natur des Olympic National Parks hatte ihre Laune verbessert, dabei hatte Warren sich wirklich bemüht, ihr alles recht zu machen. Sie waren am Strand entlanggelaufen, über die ausgewaschenen Baumstämme balanciert, und bei Ebbe hatte er Emma die Gezeitenbecken mit ihren bunten Bewohnern gezeigt. Für einen winzigen Moment war beim Anblick eines lilafarbenen Seesterns das begeisterungsfähige Mädchen hervorgeblitzt, an das er sich aus früheren Jahren erinnerte. Aber es war seine Schuld, dass sie sich in den letzten Jahren so entfremdet hatten, deshalb konnte er ihr keinen Vorwurf machen.

Bemüht, geduldig zu klingen, schlug Warren den letzten Hering in den weichen Boden. »Das Zelt ist groß genug für uns beide. Kriech doch mal rein und sieh es dir von innen an.« Er hatte extra ein größeres Tunnelzelt für diesen Kurzurlaub gekauft, das alte war von seiner Exfrau entsorgt worden, während er in Afghanistan im Einsatz gewesen war.

»Keine Lust.« Emma saß auf dem Waldboden und blickte auf die anderen Zelte. »Ich will auch gar nicht hier sein. Warum kann ich nicht nach Hause zu Mommy?«

Diesmal schaffte Warren es nicht, seinen Seufzer zu unterdrücken. Er setzte sich auf und rieb sich über die Stirn, hinter der sich ein dumpfer Kopfschmerz ausbreitete. Das passierte häufig, wenn er gestresst war, und sein Arzt hatte ihm geraten, wegzufahren und sich zu erholen. Warum hatte er gedacht, es wäre eine gute Idee, seine Tochter auf den Ausflug mitzunehmen? In den letzten Jahren hatte er sie immer nur für kurze Zeit gesehen, wenn er von seinen Einsätzen im Ausland zurückgekommen war. Seit er von Carol geschieden worden war, sogar noch seltener.

Dann war er verletzt worden und hatte Monate im Krankenhaus und in verschiedenen Reha-Einrichtungen verbracht. Carol hatte ihn nur ein einziges Mal mit Emma besucht und danach behauptet, es würde das Kind zu sehr belasten und sie könne nicht mehr kommen. Was Warren zum Teil auch verstehen konnte, eine Siebenjährige sollte nicht mit den Schrecken des Krieges konfrontiert werden. Aber sie war seine Tochter, und er liebte sie, seit er zum ersten Mal ihre Bewegungen im Bauch ihrer Mutter gespürt hatte. Es tat ihm weh, das Misstrauen und den Schmerz in ihren Augen zu sehen, die vor ein paar Jahren noch gestrahlt hatten, wann immer Emma ihn gesehen hatte.

»Das haben wir doch besprochen, Emma. Ich möchte, dass wir uns wieder besser kennenlernen und etwas zusammen erleben. Deine Mutter hat zugestimmt, dass wir die nächsten fünf Tage zusammen den Park erkunden.« Er streckte seine Hand aus, um ihr über die in einem Zopf gebändigten roten Locken zu streichen, doch Emma rutschte sofort aus seiner Reichweite. Mit einem hohlen Gefühl in der Brust ließ er die Hand wieder sinken. »Früher bist du gerne hierhergekommen.« *Und hast auf meinen Schultern die Welt erkundet.*

»Damals war ich ja auch noch klein.« Es hörte sich an wie etwas, das ihre Mutter sagen würde.

»Du glaubst, dass du schon zu alt für den Olympic National Park bist?« Warren deutete auf die anderen Zelte, vor denen ganze Familien in allen Altersstufen saßen. »Die anderen Kinder scheinen jedenfalls eine Menge Spaß zu haben, auch wenn sie schon älter sind als du.«

Emma rollte mit den Augen. »Ja, aber die sind auch mit ihrer Familie da.«

Das versetzte ihm einen Stich. Natürlich wusste er, dass er für Emma wenig mehr als ein Fremder war, aber er hatte gehofft, dass sie sich noch daran erinnerte, wie es früher gewesen war. Offenbar nicht. »Ich bin dein Vater, Emma, und damit sind wir auch eine Familie. Ich weiß, dass ich viel zu selten für dich da war, aber das wird sich jetzt ändern. Deshalb sind wir hier.«

Lange sah sie ihn nur prüfend an, Misstrauen lag immer noch in ihren hellbraunen Augen. »Ich bin müde.«

Besiegt gab Warren für heute auf. Morgen würde er wieder versuchen, zu ihr durchzudringen, doch jetzt war er erschöpft und Emma nicht mehr aufnahmefähig. »Dann geh doch schon zu den Waschräumen und mach dich für die Nacht fertig. Brauchst du Hilfe?«

Verächtlich sah sie ihn an – eindeutig ebenfalls etwas, das sie sich bei Carol abgeschaut hatte. »Ich bin sieben, kein Baby mehr!« Damit griff sie nach ihrer Kulturtasche und stapfte den Weg entlang zu den in Sichtweite liegenden Waschhäusern.

Warren blickte ihr hinterher, bis sie im Gebäude verschwunden war. Aus genau diesem Grund hatte er sich diesen Platz für das Zelt ausgesucht – damit er Emma immer im Blick hatte. Laternen beleuchteten in regelmäßigen Abständen den Weg, sodass selbst jetzt bei Dunkelheit alles gut zu erkennen war.

Müde rieb sich Warren mit beiden Händen über das Gesicht. Vielleicht war der Versuch, seine Tochter zurückzugewinnen, noch zu früh gewesen, wie sein Psychotherapeut zu bedenken gegeben hatte. Doch Warren hatte es einfach nicht mehr ertragen, von Emma getrennt zu sein. Seit seiner Verletzung hatte er keine Nacht durchgeschlafen, entweder lag er wach und grübelte über sein verkorkstes Leben nach, oder Albträume plagten ihn, die ihn schweißgebadet und zitternd zurückließen. In einer dieser Nächte hatte er erkannt, dass seine Tochter das Beste in seinem Leben war und nicht unter den Fehlern leiden sollte, die er begangen hatte. Angefangen mit seiner Ehe, die von vornherein zum Scheitern verurteilt gewesen war.

Kopfschüttelnd zwang sich Warren dazu, diese Gedanken beiseitezuschieben und lieber dafür zu sorgen, dass Emma es im Zelt gemütlich hatte. Aus dem Auto holte er ihre Schlafsäcke und das dicke Kissen, das Carol ihm für Emma mitgegeben hatte. Sein Herz zog sich zusammen, als er das Kuscheltier in Form eines Nashorns sah, das er seiner Tochter zum vierten Geburtstag geschenkt hatte. Seitdem waren die beiden unzertrennlich, und er freute sich, dass sich wenigstens eine Sache nicht geändert hatte. Behutsam legte er Rhino auf Emmas Kopfkissen und kroch wieder aus dem Zelt.

Während er darauf wartete, dass Emma zurückkam, beobachtete er die Umgebung. Auch wenn er wusste, dass hier keine Gefahren lauerten, gehörte diese Vorsichtsmaßnahme zu ihm wie das Atmen. In seiner Zeit als Marine hatte es sich ihm so eingeprägt, immer wachsam zu sein, dass er die Gewohnheit auch nach seinem unfreiwilligen Ausscheiden aus dem Corps nicht ablegen konnte. Beruhigt, dass niemand in der Nähe war, der eine Bedrohung darstellte, holte er die Karte des Parks heraus, um den morgigen Tag zu planen. Hoffentlich wurde Emma durch die längere Trennung von ihrer Mutter etwas zugänglicher.

Auch wenn Carol es vermutlich nicht absichtlich machte, beeinflussten ihre immer noch vorhandene Wut und die Schuldzuweisungen ihm gegenüber sicher auch Emma. Es war nun an ihm, seine Tochter davon zu überzeugen, dass er nicht so furchtbar war, wie ihre Mutter ihn darstellte, und wirklich ein Verhältnis zu ihr entwickeln wollte. Seine Exfrau war gegen den Ausflug gewesen, und es hatte lange Überzeugungsarbeit auch vonseiten seines Anwalts erfordert, sie umzustimmen. Aber jetzt waren sie hier, und er würde das Beste daraus machen.

Ein Lächeln huschte über sein Gesicht, als er Emma den Weg hinunterlaufen sah. Wärme breitete sich in ihm aus, genauso wie die Sicherheit, dass er das Richtige tat. Sie war seine Tochter, und irgendwie würde es ihm gelingen, ihr Verhältnis wieder zu reparieren, und wenn es das Letzte war, was er tat. Emma sollte eine glückliche und normale Kindheit haben. Die roten Haare und Sommersprossen hatte sie von ihrer Mutter geerbt, die hellbraunen Augen dagegen von ihm. Vielleicht tat es deshalb so weh, die Unsicherheit in ihnen zu sehen, als sie das Zelt erreichte.

»Bist du fertig?« Stumm nickte sie und verstaute die Kulturtasche im Auto. Warren stand auf und streckte seine steifen Muskeln. »Okay, dann werde ich jetzt gehen. Kommst du für einen Moment alleine hier zurecht?« Als sie nichts sagte, trat er hinter sie und legte ihr sachte die Hand auf die Schulter. Er spürte jedoch, wie sie zusammenzuckte, und ließ sie rasch wieder los. »Du weißt, dass ich dir nie etwas tun würde, oder?«

Zögernd drehte sie sich zu ihm um und blickte ihn mit großen Augen an. Er spürte einen schmerzhaften Stich in seinem Herzen, als sie sich auf die Unterlippe biss und dann zögernd nickte. »Ja.«

Erleichtert lächelte er sie an. »Gut. Willst du solange im Auto warten, bis ich zurück bin?« Als kleines Kind hatte sie sich vor der Dunkelheit gefürchtet, und er wusste nicht, ob das immer noch so war.

»Darf ich Radio hören?«

»Natürlich.« Warren machte das Radio an, half Emma, auf den hohen Beifahrersitz zu klettern, und zupfte leicht an einer ihrer Locken. »Ich bin gleich zurück. Wenn etwas ist, drückst du auf die Hupe, okay?« Er deutete auf den Druckschalter im Lenkrad.

Emma nickte ernsthaft. »Yes, Sir.«

Das hatte sie als Dreijährige bei einer formellen Feier mit anderen Marines gehört. In den folgenden Jahren hatte sie sich den Ausspruch angewöhnt, wenn sie ihm versichern wollte, dass es ihr ernst war. Warren hatte nicht gedacht, dass sie sich noch daran erinnerte. Da seine Kehle wie zugeschnürt war, strich er ihr nur übers Haar und schloss dann sachte die Beifahrertür. Mit Handtuch und Kulturtasche machte er sich auf den Weg zu den Waschräumen.

Nach einer kurzen und eher kalten Dusche, die nicht wirklich half, seine verkrampften Muskeln zu lockern, putzte er die Zähne und ging zurück zum Zelt. Er mochte Emma nicht so lange allein lassen, auch wenn er gut eine kurze Auszeit hätte gebrauchen können. Seine innere Unruhe verstärkte die Symptome der posttraumatischen Belastungsstörung, die man nach dem Anschlag bei ihm diagnostiziert hatte. Doch jetzt war es wichtiger, für Emma da zu sein und sich darum zu kümmern, dass sie sich wohlfühlte. Er trat zum Wagen und blickte durch die Scheibe.

Als er sah, dass Emma bereits schlief, musste er lächeln. Offenbar hatten sie der lange Tag und die frische Luft erschöpft. Warren hängte das feuchte Handtuch über die hintere Kopfstütze, verstaute seine Tasche und schloss dann leise die Tür. Lautlos öffnete er die Beifahrertür und schob die Hände unter Emmas kleinen Körper. Er hob sie hoch und hielt sie an seine Brust gepresst, während er die Tür mit der Hüfte schloss. Die

Art, wie Emma sich im Schlaf vertrauensvoll an ihn schmiegte, brachte einen süßen Schmerz mit sich. Was hatte er in all den Jahren verpasst, während sie herangewachsen war und er in verschiedenen Kriegsgebieten für sein Land gekämpft hatte?

Mit einer Hand öffnete Warren den Reißverschluss des Zeltes und schob die Plane beiseite, bevor er hineinkroch. Vorsichtig bettete er Emma auf ihre Luftmatratze und schloss den Reißverschluss schnell wieder hinter ihnen, damit keine Mücken oder andere Insekten hereinkamen. Er knipste die Lampe an, die er vorsorglich ins Zelt gelegt hatte, und blickte auf Emma hinunter. Da sie immer noch tief und fest schlief, zog er die obere Schicht des Schlafsacks über sie und legte ihr das Kuscheltier in den Arm. Ein Lächeln hob Emmas Mundwinkel, während sie Rhino fester hielt, und Warrens Herz machte einen kleinen Satz.

Rasch entledigte er sich seiner Schuhe und der Jeans, bevor er in seinen eigenen Schlafsack kroch. Auf einen Ellbogen gestützt betrachtete er seine Tochter eine Weile lang. Dann beugte er sich über sie und küsste ihre Stirn. »Schlaf gut, mein Schatz. Ich werde auf dich aufpassen.« Liebevoll strich er eine Haarsträhne aus ihrem Gesicht. Es fühlte sich richtig an, sie bei sich zu haben und für sie sorgen zu können. Wenn er nach Hause kam, würde er sich mit Carol darüber unterhalten müssen, dass er sich das Sorgerecht mit ihr teilen wollte. Damals bei der Scheidung hatte er nicht darum gekämpft, weil er wusste, dass er die meiste Zeit unterwegs sein würde, aber jetzt hatte sich die Situation geändert.

Warren knipste das Licht aus und legte sich zurück. Die Arme hinter dem Kopf verschränkt starrte er an den Zelthimmel, der von den Lampen am Weg schwach beleuchtet war. Von den Nachbarparzellen hörte er Stimmengemurmel, dazwischen das Rascheln von Blättern und das Knirschen der Steine, wenn jemand den Weg entlangging. Normale Geräusche in einer friedlichen Gegend. Trotzdem konnte er lange Zeit nicht einschlafen, weil sein Gehirn nicht zur Ruhe kam. Erst als ihn die Erschöpfung übermannte, driftete er in den Schlaf.

FBI-Agent Gabriel Lynch brachte den Wagen vor der Absperrung zum Stehen. Nach einem tiefen Atemzug, der ihn nicht wirklich beruhigte, öffnete er die Tür und stieg aus. Automatisch knöpfte er sein Jackett zu und sorgte dafür, dass seine Krawatte ordentlich saß, während er das Schlachtfeld vor sich betrachtete. Es wimmelte nur so von Parkrangern und Polizisten der nahen Städte, dazu noch Wachleute vom hiesigen Gefängnis. Der Gedanke, was das für seinen Tatort bedeutete, setzte ihn in Bewegung. Er zog seine FBI-Marke aus der Hosentasche und hielt sie dem Polizisten hin, der die Absperrung bewachte. Der nickte nur und hob das Absperrband für ihn an, bevor er wieder auf die leere Straße starrte. Selbst bei dem schlechten Licht wirkte er ungewöhnlich blass, Schweiß glitzerte auf seinem Gesicht.

Doch damit konnte Gabriel sich nicht befassen, er hatte hier eine Aufgabe zu erledigen. Sofort als er den Anruf erhalten hatte, war er aus Seattle aufgebrochen und hatte sich mit einem Hubschrauber nach Port Angeles fliegen lassen. Von dort aus war er mit einem Mietwagen hierhergekommen. Auch wenn er wusste, dass er zu spät kommen würde, hatte er so früh wie möglich hier sein wollen, um die Suche nach den Entflohenen aufnehmen zu können. Je weniger Vorsprung sie bekamen, desto besser.

Gabriels Magen krampfte sich zusammen, als er die grotesk verdrehten Kadaver der Wapitis im Licht der starken Scheinwerfer sah. Die Spuren waren ziemlich eindeutig, trotzdem würde er mit einer Bewertung warten, bis er den Rest gesehen hatte. Der lange Transportbus lag auf dem Dach, die Vorderseite war an mehreren Stellen verbeult, an einer Seite liefen tiefe Schrammen über das Metall. Trotzdem waren alle Fenster intakt. Vor der Tür lag ein Mann in Uniform, ein zweiter war in der Fahrerkabine eingeklemmt, ebenfalls tot. Die Schusswunden zeigten, dass sie nicht durch den Aufprall gestorben waren, aber das hatte Gabriel auch nicht erwartet.

Er hatte sich gerade gebückt, um den Toten genauer zu betrachten, als aus dem Inneren des Busses eine weibliche Stimme kam. »Hey Sie, nicht anfassen!«

Mit einem Seufzer stellte sich Gabriel auf den Kampf um die Zuständigkeit ein, der jedes Mal auftrat, wenn verschiedene Behörden bei einem Mordfall aufeinandertrafen. Er richtete sich auf und blickte in den Bus. »Special Agent in Charge Gabriel Lynch vom FBI. Ich übernehme diesen Tatort.«

»Tun Sie das?« Eine Frau erhob sich aus dem Durcheinander und schwang sich aus dem Bus. Sie trug Jeans und eine leichte Jacke. Einen Moment lang blickte sie ihn nur an, dann hielt sie ihm die Hand hin. »Olivia Vaughn, Superintendent Olympic National Park.«

Gabriel schüttelte ihr die Hand und ließ sie sofort wieder los. Die Rangerin war schlank und wirkte durch den zerzausten Pferdeschwanz und ihr ungeschminktes Gesicht jünger, als sie in dieser Position wahrscheinlich war. Ihre schwarzen Haare und dunklen Brauen ließen ihre Haut beinahe weiß erscheinen. Aus der Nähe sah er die Sorgenfalten zwischen ihren Augenbrauen. Sie war eindeutig aufgewühlt, aber sie hielt sich gut für jemanden, der so etwas nicht regelmäßig zu sehen bekam.

»Um ehrlich zu sein, bin ich froh, dass Sie hier sind. Wie Sie sich vorstellen können, sind wir hier im Park nicht für solche Fälle ausgebildet.« Ihre Stimme klang angenehm ruhig und sachlich. »Allerdings müssen Sie das noch mit Detective Heron vom Port Angeles Police Department besprechen. Ob er so schnell bereit ist, den Fall aufzugeben, weiß ich nicht. Aber bisher kam er mir immer sehr vernünftig vor.«

»Da ich die Hilfe der Polizei bei der Suche nach den Flüchtigen brauchen werde, kommt mir das sehr gelegen.« Gabriel blickte an Superintendent Vaughn vorbei in den Bus. »Mein Team wird auch bald hier sein, sie kommen mit dem Wagen aus Seattle. Bis dahin können wir aber nicht warten. Ich nehme an, die Straßen sind alle gesperrt?«

»Ja, wir haben überall im Park Sperren eingerichtet, mit einem Auto dürften sie zumindest nicht entkommen sein.« Die Rangerin deutete auf den Regenwald, der am Straßenrand begann. »Aber wenn sie dort drin sind, wird es schwer, sie zu finden.«

Gabriel presste die Lippen zusammen. »Wir werden sie finden, Ms Vaughn.«

»Nennen Sie mich bitte Liv. Und ich hoffe, Sie haben recht, denn das, was hier geschehen ist, möchte ich nie wieder sehen.« Ihre Augen spiegelten deutlich ihr Entsetzen wider. »Ich werde meine Leute zusammentrommeln, damit wir die Suche planen können.«

Ein durchaus sinnvoller Vorschlag, die Ranger kannten die Gegend sicher am besten. »Gut, aber lassen Sie niemanden alleine losgehen, diese Kerle sind extrem gefährlich.«

Liv blickte auf den Toten zu ihren Füßen. »Das ist mir aufgefallen.«

Er nickte ihr zu. »Wir sehen uns später.«

Gabriel kletterte in den Transportbus und blickte sich in dem Durcheinander um. Gegenstände waren überall verstreut, Sitze aus ihren Verankerungen gerissen. Ein weiterer Wachmann lag auf dem Boden, um ihn herum eine Pfütze aus Blut. Aus offenen Augen starrte er Gabriel leer an. Mit einem Gefühl des Bedauerns ging er weiter und blieb schließlich abrupt stehen. In einer Ecke eingeklemmt lag eine weitere Leiche, die er beinahe übersehen hätte. Gabriel hockte sich daneben und schloss kurz die Augen. Wut und Trauer schnürten ihm die Kehle zu.

»Es tut mir so leid, Ray.« Offenbar hatte sein Partner und Freund es nicht geschafft, sich aus den Trümmern zu befreien und zu verteidigen. Er konnte sich vorstellen, wie Ray sich gefühlt haben musste, schließlich hatte er Russell Davis genauso gut gekannt wie Gabriel und gewusst, wozu der Verbrecher fähig war. Der Druck auf Gabriels Brust wurde stärker, je länger er seinen Freund anstarrte. Es war seine Schuld, dass Ray überhaupt hier war. Er hätte diese Fahrt selbst übernehmen müssen, er …

»Sind Sie Agent Lynch?«

Die unerwartete Frage ließ ihn herumwirbeln, eine Hand ging zur Pistole im Schulterholster. Ein Mann in Zivilkleidung stand hinter ihm, die Hände erhoben, zum Zeichen, dass er keine Gefahr darstellte. Gabriel versuchte seinen viel zu schnellen Herzschlag zu beruhigen, während er den Mann musterte. Er war deutlich kleiner als Gabriel und, ausgehend von den glatten schwarzen Haaren und der gebräunten Haut, einem der hiesigen Indianerstämme zuzuordnen. »Ja?«

»Ich bin Detective Heron vom Port Angeles Police Department. Liv sagte, dass ich Sie hier finde.«

»Sagte sie auch, dass ich hier bin, um den Fall für das FBI zu übernehmen?«

Ein humorloses Lächeln hob Herons Mundwinkel. »Ja. Was genau haben Sie für ein Interesse daran? Reine Neugier, ich habe die Anweisung vom Polizeichef, mit Ihnen zusammenzuarbeiten, und kein Problem damit, solange wir alle an einem Strang ziehen und diese Verbrecher schnappen.«

Zufrieden, dass er keine wertvolle Zeit mit unsinnigen Kämpfen verschwenden musste, entspannte sich Gabriel ein wenig. Zumindest, soweit er das in dieser Situation überhaupt konnte. »Russell Davis, einer der beiden Entflohenen, ist ein Mörder, den ich vor elf Monaten gefasst habe. Er ist äußerst brutal und, wie wir hier sehen …«, er deutete auf die Toten, »… zu allem bereit.«

»Genau so jemanden wollen wir hier frei herumlaufen haben.« Der Sarkasmus war nicht zu überhören.

Gabriel blickte den Detective hart an. »Das wird er nicht lange. Wir werden alles dafür tun, dass er so schnell wie möglich gefasst wird.«

»Gut. Denn das hat er nicht aus Notwendigkeit getan, sondern weil er es wollte.«

»Wie meinen Sie das?« Nicht, dass er das nicht schon gewusst hätte, aber Gabriel wollte hören, was der Detective davon hielt.

Heron deutete auf Ray. »Er konnte sich auf keinen Fall wehren, seine Hände waren unter den Trümmern gefangen. Die Waffe steckt noch in seinem Holster, ich habe nachgesehen. Dann die saubere Schusswunde in der Stirn – eindeutig Mord.« Er presste die Lippen zusammen. »Bei den anderen sieht es genauso aus. Nur der eine Wachmann, der mit den beiden Gefangenen zusammen im Käfig war, wurde niedergeschlagen. Auch wieder äußerst brutal mit einer Metallstange. Wir müssen abwarten, was der Pathologe sagt, aber meiner Meinung nach wurde er erst etwas später erschossen. Dabei war er zu dem Zeitpunkt gar nicht mehr handlungsfähig.«

Das stimmte alles mit dem Profil überein, das sie damals zu Russell erstellt hatten. Und es war ein Grund dafür, dass sie ihn so schnell wie möglich wieder einfangen mussten, bevor er für immer verschwand oder auf andere Menschen traf. Gabriel ging durch die offene Gittertür hindurch zu den Plätzen, auf denen die beiden Gefangenen während des Transports gesessen hatten. Auf dem Boden lag ein Paar Handschellen, das andere hing auf der anderen Seite des Wagens von der Decke und war noch am Vordersitz befestigt. Vorsichtig ging Gabriel wieder zurück. Das Team würde die Spuren sichten und versuchen, einen Handlungsablauf zu erstellen. Eine wichtige Arbeit, doch ihn interessierte in diesem Fall mehr, die Entflohenen so schnell wie möglich wieder einzusperren.

»Was für ein Typ ist der zweite Häftling?«

Herons Frage riss Gabriel aus seinen Gedanken. »Ich weiß es nicht, ich hatte nie mit ihm zu tun. Aber ich werde es bald herausfinden.«

Beinahe wie auf Bestellung fuhr in diesem Moment der Lieferwagen vor, in dem sein Team ein mobiles Büro eingerichtet hatte. Das erwies sich häufig als wichtig bei Fällen, in denen sie schnell ein Ergebnis liefern mussten. Gabriel stieg aus dem Transportbus und ging zu seinen Leuten. Als er dort ankam, öffneten sich gerade die Türen, und die Agenten sprangen heraus. Es war nur ein kleines Team, das er nach seinen Fähigkeiten zusammengestellt hatte. Neben dem Ermittler Lucas Horner und dem Techniker Hal Gordon waren das die Profilerin Julie Kingsley und die junge Agentin Valerie Hayes, die erst vor ein paar Monaten zum Team gestoßen und für das Sammeln von Hintergrundinformationen zuständig war.

Julie legte ihre Hand auf Gabriels Arm und blickte ihn flehend an. »Sag mir, dass es eine Falschmeldung war.«

Gabriels Kehle zog sich zusammen, als er den Kopf schüttelte. »Leider nicht. Ray hat den Transport begleitet.«

»Oh nein. Ist er …?« Feuchtigkeit schimmerte in Julies Augen, und auch dem Rest des Teams war die Betroffenheit anzumerken.

Grimmig nickte Gabriel. »Ja. Die Mörder haben niemanden am Leben gelassen.«

Lucas deutete auf ihre Umgebung. »War es geplant oder ein Unfall?«

»Das kann ich noch nicht sagen, aber bisher sieht es so aus, als wäre der Transportbus in eine Gruppe Wapitis gefahren. Wahrscheinlich hat der Fahrer versucht, ihnen auszuweichen, der Bus kam ins Schleudern und ist umgekippt.« Gabriel strich sich müde über das Gesicht. »Irgendwie muss es einem oder beiden Verbrechern gelungen sein, sich zu befreien und die Wachleute auszuschalten.«

Beim letzten Wort zuckte Valerie zusammen. Sie war ungewöhnlich blass, vermutlich weil das ihr erster größerer Tatort war und dann auch noch das Team direkt betraf. Sie alle waren erschüttert und verunsichert, weil einer der Ihren, ein Kollege und Freund, ermordet worden war. Das verstand Gabriel, und ihm ging es nicht anders, aber sie mussten das jetzt beiseiteschieben und sich auf ihre Aufgabe konzentrieren. Das hieß, so schnell wie möglich alle Informationen zusammenzutragen und die Suche nach den Entflohenen zu koordinieren. Auf keinen Fall würde er sie entkommen lassen.

»Okay, machen wir uns an die Arbeit. Hal, bau alles auf. Valerie, such alle Informationen zusammen, die du über die beiden Häftlinge finden kannst. Über Russell Davis müsste bereits eine dicke Akte im System sein, aber der zweite Flüchtling, Damon Thomas, ist mir unbekannt. Er wurde von der Polizei verhaftet, nicht vom FBI, nehme ich an. Ich will alles über ihn wissen, also lass dir auch vom Gefängnis Informationen übermitteln. Ich will wissen, wie er sich dort verhalten hat, mit wem er Kontakt hatte, ob er und Davis sich schon vorher kannten. In einer halben Stunde treffen wir uns zu einer Teambesprechung hier im Wagen.« Hal und Valerie nickten und gingen zum hinteren Teil des Lieferwagens. »Lucas, da wir keine Zeit haben, um auf die Berichte, Tatortfotos und Ähnliches zu warten, musst du dir leider alles, was du brauchst, selbst zusammensuchen. Gib die Infos dann an Julie weiter, damit sie sie mit dem Profil abgleichen kann, das wir bereits von Davis haben.«

Lucas schnitt eine Grimasse. »Alles klar.«

»Arbeite mit dem zuständigen Detective aus Port Angeles zusammen. Sein Name ist Heron.«

Gabriel beobachtete, wie Lucas vorsichtig in den Transportbus stieg, bevor er sich wieder zu Julie umdrehte.

Mitgefühl stand in ihren Augen. »Was kann ich tun, bis die ersten Ermittlungsergebnisse vorliegen?«

»Arbeite mit Valerie und Lucas zusammen. Ich brauche dringend eine Idee, was Davis jetzt vorhaben könnte.« Nachdenklich strich er sich über das Kinn. »Egal, was sein Plan ist, ich denke, wir können davon ausgehen, dass er noch weitere Menschen töten wird, wenn er die Gelegenheit dazu bekommt. Wir müssen ihn so schnell wie möglich aus dem Verkehr ziehen, bevor das passiert.«

Julie betrachtete ihn eine Zeit lang schweigend. »Es ist nicht deine Schuld, Gabriel.«

Wut kochte in ihm hoch. »Nein? Weißt du, warum Ray heute hier war?« Stumm schüttelte Julie den Kopf. »Ich habe darauf bestanden, den Transport durch einen FBI-Agenten begleiten zu lassen, aber dummerweise hatte ich einen Termin.« Der Gedanke an seine Schwester schnürte ihm die Kehle zu, aber er redete weiter. »Ray hat sich angeboten, für mich einzuspringen, weil er wusste, dass ich sonst keine Ruhe finden würde. Er ist meinetwegen gestorben.«

Julie trat näher und berührte seinen Arm. »Das tut mir leid, Gabriel. Aber Ray war ein guter Agent, er wusste, was er tat. Und niemand konnte ahnen, dass so etwas passieren würde.

Nicht einmal du. Ich denke nicht, dass Ray dir die Schuld daran geben würde.«

»Aber …«

Julie ließ ihn nicht ausreden. »Aber er würde erwarten, dass wir alles tun, um seinen Mörder zu fassen. Und das werden wir.«

Zögernd nickte Gabriel. »Ich weiß. Danke.«

»Dafür bin ich hier.« Julies Mund verzog sich zu einem schwachen Lächeln. »Und Ray war nicht nur *dein* Freund.«

Damit hatte sie allerdings recht, und er kam sich wie ein Egoist vor, weil er nur daran gedacht hatte, wie es ihm nach dem Tod seines Freundes ging. »Entschuldige, ich weiß, dass du ihn auch sehr mochtest.«

Erneut bildeten sich Tränen in Julies Augen. »Was machst du jetzt?«

Gabriel stürzte sich auf den Themenwechsel, weil ihn jede Zurschaustellung von Gefühlen nervös machte. »Ich werde versuchen, eine Suchaktion zusammen mit der Polizei und den Rangern zu koordinieren. Je länger wir warten, desto größer wird der Vorsprung.« Die Verfolgung würde nicht leicht werden, es gab einfach zu viele Möglichkeiten, wohin die beiden Häftlinge geflohen sein könnten. Seine einzige Hoffnung war, dass sie sich bei dem Unfall verletzt hatten und dadurch ihre Flucht behindert wurde.

2

Hatte er sich wirklich gewünscht, wieder in den Wäldern des Olympic National Parks unterwegs zu sein? Nach mehreren Stunden des Herumstolperns in der Dunkelheit konnte Damon sich eindeutig etwas Besseres vorstellen. Vor allem, seit sie sich, um ihre Spuren zu verwischen, schon relativ früh von dem angelegten Weg entfernt hatten und stattdessen querfeldein gingen. In einem Regenwald – selbst wenn er gemäßigt war – bedeutete das brusthohe Pflanzen, von den Ästen herunterhängende Flechten, die einem ohne Vorwarnung über das Gesicht strichen, und vor allem überall herumliegende Baumstämme, Baumwurzeln und bodendeckende Pflanzen, die gefährliche Stolperfallen darstellten. Mehr als einmal hatte er sich schon auf dem Boden wiedergefunden, und inzwischen schmerzte jeder Zentimeter seines Körpers.

Russell ging es nicht wesentlich besser, wenn man die zahlreichen Flüche, die der Mörder ausstieß als Indiz nahm. Das gab Damon eine gewisse Genugtuung, denn schließlich war Russell schuld daran, dass sie jetzt hier herumliefen. Leider hatte er noch keine Gelegenheit gefunden, sich von dem Mörder zu trennen, denn der lief dicht hinter ihm und würde ihn sofort stoppen, wenn er zu flüchten versuchte. In seinem angeschlagenen Zustand wäre das Selbstmord gewesen. Also stapfte er weiter, entschlossen, die Gelegenheit zu nutzen, sobald sie sich bot.

»Wir brauchen was zu trinken und müssen vor allem die Gefängniskleidung loswerden. Du kennst dich doch hier aus. Wo ist die nächste Siedlung?« Überraschend erklang Russells Stimme hinter ihm. Bisher hatte er noch kein weiteres Wort mit ihm gewechselt, und Damon war froh darüber gewesen.

Auf der Kuppe eines Hügels blieb er stehen und versuchte, wieder zu Atem zu kommen. Vor ihm lag nur Dunkelheit, im schwachen Schein des Mondes konnte er weitere Hügel erahnen. Wer sich im Park nicht auskannte, war überrascht davon, wie hügelig es hier war und vor allem wie steil diese Erhebungen trotz der relativen Nähe zur Küste waren. Gerade in der Gegend von Lake Crescent gab es einige stark ansteigende Hügel, die sie überwinden mussten, wenn sie tiefer in den Park eintauchen wollten. Und das mussten sie, denn die Straßen und Wege waren sicher alle gesperrt. Im Park konnten sie ihre Spuren verwischen und irgendwo unbeachtet wieder herauskommen. Jedenfalls war das wohl Russells Plan.

Schließlich reagierte Damon auf Russells Frage. »Wie kommst du darauf, dass ich mich hier auskenne?«

Ohne Vorwarnung packte der Mörder seine Kehle und drückte zu. »Versuch nicht, mich zu verarschen, ich bin nicht in Stimmung dafür. Ich hab dich mitgenommen, weil du mir nützlich sein kannst, also mach dich auch nützlich!« Russell schüttelte Damon, als wäre er eine Puppe, dann stieß er ihn von sich. »Ich hab im Gefängnis gehört, dass du schon mal hier warst. Willst du mir jetzt sagen, dass ich falschliege? Dann kann ich dich eigentlich auch gleich beseitigen, denn bisher hältst du mich nur auf.«

Damon hustete und versuchte, wieder Luft durch seine gequetschte Kehle zu bekommen. »Ich war vor Jahren ein paarmal im Park, das heißt aber nicht, dass ich hier alles kenne, vor allem jenseits der Wanderwege.« Bevor Russell die Pistole abfeuern konnte, die er auf ihn richtete, redete Damon schnell weiter. »Ich weiß nur, dass sämtliche Orte und Behausungen hinter uns liegen, dort, wo die Polizei jetzt sicher schon nach uns sucht. Vor uns liegen Hunderte von Quadratkilometern gemäßigten Regenwalds und Berge.«

»Willst du mir sagen, dass wir zurückgehen sollten? Das können wir nicht!« Schweiß schimmerte auf Russells Glatze.

Damon wusste, dass sich Russells Verzweiflung in Gewalt äußern würde, wenn er das Gefühl hatte, keinen Ausweg zu finden. »Ich sehe nur eine Möglichkeit: Wir müssen versuchen, zum Sol Duc Campingplatz zu kommen. Kurz davor ist auch eine Rangerstation, aber die wird nach unserer Flucht sicher stark bewacht. Wir sollten sie weiträumig umgehen. Wenn wir vorsichtig sind, sollte es uns gelingen, auf dem Campingplatz Wasser und Nahrung zu finden.« Und vielleicht würde sich dort für ihn auch eine Möglichkeit ergeben, zu verschwinden. Bei Sol Duc kannte er sich ganz gut aus, was er Russell aber sicher nicht sagen würde.

»Okay, wo ist das, und wie weit ist es entfernt?«

»Wir müssen weiterhin nach Süden gehen, vielleicht noch zwei Meilen.« Was einfach nur geraten war, Damon hatte keine Ahnung, ob er es überhaupt im Dunkeln und jenseits der Wege finden würde. »Aber wir müssen aufpassen, der Campingplatz liegt direkt an einer Straße.«

»Gut, bring uns dorthin. Und Damon …«

»Jaja, ich weiß.«

Russells Augen verengten sich, aber anscheinend verstand er, dass seine Drohungen nicht beängstigender wurden, wenn er sie ständig wiederholte. Er machte nur eine Handbewegung, dass Damon vorausgehen sollte.

Gabriel ließ den Blick über die Gesichter seines Teams gleiten, während sie sich zu fünft in den kleinen Bus quetschten. Allen war die Anspannung anzusehen und der Druck, der auf ihnen lastete. Kein Wunder, schließlich waren bis auf Valerie alle dabei gewesen, als Russell Davis gejagt und schließlich gefasst worden war. Sie wussten, was auf dem Spiel stand, wenn sie den Mörder nicht schnellstens wieder einfingen.

Mit einem leisen Klicken schloss Gabriel die Tür hinter sich. »Okay, fangen wir an. Damit alle auf einem Stand sind, fasse ich noch mal kurz zusammen, mit wem wir es hier zu tun haben: Russell Davis wurde vor elf Monaten von unserem Team gefasst, nachdem er sieben Morde in der Region Seattle begangen hatte. Vornehmlich waren die Opfer Frauen, allerdings wurde auch ein Mann getötet und in einem Fall ein kleines Kind. Wir gehen davon aus, dass Letztere nur Zufallsopfer waren, die den Mörder gestört haben. Dafür spricht auch, dass beide einfach erschossen wurden, während Davis die Frauen stundenlang gequält hat, bevor er sie tötete.« Trotzdem ging ihm der tote Junge nicht aus dem Kopf, der nur wenige Meter von seiner Mutter entfernt gelegen hatte, einen Arm nach ihr ausgestreckt. Rasch schob Gabriel das furchtbare Bild beiseite und konzentrierte sich auf das Hier und Jetzt. »Es hat einige Monate gedauert, bis wir auf Davis als Täter gekommen sind, denn er hatte keinerlei nachweisbare Verbindung zu den Opfern. Einfach gesagt hat er irgendwo eine Frau gesehen, die ihm gefiel, ist ihr gefolgt und hat die erstbeste Gelegenheit ergriffen, sie zu überfallen, zu vergewaltigen, mit einem Messer zu quälen, und sie dann schließlich zu erstechen oder zu erwürgen, je nachdem, wonach ihm gerade war.«

Mit blassem Gesicht beugte sich Valerie vor. »Und es gab wirklich keinerlei Verbindung? Das ist ungewöhnlich.«

»Nein. Davis hat sich mit Gelegenheitsjobs über Wasser gehalten, manchmal als Türsteher bei Clubs und Discos oder als Wachmann bei Supermärkten. Dort hat er auch einige der Frauen gesehen. Die meisten hat er in ihrem eigenen Zuhause überfallen, eine nachts in einem Park, als sie auf dem Nachhauseweg von einem Kinobesuch war, eine andere in einer billigen Pension am Stadtrand. Dann hat er eine Frau überfallen, deren Verlobter unerwartet nach Hause kam. Er hat Davis angegriffen und verletzt. Trotzdem konnte der Mörder entkommen.«

Ein bitterer Geschmack lag auf Gabriels Zunge, seine Kehle zog sich zusammen, sodass er nicht weiterreden konnte. Fast jede Nacht träumte er von dem Anblick der schwerletzten Frau, diese Tat hatte ihn noch mehr mitgenommen als alle anderen davor. Zwar hatten sie so endlich eine Beschreibung und auch DNA-Proben des Täters bekommen, aber der Preis war viel zu hoch gewesen. Als er aufsah, bemerkte er die mitleidigen Blicke seiner Kollegen. Nur Valerie schaute ihn weiterhin konzentriert an. Eine kleine Falte stand zwischen ihren Augenbrauen.

Gabriel räusperte sich. »Durch die DNA und Beschreibungen des Opfers und des Zeugen kamen wir auf Russell Davis' Spur und konnten ihn schließlich verhaften.« Nicht, dass er ihnen das einfach gemacht hatte. »Julie, kannst du noch was zu seiner Psyche sagen?«

Ihrem Gesichtsausdruck war anzusehen, dass sie genau wusste, warum er jetzt an sie weitergab, doch sie nickte nur. »Um es schlicht zu sagen: Russell Davis ist ein sadistischer Mistkerl, der einfach nur aus Spaß quält und tötet. Ich habe schon mit vielen Mördern zu tun gehabt, aber selten war ein Fall dabei, bei dem ich tatsächlich keinen wirklichen Grund entdecken kann, warum er zum Mörder geworden ist. Ich weiß nur, dass er offensichtlich den Drang verspürt, wenn er junge, gut aussehende Frauen sieht. Vielleicht hat ihn in seiner Jugend ein Mädchen abgewiesen, oder die Ursache liegt noch tiefer in seiner Kindheit. Eventuell wurde er gehänselt, weil er recht dick war, aber das ist nur Spekulation. Anscheinend waren schon früh Verhaltensauffälligkeiten zu beobachten, die auch in den Schulakten vermerkt wurden. Seine Eltern müssen das bemerkt haben, es wurde aber nie versucht, Davis zu therapieren. Was auch daran liegen könnte, dass seine Eltern nicht so viel Geld hatten. Allerdings habe ich eher den Eindruck, dass sie sich nie richtig um ihren Sohn gekümmert haben. Er hatte eine Schwester, die von Geburt an todkrank war und die sämtliche Zuwendung bekommen hat, bis sie schließlich gestorben ist, als Davis vierzehn Jahre alt war. Das könnte ein weiterer Grund für seinen Hass auf Frauen sein. Von außen ist das schlecht zu beurteilen, und er selbst redet nicht darüber. Am Anfang seiner Inhaftierung in Clallam Bay habe ich ein Gespräch mit Davis geführt, aber er hat nichts dazu gesagt.« Ihre Lippen pressten sich zusammen, als erinnerte sie sich an etwas Unangenehmes. »Klar ist auch, dass er zwar Frauen am meisten hasst, aber auch kein Problem damit hat, Männer oder sogar Kinder zu töten, wenn sie ihm im Weg sind. Nicht ein einziges Mal hat er Reue gezeigt. Vor ein paar Jahren hat er versucht, Soldat zu werden, wurde aber abgelehnt. Die Army hat ein psychologisches Gutachten erstellt, das man uns zur Verfügung gestellt hat, nachdem Davis gefasst war. Kurz gesagt: Man hatte Bedenken, dass er unkontrollierbar sein würde, Befehle nicht befolgen und vor allem nur deshalb Soldat werden wollte, weil er dann Menschen töten durfte. Für uns bedeutet das, dass wir ihn unbedingt so schnell wie möglich einfangen müssen, denn ich bin mir sicher, dass er jeden töten wird, der ihm über den Weg läuft. Er hat nichts mehr zu verlieren, und wie wir schon vorher gesehen haben, legt er auch auf sein eigenes Leben keinen gesteigerten Wert. Davis ist bereit, für seine Freiheit zu sterben.«

Das war auch Gabriels Einschätzung. Er wandte sich an Valerie. »Was hast du bisher über Damon Thomas gefunden?«

Sie zog ihre Notizen zurate. »Damon Thomas, fünfunddreißig Jahre alt, alleinstehend, lebte vor seiner Verhaftung in Seattle. Vor drei Jahren wegen Mordes an einer Frau verhaftet und zu fünfundzwanzig Jahren Gefängnis verurteilt. Es war ein Indizienprozess, es gab keine Zeugen, und er hat auch nie gestanden. Er besteht immer noch darauf, dass er nicht der Täter ist. Genau genommen war er nur deshalb auf diesem Transport, weil er morgen – heute – eine Anhörung vor Gericht gehabt hätte.«

»Weshalb?«

Valerie blickte auf und strich sich über die kurzen Haare. »Ich habe versucht, das herauszubekommen, aber Thomas' Anwalt beruft sich auf seine Schweigepflicht. Mein Hinweis darauf, dass sein Mandant in großen Schwierigkeiten steckt, konnte ihn nicht überzeugen. Er sagte nur, dass sie neue Beweise für die Unschuld seines Mandanten vorbringen wollten.« Sie hielt kurz inne. »Klingt für mich nicht wie jemand, der seine mögliche Freilassung dadurch in Gefahr bringen würde, dass er den Gefängnistransport zur Flucht nutzt.«

Gabriel gab einen geringschätzigen Laut von sich. »Ich habe schon ganz andere Dinge erlebt. Wenn man einige Jahre im Gefängnis sitzt, ist der Gedanke, plötzlich frei zu sein, sicher sehr verlockend.«

Valerie blickte wieder auf ihre Notizen. »Die Berichte aus dem Gefängnis sind erst vor Kurzem gekommen, es war nicht so einfach, die Gefängnisleitung von der Freigabe zu überzeugen. Erst als ich die toten Wachleute und die Tatsache, dass es sich um eine FBI-Ermittlung handelt, ins Gespräch brachte, konnte ich den Direktor zur Kooperation bewegen. Die Berichte wurden eingescannt und per Mail geschickt. Ich arbeite sie gerade durch.« Valerie deutete auf den Bildschirm hinter sich. »Was ich bisher daraus ersehen konnte, war, dass Davis auch in seiner Zeit als Häftling äußerst brutal vorging und mehrfach mit Strafen belegt wurde. Seit Monaten sitzt er in Einzelhaft. Thomas dagegen ist dem Direktor und dem Wachpersonal nie negativ aufgefallen, er war ein Einzelgänger und hat nie Ärger gemacht. Eine Verbindung zwischen den beiden ist nicht bekannt.«

»Okay, such weiter. Ich muss wissen, wie die beiden denken, was sie vorhaben. Sie sind schwer bewaffnet und offensichtlich bereit, die Waffen auch zu benutzen. Nachdem sie die Wachleute und Ray ermordet haben, haben sie nichts mehr zu verlieren. Finde heraus, ob sie über irgendwelche Kontakte hier in der Gegend verfügen, jemand, der ihnen helfen würde. Oder ob sie Kenntnisse haben, die ihnen die Flucht erleichtern könnten.«

Valerie nickte. »Ich arbeite daran.«

»Gut. Ich werde sehen, ob endlich das Suchhunde-Team der Polizei zur Verfügung steht. Wir treffen uns hier wieder, wenn es etwas Neues gibt.« Gabriel nickte den anderen zu und verließ dann den Lieferwagen. Draußen schnappte er gierig nach Luft, während er sich bemühte, nicht zum zerstörten Transportbus zu sehen. Zwar waren die Leichen schon abgeholt worden, aber das half auch nicht, die quälenden Schuldgefühle loszuwerden.

Als sie eine Stunde später in etwas weniger steiles Gelände kamen, fühlte sich Damons Mund wie ausgetrocknet an. Jeder Knochen in seinem Körper schmerzte, und er war dankbar, dass er nur noch einen Fuß vor den anderen setzen musste – was auch schon schwierig genug war, ohne steile Abhänge erklimmen zu müssen. Wenn er sich nicht völlig verirrt hatte, mussten sie langsam in die Nähe des Campingplatzes kommen, und das bedeutete, dass die Gefahr einer Entdeckung stieg.

Vorsichtig ging Damon weiter, jederzeit bereit, sich zu Boden zu werfen, sollte sie jemand stellen und Russell anfangen, zu schießen.

Ein Dröhnen erklang und wurde langsam lauter. Scheinwerfer leuchteten durch die Bäume. »Runter!«

Russell wirkte, als würde er darüber nachdenken, das Auto anzuhalten, deshalb warf Damon sich auf ihn und riss ihn mit sich zu Boden. Glücklicherweise hatte Russell die Waffe wieder weggesteckt, sonst hätte Damon jetzt wahrscheinlich ein Loch im Bauch.

»Was zum Teufel soll das? Wir hätten den Wagen anhalten können!«

Damon entfernte sich von dem Mörder und genoss es, sich für ein paar Sekunden ausruhen zu können. Auf dem Rücken liegend blickte er zu den Baumkronen hinauf. »Die Straße ist noch zu weit weg, wir hätten sie nie rechtzeitig erreicht. Außerdem hätten sie uns abgeknallt, bevor wir überhaupt nahe genug an den Wagen herangekommen wären. Mit den Scheinwerfern haben sie den Wald abgeleuchtet.« Damon blickte Russell an. »Du glaubst doch nicht, dass hier noch normale Touristen herumfahren? Das waren sicher Polizisten oder Ranger.«

Anstatt zuzugeben, dass Damon ihm den Arsch gerettet hatte, trat Russell ihn. »Fass mich nie wieder an, wenn du überleben willst.«

Damon schnaubte, um Russell nicht den Schmerz zu zeigen, der ihm durch den Arm fuhr. »Okay, nächstes Mal lasse ich dich sterben.« Und er würde ihm keine Träne nachweinen, so viel war sicher.

»Komm endlich hoch, wir müssen weiter. Oder soll ich dich gleich hier von deinem Elend erlösen?« Völlige Gleichgültigkeit sprach aus Russells Stimme.

Einen Moment lang dachte Damon ernsthaft darüber nach,

doch dann siegte sein Überlebenswille. Mühsam rollte er sich auf die Füße und stand sekundenlang schwankend da. Mit einer Hand stützte er sich an einem Baumstamm ab und deutete auf die Straße. »Immerhin wissen wir jetzt, in welche Richtung wir gehen müssen.«

»Woher?«

»Die Straße endet kurz hinter dem Campingplatz. Danach gibt es nur noch Wanderwege und Wildnis. Am besten überqueren wir die Straße hier, wo vermutlich niemand herumläuft.«

Zur Abwechslung sagte Russell mal nichts dazu, sondern folgte seinem Vorschlag. Erneut ließ er Damon vorgehen, damit er ihn im Blick behalten konnte und vermutlich auch, um genug Zeit für eine Reaktion zu haben, falls sie auf Menschen treffen würden. Ohne ein weiteres Wort bahnte sich Damon einen Weg durch das Unterholz, bis sie die schmale Asphaltstraße nach Sol Duc erreichten. Nachdem er sich vergewissert hatte, dass niemand in der Nähe war, liefen sie schnell auf die andere Seite und tauchten wieder in den Regenwald ein. Erleichtert atmete Damon auf, als sie die Straße hinter sich gelassen hatten.

Hoffentlich waren sie schon am Resort vorbei, denn das war sicher stark bewacht. Auf dem im Wald gelegenen und weit auseinandergezogenen Campingplatz würden sie vielleicht eine Möglichkeit finden, sich mit dem einzudecken, was sie brauchten, ohne dass jemand dabei zu Schaden kam. Und wenn er richtig viel Glück hatte, konnte er Russell dort entkommen oder ihn außer Gefecht setzen.

Nach einigen weiteren Minuten trafen sie auf einen schmalen Weg, der an der Straße entlangführte. Sie folgten ihm, bis Damon in einiger Entfernung Lichter schimmern sah. Sofort hielt er an und bedeutete Russell, näher zu kommen.

»Hier beginnt der Zeltplatz, er verläuft parallel zur Straße und ist ziemlich langgestreckt. Am besten sollten wir das Gelände erst umrunden und uns eine Stelle suchen, an der wir es ungesehen betreten können.«

»Warum nicht hier? Überall sind Bäume, niemand wird uns sehen.«

Damon hob eine Hand, berührte Russell aber nicht. »Wir wissen nicht, welche Maßnahmen Polizei und Ranger ergriffen haben. Sie erwarten bestimmt, dass wir aus Richtung der Straße kommen, nicht von der anderen Seite. Deshalb halte ich das für sicherer.«

Russell war anzusehen, wie sehr ihm das gegen den Strich ging, doch schließlich nickte er knapp. »Okay. Aber *ein* Wort zu jemandem und du bist für das verantwortlich, was dann passiert.«

Vorsichtig schlich Damon am Rand des Campingplatzes entlang. Die einzelnen Parzellen lagen eingebettet zwischen hohen Tannen, was es ihnen einfacher machte, unentdeckt den Platz zu umrunden. Dort, wo das Licht der Laternen nicht hinschien, bildeten die Bäume tiefe Schatten. Solange sie sich von den Wegen fernhielten, sollte sie also niemand bemerken. Glücklicherweise war der moosige Boden so weich, dass sie keine Geräusche verursachten. Auf ein paar Campingstühlen hing Kleidung, die sie ebenso mitnahmen wie einen Rucksack, der neben einem Zelt stand. Auf dem Anhänger eines Pickups fanden sie eine Kühlbox, aus der sie Wasserflaschen und einige Lebensmittel entwendeten. So ausgestattet wollte Damon sich wieder in den Wald zurückziehen, doch Russell hielt ihn auf.

»Dort sind Waschhäuser, in denen können wir uns umziehen und waschen. Und was trinken.« Er wartete nicht auf Damons Zustimmung, sondern zog ihn einfach mit sich.

Es war eine schlechte Idee, das wusste Damon, sowie sie die

Schatten verließen und die beleuchteten Wege betraten. Jederzeit konnten sie entdeckt werden, und ihre Flucht wäre zu Ende. Hoffentlich schoss niemand einfach drauflos. Seltsamerweise blieb jedoch alles ruhig, und Damon atmete auf, als sich die Tür hinter ihnen schloss und er die Gewissheit hatte, dass sich außer ihnen niemand im Gebäude aufhielt.

Sofort schob Russell ihn zu einer der Toiletten. »Geh da rein und zieh dich um. Aber schnell.«

Damon betrat die enge Kabine und seufzte innerlich, als er sah, dass es kein Fenster gab, durch das er hätte fliehen können. So blieb ihm nichts anderes übrig, als Russells Befehl zu folgen. Rasch schlüpfte er aus dem grauen Gefängnisanzug und hängte ihn über die Tür, während er die gestohlene Jeans und das Sweatshirt überzog. Die Kleidung war zu weit und feucht, aber wenigstens frisch gewaschen. Tief sog er den ungewohnten Geruch ein und entschied dann – wo er nun schon mal hier war –, die Toilette zu nutzen.

Anschließend öffnete er die Tür, stopfte den Overall in den Rucksack und trat zu den Waschbecken. Er ignorierte Russell, der gerade seine Kleidung wechselte, und drehte den Wasserhahn auf. Gierig trank er einige große Schlucke, bevor er das Gesicht in den Strahl hielt. Das kühle Wasser war unglaublich erfrischend, sofort fühlte er sich wesentlich besser als vorher. Mit beiden Händen rieb er sich über das Gesicht, dann steckte er den ganzen Kopf unter den Hahn.

»Bist du bald mal fertig?« Russells ungeduldige Stimme riss Damon aus seiner Euphorie.

Bedauernd drehte er den Hahn zu und drückte das Wasser aus seinen Haaren. Mit einem Papiertuch trocknete er sich so gut wie möglich ab, bevor er sich zu Russell umdrehte. »Ja.«

»Gut, denn ich will auch noch was trinken.« Russell legte die Pistole auf den Rand des Waschbeckens und warf Damon einen harten Blick zu. »Mach keine Dummheiten, ich bin schneller als du. Stell dich da hinten an die Wand.«

In Ermangelung einer Alternative tat Damon, was der Mörder verlangte. Seine Aufmerksamkeit teilte er zwischen der Tür und Russell, während die Unruhe in ihm weiter wuchs. Sie waren schon viel zu lange hier, jederzeit konnte jemand hereinkommen und sie entdecken. Sein Blick wanderte zur Pistole.

»Komm schon, trau dich.« Hohn troff aus Russells Worten.

Vielleicht hätte er es sogar probiert, aber solange Russell mit einem Angriff rechnete, hatte Damon keine Chance. Deshalb zuckte er nur die Schultern. »Bringt mir momentan keinen Vorteil.«

Russell grinste. »Du hast ja nur Angst.« Auch er hatte sich umgezogen und trug jetzt knielange Shorts und ein enges T-Shirt. Die Tattoos an Armen und Beinen verhinderten allerdings ebenso wie die Glatze, dass er wie ein normaler Tourist aussah.

»Denk, was du willst. Können wir jetzt gehen?«

Mit einer Handbewegung deutete Russell auf die Tür. »Nach dir.«

Damons Nacken verspannte sich, als er an dem Mörder vorbei zum Ausgang ging. Langsam öffnete er die Tür und spähte hinaus. Es war alles still, niemand lauerte vor dem Gebäude. Schließlich trat er nach draußen. Russell folgte dicht hinter ihm, eine Hand auf Damons Schulter. Die Berührung ließ einen Schauder durch seinen Körper laufen. Sofort kehrten die Erinnerungen daran zurück, wie brutal und erbarmungslos Russell die Wachleute und den FBI-Agenten getötet hatte. Noch immer konnte er nicht verstehen, warum der Mörder ihn verschont hatte. Es passte überhaupt nicht zu seinem sonstigen Verhaltensmuster.

Nur wenige Schritte war er gegangen, als plötzlich jemand

um die Hausecke bog. Es war zu spät, sich zurückzuziehen, die Tür war bereits hinter ihnen ins Schloss gefallen. Es war ein kleines Mädchen, das sie nun mit großen Augen ansah. Angst spiegelte sich deutlich sichtbar in ihrer Miene. Damon bemühte sich um ein Lächeln. Wenn er der Kleinen weismachen konnte, dass sie normale Touristen waren, würde Russell sie vielleicht gehen lassen.

»Hallo, du bist aber noch spät unterwegs.« Als er hörte, wie hölzern er klang, zuckte er innerlich zusammen. Es war Jahre her, seit er zuletzt etwas mit anderen Menschen, geschweige denn einem Kind, zu tun gehabt hatte.

Das Mädchen machte einen Schritt nach hinten, ihr Blick huschte von ihm zu Russell und wieder zurück. Verdammt, gleich würde sie schreien oder Russell würde sie erschießen. Beides konnte er nicht zulassen.

»Hör zu, Kleine …«

Bevor er mehr sagen konnte, schob Russell ihn brutal zur Seite und stürzte sich auf das Kind. Mehr als ein entsetztes Keuchen brachte sie nicht heraus, bevor der Mörder sie erreicht hatte. Er schlang die Arme um sie und hob sie hoch, eine Hand presste er auf ihren Mund. Erstickte Laute drangen unter seinen Fingern hindurch. Verzweiflung leuchtete aus ihren Augen, Tränen bildeten sich darin und liefen über ihre Wangen. Automatisch bewegte er sich auf Russell zu, um ihr zu helfen, doch der drehte sich von ihm weg.

»Wenn du irgendwas versuchst, breche ich ihr das Genick. Los jetzt, zurück in den Wald!«

Da Damon wusste, dass Russell die Drohung ohne Gewissensbisse wahr machen würde, rannte er im Schatten der Tannen auf den Waldrand zu. Dort wartete er auf Russell und beobachtete gleichzeitig den Zeltplatz. Alles war still, zu still für seinen Geschmack. Wo waren die Eltern des Mädchens? Wer ließ sein Kind mitten in der Nacht im Dunkeln herumlaufen? Auch wenn die Camper vielleicht noch nichts von ihrem Ausbruch gehört hatten, sollten sie trotzdem auf ihre Kinder achten. Die Kleine konnte nicht älter als acht Jahre sein.

Bei ihm angekommen schob Russell ihm das Kind in die Arme. »Hier, nimm du sie.«

Automatisch schlossen sich Damons Arme um sie, und er spürte das wilde Klopfen ihres Herzens an seiner Brust. »Warum lässt du sie nicht zurückgehen? Sie weiß nichts über uns und wäre auch nur im Weg.«

Russell grinste ihn an. »Nicht, wenn du sie trägst, und ich hab beschlossen, dass es nicht schaden kann, eine Geisel zu haben. Wer wäre da besser geeignet als ein Kind? Außerdem weckt sie mit ihrem Geschrei bestimmt den halben Campingplatz auf, wenn wir sie einfach gehen lassen. Dann können wir uns auch gleich stellen.«

Mit einem sinkenden Gefühl im Magen erkannte Damon, dass es ihm nicht gelingen würde, Russell die Sache auszureden.

3

»Verdammt!« Gabriel blickte Detective Heron nach, der sich schnell von ihm entfernte, nachdem er ihm berichtet hatte, dass die Hundestaffel erst in einigen Stunden eintreffen würde. Offenbar waren die Suchhunde gerade auf einer anderen Mission in der Nähe von Port Orchard eingesetzt worden und mussten sich erst erholen, bevor sie in der Lage waren, hier ihre Arbeit aufzunehmen. Zwar konnte Gabriel versuchen, Hunde aus Seattle einfliegen zu lassen, doch er hielt es für sinnvoller, eine Staffel anzufordern, die sich im Regenwaldgebiet auskannte. Vor allem aber mussten die Tiere ausgeruht sein, denn sie würden ein großes Gebiet absuchen müssen.

Er drehte sich zu Hal um. »Sind die persönlichen Sachen der beiden Häftlinge schon eingetroffen?« Die Hunde brauchten etwas, an dem sie den Geruch der Gesuchten erkennen konnten.

»Ja, wir können sofort loslegen, sobald die Hunde da sind.«

»Gut.« Gabriel hatte darüber nachgedacht, stattdessen einen menschlichen Spurensucher zu engagieren, aber das war in der Dunkelheit ebenfalls aussichtslos. Auch die Hubschrauber, die über dem Gebiet kreisten, hatten bisher noch nichts entdeckt. Im Laufe des Tages würden sie Wärmebildscanner bekommen, mit denen sie nach Wärmesignaturen unter dem Blätterdach der Bäume suchen konnten. Das funktionierte jedoch auch nur bei einer bestimmten Wettersituation. Frustriert fuhr er sich mit der Hand durch die Haare.

Gabriel blickte auf und erkannte, dass Hal sich zurückgezogen hatte. Stattdessen sah er die Oberrangerin auf sich zukommen. Liv sah ungefähr so aus, wie er sich fühlte: müde, zerschlagen und besorgt.

Sie reichte ihm einen Pappbecher. »Kaffee, schwarz.«

Seine Lebensretterin. »Danke. Woher wussten Sie, dass ich jetzt einen brauche?«

Liv zuckte mit den Schultern und pustete in ihren eigenen Kaffee. »Sie sind schon seit Stunden hier und müssen müde sein.«

Das stimmte allerdings, er hätte im Stehen einschlafen können. Es war ein langer, emotional schlauchender Tag gewesen – und eine noch längere Nacht. Aber er hatte gelernt, die Müdigkeit zu unterdrücken und weiter zu funktionieren, selbst wenn er tagelang mit wenig oder sogar ohne Schlaf auskommen musste. Manche Fälle waren arbeitsintensiver als andere, und er hatte das Gefühl, dass dieser sie viel Schlaf kosten würde. »Ja.«

»Wenn Sie sich irgendwann ausruhen wollen, habe ich in der Lodge gleich dort drüben ein paar Zimmer für Sie und Ihre Leute reserviert.« Sie deutete hinter sich in Richtung des Sees.

Daran hatte er noch gar nicht gedacht, aber sollte sich die Sache tatsächlich hinziehen, war es sinnvoll, in der Nähe Unterkünfte zu haben. »Vielen Dank, meine Leute können dort abwechselnd Pause machen.«

Livs Augenbrauen hoben sich. »Sie nicht?«

Er presste die Lippen aufeinander. »Ich muss dafür sorgen, dass hier alles reibungslos läuft und die Verbrecher so schnell wie möglich wieder gefasst werden.«

»Das verstehe ich. Aber auch Sie sind nur menschlich und müssen sich irgendwann ausruhen.«

Der Hauch eines Lächelns glitt über sein Gesicht. »Woher wollen Sie das wissen? Mir wurde schon öfter vorgeworfen, ein Roboter zu sein.«

Eine Weile betrachtete sie ihn schweigend, dann schüttelte sie den Kopf. »Nein, das glaube ich nicht. Sie vergraben viel in sich und versuchen, es nicht zu zeigen, aber ich kann sehen, wie nahe Ihnen diese Sache geht.«

Und damit hatte sie mehr erkannt als so mancher andere, mit dem er zusammenarbeitete. Um davon abzulenken, versuchte er einen Scherz. »Sicher, dass Sie Rangerin sind und nicht Psychologin?«

Liv ließ sich davon nicht beirren. »Ganz sicher. Aber auch als Ranger braucht man eine gute Menschenkenntnis.«

»Das kann ich mir vorstellen.« Er betrachtete sie ausgiebig. »Wo ist eigentlich Ihre Uniform?« Warum fragte er das? Es war völlig unerheblich, und er sollte sich nur darauf konzentrieren, Russell und seinen Kumpan zu fassen. Wahrscheinlich war es ein Zeichen seiner Müdigkeit.

Ein Grübchen blitzte auf. »Ich hatte keine Zeit, mich umzuziehen, sondern bin sofort losgefahren, als ich von dem Unfall hörte.«

Gabriel blickte an sich hinab und seufzte. »Ja, das kenne ich.«

Livs Lächeln wurde breiter »Und ich dachte schon, das FBI trägt neuerdings Smoking zur Arbeit.«

Er wusste nicht, wie sie es schaffte, aber in ihrer Gegenwart fühlte er sich deutlich entspannter. Nur so war es zu erklären, dass er ihr wahrheitsgemäß antwortete. »Ich war bei einer Hochzeit.«

Ernst sah sie ihn an. »Hoffentlich war es nicht Ihre eigene.«

In jeder anderen Situation hätte er vermutet, dass sie mit ihm flirten wollte, aber in ihrem Gesicht war nur ehrliches Interesse zu erkennen. »Nein, die meiner kleinen Schwester.«

»Dann hoffe ich, dass die Feier trotzdem schön war und Sie nichts verpasst haben.«

Ein Lächeln hob seine Mundwinkel, als er sich daran erinnerte, wie glücklich seine Schwester vor dem Altar ausgesehen hatte. »Nein, das Wichtigste habe ich mitbekommen. Und ich bezweifle ernsthaft, dass sie mich danach vermisst hat, sie hatte nur noch Augen für ihren Ehemann.«

Liv lachte, ein merkwürdig heiserer Laut. »Das kann ich mir vorstellen.«

Gabriel trank den Becher leer. »Danke noch mal für den Kaffee, wo auch immer Sie ihn herhatten. Und auch für die angenehme Gesellschaft.«

»Gern geschehen, das gilt für beides. Kaffee bekommen Sie in der Storm King Ranger Station, nur ein paar Meter von hier. Sie wird die ganze Zeit offen bleiben. Dort gibt es auch eine Kleinigkeit zu essen.«

»Das ist richtiger Luxus im Gegensatz zu einigen unserer anderen Einsatzorte.«

»Eine Schande. Wie soll man denn ordentlich arbeiten, wenn man völlig ausgelaugt ist?« Liv berührte kurz seine Hand. »Ich bin jedenfalls froh, wenn wir hier ein wenig mithelfen, dass Sie die schwere Aufgabe erledigen können. Wenn Sie noch etwas brauchen, sagen Sie Bescheid, ich werde in der Nähe sein.«

Gabriel sah ihr nach, als sie wegging. Warum konnten sie nicht immer mit so angenehmen lokalen Polizeikräften zusammenarbeiten?

FBI-Agentin Valerie Hayes rieb sich die trockenen Augen und versuchte, die Müdigkeit zu vertreiben, die sie zu überwältigen drohte. Hal war gerade erst hereingekommen und hatte einen Schwall frischer Luft mitgebracht, aber auch das half nur kurzzeitig. Julie saß mit überschlagenen Beinen auf einem Stuhl und blätterte seelenruhig in irgendwelchen Unterlagen, die sich mit der psychischen Verfassung der beiden Häftlinge beschäftigten. Es würde wohl lange dauern, bis Valerie es schaffte, ein solches Maß an Ruhe auszustrahlen, besonders bei einem Fall wie diesem. Sie hatte nur einen kurzen Blick auf die Toten geworfen, aber der reichte, um ihr klarzumachen, wie wichtig es war, die Entflohenen so schnell wie möglich zu fassen. Einen der Ihren auf diese Weise zu verlieren, war hart, und auch wenn sie Ray Curtis noch nicht lange gekannt hatte, hatte sie ihn dennoch sehr gemocht. Er war der freundliche Gegenpol zu Gabriels ernster und manchmal etwas ruppiger Art gewesen.

Ray würde ihnen allen fehlen, Gabriel vermutlich am meisten, wenn sie seinen versteinerten Gesichtsausdruck richtig gedeutet hatte. Ihr Vorgesetzter kam ihr nicht so vor wie jemand, der anderen Menschen leicht näherkam. Soweit sie wusste, war Ray sein einziger Freund innerhalb des FBI gewesen. Sie kannte dieses Gefühl. Wie immer, wenn sie an ihren Bruder Tom dachte, füllten sich ihre Augen mit Tränen. Auch nach Jahren schmerzte sein Verlust mehr, als sie manchmal ertragen konnte. Jedes Mal, wenn sie jemanden sah, der erschossen worden war, erinnerte sie sich daran, wie Tom ausgesehen hatte, als sie ihn fand. Das Blut, das sich um seinen Kopf herum gebildet hatte, die starren, weit geöffneten Augen … Valerie blinzelte heftig und beugte sich wieder über die Papiere, die sie nach hilfreichen Informationen über die beiden Entflohenen durchforstete.

Auf dem Display ihres Laptops befanden sich eine Karte des Olympic National Parks sowie die Fotos der beiden Häftlinge. Russell Davis wirkte genauso, wie er in sämtlichen Berichten und auch von Gabriel und Julie beschrieben wurde: wie ein äußerst brutaler und gewissenloser Mörder. Vielleicht hätte er sogar ganz gut ausgesehen, wenn man seinen harten Gesichtszügen nicht die Gefühlskälte hätte ansehen können. Die Glatze unterstrich diesen Eindruck noch, genauso wie das höhnische Lächeln. Das Schönste an ihm waren die grünen Augen, allerdings brachte der Ausdruck in ihnen Valerie zum Schaudern.

Schnell blickte sie zu dem anderen Foto und tauchte in Damon Thomas' Blick ein. Er wirkte viel mysteriöser, von seinen tiefblauen Augen bis hin zu den fast schulterlangen schwarzen Haaren. Es war schwer vorstellbar, dass dieser Mann zu solchen Taten fähig sein sollte, aber ihre Erfahrung als FBI-Agentin hatte sie gelehrt, nie vom Äußeren auf das zu schließen, was in den Köpfen der Verbrecher vor sich ging. Tatsächlich war Damon Thomas vor drei Jahren wegen Mordes an seiner ehemaligen Geliebten zu fünfundzwanzig Jahren Gefängnis verurteilt worden. Offensichtlich hatte es also genügend Beweise für seine Schuld gegeben, sonst wäre er schließlich nicht ins Gefängnis gekommen. Für ihre jetzigen Ermittlungen war das allerdings unerheblich.

Hinter ihr öffnete sich die Tür und brachte einen weiteren Stoß frischer Luft in den Wagen, den sie gierig einsog, bevor sie sich zu dem Neuankömmling umdrehte. Als sie Gabriel erkannte, setzte sie sich sofort aufrechter hin. Sie wollte ihm beweisen, dass sie den Platz im Team verdiente, auch wenn sie noch nicht so viel Erfahrung hatte wie der Rest von ihnen. Deshalb war sie immer etwas angespannt, sobald er in ihre Nähe kam. Bei diesem Fall war es besonders wichtig, dass sie gute Arbeit lieferte. Für einen winzigen Moment hatte Gabriels Miene etwas lockerer gewirkt, doch sie wurde sofort wieder ernst, als er den Transporter betreten hatte. Mit vier Leuten und der ganzen Ausrüstung war der Innenraum beinahe schon überfüllt.

»Wie sieht es mit der Überwachung aus, Hal?« Gabriels Stimme war ohne jedes Gefühl.

»Die Küstenwache patrouilliert die Juan-de-Fuca-Meerenge, falls sie versuchen, sich nach Kanada abzusetzen. Weitere Kontrollen gibt es auf sämtlichen befahrbaren Straßen und verstärkt bei denen zum Festland. Die haben wir ganz gesperrt, besonders die Tacoma Narrows Bridge. Auch die Fähren wurden eingestellt, genauso wie sämtlicher Bootsverkehr. Mehr können wir derzeit nicht tun. Das Gebiet ist einfach zu groß. Erst wenn wir wissen, in welche Richtung sie geflüchtet sind, können wir es weiter eingrenzen und die Kontrollen an den Strecken verstärken.«

Gabriel ließ die Information einen Moment lang sacken, während er auf die Karte des Gebiets starrte, dann nickte er. »Okay. Versuch, noch mehr Luftüberwachung zu bekommen. Je länger wir warten, desto größer wird der Radius, den wir absuchen müssen. Schon jetzt ist er riesig.« Mit dem Finger malte er einen Kreis auf die Karte, der sowohl die Küstenregion als auch einen Teil des Parkinneren einschloss.

»Alles klar.« Mit dem Handy verließ Hal den Lieferwagen.

Gabriel drehte sich zu Valerie und Julie um. »Superintendent Vaughn hat für uns Räume in der Lodge unten am See reservieren lassen. Wechselt euch ab, damit immer jemand hier ist. Kaffee und etwas zur Stärkung gibt es in der Ranger Station. Behaltet eure Handys immer in Reichweite, damit ihr erreichbar seid.«

Auch wenn sie kaum noch die Augen offen halten konnte, wusste Valerie, dass sie erst an eine Pause denken durfte, wenn sie ihre Arbeit erledigt hatte. Gabriel erwartete das.

Julie stand auf und streckte sich. »Dann hole ich uns mal ein paar Eimer Kaffee. Ist Lucas immer noch mit dem Detective unterwegs?«

»Ja, aber die Spurensuche vor Ort müsste bald abgeschlossen sein. Die Leichen sind bereits abtransportiert worden.« Bei der Erwähnung der Toten zuckte für einen Sekundenbruchteil Schmerz über Gabriels Gesicht, aber er war so schnell verschwunden, dass Valerie nicht wusste, ob sie es sich nicht nur eingebildet hatte.

Zusammen verließen Gabriel und Julie den Lieferwagen, und Valerie war zum ersten Mal seit ihrem überstürzten Aufbruch in Seattle allein. Sie streckte sich ausgiebig, bevor sie sich wieder über den Laptop beugte. Je schneller sie sämtliche Informationen für Gabriel gesammelt hatte, desto besser.

Die Patrouille war genauso eintönig wie immer, endlose wüstenartige Landschaft um sie herum, nur in der Ferne waren Bergketten zu sehen, die etwas mehr Abwechslung versprachen. Dorthin würden sie allerdings nie kommen, denn ihr Einsatzgebiet befand sich in der Senke, in der es im Sommer kochend heiß wurde und im Winter der Schnee hüfthoch lag. Im Moment war der Boden knochentrocken, der Asphalt von einer dicken Sandschicht bedeckt, die der starke Wind immer wieder darüber wehte. Jede Fahrt außerhalb ihres Camps war eine Mischung aus trügerischer Ruhe und der sehr reellen Gefahr eines Angriffs. Je länger nichts geschah, desto nervöser wurden sie.

Diesmal war die Stimmung jedoch gut, beinahe ausgelassen, denn in einigen Wochen würden sie endlich aus der Sandbox herauskommen, wie Afghanistan bei den Soldaten genannt wurde. Seine Kameraden auf den vorderen Sitzen des Humvees sangen aus voller Kehle einen alten Eagles-Hit, während Warren sich mit drei weiteren Marines darüber unterhielt, was sie als Erstes tun würden, wenn sie nach Hause kamen.

»Meine Freundin so lange lieben, bis das Bett durchbricht!« Der Vorschlag erntete eine Lachsalve.

»Ich lege mich in den Pool und komme erst wieder raus, wenn ich verschrumpelt bin.«

»Ich stopfe mich so lange mit Fast Food voll, bis es mir zu den Ohren rauskommt.«

Lächelnd hörte Warren sich die Ideen seiner Freunde an, während gleichzeitig Wehmut in ihm aufkam. Er war nur wenige Jahre älter als sie, trotzdem schien sich sein Leben in ganz anderen Bahnen abzuspielen. Er wünschte, es wäre für ihn auch so unkompliziert.

Der neben ihm sitzende Marine stupste ihn mit seinem Gewehr an. »Was ist mit dir, Warrior? Keine Pläne?«

Er wollte die Stimmung nicht verderben, deshalb hielt er seine Antwort einfach. »Mit meiner Tochter in den Zoo gehen oder ins Kino. Oder wir machen eine Tour in den Olympic National Park.« Obwohl es recht unwahrscheinlich schien, dass seine Exfrau Letzterem zustimmen würde.

Seit die Scheidung vor einigen Monaten rechtskräftig geworden war, wurde der Kontakt immer schwieriger. Es half natürlich auch nicht, dass er nicht in der Nähe war, um direkt mit ihr zu reden und sie davon zu überzeugen, dass er ein richtiger Vater für seine Tochter sein wollte. Zu viel hatte er in Emmas ersten sechs Lebensjahren verpasst, weil er die meiste Zeit im Einsatz gewesen war. Wenn er seine Tochter nicht ganz verlieren wollte, musste sich das ändern, er wusste nur noch nicht genau, wie er das hinkriegen sollte. Er war ein Marine, das war nicht einfach nur ein Job für ihn.

Pedro beugte sich vor und legte ihm die Hand auf die Schulter. »Das hört sich gut an, Mann.« Die anderen schienen seine Stimmung zu spüren, denn sie nickten nur zustimmend, niemand machte Scherze. Genau deshalb waren seine Kameraden für ihn wie eine Familie, sie wussten immer, was er gerade brauchte.

Dankbar lächelte er sie an. »Und dann mache ich es mir mit einem Sixpack vor dem Fernseher bequem und sehe mir die ganzen Football-Wiederholungen an.«

»Oorah!« Der Schlachtruf der Marines hallte durch das Fahrzeug und übertönte sogar kurzzeitig den schrägen Gesang.

Zufrieden lehnte Warren sich zurück. In wenigen Wochen ging sein Einsatz hier zu Ende. Er würde nach Hause zurückkehren und ein besseres Verhältnis zu seiner Tochter aufbauen. Mit ein wenig Zeit und Mühe würde ihm das sicher gelingen. Und wenn er dafür vor seiner Exfrau zu Kreuze kriechen musste, würde er auch das tun. Emma war ein wichtiger Teil seines Lebens, und er würde sie nicht kampflos aufgeben. Sicher würde sie …

Ein lauter Knall ertönte, und der Wagen wurde urplötzlich in die Luft geschleudert. Sie flogen durcheinander, Metall, Ausrüstungsgegenstände und Menschen prasselten wie Geschosse auf Warren ein. Mehrmals kamen sie hart auf, bevor das Wrack schließlich liegen blieb. Im ersten Moment war er wie betäubt, dann setzten die Schmerzen ein, doch er drängte sie zurück. Dafür hatte er jetzt keine Zeit. Schreie ertönten, neben ihm erklang ein Stöhnen. Rauch drang in seine Nase, ein Prasseln ertönte. Feuer! *Verdammt, sie waren mit genügend explosiven Stoffen unterwegs, um den Wagen in die Luft zu jagen.*

»Raus, sofort!« Seine Stimme war zuerst nur ein Krächzen, deshalb wiederholte er den Befehl noch einmal lauter. Er versuchte sich aufzusetzen, musste aber aufgeben, als er erkannte, dass er eingeklemmt war. Wenigstens kam er an sein Funkgerät, das er mit blutigen Fingern anschaltete. »Hier ist 1st LAR Echo Co Alpha Squad in M-ATV 83 auf Patrouille, wir sind vermutlich über einen Sprengsatz gefahren. Schwere Schäden am Fahrzeug, viele Verletzte.« Sein Blick fiel auf Ken, der zusammengesunken dasaß, ein Metallstück ragte aus seiner Brust. Die Augen waren leer. Warren beugte sich hinüber und prüfte den Puls. Nichts. Seine Brust zog sich zusammen, als er erkannte, dass sein Freund tot war. »Und mindestens ein Toter. Fahrzeug kann jeden Moment hochgehen. Brauchen dringend Unterstützung.«

»Wo sind Sie?« Eine blecherne Stimme erklang aus dem Funkgerät.

»Etwa einen Kilometer östlich vom Camp.«

»Roger, Hilfe ist unterwegs.«

Warren steckte das Funkgerät weg und begann damit, sich aus seiner Lage zu befreien. Immer wieder sprach er mit seinen Kameraden, doch niemand antwortete ihm. Die Schreie waren verstummt, ebenso wie das Stöhnen. Warren konnte nur noch das Zischen und Knacken der Flammen hören und sein eigenes raues Keuchen. Aber er weigerte sich, zu akzeptieren, dass seine Freunde tot sein könnten. Vielleicht waren sie bewusstlos oder nicht in der Lage, zu sprechen. Er würde sie hier rausholen, nachdem er sich selbst befreit hatte. Hoffentlich waren keine Aufständischen in der Nähe, die sie unter Beschuss nahmen, sowie sie das Fahrzeug verließen.

Endlich schaffte es Warren, die Sitzbank weit genug zu bewegen, um sein Bein befreien zu können. Ein scharfer Schmerz pochte in seinem Unterschenkel, aber er ignorierte ihn. Stattdessen orientierte er sich und versuchte, die Tür zu öffnen. Sie klemmte. Da der Wagen auf der Seite lag, war der einzige Fluchtweg versperrt. Sein Blick fiel auf den vorderen Bereich des Fahrzeugs. Die Windschutzscheibe war vermutlich durch die Explosion herausgebrochen, die den gesamten Motorblock weggerissen hatte. Die Vordersitze hingen im Freien. Im grellen Licht der Sonne konnte er die furchtbaren Verletzungen sehen, die seine beiden Kameraden davongetragen hatten.

Der Geruch nach Benzin hing in der Luft. Ihre Zeit lief ab, so viel war sicher. Trauern konnte er später, jetzt musste er retten, was zu retten war. Mit zusammengebissenen Zähnen schlängelte er sich durch die Sitze und schrie auf, als sein Bein gegen etwas stieß und der Schmerz ihm beinahe das Bewusstsein raubte. Heftig atmete er durch, bevor er sich weiterbewegte. Immerhin bedeutete der Schmerz, dass er noch lebte. Wenig elegant ließ er sich zu Boden fallen und kroch ein Stück weiter. Der Anblick des Humvees war furchtbar, der Sprengsatz musste eine gewaltige Wucht besessen haben, um das gepanzerte Fahrzeug wie eine Konservendose aufzubrechen.

Sponge und Moose waren bei der Explosion gestorben. Blut und Körperteile waren über einen größeren Radius verteilt, wie Warren mit einem kurzen Blick feststellte. Übelkeit stieg in ihm auf, das Schwindelgefühl wurde stärker. Mühsam kam er auf die Füße und humpelte um den Wagen herum. Jeder Schritt sandte einen scharfen Schmerz durch sein Bein, doch er ignorierte ihn. Jetzt zählte nur, seine Kameraden aus dem Fahrzeug zu bekommen, bevor es in die Luft flog. Trotz enormer Kraftanstrengung bekam er die Tür jedoch auch von außen nicht auf. Also musste er versuchen, die Verletzten durch den schmalen Spalt zu ziehen, durch den er selbst geklettert war. Dadurch konnte er die Verletzungen verschlimmern – von den Schmerzen ganz zu schweigen –, aber das war immer noch besser, als in die Luft zu fliegen oder zu verbrennen.

Da die beiden Marines auf den Fahrersitzen nicht mehr zu retten waren, ließ er sie erst einmal, wo sie waren, und konzentrierte sich auf diejenigen, denen er noch helfen konnte. Vorsichtig arbeitete er sich zum Spalt vor und spähte in das dunkle Fahrzeuginnere. Es dauerte einen Moment, bis sich seine Augen wieder daran gewöhnt hatten. Der Benzingeruch war stärker geworden, genauso wie der Rauch. Ihm blieb nicht mehr viel Zeit.

»Pedro, kannst du mich hören?« Ein Stöhnen antwortete ihm. Wenigstens lebte sein Freund noch, und das war alles, was zählte. Warren schob sich noch weiter hindurch, bis nur noch seine Beine aus dem Wagen ragten. Jetzt konnte er Pedro sehen, sein Körper lag zwischen den herausgerissenen Sitzen. Blut be-

deckte sein Gesicht, und es war schwer, seinen Zustand einzuschätzen. »Pedro?«

Langsam öffnete er die Augen und drehte den Kopf so, dass er Warren sehen konnte. »Warrior?«

»Ja. Ich hole dich hier raus. Was für Verletzungen hast du? Kannst du dich bewegen?«

»W… weiß nicht.« Die Lider senkten sich wieder.

»Bleib wach, Pedro, alleine schaffe ich es nicht, du musst schon ein wenig mithelfen.«

»O… kay.« Die Stimme seines Freundes klang so schwach, dass Warren sie kaum hören konnte.

Hinterher wusste er nicht, wie es ihm gelungen war, aber er schaffte es, Pedro langsam in Richtung Ausgang zu ziehen. Immer wieder stöhnte sein Freund auf, doch auch wenn es ihm jedes Mal durch Mark und Bein ging, konnte Warren darauf keine Rücksicht nehmen. Er hustete, als der Rauch dichter wurde, Hitze stieg unter dem Fahrzeug auf. Schweiß lief ihm über den Rücken, das Herz hämmerte in seiner Brust.

Pedro öffnete die Augen und blickte ihn an. »Bring dich … in Sicherheit. Es fliegt … gleich alles … in die Luft.«

»Erst hole ich dich hier raus.« Er biss die Zähne zusammen und zog erneut. Inzwischen konnte er mit den Füßen wieder den Sandboden berühren. Gleich hatte er es geschafft, nur noch wenige Zentimeter, dann waren sie frei.

Das Geräusch sich explosionsartig ausbreitender Flammen ließ Warren vor Furcht beinahe erstarren. Er zog noch kräftiger und zuckte zusammen, als er das schmerzerfüllte Stöhnen seines Freundes hörte. Aber er musste weiter, wenn sie überleben wollten. Auf keinen Fall würde er Pedro hier sterben lassen.

»Gleich haben wir es geschafft.« Warren wusste nicht, ob er damit Pedro überzeugen wollte oder sich selbst.

Sein Freund öffnete den Mund, doch was immer er sagen

wollte, konnte Warren nicht mehr hören. Der Humvee explodierte, die Druckwelle entriss ihm Pedros Hände und schleuderte Warren durch die Luft. Hart kam er auf dem Boden auf, und ein feuriger Hauch strich über seinen Körper. Verzweifelt versuchte er, zum Wagen zurückzukommen, um nach seinem Freund zu suchen, doch er konnte sich nicht mehr bewegen. Sein Blick lag auf dem in Flammen getauchten Fahrzeug, dann verlor er das Bewusstsein.

4

Mit einem lauten Keuchen setzte Warren sich auf und blickte blind um sich. Es dauerte einen Moment, bis er erkannte, dass er nicht in Afghanistan war und erneut zusehen musste, wie seine Kameraden verbrannten. Noch jetzt konnte er das Prasseln des Feuers hören und die Hitze spüren, die seine Haut versengte. Der Geruch nach brennendem Kerosin, Kunststoff und Fleisch lag ihm in der Nase. Warren vergrub das Gesicht in den Händen und versuchte, in die Realität zurückzufinden. Schon seit Wochen hatte er nicht mehr so einen ausführlichen Albtraum gehabt, meist waren es eher Bruchstücke, Fetzen der Ereignisse, die zum Tod seiner Freunde und seinem erzwungenen Abschied vom Militär geführt hatten.

Nachdem er mehrmals tief durchgeatmet und die Erinnerungen in den hintersten Winkel seines Gedächtnisses zurückgeschoben hatte, rieb er sich ein letztes Mal über das schweißfeuchte Gesicht und nahm schließlich die Hände herunter. Langsam gewöhnten sich seine Augen an das schummrige Licht, und er erkannte, dass er sich in einem Zelt befand. Verwirrt betrachtete er den grünen Stoff und fragte sich, ob er vielleicht noch im Dienst war, doch der Schmerz in seinem Bein versicherte ihm, dass all das wirklich geschehen war und nicht nur seiner Fantasie entsprang.

Warrens Blick fiel auf die Luftmatratze neben ihm, auf der ein kleines Plüschnashorn lag. Emma! Sein Herz begann erneut loszuhämmern, dieses Mal jedoch aus einem anderen Grund. Wild sah er um sich, doch seine Tochter war nicht mit ihm im Zelt. War sie von seinem Albtraum aufgewacht und nach draußen gegangen, weil sie es nicht mehr ausgehalten hatte? Schuldgefühle drückten ihm den Brustkorb zusammen. Er hätte es hören müssen, als sie den Reißverschluss geöffnet hatte. Als Marine hatte er gelernt, sich seiner Umgebung immer bewusst zu sein. Aber er war nicht mehr beim Militär, und die Albträume und Flashbacks waren so intensiv, dass er oft nichts anderes mehr mitbekam.

Mit zitternden Fingern öffnete er den Reißverschluss und blickte nach draußen. Als er Emma nicht vor dem Zelt entdeckte, kletterte er rasch hinaus. Draußen richtete er sich auf und sah zum Auto hinüber. Doch auch dort war seine Tochter nicht.

»Emma?« Seine Stimme war so rau, dass er sich kaum selbst verstand. Warren räusperte sich und versuchte es noch einmal. »Emma, bist du hier?«

Niemand antwortete ihm, und das schlechte Gefühl in seiner Brust wuchs. Was war er für ein Vater, wenn er seine siebenjährige Tochter mitten in der Wildnis aus den Augen ließ? Natürlich hatte er gedacht, dass sie nicht das Zelt verlassen würde, ohne ihm Bescheid zu sagen, aber trotzdem trug er die Verantwortung für sie. Er humpelte zum Auto und blickte durch die feuchten Scheiben, doch der Wagen war bis auf das Gepäck leer. Kein Wunder, er hatte ja auch den Schlüssel. Rasch suchte er den Rest ihres Standplatzes ab und sah auch hinter den Bäumen nach. Nirgends war eine Spur von Emma zu finden.

Sein Blick fiel auf das Waschhaus, und Erleichterung breitete sich in ihm aus. Genau, das musste es sein. Emma hatte ein Bedürfnis verspürt, und es war ihr peinlich, ihn zu bitten, mit ihr zu kommen. Rasch zog sich Warren seine Hose und einen Pullover über und eilte, so schnell es ihm sein steifes Bein erlaubte, zum Waschhaus.

Er klopfte an die Tür für Damen. »Emma, bist du da drin?«

Mit dem Ohr am Holz lauschte er auf Geräusche aus dem Inneren, doch es blieb still. »Emma?«

»Was tun Sie da?«

Warren wirbelte herum, als die Stimme hinter ihm erklang. Die etwa fünfzigjährige Frau wich einen Schritt zurück, ihr Blick glitt zu den Narben an seinem Hals. Vermutlich sah er schlimm aus, aber das war ihm egal.

Mit Mühe setzte er eine freundlichere Miene auf. »Entschuldigen Sie, ich suche meine kleine Tochter. Sie war nicht im Zelt, als ich aufgewacht bin, und ich hatte gehofft, dass sie vielleicht hier ist.«

»Oh.« Die Frau trat wieder näher. »Soll ich mal nachsehen?«

Dankbar nickte er. »Das wäre sehr nett. Sie ist sieben Jahre und hat rote Locken.« Seine Kehle zog sich zusammen. »Ihr Name ist Emma.«

Ein Lächeln, dann stieß die Frau die Tür des Waschraums auf und ging hinein. Beinahe unerträgliche Sekunden vergingen, während Warren hoffte, sein Gefühl, dass etwas Furchtbares passiert war, entspränge nur seinem schlechten Gewissen oder den Erinnerungen an Afghanistan. Er hielt den Atem an, bis ihm schwarz vor Augen wurde. Keuchend atmete er ein und rieb sich über die schmerzende Brust.

Schließlich öffnete sich die Tür wieder, und die Frau trat heraus. Sorgenfalten standen auf ihrer Stirn. »Es tut mir leid, hier ist kein Kind. Sind Sie sicher, dass sie hier ist?«

Für einen Moment versagte Warren die Stimme. »Nein, es war meine letzte Hoffnung.« Die Angst um Emma verursachte ein hohles Gefühl in seinem Magen.

Mitgefühl leuchtete ihm aus den Augen der Frau entgegen. »Am besten gehen Sie noch mal zu Ihrem Platz zurück, vielleicht ist sie inzwischen dort und hat sich einfach nur versteckt oder auf dem Gelände umgesehen. Meine Söhne haben mich damit früher auch öfter in den Wahnsinn getrieben. Wenn die Kleine nicht dort sein sollte, kommen Sie zu mir, und dann suchen wir den gesamten Zeltplatz ab, wenn es sein muss. Irgendwo muss sie ja sein.« Sie deutete zu einem Familienzelt auf der anderen Seite des Waschhauses. »Das ist unser Zelt. Mein Name ist übrigens Maddy.«

»Danke.« Da ihm die Worte fehlten, nickte er ihr nur kurz zu und eilte dann zu seinem Zelt zurück.

Die verrückte Hoffnung, dass Emma dort auf ihn warten könnte, erwies sich als trügerisch. Sie war nirgends zu finden, und auch auf seine Rufe reagierte sie nicht. Warren sah noch einmal im Zelt nach, doch es hatte sich nichts verändert. Rhino lag verwaist auf dem Kissen. Einen Moment lang starrte er einfach nur darauf. Würde Emma wirklich weglaufen und ihr geliebtes Kuscheltier hierlassen? Er konnte es sich nicht vorstellen, es sei denn, es war ihre Art, ihm zu zeigen, dass sie nichts mehr mit ihm zu tun haben wollte. Aber dachten Kinder in dem Alter wirklich schon so? Vermutlich war Emma die Bindung zu dem Nashorn wichtiger als die Tatsache, dass sie es von ihrem Vater bekommen hatte.

Verzweifelt fuhr er sich durch die kurzen Haare. Gott, Emma durfte nicht weg sein, nicht seine kleine Tochter. Sie war doch noch so jung, so verletzbar … Mühsam riss er sich zusammen. Er musste jetzt klar denken, wenn er sie so schnell wie möglich finden wollte. Maddys Vorschlag hörte sich vernünftig an, deshalb nahm er sein Portemonnaie, in dem er ein Foto von Emma aufbewahrte, und ging damit zum Zelt der Frau.

Offenbar hatte sie ihn schon erwartet, sie kam heraus, sowie er die Parzelle betrat. »Nichts?«

»Nein, ich weiß wirklich nicht, wo sie sein könnte. Ich kann mir nicht vorstellen, dass sie sich so weit entfernen würde, dass sie meine Rufe nicht mehr hört.« Warren zog das Foto aus dem

Portemonnaie. »Das ist Emma.« Er musste schlucken, als er sah, wie fröhlich sie auf dem Bild lächelte. »Inzwischen ist sie ein Jahr älter, die Haare sind etwas länger.« Verdammt, warum hatte er keine aktuelle Aufnahme von ihr? Es dauerte einen Moment, bis ihm seine Digitalkamera einfiel, mit der er Emma gestern fotografiert hatte. Aber für die Suche war ein Papierfoto sicher besser als ein kleiner Monitor.

»Ein hübsches kleines Mädchen.« Maddy berührte tröstend seinen Arm. »Wir werden sie bestimmt finden.«

Zusammen mit Maddys Familie und einigen anderen Freiwilligen durchsuchten sie den gesamten Zeltplatz, doch Emma blieb verschwunden. Warren konnte die Sorge in den Gesichtern der anderen Suchenden erkennen, als sie sich an seinem Zelt wiedertrafen. Niemand hatte sie heute schon gesehen, nur ein Camper glaubte, am frühen Morgen beobachtet zu haben, wie sie zum Waschhaus gegangen war. Er war sich aber nicht sicher, ob es sich wirklich um Emma handelte. Die Verzweiflung hielt Warren fest im Griff, genauso wie die Selbstvorwürfe. Nur einen Tag befand sich seine Tochter in seiner Obhut, und schon hatte er sie verloren. Vielleicht stimmte es doch, was Carol sagte, und er taugte einfach nicht zum Vater.

Nachdem sich die anderen mit bedauernden Worten verabschiedet hatten, blieb Warren mit Maddy zurück. Ihr früherer Optimismus war stark gedämpft, die Sorgenfalten hatten sich vertieft. »Ich fürchte, jetzt ist der richtige Zeitpunkt, die Ranger einzuschalten. Sie haben bessere Möglichkeiten für eine Suche als wir.«

Vermutlich hatte sie damit recht, auch wenn es ihm widerstrebte, offizielle Stellen einzuschalten und sein Unvermögen damit öffentlich zu machen. Aber hier ging es um Emmas Leben, alles andere war nebensächlich. »Ja, ich weiß.«

»Die Eagle Ranger Station ist ein paar Hundert Meter die

Straße runter, von hier aus auf der rechten Straßenseite. Nicht zu verfehlen.«

Es war ihm peinlich, noch mehr von Maddy zu erbitten, nachdem sie schon so viel getan hatte. »Wäre es möglich, dass Sie ein Auge auf den Platz haben und mir telefonisch Bescheid sagen, sollte Emma auftauchen, während ich bei der Rangerstation bin?«

»Aber natürlich. Gehen Sie ruhig, ich passe hier auf.«

Erleichtert gab Warren ihr seine Handynummer, bevor er ins Auto stieg und sich auf den Weg zur Rangerstation machte. Das alte Holzhaus lag tatsächlich nur einige Hundert Meter vom Campingplatz entfernt, allerdings bemerkte er irritiert den Polizisten, der ihn mit Maschinengewehr in der Hand auf der Straße stoppte. Warren bremste sanft ab und fuhr das Fenster herunter.

Der Mann betrachtete ihn intensiv, dann blickte er durch die Seitenscheiben in den Wagen. Schließlich kehrte er wieder zur Fahrerseite zurück. »Sie können weiterfahren.«

»Was ist denn hier los?«

»Die Straße rund um den Crescent Lake ist wegen eines Unfalls gesperrt, Sie können die 101 nur in Richtung Westen befahren.«

Das war zwar keine Erklärung dafür, warum ein Polizist hier schwer bewaffnet Wache hielt, aber Warren hatte jetzt keine Zeit, sich darum zu kümmern. Emma ging vor. »Haben Sie zufällig ein kleines Mädchen gesehen? Sie ist sieben Jahre alt, etwa ein Meter zwanzig groß, rote Haare und braune Augen.«

Bereits nach den ersten Worten schüttelte der Polizist den Kopf. »Hier ist zumindest zu Fuß kein Kind langgekommen. Es könnte natürlich sein, dass sie in einem Wagen gesessen hat, ich überprüfe das nicht.«

Warrens Magen hob sich, als er sich vorstellte, dass jemand seine Tochter entführt haben könnte und einfach mit ihr aus dem Park gefahren war. »Und Sie können sich nicht erinnern, ob ein Mädchen mit roten Locken im Wagen gesessen hat?«

Einen Moment lang dachte der Mann nach, dann hob er die Schultern. »Ich kann mich nicht erinnern, tut mir leid. Ich denke nicht, dass ich ein auf die Beschreibung passendes Kind in einem der Wagen gesehen habe, aber hundertprozentig sicher bin ich mir nicht. Ein Entführer müsste allerdings schon sehr dreist sein, wenn er die Kontrolle in Kauf nimmt. Weiter hinten kommt ja auch noch das Eingangshäuschen der Park Ranger, dort müsste er auch vorbei.«

»Danke. Ich werde mal bei der Eagle Station nachfragen.«

Ohne eine Antwort abzuwarten, fuhr Warren in den kleinen Stichweg und parkte vor der Rangerstation. Das alte Holzhaus wirkte beinahe verlassen, die Tür war geschlossen, aber immerhin waren die schweren Holzfensterläden zur Seite aufgeklappt. Da die Station laut der angeschlagenen Öffnungszeiten besetzt sein sollte, klopfte Warren kurz an die Tür und öffnete sie dann. Die hinter dem Tresen stehende Rangerin fuhr zu ihm herum, die Hand unter der Holzplatte verborgen. Langsam löste sich ihre steife Haltung, und sie atmete tief durch.

»Entschuldigen Sie, ich wollte Sie nicht erschrecken.« Warren deutete zur Tür. »Ich habe geklopft.«

Die junge Frau lächelte ihm schwach zu. »Schon gut, wir sind momentan alle etwas schreckhaft. Was kann ich für Sie tun?«

»Ich zelte auf dem Sol Duc Campground. Als ich heute Morgen aufwachte, war meine kleine Tochter verschwunden. Ich habe mit den anderen Campern schon überall nachgesehen, aber wir haben Emma nicht gefunden.«

»Oh, das ist furchtbar. Wann haben Sie sie zuletzt gesehen?«

Warren rieb sich über die Stirn. »Als ich heute Nacht eingeschlafen bin, lag sie noch neben mir im Zelt. Das war etwa um ein Uhr nachts. Um sieben Uhr bin ich aufgewacht, und sie war weg. Ihre Kleidung ist noch da und auch ihr Kuscheltier. Sie ist einfach spurlos verschwunden.« Beim letzten Wort brach seine Stimme, und Warren räusperte sich. »Ist es möglich, eine Suchmannschaft zusammenzustellen, damit wir die Wälder nach ihr absuchen können? Ich glaube nicht, dass sie sich allzu weit entfernt hat, aber falls doch …« Er stockte, als die Rangerin den Kopf schüttelte.

»Es tut mir wirklich sehr leid, aber derzeit sind wir angewiesen, auf unseren Posten zu bleiben. Sie haben ja sicher den Polizisten draußen gesehen.«

Die Verzweiflung drohte ihn zu ersticken. »Aber es geht um das Leben eines Kindes! Es muss doch jemand dafür zuständig sein.«

»Sie könnten es bei der Polizei versuchen, aber ich fürchte, die werden momentan auch überlastet sein.«

Jetzt reichte es Warren mit den ganzen Andeutungen. »Was ist denn hier los? Der Polizist sagte etwas von einem Unfall am Lake Crescent. Der kann doch kaum so große Auswirkungen haben.«

Die Rangerin blickte sich um und beugte sich dann über den Tresen. »Ich weiß nicht, ob ich Ihnen das überhaupt erzählen darf, aber der Unfall betraf einen Gefangenentransport aus dem Gefängnis in Clallam Bay. Die beiden Häftlinge sind dabei entkommen. Ranger und auch die Polizei aus Port Angeles und den anderen Städten sind in höchster Alarmbereitschaft und damit beschäftigt, die beiden Entflohenen zu finden.«

Das erklärte die Maßnahmen, aber es machte die Suche nach Emma auch noch dringlicher. Was war, wenn sie irgendwo den Weg dieser Verbrecher kreuzte? »Können die Entflohenen hier in der Gegend sein?«

»Das weiß niemand, aber die Straßen und Wege wurden die ganze Zeit patrouilliert, es wäre schon großer Zufall, wenn sie uns hier in der Wildnis finden. Die Polizei setzt Suchhunde ein, hoffentlich werden sie die Männer damit bald stellen.«

So eine Suche konnte sich ewig lange hinziehen, bis dahin könnte Emma alles Mögliche passieren. Er musste irgendetwas unternehmen, nur was? »Gibt es eine Möglichkeit, dass ich mit einem Zuständigen bei der Polizei spreche?« Als er sah, dass sie ablehnen wollte, blickte er sie flehend an. »Bitte! Es geht um das Leben meiner Tochter.«

»Ich versuche es, kann aber nichts versprechen. Da ist momentan die Hölle los.«

»Danke.« Während die Rangerin den Anruf tätigte, holte Warren das Foto aus seinem Portemonnaie und legte es auf den Tresen. Die Miene der jungen Frau wurde weicher, während sie das Bild betrachtete, und Warrens Hoffnung wuchs, dass sie etwas für ihn erreichen würde.

»Hier ist Celia Hobart, ich muss dringend mit Detective Heron sprechen.« Sie hörte kurz zu. »Ja, es ist wirklich wichtig, und nein, es hat nicht direkt mit den Häftlingen zu tun. Danke, Liv.« Sie hielt das Sprechteil zu und senkte die Stimme. »Superintendent Vaughn wird versuchen, den zuständigen Detective ans Telefon zu bekommen. Ich werde ihn dann an Sie weitergeben, damit Sie ihm die Sache schildern können.«

Warren nickte stumm und hoffte, dass er ihn überzeugen konnte. Emmas Leben hing vielleicht davon ab. Nervös trommelte er mit den Fingern auf den Tresen, stoppte aber abrupt, als die Rangerin ihm ein Zeichen gab.

»Ja, vielen Dank für Ihre Zeit, Detective, hier ist Rangerin Hobart. Bei mir ist ein Mann, dessen Tochter vermisst wird, und ich möchte Sie bitten, kurz mit ihm zu reden.« Sie hielt Warren das Telefon hin, und er nahm es dankbar entgegen.

»Mein Name ist Warren Harper. Vielen Dank, dass Sie mich anhören, Detective.«

Ein Schnauben drang durch den Hörer. »Mir blieb kaum etwas anderes übrig, nachdem die Ranger sich verschworen hatten. Sagen Sie, was Ihnen auf dem Herzen liegt.«

»Meine siebenjährige Tochter Emma ist vom Campingplatz bei Sol Duc verschwunden. Wir haben schon überall gesucht, aber es gibt keine Spur von ihr.«

Einen Moment lang herrschte Stille. »Gibt es Anzeichen dafür, dass sie gewaltsam verschleppt wurde?«

»Nein, aber auch keine, dass sie freiwillig gegangen ist. Ihre Kleidung ist hier, der Rucksack, das Kuscheltier. Als ich nachts eingeschlafen bin, lag sie neben mir im Zelt, heute Morgen war sie weg. Einer der anderen Camper glaubt, sie eventuell am frühen Morgen auf dem Weg zum Waschhaus gesehen zu haben, aber er ist nicht sicher.«

Der Detective gab einen Laut von sich, den Warren nicht deuten konnte. »Ist sie früher schon mal weggelaufen?«

Warrens Magen krampfte sich zusammen. »Nicht, dass ich wüsste. Ich war bis vor Kurzem beim Militär und oft im Ausland. Ihre Mutter hat mir nie davon erzählt, dass Emma mal ausgerissen wäre.« Er war zwar nicht sicher, ob Carol es ihm gesagt hätte, aber er konnte sich auch nicht vorstellen, dass Emma von selbst weggelaufen wäre. Sie liebte ihre Mutter und war eher anhänglich als abenteuerlustig. Was vermutlich auch daran lag, dass ihr Vater nur selten da gewesen war und Emma nicht wusste, ob er wiederkommen würde. Kein Wunder, dass sie sich umso mehr an ihre Mutter klammerte und auf Veränderungen nicht gut reagierte. Beinahe wäre er ja auch nicht zurückgekehrt – oder nur in einem Sarg wie seine Kameraden.

»Sie leben getrennt?«

Offenbar waren seine wenigen Worte ausreichend gewesen, um den Detective zum richtigen Schluss kommen zu lassen. »Wir sind geschieden.«

»Hören Sie, Mr Harper, ich würde Ihnen gerne helfen, doch momentan ist hier niemand frei.«

»Ich habe davon gehört, aber das ist ein weiterer Grund, warum ich meine Tochter so schnell wie möglich finden muss.« Verzweiflung klang deutlich in seinen Worten mit.

»Es tut mir leid, sämtliche Suchhunde sind bereits im Einsatz, genauso wie unsere Fährtensucher. Derzeit kann ich niemanden entbehren.« Echtes Bedauern klang in Herons Stimme mit.

»Was kann ich denn dann tun? Alleine werde ich sie nicht finden!«

»Haben Sie etwas zu schreiben?« Seine Stimme wurde leiser, als wollte er nicht, dass jemand mithörte.

Warren drehte sich zu der Rangerin um und machte eine schreibende Bewegung mit der Hand. Schnell schob sie ihm Block und einen Stift zu. »Ja.«

»Ich gebe Ihnen die Adresse einer in der Nähe ansässigen Hundetrainerin. Sie hat sehr gute Suchhunde, die darin ausgebildet sind, Vermisste zu finden. Ich kann Ihnen nicht versprechen, dass Sie Ihnen helfen wird, aber Sie können es versuchen. Ihr Name ist Angel Burns. Sie lebt zurückgezogen auf dem Land ihres verstorbenen Vaters Hunting Bear. Seien Sie behutsam mit ihr, sie ist Fremde nicht gewohnt.«

Warren notierte rasch die Adresse, die ihm der Detective nannte. »Danke, ich werde es probieren.«

»Falls es nicht klappt, melden Sie sich noch einmal bei mir, dann sehe ich, was ich machen kann. Allerdings weiß ich nicht, wann das sein wird.«

»Okay.« Warren verabschiedete sich von dem Detective und legte das Telefon auf den Tresen.

Mitleidig blickte die Rangerin ihn an. »Kein Glück?«

»Jedenfalls nicht bei der Polizei. Detective Heron meinte,

ich soll jemanden namens Angel Burns um Hilfe bitten. Sie trainiert wohl Suchhunde.«

Die Miene der jungen Frau hellte sich auf. »Ich kenne Angel, sie ist tatsächlich die Beste, wenn es darum geht, Vermisste zu finden. Sie hat die Spurensuche von ihrem Vater gelernt, einem Quileute. Es ist beinahe unheimlich, ihr und den Hunden zuzusehen, wenn sie jemanden suchen.«

Das war gut zu wissen, aber zuerst einmal musste er sie finden. »Haben Sie hier eine Karte? Der Detective hat mir die Adresse gegeben, aber ich habe keine Ahnung, wo das ist.«

Die Rangerin schob ein paar Papiere zur Seite und deutete auf die Karte darunter. »Wir sind hier. Und Angels Grundstück befindet sich an der Upper Hoh Road.« Mit dem Zeigefinger der anderen Hand deutete sie auf die Straße. Der Abstand war viel zu groß.

»Gibt es eine Straße, die von hier aus direkt dorthin führt?«

Ein Kopfschütteln war die Antwort. »Leider nicht.«

Verdammt! Das bedeutete, dass er einen großen Umweg von etwa fünfzig Meilen würde fahren müssen, während es direkt sicher nur fünfzehn wären. »Haben Sie eine Telefonnummer von ihr?«

»Angel hat keinen Festnetzanschluss, und ihr Handy funktioniert eher selten, weil der Empfang dort unten so schlecht und sie auch ständig unterwegs ist. Aber versuchen Sie es ruhig.«

Natürlich war es so, wie die Rangerin sagte: Er erreichte Angel Burns nicht telefonisch. Schweren Herzens entschied er sich, die Fahrt auf sich zu nehmen. Glücklicherweise konnte er Maddy überreden, weiterhin auf dem Zeltplatz nach Emma Ausschau zu halten und ihn zu informieren, sowie seine Tochter auftauchte. Sein Gefühl sagte ihm allerdings, dass er vergeblich hoffte und sein Handy nicht klingeln würde. Emma war spurlos verschwunden.

5

Damon hielt im Schatten einer gewaltigen Konifere an und legte das Mädchen auf den weichen Boden, bevor er sich daneben setzte. Die Hände auf die Oberschenkel gestützt versuchte er, genug Luft zu bekommen. Der stundenlange Marsch hatte ihn erschöpft und vor allem verdammt hungrig gemacht. Nach ihrem unglücklichen Zusammentreffen mit dem Kind waren sie so schnell geflüchtet wie möglich und zuerst dem Pfad gefolgt, der vom Zeltplatz zu den Sol Duç Wasserfällen führte. Doch je heller es wurde, desto größer war die Gefahr, entdeckt zu werden, deshalb waren sie in den frühen Morgenstunden wieder in den Regenwald eingetaucht. Das bedeutete allerdings auch, dass sie langsamer vorwärtskamen und das Gehen immer anstrengender wurde, besonders wenn man dabei ein nicht ganz leichtes Kind zu tragen hatte.

Am Anfang hatte das Mädchen noch versucht, sich zu wehren und seinem Griff zu entkommen, doch irgendwann war es erschöpft eingeschlafen. Eine Erleichterung für ihn, auch wenn die Kleine damit noch schwerer zu werden schien. Immerhin musste er ihr nicht mehr den Mund zuhalten, um ihre Schreie zu dämpfen. Damon betrachtete sie. Die zerzausten roten Locken umgaben ein viel zu bleiches Gesicht, auf dem die Sommersprossen stark hervorstachen. Die Lider waren geschlossen, aber er glaubte sich zu erinnern, wie sie ihn mit hellbraunen Augen verzweifelt angesehen hatte. Tränenspuren waren deutlich auf ihren Wangen zu sehen, die Haut um die Augen war gerötet, genauso wie ihre Nase.

»Was soll das? Ich hab nichts von einer Pause gesagt!« Russells Stimme drang viel zu laut in seine Gedanken.

Damon funkelte ihn wütend an. »Psst. Du weckst sie noch auf!«

»Na und? Was kümmert's mich? Warum sollte sie schlafen dürfen, während wir durch die Gegend laufen?«

Mit Mühe unterdrückte Damon das, was ihm durch den Kopf ging. Stattdessen beschränkte er sich auf: »Sie ist einfacher zu transportieren, solange sie schläft. Oder hast du schon vergessen, wie schwer sie zu bändigen ist?«

Russell schnaubte. »Wenn du zu blöd bist, so ein kleines Kind ruhig zu halten, ist das nicht mein Problem. Sollte sie so was noch mal abziehen, werde ich dafür sorgen, dass sie es bereut. Und du auch.«

»Sie ist ein Kind! Wie soll sie verstehen, was hier geschieht und warum sie still sein soll?«

»Es ist deine Aufgabe, dafür zu sorgen. Aber wenn dir das zu viel ist, kann ich sie auch niederschlagen, sobald sie sich rührt. Wäre dir das lieber?«

Hass kam in Damon auf, der sich kaum zurückdrängen ließ. Seine Hände ballten sich zu Fäusten. »Natürlich nicht. Aber …«

»Denk dran, dass ihr nur so lange am Leben bleibt, wie ihr nützlich für mich seid.«

Damon biss die Zähne zusammen. »Verstanden.«

»Dann steh endlich auf, ich will weitergehen, bevor sie irgendwelche Hunde auf uns hetzen.«

»Ich muss erst etwas essen, sonst halte ich nicht mehr lange durch.«

Russells Augenbrauen hoben sich. »Glaubst du wirklich, dass ich die knappe Nahrung an dich verschwende?«

»Wenn du willst, dass ich noch weitergehe, ja.«

Mit der Pistole in der Hand beugte Russell sich zu ihm hinunter. »Oder ich erschieße dich einfach, was hältst du davon?«

»Dann müsstest du die Kleine selbst tragen.«

»Oder ich vergrabe ihre Leiche zusammen mit deiner.« Die Pistole deutete nun auf das Mädchen. »Was hältst du von dem Vorschlag?« Russell grinste. »Ich müsste nicht mal eine Kugel verschwenden, die Kleine hat so einen dürren Hals, den breche ich mit einer Hand.«

Russells Finger näherten sich der zarten Haut ihrer Kehle. Damon konnte es nicht ertragen und schlug sie weg. Sofort presste sich die Mündung der Pistole an seine Schläfe. »Das solltest du besser nicht noch mal machen. Du kannst sie sowieso nicht retten, sollte ich entscheiden, dass sie keinen Wert mehr für mich hat. Wenn dir dein Leben lieb ist, kommst du mir besser nicht in die Quere.«

Vermutlich stimmte das sogar, aber Damon konnte nicht anders. Das Gefühl, wie sich ihr kleiner Körper im Schlaf an ihn gepresst hatte, ließ sich nicht mehr ausradieren. Damon griff nach ihr und zog sie wieder zu sich. Schlaftrunken schlang sie ihre Beine um seine Taille und die Arme um seinen Hals. Damons Hand legte sich beruhigend auf ihren Rücken, während er sich mit ihr erhob. Gleichzeitig drehte er sich so, dass sie nicht mehr in Russells Reichweite war.

Der grinste spöttisch. »Ah, so ist das also, du stehst auf kleine Kinder. Warum hast du das nicht gleich gesagt?«

Schweigend sah Damon ihn einfach nur an. Unter seiner Hand konnte er spüren, wie das Herz des Mädchens schneller schlug. Warnend drückte er sie an sich und hoffte, dass sie sich ruhig verhielt.

Mit einem verächtlichen Schnauben setzte Russell den Rucksack ab und holte einen Müsliriegel und eine Flasche

Wasser heraus. Beides hielt er Damon hin. »Hier. Teil es dir gut ein, mehr bekommst du nicht. Und wenn du mich noch mal aufhältst, wirst du es bereuen.«

»Ich muss pinkeln und die Kleine sicher auch.«

»Worauf wartest du dann noch?«

Mit den Augen deutete Damon auf das Kind. »Nicht vor ihr.«

Genervt zeigte Russell auf einen nahen Baum. »Dann setz sie dahinter, aber ich will dich die ganze Zeit sehen. Und wenn die Kleine abhaut, bist du dran.«

Ohne eine Antwort strebte Damon auf den Baum zu. Außer Sichtweite von Russell setzte er das Mädchen auf den Boden und hockte sich neben sie. Mit schreckgeweiteten Augen starrte sie ihn an. Damon öffnete den Müsliriegel und brach ihn in der Mitte durch, bevor er die zweite Hälfte in die Hosentasche steckte. »Hier, iss das.« Die Wasserflasche stellte er neben sie. »Ich bin sofort wieder da. Wenn du musst, ist jetzt die einzige Gelegenheit dazu. Und lauf nicht weg, der Mann ist sehr gefährlich.«

Zögernd nickte sie, ihre Zähne bohrten sich in ihre Unterlippe.

»Schnell, wir müssen gleich weiter.« Damit ließ er sie hinter dem Baumstamm zurück und trat ins Freie, wo Russell ihn sehen konnte.

Er drehte dem Mörder den Rücken zu und öffnete seinen Reißverschluss. Nachdem er sich erleichtert hatte, kehrte er zu dem Mädchen zurück und sah, dass sie den Müsliriegel bereits aufgegessen hatte. Damon öffnete die Wasserflasche und hielt sie der Kleinen hin. »Wie heißt du?«

Sie blickte ihn nur an, ohne ihm zu antworten. Vermutlich war es auch zu viel verlangt, aber er hätte gerne ihren Namen gewusst, um sie richtig ansprechen zu können. Nach einigen Schlucken nahm er die Wasserflasche wieder an sich, trank selbst etwas und verschloss sie dann wieder. »Kannst du die Flasche halten, während ich dich trage?«

Ernsthaft nickte das Mädchen. »Bringst du mich zu meinem Dad?«

Damons Schuldgefühl nahm zu, als er die Hoffnung in ihrer Stimme hörte. »Im Moment noch nicht, aber sobald es geht.«

»Wenn ihr jetzt nicht da rauskommt, dann hole ich euch!« Russell klang hörbar ungeduldig.

Damon hob das Kind wieder auf seinen Arm und trat hinter dem Baum hervor. Je näher sie Russell kamen, desto stärker wurde ihr Zittern, und sie vergrub ihr Gesicht an seiner Brust.

Angel Burns trainierte gerade einen ihrer Welpen, als sie Motorengeräusch hörte. Das war an sich nichts Ungewöhnliches, ihr Grundstück lag nah genug an der besonders im Sommer vielbefahrenen Straße zum Hoh Rain Forest, sodass oft Autolärm durch die Bäume drang. Diesmal jedoch wurde das Geräusch immer lauter, bevor es schließlich erstarb. Bounty, ihr Wachhund, der normalerweise vor dem Haus auf der Veranda lag, bellte einmal scharf. Ein sicheres Zeichen, dass sich ein Fremder auf ihrem Grundstück befand.

Mit einem tiefen Seufzer hob sie den Labradorwelpen auf ihren Arm und ging um das Haus herum. Hoffentlich war das nicht wieder einer dieser Touristen, die sich verirrt hatten und dachten, es sei völlig in Ordnung, ihren Tagesablauf zu stören, um nach dem Weg zu fragen. Oder noch schlimmer: nach einer Toilette. Sie hätte sich zwar verstecken können, aber sie wollte auch nicht, dass jemand auf ihrem Grundstück herumlief, der hier nichts zu suchen hatte. Trotz des Zaunes, der das Grundstück umgab, und den Schildern, dass es sich um Privatbesitz handelte, kam leider auch das hin und wieder vor. Viele dachten, alles Land auf der Olympic Peninsula gehöre zum Nationalpark, dabei waren es nur die Küstenabschnitte im Westen und ein größerer Bereich im Inneren der Halbinsel.

Als Angel um die Hausecke herumkam, stieg gerade ein Mann aus einem Geländewagen und blickte sich suchend um. Noch hatte er sie nicht entdeckt, deshalb nutzte sie die Zeit und betrachtete ihn prüfend. Auch wenn er gekleidet war wie ein Tourist, glaubte sie nicht, dass er sich hierher verirrt hatte. Sein kräftiger Körper wirkte angespannt, und sie hatte fast das Gefühl, eine Aura der Verzweiflung an ihm wahrnehmen zu können. Angel schnaubte. Jetzt hörte sie sich schon an wie ihre Mutter, die immer noch wie ein Hippie aus den Siebzigern lebte. Und das war kein Kompliment. Angel schob den Gedanken beiseite und ging auf den Mann zu.

Sowie sie sich aus dem Schatten des Hauses löste, schwang sein Kopf herum, und er starrte sie an. Sein Gesicht war hart und kantig, die braunen Haare beinahe militärisch kurz geschoren. Er war sicher zwanzig Zentimeter größer als sie und vor allem äußerst muskulös gebaut. Sie gab Bounty ein Zeichen, woraufhin der Hund sich auf die Veranda legte, den Fremden aber weiterhin wachsam anblickte. Beim kleinsten Anzeichen von Gefahr würde er losstürmen und den Eindringling verjagen. Angel glaubte allerdings nicht, dass das heute nötig sein würde. Auch wenn eine gewisse Gefahr von dem Mann ausging, war es doch etwas anderes, das Angel nervös machte: die kaum verborgene Furcht in seinen hellbraunen Augen.

Einige Meter von ihm entfernt blieb sie stehen und setzte den Welpen ins Gras. Sofort begann er, mit ihren Schnürsenkeln zu spielen. Noch vor wenigen Minuten hätte sie sich darüber amüsiert, doch durch die Ankunft des Fremden waren ihre Gelassenheit und Freude verschwunden. Mühsam unterdrückte sie ein Frösteln und verschränkte die Arme vor der Brust. Eine Wolke verdeckte die Sonne und tauchte die Welt in Schatten. Erneut ein böses Omen, auch wenn sie normalerweise nicht an solche Dinge glaubte. Aber es lag etwas in der Luft …

»Sind Sie Angel Burns?« Seine Stimme war tief und klang ein wenig rau, als müsste er sich mühsam zurückhalten.

Angel nickte knapp. »Ja.«

»Es tut mir leid, hier einfach so reinzuplatzen. Ich habe Ihre Adresse von Detective Heron, und er sagte, dass Sie mir vielleicht helfen könnten.«

Das war allerdings eine Überraschung. Sie kannte den Detective gut, trotz des Altersunterschieds von sicher zwanzig Jahren war er ein Freund ihres Vaters gewesen. Hin und wieder kontaktierte er sie, wenn er Hilfe bei einem Vermisstenfall brauchte, und sie half ihm gerne aus, auch wenn sie dadurch manchmal ertragen musste, dass die Sache nicht gut ausging. Glücklicherweise kam das jedoch nur sehr selten vor, denn ihre Hunde waren gut. Michael Heron hatte bisher allerdings noch nie jemanden einfach zu ihr geschickt, sondern war immer selbst gekommen, weil er wusste, dass sie ihre Ruhe schätzte.

Der Mann räusperte sich, und Angel erkannte, dass sie ihn einfach nur angestarrt und nicht auf seine Worte reagiert hatte. Genau deshalb blieb sie lieber für sich. »Wobei?« Sowie das Wort heraus war, hätte sie es am liebsten zurückgenommen. Ihre zwischenmenschlichen Fähigkeiten schienen sogar noch eingerosteter zu sein, als sie gedacht hatte. »Ich meinte, warum kommt Detective Heron nicht selber? Er hat noch nie jemanden einfach so vorbeigeschickt. Schon gar keinen Fremden.«

Ein Muskel zuckte in der Wange des Mannes. »Entschuldigen Sie, ich hätte mich vorstellen sollen. Mein Name ist Warren Harper. Der Detective ist derzeit beschäftigt, offenbar gab es einen Unfall mit einem Gefängnistransporter, und zwei Gefangene sind entflohen. Da Polizei und Ranger alle beschäftigt sind, brauche ich dringend jemanden, der mir dabei hilft, meine Tochter zu finden.«

»Es sind Häftlinge entflohen? Davon weiß ich noch gar nichts.« Misstrauisch blickte sie ihn an. »Woher soll ich wissen, dass Sie nicht einer von ihnen sind?«

Seine Hand ballte sich zur Faust. »Dann hätte ich Ihnen sicher nicht davon erzählt. Sie können gerne bei dem Detective anrufen und danach fragen, wenn Sie mir nicht glauben.« Er schob seine Hand in die Hosentasche und zog etwas heraus. Es geschah zu schnell, als dass sie hätte reagieren können, aber zu ihrer Erleichterung war es nur ein Portemonnaie. Mit den Fingern fischte er etwas heraus und hielt es ihr hin.

Ein Druck legte sich auf ihre Brust, als sie das Foto eines hübschen kleinen Mädchens sah, das in die Kamera lächelte. Sie wusste schon, was kommen würde, bevor er weitersprach.

»Das ist meine Tochter Emma. Sie ist sieben Jahre alt. Wir zelten für ein paar Tage auf dem Sol Duc Campingplatz. Als ich letzte Nacht eingeschlafen bin, lag sie noch neben mir, aber heute Morgen war sie weg. Wir haben den ganzen Campingplatz und die Umgebung abgesucht, sie ist nirgends zu finden. Als hätte sie sich in Luft aufgelöst.« In den Augen des Fremden lag ein Ausdruck purer Verzweiflung, seine Hand mit dem Foto zitterte.

»Könnte sie weggelaufen sein?«

Harper zögerte, und sie hatte das Gefühl, dass er etwas zurückhielt. Schließlich antwortete er ihr: »Möglich ist es sicher, aber ich glaube es nicht. Sie hat nichts mitgenommen, und sie fand den Wald schon tagsüber unheimlich, ich kann mir nicht vorstellen, dass sie freiwillig alleine im Dunkeln darin herumläuft.«

Man wusste nie, was in den Köpfen der Leute vor sich ging,

Kinder eingeschlossen. Aber es schien tatsächlich nicht sehr wahrscheinlich, dass ein siebenjähriges Mädchen ohne Grund weglief und nichts mitnahm. Außer es war ihm als die einzige Möglichkeit erschienen. »Ist Ihre Frau auch hier?«

»Nein, wir sind geschieden. Emma und ich wollten einen gemeinsamen Ausflug machen.« Wieder glitt etwas über sein Gesicht, war aber zu schnell verschwunden, als dass sie es hätte deuten können. »Bitte, helfen Sie mir, Emma zu finden. Die Vorstellung, dass sie ganz alleine ist …« Seine Stimme brach, und er drehte sich abrupt um.

Nachdenklich betrachtete Angel seinen Rücken. Falls er ihr etwas vormachte, verdiente er einen Oscar. Sie glaubte ihm, dass seine Tochter verschwunden und er verzweifelt war. Die Frage war nur, ob sie sich das wirklich antun wollte. Gerade Fälle mit Kindern nahmen sie immer unheimlich mit. Obwohl sie das Foto nicht mehr sehen konnte, hatte sich Emmas Gesicht bei ihr eingebrannt, besonders die großen hellbraunen Augen, die denen ihres Vaters so glichen. Mit einem innerlichen Seufzer gestand Angel sich ein, dass sie gar keine Wahl hatte: Sie konnte das Kind nicht einfach seinem Schicksal überlassen.

Harper drehte sich wieder zu ihr um, seine Augen waren gerötet. »Bitte, Ms Burns. Sie sind meine einzige Hoffnung. Ich bezahle Ihnen auch alles, was sie fordern. Hauptsache, wir finden meine Tochter.«

»Über die Bezahlung reden wir, wenn wir sie gefunden haben. Sol Duc sagten Sie?«

»Ja.« Hoffnung leuchtete in seinen Augen auf. »Dann helfen Sie mir?«

»Es sieht so aus. Ich muss einiges packen. Warum fahren Sie nicht schon zurück und melden sich bei mir, falls Emma in der Zwischenzeit wieder auftaucht?«

Er zog sein Handy heraus und blickte auf das Display, bevor er es zurück in die Hosentasche schob. »Sie ist noch nicht wieder da. Ich werde sofort benachrichtigt, wenn Emma auftaucht.« Sein Gesichtsausdruck war herzzerreißend, deshalb wandte sich Angel schnell ab und ging auf das Haus zu.

»Fahren Sie trotzdem schon zurück und packen Sie Nahrung, Wasser, eine Decke, Kleidung zum Wechseln und Regenkleidung ein. Auch für Emma. Wenn wir sie finden, wird sie es brauchen.«

»Werden wir so lange unterwegs sein?«

Angel drehte sich noch einmal zu ihm um. »Das weiß man vorher nie. Manchmal gehen die Leute einfach nur im Kreis und man findet sie innerhalb kürzester Zeit, manchmal dauert es Tage. Wir sind zu Fuß unterwegs, und sie hat schon einige Stunden Vorsprung. Die einzuholen wird schwierig und hängt auch von den äußeren Umständen ab.« Dass auch der beste Suchhund nicht immer einer Spur folgen konnte, sagte sie ihm besser nicht.

Da Harper unter seiner Sonnenbräune ganz blass wurde, trat sie auf ihn zu und legte ihm eine Hand auf den Arm. »Wir werden Emma finden, egal wie lange es dauert.« Unter ihren Fingern spürte sie, wie sich seine Armmuskeln entspannten.

Intensiv blickte er sie an. »Danke. Egal was passiert, ich bin Ihnen dankbar, dass Sie es versuchen werden. Ich könnte nicht …« Er wandte den Blick ab, und sie sah, wie er heftig schluckte. »Wenn Emma etwas zugestoßen ist, könnte ich mir das nie verzeihen.«

Auch das hatte sie schon öfter gehört, aber aus irgendeinem Grund ging es ihr diesmal besonders nahe. Eine Weile betrachtete sie die frischen Narben an Warren Harpers Hals, die im Ausschnitt seines Hemdes verschwanden, und fragte sich, woher sie wohl stammten.

Dann straffte sie die Schultern und trat einen Schritt zurück. Die Zeit drängte, und sie hatte noch viel zu erledigen. »Fahren Sie jetzt, ich komme so schnell nach, wie es geht.«

Mit einem kurzen Kopfnicken ging Harper zu seinem Wagen zurück. Angel beobachtete, wie er einstieg, den Motor startete und dann rückwärts ihre Auffahrt wieder hinunterfuhr. Ihr Herz klopfte schneller, wie immer, wenn sie kurz vor einem Sucheinsatz stand. Allerdings hatte sie den leisen Verdacht, dass es diesmal auch mit dem Vater des verschwundenen Mädchens zu tun hatte. Irgendetwas an ihm übte eine seltsame Faszination auf sie aus, doch sie verwarf den Gedanken sofort wieder. Was tat sie da eigentlich? Sie kannte ihn ja überhaupt nicht. Sie wusste nur, dass er trotz der Narben sehr attraktiv war und seine Tochter offensichtlich sehr liebte. Viel zu wenig, um überhaupt weiter darüber nachzudenken. Außerdem ging es jetzt nur darum, das Mädchen zu finden.

Über sich selbst den Kopf schüttelnd ging sie ins Haus und begann zu packen. Inzwischen war sie so routiniert, dass sie innerhalb kürzester Zeit fertig war. Sie rief ihre beste und ausdauerndste Hündin Moonlight zu sich, die sofort merkte, dass die Situation ernst war und ein Leben auf dem Spiel stand. Ohne zu zögern, hüpfte sie hinten in den Wagen und legte sich auf die dort ausgebreitete Decke. Es war wichtig, dass die Hündin so ausgeruht wie möglich ankam, damit sie all ihre Kraft auf die Spurensuche verwenden konnte. Nachdem sie arrangiert hatte, dass sich eine befreundete Nachbarin um die anderen Hunde kümmern würde, solange sie weg war, setzte sich Angel in den Wagen und fuhr los.

6

Unruhig lief Warren vor dem Zelt auf und ab, während er immer wieder zur Straße starrte. Was sollte er machen, wenn Angel Burns nicht auftauchte? Vielleicht hatte sie ihn einfach nur weggeschickt, um ihre Ruhe zu haben. Mit den Händen fuhr er sich durch die Haare und blieb stehen. Nein, auch wenn er nur wenige Minuten mit ihr gesprochen hatte, war er sich ziemlich sicher, dass Angel es ihm ins Gesicht gesagt hätte, wenn sie ihm nicht hätte helfen wollen. In ihren grünen Augen hatte nur Mitgefühl gestanden, keine Falschheit. Zumindest, nachdem sie ihr anfängliches Misstrauen ihm gegenüber abgelegt hatte, das – wie er zugeben musste – allerdings berechtigt gewesen war. Schließlich war er einfach so bei ihr aufgetaucht, und anstatt ihn sofort von ihrem Grundstück zu werfen, hatte sie ihn angehört, was er ihr hoch anrechnete. Wenn sie nur endlich auftauchen würde!

»Ihnen ist aber schon klar, dass Sie so die Geruchsspuren verfälschen, oder?«

Warren wirbelte herum und stand Angel Burns gegenüber, die einen fast silberfarbenen Hund an einer Leine führte. Sein Blick glitt zum Zelt, und er spürte Hitze in seine Wangen schießen. »Tut mir leid, ich habe nicht nachgedacht.«

»Das ist in solch einer Situation verständlich, und dafür bin ich hier.« Der Hund verhielt sich ungewöhnlich still, aufmerksam betrachtete er die Umgebung. »Das ist Moonlight, mein Suchhund.«

Wie angewurzelt stand Warren da, weil er Angst hatte, bei

einer Bewegung noch mehr Spuren zu verwischen. »Danke, dass Sie gekommen sind.«

Angel nickte ihm zu. »Okay, fangen wir an. Haben Sie einen Gegenstand oder Kleidung, die Ihre Tochter in letzter Zeit berührt oder am Körper getragen hat?«

»Ja, ihr Kuscheltier, das hat sie immer bei sich.« Warren räusperte sich, um den Kloß aus seinem Hals zu vertreiben. »Und das T-Shirt von gestern müsste auch noch im Zelt liegen. Ich hole es.« Warren drehte sich zum Zelt um und wollte gerade den Reißverschluss öffnen, als Angel ihn am Handgelenk packte.

»Stopp!«

Unsicher drehte er sich zu ihr um. »Was?«

»Ich sammele die Sachen ein, Sie stellen sich am besten neben das Auto und bleiben dort.« Geduldig blickte sie ihn an, bis er verstand, was sie meinte.

»Oh, verdammt! Die Geruchsspur, ich weiß.«

Als Angel ihn losließ, ging er auf möglichst direktem Wege zum Auto und lehnte sich dagegen. Normalerweise war er nicht so unaufmerksam, aber die Angst um Emma schien seinen Verstand zu beeinträchtigen. Angespannt sah er zu, wie Angel mehrere Plastikbeutel herausholte und sie auf links drehte, bevor sie im Zelt verschwand. Er hatte keine Ahnung, wozu sie das tat, aber das war auch unwichtig, solange es dazu beitrug, dass sie Emma fanden. Moonlight saß vor dem Zelt und ließ den Eingang keinen Moment aus den Augen.

Warrens Blick glitt zu Angels Po, der aus dem Zelt ragte, während sie dort herumwühlte. Eine Spur von Anerkennung schlich sich in sein angstregiertes Gehirn. Sofort drängte er die Gefühle zurück. Wie konnte er überhaupt an so etwas denken, während Emma irgendwo allein durch den Wald irrte? Von sich selbst angewidert wandte er den Blick ab.

Schließlich kroch Angel rückwärts wieder aus dem Zelt und erhob sich. Die beiden Beutel waren jetzt mit Rhino und dem T-Shirt gefüllt und oben verschlossen. Fragend blickte er sie an. »Was passiert jetzt damit?«

»Das sind die Geruchsartikel, die Moonlight dabei helfen werden, Emmas Individualgeruch zu erkennen. Ich nehme sie mit, sodass Moonlight unterwegs die Geruchsproben auffrischen kann, falls es nötig sein sollte. Normalerweise reicht es aber, wenn sie den Geruch einmal in der Nase hat.« Sie blickte ihn kurz an. »Haben Sie Ihren Rucksack gepackt?«

Warren nickte, nahm ihn aus dem Auto und setzte ihn auf.

»Ich drehe jetzt erst mal mit Moonlight eine Runde, damit sie schon ein paar Gerüche aufnehmen und sich orientieren kann. Anschließend komme ich zurück und setze sie auf Emmas Spur an.« Angels Blick traf seinen. »Bleiben Sie bitte solange hier, wir sind gleich wieder da.«

Warren wollte protestieren, dass sie keine Zeit zu verlieren hatten, aber er schwieg. Anscheinend war es eine Art Ritual, das Angel mit ihrem Hund durchführte, und er wollte sie auf keinen Fall stören und damit die Suche gefährden. Ungeduldig wartete er, bis sie nach schier endlosen Minuten wieder bei ihm ankamen.

Ohne ein Wort zu verlieren, zog Angel Moonlight ein Hundegeschirr über, an dem eine lange Nylonleine befestigt war. Anschließend öffnete sie eine der Tüten und hielt sie der Hündin hin. Die schob ihre Schnauze hinein und schien tief einzuatmen. Anschließend zog Moonlight den Kopf zurück und blickte sich mit erhobener Nase um. Schnell verschloss Angel die Tüte wieder und steckte sie zusammen mit der anderen in ihren riesigen Rucksack. Dann stand sie auf und nahm die lange Leine wieder in die Hand. Warren verhielt sich die ganze Zeit so still wie möglich, um die Konzentration der beiden nicht zu stören.

»Such.« Das leise Kommando erweckte die Hündin zum Leben, und sie lief langsam los.

Zuerst schien sie einer Spur zu folgen, die vom Zelt zum Auto und zurück führte, dann machte sie einen kleinen Abstecher zwischen den Bäumen hindurch. Dorthin war Emma gestern gegangen, als sie gerade auf dem Campingplatz angekommen waren und er das Zelt aufgebaut hatte. Warren wollte etwas sagen, doch Angel hielt die Hand hoch. Ein deutliches Signal, das ihn auf der Stelle gehorchen ließ. Jetzt wurde ihm klar, warum sie solchen Erfolg bei der Hundeerziehung hatte, offenbar wirkte es auch bei Menschen.

Es fiel Warren schwer, seine Ungeduld zu zügeln, aber er wusste, dass er der Hündin Zeit geben musste, um Emmas Spur sicher zu finden. Wenn er sie jetzt hetzte, konnte sie sich vielleicht irren, und seine Tochter war verloren. Ganz zu schweigen davon, dass Angel dann wohl nicht mehr bereit wäre, ihm zu helfen. Deshalb verhielt er sich ruhig, während Moonlight mit erhobener Nase den Weg anstrebte, der einerseits zur Straße und andererseits zu den Waschhäusern führte. Ohne zu zögern, wandte sich die Hündin zu den Gebäuden um und lief in gemäßigtem Tempo darauf zu.

Warren atmete erleichtert auf. Wenigstens war Emma nicht zur Straße gelaufen, das bedeutete eine Gefahrenquelle weniger. Die Frage war allerdings, ob sie nicht gerade dem Weg folgten, den sie abends gegangen war, anstelle der Spur, die sie in der Nacht hinterlassen haben musste. Aber er konnte nur darauf vertrauen, dass sowohl Angel als auch Moonlight wussten, was sie taten. Der Detective hätte sie sicher nicht empfohlen, wenn sie nicht andere Vermisste bereits erfolgreich gefunden hätten.

In ausreichendem Abstand folgte Warren ihnen und blieb stehen, als er sah, dass die Hündin am anderen Ende des Gebäudes begann, im Kreis zu laufen und dabei die Luft zu prüfen. Angel öffnete die Tür zum Waschraum, doch die Hündin streckte nur kurz den Kopf hinein und wich dann wieder zurück. Nach ein paar weiteren Drehungen blähten sich ihre Nasenflügel, und sie lief langsam weiter. Die Leine war dabei straff gespannt, ihr Schwanz erhoben. Moonlight drehte den Kopf und blickte Angel an, die wiederum Warren ein Zeichen gab, ihr zu folgen. Einerseits freute er sich, dass die Hündin eine Spur gefunden hatte, andererseits fragte er sich, wieso Emma den Weg verlassen hatte und direkt auf den Regenwald zugelaufen war. Selbst wenn es schon hell gewesen sein sollte, konnte er sich nicht vorstellen, dass seine Tochter sich allein dort hineingewagt hatte.

Doch es brachte nichts, darüber nachzugrübeln, Zweifel und Selbstvorwürfe würden ihn nur Kraft kosten, die er sicher noch brauchen würde. Seine Hoffnung, dass sie Emma vielleicht schlafend oder schmollend hinter einem Baum in der Nähe des Campingplatzes finden würden, zerschlug sich, als Moonlight sie immer tiefer in den Regenwald führte. Nach kurzer Zeit trafen sie auf einen Pfad, der sich vom Campingplatz entfernte. Ohne zu zögern, schlug die Hündin ihn ein und hielt sich dabei immer auffällig an der Kante des Weges, dort, wo dieser in den Wald überging. Es musste eine neue Fährte sein, denn hier waren sie gestern nicht entlanggewandert.

Angel wandte sich zu ihm um und sprach ihn mit leiser, ruhiger Stimme an. »Waren Sie hier mit Ihrer Tochter?«

»Nein. Wird es ein Problem sein, wenn hier mehr Menschen herumlaufen?«

»Je mehr Bewegung in der Luft, desto mehr vermischen sich die Geruchsspuren. Aber da Emma hier in den letzten acht Stunden entlanggekommen ist, sollte das nicht stören.« Warren nickte schweigend. »Der Weg führt zu den Sol Duc Falls. Hat Emma gesagt, dass sie dorthin wollte?«

»Nein, aber ich wollte heute mit ihr hin.«

Er konnte Angels Blick nicht deuten, als sie sich wieder umwandte und nur noch auf Moonlight konzentrierte. Hatte ein Hauch von Kritik darin gelegen? Nein, das war sicher nur seine Einbildung, weil er sich selbst die Schuld am Verschwinden seiner Tochter gab. Er hätte Emma zuerst die Gelegenheit geben müssen, ihn wieder besser kennenzulernen, bevor er mit ihr eine Reise unternahm, bei der sie völlig von ihm abhängig war. Hatte sie sich gezwungen gefühlt und war weggelaufen, weil sie den Druck nicht mehr aushielt? Sein Magen krampfte sich zusammen.

Da ihn seine Selbstvorwürfe jedoch nicht weiterbringen würden, drängte er sie zurück und konzentrierte sich darauf, die Umgebung mit den Augen abzusuchen. Nach Emma zu rufen, traute er sich nicht, aus Angst, die Konzentration des Hundes zu stören. Doch so sehr er sich auch bemühte, er konnte nirgends ein Zeichen erkennen, dass seine Tochter hier gewesen war. Er musste sich ganz auf Moonlights Nase verlassen und auf Angels Fähigkeit, die Zeichen des Hundes zu deuten. Allerdings fiel ihm das verdammt schwer. Warren war es gewohnt, selbst zu agieren und Entscheidungen zu treffen. Und jetzt war er hilflos und auf die Unterstützung von Fremden angewiesen. Aber für seine Tochter nahm er auch das auf sich. Er hätte alles für Emma getan.

Gabriel stapfte durch den Regenwald und fluchte, als er erneut an einem Farn hängen blieb und beinahe zu Fall kam. Auch wenn er normalerweise nichts gegen Natur hatte, war er weder für einen Ausflug in den Wald gekleidet, noch hatte er die Geduld dafür. Nachdem die Suchhunde am Morgen endlich eingetroffen waren, hatte es nicht lange gedauert, bis sie die Fährte der beiden Verbrecher aufgenommen hatten. Offenbar waren sie durch die Unterführung auf die andere Straßenseite gelangt und dort dem Wanderweg gefolgt. In seiner Euphorie hatte Gabriel die folgenschwere Entscheidung getroffen, zusammen mit den Hundeführern, etlichen Polizisten sowie zwei Rangern, die das Terrain kannten, der Spur zu folgen.

Auf dem Weg war das auch noch kein Problem gewesen, aber dann waren die Hunde abgebogen, und nun durfte die ganze Mannschaft durch den Regenwald stapfen. Was schon unter normalen Umständen kein Spaß war, aber im Smoking und ohne Wanderschuhe mehr als unangenehm. Das wäre ihm sogar noch egal gewesen, wenn sie die Mörder gefunden hätten, aber die Hunde liefen immer weiter, ohne Anzeichen, dass sie in absehbarer Zeit Erfolg haben würden. Der Vorsprung der beiden Männer war immens. Sofern sie nicht so dumm gewesen waren, sich irgendwo schlafen zu legen – und davon ging Gabriel aus –, würden sie die beiden so nie aufspüren.

Deshalb hatte Gabriel sich entschieden, zum Hauptquartier zurückzukehren und die Koordination von dort aus zu leiten. Sie konnten die Entflohenen nur fassen, wenn sie ihnen den Weg abschnitten. Immerhin wussten sie jetzt, in welche Richtung Davis und Thomas nach dem Unfall gelaufen waren, und konnten Berechnungen anstellen, wo sie sich hinbewegten. Und wo sie aus dem Park herauskommen würden. Dort konnte er sie dann abfangen und dafür sorgen, dass sie für die Flucht, vor allem aber die Morde, zur Rechenschaft gezogen wurden. Leider würde das die Toten auch nicht wieder lebendig machen, aber das war alles, was er tun konnte, um Ray zu rächen.

Über fünfzehn Jahre lang war Ray sein Freund gewesen, trotz der Tatsache, dass sie ein großer Altersunterschied trennte und Ray früher beim FBI sein Ausbilder gewesen war. Damals hatte Gabriel ihn noch gehasst, größtenteils weil er selbst zu borniert gewesen war, um zu verstehen, dass er trotz seines

Studiums und all seiner Fähigkeiten noch gar nicht alles wissen konnte und nur ein Anfänger war. Mit seiner humorvollen Art hatte Ray ihn mehr als einmal zur Weißglut getrieben, weil er das Gefühl gehabt hatte, dass sein Ausbilder sich über ihn lustig machte. Ray dagegen hatte es genutzt, um ihn anzutreiben und zu einem besseren Agenten auszubilden.

Erst als Ray bei einem Einsatz durch seine Erfahrung verhindert hatte, dass Gabriel einen folgenschweren Fehler beging, hatte er erkannt, dass sie keineswegs Gegner waren. Ganz im Gegenteil: Ray hatte darauf verzichtet, Gabriels Fehler an die große Glocke zu hängen und ihm damit die Gelegenheit gegeben, seine Vorgesetzten selbst davon in Kenntnis zu setzen. Danach war ihre Beziehung zuerst durch großen Respekt, später durch Freundschaft geprägt gewesen. Auch jetzt noch betrachtete er Ray als seinen Mentor, obwohl er ihn in den letzten Jahren auf der Karriereleiter überholt hatte.

Das hatte aber weniger daran gelegen, dass Ray nicht noch weiter hätte aufsteigen können, sondern eher daran, dass er gar kein Interesse daran gehabt hatte. Er war damit zufrieden gewesen, seine Arbeit zu machen und abends zu seiner Familie zurückzukehren. In letzter Zeit hatte Gabriel begonnen, ihn darum zu beneiden. Doch jetzt war seinem Freund und vor allem auch seiner Frau und den Kindern all das genommen worden …

Angetrieben von seiner Wut und dem Verlangen, die Verbrecher so schnell wie möglich zu fassen, befreite sich Gabriel aus den Klauen des Regenwalds und erreichte bald darauf die Unfallstelle. Da er schon per Funk seinem Team mitgeteilt hatte, dass er umkehren würde und sie eine Karte mit dem aktuellen Standort der Suchmannschaft und dem möglichen Ziel der Mörder erstellen sollten, nahm er sich die Zeit, erst zur Lodge zu gehen. In diesem Zustand würde er nicht weiterarbeiten können, er musste sich frisch machen und auch andere Kleidung besorgen.

Gerade als er an der Rezeption stand, um sich seinen Zimmerschlüssel geben zu lassen, betrat Liv die Lodge und kam direkt auf ihn zu. Vermutlich hatte sie gesehen, wie er aus dem Wald gekommen war, obwohl er einen möglichst großen Bogen um alle gemacht hatte.

In ihren Augen stand ein Funken Humor, als sie an ihm hinabblickte und seine verschmutzte und teilweise zerrissene Kleidung betrachtete. »Ich habe Ihnen andere Kleidung aufs Zimmer legen lassen. Sie ist zwar vermutlich nicht das, was Sie sonst gewohnt sind, aber für diese Gegend besser geeignet.«

»Danke. Zu dumm, dass ich sie nicht vorher hatte. Wäre ich mit dem Wagen gekommen, hätte ich Kleidung zum Wechseln dabeigehabt, aber so …« Gabriel zuckte mit den Schultern. Es war ihm wichtiger gewesen, so schnell wie möglich hierherzukommen und nach Ray zu sehen.

Liv legte ihm die Hand auf den Arm. »Das ist verständlich. Geben Sie mir einfach Ihre Größe, und ich werde dafür sorgen, dass jemand für Sie – und auch Ihr Team, falls das nötig ist – in Port Angeles Kleidung besorgt.«

Dankbarkeit durchströmte ihn. Die Sache war schwierig genug, und es half immens, wenn sich jemand anders um die lästigen Details kümmerte. »Das wäre wirklich toll. Reicht es, wenn ich einen Zettel schreibe und hier an der Rezeption hinterlege?«

»Natürlich. Ich kann zwar nicht versprechen, dass wir irgendwelche Spezialwünsche erfüllen können, aber sämtliche Grundbedürfnisse können wir sicher befriedigen.«

»Noch einmal vielen Dank für Ihre Unterstützung, Liv. Sie wissen nicht, was das für uns bedeutet.«

Sie lächelte ihn an. »Doch, ich kann es mir vorstellen. Aber jetzt will ich Sie nicht länger aufhalten. Und denken Sie auch daran, die Kratzer zu verarzten, nicht, dass sie sich entzünden.«

Automatisch fasste sich Gabriel an den Hals, wo ihn ein tief hängender Ast erwischt hatte, doch Liv packte sein Handgelenk und hinderte ihn daran. »Nicht anfassen, vor allem nicht mit *den* Fingern.«

Gabriel blickte nach unten und schnitt eine Grimasse, als er seine schmutzigen Hände sah. Mehr als einmal war er ausgerutscht und hatte sich nur mühsam auf den Beinen halten können. Dazu kamen Zweige und von den Ästen herabhängende Flechten oder auch die moosigen Stämme der Bäume. Seine Haut kribbelte, und er ließ rasch die Hände wieder sinken. Hitze stieg in seine Wangen, als ihm klar wurde, dass er wie ein Städter aussah, der unfähig war, sich im Wald zurechtzufinden.

Abrupt straffte er die Schultern. »Danke für den Hinweis. Ich werde dann besser mal hochgehen, sonst meldet mich mein Team noch als vermisst. Und Sie haben sicher auch genug anderes zu tun, als bei mir den Babysitter zu spielen.«

Liv verzog den Mund. »In einem Park dieser Größe hört die Arbeit nie auf, besonders wenn Mörder auf freiem Fuß sind. Aber ich werde mich erst mal für ein paar Stunden hinlegen, damit ich danach wieder fit bin.« Er konnte ihr ansehen, dass sie ihm das Gleiche vorschlagen wollte, aber sie schien zu wissen, dass er es sowieso nicht tun würde. »Wenn Sie irgendetwas brauchen, wenden Sie sich an einen der Ranger in der King Storm Station.«

»Mache ich.« Er zwang sich zu einem Lächeln. »Schlafen Sie gut, Liv.«

»Danke, auch wenn ich es bezweifle. Wir sehen uns später.« Mit einem kleinen Winken drehte sie sich um und eilte auf die Tür zu. Gabriel sah ihr nach, bis sie aus seiner Sicht verschwand.

Nachdem er den Schlüssel erhalten hatte, suchte er sein

Zimmer auf. Er schloss die Tür hinter sich, atmete tief durch und blickte sich um. Es sah so normal aus, als würde er hier Urlaub machen. Nichts deutete auf das furchtbare Geschehen hin, das sich nur wenige Hundert Meter entfernt abgespielt hatte. Rasch schlüpfte er aus der zerstörten Kleidung und ging ins Bad. Dort blickte er in den Spiegel und schnitt eine Grimasse. Durch die dunklen Augenringe, die blasse Haut und die rot geäderten Augen wirkte er, als wäre er krank oder hätte zu tief ins Glas geschaut. Dabei trank er schon seit Jahren nichts mehr, obwohl er in den letzten zwölf Monaten öfter daran gedacht hatte, dass er einen steifen Drink vertragen könnte. Doch er hatte widerstanden – für seine Schwester. Sowie er an sie dachte, kehrten die Erinnerungen zurück, die er am liebsten für immer aus seinem Kopf verbannt hätte.

Sein Handy klingelte, als er gerade ins FBI-Gebäude zurückkehrte. Gabriel zog es aus der Tasche seines Jacketts und hielt es ans Ohr, während er gleichzeitig auf den Fahrstuhlknopf drückte. »Ja?«

»Wo bist du gerade?« Die Stimme seines Freundes und FBI-Kollegen Ray drang laut an sein Ohr.

»Ich stehe vor dem Fahrstuhl und bin gleich oben, wieso?« Unruhe erfasste Gabriel. Ray rief ihn nur an, wenn es um etwas wirklich Wichtiges ging.

»Der Frauenmörder hat erneut zugeschlagen! Aber diesmal hat die Frau überlebt, und es gibt auch einen Zeugen. Ich komme runter, dann fahren wir zusammen dorthin.«

»Alles klar. Ich gehe schon zum Auto.« Aufregung breitete sich in Gabriel aus, als er das Handy wegsteckte und zurück zum Parkplatz eilte. Endlich gab es den Durchbruch, auf den sie so lange gewartet hatten! Gleich zwei Zeugen, heute war anscheinend sein Glückstag. Davor hatte seine Frustration schon

bedenkliche Züge angenommen, und er hatte befürchtet, dass sie den Täter nie fassen würden. Aber jetzt würden sie hoffentlich endlich eine Beschreibung des Mörders bekommen, und mit viel Glück gab es sogar DNA am Tatort.

Am Wagen angekommen wartete er ungeduldig auf Ray. Es dauerte nicht lange, bis sein Freund auf ihn zusprintete. Das war ungewöhnlich, normalerweise bewegte sich Ray immer bedächtig. Gabriels Nervosität steigerte sich noch, als Ray schwer atmend bei ihm ankam. Die Falten auf seiner Stirn und an den Augen wirkten tiefer als sonst, und sein Blick jagte Gabriel einen Schauer über den Rücken.

Ray nahm ihm die Schlüssel aus der Hand. »Ich fahre.«

Gabriel wollte protestieren, ließ es dann aber und stieg einfach auf der Beifahrerseite ein. »Wo ist das Team?«

»Schon auf dem Weg.« Mit diesen Worten gab Ray Gas und fuhr mit quietschenden Reifen vom Parkplatz.

Einen kurzen Moment wartete Gabriel, aber als sein Freund schwieg, verlor er die Geduld. »Sagst du mir jetzt, was los ist? Wird die Frau sterben?«

Ray sah ihn nicht an, während er ein halsbrecherisches Überholmanöver startete. »Nein, das nicht. Aber sie ist traumatisiert.« Mit einem wilden Fluch wich er gerade noch einem anderen Wagen aus. »Gabriel …«

Er wollte seinen Freund gerade anherrschen, dass er endlich mit der Sprache herausrücken sollte, als er das Viertel erkannte, durch das sie fuhren. Sein Herz begann zu hämmern, seine Handflächen wurden feucht. Langsam drehte er den Kopf und blickte Ray an. »Nein.« Ray wandte ihm nur kurz das Gesicht zu, doch das reichte, um Gabriel erkennen zu lassen, dass seine Vorahnung der Wahrheit entsprach. »Nicht Mel.«

»Es tut mir leid, Gabriel.« Das Bedauern in Rays Stimme war echt.

Hass stieg in ihm auf, so heftig, dass Gabriel beinahe daran erstickte. »Was hat er getan?«

»Ich denke nicht …«

»Was?« Er schrie seinen Freund an, aber das war ihm egal.

»Sie hat Prellungen und Schnitte am Brustkorb, einigen Blutverlust, aber nichts Lebensbedrohliches. Scott ist gerade rechtzeitig gekommen.«

»Hat er sie vergewaltigt?« Beim letzten Wort brach ihm die Stimme. Rays Schweigen sagte alles. »Gott verdammt!« Gabriel hieb mit der Faust auf das Armaturenbrett. Der Schmerz in seinem Innern nahm so zu, dass er die Hand auf die Brust presste, um ihn zu lindern. Doch es half nicht, genauso wenig wie Rays beruhigende Worte, die er kaum verstand. Er wusste nur eins: Es war seine Schuld. Der Mörder war von seiner bisherigen Vorgehensweise abgewichen und hatte sich ein Opfer gewählt, das Gabriel so nahestand wie sonst niemand. Woher hatte er das gewusst?

Als sie schließlich vor dem Haus seiner Schwester hielten, verlor er auch die letzte Hoffnung, dass alles nur ein Irrtum war. Wie sollte er das jemals wiedergutmachen?

Gabriel tauchte aus seinen Erinnerungen auf und schnappte nach Luft. Auch nach einem Jahr spürte er noch den gleichen Schmerz wie damals, selbst wenn er wusste, dass es Mel inzwischen wieder gut ging und ihre Liebe zu Scott diese Prüfung überstanden hatte. Erstaunlicherweise hatte sie auch Gabriel verziehen, was er bis heute nicht verstehen konnte. Er selbst hatte es nicht. Mit beiden Händen stützte sich Gabriel auf den Rand des Waschbeckens und senkte den Kopf.

Als er lange Zeit später wieder aufblickte, waren seine Augen gerötet, und die Qual stand ihm deutlich ins Gesicht geschrieben. So konnte er auf keinen Fall sein Team treffen. Zwar wussten sie, bis auf Valerie, was damals geschehen war, aber er hatte alles getan, um weiterhin als starker Anführer des Teams angesehen zu werden, der keine Gefühle zuließ, wenn es um die Arbeit ging. Mühsam riss er sich zusammen und richtete sich schließlich auf. Nach einer heißen Dusche schlüpfte er in die Kleidung, die Liv ihm hingelegt hatte – eine Hose im typischen Dunkelgrün der Rangeruniform, dazu ein einfaches schwarzes T-Shirt und einen ebenfalls schwarzen Pullover – und verließ das Zimmer wieder.

Wenig später betrat er den ausgebauten Lieferwagen und fand dort neben Valerie, die wie immer über den Laptop gebeugt saß, auch Lucas vor. Der Agent hatte einen Block in der Hand und blickte ihm entgegen, als hätte er ihn schon erwartet. Was vermutlich auch so war, jeder in seinem Team wusste, dass er in der heißen Phase nicht schlafen oder sich anderweitig vergnügen würde.

Lucas blickte auf seine Kleidung und hob eine Augenbraue. »Ist das die hiesige Mode?« Er selbst trug Jeans und einen grauen Pullover, dessen Ärmel er hochgeschoben hatte.

»Ich bin nicht hier, um ein modisches Statement zu setzen. Hast du was für mich?«

»Ja.« Sofort konzentrierte sich Lucas wieder auf die Arbeit. Da sie schon wussten, wer die Flüchtigen waren, brauchte er nicht, wie sonst, einen Täter zu ermitteln, sondern musste nur die Ergebnisse der Spurensicherung durchgehen. Seine schwarzen Haare wirkten beinahe bläulich, als er sich vorbeugte und die Ellbogen auf die Knie stützte. Eine Strähne fiel ihm in die Stirn, aber er ignorierte sie.

Gabriel setzte sich ihm gegenüber. »Okay, schieß los.«

Lucas berichtete ihm von den bisherigen Ergebnissen, die ergaben, dass mit großer Wahrscheinlichkeit Russell Davis derjenige gewesen war, der sich während des Unfalls befreit und danach die Wachleute und Ray getötet hatte. Welche Rolle der andere Gefangene spielte, war ihm noch nicht ganz klar, aber Gabriel nahm sich vor, das so schnell wie möglich herauszufinden.

»Sind wir sicher, dass es ein Unfall war und ihnen nicht jemand bei der Flucht geholfen hat?«

»Nach den bisherigen Erkenntnissen spricht nichts für Hilfe von außen. Wir haben die Fingerabdrücke überprüft und denken, dass einer der Wachmänner die Tür geöffnet hat. Vermutlich wurde er bedroht und danach aus geringer Entfernung erschossen. Ein anderer Wachmann sah nicht so aus, als hätte er sich groß bewegt, bevor er erschossen wurde. Und Ray …« Lucas brach ab und räusperte sich erneut. »Ray war eingeklemmt und konnte sich nicht wehren. Dementsprechend kann er auch nicht die Tür geöffnet haben, und ich gehe davon aus, dass er das auch nicht gemacht hätte.«

Gabriel nickte zustimmend, während er versuchte, sich nicht vorzustellen, was Ray in den letzten Minuten seines Lebens durchgemacht hatte. »Nein, definitiv nicht. Er wusste, was Davis für ein Mensch ist und dass er nie wieder freikommen durfte.«

Es war Lucas deutlich anzusehen, dass er etwas sagen wollte, aber nicht wusste, wie. Schließlich atmete er tief durch. »Wir haben Rays Handy im Bus auf dem Boden gefunden, er hat es irgendwie geschafft, die Aufnahmefunktion einzuschalten.«

Gabriel erstarrte. »Okay, spiel es ab.«

Nervös blickte Lucas zu Valerie. »Das halte ich nicht …«

»Spiel es ab!« Gabriel hörte selbst, wie harsch er klang, aber er konnte es nicht ändern. Wenn Ray ihnen etwas hinterlassen hatte, musste er es hören.

Mit einem knappen Nicken holte Lucas das Handy heraus und schaltete die Wiedergabefunktion an. Zuerst war nur ein

Rascheln zu hören, dann erfolgten mehrere Schüsse. Jemand schrie auf. Für einen kurzen Moment herrschte gespenstische Stille, dann erklang eine Stimme: »Zu schade, dass Agent Lynch nicht hier ist, ich hatte mich so darauf gefreut, ihn wiederzusehen. Und ich hätte es viel mehr genossen, ihn zu töten. Ich würde Sie ja bitten, ihm etwas von mir auszurichten, aber leider werden Sie das wohl nicht mehr können.«

Gabriels Magen zog sich zusammen, als er Russell Davis' Stimme erkannte. Es half auch nicht gerade, dass der seinen Namen erwähnte und Gabriel daran erinnerte, dass Ray noch leben würde, wenn er selbst hier gewesen wäre.

Ein schwaches Husten war zu hören. »Denken Sie nicht, dass Sie damit davonkommen, Davis. Gabriel wird Sie fassen, so wie letztes Mal, aber diesmal wird er dafür sorgen, dass Sie nie wieder aus dem Loch herauskommen.«

Ein Kloß bildete sich in Gabriels Kehle, als ihm bewusst wurde, dass Ray selbst in dieser Situation noch an ihn geglaubt hatte. Seine Stimme klang ruhig und sicher, nichts deutete darauf hin, dass er kurz vor seiner Ermordung stand.

»Niemand wird mich jemals wieder fangen, ich töte jeden, der auch nur in meine Nähe kommt. Ihr habt keine Chance gegen mich.« Davis klang völlig sicher und vor allem ohne jede Reue.

Automatisch hielt Gabriel den Atem an, denn er ahnte, was jetzt kommen würde.

»Das …« Rays Stimme ging in einem lauten Knall unter. Danach ertönte ein Klacken, vermutlich das Geräusch des Handys, als es aus Rays Hand rutschte und auf dem Boden landete. Die Aufnahme endete, und einen Moment lang herrschte völlige Stille.

Gabriel ballte die Hand zur Faust und versuchte, seine Wut unter Kontrolle zu bringen. Als ihm das nicht gelang, warf er seinen halb vollen Kaffeebecher an die Tür. Mit einem befriedigenden Geräusch zerbrach er in tausend Stücke, die dunkle Brühe spritzte durch den halben Wagen. Doch auch das konnte ihm nicht den Schmerz nehmen, den er bei dem Gedanken an Rays sinnlosen Tod empfand. Schließlich drehte er sich wieder um und begegnete Valeries erschrockenem Blick. »Tut mir leid, ich wische das gleich wieder weg.«

Sie nickte nur und wandte sich wieder zu ihrem Laptop um.

Stumm fluchend fuhr er sich mit der Hand durch die Haare.

Lucas räusperte sich. »Davis hat den Bus noch einmal betreten, vielleicht um noch mehr Waffen einzusammeln oder seinen Mitgefangenen zu befreien.« Er blätterte eine Seite vor. »Mehr Hinweise erhalten wir möglicherweise nach der Autopsie, vor allem auch, aus welcher Entfernung und welchem Winkel geschossen wurde.«

»Wie viele Waffen haben die Verbrecher jetzt und, vor allem, wie viel Munition?«

»Drei Pistolen, Munition können wir nur schätzen, aber vermutlich achtzehn Schuss. Die im Bus benutzte Waffe haben sie zurückgelassen.«

Das war genau die Art von Arroganz, die typisch für Russell Davis war. »Fingerabdrücke?«

»Davis.«

Gabriel nickte. »Okay, mach weiter. Wenn wir die beiden fassen, will ich genau wissen, wer für was verantwortlich ist.«

7

Angel beugte sich zu Moonlight hinunter und nahm ihr das Geschirr ab, bevor sie ihr über das silberfarbene Fell strich und dabei beruhigend mit ihr sprach. Anschließend setzte sie ihren Rucksack ab und holte den Napf und eine Wasserflasche heraus. Sie schüttete etwas für die Hündin hinein und beobachtete, wie sie gierig trank.

»Was machen Sie da?«

Erschrocken zuckte Angel zusammen, als die tiefe Stimme hinter ihr erklang. Die meiste Zeit war Warren so leise gewesen, dass sie seine Anwesenheit beinahe vergessen hatte. Sogar seine Schritte hatte sie kaum gehört, was erstaunlich war, besonders da sie wieder querfeldein durch den Regenwald unterwegs waren.

Erst nachdem sie sicher war, dass es Moonlight gut ging, drehte sich Angel zu Warren um. »Eine Pause. Es ist für Hunde sehr anstrengend, einer Geruchsspur zu folgen, deshalb brauchen sie in regelmäßigen Abständen eine Rast. Wenn Moonlight sich ein wenig erholt hat, kann sie Emmas Spur wieder aufnehmen.«

Warren schwieg einen Moment, und es war ihm deutlich anzusehen, dass er am liebsten sofort losgestürmt wäre, um seine Tochter zu finden. Das konnte sie absolut nachvollziehen. Wäre es ihr Kind, würde es ihr sicher nicht anders gehen. Es sprach für ihn, dass er noch nicht versucht hatte, das Kommando an sich zu reißen oder sie zur Eile zu drängen.

Schließlich nickte er. »Ich verstehe.« Mit einem tiefen Seufzer setzte er sich auf einen umgestürzten Baumstamm und schlüpfte aus den Riemen seines Rucksacks. Er nahm eine Wasserflasche heraus, trank einen tiefen Schluck und wischte sich anschließend mit dem Handrücken über den Mund. Nachdenklich betrachtete er Moonlight. »Es ist wirklich außergewöhnlich, wie sie Emmas Spur folgt. Wie funktioniert das genau?«

Da er offensichtlich versuchte, sich von seiner Furcht um Emma abzulenken, stand Angel auf und setzte sich zu ihm auf den Baumstamm. Aus der Nähe konnte sie die tiefen Furchen sehen, die die Angst in Warrens Gesicht gegraben hatte. Seine Haut war natürlich gebräunt, wirkte aber leicht grau, und unter seinen Augen lagen tiefe Schatten. Mitgefühl erfüllte ihr Herz, und Angel verspürte den seltsamen Wunsch, ihre Hand auf seine zu legen, die er auf dem Oberschenkel zur Faust geballt hatte. Normalerweise wäre sie nie auf die Idee gekommen, jemanden freiwillig zu berühren, schon gar keinen Mann, den sie gerade erst ein paar Stunden kannte und über den sie so gut wie nichts wusste. Doch Warren wirkte seltsam vertraut.

Bevor sie in seinen hellbraunen Augen zu versinken drohte, blickte sie schnell zu Moonlight. Wie immer beruhigte sie die bloße Anwesenheit der Hündin. »Einfach gesagt: Jeder Mensch verliert unzählige Hautpartikel. Wenn er sich bewegt, noch mehr als im Stillstand. Die Partikel schweben in der Luft, Moonlight nimmt diesen Geruch auf und folgt der Spur zur Person, die diese Hautschuppen verliert.«

»Deshalb läuft sie nicht mit der Nase auf dem Boden, sondern hat sie höher in der Luft?« Interesse leuchtete in Warrens Augen auf.

»Genau. Es kommt natürlich immer darauf an, wie alt die Spur ist, wie die Wetterverhältnisse sind, und dann spielen noch etliche weitere Faktoren eine Rolle, aber normalerweise werden die Hautpartikel vom Wind weitergetragen.«

»Emma ist also gar nicht genau hier entlanggegangen, sondern ein Stück entfernt?«

»Genau. Deshalb ist Moonlight auf dem Weg immer links am Rand gelaufen, weil sich dort die Partikel an den Pflanzen gesammelt haben. Da noch nicht allzu viel Zeit vergangen ist und der Wind auch recht mäßig weht, sind es hier im Wald vielleicht ein paar Meter.« Sie hielt ihr Gesicht in den Wind und schloss die Augen. Eine Strähne hatte sich aus ihrem Zopf gelöst und strich ihr über die Wange. Als sie die Lider hob, bemerkte sie, dass Warren sie intensiv musterte. Um ihn von sich abzulenken, hob sie die Hand und deutete nach links. »In dieser Richtung.«

Die Sorge in Warrens Augen vertiefte sich. »Dann könnten wir auch an Emma vorbeilaufen?«

Sofort schüttelte Angel den Kopf. »Nein, da Moonlight immer den frischesten Hautpartikeln folgt, wird uns das unweigerlich zu Emma führen. Je näher wir dran sind, desto genauer wird die Spur sein.«

Erleichterung breitete sich auf seinem Gesicht aus. »Okay. Danke für die Erklärung.«

»Gerne.«

Warren stand auf und legte seinen Rucksack auf den Baumstamm. »Ich werde mich ein wenig umsehen.« Bevor Angel protestieren konnte, sprach er weiter. »Dort, wo wir schon gewesen sind. Ich werde die Spur nicht stören, versprochen.«

Unwillkürlich musste Angel lächeln. »Das hatte ich auch nicht angenommen. In zehn Minuten können wir weitergehen.« Sie beobachtete, wie Warren zwischen den Bäumen verschwand, und stand dann ebenfalls auf.

Moonlight hob den Kopf und sah sie mit ihren bernsteinfarbenen Augen an. Angel kannte diesen Blick, er bedeutete, dass die Hündin auf Streicheleinheiten hoffte, und die hatte sie sich eindeutig verdient. Als Angel sich neben sie setzte, kroch Moonlight sofort auf ihren Schoß und drehte sich auf den Rücken. Das entlockte Angel ein Lachen, während sie sich vorbeugte und ihrer Lieblingshündin den Bauch kraulte. Normalerweise war Moonlight eher zurückhaltend, besonders in Gegenwart von fremden Männern, aber sie schien sich an Warrens Anwesenheit gewöhnt zu haben.

Noch etwas, das für ihn spricht, dachte Angel, schalt sich jedoch sofort selbst. Warren war ihr Kunde, nichts weiter, und sie waren nur aus einem einzigen Grund hier: um seine kleine Tochter zu finden. Wie konnte sie überhaupt an etwas anderes denken als an das Mädchen, das irgendwo hier draußen in der Wildnis umherirrte.

Nachdem sie Moonlight ausgiebig gekrault hatte, suchte sie einen Snack aus ihrem Rucksack und gab ihn der Hündin. Das war nicht nur eine Belohnung für ihre Arbeit, es diente auch dem Aufbau neuer Kraftreserven. Bei den meisten Vermisstenfällen endete die Suche relativ schnell, sie hatten sich einfach nur verlaufen und drehten sich im Kreis bei dem Versuch, wieder zurück zum Ausgangspunkt zu kommen. Dadurch konnte der Suchhund eine frischere Spur aufnehmen und kam damit schneller zur Person.

Angel glaubte jedoch nicht, dass dies hier der Fall war. Dafür verlief die Spur zu zielgerichtet. Gerade ein kleines Kind, allein in einem fremden und unheimlichen Wald, würde kreuz und quer laufen und sicher auch nicht den Weg verlassen, auf dem es irgendwann Menschen treffen würde. Emmas Spur war stattdessen durch ein Stück Regenwald gegangen, dann auf den Weg zu den Wasserfällen eingeschwenkt und hatte diesen schließlich noch vor der Brücke wieder verlassen. Das ungute Gefühl in ihr verstärkte sich, als sie an das Foto dachte, das Warren ihr von seiner Tochter gezeigt hatte. Emma war ein hübsches Mädchen mit ihren roten Haaren, Sommersprossen und den großen braunen Augen. Es konnte gut sein, dass jemand sie beobachtet und entschieden hatte, sie haben zu wollen. Als sie dann nachts allein zum Waschhaus gegangen war …

Zweige knackten hinter ihr, und Angel hob den Kopf, während Moonlight aufsprang. Von der Reaktion ihrer Hündin irritiert, stand Angel ebenfalls auf. Das war einer der wenigen Momente, in denen sie sich wünschte, eine Waffe zu haben, besonders wenn derzeit Häftlinge frei im Park herumliefen. Ohne Warrens Hinweis hätte sie davon nicht einmal etwas mitbekommen, abgesehen von der Tatsache, dass sie auf dem Weg zum Campingplatz an mindestens drei Straßensperren hatte halten und jedes Mal wieder hatte erklären müssen, warum sie in den Park fahren wollte.

Erleichtert atmete sie auf, als sie sah, dass es nur Warren war, der zurück zu ihrem Lagerplatz kam. Moonlights Reaktion oder den beinahe panischen Ausdruck, der in Warrens Augen lag, erklärte das allerdings nicht. »Was ist?«

»Ich möchte Ihnen etwas zeigen.« Er sprach leise, um Moonlight nicht zu stören, und in seiner Verfassung rechnete sie ihm das hoch an.

Rasch stand Angel auf und ging zu ihm. Sie hatte keine Ahnung, was er ihr zeigen wollte, aber es musste wichtig sein. »Haben Sie etwas gefunden?«

»Ich weiß es nicht.« Mit dieser mysteriösen Antwort führte er sie ein Stück in die Richtung, die sie ihm vorhin genannt hatte. »Ich habe nach einem tatsächlichen, physischen Beweis gesucht, dass Emma wirklich hier gewesen ist.« Er drehte sich zu ihr um und verzog den Mund. »Nicht, dass Sie denken, dass ich Ihrem Hund nicht traue, es ist nur …«

»Ich verstehe das, mir würde es nicht anders gehen, wenn es meine Tochter wäre.«

Warren nickte dankbar. »Ich war bei den Marines, kenne mich also ein wenig in der Spurensuche und mit unwegsamem Terrain aus. Da hier die Vegetation so hoch ist, habe ich zuerst nach abgebrochenen Zweigen, herabgefallenen Flechten und Ähnlichem gesucht.« Er blieb stehen und deutete auf einen abgeknickten Farnwedel. »So etwas. Nachdem ich einen Anfang hatte, war es nicht so schwer, weitere Anhaltspunkte zu finden. Allerdings könnte auch ein größeres Tier solche Schäden verursachen, deshalb habe ich den Boden nach Fußspuren abgesucht. Nicht so einfach, klare Abdrücke zu finden.«

»Deshalb verlasse ich mich lieber auf die Suchhunde. Da ist die Art des Geländes völlig egal, es könnte auch eine Steinwüste sein.« Sie folgte Warren, als er ein Stück weiterging und sich dann hinhockte.

»Ich hatte erwartet, dass ich eine Spur von Emma finden würde, aber es ist nichts da. Stattdessen habe ich das hier entdeckt.« Mit dem Finger deutete er auf den Boden.

Angel beugte sich vor und betrachtete den halben Schuhabdruck in dem feuchten Waldboden genauer. Er wirkte viel größer als der eines siebenjährigen Kindes. »Welche Schuhgröße hat Emma?«

Die Falten um Warrens Mundwinkel verstärkten sich. »Jedenfalls kleiner als diese. Außerdem haben ihre Schuhsohlen ein anderes Muster.« Es war klar, was das bedeutete. Jemand anders war hier gewesen. Beinahe flehend blickte Warren sie an. »Könnte es sein, dass Moonlight sich mit der Spur geirrt hat? Dass wir die ganze Zeit jemand anderem gefolgt sind?«

Sie konnte verstehen, dass es für ihn leichter war, sich an diese Hoffnung zu klammern, als das Offensichtliche zu akzeptieren. Aber sie mochte ihn auch nicht anlügen. »Nein, Moonlight ist Emmas Geruchsspur gefolgt. Sofern nicht jemand anders ihre Sachen berührt hat, ist Ihre Tochter hier gewesen.«

Warren fuhr sich mit beiden Händen über das Gesicht. »Glauben Sie, der Verursacher der Fußspur könnte zu einer anderen Zeit hier gewesen sein?«

Es war schmerzhaft zu sehen, wie er sich an jeden Strohhalm klammerte. »Möglich ist es. Aber wie hoch ist die Wahrscheinlichkeit, dass zwei Menschen innerhalb von wenigen Stunden – und älter ist die Spur nicht – genau an dieser Stelle durch den Regenwald stapfen?« Warren war deutlich anzumerken, dass er der gleichen Meinung war, aber die Konsequenz daraus nicht wahrhaben wollte. Sie legte ihm die Hand auf den Arm und konnte seine angespannten Muskeln spüren. »Gehen wir weiter. Je schneller wir Emma finden, desto besser.« Sie konnte nur hoffen, dass sie die Kleine unverletzt und vor allem lebend finden würden.

Zurück bei ihrem Lagerplatz ließ sie Moonlight noch einmal an den Geruchsartikeln schnüffeln, damit sie die Spur leichter wieder aufnehmen konnte. Ohne zu zögern, lief die Hündin los und beseitigte damit jeden Zweifel, dass sie sich vorher geirrt haben könnte. Emma war hier gewesen, ob allein oder in Begleitung eines Erwachsenen war erst einmal nebensächlich. Sie konnte nur versuchen, Emma so schnell wie möglich zu finden und wieder in die Obhut ihres Vaters zu übergeben.

Ein Tropfen traf seine Stirn, und Damon blickte nach oben. Den Himmel konnte er durch das Blätterdach nur punktuell sehen, aber die Sonne war verschwunden, und so wirkte die Umgebung gleich viel düsterer. Der nächste Tropfen landete in seinem Nacken, dicht gefolgt von weiteren, und Damon fluchte stumm. Das hatte jetzt gerade noch gefehlt. Er fühlte sich sowieso schon schlecht genug, Regen würde die Sache noch unangenehmer machen und seine Fluchtchancen weiter einschränken.

Er schnitt eine Grimasse, als der Griff in seinen Haaren fester wurde. Weil seine Arme langsam lahm wurden und es in dem schwierigen Gelände selbstmörderisch wäre, die Hände nicht benutzen zu können, hatte er das Mädchen schließlich auf seine Schultern gesetzt. Eigentlich war es fast schon zu groß dafür, aber Russell hatte sich geweigert, es zu tragen, und auch nicht erlaubt, dass es zu Fuß ging. Deshalb saß die Kleine jetzt auf seinen Schultern und riss ihm die Haare aus, wenn er stolperte und sie sich festhalten musste, oder auch einfach, weil es ihr Spaß machte. Jetzt wünschte er sich beinahe, er hätte eine Glatze wie Russell.

Vorsichtig löste er seine Haarsträhnen aus ihren Fingern. »Nicht so stark ziehen, okay? Ich brauche meine Haare noch.«

Ihr Bein schlenkerte und traf ihn in die Rippen. Schnell fing er es wieder ein und hielt es fest. »Ich werde nass!«

Mit einem unhörbaren Seufzer blieb Damon stehen. »Das werden wir wohl alle, wie es aussieht.«

Obwohl es im Olympic National Park für einen gemäßigten Regenwald im Sommer relativ trocken war, kamen doch immer wieder Regenschauer vor. Die Wolken bildeten sich über dem Meer und regneten sich vor den weiter südlich liegenden Bergketten über dem Wald ab. Was würde er jetzt für einen der trockenen Sommer geben, in denen die einzige Feuchtigkeit von dem Nebel kam, der hier oft abends entstand und vor allem an der Küste bis in den späten Vormittag anhielt. Das wäre zwar auch ungemütlich gewesen, aber vielleicht hätte die Kleidung die Feuchtigkeit abgehalten, ehe sie bis zu seiner Haut vorgedrungen wäre.

Stattdessen wurden die Tropfen immer dicker, und er konnte jetzt schon spüren, wie sie die Kleidung durchnässten und an seinem Körper herabliefen. Natürlich wurde ihm nichts erleichtert, was hatte er erwartet? Mit dem Regen sank auch die

Temperatur rapide, und er spürte, wie das Mädchen zu zittern begann. Kein Wunder, schließlich hatte sie nur T-Shirt und Shorts an, vermutlich ihr Nachtzeug. Leider konnte er ihr nicht helfen, er trug ja auch nur die Sachen, die sie auf dem Campingplatz gestohlen hatten, und seinen Gefängnisoverall konnte er ihr wohl kaum geben.

Damon drehte sich zu Russell um, dessen Gesichtsausdruck keinen Zweifel an seiner schlechten Stimmung ließ. »Wir sollten uns einen trockeneren Platz suchen, bis der Regen aufhört.«

Russells Lippe kräuselte sich. »Du bist aber nicht aus Zucker, oder?«

»Nein, aber ich habe auch keine Lust, die ganze Zeit in nassen Klamotten herumzulaufen. Ganz zu schweigen von heute Nacht.«

»Da bin ich schon längst wieder in der Zivilisation.«

Genervt blickte Damon ihn an. »Ach ja? Wie willst du das denn machen, wenn um uns herum nichts als Wildnis ist? Es gibt im Umkreis von etlichen Meilen nicht mal einen Wanderweg, geschweige denn eine Straße.«

Schneller als er reagieren konnte, packte Russell ihn am Sweatshirt. Das Mädchen gab einen erschrockenen Laut von sich und klammerte sich an seinem Kopf fest, als er nach vorn taumelte. »Ich hab dich am Leben gelassen, damit du mich hier rausbringst. Es war nie die Rede davon, dass wir tagelang durch den verdammten Regenwald marschieren!«

Mühsam hielt Damon seine Wut im Zaum. »Du hast mich gezwungen, mit dir zu kommen, und du hast den Weg bestimmt, nicht ich. Die einzige Straße ist die 101, auf der wir den Unfall hatten, und die kleinere die zum Campingplatz führt, aber das ist eine Sackgasse. Es gibt keine Straße, die quer durch den Park verläuft. Und in der Mitte liegt ein Gebirge, da können wir nicht drüber.«

Mit verengten Augen starrte Russell ihn an. »Was schlägst du also vor?«

Damon versuchte, sich eine Karte der Gegend vorzustellen. »Wir sollten uns bis zum Hoh Rain Forest durchschlagen, dort gibt es Wege und Straßen.« Das war allerdings mehr als ein Tagesmarsch und würde in diesem Terrain und in ihrem Zustand vermutlich sogar noch länger dauern. Vor allem war er sich ziemlich sicher, dass die Polizei auch dort nach ihnen suchen würde. Doch darüber konnte er später noch nachdenken.

»Wie lange brauchen wir dahin?«

»Das kann ich nicht sagen. Heute schaffen wir es jedenfalls nicht mehr. Und schon gar nicht bei dem Wetter.« Mittlerweile regnete es immer stärker, seine Kleidung war völlig durchnässt. Das Mädchen zitterte inzwischen so stark, dass ihm langsam schwindelig wurde, weil es immer noch seinen Kopf umklammert hielt. »Wir sollten uns irgendwo einen trockenen Ort suchen.«

Russell blickte sich um und grinste dann. »Ich habe eine bessere Idee. Falls uns jemand verfolgt, können wir sie so abhängen.«

Als Damon erkannte, wohin der Mörder zeigte, begann sein Herz schneller zu schlagen. Sie standen am Rand einer kleinen Schlucht. Zwar war sie nicht besonders tief, aber die Hänge fielen so steil ab, dass es schwierig sein würde, sich dort zu halten. Besonders wenn alles vom Regen rutschig war. Unten schlängelte sich ein Fluss durch die enge Schlucht. »Das ist nicht dein Ernst.«

»Oh doch, mein voller Ernst. Und du wirst mit der Kleinen vorgehen.« Russell hatte wieder die Pistole rausgeholt und fuchtelte damit vor Damons Nase herum.

Wäre das Kind nicht bei ihm gewesen, hätte Damon in

diesem Moment angegriffen. Er war müde, zerschlagen und verdammt hungrig und hatte es satt, ständig mit einer Waffe bedroht zu werden. Es war ihm beinahe egal, ob er getötet werden würde, dann hätte die Quälerei wenigstens ein Ende. Doch noch während er das dachte, wurde ihm klar, dass er niemals aufgeben würde. Er wollte leben, und er wollte auch nicht, dass dem kleinen Mädchen etwas geschah.

»Sei vernünftig, selbst wenn es einen Weg dort hinunter gäbe, wäre er zu glitschig, um ihn bei Regen zu gehen. Außerdem wird der Fluss zu tief sein, um ihn zu überqueren – besonders wenn es jetzt weiter regnet.«

Russell grinste furchterregend. »Dafür hab ich ja dich. Du wirst das für mich testen.«

Wunderbar, er hatte schon immer mal das Versuchskaninchen für einen verrückten Mörder spielen wollen. »Dann lass wenigstens die Kleine hier. Es ist zu gefährlich für sie. Außerdem kann sie uns nicht mehr verraten. Bis jemand sie findet, sind wir lange weg.«

»Nein!« Das Mädchen klammerte sich so fest an ihn, dass er sie nur mit Gewalt losbekommen hätte.

»Da hörst du es, sie will auch bei uns bleiben. Außerdem gebe ich meine Geisel nicht freiwillig auf. Wenn sie dabei stirbt …« Russell zuckte mit den Schultern.

»Russell …« Damon biss die Zähne zusammen, um nicht das zu sagen, was ihm auf der Zunge lag.

»Je eher du losgehst, desto größer sind die Chancen, heil anzukommen. Ich würde an deiner Stelle nicht zu lange warten.«

Das reichte, um Damon endgültig klar zu machen, dass er keine Wahl hatte. Vorsichtig trat er näher an den Rand und blickte hinunter. Der steile Hang war so mit Pflanzen bewachsen, dass Damon nicht bis auf den Boden sehen konnte. Mit einem hatte Russell allerdings recht: Dort hinunter würde ihnen kein Suchhund folgen können, und es wäre vermutlich auch kein Mensch so verrückt, den Abstieg zu wagen. Was für eine beruhigende Feststellung.

8

Nervös blickte Warren erneut zum Himmel. Seit es zu regnen begonnen hatte, befürchtete er, jeden Moment von Angel zu hören, dass Moonlight die Fährte verloren hatte, doch bisher lief die Hündin unbeirrt weiter durch den Regenwald. Zur Sicherheit wich Warren hin und wieder vom Kurs ab und suchte nach physischen Anhaltspunkten, dass jemand hier entlanggegangen war. Er fand Spuren, aber noch immer fehlte ihm der Beweis, dass sich Emma wirklich hier aufgehalten hatte. Da er jedoch keine andere Wahl hatte, vertraute er Angel und ihrer Hündin, dass sie ihn irgendwann zu seiner Tochter führen würden. Wenn sie wirklich von jemandem verschleppt worden war, musste sie furchtbare Angst haben. Schon bei dem Gedanken begann sein Herz zu rasen, als wäre er mit Emma geistig verbunden.

»Warren?«

Er zuckte zusammen, als Angel ihn unerwartet ansprach. »Ja?« Besorgt blickte er sie an, während er neben ihr zum Stehen kam. »Kann Moonlight dem Geruch trotz des Regens weiter folgen?«

»Es wird etwas schwieriger, weil der Regen die Partikel zu Boden drückt, aber solange es nicht richtig gießt, sollte das kein Problem sein. Ein wenig Feuchtigkeit ist im Gegenteil sehr gut, weil dadurch der Geruch intensiver wird, der Wind hat weniger Gelegenheit, die Partikel weiterzutragen. Hoffen wir, dass der Regen nicht stärker wird.«

Erleichtert atmete Warren auf. »Das ist gut. Was wollten Sie?«

Verwirrt sah Angel zu ihm auf. »Wie bitte?«

»Sie hatten mich eben angesprochen.«

Angel lächelte schwach. »Ach so. Ich wollte nur wissen, ob Sie eine Pause brauchen. Sie wirkten eben so …«

Als sie nicht weitersprach, setzte er ihren Satz fort. »Fertig? Nervös? Ängstlich?«

»Ja, das alles.«

Warren schnitt eine Grimasse. »Man sollte meinen, dass ich so etwas besser durchhalte. Normalerweise bin ich wesentlich belastbarer.«

»Aber da geht es nicht um Ihre Tochter. Viele meiner Kunden hätten sich in dieser Situation überhaupt nicht im Griff. Bisher haben Sie sich bemerkenswert gut gehalten.«

Ein warmes Gefühl durchströmte Warren bei Angels Worten. Es war lange her, dass jemand so viel Verständnis für ihn gezeigt hatte, und gerade jetzt, wo die Angst um Emma ihn fast wahnsinnig machte, merkte er, wie sehr er das vermisst hatte. Am liebsten hätte er Angel in den Arm genommen, sie einfach nur festgehalten und ihre Nähe gespürt. Schon vorhin, als sie ihn kurz berührt hatte, war sie ihm so vertraut gewesen, als kannte er sie schon länger und nicht erst seit wenigen Stunden.

Doch so schnell dieses Gefühl gekommen war, so schnell drängte er es wieder zurück. Was war nur in ihn gefahren? Er konnte es sich nur damit erklären, dass die Sorge um Emma seine Sehnsucht nach menschlicher Nähe verstärkte. Nicht Angel wollte er in seinen Armen halten, sondern seine Tochter. Dieser Gedanke holte ihn sofort in die düstere Wirklichkeit zurück. Um seinem schlechten Gewissen nicht neue Nahrung zu geben, wandte er sich ab und wischte sich die Regentropfen aus dem Gesicht.

»Sie haben sicher recht«, antwortete er schließlich. »Um aber auf Ihre Frage zurückzukommen: Danke, ich brauche keine

Pause. Wenn ich Emma auch nur ein paar Minuten der Angst ersparen kann, werde ich das tun.« Und es wurde Zeit, dass er sich wieder daran erinnerte.

Er spürte, dass Angel noch etwas sagen wollte, doch dann nickte sie nur. »Okay. Sagen Sie Bescheid, wenn Sie sich doch ein wenig ausruhen wollen. Es bringt Ihrer Tochter nichts, wenn Sie zusammenbrechen, bevor wir sie finden.«

»Verstanden.«

Warren biss die Zähne zusammen, als ein scharfer Schmerz durch sein in Afghanistan verletztes Bein zuckte. Das kühle, feuchte Wetter war nicht gut für das bei der Explosion zerstörte Kniegelenk. Den Ärzten war es zwar gelungen, es wieder aufzubauen, und unter normalen Bedingungen merkte er es kaum. Doch die Anstrengung, zusammen mit dem unebenen Boden und den Kletterpartien dazwischen, war mehr, als sein Therapeut gutheißen würde. Aber das war ihm jetzt egal. Und wenn er irgendwann kriechen musste, er würde nicht aufgeben, bis er Emma wieder in den Armen halten konnte. Sollte er sie wiederbekommen, würde er sie nie wieder aus den Augen lassen, das schwor er sich.

Angel berührte flüchtig seinen Arm, dann wandte sie sich wieder zu Moonlight um, die geduldig auf das Signal ihres Frauchens, dass die Suche weiterging, gewartet hatte. Ihre Nasenflügel bebten, während sie die Luft einsog. Offenbar hatte sie kein Problem damit, Emmas Geruch wieder aufzunehmen, und lief, nach einem kurzen Blick auf Angel, erneut los.

Nach einer Weile hatte Warren das Gefühl, dass der Hund immer schneller wurde. In einer Mischung aus Furcht und Hoffnung begann sein Herz wie wild zu hämmern, während er sich bemühte, den Anschluss nicht zu verlieren. Sein Knie protestierte bei jedem Schritt, aber das ignorierte er. *Bitte, lass Emma noch leben!* Die Leine war stramm gespannt, als Angel ihrer Hündin schnellen Schrittes folgte. Ihre Körperhaltung drückte ebenfalls Anspannung aus, und Warren kam zum ersten Mal der Gedanke, dass es auch für Angel schlimm sein könnte, wenn sie Emma nicht oder zu spät fanden. Vielleicht war ihre Professionalität nur ein Schutzmechanismus, um die Gefühle nicht zu nah an sich herankommen zu lassen.

Bevor er weiter darüber nachgrübeln konnte, kamen sie auf eine kleine Lichtung, deren Boden mit Gras und Farnen bedeckt war, und Moonlight lief, ohne zu zögern, auf einen Baum am Waldrand zu. Der Stamm war so dick, dass sich dahinter ohne Probleme zwei Menschen verstecken konnten. Angel schien damit allerdings nicht zu rechnen, sondern folgte der Hündin vertrauensvoll. Automatisch griff Warren nach seiner Waffe, stieß aber nur auf Luft. Obwohl er nun schon etliche Monate nicht mehr im Dienst war, hatte er sich immer noch nicht daran gewöhnt, dass er keine Waffen mehr trug. Jetzt hätte er gut eine gebrauchen können, aber er hatte nur daran gedacht, mit seiner Tochter einen schönen Kurzurlaub zu verbringen – ohne die Notwendigkeit einer Pistole.

Er wollte Angel zurückhalten, doch sie war zu schnell für ihn. In der Hoffnung, dass Moonlight ihnen angezeigt hätte, wenn sich jemand in der Nähe verbergen würde, folgte Warren ihr. Die Hündin lief um den Baum herum und blieb abrupt stehen, ihr ganzer Körper war angespannt. Langsam wandte sie den Kopf zu Angel um. Es schien eine nonverbale Konversation stattzufinden, der er nicht folgen konnte, dann legte Angel ihre Hand auf Moonlights Kopf und hockte sich daneben. Zögernd trat Warren näher und starrte ebenfalls auf den Boden. Es war nichts zu sehen. Enttäuscht, aber gleichzeitig auch erleichtert, atmete er aus.

»Was ist dort?«

Angel hob den Kopf und blickte ihn an. »Emma muss sich hier etwas länger aufgehalten haben, dadurch konnten sich mehr Hautpartikel ansammeln. Das allein war es aber nicht, was Moonlight angezeigt hat. Ich gehe davon aus, dass Ihre Tochter sich hier erleichtert hat oder etwas Ähnliches.«

»Woher wissen Sie das?«

»Flüssigkeiten sickern in den Boden und werden nicht von der Luft fortgetragen. Deshalb konnte Moonlight so eindeutig anzeigen, dass Emma hier gewesen ist.« Sie deutete auf den Baum. »Genau hier, nicht einige Meter in Windrichtung.«

Warren legte die Hand an den Baum und fragte sich, ob Emma ihn auch berührt hatte. Dann kam ihm ein Gedanke, und er richtete sich ruckartig auf. »Kann die Flüssigkeit auch Blut sein?«

Sofort schüttelte Angel den Kopf. »Nein, dann hätte Moonlight anders reagiert. Außerdem würde man das sehen. Hier unter den Ästen ist noch nicht so viel Regen heruntergekommen, dass die roten Flecken nicht noch auf den Gräsern zu sehen wären.«

Erleichtert setzte Warren sich auf einen Baumstumpf ein paar Meter entfernt und rieb sich geistesabwesend über sein Knie. Er wünschte, es gäbe einen eindeutigen Weg, dem Emma gefolgt war und den er entlanglaufen könnte, um schneller zu ihr zu gelangen. Es behagte ihm nicht, sich auf jemand anderen verlassen zu müssen und auf etwas so wenig Fassbares wie Hautpartikel. Trotz seiner Ausbildung als Marine fühlte er sich völlig hilflos.

»Haben Sie sich verletzt?«

Warren tauchte aus seinen Gedanken auf und blickte Angel fragend an. »Was?«

Mit dem Kopf deutete sie auf seine Hand, mit der er sein Knie massierte. Ertappt zog er sie rasch zurück. »Nein.« Auf ihren skeptischen Blick hin fügte er hinzu: »Zumindest nicht in den letzten Monaten.«

Anscheinend verstand Angel, dass er nicht darüber reden wollte, denn sie wandte sich wieder dem Boden zu. Eine Weile betrachtete sie ihn eingehend, dann nahm sie einen kleinen Stock in die Hand. »Das ist seltsam.«

Warren war schneller auf den Beinen, als sein Gehirn die Information verarbeiten konnte. Neben Angel beugte er sich hinunter und beobachtete, wie sie mit dem Stock einen Klumpen Moos zur Seite schob. Darunter kam dunkle Erde zum Vorschein. Deutlich sah Warren den eingeritzten Schriftzug: *Emma*. Das Blut verließ seinen Kopf so schnell, dass er sich am Baumstamm festhalten musste. *Sie war wirklich hier gewesen!* Auch wenn er das schon vorher gewusst hatte, war dies der erste wirklich greifbare Beweis, dass seine Tochter in der Nähe war. Mit feuchten Augen starrte er auf die ungelenken Buchstaben. Bereits an der Küste hatte Emma gestern ständig ihren Namen in den feuchten Sand geschrieben und dann zugesehen, wie er von dem Wasser wieder ausradiert worden war.

Die Berührung an seinem Arm drang nur langsam zu ihm durch. Mit größter Anstrengung gelang es ihm, seinen Blick von dem Schriftzug zu lösen und den Kopf zu heben. In Angels grünen Augen standen Verständnis und Mitgefühl, Wassertropfen schimmerten auf ihrer Haut. Ohne nachzudenken, beugte sich Warren vor und umarmte Angel. Wie ein Stromstoß durchzuckte es ihn, als sich ihr weicher Körper an ihn schmiegte und ihr Atem über seinen Hals strich. Angel gab einen Laut von sich, den er nicht deuten konnte, und stolperte zurück. Ihre Augen waren weit aufgerissen.

Da erst wurde ihm bewusst, was er getan hatte. Sofort erhöhte sich der Druck auf seinen Brustkorb. »Oh Gott, es tut mir leid. Ich war so froh, einen Beweis dafür gesehen zu haben, dass Emma noch lebt, dass ich einfach jemanden umarmen musste.« Seine Verlegenheit mischte sich mit Schuldgefühl, weil er ihr nicht ganz die Wahrheit sagte. Er glaubte nicht, dass er jemand anderen in dieser Situation umarmt hätte. Es war Angel, die ihn so verlockt hatte, und er hätte nie dem Impuls nachgegeben, wenn da nicht noch etwas anderes gewesen wäre: Die Art, wie sie ihm so selbstlos half und verstand, wie er sich fühlte. Dennoch war seine Reaktion unverzeihlich, er kannte sich fast selbst nicht mehr.

Röte überzog Angels Wangen, und sie schien immer noch ein wenig erschrocken, doch schließlich lächelte sie zaghaft. »Entschuldigung angenommen.« Unerwartet erschien ein Grübchen in ihrer Wange. »Ich frage mich nur, was Sie getan hätten, wenn ich ein hundertfünfzig Kilo schwerer, bärtiger Mann gewesen wäre.«

Warren schauderte, war jedoch gleichzeitig erleichtert, dass sie die Situation mit Humor nahm. »Eine furchtbare Vorstellung. Ich hoffe, ich hätte mich rechtzeitig beherrschen können.« Ernsthaft sah er sie an. »Ich habe Sie nicht damit beleidigt, oder?«

»Nein, natürlich nicht.« Angel rückte den Riemen ihres Rucksacks zurecht. »Lassen Sie uns weitergehen, solange der Regen noch nicht zu stark ist.«

Froh, dass er sich nicht weiter erklären musste, sah er ihr nach, als sie sich umdrehte und einige Schritte entfernte. Nach einem letzten Blick auf den Schriftzug bedeckte Warren ihn wieder mit Moos, damit er nicht vom Regen ausgewaschen wurde. Vermutlich war es lächerlich, aber er wollte nicht, dass Emmas Zeichen verschwand. Es war wie ein Beweis, dass es ihr gut ging und sie darauf wartete, von ihm gefunden zu werden. Es spornte ihn noch mehr an. Offensichtlich ging es Moonlight genauso, denn auf Angels Suchbefehl hin lief sie sofort los. Wie zuvor schon folgte Warren ihnen schweigend und so leise wie möglich, auch wenn inzwischen sämtliche Geräusche durch den Regen verdeckt wurden. Und noch etwas Gutes hatte der Regen: Er gab Warren die Möglichkeit, an etwas anderes zu denken als an das Gefühl von Angels Körper an seinem …

Schon der erste Schritt war beinahe sein letzter. Um das Gleichgewicht wahren zu können und ihre Sicherheit zu gewährleisten, hatte sich Damon das Mädchen mit dem Gürtel an den Oberkörper gebunden, ihre Beine waren um seine Taille geschlungen, ihre Arme um seinen Hals. Das Gesicht hatte sie an seiner Brust vergraben. Es kam ihm vor, als zitterte sie noch mehr, was er ihr nicht verdenken konnte.

Die Hände um die vom Regen rutschigen Ranken geschlungen hing er über dem Abgrund, während er versuchte, mit den Füßen einen Halt zu finden. Das Mädchen presste er dabei mit dem Rücken gegen die Steilwand, doch sie beschwerte sich nicht. Nach dem ersten erschrockenen Aufschrei, als der Boden plötzlich unter seinen Füßen nachgegeben hatte und er nur durch seine Reflexe verhindert hatte, dass sie in die Tiefe stürzten, hatte sie keinen Laut mehr von sich gegeben, und Damon war ihr sehr dankbar dafür. Es erforderte seine gesamte Konzentration und Kraft, zu verhindern, dass sie noch einmal abrutschten. Durch die dornigen Ranken und die scharfkantigen Gräser hatte er sich die Hände aufgeschnitten, doch die Angst vor dem Tod ließ die Schmerzen in den Hintergrund treten.

Verzweifelt suchte er mit dem Fuß erneut nach einem Halt und fand schließlich eine Baumwurzel. Vorsichtig testete er, ob sie sein Gewicht hielt, und atmete dann erleichtert auf, als er endlich wieder halbwegs sicher stand. Damon lockerte den Griff, ließ aber nicht vollständig los. Die Gefahr war zu groß, mit seinen Schuhen auf dem glitschigen Holz abzurutschen und doch noch in die Tiefe zu stürzen.

»Bist du okay?« Seine Stimme klang so rau, dass er sie beinahe selbst nicht wiedererkannte.

Ohne den Kopf zu heben, nickte das Mädchen. Er konnte absolut verstehen, dass sie nicht in die Tiefe sehen wollte. Ihm ging es genauso, aber er musste es tun, um den besten Weg für den Abstieg zu finden. Sein Nacken schmerzte vor Anspannung, und weil die Kleine sich daran klammerte. *Als ob sie das retten könnte*. Doch das sagte er ihr lieber nicht. Hasserfüllt blickte er nach oben, wo Russell immer noch stand und die Pistole auf ihn gerichtet hielt. Anders hätte er Damon auch nie dazu gebracht, diesen selbstmörderischen Abstieg zu versuchen.

»Nun mach schon! Oder willst du darauf warten, dass der Fluss unpassierbar wird?«

Wenn er das nicht schon längst war, von hier oben sah es jedenfalls so aus. Das Rauschen schwoll jede Minute mehr an, die sie hier verbrachten. Vielleicht wäre es gar nicht so schlecht, dort unten am Ufer gefangen zu sein und zu warten, bis sie jemand fand, aber da Damon nicht wusste, wie hoch der Wasserpegel bei diesem Regen steigen würde, wäre das vermutlich Selbstmord.

»Halt dich gut fest, Kleine.«

Jetzt blickte sie doch auf, und er konnte die tiefe Angst sehen, die in ihren hellbraunen Augen stand. Ihre Lippen zitterten. »Emma.«

Besorgt sah er sie an. »Was?«

»Ich heiße Emma, nicht Kleine.«

Das entlockte ihm ein leichtes Lächeln. »Ich bin Damon.«

Ihre Augen weiteten sich. »Ein Dämon?« Sofort lösten sich ihre Hände von seinem Hals.

»Nein, das ist mein Name. D-a-m-o-n.«

»Oh, gut.« Erleichterung machte sich auf ihrem Gesicht breit, ihre angespannten Muskeln lockerten sich. »Das ist ein seltsamer Name.«

»Ich kann nichts dafür, meine Eltern haben mich so genannt.« Der Gedanke an seine Eltern löste ein schmerzhaftes Ziehen in seiner Brust aus.

»Meine Mutter sagt immer, dass sie meinen Namen ausgesucht hat.« Als ihr bewusst wurde, was sie gesagt hatte, presste sie die Lippen zusammen, und Tränen stiegen in ihren Augen auf.

Damon senkte die Stimme, damit Russell ihn nicht hörte. »Halt noch ein wenig durch, Emma. Ich versuche, dich in Sicherheit zu bringen, okay?« Sie nickte, wirkte aber nicht überzeugt. »Und jetzt halt dich wieder fest, wir müssen weiter.«

Nachdem sie ihre Arme wieder um seinen Hals gelegt hatte, tastete Damon mit einem Fuß nach dem nächsten Halt. Als er den gefunden hatte, lockerte er vorsichtig den Griff und rutschte ein Stück nach unten. Zuerst versuchte er, diagonal abwärts zu gehen, doch er merkte schnell, dass es einfacher war, sich wie an einer Kletterwand nach unten zu hangeln. Glücklicherweise hatte er diesen Sport eine Zeitlang ausgeübt und konnte nun darauf zurückgreifen. Nur, dass die Bedingungen hier draußen und bei dem Wetter wesentlich schlechter waren als in einer Übungshalle. Und dass die Griffe bei Weitem nicht so ergonomisch geformt und in annehmbaren Abständen zueinander angeordnet waren. Da jedoch sein Leben davon abhing, war er äußerst motiviert.

Nach einiger Zeit hatte er den Dreh raus und bewegte sich schneller vorwärts. Über sich konnte er Russell hören, der nun seinerseits den Abstieg wagte. Damon bewegte sich ein Stück zur Seite, damit er nicht im Weg war, sollte der Mörder abrutschen und den Abhang hinunterstürzen. Beinahe wünschte er sich, dass das passieren würde, dann könnte er mit dem Mädchen wieder hinaufklettern und Hilfe holen. Ein Hauch von schlechtem Gewissen machte sich in ihm breit, obwohl er wusste, dass es vollkommen unnötig war. Russell würde keine Sekunde lang darüber nachdenken, wenn Damon oder Emma zu Tode kämen. Ganz im Gegenteil, der Mistkerl würde sich wahrscheinlich sogar noch darüber freuen, dann brauchte er sie nicht selbst umzubringen, wenn sie ihm nicht mehr nützlich waren.

In seine Gedanken vertieft trat Damon daneben und verlor den Halt. Schnell griff er zu und konnte gerade noch verhindern, dass er rückwärts in die Tiefe stürzte. Doch die nasse Vegetation rutschte ihm durch die Finger, und sein Fuß fand keinen Halt mehr. Sein Gewicht zog ihn nach unten, er konnte den Sturz nicht mehr aufhalten. Emma schrie erschrocken auf und klammerte sich noch fester an ihn. Instinktiv warf Damon sich herum, sodass er auf dem Rücken den Abhang hinunterrutschte, während Emma auf ihm lag. Eine Hand legte er schützend über ihren Kopf, seinen Arm schlang er um ihren Rücken, damit sie nicht von ihm hinunterfiel. Eine Kante tauchte vor ihm auf, unterhalb derer der Hang vom Wasser ausgehöhlt worden war und sich deshalb nach innen wölbte.

Nach einem freien Fall von einigen Metern landete Damon schmerzhaft auf dem harten Boden. Obwohl er versuchte, die Beine unter sich zu bringen, kam er als Erstes mit dem Steißbein unten auf, gefolgt von seinem Rücken. Für einen Moment blieb ihm die Luft weg, und er sah Sterne. Ein spitzer Ellbogen stach ihm in die Rippen. Ein schweres Gewicht drückte ihn nach unten und ließ ihn die Steine spüren, auf denen er gelandet war. Sein Körper schien ein einziger Schmerz zu sein, aber immerhin bedeutete das auch, dass er noch lebte.

Nachdem sich sein Gehirn ein wenig geklärt hatte, erinnerte

er sich an Emma. Er riss die Augen auf und betrachtete besorgt ihren roten Schopf. Die Locken hatten sich auf seiner Brust ausgebreitet, und es sah beinahe aus, als würde das Mädchen schlafen. Zögernd schob Damon die Haare beiseite, um ihr Gesicht sehen zu können. Emmas Augen waren geschlossen, ihre Haut blass.

Mit den Fingerspitzen berührte er ihre Wange. »Emma?«

Flatternd hoben sich ihre Lider, und Damon atmete erleichtert auf. Sie lebte! Ein paar Sekunden vergingen, dann öffnete sie die Augen ganz und setzte sich auf. Dabei traf ihr Knie eine empfindliche Stelle, und Damon musste sich auf die Zunge beißen, um nicht laut aufzuschreien.

Rasch schlang er die Arme um Emma und zog sie wieder an sich. »Warte, lass mich erst den Gürtel losmachen, dann kannst du aufstehen.«

Es dauerte einen Augenblick, bis die Worte bei ihr ankamen, dann spürte er, wie sich ihr Körper entspannte. So schnell seine nassen und blutigen Finger es erlaubten, öffnete er die Schnalle des Gürtels und befreite Emma aus ihrer Zwangslage. In dem Moment, in dem sie sich wieder bewegen konnte, rappelte sie sich auch schon auf und stieg von ihm hinunter. Froh, dass sie dabei keine lebenswichtigen oder empfindlichen Organe traf, sah Damon zu, wie sie sich auf einen Felsblock in der Nähe setzte. Vermutlich hätte er auch aufstehen sollen, aber er wusste nicht, ob er dazu in der Lage war. Jeder Knochen tat ihm weh, es würde ihn nicht wundern, wenn er sich ein paar davon gebrochen hätte. Vor allem sein Steißbein schmerzte höllisch.

Mit einem kaum unterdrückten Stöhnen setzte Damon sich schließlich auf und blickte nach oben. Nackter Stein, an dem Wasser nach unten floss, darüber die üppige Vegetation aus Farnen, Ranken und Gras. Einige Brocken fielen herunter, und Damon erinnerte sich daran, dass Russell noch in der Wand hing. Das war die Gelegenheit, vor ihm zu fliehen! Mühsam kam Damon auf die Füße und blickte auf das Wasser. Von unten wirkte es noch wilder als von oben, Felsblöcke lagen im Flussbett und bildeten Inseln im tosenden Wasser. Es war gefährlich, aber sie mussten es versuchen.

Einige Schritte bewiesen ihm, dass er sich noch bewegen konnte, auch wenn es schmerzte. Er hielt Emma die Hand hin. »Komm, schnell.«

Ihr Blick glitt nach oben, und sie schien zu verstehen, was er vorhatte. Ohne zu zögern, ließ sie sich von ihm aufhelfen und folgte ihm zum Wasser. Furcht stand deutlich sichtbar in ihrem Gesicht, als sie auf die schäumenden Wellen blickte. Wie zuvor hob Damon sie hoch, und sie klammerte sich wieder wie ein Affe an ihn. Zwar hätte er sie auch auf seine Schultern setzen können, aber falls Russell schoss, würde er sie so besser schützen können. Damon stellte sich auf einen Stein und plante seinen Weg ans andere Ufer. Der Fluss war nicht sonderlich breit, und mit etwas Glück würden sie sogar mit halbwegs trockenen Füßen auf der anderen Seite ankommen.

Damon sah Emma an. »Bereit? Halt dich gut fest.«

Er holte tief Luft, dann sprang er auf den nächsten Stein. Der kippelte ein wenig, doch Damon konnte sich darauf halten. Wäre er allein gewesen, hätte er es vermutlich gewagt, schneller von Stein zu Stein zu springen oder wäre gleich ins Wasser gegangen, aber mit Emma konnte er das nicht riskieren. Ihr Gewicht behinderte seine Sprünge und kostete ihn zusätzliche Kraft. Von seinen schmerzenden Gliedern ganz zu schweigen, aber darauf konnte er jetzt keine Rücksicht nehmen. Damon peilte den nächsten Stein an und sprang.

Etwa in der Mitte des Flusses hörte er über dem Rauschen des Wassers Russells Stimme. »Hey, Arschloch! Bleib stehen, oder ich erschieße dich!«

Damon wagte einen Blick zurück und sah, dass der Mörder immer noch an der Wand hing. Da Russell sich festhalten musste und deshalb keine Pistole herausholen konnte, entschied Damon, dass er es riskieren musste. Er ignorierte ihn und hüpfte weiter zum nächsten Stein.

Sie waren schon fast am anderen Ufer angekommen, als ein lauter Knall ertönte. Vor Schreck verlor Damon das Gleichgewicht und rutschte von dem Stein. Kaltes Wasser umströmte seine Beine. Emma stieß einen panischen Laut aus und klammerte sich noch fester an ihn. Damon wusste, dass sie nur eine Chance hatte, deshalb riss er sie von seinem Körper und warf sie ans Ufer.

»Lauf!« Das Letzte, was er sah, waren ihre schreckgeweiteten Augen. Dann schlug das Wasser über seinem Kopf zusammen.

9

»Was heißt das, sie haben die Spur verloren?« Gabriels Frage klang wie ein Peitschenhieb.

Unwillkürlich zuckte Valerie zusammen, obwohl er gar nicht mit ihr sprach. Wer auch immer der Anrufer war, sie hoffte für ihn, dass er sich weit entfernt befand. Eigentlich hatte sie sich nur einen Kaffee holen wollen, aber jetzt überlegte sie ernsthaft, ob sie nicht lieber im Lieferwagen bleiben sollte, bis ihr Vorgesetzter nicht mehr in der Nähe war. Normalerweise kam sie gut mit Gabriel aus und genoss sogar die Herausforderung, dass er viel von seinem Team erwartete. An diesem Tag war seine Stimmung allerdings furchtbar. Sie konnte das durchaus verstehen, schließlich war Ray getötet worden, und Gabriel musste die Trauer durch irgendetwas kompensieren. Trotzdem war sie nicht gerade erpicht darauf, seine Aufmerksamkeit auf sich zu lenken.

Ein Muskel zuckte in seiner Wange, während er seinem Gesprächspartner lauschte. In der geliehenen Kleidung hätte er eigentlich lächerlich wirken müssen, aber irgendwie schaffte er es, selbst in grüner Hose und schwarzem Pullover noch wie ein FBI-Agent auszusehen. Ihr selbst gelang das eher selten, deshalb versuchte sie es meist gar nicht erst. Da ihr Job oft hinter den Kulissen stattfand, störte sich auch niemand daran. Sie konnte in Jeans und Top einfach besser denken, als wenn sie einen steifen Anzug – oder noch schlimmer, einen Rock – hätte tragen müssen.

»Dann sollen sie die Spur wiederfinden! Das kann doch nicht

so schwer sein.« Offensichtlich doch, wenn sie seine Miene richtig deutete. »Dann lassen Sie sich etwas anderes einfallen, sie dürfen nicht entkommen.« Er beendete das Gespräch und stieß einen Fluch aus. Bevor sie sich zurückziehen konnte, drehte er sich zum Wagen um. Für einen Moment konnte sie in seinen Augen Trauer und Schuldgefühle erkennen, aber sie waren sofort wieder hinter seiner üblichen Maske verschwunden. Nur die Wut blieb. »Ist Hal im Wagen?«

Stumm schüttelte Valerie den Kopf.

»Ruf alle zur Lagebesprechung in zehn Minuten zusammen.« Er blickte zum Himmel, als bemerkte er jetzt erst den Regen, der sich inzwischen zu einem wahren Guss gesteigert hatte und ihn völlig durchnässte. »Wir treffen uns in der Lodge, im Wagen ist es zu eng und draußen zu nass.«

»Nur FBI oder auch Vertreter von Polizei und Parkrangern?«

Einen Moment lang dachte er darüber nach, dann schüttelte er den Kopf. »Erst mal im kleinen Kreis, bei Bedarf rufen wir dann noch andere dazu.« Ohne ein weiteres Wort zu verlieren, strebte er davon.

Da Valerie seine abrupte Art schon gewohnt war, machte sie sich nichts daraus. Er war einer der besten Agenten des FBI, und sie war froh, in seinem Team zu sein. Schließlich wollte sie mit fähigen Leuten zusammenarbeiten und etwas lernen und nicht den ganzen Tag umschmeichelt werden. Sie kehrte in den Lieferwagen zurück, wo sie von Lucas' fragendem Blick empfangen wurde. »Teambesprechung in zehn Minuten in der Lodge.«

Interessiert beugte er sich vor. »Gibt es was Neues?«

Valerie schnitt eine Grimasse. »Jedenfalls nichts Positives. Gabriel sagte am Telefon zu jemandem etwas von ›Spur verloren‹.«

»Mist.« Lucas warf seinen Stift auf die schmale Platte, die als Schreibtisch diente. »Das wird Gabriel nicht gefallen.«

Und das war die Untertreibung des Jahrhunderts. »Bei dem weitläufigen Gebiet dürfte es schwer werden, sie wiederzufinden, wenn wir ihre Spur nicht mehr haben.«

Ernst sah Lucas sie an. »Das wird Gabriel nicht zulassen, und wenn er dafür jeden Quadratzentimeter absuchen muss. Normalerweise ist er schon mit vollem Einsatz bei der Sache, aber durch Rays Tod und Russell Davis' Beteiligung wird er noch viel fanatischer sein. Hast du die Akte schon gelesen?«

»Nur eine kurze Zusammenfassung. Warum?«

Lucas fuhr sich mit den Händen durch die Haare. »Wenn du irgendwann mal Zeit hast, lies die Akte. Um es abzukürzen: Gabriel nimmt alles, was Davis betrifft, sehr persönlich. Er wird Himmel und Hölle in Bewegung setzen, um den Mistkerl zu fangen.«

Das klang gar nicht gut. Es schien, als sollte sie die Akte in nächster Zeit wirklich einmal vollständig lesen. Auf Gabriels Anweisung hin hatte sie sich bisher nur auf Damon Thomas konzentriert. Das war ihr auch ganz recht gewesen, denn im Gegensatz zu Davis erschien ihr der zweite Flüchtling wesentlich menschlicher.

»Wissen die anderen Bescheid?«

Lucas' Frage ließ Valerie aus ihren Gedanken auftauchen. »Worüber?« Hoffentlich hatte sie nicht laut gedacht, ihre Kollegen sollten nur ihre professionelle Seite sehen.

Ein kurzes Lächeln blitzte in Lucas' Gesicht auf. »Über die Teambesprechung.«

»Oh, nein, ich soll sie noch informieren.« Rasch nahm Valerie ihr Handy aus der Hosentasche und erledigte die Aufgabe.

Wenig später lief sie zusammen mit Lucas durch den immer stärker werdenden Regen zur Lodge hinüber. In der Lobby öffnete sie den Reißverschluss ihrer Jacke, zog ihre Unterlagen und den Laptop heraus und legte sie auf einen der kleinen Tische. Froh über ihre Kurzhaarfrisur, die kein aufwändiges Styling erforderte, strich sie sich durch die nassen Haare und blickte sich um.

Ein riesiger Steinkamin dominierte den Raum, über dem ein ausgestopfter Wapitikopf samt gewaltigem Geweih hing. Valerie verzog den Mund. Tote Tiere waren nicht ihr Ding, erst recht nicht, nachdem sie die Kadaver der Wapitis, die bei dem Unfall verendet waren, auf der Straße gesehen hatte. Warum jemand damit sein Haus oder auch ein Hotel »schmücken« musste, war ihr ein Rätsel. Um den toten Glasaugen zu entgehen, schlenderte sie zur Fensterfläche, die einen Blick über den See erlaubte. Bei Sonnenschein war das sicher ein herrlicher Ausblick, jetzt wirkte alles grau in grau, das Wasser kaum vom Himmel zu unterscheiden. Ein Schauer lief durch ihren Körper, und sie wünschte sich, jemand hätte den Kamin angezündet, auch wenn es noch Sommer war.

»Val?« Julies Stimme erklang hinter ihr. Als sie sich umdrehte, sah sie, dass die anderen sich bereits versammelt hatten und auf sie warteten. Schnell ging sie zu ihnen hinüber.

»Ich habe uns ein Konferenzzimmer organisiert.« Gabriel wirkte immer noch aufgebracht.

Erstaunt blickte Lucas ihn an. »So was gibt es hier?«

»Eigentlich ist es der Frühstücksraum. Ich habe ihn ein wenig umdekoriert.«

Was er damit meinte, erkannte Valerie, als sie den Raum betrat. Mehrere Tische waren zusammengeschoben worden, sodass sie einem Konferenztisch ähnelten. An einem der Clipboards, die man am Kopfende des Zimmers aufgestellt hatte, hing eine Karte des Parks und der angrenzenden Gebiete. Getränke und Teller mit Schnittchen standen auf dem Tisch, Unterlagen und Laptops vervollständigten die Büroausstattung. Wie hatte Gabriel das so schnell hinbekommen?

»Okay, fangen wir an.«

Rasch suchte sich jeder einen Platz, Gabriel dagegen blieb hinter seinem Stuhl stehen. Seine Hände umklammerten die Rückenlehne so fest, dass die Finger beinahe weiß wirkten. Als alle saßen, nickte er in Richtung der Erfrischungen. »Greift zu, während ich euch berichte, wie der derzeitige Stand ist.«

Das ließen sie sich nicht zweimal sagen. Bis auf Kaffee hatte Valerie heute noch nichts zu sich genommen, und die anderen sahen auch halb verhungert aus. Wegen der Ereignisse hatte sie zwar keinen richtigen Appetit, aber sie wusste, dass sie zumindest ein wenig essen musste, damit sie nicht zusammenklappte.

Gabriel nahm sich nur ein Glas Wasser. Nicht dass sie etwas anderes erwartet hätte. »Detective Heron hat sich gemeldet. Die Hundestaffeln haben die Suche abgebrochen. Wegen des starken Regens konnten die Hunde den Spuren nicht mehr folgen.« Er hob die Hand, als sie alle durcheinanderredeten. »Sie rasten im Moment und warten ab, ob sich das Wetter in absehbarer Zeit ändert. Wenn wir Glück haben, können die Hunde die Geruchsspuren danach wieder aufnehmen. Wenn nicht …« Eine Ader pochte in seiner Schläfe. »… ist die Wahrscheinlichkeit, dass wir sie finden, extrem geschrumpft. Durch den Regen werden physische Spuren vermutlich weggespült, sofern man in der dichten Vegetation überhaupt welche findet.«

Lucas pausierte mit dem Becher auf halber Höhe. »Gibt es andere Möglichkeiten, sie aufzuspüren? Was ist mit den Hubschraubern?«

Hal setzte sich auf. »Die sind noch unterwegs, aber bei dem Wetter ist es schwer, aus der Luft etwas zu erkennen. Zu dem Regen ist auch noch Nebel vom Meer her aufgezogen. Die Wärmebildscanner sind derzeit ebenfalls nutzlos.«

»Vielleicht haben sich die Verbrecher einen Unterschlupf gesucht, um den Regen abzuwarten. Es kann nicht sonderlich angenehm sein, bei dem Wetter da draußen herumzulaufen.« Julie nahm sich einen Snack. »Inzwischen sind sie schon seit vierzehn Stunden unterwegs. Sie müssen müde, erschöpft und hungrig sein. Vielleicht haben sie sich bei dem Unfall auch verletzt.«

»Darauf gibt es keinen Hinweis.« Gabriel setzte sich nun auch. Dunkle Schatten lagen unter seinen Augen, seine Haut wirkte grau.

»Wir haben Blut im Transportbus gefunden, das wir Damon Thomas zuordnen konnten. Aber es waren nur Tropfen, vermutlich von den Handschellen verursacht. An den paar Spuren, die wir im Bereich der Unterführung sichern konnten, ist nicht ersichtlich, dass einer von ihnen eine beim Laufen behindernde Verletzung erlitten hat.« Lucas zuckte entschuldigend mit den Schultern, weil Gabriel ihn anstarrte.

Als würde er es nicht aushalten, längere Zeit zu sitzen, sprang Gabriel wieder auf. Energisch zog er die Karte von dem Clipboard und breitete sie so auf dem Tisch aus, dass alle sie sehen konnten. Mit einem Stift deutete er auf einen Punkt mitten in der Wildnis. »Hier haben die Hunde die Spur verloren.« Er zog eine rote Linie zwischen der Unfallstelle und dem Punkt. »Von einigen Schlenkern abgesehen, die durch die Hügel bedingt waren, sind die Flüchtigen einer relativ geraden Linie gefolgt. Das lässt mich vermuten, dass sie zumindest eine grobe Ortskenntnis besitzen und ein Ziel haben.«

Valerie blätterte in ihren Unterlagen und räusperte sich. »Damon Thomas ist in den Jahren vor seiner Verhaftung mehrmals im Park gewesen.«

Gabriel starrte sie an. »Woher weißt du das?«

»Ich habe im Internet recherchiert und seine alte Facebookseite gefunden. Zuletzt war er vor vier Jahren zum Wandern im Park. Es gab auch einige Bilder davon.«

»Finde heraus, wo er genau war, vielleicht können wir dadurch eruieren, wo sie hinwollen.« Als Valerie nickte, fuhr er fort: »Ich kann mich nicht erinnern, ob Russell Davis jemals hier war, vielleicht kannst du das auch nachschauen.«

»Die Unterlagen lassen eher darauf schließen, dass er ein Stadtmensch ist, aber ich werde nachsehen, ob ich etwas finde.« Ein wenig hatte sie schon recherchiert, doch es gab einige andere Möglichkeiten, die sie noch nicht genutzt hatte.

»Vermutlich ist das auch der Grund, warum er Thomas überhaupt mitgenommen hat. Wäre er nutzlos für ihn, hätte Davis ihn sofort getötet, oder die Suchmannschaften wären inzwischen über seine Leiche gestolpert. Aus reiner Herzensgüte wird der Bastard ihn sicher nicht bei sich behalten.« Gabriel rieb sich über die Stirn. »Hal, ich möchte, dass du anhand der Karte ausrechnest, wie weit die Mörder schon gekommen sein können. Geh von der schnellstmöglichen Gangart in diesem Terrain aus. Wenn alles nichts hilft, werden wir versuchen müssen, sie einzukreisen und den Ring langsam immer enger zuziehen. Aber das ist nur die allerletzte Möglichkeit.«

Und eine ziemlich unsichere noch dazu. Das Suchgebiet war viel zu groß, um es flächendeckend absuchen zu können, ganz zu schweigen von den Tücken des Terrains. Aber das sagte Valerie nicht laut, es wussten ohnehin alle.

»Sie werden erschöpft und müde sein, aber ich denke, Russell Davis hat bewiesen, dass er zu allem bereit ist, um nicht wieder eingesperrt zu werden. Das macht ihn unberechenbar und wird ihm auch Kraft verleihen. Ich denke nicht, dass sie eine längere Pause einlegen werden, auch nicht wegen des Regens.« Julie tippte mit ihrem Kugelschreiber auf das Blatt vor sich. »Aber vielleicht wird er unvorsichtiger, wenn er denkt, dass ihn niemand finden kann.«

»Das hilft uns allerdings auch nur dann, wenn wir wissen, wo wir ihn suchen müssen. Im Moment könnte er sonst wo sein.« Gabriel deutete auf die Karte. »Der Mistkerl steckt irgendwo dort und glaubt, dass er gewonnen hat. Aber das werde ich nicht zulassen.« Wut sprach aus jedem seiner Worte, etwas, das er noch nie bei einem Fall gezeigt hatte, seit Valerie zum Team gehörte. Er räusperte sich. »Okay, machen wir uns an die Arbeit. Valerie, ich brauche möglichst schnell die Angaben zu den Gebieten, die Damon Thomas hier im Park kennt. Hal, gib den Hubschraubern und sonstigen Suchmannschaften das neue Suchgebiet an, wenn du es errechnet hast. Julie und Lucas, bleibt noch hier, ich brauche euren Input, wie sich Davis verhalten wird.«

Gerne hätte Valerie dabei zugehört, aber da sie einen anderen Auftrag hatte und Gabriel offensichtlich nicht glaubte, dass sie etwas Sinnvolles zum Thema Davis beizutragen hatte, verließ sie den Raum. Sie konnte sowieso besser arbeiten, wenn sie allein war und ihre Ruhe hatte. Vor allem würde sie sich ihre eigene Meinung über die beiden Entflohenen bilden können, ohne sich von Julies Aussagen beeinflussen zu lassen. Zwar sollte sie nur Fakten recherchieren, aber sie war gut darin, mithilfe der Informationen ein akkurates Bild des Täters und seiner Handlungsweisen zu entwickeln. Das war vermutlich auch der Grund, warum Gabriel sie in sein Team geholt hatte – auch wenn er ihr das nie gesagt hatte.

In ihrem Zimmer ging sie der Frage nach, wohin es Damon Thomas während seiner Urlaube im Olympic National Park verschlagen hatte. Erst als sie sicher war, dazu keine weiteren Informationen finden zu können, nahm sie sich erneut die Unterlagen zu dem Mordfall vor. Wieder sprang ihr das Foto des

Opfers ins Auge. Ihr Magen hob sich, und sie schloss hastig das Fenster auf dem Laptop, sodass nur noch die Textdatei zu sehen war. Lange Zeit vertiefte sie sich darin, doch auch diesmal wusste sie nicht, was sie von dem halten sollte, was sie gelesen hatte. Die Argumentation der Anklage war schlüssig. Die der Verteidigung allerdings auch. Es waren Beweise gefunden worden, für deren Existenz es jedoch auch andere Erklärungen geben konnte. Vor allem fehlte Valerie ein eindeutiges Motiv. Und es gab einige Ungereimtheiten.

Unbefriedigt schloss sie schließlich die Datei und widmete sich wieder ihrer eigentlichen Aufgabe. Trotzdem kehrten ihre Gedanken immer wieder zu dem Rätsel um Damon Thomas zurück.

Angel ertappte sich dabei, wie sie zum wiederholten Male über die unerwartete Umarmung nachdachte. Es war völlig unmöglich, aber sie glaubte immer noch, Warrens Körper an ihrem zu spüren. Wie konnte ein kurzer Moment sich so bei ihr eingeprägt haben? Natürlich hatte sie Warrens muskulösen Körperbau bewundert – welche normale Frau würde das nicht? –, und sie genoss seine Gesellschaft, aber sie hatte sich bestimmt nicht vorgestellt, wie es wäre ihn zu umarmen. Sie war so auf die Suche konzentriert gewesen, dass sie überhaupt keine Zeit gehabt hatte, über so etwas nachzudenken.

Aber jetzt ging ihr diese Berührung, über die er wohl selbst genauso überrascht gewesen war, nicht mehr aus dem Kopf. Und das nervte Angel. Sie hatte sich ein gutes Leben aufgebaut und keinerlei Bedarf an romantischen Verwicklungen, auch wenn es schon lange her war, seit sie das letzte Mal von einem Mann berührt worden war. Doch sie wusste jetzt schon, dass die ganze Angelegenheit nur von kurzer Dauer sein würde. Nach der Suche würde Warren dorthin zurückkehren, wo er herkam. Und eine kurze Affäre war völlig gegen ihre Prinzipien. Diese bittere Lektion hatte sie mehr als schmerzhaft gelernt. Davon abgesehen war Romantik in dieser Situation auch völlig fehl am Platz. Warren litt unter dem Verschwinden seiner Tochter, und der immer stärker werdende Regen gestaltete die Suche zunehmend schwieriger. Und ungemütlicher. Trotzdem hörte ihr Körper nicht auf, zu prickeln.

Ärgerlich biss Angel die Zähne zusammen und konzentrierte sich ganz auf Moonlight. Die Ohren der Hündin zuckten, ein deutliches Signal, dass sie sich durch etwas gestört fühlte. Jetzt sah Angel auch andere Anzeichen, die ihr vorher entgangen waren. Sie blieb stehen und beobachtete, wie Moonlight darauf reagierte. Als die Hündin sich sofort hinsetzte und sie erwartungsvoll anblickte, bestätigte sich Angels Verdacht. Moonlight war sich nicht mehr sicher, ob sie noch auf der richtigen Spur war. Das konnte bei solch einem Wetter durchaus vorkommen, und es bedeutete nicht, dass sie die Spur nicht wiederfinden konnte, wenn der Regen nachließ. Trotzdem würde es sie wertvolle Zeit kosten.

»Was passiert jetzt?« Warrens tiefe Stimme löste ein leichtes Zittern in ihrem Innern aus, und sie unterdrückte den Drang, sich gegen ihn zu lehnen.

Allein dieser Gedanke führte dazu, dass sie beinahe schreiend davonlief. Als sie jedes verräterische Gefühl von ihrem Gesicht gelöscht hatte, drehte sie sich zu ihm um. »Wir rasten hier, bis der Regen vorbei ist.«

Panik stand in seinen Augen. »Aber Emma …«

»Es tut mir leid, der Regen verwischt die Spur zu sehr. Es bringt uns nichts, wenn Moonlight uns in eine falsche Richtung führt. Besser, wir warten etwas und machen dann ausgeruht weiter, wenn die Geruchspartikel wieder besser zu verfolgen sind.« Sie hielt ihre Stimme sanft, aber bestimmt.

Unglücklich verzogen sich Warrens Mundwinkel nach unten. »Ich weiß, aber die Vorstellung, dass sie irgendwo da draußen ist und in diesem Moment wer weiß was mit ihr passieren könnte, macht mich wahnsinnig. Vielleicht …« Seine Stimme brach, und er wandte sich ab. »Vielleicht ist sie nur noch ein paar Hundert Meter entfernt, und wir könnten sie in wenigen Minuten finden.«

Zögernd legte Angel ihre Hand auf Warrens Schulter. »Das ist sehr unwahrscheinlich. Wäre ihre Spur so frisch, könnte Moonlight ihr ohne Probleme folgen. Es ist Stunden her, seit Emma hier durchgekommen ist.« Gut, das war geraten, aber ihre Hündin hätte sich anders verhalten, wenn die Spur noch neu gewesen wäre. Tröstend drückte sie Warrens Schulter und ließ ihn dann los. »Es ist sowieso bald Zeit für Moonlights Ruhepause, das können wir miteinander verbinden. Ich baue das Zelt auf, dann sind wir wenigstens im Trockenen.«

Warren fuhr herum. »Was für ein Zelt?«

Angel setzte den Rucksack ab und bückte sich, um Moonlight das Geschirr abzunehmen. »Wenn ich einer vermissten Person folge und nicht weiß, wie lange es dauern wird, bis ich sie finde, nehme ich immer ein Zelt mit. Zur Erholung, aber auch, um dem Wetter zu entgehen, so wie jetzt. Oder um der Person einen geschützten Ort zu geben, wenn ich sie gefunden habe und die Bergung länger dauert.« Manchmal nahm die Suche auch mehrere Tage in Anspruch, aber das sagte sie Warren besser nicht, er schien so schon am Ende seiner Geduld angelangt zu sein.

Angel gab Moonlight einen leichten Klaps zum Zeichen, dass sie frei war. Dann entfernte sie die Regenhülle von ihrem Rucksack und öffnete die Klappe. Mit einem Handgriff fand sie das in einem Beutel verpackte Zelt und zog es heraus. Es war besonders leicht, trotzdem aber stabil und groß genug, um ohne Probleme zwei Personen und einen Hund zu beherbergen. Das würde ihnen jetzt zugutekommen, denn Warren war wirklich groß und würde viel Platz benötigen. Angel nahm die flexiblen Stangen aus dem Beutel und steckte sie zusammen.

»Kann ich Ihnen helfen?«

Sie sah auf und bemerkte, dass er sie beobachtete. »Danke, das geht schon. Warum suchen Sie nicht schon mal einen Platz mit möglichst ebenem Boden, auf den wir das Zelt stellen können? Ich hasse es, wenn sich mir Steine oder Stöcke in den Rücken bohren.«

Für einen Sekundenbruchteil hellte sich sein Gesichtsausdruck auf. »Das kenne ich. Wenn wir mit der Einheit …« Er brach ab und sah plötzlich aus, als wäre er zu Stein erstarrt.

»Warren? Was ist?« Sorge breitete sich in ihr aus, als er nicht reagierte. Rasch stand sie auf und fasste ihn am Arm. »Warren?« Seine Muskeln waren hart wie Stahl, so sehr hatte er sie angespannt.

Sie hatte schon viel erlebt, aber jetzt fühlte sie sich hilflos, während sie dastand und beobachtete, wie der Regen über Warrens Gesicht lief. Seine Augen wirkten, als wäre er Tausende Meilen entfernt. Vorsichtig hob Angel die Hand und bewegte sie vor seinem Gesicht auf und ab. Nichts. Er schien sie überhaupt nicht zu sehen. Nervös biss sie sich auf die Lippe und überlegte, was sie tun könnte, um Warren aus seiner Trance aufzuwecken. Es erinnerte sie fast an die Zustände, in denen sie ihren Vater Hunting Bear einige Male vorgefunden hatte, wenn er wieder mit der Natur kommunizierte. Allerdings hatte er dabei unendlich friedlich ausgesehen, während Warren eher starr vor Schreck oder Kummer schien. Deshalb konnte sie ihn auch nicht sich selbst überlassen, wie sie es bei ihrem Vater meistens getan hatte.

Nach einem tiefen Atemzug legte Angel ihre Hand an seine

Wange. Noch immer erfolgte keine Reaktion. Seine Haut war eiskalt. »Warren, können Sie mich hören?« Ihre Sorge um ihn verstärkte sich noch. Wie immer spürte Moonlight ihre Stimmung und stupste mit der Nase gegen ihr Bein. Angel blickte kurz nach unten. »Alles in Ordnung, Moonlight. Leg dich hin und ruh dich aus, ich habe alles im Griff.« Jedenfalls hoffte sie das. Sie wartete, bis die Hündin ihrem Befehl gefolgt war und sich neben den Rucksack gelegt hatte, bevor sie sich wieder Warren zuwandte. Sein Gesicht wirkte noch grauer als vorher. »Okay, das reicht jetzt. Wenn Sie nicht von selbst aufwachen, werde ich andere Maßnahmen ergreifen müssen.« Doch er schien weder sie noch ihre Berührung wahrzunehmen.

Verdammt, sie hasste das, aber es ging nicht anders. Angel holte aus und gab ihm eine schallende Ohrfeige. Ihre Handfläche schmerzte, und sie schnitt eine Grimasse. Hoffentlich hatte sie ihm nicht wehgetan, doch ihr war einfach keine andere Möglichkeit eingefallen, ihn aufzuwecken.

Warren blinzelte einige Male, dann konzentrierte sich sein Blick auf sie. Verwirrung stand darin und eine abgrundtiefe Verzweiflung, die er offensichtlich zu verbergen versuchte. »Haben Sie mich gerade geschlagen?«

Hitze stieg in Angels Wangen. »Ja, tut mir leid, Sie waren irgendwie weggetreten, und ich habe mir Sorgen gemacht.«

Mit den Fingern berührte Warren seine geschundene Wange. »Ich werde es überleben, denke ich.«

»Ich hoffe, ich habe Sie nicht verletzt.«

Warrens Mund verzog sich zu einem schiefen Lächeln. »Nur meinen Stolz.«

Sanft strich Angel ihm mit den Fingerspitzen über die Wange, auf der sich immer noch ihr Handabdruck abzeichnete. »Besser?«

Ernst blickte Warren sie an. »Viel besser.«

10

Warren trat von Angel zurück. Sie wirkte genauso verwirrt, wie er sich fühlte. Nach einem Flashback war er immer desorientiert, aber das erklärte nicht, warum er eben beinahe Angels Hand genommen hätte. Seit seiner Verletzung hatte er nicht einmal den Drang gespürt, mit einer Frau mehr als nur ein oberflächliches Gespräch zu führen, geschweige denn sie zu berühren. Doch jetzt, wo Emma verschwunden war und er sich in einer der furchtbarsten Situationen seines Lebens befand, stellte er plötzlich fest, dass er nicht in Afghanistan gestorben war und tatsächlich noch etwas anderes als Schuld empfinden konnte. Aber das war sein Problem, Angel war nur hier, weil sie ihm helfen wollte, seine Tochter zu finden, und das akzeptierte er. Sich ihr aufzudrängen wäre ein schlechtes Zeichen seiner Dankbarkeit. Außerdem mahnte ihn seine innere Stimme zum wiederholten Male, dass er sich einzig und allein auf die Suche nach Emma konzentrieren musste und nicht darauf, wie gerne er Angel berühren würde. Sein Körper hatte sich wirklich den denkbar schlimmsten Zeitpunkt ausgesucht, um verrücktzuspielen.

Die Ohrfeige war jedenfalls nicht die eines zarten Püppchens gewesen, im Gegenteil: Es hatte eine ganze Menge Kraft dahinter gelegen. Aber wahrscheinlich brauchte sie die, wenn sie immer mit ihren Hunden arbeitete. Während er sich über die Wange rieb, beobachtete er, wie Angel mit den Schuhen die Vegetation aus dem Weg schob und den Boden begutachtete. Erst jetzt erinnerte er sich daran, dass sie ihn gebeten hatte, einen geeigneten Platz für das Zelt zu finden. Und gleichzeitig fiel ihm auch wieder ein, warum sie ihn geschlagen hatte. Warren biss die Zähne zusammen und versuchte, die Welle der Erinnerungen zu unterdrücken, die erneut auf ihn einströmte. Wenigstens hatte er Angel nicht angegriffen, was durchaus manchmal während eines Flashbacks passierte. Oder hatte sie ihn geschlagen, um sich zu verteidigen?

Sein Magen krampfte sich zusammen, und er machte unwillkürlich einen Schritt auf sie zu. »Angel …«

Sie drehte sich zu ihm um und richtete sich sofort auf, als sie seinen Gesichtsausdruck sah. »Ja?«

»Habe ich Sie eben verletzt?« Angespannt hielt er den Atem an, während er auf ihre Antwort wartete.

»Nein, wieso auch? Die paar Bartstoppeln waren nicht schlimm.«

Warren schüttelte den Kopf, nicht bereit, die Sache fallen zu lassen. »Ich meinte davor. Während ich …«

Angel kam näher. »Nein, Sie standen einfach nur völlig erstarrt da. Ich habe Sie angesprochen, aber Sie haben nicht reagiert, auch nicht auf Berührung. Vermutlich hätte ich Sie nicht schlagen sollen, aber ich wusste einfach nicht, wie ich Sie sonst da rausholen sollte. Ihre Haut war schon ganz grau und kalt.« Sie rieb sich über die Arme, die Erinnerung schien sie zu belasten. »Ich hatte Angst um Sie, weil ich nicht wusste, was Ihnen fehlt.«

»Es war schon richtig, ich war …« Er brach ab, nicht sicher, ob er wirklich darüber reden wollte. »Ich bin froh, dass Ihnen nichts passiert ist.«

Einen Moment lang blickte Angel ihn an, dann nickte sie, als würde sie verstehen, dass er nicht darüber reden konnte. »Versuchen Sie, das nicht noch mal zu machen, ich fand es ziemlich unheimlich.«

Warren zwang sich zu einem Lächeln. »Ich werde mich bemühen.« Sein Blick folgte ihr, als sie zu ihrem Rucksack zurückging. »Kann ich etwas tun?«

»Nein, danke, ich habe alles im Griff.«

So, wie sie mit wenigen sparsamen Bewegungen das Zelt aufbaute, glaubte er ihr das aufs Wort. Sie schien es nicht gewohnt zu sein, dass andere ihr halfen.

Schließlich richtete Angel sich auf und winkte ihn zu sich. »Okay, schlüpfen Sie rein. Ich gebe Ihnen die Sachen an, wir nehmen alles mit rein, damit nichts nass wird. Oder vielmehr noch nasser. Die Schuhe ziehen Sie aus und stellen sie unter das Außenzelt, so sind sie geschützt. Die Jacken hängen wir innen an die Stange.«

Da er es bei seinem Zelt genauso hielt, folgte Warren wortlos ihren Befehlen und kroch wenig später ins Innenzelt. Hier war es angenehm trocken und durch den fehlenden Wind deutlich wärmer als draußen. Er drehte sich zum Eingang um und nahm die Rucksäcke entgegen, die Angel bereits von ihren Regenhüllen befreit hatte. Warren holte die Decken heraus und breitete sie auf dem harten Boden aus.

»Schütteln, Moonlight.«

Genau in dem Moment, in dem die Hündin sich vor dem Zelt kräftig schüttelte, drehte Warren sich um. Wassertropfen flogen durch die Luft und trafen ihn, selbst einige Meter weiter noch.

»Geben Sie mir bitte das Handtuch, das seitlich in meinem Rucksack steckt?« Angels Stimme drang durch die dünne Zeltwand, ihre Hand erschien im Eingang.

Warren holte es heraus und reichte es ihr. Mit kräftigen Bewegungen rubbelte sie das Fell der Hündin trocken und legte das Handtuch schließlich auf den Boden im Zelteingang. »Platz.«

Ohne den Blick von ihrer Herrin abzuwenden, gehorchte Moonlight aufs Wort. Angel strich ihr zärtlich über den Kopf. »Gut gemacht. Jetzt ruh dich aus.« Folgsam legte die Hündin den Kopf auf die Pfoten und beobachtete, wie Angel den Napf in den Regen stellte. Einen kleinen Snack später schloss Moonlight die Augen und stieß einen zufriedenen Seufzer aus.

Warren wartete, bis Angel ebenfalls ins Zelt gekrochen war, bevor er seine Frage stellte: »Macht sie immer, was Sie ihr sagen?«

»Ja.« Die Antwort kam ohne das geringste Zögern. »Sie vertraut mir genauso, wie ich ihr vertraue. Nur so können wir ein effektives Team abgeben.«

»Ich bin beeindruckt und sehr dankbar, dass Sie mir helfen.« Er konnte sich nicht vorstellen, was er getan hätte, wenn sie nicht zu Hause gewesen wäre oder sich geweigert hätte, ihm zu helfen. Nie im Leben hätte er Emma allein folgen können.

»Das machen wir gerne. Moonlight mag die Herausforderung, und sie liebt es, zu gewinnen.«

»Und Sie?«

»Ich tue alles, was meine Hunde glücklich macht.« Im Halbdunkel des Zeltes konnte er ihre Augen kaum erkennen, aber er hatte den Eindruck, dass sich Schatten in ihnen bildeten.

Warren beugte sich vor, um sie besser sehen zu können. »Was macht *Sie* glücklich?«

Angel schwieg einen Moment. »Wenn ich die vermisste Person unverletzt und lebend wiederfinde.«

Das verstand sich irgendwie von selbst, und vor allem beantwortete es nicht seine Frage. »Ich meinte, Sie persönlich.«

»Meine Hunde, mein Haus.«

Das klang beinahe sehnsüchtig, als wünschte sie sich dorthin zurück. »Und dass man Sie in Ruhe lässt?«

Ein schiefes Lächeln erschien auf ihrem Gesicht und verschwand sofort wieder. »Ertappt.«

»Es tut mir leid, dass ich Sie mit meinen Problemen belaste. Glauben Sie mir, ich kann es absolut verstehen, wenn es jemand vorzieht, nicht ständig in Gesellschaft anderer Menschen zu sein.«

»Dann sind Sie einer der wenigen. Die meisten denken, ich wäre nicht normal.«

Betroffen zuckte er zusammen, als er den verletzten Unterton in ihrer Stimme hörte. »Wer will schon normal sein?«

»Fast alle anderen?«

Das stimmte sicher. Warren streckte die Beine aus und lehnte sich auf die Ellbogen zurück. »Es zählt nur, ob Sie selbst zufrieden sind.«

Eine blonde Strähne hatte sich aus Angels Zopf gelöst, und sie strich sie hinters Ohr zurück. »Das bin ich. Ich liebe es, in der Natur zu leben und mit den Hunden zu arbeiten.«

»Darf ich Sie etwas fragen? Wenn es zu intim ist, brauchen Sie nicht zu antworten.«

Angel blickte ihn erst überrascht, dann misstrauisch an. »Was?«

Warren wusste, er hatte kein Recht, danach zu fragen, aber irgendetwas drängte ihn, mehr über sie zu erfahren. »Der Detective sagte, Ihr Vater gehörte zum Stamm der Quileute.«

»Das stimmt. Er hat es allerdings vorgezogen, nicht im Reservat zu leben, sondern auf einem eigenen Stück Land.« Sie zog die Augenbrauen zusammen. »Das war Ihre Frage? So intim kam sie mir nicht vor.«

Bevor er darüber nachdenken konnte, hob er eine Hand und berührte eine ihrer Haarsträhnen, zog sie jedoch sofort wieder zurück, als ihm bewusst wurde, was er tat. »Die Frage kommt noch. Wie kann Ihr Vater ein Quileute sein und Sie so … blond?«

Ein trauriges Lächeln hob ihre Mundwinkel. »Das liegt daran, dass er mein Stiefvater war. Meine Mutter ist blond und hellhäutig, so wie ich.«

War, das klang nicht gut. Am liebsten hätte er sie noch einmal in den Arm genommen. Hier im Zelt spürte er diese Vertrautheit zwischen ihnen noch mehr, aber dies war weder der richtige Ort noch der passende Zeitpunkt. Dennoch genoss er es, dass sie sich ihm zumindest ein wenig geöffnet hatte. Da sie das Thema allerdings traurig zu machen schien, wollte er sie nicht weiter ausfragen und bemühte sich deshalb um Leichtigkeit. »Schade, ich habe gerade versucht, Sie mir dabei vorzustellen, wie Sie um ein Lagerfeuer tanzen.«

Angel lachte auf und wirkte dabei für einen winzigen Moment glücklich und frei. »Sie haben auch gar keine antiquierten Vorstellungen, oder?«

»Wie, ist das etwa nicht so?« Verzaubert starrte er sie an. Wenn sie lachte, schien sie von innen heraus zu strahlen. Und das machte sie noch schöner.

Als sie lächelte, vertiefte sich das Grübchen in ihrer Wange. »Da, wo ich herkomme, tanzt man eher selten ums Feuer. Ich glaube, Sie haben zu viele Western gesehen.«

»Das heißt, Sie haben auch nie in einem Tipi gelebt?«

»Früher habe ich hin und wieder mit meinem Vater in der Schwitzhütte gesessen. Zählt das auch?«

Warren versuchte, seine Gedanken zu sortieren, und es dauerte einen Moment, bis er ihre Antwort verstand. Dann erstarrte er. Allein die Vorstellung, wie sie nackt und schweißüberströmt in einem Zelt saß, ließ Hitze in ihm aufsteigen. Gewaltsam drängte er die Fantasie zurück. »Ich denke …«, er räusperte sich, »… das kann man gelten lassen.«

Angel wurde wieder ernst. »Aber um Ihre ursprüngliche Frage aufzunehmen, meine Mutter lernte Hunting Bear kennen, als wir hier Urlaub machten, und fand den Kontrast zwischen ihnen so spannend, dass sie sich verliebte. Damals war ich zwölf.« Sie presste die Lippen zusammen. »Es stellte sich allerdings heraus, dass ein kalifornischer Hippie und ein Quileute von der Olympic Peninsula nicht wirklich viel gemeinsam hatten. Eine Zeitlang ging das gut, aber dann hatte meine Mutter genug und zog wieder nach Kalifornien. Ich hatte mich an das Leben hier gewöhnt und wollte bleiben, doch sie hat mich gezwungen, mit ihr zu gehen.« Sie sprach es nicht aus, aber es war klar, wie sehr sie ihren Stiefvater geliebt hatte. »Als ich endlich volljährig war, bin ich sofort hierher zurückgekehrt.«

»Und geblieben.« Nach dieser Geschichte faszinierte ihn Angel noch viel mehr. Welche junge Frau entschied sich dafür, in den feuchten und einsamen Regenwald zu ziehen, anstatt im sonnigen Kalifornien zu bleiben und das Strandleben zu genießen?

»Ja.« Angel starrte durch ihn hindurch, als würde sie etwas ganz anderes sehen. »Es war toll. Hunting Bear hat mir alles beigebracht, was er wusste, und ich habe das Hundetraining für mich entdeckt. Als mein Vater starb, hat er mir das Haus und das Land hinterlassen.« Die Trauer auf ihrem Gesicht zeigte, wie sehr sie ihn vermisste.

»Es tut mir leid, dass er tot ist. Aber es ist schön, dass er Ihnen einen Platz gegeben hat, an dem Sie glücklich sind.«

Angel lächelte schwach. »Ja, das finde ich auch. Zum Abschied sagte er mir, dass er froh war, meine Mutter kennengelernt zu haben, denn dadurch hätte er seine Tochter im Geiste gefunden.« Tränen glitzerten in ihren Augen. Bevor er etwas sagen konnte, richtete sie sich abrupt auf. »Tut mir leid, ich wollte Sie nicht damit langweilen.«

»Das haben Sie nicht. Danke, dass Sie mir die Geschichte erzählt haben.«

Sie nickte. »Kann ich Ihnen auch eine Frage stellen?«

Sofort versteifte sich Warren, zwang sich dann aber, sich wieder entspannt zurückzulehnen. »Natürlich.«

»Warum dachten Sie, dass Ihre Tochter weggelaufen sein könnte?«

»Das habe ich nicht geglaubt.« Als sie ihn nur weiterhin ruhig anblickte, atmete er scharf aus. »Es erschien mir unwahrscheinlich, weil ich ihre Furcht vor dem Wald kannte und wusste, dass sie nicht der Typ dafür ist.«

»Aber?«

Warren rieb sich mit der Hand über seine verspannten Nackenmuskeln. »Als Marine war ich die meiste Zeit im Ausland stationiert, in Krisengebieten, und habe deshalb meine Tochter nur selten sehen können.« Seine Kehle zog sich zusammen, als er sich daran erinnerte, wie sie sich als Kleinkind immer auf ihn gestürzt hatte, wenn er nach Hause gekommen war. »Wir haben uns deshalb mit der Zeit etwas entfremdet.« Die Worte klangen hohl und völlig unzureichend, aber mehr konnte er dazu nicht sagen. Wie sollte er auch erklären, dass es ihn geschmerzt hatte, in seinem Haus nur von Stille empfangen zu werden?

Wie immer hakte die Haustür etwas, als er sie aufschob. Der vertraute Geruch umgab ihn, und Warren atmete lächelnd ein. Endlich war er wieder in seinen eigenen vier Wänden und musste sich nicht ein viel zu kleines Kabuff mit einem Kameraden teilen. Der Vorgarten mit dem saftigen Rasen und den üppigen Blumenrabatten war eine Augenweide und Carols ganzer Stolz. Zu Recht, man hatte wirklich das Gefühl, nach Hause zu kommen. Besonders wenn man zuvor monatelang in einer verdammten Steinwüste festgesessen hatte.

Warren trat in den Eingangsbereich und genoss die kühle Luft im Inneren des Hauses. Den Luxus einer Klimaanlage hatte er schon lange nicht mehr gehabt. Achtlos ließ er seinen Seesack fallen und wartete darauf, dass Emma um die Ecke geschossen kam, um sich in seine Arme zu werfen. Es war unglaublich, wie sehr er sie vermisst hatte. Und wie sehr er bedauerte, nicht wie andere Väter jeden Tag für sie da sein zu können. Aber so war das Leben eines Soldaten, und er musste sich damit arrangieren.

Als es im Haus still blieb, schlug seine Vorfreude in Unbehagen um. Irgendwas stimmte hier nicht. Er hatte Carol doch angekündigt, dass er heute ankommen würde, und es war so spät, dass Emma nicht noch in der Schule sein konnte. Langsam durchquerte er den Eingangsbereich. »Hallo? Carol? Emma? Ich bin zu Hause!« Als keine Antwort kam, verstärkte sich seine Unruhe.

Er ging in die Küche und blieb abrupt stehen, als er sah, dass Carol mit überkreuzten Armen an der Spüle lehnte und ihm ruhig entgegenblickte. Ihr Gesicht war blass, die Lippen fest zusammengepresst. »Hier bist du. Hast du mich nicht gehört? Wo ist Emma?«

»Ich habe es satt, immer angelaufen zu kommen, wenn du dich alle paar Jubeljahre mal bequemst, hier zu erscheinen. Kannst du dir vorstellen, dass wir auch ein eigenes Leben haben?«

Sein Magen zog sich zusammen, als er die Wut, aber auch Resignation in Carols Stimme hörte. Schon seit einiger Zeit wusste er, dass sie nicht mehr glücklich war, doch bisher hatte sie es noch nie so deutlich geäußert. »Nein, das erwarte ich nicht. Und natürlich habt ihr euer eigenes Leben, aber ich habe mich darauf gefreut, Emma und dich zu sehen.«

»Emma ist in ihrem Zimmer.« Sie holte tief Luft. »Ich will die Scheidung, Warren. So kann und will ich nicht mehr leben.«

Warren erstarrte. Im tiefsten Innern hatte er so etwas bereits erwartet, aber gleichzeitig gehofft, es irgendwie verhindern zu können. »Wollen wir uns nicht erst mal in Ruhe zusammensetzen und darüber reden? Ich weiß, dass mein Job und meine häufige Abwesenheit eine Belastung für dich und Emma sind, und das tut mir wirklich leid. Ich bin nur noch ein paar Jahre im aktiven Dienst und dann …«

»Es ist zu spät, Warren, ich habe mich bereits entschieden und die Scheidung eingereicht. Ich bleibe mit Emma hier im Haus. Du musst dir also eine andere Bleibe suchen, solange du hier bist.«

»Carol, bitte …«

Sie ließ ihn nicht ausreden. »Nein, diesmal lasse ich mich nicht von dir überreden, Warren. Ich kann so nicht mehr leben! Ich will einen Mann, der abends nach Hause kommt, der immer für mich da ist. Und vor allem einen richtigen Vater für Emma. Nicht jemanden, der die wichtigsten Momente in ihrem Leben verpasst, weil er lieber den Helden spielt. Glaubst du, es macht mir Spaß, Emma immer wieder vertrösten zu müssen, wenn sie nach dir fragt?« Tränen glitzerten in ihren Augen. Instinktiv machte er einen Schritt auf sie zu, doch sie hob die Hände. »Beantworte mir eine Frage.«

Warren räusperte sich. »Welche?«

»Liebst du mich überhaupt noch? Oder kommst du nur hierher zurück, weil es bequem ist?«

Mit Mühe blickte er ihr in die Augen. »Hier ist mein Zuhause, ihr seid meine Familie. Deshalb komme ich zurück, nicht aus Bequemlichkeit.« Womit er ihrer Frage ausgewichen war, aber er brachte es nicht über sich, ihr zu gestehen, dass die Liebe längst nicht mehr so stark war wie am Anfang ihrer Beziehung. Emma liebte er jedoch mehr als alles andere.

Carol nickte, als hätte sie seine Gedanken gehört. »Das dachte ich mir. Und es reicht mir nicht. Bitte geh jetzt.«

»Ich will Emma sehen.«

»Halt es kurz. Es belastet sie jedes Mal, wenn du wieder verschwindest. Sie kann nicht verstehen, warum du sie immer allein lässt.« Carol drehte sich um und blickte aus dem Fenster in den Garten.

Unentschlossen stand Warren einen Moment da, dann verließ er die Küche und stieg die Treppe hinauf. Vor der geschlossenen Zimmertür blieb er stehen und versuchte, sich zu sammeln. Wie hatte seine Freude, wieder zu Hause zu sein, so schnell verschwinden können? Er hatte gehofft, einige schöne Tage mit seiner Familie verbringen zu können, bevor er sich wieder zum Dienst meldete. Jetzt stand er plötzlich ohne etwas da. Warren lehnte die Stirn gegen die Tür und versuchte, den Schmerz zurückzudrängen. Emma sollte ihn nicht so sehen.

Schließlich atmete er tief durch und drückte die Klinke hinunter. Emma lag auf ihrem Bett, Rhino im Arm. Die Augen hatte sie so fest zusammengepresst, dass er wusste, dass sie nicht schlief. Er setzte sich auf die Bettkante und legte seine Hand auf ihre. »Hallo Schätzchen, ich bin zu Hause.« Emma blieb stumm, selbst ihr Atem war nicht zu hören. »Ich habe dir auch was mitgebracht, es ist unten in meiner Tasche.«

Wieder keine Reaktion. Sein Herz zog sich schmerzhaft zusammen, und er wünschte, er hätte irgendetwas sagen können, um sie wieder in das kleine Mädchen zu verwandeln, an das er sich erinnerte. »Ich weiß, dass ich lange weg war, Emma, aber ich habe dich jeden Tag vermisst und mir vorgestellt, hier bei dir zu sein.«

Langsam hoben sich ihre Lider. Mit ihren hellbraunen Augen, die seinen so ähnelten, blickte sie ihn vorwurfsvoll an. »Und warum warst du es dann nicht?«

»Du weißt, dass ich als Marine dorthin muss, wo ich gebraucht werde.«

»Aber ich brauche dich hier! Warum sind die anderen wichtiger als wir?« Tränen liefen über ihre Wangen.

Warren wünschte, er hätte ihr klarmachen können, dass das sein Job war und er dabei half, korrupte oder terroristische Machthaber zu stürzen und die Sicherheit der Menschen in anderen Ländern zu gewährleisten. Aber er wusste, dass sie es nicht verstehen würde. »Nichts ist wichtiger als du, mein Schatz.«

Zarte Hoffnung leuchtete in ihrem Gesicht auf. »Dann bleibst du jetzt für immer hier?«

So sehr er es auch hasste, sie wieder enttäuschen zu müssen, er konnte sie nicht anlügen. »Leider geht das nicht. Ich habe eine Verpflichtung, die ich erfüllen muss. Aber wenn ich …«

»Geh weg!« Sie drehte sich auf die Seite und ihm damit den Rücken zu.

»Emma …« Er streckte die Hand aus, um ihren Rücken zu streicheln, ließ es dann aber. Nichts, was er tat oder sagte, würde sie trösten. Schwerfällig stand er auf und ging zur Tür. »Ich liebe dich mehr als alles andere. Es tut mir leid, dass ich nicht immer bei dir sein kann.«

Als keine Reaktion kam, verließ er das Zimmer und schloss leise die Tür hinter sich.

Ein Kloß saß in seiner Kehle, als er aus seinen Erinnerungen auftauchte. »Ich kam auf die glorreiche Idee, mit Emma einen Kurzurlaub hier zu machen, damit wir uns wieder besser kennenlernen können.«

»Warum sollte das eine schlechte Idee sein?«

»Weil ich für meine Tochter wenig mehr als ein Fremder bin und sie sehr an ihrer Mutter hängt. Carol war dagegen, stimmte aber schließlich widerwillig zu. Emma hat mir gestern mit beinahe jeder Geste zu verstehen gegeben, dass sie lieber zu Hause wäre.« Warren holte tief Atem. »Deshalb dachte ich, sie könnte vielleicht so verzweifelt sein, dass sie weggelaufen ist. Aber das ist sie nicht, oder?«

Mitfühlend schüttelte Angel den Kopf. »Nein.«

Die Verzweiflung, die er für kurze Zeit zurückgedrängt hatte, brach sich erneut Bahn. »Ich kann sie nicht verlieren, Angel! Sie ist alles für mich.«

Ihre kühlen Finger berührten seinen Arm. »Das werden Sie nicht. Wenn jemand sie so weit mitgenommen hat, würde es keinen Sinn ergeben, ihr jetzt etwas zu tun.«

Das klang sicher, aber in ihrer Miene konnte Warren erkennen, dass sie auch Zweifel hatte. Dennoch war er ihr dankbar, dass sie nicht aufgab und versuchte, ihn aufzumuntern. »Danke.«

Angel neigte den Kopf und legte sich dann neben ihn. »Warren?«

Es kam ihm seltsam intim vor, sich im düsteren Zelt mit ihr zu unterhalten, während draußen der Regen prasselte. »Ja?«

Sie stützte den Kopf auf die Hand und blickte ihn eindringlich an. »Als Sie vorhin nicht ansprechbar waren, lag das an Ihren Verletzungen?«

Warren schwieg einen Moment, bevor er antwortete. »Es hat keine physischen Ursachen, falls Sie das meinen. Ich …« Er brach ab und kämpfte mit seiner automatischen Reaktion auf dieses Thema. Normalerweise sprach er nur mit seinem Therapeuten oder Ärzten darüber, nie mit Fremden, die er gerade erst kennengelernt hatte. Erst recht mit keiner Frau. Aber Angel war anders, und sie hatte eine Antwort verdient, nachdem sie alles hatte stehen und liegen lassen, um ihm zu helfen. Warren räusperte sich und starrte an die Zeltdecke, er hätte es nicht ertragen, Mitleid in ihrem Blick zu entdecken. »Seit ich im Dienst verletzt wurde, habe ich eine posttraumatische Belastungsstörung, und das äußert sich bei mir in Albträumen, Panikattacken und eben Flashbacks, während denen ich geistig ganz woanders bin. Mein Körper erstarrt dabei.« Seine Hände ballten sich zu Fäusten, und er zwang sich, ruhig und langsam zu atmen.

Als lange Zeit keine Antwort von Angel kam, hielt er es nicht mehr aus und blickte sie an. Trotz des schummrigen Lichtes konnte er Mitgefühl in ihren Augen entdecken – aber kein Mitleid. Die Umklammerung in seinem Brustkorb löste sich, und er entspannte sich ein wenig.

Ernst blickte Angel ihn an. »Danke, dass Sie es mir erzählt haben.« Sie bettete den Kopf wieder auf ihren Rucksack. »Wir sollten uns ein wenig ausruhen. Sobald der Regen weniger wird, gehen wir weiter. Normalerweise dauern die Sommergüsse hier nicht lange.«

Dankbar, dass sie nicht weiter nachfragte, folgte Warren ihrem Vorschlag. Es war düster im Zelt, der Regen prasselte beinahe hypnotisierend auf die schützende Außenhülle. Hätte Emmas Schicksal nicht seine Gedanken beherrscht, hätte er kein Problem damit gehabt, einzuschlafen. Doch so lag er einfach nur mit brennenden Augen da und malte sich die schlimmsten Dinge aus, die seiner Tochter in diesem Moment zustoßen könnten. Schließlich drehte er sich auf die Seite und ging dazu über, Angel zu beobachten, die ihre Augen geschlossen hatte. Regelmäßige Atemzüge hoben ihre Brust, aber er war sich ziemlich sicher, dass sie ebenfalls wach war. Ihre Hand lag dicht neben seiner, und er konnte die Anziehung zwischen ihnen beinahe körperlich fühlen. Zu gern hätte er seine Finger bewegt, bis sie Angels berührten, aber er wagte es nicht.

11

Die Strömung zog Damon unter Wasser und schleuderte ihn gegen die Felsen. Für einen Moment war er orientierungslos, dann setzte sein Überlebensinstinkt ein und ließ ihn gegen das Wasser ankämpfen. Sein Kopf durchbrach die Wasseroberfläche, und er schnappte nach Luft. Der Fluss war nicht besonders tief, aber durch die vielen Steine entstanden gefährliche Strudel, die ihn immer wieder unter Wasser zogen oder mit den Felsen kollidieren ließen. Schließlich gelang es ihm, sich an einem größeren Felsblock festzuhalten und die Füße auf den Boden zu bekommen. Das Wasser reichte ihm bis zur Brust, doch wenigstens konnte er so ein wenig durchatmen und sich orientieren.

Damon schob sich die nassen Haare aus den Augen und blickte sich um. Wenn er sich nicht täuschte, war er etwa zwanzig Meter abgetrieben worden, nicht weit genug, um aus der Reichweite von Russells Kugeln zu kommen. Über dem Rauschen des Wassers konnte er nichts hören, aber er war sich ziemlich sicher, dass Russell schießen würde, sowie Damon den Kopf hob. Es machte ihn nervös, dass er den Mörder nicht sehen konnte. Offensichtlich hing er nicht mehr in der Wand, doch wo war er dann? Damons Sturz und der Kampf gegen die Strömung konnten nicht so lange gedauert haben, dass es Russell schon bis ans Ufer geschafft hatte. Außer er war gesprungen …

Ein warnendes Prickeln entstand in Damons Nacken. Unruhig bewegte er sich im Wasser, das mit jeder Sekunde kälter wurde. Lange würde er sich nicht mehr darin verstecken können, wenn er nicht völlig auskühlen wollte. Außerdem musste er wissen, dass Emma in Sicherheit war. War sie seinem Ruf gefolgt und weitergelaufen? Doch selbst wenn, wäre es für Russell vermutlich nicht schwer, ihr zu folgen. Das Mädchen war einem Verbrecher wie ihm nicht gewachsen. Allein konnte sie den steilen Abhang nicht hinaufklettern, und ein Stück weiter verschwand der schmale Uferstreifen. Es war eine Sackgasse, in der es kaum Möglichkeiten gab, sich zu verstecken.

Wahrscheinlich hatte sich Emma hinter einem der größeren Felsen verkrochen, aber selbst das würde ihr nicht helfen, denn Russell brauchte nur ihren Spuren nachzugehen. Damon konnte jedoch auch nicht ungesehen – und vor allem ohne sich den Kugeln auszusetzen – das Wasser verlassen. So, wie er Russell kannte, wusste der das genau und wartete nur darauf.

Etwas spritzte in seiner Nähe auf, verspätet ertönte ein lauter Knall. So schnell es seine kalten Glieder zuließen, versuchte Damon, sich tiefer hinter den Felsen zu ducken.

»Hör auf mit den Spielchen, ich weiß genau, wo du bist.« Die Stimme hallte durch die enge Schlucht, und Damon konnte nicht bestimmen, von wo sie genau kam. Das gab Russell einen weiteren Vorteil.

Ein spitzer Schrei bewirkte, dass Damon die Augen schloss. Verdammt! Wie war der Mörder so schnell auf die andere Seite gekommen und hatte Emma gefunden? Doch egal wie, Damon hatte so oder so verloren. Er würde versuchen, das Mädchen zu retten, auch wenn er dabei vielleicht sein Leben ließ. Und das wusste Russell genau.

»Willst du wirklich ein Kind auf dem Gewissen haben, Kleiner? Ich glaube nicht, dass du dazu fähig bist.« Russell lachte. »Aber falls das als Grund noch nicht reicht, wie wäre es damit: Du wirst nicht aus diesem Fluss kommen, ohne dass ich dich sehe. Ich werde dich einfach abknallen. Du kannst nicht ewig dort drin bleiben, dafür ist das Wasser zu kalt, und vor allem wird hier vermutlich bei dem ganzen Regen bald eine Flutwelle durchrollen. Willst du dann wirklich noch drinstecken?«

Nein, das wollte Damon nicht, aber er hasste es, wenn ihm jemand vorschreiben wollte, was er zu tun hatte. Das hatte er schon drei unendlich lange Jahre im Gefängnis ertragen. Unentschieden klammerte er sich an den Felsen und versuchte, einen Weg zu finden, wie er Emma helfen konnte, ohne dabei selbst draufzugehen. Er fand keinen. Inzwischen war ihm so kalt, dass seine Zähne klapperten. Es war eindeutig: Er musste hier raus, und zwar so schnell wie möglich. Vermutlich war eine Kugel der bessere Tod, als langsam und qualvoll zu erfrieren, aber sicher war er sich dessen nicht. Als er merkte, dass sich seine Gedanken immer im Kreis bewegten, erkannte Damon, dass bereits Hypothermie eingesetzt hatte.

»Da…mon!«

Emmas Schrei setzte ihn in Bewegung, doch seine kalten Muskeln verweigerten ihren Dienst. Als er merkte, dass er in der Strömung nicht würde aufrecht gehen können, warf er sich schließlich in Richtung Ufer. Sein Knie kollidierte mit dem harten Untergrund, aber er bemerkte es kaum. Sowie er Land erreichte, rollte er sich herum und warf einen Blick in die Richtung, aus der er Emmas Schrei gehört hatte. Fast befürchtete er, ihren leblosen Körper am Ufer zu erblicken, doch sie war nirgends zu sehen. Die Ungewissheit erschien ihm beinahe noch schlimmer. Wo war sie?

Ohne Vorwarnung wurde er im Nacken gepackt und durch die Luft geschleudert. Seine Landung war alles andere als sanft, obwohl er es gerade noch schaffte, die Arme hochzureißen und wenigstens seinen Kopf zu schützen. Der Rest seines Körpers schlug mit voller Wucht gegen die Steine. Mit einem unterdrückten Stöhnen drehte er sich auf den Rücken, gerade noch rechtzeitig, um Russells wutverzerrtes Gesicht über sich zu sehen. Regen prasselte auf ihn nieder und stach ihm in die Augen. Unsanft setzte der Mörder seinen Fuß auf Damons Brust und trat zu. Beinahe glaubte er, seine Rippen knacken zu hören, unter dem Druck konnte er kaum atmen.

Russell beugte sich vor und verstärkte damit noch einmal das Gewicht. »Dachtest du wirklich, ich würde dich einfach so abhauen lassen?« *Er hatte es zumindest gehofft.* Anscheinend waren ihm seine Gedanken anzusehen, denn Russell schüttelte den Kopf. »Du bist noch dümmer, als ich dachte. Um das noch mal klarzumachen: Ich lasse dich nur dann am Leben, wenn du mir was nützt. Tust du das nicht, stirbst du. Machst du mir Ärger, stirbst du auch. Versuchst du noch mal, mir meine Geisel wegzunehmen …«

»Sterbe ich, schon klar.« Vermutlich war es besser, ihn nicht zu reizen, aber Damon war es leid, herumgeschubst und bedroht zu werden.

Russell nahm den Fuß von Damons Brust und packte ihn stattdessen an der Kehle. Damit schnitt er ihm die Luftzufuhr völlig ab. »Falsch, dann stirbt die Kleine. Und du wirst mir dabei zusehen, wie ich sie langsam und qualvoll töte. Ist das angekommen?«

Ein Schauder rann durch Damons Körper, der nur zum Teil etwas mit der Kälte zu tun hatte, die ihm langsam in die Knochen kroch. Er zweifelte keine Sekunde daran, dass Russell jedes Wort ernst meinte. »Verstanden.«

Anstatt ihn loszulassen, wie Damon es erwartet hatte, verstärkte Russell den Griff um seine Kehle. »Wirklich? Oder sagst du das nur, um dein erbärmliches Leben zu retten?«

Eine Antwort war nicht möglich, aber die erwartete Russell offensichtlich auch nicht. Stattdessen zog er Damon am Kragen hoch, als würde er deutlich weniger als seine fünfundachtzig Kilo wiegen. Das Gewichtestemmen im Gefängnis hatte sich für Russell eindeutig gelohnt, und Damon wünschte, er hätte den Sport etwas ernsthafter betrieben. So hatte er jedoch keine Chance gegen den Mörder, besonders nachdem ihm das kalte Wasser sämtliche Kraft aus dem Körper gezogen hatte. Bevor er sich ducken konnte, traf ihn die Faust ins Gesicht. Schmerz explodierte in seiner Wange, und Damon stolperte zurück. Nur mit Mühe konnte er sich auf den Beinen halten, es fühlte sich an, als versuchte er, auf weich gekochten Nudeln zu balancieren.

Russell rückte nach, die Hände in Boxerpose erhoben. Die Pistole war nirgends zu sehen. »Da ich dich momentan nicht erschießen kann, werde ich dafür sorgen, dass du auf andere Weise deine Strafe erhältst.«

Grandios. Schon unter den besten Bedingungen würde er nicht mit Russell kämpfen wollen. In seinem jetzigen Zustand allerdings fehlte nicht viel und es wäre ganz vorbei. »Wenn du willst, dass ich dort hinaufklettere, solltest du dir lieber etwas anderes überlegen.«

Mit gefletschten Zähnen blieb Russell dicht vor ihm stehen. »Keine Angst, du wirst klettern. Wenn du es nicht tust, lasse ich die Kleine alleine klettern – mal sehen, wie weit sie kommt.«

Verdammt! Hilflosigkeit breitete sich in Damon aus. Mit dem Fluss hinter ihm und der Felswand vor ihm war jedes Entkommen zum Scheitern verurteilt. Außer er schaffte es, Russell niederzuschlagen, ihm eine der Pistolen abzunehmen und …

Noch bevor er den Gedanken beendet hatte, reagierte sein Körper. Seine Faust schoss vor, und er traf den Mörder am Kinn. Das bewirkte allerdings nur, dass Russell noch wütender wurde. Damon versuchte, dem nächsten Schlag zu entgehen, aber seine Gummibeine befolgten den Befehl nicht schnell genug. Diesmal traf ihn die Faust im Magen, und er krümmte sich zusammen. Die Hände auf die Knie gestützt würgte er, doch er hatte nichts im Magen, das hätte herauskommen können. Was die Sache nicht angenehmer machte.

Russell wartete nicht darauf, dass er sich erholte, sondern schlug gleich wieder zu. Diesmal traf er erneut seinen Kopf, dicht gefolgt von einem Tritt gegen den Oberschenkel. Damon konnte sich nicht mehr abfangen und ging schwer zu Boden. Mühsam versuchte er, den Schmerz zu verdrängen und wieder auf die Beine zu kommen.

»Nein, Damon!« Emmas Stimme drang durch das Rauschen in seinen Ohren.

Er öffnete die Augen zu Schlitzen und sah, wie sie auf ihn zulief. Überrascht ließ Russell von ihm ab und starrte das Mädchen an, doch Emma würdigte ihn keines Blickes, sondern warf sich stattdessen auf Damon. Als sie dabei mit ihrem spitzen Knie eine empfindliche Stelle traf, zuckte er zusammen, schaffte es aber, einen Arm um sie zu legen.

»Es ist alles gut, Kleine. Beruhige dich.«

Russell schnaubte. »Jetzt musst du dich schon von einem Kind retten lassen, du Waschlappen.«

Damon war völlig egal, womit er Russell dazu brachte, ihn in Ruhe zu lassen. Hauptsache, es funktionierte. Und auch wenn sein ganzer Körper schmerzte, konnte er ihn zumindest noch bewegen. Das Pochen in seinem Gesicht und die Krämpfe in seinem Magen ignorierte er, während er langsam wieder auf die Füße kam. Als er schließlich mit Emmas Hilfe stand, legte er die Hand auf ihre Schulter und schob sie halb hinter sich.

Russell schüttelte nur den Kopf, seine Gedanken waren deutlich sichtbar. Er äußerte sie jedoch nicht, sondern zog stattdessen die Pistole wieder hervor. »Okay, beweg dich, ich hab keine Lust, hier noch zu stehen, wenn der Flusspegel höher steigt.«

Mit einem kurzen Blick stellte Damon fest, dass das Wasser bereits einen großen Teil des Uferbereichs überspült hatte. Jetzt gab es sowieso keinen Weg mehr zurück, nur noch vorwärts. Da er den Gürtel auf der anderen Seite des Flusses gelassen hatte, zog er das tropfnasse Sweatshirt aus und band damit Emma wieder an sich fest.

Wie er bald darauf merkte, war der Aufstieg wesentlich schwieriger und vor allem anstrengender als der Abstieg. Es half auch nicht wirklich, dass seine Beine mehr als wacklig waren. Immerhin wurde ihm langsam etwas wärmer, seine nasse Kleidung schien zu dampfen. Der Regen trommelte ihm auf den Kopf und lief ihm ständig in die Augen. Emma klammerte sich an ihn wie eine Klette, ihre Arme waren um seinen Nacken geschlungen, ihre Wange lag an seiner Brust. Sie schien restlos erschöpft. Der Vorteil daran war, dass sie sich nicht bewegte und er sich ganz darauf konzentrieren konnte, wohin er die Füße setzte und woran er sich festhielt.

Oben angekommen löste er das Sweatshirt und setzte Emma auf dem Boden ab, bevor er sich schließlich neben sie fallen ließ. Schwer atmend starrte er zu den Kronen der Bäume hinauf und wünschte sich, er wäre weit weg. Irgendwo, wo es warm und trocken war, die Sonne auf ihn herabschien und … Ein Tritt in die Rippen beendete den schönen Traum und brachte ihn in die miserable Gegenwart zurück.

»Aufstehen, wir müssen weiter.«

Wenigstens schien Russell genauso außer Atem zu sein wie er selbst, das besänftigte Damon etwas. Trotzdem hätte er sich am liebsten auf den Bastard gestürzt und ihn den Abhang hinuntergeworfen, doch dafür fehlte ihm momentan die Kraft. Er rollte sich herum und wuchtete sich hoch. Seine Arme zitterten nach der Kletterpartie, doch er bemühte sich, es nicht zu zeigen.

Stattdessen berührte er zaghaft Emmas Arm. Sofort flogen ihre Augen auf, und sie starrte ihn flehend an. Seine Kehle zog sich zusammen, und er schwor sich, irgendwie wiedergutzumachen, was sein Egoismus angerichtet hatte. Deshalb bemühte er sich um ein Lächeln, das allerdings eher einer Grimasse ähnelte. »Komm, Kleine.« Er konnte sehen, dass sie protestieren wollte und schüttelte unauffällig den Kopf. »Meinst du, du kannst selbst laufen?«

Ihre Unterlippe zitterte, aber dann hob sie das Kinn. »Ja.«

Erleichtert atmete er auf. Er musste dringend seine Energie wieder aufladen, damit er sie im entscheidenden Moment nutzen konnte. Und das ging besser, wenn er Emma nicht die ganze Zeit tragen musste.

»Seid ihr jetzt endlich mal fertig?« Russells Stimme durchbrach seine Gedanken. »Die Kleine kann laufen, aber nur, solange sie uns nicht aufhält. Tut sie das, wirst du sie wieder tragen, oder ich begrabe sie dort.«

Damon presste die Lippen zusammen, um nicht das zu sagen, was ihm auf der Zunge lag. Stattdessen hielt er Emma die Hand hin und zog sie sanft hoch. Ihre Sandalen waren nicht wirklich dazu geeignet, querfeldein durch den Regenwald zu laufen, aber das war nicht zu ändern. Ermunternd drückte er ihre Hand und ging los. Noch immer schmerzte sein ganzer Körper, doch wenigstens wärmte ihn die Bewegung, und das Blätterdach schützte sie ein wenig vor dem Regen. Trotzdem konnte er sich nicht erinnern, sich jemals schlechter gefühlt zu haben.

Gabriel betrachtete die roten Ringe, die Hal nach seinen Berechnungen auf der Karte eingetragen hatte. Das eingefasste Gebiet war so groß, dass sie kaum eine Chance hatten, die Flüchtigen zu finden, wenn die Hunde den Dienst nicht wieder aufnehmen konnten und auch die Hubschrauber nichts entdeckten. In den Gesichtern um sich herum sah er die gleichen Zweifel. Neben seinem Team hatten sich auch Detective Heron und die Parkrangerin Liv eingefunden. Heron, weil er die polizeiliche Ermittlung leitete – und damit auch für die Hundestaffel zuständig war –, und Liv, weil sie mit ihrer Kenntnis des Parks von Nutzen sein konnte.

Schließlich richtete Gabriel sich auf und wandte sich an den Detective. »Wann können die Hunde wieder starten?«

Heron blickte aus dem Fenster auf den strömenden Regen. »Sowie der Regen weniger wird. Allerdings kann ich nicht versprechen, dass sie die Spur dann wiederfinden. Die meisten sind Fährtensuchhunde, und dabei ist das Wetter sehr wichtig.« Auf Gabriels Stirnrunzeln hin erläuterte er, was das bedeutete. »Fährtensuchhunde erschnüffeln die durch einen Fußabdruck verursachte Bodenverwundung. Bei einem solchen Regen verschwinden Fußabdrücke schneller, und vor allem treten durch die Tropfen weitere Verwundungen auf, die sie in die Irre leiten können. Die Hunde nehmen die Witterung über die Bodenbakterien auf und zu einem geringeren Teil über die Hautpartikel, die ein Mensch ständig verliert. Vielleicht können Mantrailer hier mehr erreichen, die sich nur nach den Hautpartikeln richten und gezielt den Geruch bestimmter Personen verfolgen. Dabei ist die Beschaffenheit des Bodens egal.«

Gabriel rieb sich über die Schläfe, hinter der sich Kopfschmerzen bildeten. »Ich dachte, wir hätten diese Hunde schon auf der Spur. Deshalb hatten wir doch aus dem Gefängnis die Geruchsproben kommen lassen.«

»Wir sind nur eine kleine Stadt, unsere Möglichkeiten sind begrenzt. Die meisten unserer Hunde sind Fährtensuchhunde. Zwar haben wir auch ein oder zwei Mantrailer dabei, aber bei den Bedingungen …« Heron hob die Schultern. »Was wir hier bräuchten, wäre ein voll ausgebildeter Suchhund, der auch die Gegend kennt und bei widrigen Bedingungen arbeiten kann.«

»Dann besorgen Sie so einen!« Gabriel merkte selbst, dass seine Stimme zu scharf klang, aber seine Geduld war offiziell am Ende. Auf keinen Fall konnte er zulassen, dass Russell Davis entkam. Wie es allerdings aussah, hatte der Mörder bisher alle Trümpfe in der Hand.

»Das wird schwierig, davon gibt es nicht so viele, eigentlich nur die Hunde von Angel Burns.«

»Okay, die nehmen wir.« Noch während er es sagte, schüttelte Heron bereits den Kopf. »Was jetzt?«

»Ich glaube nicht, dass Angel derzeit abkömmlich ist. Vorhin habe ich mit einem Mann telefoniert, der seine kleine Tochter vermisst. Da wir mit den Entflohenen alle Hände voll zu tun haben, habe ich ihn an Angel verwiesen. Ich weiß nicht, ob sie akzeptiert hat, aber ich denke, sie wird bereits unterwegs sein.«

Gabriel hatte Mühe, sich zu beherrschen. Das konnte doch alles nicht wahr sein, es kam ihm fast vor wie eine Wiederholung seines Versuchs, den Mörder beim ersten Mal zu fassen. Damals hatte sich auch alles gegen ihn verschworen. Und seine Schwester hatte dafür bezahlt. Sofort schob Gabriel alle Gedanken daran beiseite. »Können Sie bei ihr nachfragen?«

Zweifelnd zog Heron ein Handy aus seiner Hosentasche. »Ich kann es versuchen, aber man erreicht sie oft nicht telefonisch.«

»Ist sie Polizistin?«

Heron tippte auf das Display und hielt sich das Handy dann ans Ohr. »Nein, sie macht das privat.« Schon nach wenigen Sekunden ließ er das Telefon sinken. »Nur die Mailbox, wahrscheinlich ist sie außer Reichweite.«

Wieder eine Sackgasse. Gabriel ballte eine Hand zur Faust, um nicht die Beherrschung zu verlieren. »Gibt es eine Möglichkeit, nachzuprüfen, ob sie wirklich unterwegs ist und nicht zur Verfügung steht?«

»Ich kann ihre Nachbarin anrufen, die kümmert sich in solchen Fällen meist um Angels andere Hunde.«

Hoffnung erwachte in Gabriel. »Sind die anderen Hunde auch Mantrailer? Könnte vielleicht jemand anders …?«

Heron schüttelte bereits den Kopf. »Die Hunde sind auf einen Menschen fixiert, der mit ihnen die Trails geht. Das funktioniert nicht mit einem Fremden.« Ohne weitere Aufforderung wählte er eine Nummer und wandte sich ab. »Hallo Ruth, hier ist Michael Heron. Weißt du zufällig, ob Angel eine Vermisstensuche übernommen hat?« Er drehte sich zurück und nickte Gabriel zu. »Welchen Hund hat sie genommen, Moonlight?« Einen Moment lang hörte er zu, dann bedankte er sich und legte auf. Etwas wie Mitgefühl schien in Herons dunklen Augen zu liegen. »Sie hat ihre beste Hündin mitgenommen. Und inzwischen ist sie schon fünf Stunden unterwegs, es würde nichts bringen, sie zurückzurufen, selbst wenn es möglich wäre.«

»Mist.« Mit beiden Händen lehnte Gabriel sich auf die Tischplatte und starrte auf die Karte. »Valerie, hast du herausgefunden, wo Damon Thomas sich im Park aufgehalten hat?«

Die Agentin trat neben ihn und tippte mit der Fingerspitze auf einen Punkt am südlichen Rand des Parks. »Er war am Lake Quinault und ist von dort aus in die Berge gewandert.« Mit dem Finger fuhr sie eine Linie entlang, die nach Norden ging, aber weit vor den Kreisen endete.

»Das ist zu weit weg, zu Fuß können sie das ohne Ausrüstung und Verpflegung nicht schaffen, die Berge sind zu schroff.« Zum ersten Mal mischte Liv sich ein und äußerte damit das, was Gabriel sich auch schon gedacht hatte. Die beiden Flüchtigen würden sicher versuchen, so schnell wie möglich aus dem Park herauszukommen.

Gabriel nickte und wandte sich wieder an Valerie. »War er noch woanders im Park?«

»In dem Jahr nicht, aber zwei Jahre davor war er im Hoh Rain Forest.« Wieder tippte sie mit dem Finger auf einen Punkt, der immer noch südlich der Kreise lag, aber schon wesentlich dichter dran als zuvor. »Und er hat auf dem Sol Duc Campground gezeltet.« Diesmal lag ihre Fingerspitze mitten im Kreis, per Luftlinie nur einige wenige Meilen von der Stelle entfernt, an der die Hunde die Spur der Verbrecher verloren hatten.

Gabriels Nackenhaare stellten sich auf, und sein Herz begann schneller zu klopfen, während er den Kopf in Herons Richtung drehte. Der Detective sah ihn mit gerunzelter Stirn an. Anscheinend ahnte er schon seine nächste Frage. »Wo ist das Mädchen verschwunden?«

Jeder im Raum hielt den Atem an, es war totenstill. Heron rieb sich über die schwarzen Haare. »Sol Duc Campground.«

»Wann war das genau?«

»Vermutlich ist sie irgendwann am frühen Morgen verschwunden. Sie hat im Zelt mit ihrem Vater geschlafen, und als er morgens aufwachte, war sie weg.«

Gabriel richtete sich auf, dankbar für den Energieschub, den ihm diese Nachricht verschaffte. »Hal, berechne, ob die Entflohenen in der angegebenen Zeitspanne in der Nähe des Campingplatzes gewesen sein können. Detective, lassen Sie ein paar Hunde von der Suchstaffel abziehen und nach Sol Duc fliegen. Vielleicht können sie dort die Spur wieder aufnehmen. Lucas, fahr auch zum Campground und versuch, alles über das entführte Kind herauszufinden und ob die Zeit des Verschwindens eingegrenzt werden kann.«

»Reden Sie mit unserer Parkrangerin dort, die mit dem Vater des Mädchens gesprochen hat. Vielleicht hat er ihr mehr erzählt.«

Ungläubig drehte sich Gabriel zu Liv um. »Sie wussten auch davon?«

Verlegen hob Liv die Schultern. »Die Rangerin hat mich angerufen und gebeten, dass ich Detective Heron ans Telefon hole, damit der Vater mit ihm reden kann. Mehr weiß ich nicht darüber.« Sie presste die Lippen zusammen. »Normalerweise hätten unsere Ranger bei der Suche nach dem Kind geholfen, allerdings ging das unter diesen Umständen nicht. Ich hoffe sehr, dass Angel und Moonlight es finden.«

Gabriel blickte sie einen Moment lang an. »Hoffen wir, dass das Kind nicht in die Hände der Mörder gefallen ist. Zumindest bei Davis weiß ich, dass er keine Probleme damit hat, jeden zu töten, der ihm im Weg ist.« Und das schloss Kinder nicht aus.

12

Angel hob den Kopf und lauschte. Das Trommeln der Regentropfen auf dem Zeltdach hatte nachgelassen, es schien, als wären die Wolken endlich weitergezogen. Glücklicherweise, denn Warren hatte sich die ganze Zeit nur unruhig herumgewälzt und sie damit ganz nervös gemacht. Sie selbst wollte auch so schnell wie möglich wieder los. Ein Blick durch die Fliegengaze zeigte, dass Moonlight ebenfalls den Kopf gehoben hatte. Offensichtlich waren sie einer Meinung.

Zögernd berührte Angel Warrens Arm. Sofort hoben sich seine Lider, und er blickte sie fragend an. »Können wir weiter?«

»Ja, ich denke schon. Zumindest können wir es versuchen, wenn Moonlight einen klaren Trail findet.« Sie kroch zum Ausgang und öffnete den Reißverschluss.

Eine warme Zunge begrüßte sie, und Angel nahm sich die Zeit, Moonlight unter dem Kinn zu kraulen, bevor sie in ihre Schuhe schlüpfte und das Zelt verließ. Keine Sekunde später traf sie ein kalter Tropfen und lief an ihrem Nacken entlang unter den Kragen. Mit zusammengekniffenen Augen blickte sie nach oben und atmete erleichtert auf, als sie sah, dass die grauen Wolken langsam in die andere Richtung abzogen. Am Himmel blitzten bereits einige blaue Flecken hervor. Moonlight war ihr aus dem Zelt gefolgt und hob die Nase in die Luft.

»Sie kann doch bei diesen Bedingungen die Spur wiederfinden, oder?« Warren trat hinter sie und ließ die Schultern kreisen.

Langsam wandte Angel sich zu ihm um. »Feuchtigkeit verstärkt Geruchsspuren normalerweise, das sollte uns helfen. Warum bauen Sie nicht das Zelt ab, während ich Moonlight vorbereite?«

Die Sorgenspuren in seinem Gesicht verringerten sich etwas. »Kein Problem.«

Er ging mit so viel Elan an die Sache, dass er fertig war, bevor sie Moonlight das Geschirr vollständig angelegt hatte. Seine Eile konnte sie absolut verstehen, aber vor einem Trail war ein gewisses Ritual nötig, damit die Hündin wusste, dass es jetzt an die Arbeit ging. Um sie nicht zu verwirren, musste es immer gleich ablaufen. Als Angel fertig war, sah sie, dass Warren das Zelt bereits in den Rucksack gesteckt und auch die Decken wieder verstaut hatte. Es gefiel ihr, dass er die Arbeiten wie selbstverständlich übernommen und sie nicht in ihrer Vorbereitung mit Fragen gestört hatte. Da hatte sie schon ganz andere Erfahrungen mit verzweifelten Angehörigen gemacht, deshalb zog sie es auch vor, ohne Begleitung zu trailen. An Warren könnte sie sich allerdings gewöhnen. Und das nicht nur während eines Trails …

Sowie ihr der Gedanke durch den Kopf schoss, schob sie ihn mit aller Macht beiseite. Es wäre fatal, jemandem wie Warren zu nahe zu kommen. Er würde nach Hause fahren, sobald sie seine Tochter gefunden hatten, und sie würde hier zurückbleiben. Allein mit ihren Hunden, wie immer. Aber sosehr sie sich auch sagte, dass es genau das war, was sie wollte, blieb doch ein Hauch von Sehnsucht zurück. Noch immer konnte sie die Umarmung nicht vergessen, genauso wie das Kribbeln, das durch ihren Körper gefahren war, als sie seine Wange berührt hatte. Ganz zu schweigen davon, wie gut und richtig es sich angefühlt hatte, im Zelt neben ihm zu liegen und ihm beim Atmen zuzuhören. Aber genau das machte ihr Angst. Sie hatte früh gelernt, dass sie sich nur auf sich selbst verlassen konnte –

mit Ausnahme ihres Vaters. Doch der war in ihrer Jugend nur für kurze Zeit ein Teil ihres Lebens gewesen, und sie hatte sich allein durchschlagen müssen. Ihre Mutter liebte sie, daran hatte sie keinen Zweifel, aber es wäre besser gewesen, wenn sie nie Kinder bekommen hätte.

Die Art, wie sie mit Männern umgegangen war, hatte auch Angels Leben beeinflusst, selbst wenn ihre Mutter das nie verstehen würde. Seit Angel angefangen hatte, sich für Männer zu interessieren, hatte sie immer darüber nachgedacht, ob es etwas Festes werden könnte, und da die Antwort in den meisten Fällen Nein gelautet hatte, hatte sie lieber erst gar keine Beziehung begonnen. Ohnehin war die Auswahl auf der Olympic Peninsula nicht sonderlich groß, nur wenige Männer in ihrem Alter lebten hier für längere Zeit. Aber das störte sie nicht allzu sehr. Nach einigen Enttäuschungen hatte sie erkannt, dass sie nichts erzwingen konnte und die Sache einfach auf sich zukommen lassen musste.

Angel schüttelte den Kopf, um ihn von allem Unwichtigen zu klären, und hockte sich vor Moonlight. Aus den Augenwinkeln sah sie, wie Warren ein Stück zurücktrat, um sie nicht zu stören. Es gefiel ihr, dass er so einfühlsam war. Aus ihrem Rucksack nahm sie die Tüte mit dem Geruchsartikel, öffnete sie und hielt sie Moonlight hin. Die steckte ein Stück die Nase hinein und nahm einen tiefen Atemzug. Schließlich hob sie den Kopf und blickte Angel direkt an. Ihre Nasenflügel zuckten, als könnte sie es kaum erwarten, die Suche zu beginnen. Schnell schloss Angel die Tüte und steckte sie in den Rucksack zurück. Sie stand auf und nahm die lange Leine.

Erst dann drehte sie sich zu Warren um. »Sind Sie bereit?« Er nickte schweigend, die Daumen in die Riemen seines Rucksacks gehakt. Angel konzentrierte sich wieder auf Moonlight. »Such.«

Sofort lief die Hündin los und suchte die Gegend nach der Geruchsspur ab, der sie folgen sollte. Einige Male wechselte sie die Richtung, dann schien sie die Spur gefunden zu haben. Der Zug an der Leine wurde stärker, Moonlights Körper war angespannt und nach vorn gerichtet. Erleichtert atmete Angel auf. Sie hatte fast befürchtet, dass durch den Regen die Partikel weggeschwemmt worden waren, doch ihre Zweifel waren unbegründet. Moonlight fand fast immer und unter den widrigsten Umständen ihre Spur, besonders wenn sie so frisch war wie hier. Selbst nach mehreren Wochen war es noch möglich für die Suchhunde, die Geruchspartikel einer bestimmten Person wahrzunehmen und ihnen zu folgen.

Um Moonlight nicht zu stören, wandte Angel nur den Kopf zu Warren um und lächelte ihn ermunternd an. Offensichtlich verstand er sie, denn auch über sein Gesicht huschte ein Lächeln, und er drückte kurz ihre Hand. Dann ließ er sich wieder ein Stück zurückfallen, um ihr nicht im Weg zu sein.

Inzwischen hatte der Regen ganz aufgehört, nur von den Bäumen tropfte es noch. Wo die Sonne auf den nassen Boden traf, bildeten sich kleine Dampfwolken. Es wurde immer wärmer, je länger sie unterwegs waren, und Angel musste ihre Jacke ausziehen. Bevor sie ihn darum bitten konnte, hatte Warren sie ihr schon abgenommen und an seinem Rucksack befestigt. Kurz darauf reichte er ihr eine Wasserflasche, die sie gerne annahm, denn ihre Kehle war schon ganz ausgetrocknet. Sie konnte sich nicht daran erinnern, schon jemals einen solch aufmerksamen Trailingpartner gehabt zu haben. Die Suche hätte ihr sogar Spaß gemacht, wenn Warren nicht Angehöriger einer vermissten Person gewesen wäre.

Angel reichte die Flasche zurück und sah, dass Warren sein Hemd ausgezogen hatte und jetzt nur noch ein T-Shirt trug. »Danke.« Ihr Blick wanderte über die unter dem dünnen Stoff deutlich sichtbaren Muskeln, und für einen winzigen Moment hoffte sie, dass die Temperaturen noch ein wenig steigen würden, damit er auch noch das T-Shirt auszog. Sofort rief sie sich innerlich wieder zur Ordnung. Ja, sie schätzte einen schönen Männerkörper genauso wie jede Frau, aber sie ließ sich nicht davon ablenken. Bisher jedenfalls. Mühsam hob sie den Blick und ließ ihn über die Narben an seinem Hals streifen, die jetzt noch deutlicher zu sehen waren. Wahrscheinlich gehörten sie zu der Verletzung, über die er nicht sprechen wollte.

Als sie bei seinen Augen ankam, merkte Angel, dass Warren sie die ganze Zeit beobachtet hatte. Hitze stieg in ihre Wangen, und sie drehte sich rasch wieder um. Allerdings nicht, ohne das Verlangen in seinen hellbraunen Augen zu bemerken. *Oh verdammt!* Auf keinen Fall wollte sie die ohnehin schon angespannte Situation verschlimmern, indem sie ihre Gefühle nicht unter Kontrolle halten konnte. Warren hatte genug mit der Angst um seine Tochter zu tun, er konnte nicht noch eine Hundeführerin gebrauchen, die ihn anhimmelte. Oder zumindest seinen Körper. Angel straffte die Schultern. Wenn sie auf eines stolz war, dann auf ihre Professionalität, und genau darauf würde sie sich jetzt konzentrieren. Alles andere konnte warten, bis sie zurück in ihrem Haus war. Allein.

Immer wieder drehten sich Warrens Gedanken darum, wie es Emma in diesem Moment gehen mochte. Hatte sie Angst? Oder Schmerzen? War sie müde oder hungrig? Mehr als alles andere wünschte er sich, bei ihr zu sein und sie in seine Arme zu schließen. Er hätte jederzeit alles auf sich genommen, wenn er ihr dafür die Qualen ersparen könnte. Aber das ging nicht, er war dazu verdammt, ihrer Spur zu folgen und zu hoffen, dass er sie irgendwann am Ende lebend antreffen würde. Diese Hilflosigkeit machte ihn wahnsinnig.

Vermutlich lag es daran, dass sein Blick immer wieder auf Angel fiel. Ihr blonder Zopf schwang bei jedem Schritt hin und her, und während ihr weites Sweatshirt die Form ihres Oberkörpers verdeckte, konnte die eng anliegende Trekkinghose ihren runden Po nicht verheimlichen. Es war beinahe hypnotisch, zuzusehen, wie die Hüfte mal in die eine, dann wieder in die andere Richtung schwang. Wenn ihm jemals jemand gesagt hätte, dass er Wanderkleidung erotisch finden könnte, hätte er ihn ausgelacht. Doch Angel ließ ihn wünschen, sie wären aus einem anderen Grund hier und er könnte die Kleidung langsam von ihrem Körper pellen und herausfinden, ob sie nackt noch eine stärkere Wirkung auf ihn haben würde. Eigentlich zweifelte er nicht eine Sekunde daran, aber er würde es vermutlich nie herausfinden. Auch wenn der Blick, mit dem sie ihn vor einiger Zeit bedacht hatte, bewies, dass die Anziehung durchaus nicht einseitig war. Genauso wie ihre Reaktion auf die Umarmung und die beinahe liebevolle Art, wie sie sich nach seinem Flashback um ihn gekümmert hatte.

Als Angel plötzlich stehen blieb und die Hand hob, dachte er im ersten Moment, sie hätte seine Gedanken gehört, doch dann erkannte er, dass Moonlight sich anders benahm als sonst. Unruhig lief sie hin und her, ein Winseln drang aus ihrer Kehle. Warren hielt weiterhin Abstand, aber es fiel ihm sehr schwer, nicht nach vorn zu stürzen und zu sehen, was die Hündin so aufregte. Gott – was, wenn Emma dort lag? Rasch folgte er Angel, als sie die Leine kürzte und sich der Hündin näherte. Jetzt sah er, was bisher durch die Vegetation verborgen gewesen war: Sie standen direkt vor einer Schlucht. Zwar war sie nicht allzu tief, aber die Abhänge gingen fast senkrecht nach unten. War Emma dort hinuntergefallen? Wenn ja, war sie vermutlich von den Fluten mitgerissen worden, die den Grund der Schlucht bedeckten.

Warren spürte, wie seine Beine nachgaben und er langsam

zu Boden sank. *Gott, bitte nicht!* Nicht seine kleine Emma. Er wusste nicht einmal, ob sie überhaupt schon schwimmen konnte, aber selbst wenn, hätte sie diesem reißenden Fluss nichts entgegenzusetzen gehabt.

»Stopp.«

Der Befehl drang in Warrens Unterbewusstsein und schob die lähmende Furcht beiseite, die von ihm Besitz ergriffen hatte. Zuerst glaubte er, Angel hätte ihn damit gemeint. Dann erkannte er, dass sie mit Moonlight sprach, die sich sofort hinsetzte und Anweisungen von ihr erwartete.

Angel ging vor ihm in die Hocke, ihre kühlen Hände legten sich auf seine Arme. »Warren, hören Sie mir zu. Ich werde jetzt nach Fußspuren oder abgebrochener Vegetation suchen, damit wir wissen, wo sie genau langgegangen ist. Es ist schwer, aber versuchen Sie, sich zusammenzureißen. Noch wissen wir nicht, was genau passiert ist. Es könnte auch sein, dass sie einfach ein Stück weitergegangen sind und Moonlight nur die Spur nicht findet, weil die Hautpartikel über den Rand der Schlucht hinausgeweht sind.« In ihren grünen Augen stand Entschlossenheit.

Es dauerte einen Moment, bis er wieder sprechen konnte. »Okay. Ich suche mit, dann geht es schneller.« Nur seine langjährige Erfahrung als Marine ließ ihn alles andere beiseiteschieben, während er langsam aufstand.

Angels Miene drückte Zustimmung aus. »Gut. Der Wind kommt aus dieser Richtung, also sollten wir zuerst dort suchen.« Sie deutete nach rechts. »Er könnte sich auch gedreht haben, seit sie hier durchgekommen sind, aber das werden wir dann sehen und darauf reagieren.«

Bemüht, das Stechen in seinem Bein zu ignorieren, hielt Warren einigen Abstand zu Angel, während sie den Boden nach Zeichen absuchten. Moonlight lag auf ihrem Platz und sah ihnen aufmerksam dabei zu. Es war Warren, der schließlich den ersten Fußabdruck fand. Er war groß und ziemlich tief, was in dem vom Regen aufgeweichten Boden kein Wunder war. Wieder schien es die gleiche Sohle zu sein wie bei dem Teilabdruck, den Warren bei ihrer ersten Rast gefunden hatte. Sein Magen hob sich bei diesem Beweis, dass Emma sich tatsächlich in der Hand eines Mannes befand.

»Angel.« Seine Stimme war so rau, dass er sie selbst kaum verstand.

Sofort hockte sie sich neben ihn und betrachtete mit ernstem Gesichtsausdruck die Spur. Schließlich atmete sie tief durch. »Okay, das ist ein Anfang, suchen wir von hier aus weiter.«

Was ihnen nicht schwerfiel; es war nahezu unmöglich, in dem Boden keine Spuren zu hinterlassen. Kurz vor dem Abhang fand Warren schließlich, was er gleichzeitig gehofft und gefürchtet hatte: Fußabdrücke von Emma. Sie begannen mitten im Nichts und endeten etwa einen Meter von der Schlucht entfernt. »Er muss sie getragen haben.« Warren wusste nicht, ob er darüber froh sein sollte. Immerhin musste Emma so nicht selbst gehen, aber die Vorstellung, dass irgendein Verbrecher sie angefasst hatte, ließ ihn beinahe Amok laufen.

Angel blickte zu ihm hinüber, eine steile Falte stand zwischen ihren Augenbrauen. »Sehen Sie sich das hier mal an.« Mit einer Hand hielt sie die Wedel eines Farns beiseite.

Selbst aus dieser Entfernung konnte Warren einen weiteren Fußabdruck erkennen. Er musste zu dem Entführer gehören, doch wie sollte er dorthin gekommen sein? Die Spur sah nicht so aus, als wäre der Mann von ihr abgewichen. Es sei denn … Warren sprang auf, ging zu Angel hinüber und hockte sich neben sie. Das Muster der Sohle sah aus wie das der ersten Spur, aber wenn ihn sein Eindruck nicht täuschte, war dieser Schuh mindestens zwei Nummern kleiner als der andere.

Als er Angel anblickte, konnte er die gleiche Erkenntnis in ihren Augen sehen. »Es sind zwei Männer!« Das Herz hämmerte ihm gegen die Rippen, ein enges Band schien sich um seinen Brustkorb zu schlingen. Angst um seine Tochter ließ ihm den Atem stocken.

»Es sieht so aus.« Angels Stimme klang ruhig, aber ihre Miene zeigte, dass sie seine Befürchtung teilte.

Zwei Männer, die mit seiner Tochter ohne Wanderschuhe hier herumliefen, während die Polizei zur gleichen Zeit zwei entflohene Häftlinge suchte, das konnte kein Zufall sein. Was hatte die Rangerin gesagt? Es handelte sich um sehr gefährliche Mörder. Und sie hatten seine Tochter!

Angels neuerliche Berührung an seinem Arm half ihm, die ansteigende Panik etwas zurückzudrängen. »Wir wissen nicht, ob es die Flüchtigen sind, aber wir müssen davon ausgehen. Auf jeden Fall können wir anhand der Spuren erkennen, dass Ihre Tochter noch lebt und auch noch selbstständig laufen kann, das ist positiv.«

»Aber das ist keine Sicherheit, dass diese Schweine sie nicht einfach in die Schlucht geworfen haben oder sie im Wasser ertrunken ist.« Verzweiflung ließ ihm den Atem stocken. Vor seinem inneren Auge sah er, wie Emmas roter Schopf langsam in den Fluten versank, sah ihre dünnen Arme dagegen ankämpfen, bevor das Wasser über ihr zusammenschlug. Ein erstickter Laut entfuhr ihm.

Arme schlangen sich um seinen Oberkörper, seine Wange wurde an etwas Weiches gepresst. »Ganz ruhig, atmen Sie, Warren. Machen Sie mir jetzt nicht schlapp, ich brauche Sie, um Ihre Tochter zu finden.«

Warrens Lider hoben sich, und er sah, dass Angel vor ihm hockte und ihn umarmte. Er konnte spüren, wie heftig ihr Herz pochte, und es tat ihm leid, dass er sie in die Sache hineingezogen hatte. Aber er brauchte sie, wenn er überhaupt eine Chance haben wollte, seine Tochter wiederzufinden.

Sanft strichen seine Lippen für einen flüchtigen Moment über ihre Stirn, bevor er sich gewaltsam wieder von ihr löste. »Danke, es geht schon.« Er räusperte sich. »Es war nur der Gedanke, was mit Emma geschieht, wenn diese Kerle entscheiden, dass sie ihnen im Weg ist.«

Angel strich ihm noch einmal beruhigend über den Rücken, bevor auch sie ihn losließ. »Ich weiß. Aber ich denke, sie hätten sich nicht die Mühe gemacht, Emma so weit mitzunehmen und sie sogar zu tragen, wenn sie sie nicht für irgendetwas bräuchten.«

Warren wusste nicht, ob ihn das beruhigte. Da er jedoch nichts dagegen tun konnte, musste er sich darauf konzentrieren, Emma so schnell wie möglich zu finden. Mühsam kam er auf die Füße und half Angel dann hoch. »Was jetzt?«

»Wir überprüfen, wohin die Spuren führen, und überlegen uns dann, wie wir weiter vorgehen.«

Sein Herz klopfte schneller, als die Fußabdrücke immer näher an den Abgrund kamen. Direkt am Rand brachen sie jedoch ab. Verzweifelt blickte Warren auf das reißende Wasser. Könnten die Verbrecher von hier aus hineingesprungen sein? Nein, mit den vielen Felsen, die aus dem Wasser ragten, wäre das viel zu gefährlich gewesen. Aber wo konnten sie dann sein?

Angel legte sich neben ihm auf den Bauch und robbte sich langsam vor. »Halten Sie meine Beine fest.«

»Angel …« Da er sie nicht davon abhalten konnte, packte er schnell ihre Beine, damit sie nicht in den Abgrund stürzte. Vermutlich hätte er anbieten müssen, selbst nachzuschauen, aber Angel hätte ihn nie halten können, dafür war er viel zu schwer.

Es dauerte nicht lange, bis sie ihm ein Zeichen gab. »Okay, ziehen Sie mich wieder hoch.«

Warren tat, was sie ihm befahl, und hielt sie auch dann noch fest, als sie sich bereits wieder auf festem Grund befand. Eigentlich hätte er sie loslassen müssen, aber er konnte sich nicht dazu überwinden. »Machen Sie das nicht noch mal!« Die Vorstellung, dass sie in die Tiefe hätte stürzen können, ließ das Blut in seinen Adern zu Eis erstarren.

Neugierig starrte Angel ihn an, dann lächelte sie. »Ich hatte keine Angst, dass Sie mich fallen lassen. Außerdem konnte ich nur so herausfinden, wo die Männer mit Emma abgeblieben sind.«

Warren zwang sich, sie loszulassen und sich hinzusetzen. »Sie haben sie gesehen?«

»Nein, aber ihre Spuren. Sie sind den Abhang hinuntergeklettert.«

Ein erneuter Blick nach unten ließ ihn vor Angst schaudern. »Das ist Wahnsinn! Wie sollen sie dort hinuntergekommen sein, ohne sich den Hals zu brechen? Und vor allem mit Emma! Nie im Leben könnte sie das alleine schaffen. Oh Gott!« Hatten sie seine Tochter gezwungen, den fast senkrechten Abhang hinunterzuklettern, und sie war ins Wasser gestürzt?

Angel ergriff seine Hände. »Von ihr habe ich keine Spuren gefunden. Vermutlich wurde sie wieder getragen.«

Warren mochte sich nicht ausmalen, welche Furcht Emma gehabt haben musste. Was hatte die Entführer dazu gebracht, diesen Weg zu wählen? Es war eine Sackgasse. Er konnte sich nicht vorstellen, wie jemand den Fluss ohne Hilfsmittel überqueren konnte. Schon gar nicht mit einem Kind im Schlepptau. »Gibt es unten ein Ufer, an dem sie entlanggehen könnten?«

Angel schüttelte den Kopf. »Derzeit nicht. Allerdings ist dieser Fluss dafür bekannt, dass er bei starkem Regen anschwillt. Wenn die Männer früh genug hier waren, könnten sie es geschafft haben, das Wasser zu überqueren und auf der anderen

Seite wieder hochzuklettern. Ich glaube eher nicht, dass sie am Ufer geblieben sind, da unten wären sie gefangen, wenn jemand sie entdeckt. Außerdem gibt es keinen durchgehenden Uferstreifen, an manchen Stellen geht das Wasser auch ohne Regen direkt bis zum Fels.«

Angestrengt starrte Warren auf die andere Seite, doch er konnte nichts erkennen. Dann erinnerte er sich an das Fernglas, das noch in seinem Rucksack stecken musste. Widerwillig löste er seine Hände aus Angels Griff, setzte den Rucksack ab und begann, darin zu wühlen. Schließlich zog er triumphierend das Fernglas hervor. Er stellte es scharf und richtete es auf die gegenüberliegende Seite. Natürlich konnte er nicht wissen, an welcher Stelle sie die mit dichter Vegetation bedeckte Felswand hinaufgeklettert waren, aber irgendwo musste er anfangen. Er starrte so lange auf die Wand, bis das Grün vor seinen Augen verschwamm und er das Fernglas absetzen musste.

»Soll ich übernehmen?«

Wortlos reichte ihr Warren das Fernglas und rieb sich die brennenden Augen. Er zwinkerte ein paarmal, um wieder klar sehen zu können, und stand dann auf. Es war nicht seine Art, still zu sitzen, es machte ihn nervös, und vor allem führte es dazu, dass er sich die schlimmsten Dinge ausmalte, die Emma zugestoßen sein könnten. Er musste etwas *tun*, sonst würde er wahnsinnig werden. Angel ließ sich von seiner Unruhe nicht anstecken, sondern hielt weiter ruhig mit dem Fernglas Ausschau.

»Ich glaube, ich habe etwas.« Sie hielt ihm das Fernglas hin, das er ihr beinahe aus der Hand riss, während er sich neben sie hockte. Suchend blickte er auf die andere Seite. Angel lehnte sich an ihn und deutete mit ihrem Finger auf etwas. »Sehen Sie die kahle Stelle, wo der blanke Fels durchschimmert? Etwa auf halber Höhe.«

Warren starrte auf die Felswand, bis er die Stelle entdeckte. »Ja.«

»Ein Stück links davon ist ein großer Farn und darunter ein dunkler Fleck, der so aussieht, als wäre vor Kurzem die Erde aufgewühlt worden.«

Ja, jetzt sah er es auch. »Was ist, wenn das einfach nur ein Tier war?«

»Das kann natürlich sein, aber mehr werden wir von hier aus nicht entdecken.« Angels Stimme klang ruhig.

Warren steckte das Fernglas in seinen Rucksack zurück, bevor er wieder ans andere Ufer blickte. »Ich gehe rüber.« Wahrscheinlich würde er dabei sterben, aber er musste es wenigstens versuchen. Das Leben seiner Tochter hing davon ab. Er erhob sich und setzte den Rucksack wieder auf.

»Das ist zu gefährlich, Warren. Selbst wenn Sie den Abhang heil hinunterkommen, werden Sie den Fluss nicht überqueren können. Die Strömung ist zu stark und das Wasser zu kalt. Sie können Emma nicht helfen, wenn Sie tot sind.« Sie holte tief Atem. »Außerdem kann Moonlight nicht dort hinunter, und ich lasse sie nicht hier.«

Jetzt sah er Angel an. »Ich erwarte auch nicht, dass Sie mitkommen. Ganz im Gegenteil, ich würde mir nie verzeihen, wenn Ihnen etwas passiert, während Sie mir helfen.«

»Wie wollen Sie denn ohne Moonlight auf der anderen Seite die Spur wiederfinden? Vielleicht entdecken Sie am Anfang noch Fußspuren, aber wenn die aufhören?«

Warren presste die Zähne zusammen. »Ich kann nicht einfach aufgeben.«

»Das verlangt ja auch keiner.« Angel zog ein GPS-Gerät heraus und betrachtete die angezeigte Karte. »Etwa eine Meile von hier gibt es eine natürliche Brücke, die können wir nehmen.«

Er schüttelte bereits den Kopf. »Das dauert zu lange!«

Ruhig blickte Angel ihn an. »Wenn Sie tot sind, dauert es noch länger. Seien Sie vernünftig, Warren, es gibt keine andere Möglichkeit, die Schlucht zu überqueren. Wenn wir schnell gehen, werden wir nicht allzu viel Zeit verlieren.«

Noch einmal betrachtete Warren das Wasser, dann gab er sich geschlagen. »Okay. Hoffentlich finden wir dann auf der anderen Seite ihre Spur wieder.«

Zuversicht stand in Angels Augen. »Das werden wir. Wir kennen jetzt den Ausgangspunkt, und Moonlight wird Emmas Geruch sofort wieder aufnehmen können.«

Warren vertraute nicht vielen Menschen, aber Angel glaubte er seltsamerweise. Wäre es nicht um Emma gegangen, hätte er nie darüber nachgedacht, die Schlucht an dieser Stelle zu durchqueren – vor allem, da er wusste, dass sein Bein eine solche Strapaze nicht durchhalten würde. Er konnte nur hoffen, dass ihnen die Zeit, die sie durch den Umweg verloren, nicht hinterher für Emmas Rettung fehlte. Stumm nickte er und folgte dann Angel und Moonlight, die in schnellem Schritt am Rand der Schlucht entlangliefen. *Halte durch, Emma, ich komme.*

13

Diesmal blieb Valerie im Besprechungszimmer, während sie die Aufgaben erfüllte, die Gabriel ihr aufgetragen hatte. Das war jedoch weitestgehend Routine, und so konnte sie mit einem Ohr dem Gespräch der anderen lauschen. Sie blickte auf, als Hal mit der aktualisierten Karte zurückkam.

Er legte sie auf den Tisch und winkte Gabriel zu sich. An seinem Gesichtsausdruck war schon zu erkennen, was er gleich sagen würde. »Nach meinen Berechnungen ist es durchaus möglich, dass die beiden Entflohenen zwischen vier und sechs Uhr morgens den Sol Duc Campground erreicht haben können.«

Gabriel stieß einen kaum hörbaren Fluch aus und beugte sich über die Karte. »Dann nimm diese Zeitspanne als Grundlage für die weiteren Berechnungen, wo sie, von dort aus gesehen, jetzt sein könnten.«

Hal wirkte skeptisch. »Das wird ein ziemlich großer Kreis sein, weil wir nicht wissen, in welche Richtung sie gegangen sind.«

»Wenn die Hunde dort die Spur aufnehmen, haben wir bald die Richtung, und dann will ich wissen, wo sie sein können.« Gabriel zog sein Handy heraus. »Vielleicht hat Lucas schon etwas, das uns hilft.«

Lucas meldete sich prompt. »Ja?« Da Gabriel das Telefon auf Lautsprecher schaltete, konnten sie alles hören, was gesagt wurde.

»Was hast du herausgefunden?« Gabriel neigte dazu, gleich

zur Sache zu kommen und sich nicht mit Höflichkeiten aufzuhalten.

»Ein Zeuge glaubt, das Mädchen eventuell gegen fünf Uhr morgens am Waschhaus gesehen zu haben. Er ist sich aber nicht sicher, ob es wirklich die Vermisste war. Wir haben eine Frau auf der Parzelle angetroffen, auf der Warren Harper – das ist der Vater des Kindes – sein Zelt aufgestellt hat. Sie sagt, sie habe mit ihm den gesamten Zeltplatz abgesucht und gesehen, wie er zusammen mit einer Frau und ihrem Hund zuerst zum Waschhaus gegangen ist und dann im Wald verschwand. Das war in südöstlicher Richtung.«

»Gut, markiere den Punkt und lass dort die Suchhunde starten. Sind sie schon eingetroffen?«

»Noch nicht, sollte aber jeden Moment so weit sein.« Ein Rascheln war zu hören. »Ich habe mit der Rangerin gesprochen, sie hat die Geschichte bestätigt. Warren Harper hat hier mit seiner siebenjährigen Tochter Emma Zelturlaub gemacht. Als er morgens gegen sieben Uhr aufwachte, war sie aus dem Zelt verschwunden. Er hat alles abgesucht, aber sie ist nicht wieder aufgetaucht. Ich habe hier ein Bild von der Kleinen, niedliches Kind.« Valerie konnte in seiner Stimme hören, dass er das Schlimmste für sie befürchtete. Er räusperte sich. »Ich habe auch mit dem Polizisten gesprochen, der die Straße im fraglichen Zeitraum überwacht hat. Die Gesuchten sind nicht an ihm vorbeigekommen, und er ist sich nicht ganz sicher, meint aber auch, das Kind nicht gesehen zu haben. Es sind nur Familien mit Kindern durchgekommen, keine Männer mit Kind.«

»Okay, sag mir Bescheid, wenn die Suchhunde eine Witterung aufnehmen. Ich muss wissen, in welche Richtung sie unterwegs sind und ob es die gleiche Spur ist wie die des vermissten Kindes.«

»Alles klar.«

»Hat dieser Harper irgendwo seine Telefonnummer hinterlassen? Vielleicht können wir ihn erreichen. Sollten die Mörder wirklich das Kind entführt haben, schweben auch der Vater und diese Angel Burns in höchster Gefahr, wenn sie die Tochter einholen.«

»Ja, ich habe sie hier.« Lucas diktierte ihm die Nummer. »Allerdings wird er vermutlich so tief im Wald auch keinen Empfang haben.«

Gabriel war anzusehen, dass er das nicht hören wollte. »Versuchen wir es einfach. Solltest du noch etwas erfahren …«

»Melde ich mich sofort.« Damit unterbrach Lucas die Verbindung.

Eine Weile herrschte Stille im Raum, während jeder seinen Gedanken nachhing. Valerie konnte sich nicht vorstellen, wie schlimm es für das kleine Mädchen sein musste, in einem unheimlichen Wald unterwegs zu sein, ohne ihre Familie. Für Emma hoffte sie, dass Damon Thomas genug Mitgefühl besaß, sich um die Kleine zu kümmern und sie gleichzeitig vor Russell Davis zu beschützen.

Sie blickte auf, als Gabriel sein Handy auf den Tisch warf. »Keine Verbindung. Verdammt!«

Detective Heron bewegte sich unruhig. »Wir könnten es per Funk versuchen. Angel hat bei ihren Touren immer ein Funkgerät dabei, damit sie zur Not Hilfe rufen kann. Allerdings hat sie das die meiste Zeit ausgeschaltet, weil die Geräusche die Hunde stören.«

Gabriel nickte. »Ja, versuchen Sie es. Und falls sie sich nicht meldet, sorgen Sie bitte dafür, dass wir sofort davon erfahren, wenn sie es tut. Derjenige, der ihren Funkruf entgegennimmt, soll ihr sagen, dass sie das Gerät eingeschaltet lassen soll, bis jemand von uns mit ihr geredet hat.«

»Alles klar.« Heron verließ lautlos den Raum.

»Okay, ich habe jetzt die Berechnung so weit fertig.« Hal tippte mit dem Stift auf die Karte. Ein roter Halbkreis war von Sol Duc aus in südlicher Richtung gezogen. »Wenn wir davon ausgehen, dass sie nicht vom Campingplatz in die Richtung zurückgegangen sind, aus der sie kamen, können sie sich irgendwo in diesem Gebiet befinden. Das ist jetzt mit der äußersten Geschwindigkeit gerechnet, die ein normaler Mensch in dem Terrain und ohne Pausen erreichen kann. Vermutlich sind sie deutlich näher dran.« Hal richtete sich auf. »Bevor nicht durch die Hunde gesichert wurde, dass sie wirklich denselben Weg gehen wie das Mädchen, kann ich nicht viel mehr dazu sagen.«

»Nehmen wir an, dass sie ungefähr der gleichen Richtung folgen wie vorher, und vergleichen wir das mit den Informationen über das verschwundene Mädchen, wo könnten sie dann jetzt sein?«

Hal malte ein X auf eine Stelle. »Hier ungefähr sind die Waschhäuser. Wenn wir davon ausgehen, dass sie dort um fünf Uhr morgens waren und dann weiter in südlicher Richtung gegangen sind ...« Er zog seinen Taschenrechner zu sich heran und tippte etwas ein. Danach beugte er sich wieder über die Karte und markierte einen Punkt. »... könnten sie jetzt hier sein. Allerdings muss man das Terrain bedenken, und mit einem Kind kommen sie vermutlich auch deutlich langsamer voran als vorher. Oder sie gehen doch in eine andere Richtung, folgen den Wanderwegen oder was auch immer. Es gibt einfach zu viele Variablen, um das genau zu errechnen.«

Sehr zufrieden wirkte Gabriel damit nicht. »Es muss eine Möglichkeit geben, das genauer einzugrenzen! Selbst wenn wir herausfinden, dass die Mörder das Kind entführt haben, bringt uns das nichts, solange wir die Hundeführerin nicht erreichen können.«

Hal rieb sich über das Kinn. »Wenn die Handys der beiden GPS haben, könnten wir damit ihren derzeitigen Standort ermitteln. Damit haben wir natürlich noch nicht die Flüchtigen, aber sollten der Vater und die Hundeführerin auf deren Spur sein, wüssten wir zumindest schon mal, in welche Richtung sie unterwegs sind. Und wenn ich die Zeitdifferenz dazu nehme, würde der Kreis sehr viel kleiner werden. Dazu müsste ich allerdings von Lucas wissen, um welche Zeit die beiden mit dem Hund losgegangen sind.«

»Die bekommst du.« Dieser Hoffnungsschimmer schien Gabriels Lebensgeister wieder geweckt zu haben. Er gab Hal den Zettel, auf den er die Telefonnummern von Warren Harper und Angel Burns geschrieben hatte. »Ermittle schon mal das GPS-Signal.«

Ohne ein Wort nahm Hal den Zettel und zog sich in die Ecke des provisorischen Konferenzraumes zurück, wo er seinen Laptop aufgebaut hatte.

Gabriel ließ den Blick durch den Raum wandern, bis er an Valerie hängen blieb. Mit einiger Mühe schaffte sie es, nicht ertappt zu wirken, weil sie lieber den Gesprächen lauschte, anstatt ihre Arbeit zu erledigen. »Bist du dir sicher, was Thomas und den Hoh Rain Forest angeht?«

»Ja, absolut. Warum?«

»Weil der sich immer noch außerhalb des Kreises befindet.«

Valerie hob die Schultern. »Nur weil Damon … Thomas dort schon mal war, heißt das ja nicht, dass sie auch jetzt dorthin unterwegs sind. Soweit wir wissen, haben sie auch keinerlei Kompass, GPS oder Ähnliches dabei, deshalb könnte es sein, dass sie den Weg nicht finden, selbst wenn sie eigentlich dorthin wollen. Besonders bei dem Wetter.«

»Wunderbar, genau das wollte ich hören.« Gabriels Stimme triefte vor Sarkasmus.

Julie räusperte sich. »Valerie hat recht, jeder Mensch würde in solch einer Situation vermutlich versuchen, irgendwo hinzukommen, wo er sich auskennt. Von daher ist es durchaus denkbar, dass sie dorthin unterwegs sind. Es würde auch erklären, warum Davis Thomas überhaupt mitgenommen hat.«

Dankbar lächelte Valerie der Psychologin zu.

»Wir werden sehen. Wenn wir die GPS-Daten haben, wissen wir hoffentlich mehr.« Wieder hob Gabriel das Handy. Er wartete kaum ab, bis Lucas sich gemeldet hatte, bevor er seine Frage stellte. »Hat die Frau auf dem Campingplatz gesagt, wann genau Harper und die Hundefrau losgegangen sind?«

Valerie verdrehte innerlich die Augen. Bald sagte Gabriel nur noch »Hund« und ließ die Frau ganz weg. Sie verstand, dass er gestresst war und völlig übermüdet, aber sie hätte es trotzdem netter gefunden, wenn er sich wenigstens die Namen der Menschen merken würde. Vermutlich hielt er sie für überflüssig, sie dienten ihm nur als Mittel zum Zweck. Dabei konnte es gut sein, dass Angel Burns und Warren Harper in Lebensgefahr gerieten, wenn sie wirklich den Entflohenen auf der Spur waren.

Diesmal hatte Gabriel das Telefon nicht auf Lautsprecher gestellt, deshalb konnte sie sich nur aus seinen Antworten zusammenreimen, was Lucas ihm sagte. »Dann frag sie noch mal. Wir brauchen die möglichst genaue Uhrzeit, um die Entfernung abschätzen zu können.« Gabriel ging zu Hal hinüber und blickte ihm über die Schulter. Offensichtlich fand er da jedoch auch nicht das, was er suchte. Seufzend drehte er sich um und ging stattdessen zum Fenster hinüber. Immerhin konnte man jetzt wieder etwas mehr erkennen als eine graue Wand, es kam sogar langsam die Sonne durch. »Ja, ich höre. Etwa zehn Uhr, okay. Sind die Hunde schon auf der Spur?« Die Antwort schien negativ zu sein, denn Gabriel lehnte den Arm an den Fensterrahmen und ballte die Hand zur Faust. »Was dauert denn da so lange?« Eine kleine Pause entstand. »Ja, ja, ich weiß. Ich war heute Morgen dabei und habe die Vorbereitungen gesehen. Ich wünschte nur …« Er senkte den Kopf und atmete tief durch. »Danke, Lucas. Informiere mich bitte so schnell wie möglich.« Einen Moment lang blieb Gabriel noch am Fenster stehen, dann hob er den Kopf und steckte das Handy weg. »Hal, sie sind mit dem Hund gegen zehn Uhr aufgebrochen.«

»Alles klar.« Hal kam Gabriels Frage zuvor. »Es dauert nicht mehr lange mit den GPS-Signalen.«

»Gut.« Gabriel ging zum Tisch zurück und ließ sich auf einen Stuhl sinken. Mit vor Müdigkeit geröteten Augen blickte er Julie und Valerie an. »Noch irgendwelche Ideen?«

Valerie schüttelte stumm den Kopf. Momentan konnte sie nichts Vernünftiges beitragen, was bei der Ergreifung der beiden Verbrecher geholfen hätte. Normalerweise ging es bei den Ermittlungen darum, einen unbekannten Täter zu finden, dafür waren ihre Fähigkeiten ideal. Aber hier wussten sie, wer die Täter waren, die Schwierigkeit war nur, sie in einem unübersichtlichen Regenwald zu finden. Informationen über die Entflohenen zu sammeln und Vermutungen anzustellen, brachte da nur bedingt etwas, sie brauchten Fakten.

Julie räusperte sich. »Mein Profil hast du, mehr kann ich nicht dazu sagen, außer dass sie vermutlich mit jeder Minute verzweifelter werden. Die Nerven werden blank liegen, und sie werden immer gefährlicher. In den Akten des Gefängnispsychologen steht, dass Russell Davis mit jedem Streit angefangen hat, es ist beinahe täglich zu Kämpfen gekommen. Damon Thomas war ruhiger, hat sich nie mit jemandem angelegt, allerdings weiß man nie, wie er in solch einer Situation reagiert. Mir macht auch Sorge, was passiert, wenn sie jemanden unterwegs treffen sollten.«

Gabriel unterbrach sie. »Das Mädchen haben sie anscheinend mitgenommen.«

»Ja, und das wundert mich, ehrlich gesagt. Was erhoffen sie sich davon? Ich hätte erwartet, dass Davis jeden Zeugen umbringt, so, wie er es mit den Wachleuten und Ray gemacht hat.« Voller Sorge runzelte sie die Stirn. »Ich kann mir nicht vorstellen, dass er jetzt plötzlich davor zurückscheut, ein Kind zu töten, schließlich hat er das bereits früher getan. Was auch immer er mit dem Mädchen vorhat, es kann nichts Gutes sein.«

Die Rangerin, die bisher ruhig auf der anderen Seite des Tisches gesessen hatte, lehnte sich vor. »Vielleicht wollten sie eine Geisel haben, falls sie entdeckt werden.«

»Möglich, aber es ist viel zu umständlich, mit einem Kind durch den Regenwald zu laufen. Irgendwann wird sie nicht mehr weiterkönnen. Was dann?«

Gabriel presste die Lippen zusammen. »Wer sagt, dass sie sie nicht schon längst unterwegs umgebracht haben?«

»Dann hätten wir doch von dem Vater und der Hundeführerin gehört, oder?« Julie schüttelte den Kopf. »Immer vorausgesetzt, dass wirklich die Gesuchten das Mädchen entführt haben.«

»Wenn Russell Davis alleine wäre, hätte er sich vermutlich nicht die Mühe gemacht oder schon längst die Geduld verloren und das Mädchen beseitigt. Ich könnte mir vorstellen, dass Damon Thomas dafür sorgt, dass dem Kind nichts passiert.« Hitze stieg in Valeries Wangen, als ihr bewusst wurde, dass sie ihre Gedanken laut geäußert hatte.

Julie blickte sie neugierig an, während sich Gabriels Brauen unheilverkündend zusammenschoben. »Wie kommst du auf die Idee?«

Unsicher hob Valerie die Schultern. »Es ist nur so ein Gefühl. In den Informationen über Thomas steht, dass er mehrere Geschwister hat, die wiederum Kinder haben. Offenbar bestand ein sehr enger Kontakt, bevor der Mord geschah. Ich kann mir nicht vorstellen, dass jemand, der ständig mit Kindern zu tun hat, sie vielleicht sogar liebt, diesem Mädchen etwas antun könnte oder zulassen würde, dass jemand anders ihm etwas tut.«

Stille senkte sich über den Raum, und Valerie war froh, als die Tür aufging und der Detective wieder hereinkam. Sofort richtete sich alle Aufmerksamkeit auf ihn, und sie konnte so tun, als hätte es diesen peinlichen Moment nie gegeben. Verdammt noch mal, was hatte sie sich dabei gedacht? Sie wusste es besser, als vor Gabriel Vermutungen anzustellen, die noch dazu mit Gefühlen zu tun hatten. Der Mann kümmerte sich nur um harte Fakten, alles andere war irrelevant.

Heron gesellte sich zu ihnen. »Kein Glück mit dem Funkgerät, Angel meldet sich nicht. Ich habe Anweisungen gegeben, dass wir sofort informiert werden, wenn sie sich von selbst meldet. Es wird auch weiter versucht, sie zu kontaktieren.«

»Okay, danke.« Gabriel deutete auf die Stühle. »Setzen Sie sich, während wir darauf warten, ob Hal mit dem GPS-Signal Glück hat.« Knapp erklärte er dem Detective, was in der Zwischenzeit passiert war. »Wenn wir die Koordinaten haben, können wir von dort aus das Gebiet eingrenzen, in dem sich die Verbrecher vermutlich aufhalten. Und wir sehen an der Richtung, ob sie vielleicht ein Ziel im Sinn haben.« Sein Handy klingelte und war in nicht mal einer Sekunde an seinem Ohr. »Ja?« Sofort hellte sich Gabriels Miene auf, Befriedigung stand deutlich sichtbar darin. »Sehr gut. Lass sie ein Stück weiter gehen, damit wir ganz sicher sein können.« Er legte das Handy auf den Tisch und lächelte triumphierend. »Die Hunde haben die Spur. Es gibt keinen Zweifel daran, dass Davis und Thomas beim Sol Duc Campground waren.«

Hal meldete sich von seinem Laptop aus. »Ich habe die Koordinaten. Soll ich sie weiter verfolgen?«

»Ja, ich will sie nicht wieder verlieren.«

Kurz darauf kam Hal mit der Karte zum Tisch. In einer anderen Farbe hatte er ein weiteres Kreuz gemalt, diesmal tief in der Wildnis. »Sie befinden sich gerade am Rand einer Schlucht. Es sieht so aus, als würden sie daran entlanggehen. Vielleicht suchen sie einen Weg, wie sie den Abgrund überqueren können.« Mit dem Stift fuhr er eine Linie nach. »Sie müssen ohne große Umwege in eine Richtung gegangen sein, weiterhin grob zum Hoh Rain Forest.«

»Hast du die Berechnungen angestellt, wo die Mörder jetzt sein können?«

»Wenn man davon ausgeht, dass sie die Schlucht überquert haben und nicht zurückgegangen sind, dann könnten sie irgendwo hier in diesem Umkreis sein.« Er malte einen weiteren Halbkreis auf die Karte, deutlich kleiner als die anderen. »Das Problem ist, dass wir nicht wissen, ob sie im gleichen Tempo weitergegangen oder vielleicht nur wenige Hundert Meter von ihren Verfolgern entfernt sind. Wir müssen sie unbedingt erreichen.«

Heron stand auf. »Ich schicke einen Hubschrauber …«

Gabriel unterbrach ihn. »Nein! Wenn wir jetzt direkt jemanden dort hinschicken, könnten wir die Mörder damit warnen, und sie verschwinden. Oder sie bemerken, dass ihnen jemand auf den Fersen ist und töten das Kind oder die Verfolger. Ich werde auch die anderen Hubschrauber abziehen lassen. Jetzt, wo wir ungefähr wissen, wo sie sind, will ich nichts riskieren.«

Besorgt blickte Heron ihn an. »Was machen wir dann? Ich kann nicht hier sitzen und zusehen, wie unschuldige Menschen in Gefahr geraten.«

»Das habe ich auch nicht vor. Aber zuerst müssen wir warten, bis wir erkennen können, in welche Richtung sie weitergehen.« Gabriels Ton duldete keinen Widerspruch.

Herons Lippen wurden zu einem schmalen Strich. »Hoffen wir, dass es dann nicht schon zu spät ist.«

Dem konnte Valerie insgeheim nur zustimmen. Je mehr sie über Russell Davis erfuhr, desto sicherer war sie, dass er nicht aufgeben würde. Sollte er gestellt werden, würde er sich eher töten lassen, als zurück ins Gefängnis zu gehen. Und damit war jeder in seiner Nähe in Lebensgefahr.

Gabriel wandte sich ihr zu. »Valerie, finde alles über Warren Harper und Angel Burns heraus, was du kannst. Ich will keine Überraschungen erleben.«

14

Obwohl Warren hinter ihr keinen Ton von sich gab, spürte Angel seine Ungeduld und die wachsende Sorge um seine Tochter beinahe körperlich. Sie litt immer mit den Angehörigen oder Freunden mit, wenn eine Person vermisst wurde, doch Warrens Angst schien ihr näherzugehen als sonst. So gern sie sich auch eingeredet hätte, dass es an dem kleinen Mädchen lag – das nicht nur vermisst, sondern vermutlich auch von zwei Verbrechern entführt worden war –, es gelang ihr nicht. Sicher spielte es mit hinein, doch hauptsächlich hatte es mit Warren selbst zu tun. Irgendetwas an ihm traf sie mitten ins Herz. Vielleicht weil er äußerlich so stark wirkte, aber etwas in seinem Inneren zerbrochen war. Wenn sie ihm in die Augen blickte, sah sie etwas Verletzliches, eine Verzweiflung, die mehr als nur das Verschwinden seiner Tochter zu umfassen schien.

In dem Wenigen, was er ihr über sich erzählt hatte, waren kleine Andeutungen versteckt gewesen, doch Angel wagte es nicht, noch tiefer in ihn zu dringen. Warren war ein Fremder, jemand, der nur kurz ihr Leben kreuzte und dann wieder daraus verschwand. Mit einem kurzen Zeichen für Moonlight blieb sie stehen und blickte konzentriert auf das GPS-Gerät. Warren stoppte neben ihr und holte seine Wasserflasche heraus. Aus den Augenwinkeln beobachtete sie, wie sich seine Kehle bewegte, während er trank. In der Sonne stachen die Narben an seinem Hals stärker heraus, und sie fragte sich erneut, was genau ihm passiert war. Es wirkte fast, als wäre seine Haut verbrannt. Sie konnte sich nur vorstellen, unter welchen

Schmerzen er gelitten haben musste. Und es wahrscheinlich immer noch tat, denn die Narben sahen noch ziemlich frisch aus.

»Angel?« Seine raue Stimme drang ihr unter die Haut, und Angel zuckte schuldbewusst zusammen.

Als sie den Kopf hob, tauchte sie sofort in seine Augen ein. Verlegen wollte sie sich abwenden, aber sie konnte sich nicht von ihm lösen, sein Blick hielt sie gefangen. »Ja?«

»Wollen Sie auch etwas trinken?«

Jetzt erst merkte sie, dass er ihr seine Flasche hinhielt, und nahm sie schnell entgegen. »Ja, danke.« Rasch trank sie einige Schlucke und reichte ihm die Flasche dann zurück. Dabei berührten sich ihre Finger, und ein Schauer lief über Angels Rücken. Bemüht, ihn ihre Reaktion nicht sehen zu lassen, blickte sie erneut auf das Display des GPS-Gerätes. »Es ist nicht mehr weit, etwa dreihundert Meter.«

Warren nickte stumm, in seinem Gesicht war ein Hauch von Erleichterung zu erkennen. Die Wasserflasche steckte er zurück in seinen Rucksack, dann verlagerte er das Gewicht und schwankte kurz.

Sofort packte ihn Angel am Arm, um ihn zu stützen. »Alles in Ordnung?« Dumme Frage, schließlich konnte sie sehen, dass es nicht so war.

»Ja.« Noch während er es sagte, vertieften sich die Falten um seine Mundwinkel. Seine Augen verdunkelten sich.

Angel schob das GPS-Gerät in ihre Tasche und hielt auch seinen anderen Arm fest, als er sich wegdrehen wollte. Offenbar musste sie deutlicher werden, wenn sie zu ihm durchdringen wollte. »Glauben Sie, ich sehe nicht, dass Sie immer stärker humpeln?«

Warren verzog den Mund. »Das ist ja auch kaum zu übersehen.«

»Soll ich mir Ihr Bein mal anschauen?«

Die Muskeln in seinen Armen versteiften sich. »Nicht nötig.«

Irritiert starrte Angel ihn an. »Warren …«

Doch er ließ sie nicht ausreden. »Es würde sowieso nichts bringen. Das Bein wird nie wieder so, wie es mal war, und ich muss damit leben. Auf keinen Fall werde ich mich davon abhalten lassen, meine Tochter zu finden. Und wenn ich dafür kriechen muss, Emma hat oberste Priorität.«

An seinem entschlossenen Gesichtsausdruck konnte Angel sehen, dass er sich nicht überzeugen lassen würde, eine Pause einzulegen oder gar umzukehren. »Darin stimme ich Ihnen zu. Wenn Sie allerdings irgendwann nicht mehr können, werde ich mit Moonlight alleine weitergehen.«

»Aber die Verbrecher …« Warrens Protest verklang, vermutlich weil er nicht wollte, dass Emma für immer verschwand. »Danke, Angel.«

»Kein Problem. Sagen Sie mir bitte sofort Bescheid, wenn Sie nicht mehr können, dann entscheiden wir, wie wir weiter vorgehen.«

»Versprochen.« Einer seiner Mundwinkel hob sich zu einem schiefen Lächeln. »Auch wenn es nicht so aussieht, ich weiß tatsächlich ziemlich genau, wie viel ich mir zumuten kann. Mein Therapeut in der Reha war ein echter Sadist, aber er hat dafür gesorgt, dass ich nur bis zu meiner Grenze gehe und nicht darüber hinaus.«

Beruhigt, dass er nicht den Helden spielen und damit Emmas Leben gefährden würde, drückte Angel noch einmal seinen Arm, dann ließ sie ihn los. »Gehen wir weiter, Moonlight wird langsam ungeduldig.«

Zwar hatte sie der Hündin ein Zeichen gegeben, dass sie hier nicht nach der Spur zu suchen brauchte, aber es lag in Moonlights Blut. Unruhig lief sie hin und her und prüfte die

Luft. Angel nahm die Leine wieder auf, die sie sich während der kurzen Pause über den Arm gehängt hatte. Sofort richtete sich Moonlights Aufmerksamkeit auf sie, ihre Ohren zuckten. »Okay, weiter geht's.«

Als hätte jemand den Startschuss gegeben und sie wollte das Rennen gewinnen, rannte die Hündin los. Angel folgte ihr kopfschüttelnd. Um Warrens Bein zu schonen, ging sie etwas langsamer als vorher. Dass er nicht dagegen protestierte, zeigte ihr, welche Schmerzen er wirklich haben musste. Die Hand schützend vor die Augen gelegt blickte sie zum Himmel. Die Sommersonne prallte auf die feuchte Vegetation und brachte sie zum Dampfen. Es dauerte noch einige Stunden, bis sie unterging und die Dunkelheit ihre Suche unterbrechen würde, sofern sie Emma nicht vorher fanden.

Die Frage war, ob Warren so lange durchhielt oder sie nicht lieber noch eine Pause einlegen sollten. Denn – auch wenn sie etwas anderes gesagt hatte – seit sie befürchtete, dass die entflohenen Häftlinge Emma entführt hatten, zog sie es eindeutig vor, der Spur nicht allein zu folgen.

Schneller als gedacht kamen sie bei der Stelle an, wo sie die Schlucht überqueren würden. Warren trat neben sie und starrte auf den gewaltigen umgestürzten Baumstamm, der die hier nur etwa zehn Meter breite Schlucht überbrückte. »Das ist nicht Ihr Ernst, oder?«

Angel tippte mit der Fußspitze gegen den Stamm. Er bewegte sich keinen Millimeter. »Leider ja. Das ist innerhalb etlicher Meilen der einzige Weg, die Schlucht bei hohem Wasserstand zu überqueren. Eine richtige Brücke gibt es nur in den Gebieten mit Wanderwegen. Entweder gehen wir hier rüber, oder wir müssen umkehren.«

Ein Muskel zuckte in seiner Wange, während Warren auf die andere Seite der Schlucht starrte. Tief unter ihnen rauschte das Wasser durch eine schmale Rinne. Große Felsen bildeten umtoste Hindernisse, der Fluss schäumte, Gischt sprühte. »Ich kann nicht umkehren, Emma braucht mich.« Entschlossenheit spiegelte sich in seinem Gesicht wider.

Angel zog die Riemen ihres Rucksacks enger. »Dann sollten wir keine Zeit verlieren. Der Trick ist, nicht nach unten zu schauen und sich möglichst schnell zu bewegen.«

Zweifelnd blickte Warren sie an. »Haben Sie das schon öfter gemacht?«

»Ein oder zwei Mal, ja.« Angel bückte sich und löste die Leine von Moonlights Geschirr.

»Was machen Sie denn jetzt?« In Warrens Stimme schwang Ungeduld mit.

Ruhig kraulte Angel Moonlight hinter den Ohren, bevor sie sich aufrichtete. »Ich werde sie nicht zwingen, den Baumstamm zu überqueren. Das muss sie von sich aus machen. Wenn ich versuche, sie an der Leine hinüberzuführen, wird sie unsicher und sich im schlimmsten Fall weigern.«

Es war Warren deutlich anzusehen, dass er etwas dagegen sagen wollte, doch schließlich kniff er nur die Lippen zusammen und nickte knapp.

Angel ignorierte ihn und konzentrierte sich stattdessen auf Moonlight. Sie deutete auf die andere Seite der Schlucht. »Lauf, Moonlight.«

Die Hündin blickte sie einen Moment lang an, dann senkte sie den Kopf und lief los. Leichtfüßig überquerte sie den breiten Baumstamm. Auf der anderen Seite drehte sie sich um und gab einen Laut von sich, der beinahe wie eine Aufforderung klang. »Jetzt Sie.«

Warren sah aus, als wollte er protestieren, doch schließlich reckte er die Schultern und ging los. Auf zwei Beinen ließ sich der runde Baumstamm eindeutig schlechter überqueren als auf vieren, doch Warren hielt sich sehr gut. Jetzt konnte sie deutlich erkennen, dass er abgesehen von der Verletzung fit war und einen sehr guten Gleichgewichtssinn besaß. Ohne einen Zwischenfall kam er auf der anderen Seite an, wo er von Moonlight schwanzwedelnd begrüßt wurde. Angel musste lächeln, als sie sah, dass er zögerte, bevor er den Kopf der Hündin tätschelte. Dann wandte er sich zu ihr um und beobachtete, wie sie auf den Baumstamm trat.

Wie gut Warren gewesen war, begriff Angel erst, als sie selbst versuchte, über den Stamm zu balancieren. Er war zwar breit und auch recht flach, doch das auf ihm wachsende Moos war durch den Regen mit Wasser getränkt und damit extrem rutschig. Dankbar für die geriffelten Sohlen ihrer Wanderstiefel ging sie zügig los und versuchte, das weit unter ihr rauschende Wasser zu ignorieren. Die Augen fest auf Warren gerichtet überquerte sie trittsicher den Baumstamm. Angel hatte schon fast die andere Seite erreicht, als plötzlich ihr Fuß wegrutschte und sie das Gleichgewicht verlor.

Ihr Puls schoss in die Höhe, ein rauer Laut entfuhr ihr, als sie zu fallen begann. Hart schlug sie auf dem Holz auf, ihre Beine hingen über dem Abgrund. Verzweifelt versuchte Angel, sich irgendwo festzuklammern, aber ihre Finger rutschten am Moos ab. Unaufhaltsam wurde sie vom Gewicht ihrer Beine immer weiter nach unten gezogen.

»Halt dich irgendwo fest, ich komme!« Warrens Stimme klang, als käme sie von weit weg, dabei stand er nur wenige Meter von ihr entfernt.

Das Holz vibrierte unter ihr, als Warren den Stamm betrat. Doch bevor er sie erreichte, rutschte sie endgültig ab. Ihre Hände schlossen sich um einen kurzen Aststumpf, und sie klammerte sich verzweifelt daran fest. Sie wusste, dass sie sich nicht lange würde halten können. Schon jetzt rutschte das feuchte Holz durch ihre Finger, und ihr Gewicht zog sie nach unten. In wenigen Sekunden würde sie in die Tiefe stürzen und auf die Felsen schlagen. Schmerz schoss durch ihre Schultern, doch sie weigerte sich, aufzugeben. Ihre Hunde brauchten sie – und Warren auch. Wer würde Emmas Spur folgen, wenn sie das nicht mehr tun konnte?

Gerade als ihre Finger abrutschten, beugte sich Warren über den Rand des Baumstamms und griff nach ihrem Arm. Seine Hand schloss sich um ihren Oberarm, die andere hakte sich in den Riemen des Rucksacks. Angels Muskeln schrien auf, Angst kroch durch ihren Körper. Sie wollte nicht sterben!

»Halt dich an mir fest, ich ziehe dich hoch.« Anstrengung klang in Warrens Stimme mit. Sie konnte von ihm nur den Kopf, Schultern und Arme sehen, aber das reichte ihr. Wenn es irgendwie möglich war, würde er sie retten, das wusste sie instinktiv.

Angel schloss die Hand um seinen Arm und krallte sich in den Stoff seines Ärmels. Die Riemen ihres Rucksacks schnitten in ihre Achseln, als Warren sie langsam nach oben zog. Wie viel Kraft ihn das kostete, konnte sie an seinem angespannten Gesichtsausdruck sehen. Doch er blickte ihr direkt in die Augen, um ihr seine Kraft und Entschlossenheit zu zeigen, und obwohl sie ihn noch nicht so lange kannte, vertraute sie ihm bedingungslos. Sie hielt seinen Blick und nickte ihm zu.

»Okay, halt dich gut fest und versuch, dich nicht zu stark zu bewegen. Ich lasse dich nicht fallen.«

»Ich weiß.« Angels Stimme klang rau, aber wenigstens brachte sie überhaupt einen Ton heraus.

Ein unerwartetes Lächeln überzog Warrens Gesicht. Langsam begann er, sie hochzuziehen. Sie wusste nicht, wie er das schaffte, ohne sich irgendwo festzuhalten, aber das war ihr auch egal. Schmerz durchzuckte erneut ihr Schultergelenk, und sie biss die Zähne zusammen. Ein scharfer Ruck an ihrem Rucksack und gleichzeitig an ihrem Arm führte dazu, dass Angel für einen Moment frei schwang, bevor sie hart auf dem Stamm landete. Ihre Wange presste sich in das Moos, und sie keuchte, als wäre sie einen Marathon gelaufen. Ein Zittern lief durch ihren Körper, das nichts mit Kälte zu tun hatte.

Als sie ihre zusammengekniffenen Augen wieder öffnete, sah sie, dass Warren ihr gegenüberlag. Auch sein Atem ging schnell, seine Lippen waren nur noch ein schmaler Strich. Tiefe Falten umgaben seine Augen und Mundwinkel. Seine Iris schien bernsteinfarben zu lodern. »Geht es dir gut?«

Die Frage entlockte ihr ein überraschtes Lachen. Sie schluckte hart. »Ich lebe noch, danke.« Bevor sie wusste, was sie tun würde, hob sie den Kopf und beugte sich vor, bis ihre Lippen Warrens streiften.

Er gab einen rauen Laut von sich, seine Hand legte sich um ihren Nacken, während er die Berührung vertiefte. Für eine Sekunde erstarrte Angel, dann ließ sie sich in den Kuss sinken. Vielleicht lag es daran, dass sie gerade erst dem Tod entronnen war und ihre Gefühle nicht wie sonst unter Kontrolle hatte. Warrens Lippen an ihren, seine Zunge, die ihre streichelte, ließen ihren Herzschlag erneut in die Höhe schnellen. Einen Moment lang vergaß sie, wo sie sich befand, und gab sich ganz ihren Emotionen hin. Hungrig küsste sie Warren, ihre Hand grub sich in seine Haare.

Ein lautes Winseln ließ Angel abrupt aus ihrer Gefühlswelt auftauchen. Mit einem Keuchen riss sie sich von Warren los und starrte ihn an. Seine Augen hatten sich vor Leidenschaft verdunkelt, seine Lippen waren gerötet. Als er die Hand von ihrem Nacken löste, konnte Angel gerade noch einen protestierenden Laut unterdrücken. Was war mit ihr los? Sie war fast gestorben, befand sich auf der Suche nach einem vermissten

Kind und konnte gerade trotzdem an nichts anderes denken, als einen beinahe Fremden zu küssen.

»Wir sollten endlich von diesem verfluchten Baumstamm runter.«

»Gute Idee.« Als Warren sich aufrichtete, packte Angel seinen Arm. »Sei vorsichtig, es ist verdammt rutschig.«

Ernst blickte er sie an. »Das ist mir aufgefallen.« Warren kam langsam auf die Knie, bevor er sich vollständig erhob. Als er sicher stand, hielt er ihr die Hand hin. »Wir gehen zusammen.«

Dankbar nahm sie seinen Vorschlag an. Noch immer hatte sie weiche Knie und wusste nicht, ob sie sich trauen würde, die letzten Meter allein zu gehen. Froh über Warrens festen Griff um ihre Hand stand sie langsam auf und bemühte sich, nicht nach unten zu blicken. Der Baumstamm schien unter ihren Füßen zu schwanken, und die Furcht wurde fast lähmend. Vor allem hatte sie nicht nur um sich selbst Angst, sondern auch um Warren. Sollte er ausrutschen, würde sie ihn nie halten können, dafür war er viel zu schwer.

Angel schluckte, als sie sich vorstellte, wie er in die Tiefe fiel und im schäumenden Wasser verschwand. Sie versuchte, ihre Hand aus seiner zu befreien, doch er hielt sie weiter fest.

»Komm jetzt, ich halte dich.«

Stumm schüttelte Angel den Kopf. »Lass mich los, ich will nicht, dass du meinetwegen stirbst.«

Eine harte Falte erschien zwischen seinen Augenbrauen. »Niemand wird hier sterben. Wir kommen hier raus – gemeinsam.« Er machte einen Schritt zurück und wollte sie mit sich ziehen, doch sie riss verzweifelt an seiner Hand. »Angel, wir müssen hier runter, und ich gehe nicht ohne dich.«

Angel blieb standhaft, der Gedanke an seinen Tod war einfach zu furchtbar. »Dreh dich um, ich halte mich an deinem Pulli fest. Du musst sehen, wo du langgehst.«

Eine Weile sah er sie nur an, dann nickte er. »Okay. Aber halt dich wirklich fest.«

»Ich verspreche es. Auf keinen Fall möchte ich hier alleine gelassen werden.« Oder zusehen müssen, wie er starb.

Langsam drehte Warren sich um und wartete, bis sie hinter ihn getreten war, bevor er einen Schritt vorwärts machte. Angels Finger krampften sich in sein Oberteil, aber es kam ihr nicht so sicher vor wie seine Hand.

Als könnte er ihre Gedanken spüren, blieb er wieder stehen und schob sein Hemd hoch. »Halt dich an meinem Hosenbund fest, dann kann dir nichts passieren.«

Angel zögerte nur den Bruchteil einer Sekunde, bevor sie ihre Finger in seine Hose schob. Der Bund war stabiler als das Hemd, vor allem aber lagen die Rückseiten ihrer Finger an seiner Haut und gaben ihr ein Gefühl von Sicherheit.

»Besser?« Über die Schulter blickte er zu ihr zurück.

»Ja, danke.«

Diesmal folgte sie ihm schneller, als er wieder losging. Es dauerte nur wenige Sekunden, bis sie festen Boden erreicht hatten, doch es kam ihr wie Stunden vor. Jeder Schritt, jedes Nachgeben des Mooses unter ihren Schuhen, jedes Knarren des Holzes zerrte an ihren Nerven, bis sie glaubte, es nicht mehr aushalten zu können. Nur Warrens Nähe gab ihr die Kraft, weiterzugehen. Am anderen Ufer angekommen, ließ sie sich auf den Boden fallen. Sofort drängte sich Moonlight an sie und rieb ihren Kopf an ihrer Wange. Dankbar schlang Angel die Arme um den Hals der Hündin und presste ihr Gesicht in das Fell. Sie begann zu zittern und versuchte, nicht völlig zusammenzubrechen.

Dafür hatten sie jetzt keine Zeit, und sie wollte auch nicht, dass Warren sie so sah. Außerdem war Moonlight sehr empfindlich, was ihre Stimmungen anging, und das würde sich auf ihre Fähigkeit auswirken, Emmas Spur wiederzufinden. Deshalb riss Angel sich mühsam zusammen und rieb beruhigend über Moonlights Fell. »Alles in Ordnung, alles in Ordnung.« Sie wusste nicht, wen sie damit überzeugen wollte, bei ihr selbst wirkte es jedenfalls nicht.

Warren glaubte ihr offensichtlich auch nicht, denn er hockte sich hinter sie und legte seine großen Hände auf ihren Rücken. Angel zuckte zusammen, lehnte sich dann aber in die ungewohnte Berührung. Davon ermutigt schlang Warren die Arme um sie und presste seine Brust an ihren Rücken. Seine Hände strichen über ihre Arme, während er sie sanft wiegte. Was auch immer er da tat, es funktionierte. Langsam wich die furchtbare Anspannung aus ihr, und sie konnte endlich wieder etwas freier atmen. Ihr Griff um Moonlights Hals löste sich, und sie ließ sich an Warrens Brust sinken. Es fühlte sich so gut an, seine harten Muskeln unter sich zu spüren, die Kraft, durch die es ihm gelungen war, sie zu retten.

Als sie ganz entspannt war, öffnete sie die Augen und sah nach oben. Warrens Blick war auf sie gerichtet, die Besorgnis darin offensichtlich. »Besser?«

Angel hob die Hand und legte sie an seine Wange. »Ja.« Am liebsten hätte sie ewig so dagelegen, aber sie wusste, dass das nicht ging. Es wurde Zeit, dass sie aufbrachen. In einigen Stunden würde es dunkel werden, und wenn sie Emma bis dahin nicht gefunden hatten … »Lass uns weitergehen.«

Es kam ihr vor, als würde Warren noch ernster wirken. »Bist du sicher? Ich würde es verstehen, wenn du nicht weiter möchtest.«

Erstaunt blickte sie ihn an. »Warum sollte ich das nicht wollen? Wir müssen Emma finden, dafür sind wir doch hier.« Energisch schob sie das Kinn vor. »Und genau das werden wir jetzt tun.«

In seinen Augen blitzte etwas auf, das Angel nicht deuten konnte. »Du bist eine unglaubliche Frau, Angel Burns.«

Weil sie nicht wusste, was sie darauf sagen sollte, löste Angel sich widerwillig aus seiner Umarmung. Als sie aufstehen wollte, hielt Warren sie fest. Ihre Gesichter waren auf gleicher Höhe, es trennten sie nur wenige Zentimeter. Warren beugte sich vor und küsste sie sanft auf den Mund. Mit großen Augen blickte Angel ihn an, nicht sicher, was sie jetzt tun sollte. Warren nahm ihr die Entscheidung ab, indem er sie sanft von sich schob und sich dann erhob. Ohne Vorwarnung befand sich ihr Gesicht auf Höhe seiner Hüfte, und ihr Blick wanderte unwillkürlich zu der unübersehbaren Beule hinter dem Reißverschluss seiner Trekkinghose. Wärme schoss durch ihren Körper, und sie schaffte es nicht, sich abzuwenden.

Was sie jedoch noch mehr verwirrte als die körperliche Anziehung, war die Tatsache, dass sie Warren wirklich mochte. Und nicht nur auf eine freundschaftliche Art und Weise. Es gefiel ihr, dass er gleichzeitig Stärke ausstrahlte und sie trotzdem mit einer Sanftheit behandelte, die sie überraschte. Genauso wie die Tatsache, dass er ihr zutraute, ihren Job zu erledigen, und sich nicht einmischte, wie es viele Männer tun würden. Eigentlich war er ein Traummann. Jemand, dem sie vertrauen konnte und bei dem sie sich sicher war, dass er sie nie enttäuschen würde. Als ihr klar wurde, was sie da dachte, versuchte Angel, gefühlsmäßig zurückzurudern, doch es war schon zu spät. Und das machte ihr mehr Angst als alles andere.

Schließlich bewegte sich Warren, und eine Hand erschien in ihrem Gesichtsfeld. »Komm.« Verlegen ließ sie sich von ihm hochziehen. Sie konnte die Hitze in ihren Wangen spüren, die sich noch verstärkte, als sie das Funkeln in Warrens Augen sah. Erneut hob er die Hand und rieb ihr sanft über die Wange. »Du hattest da ein wenig Schmutz.«

»Danke.« Als Angel hörte, wie schwach ihre Stimme klang, räusperte sie sich. »Wir sollten jetzt gehen. Je frischer die Spur ist, desto besser kann Moonlight ihr folgen.«

Sofort verschwand das Verlangen aus Warrens Blick und wurde durch Sorge ersetzt. Wenn sie sich nicht täuschte, schwang sogar ein Hauch von Schuldgefühl mit. Das hatte sie nicht gewollt. Angel befestigte die Leine an Moonlights Geschirr und sah zu, wie Warren seinen Rucksack wieder aufsetzte. Vermutlich hatte er ihn abgelegt, bevor er ihr das Leben gerettet hatte. Dass er überhaupt so geistesgegenwärtig gewesen war, zeigte, wie viel Erfahrung er mit Situationen hatte, in denen er schnell denken und handeln musste. Angel war unheimlich dankbar, dass gerade er bei ihr gewesen war. Jeder andere hätte sie vermutlich nicht retten können. Bei dem Gedanken lief ein Schauder durch ihren Körper.

Warrens Hand legte sich auf ihre Schulter. »Bist du sicher, dass du weiter kannst?«

Dass er sie das fragte, obwohl er seine Tochter nur mit ihrer Hilfe wiederfinden würde, rechnete sie ihm hoch an. In jeder anderen Situation hätte sie zumindest eine längere Pause gemacht, aber das konnte sie nicht, wenn sie wusste, dass in der Zwischenzeit Emma in der Hand ihrer Entführer litt oder sogar sterben könnte. Deshalb holte sie nur tief Luft und nickte. »Ja.«

Erleichterung und Dankbarkeit standen ihm deutlich sichtbar ins Gesicht geschrieben. »Okay. Aber sag mir Bescheid, wenn es nicht mehr geht.«

Angel lächelte schwach. »Glaub mir, du wirst es als Erster erfahren.«

»Gut.«

Mit einem tiefen Atemzug und einem letzten Blick auf den Baumstamm, der ihr beinahe zum Verhängnis geworden wäre, drehte Angel sich um und folgte Moonlight, die wie immer ein Stück vorauslief. Angel hoffte inständig, dass die Hündin dort, wo die Verbrecher mit Emma die Schlucht durchquert hatten, die Spur wieder aufnehmen würde. Dann konnten sie sicher sein, dass Warrens Tochter noch lebte und nicht, wie er befürchtete, in den Fluss gestürzt oder gestoßen worden war.

Ohne Absprache liefen sie immer schneller, sodass sie innerhalb kürzester Zeit die Stelle erreichten, die nach ihrem GPS-Gerät ungefähr gegenüber des Bereichs lag, an dem sie die Spur verloren hatten. Angel hielt an und befahl Moonlight, sich hinzusetzen. Anschließend zog sie die Tüte mit dem Geruchsartikel aus ihrem Rucksack, öffnete sie und hielt sie der Hündin hin. Aufmerksam prüfte Moonlight den Geruch und bewegte sich dann ein Stück zurück, zum Zeichen, dass sie fertig war. Rasch steckte Angel die Tüte wieder ein und richtete sich auf. Aus den Augenwinkeln sah sie, dass Warren etwas entfernt stand und es bemerkenswert gut schaffte, seine Ungeduld nicht zu zeigen.

Moonlight blickte sie erwartungsvoll an, deshalb überprüfte Angel schnell, dass die Leine nicht verknotet war, bevor sie das Suchkommando gab. Sofort lief die Hündin los und suchte die Umgebung systematisch nach dem Geruch ab. Angel folgte ihr, wenn das Ende der Leine erreicht war, ließ Moonlight aber sonst freie Hand. Es dauerte nicht lange, bis sie die ersten Zeichen erkannte, dass die Hündin etwas gefunden hatte. Um ganz sicher zu gehen, ließ Angel ihr jedoch noch ein wenig Zeit. Als Moonlight ihr schließlich einen ungeduldigen Blick zuwarf, wusste Angel, dass sie so weit war.

Sie wandte sich zu Warren um. »Moonlight hat etwas.«

Hoffnungsvoll blickte er sie an. »Ist das sicher?«

»Ja, aber wir können auch noch einmal nach physischen Spuren suchen, um ganz sicherzugehen.« Das war zwar eigentlich nicht nötig, aber sie wusste, dass so etwas die Angehörigen immer beruhigte. Sie ging zu der Stelle unter einem Farn, an der Moonlight am stärksten angezeigt hatte, prüfte die Windrichtung und suchte dann ein paar Meter entfernt nach Spuren.

Warren sah ihr einen Moment lang zu, dann begann er ebenfalls mit der Suche. Offenbar hatte er verstanden, worauf es dabei ankam, denn er folgte ihrem Beispiel. Allerdings hielt er sich näher an der Kante auf, die sie absichtlich gemieden hatte. Noch fühlte sie sich nicht in der Lage, so nah am Abgrund zu laufen. Ihre Knie wurden weich, wenn sie nur daran dachte.

»Hier ist was!«

Warrens Ruf riss sie aus ihren Gedanken, und sie ging rasch zu ihm hinüber. Als ahnte er, wie sie sich fühlte, blieb er zwischen ihr und dem Rand. Mit einer Hand hielt er die Blätter eines Farns zur Seite und deutete auf den darunterliegenden Abdruck eines Schuhs. Von der Größe her gehörte er einem der Männer. Es sah aus, als wäre er an dieser Stelle die Wand hinaufgeklettert und dann nach ein paar Schritten zu Boden gegangen. Jedenfalls deutete Angel die plattgedrückten Pflanzen so. Und direkt daneben fand sie auch das, was Warren so dringend sehen wollte: einen Abdruck von Emmas Sandale.

Warren berührte ihn mit den Fingerspitzen und schloss die Augen. Schmerz und Erleichterung wechselten sich auf seinem Gesicht ab. Schließlich hoben sich seine Lider, und er blickte Angel direkt an. »Holen wir sie uns.«

15

»Gabriel?«

Seine Augen flogen auf, als er Hals Stimme hörte. So sehr sich Gabriel auch dagegen gewehrt hatte, die Erschöpfung ließ sich nicht länger verdrängen. Rasch setzte er sich auf und sah sich im Raum um. Bis auf Hal schien niemand bemerkt zu haben, dass er beinahe eingeschlafen wäre. »Ja?« Es klang so belegt, dass Gabriel sich räusperte.

Hal hatte die Karte vor ihm ausgebreitet und fuhr jetzt mit einem Stift darüber. »Der Vater der Kleinen und die Hundeführerin haben die Schlucht ein Stück weiter hinten überquert – frag mich nicht wie, es ist keine Brücke eingezeichnet – und sind dann am anderen Ufer wieder ein Stück zurückgelaufen. Genau genommen bis fast gegenüber der Stelle, an der sie abgebogen sind. Seitdem gehen sie wieder auf altem Kurs.«

Inzwischen wieder hellwach beugte Gabriel sich über die Karte und den Punkt, den Hal notiert hatte. »Dort sind sie jetzt?«

»Ja.«

Offenbar kamen sie gut vorwärts. Je nachdem in welcher Verfassung die Verbrecher waren, konnte es durchaus sein, dass die Verfolger sie einholen würden. Was das bedeutete, konnte er sich ausmalen. Ein Blick auf die Uhr zeigte, dass es inzwischen schon Nachmittag war, das Tageslicht würde nicht mehr lange anhalten. Das Problem war, dass sie immer noch nicht wussten, wo die Entflohenen jetzt waren. Sie konnten Stunden, aber auch nur wenige Hundert Meter von Harper und Burns entfernt sein. Noch immer hielt er einen Eingriff ohne genaues Ziel für zu gefährlich.

»Können wir Drohnen anfordern? Irgendetwas, das lautlos fliegt?«

Hal schüttelte den Kopf. »Das könnten wir schon, aber es würde bei dem riesigen Gebiet nichts bringen. Wenn wir es schon weiter eingegrenzt hätten, dann vielleicht.«

»Verdammt.« Gabriel rieb sich über die schmerzende Stirn. »Es muss doch einen Weg geben, wie ...« Das Klingeln eines Telefons unterbrach ihn.

Detective Heron zog sein Handy heraus und nahm das Gespräch entgegen. »Ja?« Was auch immer ihm mitgeteilt wurde, musste wichtig sein, denn er setzte sich gerader auf und presste das Telefon noch dichter ans Ohr. »Ja, halt das Telefon ans Funkgerät.« Er legte das Handy auf den Tisch und blickte Gabriel an. »Angel Burns hat sich gemeldet. Ich habe das Telefon auf Lautsprecher gestellt, damit wir alle hören können, was sie zu sagen hat.«

»Hallo?« Die weibliche Stimme drang leicht knarzend durch das Handy.

»Angel, hier ist Michael Heron. Ich bin gerade im Einsatzzentrum des FBI und habe dich auf Lautsprecher gestellt. Kannst du uns sagen, was bei dir vorgeht?«

»Ich bin zusammen mit Warren Harper unterwegs, um seine Tochter Emma zu suchen, die vom Sol Duc Campground verschwunden ist.«

Gabriel lehnte sich vor. »Hier spricht Gabriel Lynch, FBI. Darüber sind wir informiert. Uns interessiert, ob Sie Spuren gefunden haben, dass sich außer dem Kind noch jemand vor Ihnen befindet.«

Einen Moment lang herrschte Stille. »Wir haben Schuhabdrücke von zwei Männern gefunden.«

Ja! Innerlich ballte Gabriel die Faust, während er versuchte, weiterhin ruhig zu klingen. »Konnten Sie ein Muster erkennen?«

»Ganz schwach, nur ein paar Linien, auf keinen Fall waren es Wanderstiefel.« Angel Burns räusperte sich. »Sagen Sie mir bitte, dass das nicht die beiden entflohenen Häftlinge sind, die überall gesucht werden.«

Heron bewegte sich unruhig neben ihm, und Gabriel wusste, dass er der Frau die Wahrheit sagen musste. Wenn er es nicht tat, würde sich der Detective einmischen. »Doch, es sieht leider so aus. Die Suchhunde konnten die Spur der Männer auf dem Campingplatz wieder aufnehmen. Dort, wo Sie der Spur des Mädchens gefolgt sind.«

Im Hintergrund war eine aufgebrachte Männerstimme zu hören. »Sie heißt Emma!«

»Es sieht so aus, als hätten die beiden Verbrecher *Emma* mitgenommen. Es tut mir leid.« Das Letzte fügte er an, weil Julie ihn unter dem Tisch mit dem Fuß anstieß. Normalerweise ging er feinfühliger vor, aber im Moment war er dafür einfach zu müde und vor allem auch zu gestresst. »Haben Sie sonst noch etwas gefunden?«

»Nur eine Stelle, wo sie zumindest kurz gerastet haben, und gerade waren wir an einer Schlucht, die sie überquert haben. Außer einigen Fußabdrücken haben wir aber nichts gefunden.«

»Wir verfolgen Ihren Weg mit den GPS-Signalen Ihrer Handys, Ms Burns. Es ist auf unserer Karte keine Brücke an der Stelle eingezeichnet.«

Angel gab einen undefinierbaren Laut von sich. »Es gibt auch keine. Den Spuren nach zu urteilen, sind die Männer den Abhang hinuntergeklettert, haben dann den Fluss überquert und sind auf der anderen Seite wieder hoch. Dort haben wir auch Fußspuren gefunden.«

»Ist Emma noch bei ihnen?« Gabriel hielt den Atem an.

»Ja, auch von ihr haben wir Fußabdrücke gefunden. Allerdings scheinen die Männer sie die meiste Zeit zu tragen.«

Liv mischte sich ein. »Ist das Wasser nach dem Regen nicht viel zu hoch?«

»Doch, ist es. Deshalb mussten wir einen Umweg machen. Ein Stück entfernt wird die Schlucht schmaler, dort dient ein umgestürzter Baumstamm als Brücke.« Wieder dieser Unterton, den er nicht deuten konnte. Aber das war jetzt unerheblich.

»Was glauben Sie, wie weit die Männer vor Ihnen sind?«

»Das kann man überhaupt nicht abschätzen. Sie könnten zehn Kilometer vor uns sein oder nur einen. Von den Schuhabdrücken her würde ich sagen, dass sie hier während des Regens langgekommen sind, als der Boden schon ein wenig aufgeweicht war.«

»Okay.« Gabriel versuchte, sich seine Enttäuschung nicht anmerken zu lassen.

»Was können Sie uns über die Männer sagen?« Diesmal sprach der Mann, Harper, wieder.

Gabriel wünschte, er hätte etwas anderes sagen können, aber die beiden mussten wissen, womit sie es zu tun hatten. »Die zwei sind Mörder. Die Wahrscheinlichkeit, dass sie jeden töten, der ihnen in die Quere kommt, ist extrem hoch. Sie haben bereits mehrere Menschen getötet, seit sie entkommen sind.«

Ein erstickter Laut erklang, gefolgt von etwas, das sich verdächtig nach »Oh Gott« anhörte.

»Wichtig ist jetzt, dass Sie vorsichtig vorgehen. Versuchen Sie, den Männern so nah wie möglich zu kommen, ohne dass die sie entdecken. Wir werden weiterhin Ihr GPS-Signal verfolgen und von der anderen Seite versuchen, die Entflohenen zu überraschen. Haben Sie eine Waffe dabei?«

Im Hintergrund war Gemurmel zu hören. »Nein, nur Bärenspray und Moonlight.« Diesmal sprach die Frau wieder.

»Moonlight?«

»Meine Hündin. Allerdings ist sie ein Suchhund, kein Wachhund. Aber sie wird uns warnen, wenn jemand in der Nähe ist.«

Eine Pistole wäre Gabriel lieber gewesen, aber er musste nehmen, was er kriegen konnte. »Gut. Wenn Sie weitergehen, seien Sie bitte vorsichtig. Wir werden versuchen, so schnell wie möglich dort hinzukommen und die Verbrecher zu fassen. Wenn unterwegs irgendetwas ist, melden Sie sich per Funk, es wird immer jemand für Sie da sein.«

»Okay, danke.«

»Pass auf dich auf, Angel.« Detective Heron war seine Sorge um die Hundeführerin deutlich anzuhören.

»Mache ich. Aber Emma hat oberste Priorität für uns.«

Hoffentlich taten sie nichts, das die Kleine in Gefahr brachte. Gabriel beobachtete, wie Heron das Handy wieder an sich nahm und dem Kollegen am anderen Ende Anweisungen gab. Anschließend wandte sich der Detective zu ihm um. Es war ihm deutlich anzusehen, dass er ganz und gar nicht glücklich war.

»Wir können nicht zwei Zivilisten hinter Mördern herschicken!«

Valerie mischte sich ein. »Genau genommen ist Warren Harper ein hochdekorierter Marine. Viel konnte ich über ihn nicht herausfinden, weil seine Akte gesperrt ist, aber bis vor einigen Monaten war er noch im aktiven Einsatz in Afghanistan. Dort wurde er schwer verletzt, aber inzwischen scheint er wieder halbwegs genesen zu sein.«

Gabriel seufzte stumm. »Wenn Warren Harper ein Marine ist, wird er sich im Notfall verteidigen können. Aber eigentlich sollen sie ja gar nicht so dicht drankommen, sondern uns informieren, wenn sie in die Nähe der Verbrecher geraten. Den Rest übernehmen wir.«

Ein Muskel zuckte in Herons Wange. »Ich habe Angels Stiefvater versprochen, auf sie aufzupassen.«

»Das werden wir auch. Unter normalen Umständen würde ich über so was gar nicht nachdenken, aber die beiden können unsere einzige Chance sein, Davis und Thomas im Park zu finden.«

»Ja, aber …«

Gabriel ließ ihn nicht ausreden. »Außerdem waren Sie es, der den Vater zu Ms Burns geschickt hat, nicht ich. Hätten Sie das nicht getan, hätten wir mit ihr zusammen der Spur folgen können.«

Wütend starrte ihn der Detective an. »Ich dachte, es ginge nur um ein vermisstes Kind. Außerdem hätten wir gar keine Spur, wenn sie dem Kind nicht gefolgt wäre.«

»Ganz genau.« Um nicht noch mehr Zeit mit Diskussionen zu verschwenden, wandte sich Gabriel an Liv. »Können Sie mir sagen, wie lange der Fluss braucht, um nach einem Regenguss wie heute so anzuschwellen?«

Liv fuhr sich mit der Hand durch die zerzausten Haare. »Nicht allzu lange. Das Wasser läuft aus den Bergen runter und staut sich im Canyon. Vielleicht eine Stunde oder weniger.«

Gabriel stürzte sich geradezu auf diese Aussage. »Wenn wir also davon ausgehen, dass die Entflohenen an genau dieser Stelle waren, als es schon geregnet hat, aber bevor das Wasser so hoch war, dass sie nicht mehr hindurchgelangen konnten …« Er sah sich im Raum um. »Weiß jemand genau, wann der Regen stärker wurde?«

»Etwa halb zwei«, gab Valerie die Antwort. »Kurz bevor wir mit unserer ersten Besprechung hier angefangen haben.«

Ein Blick auf die Uhr zeigte ihm, dass es inzwischen fast

vier war. »Also waren die beiden vielleicht zweieinhalb oder drei Stunden vor Burns und Harper an der Schlucht.« Er verzog das Gesicht. »Dummerweise wissen wir nicht, was die Verbrecher in der Zwischenzeit getan haben, und können deshalb nicht sagen, ob sie noch im gleichen Abstand vor ihnen herlaufen.«

Hal gab etwas in den Computer ein und kam dann zum Tisch zurück. »Das vielleicht nicht, aber immerhin können wir so den Radius noch einmal deutlich verkleinern.« Erneut zeichnete er einen Kreis auf die Karte. »Das sind etwa drei Stunden Fußmarsch. Vermutlich sind sie aber gar nicht so weit gekommen, denn inzwischen müssen sie wirklich erschöpft sein. Wenn ich mir die bisher zurückgelegte Strecke so ansehe, können sie keine langen Pausen gemacht haben. Dazu noch das Terrain, die Flussüberquerung, und das alles mit einem kleinen Kind …« Hal zeichnete eine gestrichelte Linie etwa auf der Hälfte ein. »Ich gehe eher davon aus, dass sie höchstens hier sind. Wenn sie nicht doch eine Pause eingelegt haben. Dann könnte es sein, dass sie gar nicht so weit von Burns und Harper entfernt sind.«

Frustriert stützte sich Gabriel auf den Tisch. »Nur dass wir das erst dann merken, wenn die beiden auf die Mörder stoßen. Es muss doch eine Möglichkeit geben, sie vorher zu finden!«

Liv deutete auf die Karte. »Das dürfte sehr schwierig werden. Dort liegt das wildeste Gebiet des Parks, viele Bäume, alles stark überwuchert. Es gibt unzählige Möglichkeiten, sich zu verstecken. Und man kommt nicht nah genug ran, um schnell eingreifen zu können. Wenn wir zu langsam sind, ist das Mädchen tot.«

Das war das Problem an der ganzen Sache. Ginge es nur um die beiden Mörder, würde er einen Zugriff wagen. Und es wäre ihm eine Freude, Russell Davis zu verhaften oder zu erschießen. Aber selbst er war nicht kaltblütig genug, das Leben eines Kindes aufs Spiel zu setzen. Zumindest nicht, wenn es noch andere Möglichkeiten gab.

»Unsere beste Option ist im Moment, darauf zu hoffen, dass Burns und Harper uns zu den Entflohenen führen. Gleichzeitig richten wir eine Sperre rund um den äußeren Kreis ein. Ich will, dass niemand dort durchkommt.« Er hob die Hand, als Heron etwas einwenden wollte. »Mir ist klar, dass das schwierig ist, aber das ist alles, was wir tun können, bis wir eine genauere Standortbestimmung haben. Die zweite Linie richten wir dann auf der Straße zum Hoh ein. Bisher scheinen sie sich immer noch in diese Richtung zu bewegen, also müssen wir davon ausgehen, dass sie ein Ziel vor Augen haben. Wir werden dafür sorgen, dass sie es nicht erreichen.« Es musste ihnen einfach gelingen, etwas anderes kam nicht infrage.

Das Gespräch mit dem FBI-Agenten ging Warren nicht mehr aus dem Kopf. Auch wenn sie es schon befürchtet hatten, war die Bestätigung, dass wirklich die entflohenen Häftlinge Emma entführt hatten, ein Schock für ihn. Er konnte sich nur vorstellen, was sie jetzt durchmachen musste. Je schneller sie seine Tochter fanden, desto besser. Zwar hatte der FBI-Agent recht mit seiner Warnung, den Verbrechern nicht zu nahe zu kommen, aber er würde Emma nicht eine Sekunde länger als nötig in deren Händen lassen. Er wünschte nur, er hätte eine Waffe dabeigehabt. Auch wenn er nicht mehr als Marine in den Einsatz gehen konnte, hatte er das Schießen nicht verlernt.

Warren hasste es, sich so hilflos zu fühlen. Nicht einmal, als das Fahrzeug in Afghanistan explodiert war, hatte er dieses Gefühl gehabt. Trotz des Schocks hatte er gewusst, was zu tun war, und dementsprechend agiert. Die Menschen, die ihm etwas bedeuteten, hatte er allerdings auch dort nicht retten können. Wenn ihm das mit Emma passierte … Kälte breitete sich in seinem Körper aus, und er schob den Gedanken schnell beiseite. Er musste jetzt funktionieren und konnte sich keinen Flashback oder Zusammenbruch leisten.

Eine Hand legte sich auf seinen Arm. »Wir werden sie finden.« Angel war stehen geblieben und hatte sich zu ihm umgewandt. Besorgnis und Mitgefühl standen in ihren Augen.

In seiner Kehle bildete sich ein Kloß. »Ja.« Er hörte selbst die Unsicherheit in seiner Stimme. »Die Frage ist nur, ob wir sie rechtzeitig finden. Du hast gehört, was der Agent gesagt hat. Die Mörder haben auf ihrer Flucht schon Menschen umgebracht, warum sollten sie Emma verschonen?«

Angels Griff wurde fester. »So darfst du nicht denken. Im Moment lebt sie, und wir werden alles dafür tun, sie rechtzeitig zu befreien.«

Tief atmete Warren ein und nickte dann. »Ja, ich weiß.« Er sah an ihr vorbei auf Moonlight, die sie fragend anblickte. »Entschuldige, ich wollte die Suche nicht stören.«

Das brachte ihm ein kleines Lächeln ein. »Du bist tatsächlich einer der am wenigsten störenden Menschen, mit denen ich je zusammen auf einem Trail war.«

Seltsam, was für eine Reaktion schon das kleinste Lächeln von Angel in ihm auslöste. Er konnte sich nicht erklären, was es war, das ihn so zu ihr hinzog. Natürlich mochte er ihr Aussehen, aber noch mehr gefiel ihm, wie sie sich um Moonlight kümmerte und dass sie alles tat, um Emma zu finden. Sie war so selbstlos. Am liebsten hätte er sie an sich gezogen und einfach nur ihren Körper an seinem gespürt. Glücklicherweise erinnerte er sich gerade noch rechtzeitig daran, dass ihnen nicht mehr viel Zeit blieb, bevor es dunkel wurde. Bis dahin mussten sie Emma unbedingt gefunden haben. Trotzdem verspürte er einen bedauernden Stich, als Angel ihn losließ und sich wieder ganz auf Moonlight konzentrierte. Was passierte da nur mit ihm?

Kopfschüttelnd folgte Warren den beiden und schob alles andere von sich. Wenn er Emma gefunden hatte und es ihr gut ging, konnte er über seine unerwarteten Gefühle für Angel nachdenken. Im Moment war nur seine Tochter wichtig. Nervös blickte Warren zum Himmel. Lange würde es nicht mehr dauern, bis es so dunkel wurde, dass sie in dem dichten Wald nichts mehr sehen würden. Vielleicht drei Stunden oder etwas mehr, je nachdem, ob sich die Sonne wieder hinter Wolken versteckte oder hinter den Bergen versank. Warren wusste nicht, was sie dann machen sollten. Zwar hatte er eine Taschenlampe dabei, und Angel sicher auch, aber das würde in diesem dichten Unterholz nicht viel bringen.

Bemüht, nicht weiter darüber nachzugrübeln, entschied Warren, dass er die Zeit sinnvoller nutzen konnte, wenn er nicht nur hinter Angel herlief, sondern sich noch einmal die Spuren der Entführer ansah. Es dauerte nicht lange, bis er die ersten abgebrochenen Zweige bemerkte und von dort aus auf Schuhabdrücke stieß. Sein Herz setzte einen Schlag aus, als er neben den großen Spuren auch die von Emmas Sandalen entdeckte. Bisher waren es immer nur ein oder zwei Abdrücke gewesen, aber jetzt zog sich eine ganze Spur über den Waldboden, was bedeutete, dass es Emma gut genug ging, um selbst laufen zu können. Erleichtert starrte er darauf, bis die Spuren vor seinen Augen verschwammen. Gott, wie gerne hätte er sie jetzt in die Arme geschlossen und sie so lange festgehalten, bis alles wieder gut war.

»Warren?«

Langsam erhob er sich und blickte zu Angel hinüber, die einige Meter entfernt auf ihn wartete. »Hier sind Spuren von den Männern und auch von Emma. Sie läuft selbst.«

»Das ist gut.« Sie ließ sich nichts anmerken, aber er ahnte, dass sie ungeduldig war, weil solche Unterbrechungen Moonlight bei ihrer Nasenarbeit störten.

Rasch schloss er zu Angel auf. »Entschuldige, ich wollte nur sehen, ob sich etwas geändert hat. Aber es sind immer noch beide Männer zusammen mit Emma unterwegs.«

Angel nickte. »Ich glaube, es ist nicht schlecht, wenn sich im Moment nichts ändert, so ist die Sache wahrscheinlich stabiler.«

Warren wünschte, er hätte aus dieser Feststellung Trost ziehen können, doch irgendwie wollte es ihm nicht gelingen. Angel schien seine Gedanken zu erahnen, denn sie strich ihm unerwartet mit den Fingern über die Wange. Ohne darüber nachzudenken, drehte Warren den Kopf, sodass ihre Fingerspitzen seine Lippen berührten. Sein Herz klopfte schneller, als er sie küsste. »Danke.«

Mit großen Augen blickte sie ihn an, dann lächelte sie unsicher. »Kein Problem.« Das Grün ihrer Iris wirkte, als würde es den Regenwald um sie herum widerspiegeln. Als gehörte sie hierhin und wäre ein Teil der Natur.

Warum ihn das gleichzeitig beruhigte und traurig stimmte, war ihm ein Rätsel. Am liebsten hätte er noch länger vor ihr gestanden und ihr in die Augen geblickt, doch die Zeit drängte und seine Prioritäten lagen woanders. Angels offensichtlich auch, denn sie ließ ihre Hand sinken und drehte sich, nach einem weiteren flüchtigen Lächeln, wieder um. Genau das schätzte er so an ihr: Sie ließ sich von nichts aufhalten. Noch jetzt stieg sein Blutdruck, wenn er sich an ihren Anblick erinnerte, als sie von dem Baumstamm gerutscht war. Mit dem Rücken zu ihr hatte er das erst bemerkt, als Moonlight zu bellen begann.

Weil Angel nicht mehr zu sehen gewesen war, hatte Warren im ersten Moment befürchtet, dass sie in den Fluss gestürzt war. Dann hatte er ein Geräusch gehört und instinktiv reagiert. Wäre er nur wenige Sekunden später gekommen, hätte er sie verloren. Die Vorstellung, wie ihr Körper auf die Felsen gestürzt wäre, drohte ihn wieder an einen anderen Ort zu ziehen, und Warren kämpfte dagegen an. Angel war gesund und munter, nur das zählte.

Da war es auch egal, dass sein Bein höllisch schmerzte. Es war ihm bewusst, dass er es viel zu lange belastet hatte, besonders in diesem unwegsamen Gelände. Ein paar kürzere Wanderungen auf befestigten Wegen waren kein Problem, und genau das hatte er ja eigentlich vorgehabt, als er mit Emma hierhergekommen war. Woher hätte er ahnen sollen, dass so etwas passieren würde? Sein Bein musste einfach durchhalten, bis er Emma gefunden und befreit hatte. Was danach passierte, interessierte ihn nicht. Deshalb biss er nur die Zähne zusammen und folgte Angel schweigend.

Die Gegend wurde hügeliger, was das Gehen noch zusätzlich erschwerte. Sie überquerten gerade eine steile Bergflanke, als der Boden unter Warrens Füßen nachgab und er abrutschte. Sofort versuchte er, sich festzuhalten, aber die mit Feuchtigkeit vollgesogene Erde wirkte wie eine Wasserrutsche. Warren warf sich auf den Bauch, um wenigstens seine verletzte Seite zu schützen und zu verhindern, dass er den Rucksack verlor. Noch einmal griff er nach allem, was er erreichen konnte, doch es war aussichtslos. Immer schneller rutschte er abwärts, die Feuchtigkeit durchdrang seine Kleidung bis auf die Haut. Als Warren einen gefallenen Baumstamm auf sich zurasen sah, wusste er, dass seine Zeit ablief. Wenn er dagegen prallte, würde er sich schwer verletzen oder sogar sterben. Beides keine Option für ihn, solange Emma nicht in Sicherheit war.

Mit einer immensen Kraftanstrengung warf er sich zur Seite und schlang die Hände um die Vegetation. Farne und Flechten rutschten durch seine Finger, doch seine Geschwindigkeit verlangsamte sich etwas. Heidelbeerbüsche rissen Furchen in seine Handflächen, doch sie bremsten ihn auch weiter ab, sodass er mit deutlich weniger Schwung gegen den Baumstamm prallte. Trotzdem blieb ihm für einen Moment die Luft weg. Mühsam richtete er sich auf und versuchte herauszufinden, ob er verletzt war. Es schien sich in Grenzen zu halten, deshalb stützte er sich an dem Stamm ab und stand auf. Sein Bein protestierte gegen die Bewegung, aber er ignorierte es.

Über dem Rauschen in seinen Ohren hörte er Angels Stimme. »Warren? Antworte mir!«

Er atmete ein paarmal tief durch. »Alles okay.«

»Ich komme runter.«

»Nein, bleib dort oben und folge weiter der Spur. Ich gehe schräg den Berg hoch und treffe dich ein Stück weiter.« Zumindest hoffte er, dass es so funktionieren würde.

»Aber …«

Warren ließ sie nicht ausreden. »Emma ist wichtiger. Außerdem ist es viel zu gefährlich, du könntest auch wegrutschen. Bitte geh einfach weiter, wir sehen uns gleich.«

Einen Moment lang herrschte Stille. »Okay. Aber wenn etwas ist, sag mir sofort Bescheid.«

Erleichtert, dass sie seiner Bitte folgen würde, stimmte er ihr zu. »Natürlich. Sei vorsichtig.«

Der Gedanke, dass sie verletzt werden könnte, während sie ihm half, war unerträglich. Wäre es nicht um Emma gegangen, hätte er Angel schon längst gesagt, dass sie umkehren sollte, auch wenn er sich vorstellen konnte, wie sie darauf reagieren würde. Er glaubte nicht, jemals eine so unabhängige und selbstgenügsame Frau wie Angel getroffen zu haben. Und genau das mochte er an ihr. Carol war viel zu anhänglich gewesen, hatte es nicht geschafft, seine langen Abwesenheiten zu ertragen. Ganz sicher machte er ihr daraus keinen Vorwurf, er wusste genau, wie schwer es für die Angehörigen von Marines war, wenn diese sich auf einem Einsatz befanden. Besonders wenn es auch noch ein Kind gab. Seine Exfrau hatte ihr Bestes versucht, es dann aber nicht mehr ausgehalten. Absolut verständlich, aber trotzdem würde er ihr Emma nicht kampflos überlassen. Sie war auch seine Tochter, und er liebte sie.

Vorsichtig setzte er sich in Bewegung und unterdrückte gerade noch ein Stöhnen, als sich in verschiedenen Körperteilen die Schmerzen meldeten. Ein Blick auf seine Hände zeigte ihm, dass die Handflächen aus langen Kratzern bluteten. Schlamm und Grünzeug bedeckten seinen gesamten Körper, waren ihm sogar bis unter die Kleidung gekrochen, wie Warren bemerkte, als er das T-Shirt anhob. Wunderbar, genau das, was er jetzt noch brauchte. Eigentlich hätte er seine Hände säubern und desinfizieren müssen, damit sie sich nicht entzündeten, aber dafür hatte er jetzt keine Zeit. Wenn er Angel einholen wollte, musste er sich beeilen. Mit einem tiefen Seufzer schob er alles von sich und konzentrierte sich nur noch darauf, einen Fuß vor den anderen zu setzen, während er den Hang wieder hochkletterte.

16

»Hast du das gehört?« Russells Stimme erklang hinter Damon, und er tauchte aus dem Halbschlaf auf, in den sein Gehirn gefallen war.

Damon blieb stehen und drückte beruhigend Emmas Hand. Seit dem Vorfall am Fluss hatte die Kleine nichts mehr gesagt, obwohl sie todmüde sein musste. Er selbst war ja schon völlig erschöpft, aber Emmas Beine waren viel kürzer und deshalb noch weniger geeignet, querfeldein durch einen Regenwald zu stapfen. Immerhin war die Vegetation hier am Rande einer langgestreckten Schlucht etwas spärlicher, dafür mussten sie darauf achten, nicht an den steilen Hängen auf dem vom Regen aufgeweichten Boden abzurutschen. Emma lehnte sich an ihn und legte die Stirn an seinen Rücken. So, wie es aussah, würde er sie bald wieder tragen müssen.

Verspätet antwortete er auf Russells Frage. »Was?«

Mit einer scharfen Handbewegung brachte der Mörder ihn zum Schweigen. Russell entfernte sich ein paar Meter von ihm und schien zu lauschen, während er gleichzeitig die Umgebung beobachtete. Damon war das nur recht, er hatte sowieso keine Lust und Kraft, sich zu unterhalten. Stattdessen holte er seine Wasserflasche heraus, schraubte sie auf und reichte sie dem Mädchen. Ohne zu zögern, griff Emma zu und trank gierig. Ein Kratzer zierte ihre Wange, doch sie schien das gar nicht zu bemerken. Damon hätte nie gedacht, dass ein kleines Kind so zäh sein konnte. Sie hatte weder geweint noch gejammert, dass sie nicht mehr weiterkonnte. Offenbar hatte sie verstanden, dass sie Russell so wenig wie möglich zur Last fallen durfte, wenn sie überleben wollte.

Es dauerte einen Moment, bis Damon auch etwas hörte. Es schien sich um eine weibliche Stimme zu handeln, doch er konnte nicht verstehen, was sie sagte. Dann folgte ein tieferes Geräusch, vielleicht eine Männerstimme? Woher die Stimmen kamen, konnte Damon nicht mit Sicherheit sagen. Um sie herum waren steile Berghänge, daher handelte es sich möglicherweise auch um ein Echo. Die Leute, die es verursachten, konnten sich dicht hinter ihnen befinden oder auch etliche Kilometer entfernt. Emma durfte auf keinen Fall in die Schusslinie geraten, sollten es Polizisten sein – und er selbst nach Möglichkeit auch nicht. Er hatte keine Lust, wegen Russell getötet zu werden.

Der hatte seine Pistole gezogen und schien angespannt auf weitere Geräusche zu warten. Ohne ihn aus den Augen zu lassen, nahm Damon Emma die Wasserflasche ab und trank selbst ein paar Schlucke, bevor er sie wieder einsteckte. Unauffällig lockerte er seine Muskeln, bereit, im Bruchteil einer Sekunde zu reagieren. Als ahnte sie, dass gerade etwas Bedeutsames vorging, blieb Emma hinter ihm stehen und grub ihre Hand in sein Sweatshirt. Ihr Vertrauen gab ihm einen Stich.

Damon war schon fast bereit, einen Fluchtversuch zu wagen, aber das Gelände war zu steil und zu frei, um dem Mörder längere Zeit entgehen zu können. Es gab nur wenige Bäume, hinter denen sie sich hätten verstecken können, und mit Emma im Schlepptau wäre er nicht schnell genug. Wenn Russell zu schießen begann, waren sie leichte Ziele. Nein, es war besser, damit zu warten, bis die Natur mehr Verstecke hergab oder es so dunkel war, dass Russell sie nicht sehen konnte. Allerdings waren sie dann auch mehr oder weniger blind, und das konnte bei diesem Gelände tödlich sein. Vielleicht wenn Russell von etwas anderem abgelenkt war …

In diesem Moment drehte sich Russell wieder zu ihnen um. Sein Gesichtsausdruck machte deutlich, dass man ihm jetzt besser nicht in die Quere kommen sollte. Er wedelte mit der Pistole herum. »Los jetzt, weiter. Und zwar ein bisschen schneller.«

Als wären sie vorher so langsam gegangen … Da Damon sich nicht auf ein Wortgefecht einlassen wollte, nickte er einfach nur. Es lohnte sich nicht, dafür seine rasch schwindende Energie zu verschwenden. Er nahm Emmas Hand und wollte losgehen, doch Russells Stimme erklang dicht hinter ihm.

»Du trägst sie, oder wir lassen sie hier. Ich bin nicht bereit, noch länger auf sie Rücksicht zu nehmen.«

Damon unterdrückte einen Kommentar und setzte sich Emma auf die Schultern. Wieder gruben sich ihre Hände in seine Haare, und wieder wünschte er sich, sie wären kürzer. Es verursachte ihm Kopfschmerzen, wenn Emma sie wie Zügel benutzte. Doch er wusste, dass sie das Gefühl brauchte, wenigstens über etwas die Kontrolle zu haben, deshalb sagte er nichts.

Mit einem Ohr lauschte Damon weiter auf Geräusche, die darauf hindeuteten, dass jemand anders in ihrer Nähe war, doch bis auf das Rascheln der Blätter und ihre Schritte war es um sie herum totenstill. Tief holte er Atem, konnte aber keinen ungewöhnlichen Geruch wahrnehmen. Zu erschöpft, um mehr als ein flüchtiges Bedauern zu empfinden, stapfte er weiter durch das dichte Unterholz. Mehr als einmal hakte er mit dem Schuh hinter Pflanzen oder Baumwurzeln und konnte sich erst im letzten Moment abfangen.

Er war sich ziemlich sicher, dass der Mörder ihn nie gehen lassen würde. Selbst wenn sie der Polizei entkamen und die Zivilisation erreichten, würde Russell ihn beseitigen. Er war ein Zeuge und vor allem völlig unwichtig für den Verbrecher – ganz zu schweigen davon, dass Russell ihn einfach aus Spaß an der Sache töten würde. Damon hatte sein Gesicht gesehen, nachdem er die Wachleute und den FBI-Agenten umgebracht hatte, seine Blutlust war mehr als deutlich gewesen. Russell tötete gerne, und genau das machte ihn so gefährlich.

Um ihn zu besiegen, musste man wie ein Mörder denken, und das würde Damon nur tun, wenn es um sein oder Emmas Leben ginge. Womit aus ihm dann das werden würde, was die Behörden schon die ganze Zeit in ihm gesehen hatten: ein Killer. Unwillkürlich schlossen sich Damons Hände fester um Emmas Beine, damit er nicht weiter in die Vergangenheit abtauchte. Das konnte er sich momentan nicht leisten.

Sein Brustkorb zog sich zusammen, und er bekam keine Luft mehr. Plötzlich erschien ihm die Aussicht, ins Gefängnis zurückzumüssen, unerträglich. Er würde es nicht aushalten, wieder in seiner kleinen Zelle zu sitzen und die graue Wand anzustarren, die Natur nur durch das vergitterte Fenster zu sehen und nur mit anderen Gefangenen reden zu können. Wie hatte sein Leben so schieflaufen können? Vor ein paar Jahren hatte er noch alles gehabt: seine Familie, einen interessanten Job, Freunde. Jetzt wieder eingesperrt zu sein, würde er nicht überleben. Das Vakuum würde ihn langsam ersticken und sämtliches Leben aus ihm herauspressen.

Sein Fuß verhedderte sich in einer Ranke, und er ging beinahe zu Boden. Emma gab einen erschrockenen Laut von sich, ihre Hände krampften sich fester in seine Haare. Während er versuchte, das Gleichgewicht wiederzufinden, zog ein scharfer Stich durch seinen Schädel. Sein gesamter Körper schmerzte, und er spürte, dass er am Ende seiner Kräfte war. Er hatte so lange durchgehalten, wie es ihm möglich war, aber jetzt spielte sein Körper nicht mehr mit. Seine Energie war restlos erschöpft, und sein Magen krampfte sich vor Hunger zusammen.

Damon blieb einfach stehen. Es war ihm beinahe egal, ob Russell ihn erschießen würde. Er konnte nicht einen Schritt weitergehen. Er schwankte so stark, dass er sich gegen einen Baumstamm lehnen musste, um nicht hinzufallen.

Russell stieß ihm die Faust in die Seite. »Was soll das?«

Schweigend blickte Damon ihn an. Er wünschte, die letzten Jahre seines Lebens wären anders verlaufen und er würde nicht hier mit diesem Verbrecher stehen. Vor allem tat es ihm leid, dass Emma nun darunter leiden musste. Für sie war er weiter gegangen, als er es für sich selbst getan hätte, doch jetzt ging es einfach nicht mehr.

»Ich brauche eine Pause.«

Unerwartet nickte Russell. Vermutlich hatte er bemerkt, dass Damon tatsächlich am Ende war. »Ich suche bereits nach einem Unterschlupf. Irgendwas Stabiles, wo uns niemand von oben sehen kann.«

Sie hatten zwar schon länger keine Geräusche von Flugzeugen und Hubschraubern mehr gehört, aber ein geschütztes Lager war dennoch sinnvoll. Man wusste nie, wann die Polizei dieses Gebiet erneut überfliegen würde. Damon war es im Grunde egal, wo sie die Nacht verbrachten – er hätte sich auch einfach auf den weichen Waldboden legen und ein paar Tage lang schlafen können. Russells Zugeständnis war jedoch mehr, als er erwartet hatte, deshalb zwang er seine müden Muskeln, zu kooperieren, stieß sich vom Baumstamm ab und stolperte vorwärts.

Das durch die Baumkronen dringende Licht wurde immer schwächer, und damit vergrößerte sich die Gefahr, zu stürzen und sich zu verletzen. Nachdem er einige Male gerade noch einem Ast hatte ausweichen können, hob er Emma von seinen Schultern und setzte sie stattdessen auf seine Hüfte. So konnte er besser darauf achten, dass er sie nicht verletzte. Automatisch schob er einen Fuß vor den anderen und versuchte, noch so lange durchzuhalten, bis sie einen Unterschlupf gefunden hatten.

Zuerst lief er daran vorbei. Doch als Russell ihn brutal am Arm packte, kam er abrupt zum Stehen. Irritiert blickte er zurück. »Was ist?« Inzwischen war es ihm fast nicht mehr wichtig, was mit ihm passierte.

Der Mörder deutete nach rechts ins Unterholz, und es dauerte einen Moment, bis Damon in der zunehmenden Dunkelheit die Umrisse eines kleinen Überhangs erkennen konnte. Er bot gerade genug Platz für drei Personen, aber immerhin wäre es dort trocken, falls es regnen sollte, und der Boden war kaum bewachsen. Außerdem bot das Versteck aus Russells Sicht den klaren Vorteil, dass sie dort niemand entdecken würde, wenn es noch dunkler wurde. Wahrscheinlich würde sogar jemand, der nur wenige Meter entfernt vorbeiging, ihre Anwesenheit nicht bemerken.

Vorsichtig stellte Damon Emma auf die Füße und stützte sie, als sie schwankte. Selbst wenn er nicht völlig erschöpft gewesen wäre, hätten sie schon ihretwegen eine Pause einlegen müssen. Bisher hatte sie gut durchgehalten, aber es war deutlich sichtbar, dass auch sie am Ende ihrer Kräfte war. Sie brauchte etwas zu essen und viel Schlaf. Ersteres würde sie vermutlich nicht bekommen, doch zumindest zu Letzterem konnte er ihr verhelfen.

»Jetzt mach dich nützlich und durchsuch den Unterschlupf, ob es dort einen Bewohner gibt. Ich passe solange auf deine kleine Freundin auf.« Russell zog Emma am Arm zu sich heran und ignorierte ihren wimmernden Protest.

Am liebsten hätte Damon sie dem Verbrecher entrissen, aber das hätte nur zu einem aussichtslosen Kampf geführt. Es war besser, die Sache schnell zu erledigen. Damon war sich ziemlich sicher, dass Russell ihm seine Gedanken ansehen konnte, zumindest ließ dessen Grinsen darauf schließen.

Ohne ein weiteres Wort legte Damon die paar Meter zu dem Überhang zurück und duckte sich darunter. Er war nicht sonderlich hoch, vielleicht anderthalb Meter, dafür aber tief genug, um sich darunterlegen zu können. Schnell untersuchte Damon die Decke, die aus Felsen bestand und offensichtlich von den starken Wurzeln der umgebenden Bäume an Ort und Stelle gehalten wurde.

Hoffentlich hielt die Konstruktion wenigstens diese eine Nacht noch stand. Der Boden war trocken, Vegetation und Felsen hatten den Starkregen anscheinend abgehalten. Eine Tatsache, für die Damon sehr dankbar war. Noch immer war seine Kleidung feucht, und er konnte nur hoffen, dass sie über Nacht trocknen würde.

Nachdem er sich davon überzeugt hatte, dass der Unterschlupf geeignet war, winkte er Russell und Emma zu sich. »Alles in Ordnung.«

»Legt euch hin und bleibt dort, ich sehe mir die Umgebung an.« Offenbar deutete er Damons Blick richtig, denn er fügte mit einem überheblichen Grinsen hinzu: »Ich werde in der Nähe sein, und wenn ich entdecke, dass ihr nicht genau das tut, was ich euch sage, werdet ihr es bereuen.«

Der kurze Adrenalinstoß, den der Gedanke an eine Flucht in ihm ausgelöst hatte, verebbte wieder und ließ Damon noch ausgelaugter zurück. Er wusste, dass er momentan viel zu schwach war, um Russell zu entkommen. Und Emma konnte nicht einmal mehr aufrecht stehen, sie kauerte zusammengesunken zu Russells Füßen. Sie hatten keine Chance.

»Nutzt die Zeit, denn wenn ich wieder losgehen will, werde ich keine Rücksicht nehmen. Wer mir nicht folgen kann, wird erschossen.«

Damon sah, wie Emma zusammenzuckte, und verfluchte Russell im Stillen. Ohne den Mörder anzusehen, ging er zu ihr und half ihr sanft auf die Füße. »Komm, Kleine, gehen wir schlafen.«

»Ich will meine Mommy!« Flehend blickte sie zu ihm auf. Tränen schimmerten in ihren Augen.

Bedauernd zog sich Damons Herz zusammen, weil er wusste, dass er ihren Wunsch nicht erfüllen konnte. »Erst mal müssen wir uns ausruhen, morgen bringe ich dich dann zu deiner Mutter.«

Hoffnungsvoll sah sie ihn an. »Wirklich?«

»Ich verspreche es.« Als er sah, dass Russell etwas sagen wollte, machte er eine scharfe Bewegung mit dem Kopf.

Zum ersten Mal war der Verbrecher schlau genug, den Mund zu halten. Stattdessen blickte er Damon noch einmal drohend an und ging dann weg. Froh, endlich einen Moment allein zu sein, setzte Damon den Rucksack ab und wühlte darin, bis er seine Gefängniskleidung fand. Er schob einige Moosbüschel auf dem Boden zusammen und breitete dann den Overall darauf aus. Nachdem sich Emma einige Meter hinter dem Unterschlupf erleichtert hatte, kam sie zurück und legte sich auf die improvisierte Matratze.

Damon hockte sich neben sie und strich ihr die wirren Haare aus der Stirn. »Schlaf jetzt, Emma.«

»Ich kann nicht. Meine Mutter liest mir abends immer was vor. Außerdem ist mir kalt.« Ein Zittern lief durch ihren kleinen Körper.

Sie hatten keine Decken oder sonst etwas, mit dem er sie hätte zudecken können. Schließlich legte er sich neben sie und hielt die Arme auf. Ohne zu zögern, schmiegte sich Emma an ihn und seufzte. Zaghaft legte er seinen Arm um ihren Rücken. »Gut so?« Er spürte ihr Nicken an seiner Schulter. Trotzdem liefen weitere Schauer durch ihren Körper. Als es in der Nähe raschelte, zuckte sie zusammen.

Damon schloss die Augen und versuchte, sich zu erinnern, wie er in seiner Kindheit am besten eingeschlafen war. Es war viel zu lange her, und in der Zwischenzeit war viel geschehen, aber eine Erinnerung war noch so klar, als wäre sie erst gestern entstanden: Seine Mutter, die auf seiner Bettkante saß und ihm eine Geschichte erzählte. Vermutlich war es nicht mal die Geschichte selbst gewesen, die ihn schläfrig gemacht hatte, sondern ihre warme Stimme und Nähe. Vielleicht würde das auch bei Emma wirken, obwohl er nicht ihre Mutter war.

Er räusperte sich und begann zu erzählen. »Es war einmal ein kleines Mädchen, das in einem Boot um die ganze Welt segelte. Dort traf sie viele verschiedene Tiere, die …«

Während Damon die Geschichte erzählte, spürte er, wie Emmas Kopf immer schwerer wurde. Gleichmäßige Atemzüge streiften seinen Hals, ihr Griff an seinem T-Shirt lockerte sich. Erst als er ganz sicher war, dass sie tief und fest schlief, hörte er auf. Inzwischen war es fast völlig dunkel, sodass er ihr Gesicht nicht richtig sehen konnte. Aber er wusste auch so, dass sie erschreckend blass war und tiefe Ringe unter ihren Augen lagen. Dazu kamen Kratzer und blaue Flecken, wo sie Hindernissen nicht schnell genug hatte ausweichen können.

Hätte er anders reagieren und ihr das irgendwie ersparen können? Er wusste es nicht. Seine Augenlider wurden schwer, und es bereitete ihm Mühe, noch einen klaren Gedanken zu fassen. Doch er durfte nicht einschlafen, bevor Russell nicht zurück war. Was sollte den Mörder daran hindern, sie einfach im Schlaf zu erschießen? Natürlich konnte Damon nicht die ganze Nacht wach bleiben, aber wenn er durchhielt, bis Russell selbst schlief …

Es raschelte in der Nähe, ein Ast knackte. Unwillkürlich hielt

Damon den Atem an. Vermutlich war es Russell, doch es konnten auch ein Raubtier oder irgendwelche anderen Menschen sein. Obwohl das so weit von der Zivilisation entfernt eher unwahrscheinlich war, selbst wenn sie vorhin Stimmen gehört hatten. Nur ein Verrückter würde im Dunkeln noch hier herumlaufen. Oder jemand, der zwei entflohene Gefangene und ein kleines Mädchen suchte.

Seine Muskeln spannten sich an, und plötzlich war Damon wieder hellwach. Völlig regungslos blieb er liegen, während sich die Geräusche näherten. Mental bereitete er sich darauf vor, sich verteidigen oder zumindest Emma mit seinem Körper schützen zu müssen, sollte es zu einem Angriff kommen. Ein dunkler Schatten erschien vor dem Überhang, und es dauerte einen Moment, bis Damon ihn erkannte.

Erleichtert, dass es zumindest kein wildes Tier war, blieb er trotzdem wachsam, als Russell sich in den Unterschlupf bückte und neben ihn auf den Boden setzte. Zu Damons Verwunderung warf er nur einen abschätzigen Blick auf Emma und lehnte sich dann mit dem Rücken an die Felsen. Seine Pistole behielt er griffbereit in der Hand.

»Schlaf jetzt, in ein paar Stunden gehen wir weiter.«

Da er sowieso nichts anderes tun konnte, beschloss Damon, den Rat zu befolgen. Zwar versuchte er, einen Teil von sich in Alarmbereitschaft zu halten, doch er fiel beinahe sofort in einen tiefen Schlaf.

Valerie hatte sich mit dem Laptop und ihren Unterlagen in ihr Lodge-Zimmer zurückgezogen, um in Ruhe arbeiten zu können. Gabriels Stimmung war immer gereizter geworden, je länger sich die Suchaktionen hinzogen. Bisher hatte noch niemand eine Spur von den Verbrechern oder dem Kind entdecken können, und das machte sie alle nervös. Ihrer Erfahrung nach ging es selten gut aus, wenn die Ergreifung von Flüchtigen so lange dauerte – entweder verschwanden sie spurlos, oder sie waren am Ende so verzweifelt, dass sie jeden töteten, der ihnen in die Quere kam.

Da Gabriel nicht zulassen würde, dass Russell Davis weiterhin frei herumlief, spitzte sich die Situation immer mehr zu. Noch mussten die Mörder im Park sein, es gab für sie momentan keine Möglichkeit, ihn zu verlassen. Mitten in der Wildnis konnten sie kein Auto anhalten, und zu Fuß würden sie erst im Laufe des morgigen Tages wieder die Zivilisation erreichen. Der Transport mit einem Hubschrauber war auch ausgeschlossen, der gesamte Luftraum über dem Park war für jeden außer den zuständigen Behörden gesperrt.

Der Druck auf die Entflohenen wurde immer höher, es war nur eine Frage der Zeit, wann Russell Davis explodieren und jeden in seiner Nähe mit in den Abgrund ziehen würde. Beklommenheit erfasste Valerie, als sie sich vorstellte, dass das rothaarige Mädchen mit den großen hellbraunen Augen und den Sommersprossen bereits tot sein könnte.

Da sie nichts aktiv tun konnte, bis sie die Häftlinge aufgespürt hatten, beschloss sie, noch mehr über sie herauszufinden. Nichts in Damons Akte deutete darauf hin, dass er mit einem Mörder wie Russell Davis gemeinsame Sache machen würde. Andererseits konnte der Gedanke an Freiheit ihn auch dazu getrieben haben. Drei Jahre im Gefängnis mit Ausblick auf zweiundzwanzig weitere würden wahrscheinlich jeden dazu verleiten, die Gelegenheit zur Flucht zu ergreifen.

Damon Thomas wurde von allen als ein sehr ausgeglichener Mensch beschrieben, der nur in Notwehr zu körperlicher Gewalt greifen würde. Wie kam es also, dass er überhaupt wegen Mordes im Gefängnis saß? Das war es, was sie eigentlich herauszufinden versuchte, deshalb las sie auch immer wieder die gleichen Unterlagen und Informationen durch, egal, wie sehr ihre Augen brannten und wie müde sie war.

Valerie warf ihren Stift auf den kleinen Tisch und lehnte sich in dem zwar schönen, aber nicht wirklich bequemen Stuhl zurück. Mit beiden Händen rieb sie sich über das Gesicht, dann schob sie die Finger frustriert in ihre kurzen Haare. Es passte alles nicht zusammen. Was trieb einen Mann, der von allen als sehr umgänglich und freundlich bezeichnet wurde, der eine große Familie und viele Freunde hatte und sich gerne in der Natur aufhielt, dazu, eine junge Frau zu töten, mit der er nur eine kurze Affäre gehabt hatte? Natürlich wusste sie, dass nicht allen Mördern ihr Charakter so deutlich ins Gesicht geschrieben stand wie Russell Davis. Wie oft wurden Täter gefasst, die von anderen als freundlich oder sogar charmant beschrieben wurden? Von deren grausamen Taten nicht einmal die Ehefrauen oder Eltern etwas ahnten?

Nachdenklich betrachtete sie sein Foto und zuckte zusammen, als plötzlich ihr Handy klingelte. Auf dem Display leuchtete eine ihr unbekannte Nummer auf, und Valerie wurde von einer Unruhe erfüllt, die sie sich nicht erklären konnte. Zögernd nahm sie das Gespräch entgegen.

»Hayes.«

»Spreche ich mit jemandem vom FBI?« Die leise Frauenstimme klang nervös.

»Ja, ich bin Agent Hayes. Mit wem spreche ich?« Eine längere Pause entstand, während der Valerie nur schweres Atmen hörte. »Hallo?« Ihre Nackenhaare stellten sich auf.

»Ich bin Ryanne Henderson, Damons Schwester.«

Angespannt beugte Valerie sich vor. »Woher haben Sie meine Nummer?« Es kam ihr seltsam vor, dass gerade sie angerufen wurde. Normalerweise wäre der Anruf an den Special Agent in Charge weitergeleitet worden – und das war Gabriel.

»Ich hatte bei dem zuständigen Detective angerufen, ich glaube, er heißt Heron, und er hatte mich an Sie verwiesen, weil sonst niemand vom FBI frei ist.«

Stimmt, die anderen befanden sich vermutlich noch in der Besprechung. Eigentlich war Valerie auch ganz froh, dass Damons Schwester bei ihr anrief. Vielleicht konnte sie ein wenig Licht in das Dunkel bringen. »Was kann ich für Sie tun?«

Wieder zögerte die Frau. »Vorhin waren zwei Agenten bei mir, die mir erzählt haben, dass Damons Transportbus ... einen Unfall hatte. Und dass Damon seitdem verschwunden ist.«

»Ja?« Valerie presste die Lippen zusammen, um die Fragen zurückzuhalten, die sie zu gerne stellen wollte.

»Können Sie mir sagen, ob er inzwischen gefunden wurde?«

»Ms Henderson ...«

Sie unterbrach Valerie. »Ryanne. Bitte, ich muss wissen, wie es ihm geht, sonst werde ich noch verrückt. Ihre Kollegen sagten, dass Wachleute umgebracht wurden, aber so etwas würde Damon nie tun. Ich kenne meinen Bruder, er hat noch nie jemandem etwas angetan.«

»Er wurde wegen Mordes verurteilt ...«

»Zu Unrecht! Er hat Bella nicht umgebracht, dafür gab es überhaupt keinen Grund. Sie waren schon lange nicht mehr zusammen – und davor auch nur kurze Zeit. Außerdem waren sie immer noch locker befreundet. Da gab es kein böses Blut.«

Das war interessant, diese Information stand nicht in ihren Unterlagen. Rasch machte sich Valerie eine Notiz dazu. Auf jeden Fall schien Ryanne völlig davon überzeugt zu sein, dass ihr Bruder unschuldig war. Logisch, wenn sie sich nahestanden, aber trotzdem verstärkte es Valeries eigene Zweifel. »Könnten Sie sich vorstellen, dass er ein kleines Mädchen entführt?«

»Was? Oh Gott, nein, auf keinen Fall! So etwas würde Damon nie tun. Er liebt Kinder. Er hat sich früher immer um unsere Kinder gekümmert und …« Sie brach ab, und ein leises Schluchzen war zu hören.

Valeries Kehle zog sich zusammen. In Ryannes Stimme hatte ein solches Entsetzen gelegen und ihre Antwort war so prompt gekommen, dass Valerie keinen Zweifel an ihrer Aussage hatte.

Es dauerte einen Moment, bis Damons Schwester wieder sprechen konnte. »Sagen Sie mir bitte, dass kein Kind entführt wurde.«

»Wir wissen es nicht genau. Und ich darf auch nicht darüber reden.« Valerie blickte auf Damons Foto und entschied dann, seiner Schwester die Wahrheit zu sagen. »Bisher haben wir Damon und den zweiten Entflohenen noch nicht gefunden. Aber das werden wir. Und es sieht für Ihren Bruder nicht gut aus, wenn er sich nicht stellt.«

»Ich … ich weiß. Aber bitte … könnten Sie darauf achten, dass ihm nichts passiert? Damon ist kein schlechter Mensch.«

Valerie seufzte lautlos. Verzweifelte Angehörige gingen ihr immer besonders nahe. »Wenn es irgendwie möglich ist, werden wir ihn ohne Gewaltanwendung verhaften. Das geht aber nur, wenn er sich freiwillig ergibt.«

»Danke, Agent Hayes. Dürfte ich Sie bitten, mich zu informieren, wenn es so weit ist?« Ryannes Stimme zitterte.

»Natürlich.« Valerie ließ sich die Telefonnummer geben und beendete dann das Gespräch. Ausgelaugt lehnte sie sich in ihrem Stuhl zurück.

Das Gespräch war auf jeden Fall sehr erhellend gewesen, die Frage war nur, was sie jetzt mit den Informationen machen sollte. Gabriel würde nicht interessieren, ob Damon Thomas Kinder mochte oder vielleicht sogar zu Unrecht im Gefängnis saß. Für ihn zählte nur, dass dort draußen zwei entflohene Häftlinge herumliefen, die unbedingt gefasst werden mussten. Das machte ihr die Situation nicht gerade leichter. Nach dem

Gespräch mit Ryanne Henderson fühlte sie sich irgendwie dafür verantwortlich, herauszufinden, ob Damon schuldig war oder nicht.

Valerie ließ den Kopf auf die Tischplatte sinken und schloss die Augen. Auf diese Art würde sie Gabriel sicher nicht beweisen, wie wertvoll sie für das Team war, aber sie konnte auch nicht anders. Die ganze Sache erinnerte sie viel zu sehr an ihren Bruder.

17

Immer wieder sah Angel den Abhang hinunter in der Hoffnung, einen Blick auf Warren erhaschen zu können. Er hatte zwar gesagt, dass alles in Ordnung war, aber es hatte auch Schmerz in seiner Stimme gelegen, und sie konnte sich nicht vorstellen, dass er die Rutschpartie ohne Verletzungen überstanden hatte, besonders da er sein Bein schon vorher geschont hatte. Doch sie verstand, dass es ihm wichtiger war, seine Tochter zu finden, als sich um seine Blessuren zu kümmern. An seiner Stelle würde es ihr sicher genauso gehen, aber das hieß nicht, dass sie seine Gesundheit aufs Spiel setzen würde. Wenn er wieder auftauchte, würde sie ihn zuerst untersuchen, bevor sie entschied, ob sie die Suche fortsetzen konnten.

Unbeirrt lief Moonlight weiter und folgte Emmas Geruchsspur. Es erforderte Angels ganze Konzentration, auf dem schmalen Weg hinter ihr zu bleiben und nicht selbst abzurutschen. Bäume und die einsetzende Dunkelheit versperrten ihr die Sicht nach unten, was sie noch nervöser machte. Seltsam, wie viel sicherer sie sich gefühlt hatte, als Warren noch hinter ihr gewesen war. Dabei legte sie doch so viel Wert auf ihre Unabhängigkeit und brauchte normalerweise keinen starken Mann an ihrer Seite. Wie konnte sie sich so schnell an ihn gewöhnt haben?

Angel schnitt eine Grimasse. Am Beispiel ihrer Mutter hatte sie gesehen, wie viel Unglück es bringen konnte, immer von einem Mann abhängig zu sein und nicht allein leben zu können. Nur, dass es bei Jenny Burns nicht *ein* Mann gewesen war, sondern ständig ein Neuer. Nirgends hatte sie es länger ausgehalten, selbst einen so tollen Mann wie Hunting Bear hatte sie verlassen. Und damit nicht nur ihm, sondern auch Angel das Herz gebrochen. Immer wenn ihr Stiefvater sich unbeobachtet gefühlt hatte, war ein sehnsüchtiger Ausdruck in seine Augen getreten, an den Angel sich noch gut erinnern konnte. Aber das war Geschichte, und es gab nichts, was sich daran noch ändern ließe. Glücklicherweise hatte sie ihre Gefühle besser unter Kontrolle als ihre Mutter und folgte nicht blindlings ihrem Herzen.

Ein Knacken im Gebüsch neben ihr ließ sie herumfahren. Anstatt über die Vergangenheit nachzugrübeln, sollte sie sich lieber auf das Hier und Jetzt konzentrieren. Normalerweise war die einzige Gefahr im Regenwald die Natur selbst, und mit der kannte sie sich sehr gut aus, doch jetzt waren zwei entflohene Mörder in der Gegend unterwegs und konnten sogar ganz in der Nähe sein. Moonlight blieb abrupt stehen und starrte in die Richtung, aus der das Geräusch gekommen war. Angel hielt die Leine strammer und bewegte sich auf die Hündin zu. Auf keinen Fall wollte sie riskieren, dass Moonlight sich mit einem wilden Tier anlegte.

Die Ohren der Hündin stellten sich auf, und sie gab einen Laut von sich, der Angel verwirrte. Zaghaft begann sie mit dem Schwanz zu wedeln, dann immer stärker. Eine solch merkwürdige Reaktion hatte sie von Moonlight während einer Suche noch nie erlebt. Das Verhalten konnte nur eine Ursache haben.

Ihr Herz klopfte schneller, als sie durch die Zweige spähte. »Warren?«

Ein weiteres Geräusch, dann ein gedämpfter Fluch. Unwillkürlich musste sie lächeln. Ja, das war eindeutig Warren, der sich gerade den steilen Hang hinaufquälte. Angel trat einen Schritt vor und hielt die Zweige beiseite. »Wir sind hier.«

Kurz darauf kam er in Sicht. Als sie seinen Zustand sah, hielt

Angel unwillkürlich den Atem an. Kratzer und Abschürfungen zogen sich über seine Arme und sein Gesicht, und er war von oben bis unten mit Schlamm bedeckt. Außerdem hielt er sich die Rippen, und Angel war sich ziemlich sicher, dass er stärker humpelte als vorher. Aber er konnte noch laufen, das war die Hauptsache. Nichts war schlimmer, als verletzt mitten im Regenwald zu stranden.

Erleichterung überzog Warrens Gesicht, als er sie entdeckte. »Gott sei Dank! Du glaubst nicht, wie anstrengend es ist, sich einen rutschigen Hang hinaufzukämpfen.«

»Doch, das weiß ich.« Angel nahm ihn in Empfang und geleitete ihn zu einem Felsblock, auf dem er sich mit einem Stöhnen niederließ. Energisch baute sie sich vor ihm auf. »Hast du noch andere Verletzungen als die offensichtlichen?«

»Nichts, das mich aufhalten würde.« Warrens entschlossene Miene zeigte, dass er etwas anderes nie zugegeben hätte, selbst wenn er Schmerzen hatte.

Angel nahm seine Hände in ihre und drehte sie um, damit sie sich die Handflächen ansehen konnte. Sie waren mit Schürf- und Risswunden bedeckt, die unter dem ganzen Schmutz nicht richtig zu erkennen waren. Es tat ihr weh, seine kräftigen Hände in solch einem Zustand zu sehen. Am liebsten hätte sie ihn sofort verarztet, aber sie konnten ihr Trinkwasser nicht dafür verwenden, wenn sie noch weitergehen wollten. Sie blickte wieder auf und fand Warrens intensiven Blick auf sich gerichtet. »Das sieht schmerzhaft aus.«

Er schnitt eine Grimasse. »Sagen wir es so: Meine Hände haben sich schon mal besser angefühlt.«

»Hältst du es noch ein wenig aus? Ein kleines Stück von hier entfernt müsste laut GPS-Gerät ein Bach sein, dort kannst du den Schlamm abwaschen, und dann kann ich deine Wunden desinfizieren und verbinden.«

Ein knappes Nicken war die Antwort.

Angel suchte nach einem Fleck, wo sie Warren berühren konnte, um ihm aufzuhelfen, doch es war aussichtslos. So sah sie nur zu, wie er sich auf die Füße quälte. Als er sicher stand, konzentrierte sie sich wieder auf Moonlight, die ruhig darauf gewartet hatte, dass es weiterging. Mit der Hand fuhr ihr Angel durch das kurze Fell und kraulte die Hündin hinter den Ohren. »Braves Mädchen. Und jetzt such.«

Sofort drehte Moonlight sich um und folgte wieder der Spur. Angel ließ die Leine lockerer und blickte kurz zu Warren zurück. »Bereit?«

»Ja.«

Ohne ein weiteres Wort zu wechseln, gingen sie los. Es schien nicht so, als hätte Moonlight ein Problem, Emmas Spur zu folgen. Vermutlich war sie inzwischen frischer, jedenfalls deutete Angel das Verhalten der Hündin so. Die zunehmende Dunkelheit war allerdings ein Problem. Inzwischen konnten sie kaum noch den Boden vor sich sehen, was die Wanderung auf dem schmalen Grat noch gefährlicher machte. Immer wieder polterten Steine herunter, die sie unbeabsichtigt lostraten. Obwohl sie inzwischen ihre Taschenlampe herausgeholt hatte und den Weg vor sich beleuchtete, war ihr klar, dass sie bald mit der Suche aufhören mussten.

Erleichtert atmete Angel auf, als sie in flacheres Gelände kamen, wo zumindest die Gefahr geringer wurde, abzustürzen. Hinter sich hörte sie Warrens unregelmäßige Atemzüge, es war deutlich, dass er Schmerzen hatte. Deshalb holte Angel das GPS-Gerät heraus und schlug dann den Weg zu dem kleinen Bach ein. Moonlight lief willig vor ihr her, anscheinend führte auch Emmas Spur dorthin. Was sie nicht wunderte, die Verbrecher nutzten sicher ebenfalls jede Möglichkeit, frisches Wasser zu bekommen. Oder die Hündin war auch müde und durstig. Egal, sie würde die Spur auf jeden Fall später wieder aufnehmen können.

Wenn sie Glück hatten, gab es in der Nähe des Baches einen guten Platz, an dem sie das Zelt aufbauen konnte. Denn auch wenn Warren nichts sagte, konnte sie an seinen unregelmäßigen Schritten erkennen, dass er dringend eine Pause benötigte. In der Stille des nächtlichen Waldes war das Plätschern des Wassers gut zu hören, und sie steckte das GPS-Gerät wieder weg. Mit der Taschenlampe beleuchtete sie den Boden vor sich und warnte Warren vor Stolperfallen. Schließlich erreichten sie den kleinen Bach, dessen Ufer von Farnen und anderen Pflanzen, die die Feuchtigkeit liebten, eingefasst war.

Ohne Aufforderung schlüpfte Warren aus den Riemen seines Rucksacks und setzte ihn auf die Erde. Er hob die Hände und verzog gleich darauf das Gesicht.

»Was ist?«

»Ich wollte mir das Hemd ausziehen, aber ich will es nicht noch blutiger machen.«

Ohne darüber nachzudenken, trat sie zu ihm. »Warte, ich helfe dir.« Sie steckte die Taschenlampe in ihre Hosentasche und begann damit, Warrens Hemd aufzuknöpfen. Es war zu dunkel, um viel zu erkennen, trotzdem schlug ihr Herz schneller, je mehr Haut zum Vorschein kam. Wie lange war es her, seit sie zum letzten Mal der nackten Brust eines Mannes so nah gekommen war? Vermutlich sehr, sehr lange, sonst würde sie nicht so seltsam reagieren. Wirklich, er hatte nichts, das sie nicht schon tausendmal im Fernsehen oder in Zeitschriften gesehen hatte.

Durch die Dunkelheit wirkte die Situation noch viel intimer, sie konnte nur hoffen, dass Warren nicht mitbekam, wie sehr ihr das zu schaffen machte. Sicher würde er das Klopfen ihres Herzens selbst über das Gluckern des Wassers hinweg hören! Mit zittrigen Händen öffnete sie schließlich den letzten Knopf dicht über dem Reißverschluss seiner Hose. Einer ihrer Finger streifte die Beule darunter, und Angel erstarrte. Hitze schoss ihr ins Gesicht, und sie wusste, dass Warren die Röte selbst in der Dunkelheit erkennen würde.

Rasch riss sie die Hand zurück und drehte sich um. »Schaffst du den Rest alleine?«

»Ja, danke für die Hilfe.« Seine Stimme strich rau über sie.

»Gerne. Ich muss mich um Moonlight kümmern. Wenn du etwas brauchst, ruf mich einfach.«

»Alles klar.«

Aus den Augenwinkeln sah sie, wie Warren das Hemd auszog. Einen Moment lang war sie beinahe wie erstarrt, dann gab sie sich einen Ruck und flüchtete vor der Versuchung, ihn zu berühren. Im Licht ihrer Taschenlampe suchte sie einen geeigneten Platz, um das Zelt aufzustellen. Es dauerte nicht lange, bis sie eine relativ ebene und nicht zu stark bewachsene Fläche fand, auf der sie ihren Rucksack ablegte. Moonlight, die die ganze Zeit ruhig an ihrer Seite geblieben war, setzte sich jetzt so vor Angel, dass sie das Geschirr abnehmen konnte. Nachdem sie die Hündin davon befreit hatte, massierte sie die Stellen, an denen die Riemen gesessen hatten.

»Gut gemacht, Moonlight.« Die Ohren der Hündin hoben sich, und sie rieb ihren Kopf an Angels Gesicht. Lachend schlang Angel die Arme um Moonlights Hals. »Was würde ich nur ohne dich tun?« Eine nasse Zunge strich ihr über die Wange, und Angel schob die Hündin in gespielter Entrüstung von sich. »Waschen kann ich mich auch ohne deine Hilfe.« Die bernsteinfarbenen Augen blickten sie unschuldig an. »Ja, ja, ich weiß, du hast Hunger. Kommt sofort.«

Sie öffnete die Seitentasche des Rucksacks und holte den Napf und das Hundefutter hervor, die sie dort aufbewahrte. Noch bevor der Napf am Boden stand, hatte Moonlight bereits die Schnauze hineingeschoben, ein sicheres Zeichen, dass sie halb verhungert war. Normalerweise war sie deutlich zurückhaltender. Insgeheim hatte Angel gehofft, Emma heute noch zu finden, aber das würde ihnen nicht mehr gelingen. Vermutlich war es die Verzweiflung, die die beiden entflohenen Häftlinge so antrieb. Jeder normale Mensch hätte schon längst eine längere Pause gemacht.

Mit einem unterdrückten Stöhnen erhob sich Angel und nahm das Zelt aus dem Rucksack. Sie selbst war auch am Rande der Erschöpfung, viel länger hätte sie nicht durchgehalten. Besonders die Schrecksekunde, als sie beinahe vom Baumstamm in den reißenden Fluss gestürzt war, hatte sie viel Kraft gekostet. Wäre Warren nicht gewesen, hätte sie jetzt tot sein können. Die Vorstellung ließ einen Schauder über ihren Rücken rinnen. Das war eindeutig zu knapp gewesen. Sie wusste zwar, welche Gefahren hier im Wald lauerten, aber normalerweise war sie immer so vorsichtig, dass sie sicher sein konnte, unbeschadet wieder nach Hause zu kommen.

Diesmal war es jedoch anders. Nicht nur in der Natur ging sie viel größere Risiken ein, sondern auch durch die Tatsache, dass Emma höchstwahrscheinlich von zwei Mördern entführt worden war. Angesichts dieser Erkenntnis hätte sie eigentlich sofort umdrehen und die Sache der Polizei überlassen müssen, aber das konnte sie nicht, weil sie – oder vielmehr Moonlight – Emmas einzige Chance war. Es würde zu lange dauern, auf die Suchhunde der Polizei zu warten. In der Zwischenzeit konnten die Verbrecher das Mädchen bereits getötet haben. Ihr Herz pochte schmerzhaft, als sie daran dachte, was das für Warren bedeuten würde. Er liebte seine Tochter über alles, das konnte sie deutlich erkennen. Sie wollte nicht erleben müssen, dass er von ihrem Tod erfuhr oder die Leiche seiner Tochter sogar selbst fand.

Energisch schüttelte Angel die negativen Gedanken ab und begann, die Zeltstangen zusammenzustecken. Emma lebte noch, da war sie sich ziemlich sicher. Hin und wieder hatte sie Fußabdrücke von ihr gefunden, als es noch etwas heller gewesen war. Und da Moonlight ihrer Spur immer noch folgte, musste sie sich weiterbewegt haben. Wäre sie zu diesem Zeitpunkt schon tot gewesen, hätte die Hündin es gerochen und angezeigt. Außerdem ergäbe es dann auch für die Verbrecher keinen Sinn mehr, sie weiter mitzunehmen. Vermutlich hätten sie das Kind einfach am Wegrand liegen lassen oder eine Böschung hinabgeworfen. Ihr Magen hob sich, und Angel bemühte sich, schnell an etwas anderes zu denken.

Unwillkürlich drehte sie sich um und blickte zum Bachlauf. In der Dunkelheit konnte sie nur Warrens Silhouette sehen und widerstand im letzten Moment dem Drang, den Strahl der Taschenlampe auf ihn zu richten. Wenn sie sich nicht irrte, hatte er nicht besonders viel an. Oder auch gar nichts? Angel kniff die Augen zusammen, um besser sehen zu können, aber es half nichts. Sie war zu weit weg, um Einzelheiten im Dunkeln zu erkennen. Vielleicht war das aber auch besser so. Warren Harper noch näherzukommen, als sie es ohnehin schon getan hatte, wäre ein ganz großer Fehler, das konnte sie spüren. Deshalb war es besser, sich von ihm fernzuhalten, bis sie Emma gefunden hatten und er in sein normales Leben zurückkehren würde.

Abrupt drehte sie sich wieder um und setzte den Aufbau des Zeltes fort. Dank der vielen Übung war sie damit innerhalb kürzester Zeit fertig und hockte sich davor, um ihre Decke ins Innere zu schieben. Moonlight hatte ihr Fressen vertilgt und war zum Bach gelaufen, um dort zu trinken. Für einen Moment war Angel völlig allein, und sie genoss die Ruhe und die typischen Geräusche des Waldes. Das Rauschen der Zweige im Wind, ein Rascheln im Unterholz, das Plätschern des Baches, das Tropfen des Regenwassers aus den Moosen und Flechten. Es klang wie … Zuhause. Für ein kalifornisches Hippiekind vermutlich seltsam, aber genau so war es. Als sie den Regenwald zum ersten Mal gesehen hatte, war das wie eine Offenbarung gewesen, und sie hatte gewusst, dass sie hier leben wollte. Wenn nur ihre Mutter …

»Was machst du da?«

Warrens Stimme erklang unerwartet hinter ihr, und sie zuckte heftig zusammen. Noch immer hatte sie sich nicht daran gewöhnt, wie leise er sich bewegte. Nachdem sie ihren Gesichtsausdruck unter Kontrolle gebracht hatte, drehte sich Angel langsam zu ihm herum. »Ich habe das Zelt …« Sie verstummte, als ihr bewusst wurde, dass Warren sich nicht wieder angezogen hatte. Der schwache Schein ihrer Taschenlampe bildete faszinierende Reliefs auf seiner Haut. Angel schluckte schwer, als ihr Blick über seine muskulöse Brust glitt, das Dreieck dunkler Haare und die harten Brustwarzen. Am meisten faszinierte sie jedoch sein Sixpack. Wie gerne hätte sie sich vorgebeugt und … Energisch riss sich Angel zusammen und hob den Blick. Sein Gesichtsausdruck wirkte wie eine kalte Dusche, die ihr Gehirn endlich wieder anspringen ließ. »… äh … aufgebaut.«

»Wir müssen weiter! Emma ist irgendwo hier draußen, zusammen mit zwei Verbrechern, verängstigt und hungrig. Ich kann jetzt nicht aufgeben.«

Um nicht länger auf seinen Bauch starren zu müssen, erhob sich Angel. »Das verstehe ich vollkommen. Aber im Dunkeln ist es einfach zu gefährlich.«

Ein Muskel zuckte in seiner Wange. »Du hast doch eine Taschenlampe.«

»Die hilft nur bedingt.« Zögernd berührte sie seinen Arm. »Warren, ich verstehe, dass du Emma so schnell wie möglich finden willst, das will ich auch. Aber du bist schon verletzt, und wir brauchen beide Erholung, genauso wie Moonlight. Davon abgesehen wäre es viel zu gefährlich, weil wir es nicht sehen würden, wenn wir uns den Verbrechern nähern. Dafür werden sie uns durch die Taschenlampen sofort bemerken, und damit helfen wir weder Emma noch uns.« Ganz im Gegenteil, sie wären mit ziemlicher Sicherheit sofort tot. »Sie wissen nicht, dass wir hinter ihnen sind, sie haben also keinen Grund, zurückzukommen und dabei über uns zu stolpern. Entweder machen sie auch Pause, wovon ich ausgehe, wenn sie keine Taschenlampe dabeihaben, oder sie gehen weiter vorwärts.«

Die Unentschlossenheit war Warren deutlich anzusehen, doch schließlich nickte er. »Du hast recht.« Mit beiden Händen fuhr er sich durch die kurzen Haare. »Aber wenn Emma etwas passiert …«

Angel wollte ihm versichern, dass seiner Tochter nichts geschehen würde, aber sie brachte es nicht über die Lippen. Ohne darüber nachzudenken, drückte sie seinen Arm und spürte, wie er zusammenzuckte. Sofort ließ sie ihn wieder los und trat zurück. »Tut mir leid.« Ihr Blick wanderte automatisch zurück zu seiner nackten Brust. »Willst du dich nicht … wieder anziehen?«

Warren hielt ihr ein Bündel Kleidung entgegen. »Ich habe die Sachen ausgespült, sie waren sowieso nass und total schlammig. Wenn du mir das Erste-Hilfe-Set aus meinem Rucksack geben könntest, kann ich die Wunden verbinden und mir etwas anderes anziehen.«

Angel nahm die Sachen entgegen und hängte sie über einen Busch. »Setz dich auf den Baumstumpf dort und halt die Taschenlampe, ich kümmere mich um den Rest.«

Warren sah erst so aus, als wollte er protestieren, doch dann tat er, was sie ihm befahl. Sie konnte selbst nicht sagen, woher diese Seite an ihr plötzlich kam, normalerweise hielt sie sich immer im Hintergrund und kümmerte sich um ihre eigenen Dinge. Aber das war jetzt unwichtig, es zählte nur, Warren so schnell wie möglich zu verarzten und wieder in Klamotten zu bringen, bevor sie in Versuchung geriet, ihn zu berühren. Was ziemlich schnell passieren konnte, besonders als sie mit dem Verbandszeug zurückkam und Warren auf dem Baumstumpf sitzen sah. Seine Ellbogen hatte er auf die Oberschenkel gestützt, in einer Hand hielt er die Taschenlampe.

Sie blieb vor ihm stehen und bemühte sich um einen leichten Tonfall. »Du sollst dich anleuchten, nicht mich.«

Der Hauch eines Lächelns tauchte auf seinem Gesicht auf. »Du siehst aber bedeutend besser aus als ich.«

Unsicher blickte sie ihn an und entschied dann, dass er nur scherzte. Sie wusste genau, dass sie im Bestfall ganz passabel aussah und unter diesen Bedingungen sicher deutlich schlechter. Zumal sie sich im Gegensatz zu Warren noch nicht gewaschen hatte. »Die Wunden sind aber an deinem Körper und nicht an meinem.«

Warren schnitt eine Grimasse. »Das stimmt allerdings.« Intensiv blickte er sie an. »Und ich bin froh darüber.«

Sie runzelte verwirrt die Stirn. »Du freust dich, verletzt worden zu sein?« Wenn sie nicht mal mehr einer einfachen Unterhaltung folgen konnte, war sie offenbar müder, als sie gedacht hatte – oder zu sehr von Warrens nackter Brust abgelenkt.

»Nein, ganz sicher nicht. Ich meinte, ich bin froh, dass du nicht verletzt wurdest.«

»Oh, natürlich.« Sie hielt die Packung mit dem Verbandszeug hoch. »Wollen wir anfangen?«

Warren richtete die Taschenlampe auf seinen Arm. »Bringen wir es hinter uns.«

Die Verarztung Verletzter war nicht gerade Angels liebste Tätigkeit, aber sie konnte sie erledigen, wenn es sein musste.

Von ihrem Stiefvater hatte sie viel gelernt und dieses Wissen dann noch in Kursen erweitert, als sie mit dem Mantrailing begonnen hatte. Nicht immer waren vermisste Personen verletzt, aber manchmal konnte sie ihr Training dennoch gut gebrauchen. Von der ausgerenkten Schulter bis zu einem offenen Bruch war schon alles dabei gewesen. Viel konnte sie meist nicht tun, doch es gelang ihr zumindest, die Verletzten zu stabilisieren, bis ein Rettungshubschrauber in der Nähe landen konnte.

Angel nahm Pads und die antibakterielle Flüssigkeit heraus und beugte sich über Warrens Arm. Seine Handflächen waren am schlimmsten zugerichtet, tiefe Furchen zogen sich durch die Haut, an anderen Stellen war sie nur abgeschürft. Nach einem tiefen Atemzug begann sie, die Kratzer zu reinigen. Ihr Magen hob sich, als sie sich vorstellte, wie sehr ihn ihre vorsichtigen Berührungen schmerzen mussten. Seine Hand lag leicht auf ihrem angewinkelten Knie, doch sie spürte kein Zucken.

Erstaunt hob sie den Kopf und traf Warrens ruhigen Blick. »Tut dir das nicht weh?«

»Es ist kein Vergleich zu meinen alten Verletzungen.«

Unwillkürlich sah sie zu seiner Schulter, an der sie im schwachen Lichtschein die Narben gerade noch erahnen konnte. Sie wollte ihn danach fragen, ließ es dann aber. Stattdessen beugte sie sich wieder über seine Hand. »Trotzdem werde ich mich beeilen.«

»Dafür bin ich dir dankbar.« Ein Lächeln lag in seiner Stimme.

Seine Nähe ließ ihre Haut kribbeln, doch sie konzentrierte sich ganz darauf, seine zahlreichen Abschürfungen und Schnitte zu verarzten. Schließlich richtete sie sich auf und streckte ihren schmerzenden Rücken. »Das müsste alles gewesen sein. Oder bist du an den Beinen oder am Rücken auch verletzt?«

Sie wollte um Warren herumgehen, doch er sprang auf und drehte sich mit ihr.

»Nein.«

Die Antwort kam viel zu schnell, um der Wahrheit zu entsprechen. Angel runzelte die Stirn. »Wenn du deine Verletzungen unbehandelt lässt, können sie sich entzünden. Gerade in diesem Klima und unter diesen Bedingungen kann das gefährlich werden.«

»Das ist mir bewusst.«

Seiner verschlossenen Miene war anzusehen, dass er sich nicht umstimmen lassen würde, aber sie musste es zumindest versuchen. »Warren, ich verspreche auch, mich nur um die frischen Verletzungen zu kümmern. Es ist wirklich wichtig, dass wir nichts übersehen. Emma braucht dich gesund und munter.«

Seine Tochter war das einzige Argument, das zu Warren durchdringen konnte. Er atmete tief durch und nickte dann knapp. Wortlos nahm ihm Angel die Taschenlampe aus der Hand und trat um ihn herum. Auf seinem Rücken fand sie einige Schrammen, die sie nur schnell säuberte, bevor sie weitersuchte. Seinen angeschlagenen Ellbogen hatte sie vorher schon behandelt und verbunden. Als sie zu seiner vernarbten Seite kam, verspannten sich Warrens Muskeln sichtbar. Um ihn zu beruhigen, legte sie ihre Handfläche auf seinen Rücken. Ein Schauer lief durch seinen Körper. Sofort zog Angel die Hand weg.

Warren folgte ihrer Bewegung. »Nein, das fühlt sich gut an, lass die Hand dort.« Er drehte den Kopf, sodass er sie ansehen konnte. »Das heißt, natürlich nur, wenn du es möchtest.«

Hitze stieg in ihre Wangen, aber sie wich seinem Blick nicht aus, als sie die Hand wieder auf seinen Rücken legte. Deshalb sah sie auch das Aufblitzen in seinen Augen. Eine Weile standen sie einfach nur da und sahen sich an. Eine Berührung an ihrem Bein ließ sie schließlich aus der Trance erwachen. Erschrocken blickte sie nach unten und entdeckte Moonlight, die neben ihr stand und mit dem Schwanz wedelte.

Zögernd hob Angel den Kopf und traf Warrens Blick. »Ich sollte wohl besser weitermachen, damit wir heute noch ins Bett kommen.« Sein Mundwinkel hob sich ein winziges Stück, und Angel wurde bewusst, was sie gerade gesagt hatte. »Getrennt, natürlich.«

»Natürlich.«

Um einem weiteren Gespräch über das Thema Bett zu entgehen, machte Angel sich wieder an die Arbeit. Der Anblick seiner Narben stimmte sie traurig. Seine gesamte rechte Seite war vernarbt, es sah aus, als wäre seine Haut mit Feuer in Berührung gekommen. Und sein Bein, es war ein Wunder, dass er überhaupt damit laufen konnte, geschweige denn eine so lange Wanderung durchstand. Zahlreiche Operationsnarben wanden sich um den Unterschenkel und das Knie. Im Oberschenkel fehlte ein Stück Fleisch, als wäre es herausgerissen worden. Die Narben waren noch rot und zeugten davon, wie wenig Zeit erst seit der Verletzung vergangen war. Warren hatte viel Glück gehabt, dass er sich so gut bewegen konnte. Vermutlich war das nur seinem starken Willen geschuldet, den sie ja auch schon kennengelernt hatte.

Die Narben zogen sich auch über seine Schulter und bedeckten seitlich seinen Hals. Kurz vor dem Ohr endeten sie. Angel war froh, dass sein Gesicht nicht betroffen war, denn es gefiel ihr außerordentlich gut, so wie es war: die hohen Wangenknochen und das kantige Kinn, die lange Nase und der zwar schmale, aber schön geformte Mund, der zum Küssen verlockte. Aber auch die Narben stießen sie nicht ab. Es war furchtbar, dass er so hatte leiden müssen und es vermutlich immer noch tat, aber es beeinflusste in keiner Weise die Art, wie sie ihn wahrnahm.

Bevor sie es verhindern konnte, waren die Worte schon aus ihrem Mund. »Was ist passiert?«

Sofort spannte sich sein Körper wieder an. Für einen Moment dachte sie, dass Warren ihr nicht antworten würde, doch dann lockerten sich seine Muskeln, und er atmete tief aus. »Ich war mit einigen Männern aus meinem Team in Afghanistan auf Patrouille, als wir kurz vor dem Camp auf einen Sprengkörper fuhren. Er detonierte und riss das Fahrzeug auf.« Seine Stimme wurde mit jedem Wort rauer. »Ich habe es geschafft, rauszuklettern.« Ein Schauder lief durch seinen Körper und Angel rieb beruhigend über seinen Rücken. Fast bereute sie es, ihn gefragt und damit gezwungen zu haben, dieses furchtbare Ereignis noch einmal zu erleben. »Der Rest meines Teams hat es nicht geschafft. Diejenigen, die nicht bei der ersten Explosion gestorben sind, kamen bei der zweiten um, als sich das Benzin entzündet hat. Ich wurde von der Druckwelle weggeschleudert, nur deshalb habe ich überlebt.« Sein Mund verzog sich, während er auf die Narben blickte. »Mehr oder weniger intakt. Eine Seite meines Körpers haben die Flammen noch erwischt.«

Angels Kehle zog sich vor Mitleid zusammen. Es war Warren anzusehen, dass ihm weniger seine eigenen Verletzungen als vielmehr der Tod seiner Teamkameraden zu schaffen machte. Sanft legte sie ihm die Hand auf die Brust, dort, wo sein Herz schlug. »Ich bin sehr froh, dass du noch lebst.«

Das brachte ihr ein schwaches Lächeln ein. »Danke. Bis vor Kurzem warst du damit die Einzige, doch inzwischen bin ich dankbar, eine zweite Chance bekommen zu haben.«

»Das freut mich.« Angel gab sich einen Ruck und untersuchte rasch den Rest seines Körpers. Erleichtert, dass sie keine weiteren Verletzungen fand, trat sie schließlich zurück. »Alles klar. Ich denke, ich habe alles erwischt.«

Warren drehte sich zu ihr um. »Danke. Ich gehe dann mal ins Zelt und ziehe mich um.«

»Und ich sehe, ob ich mich auch noch ein wenig im Bach frisch machen kann. Komm, Moonlight.« Mit den Fingerspitzen berührte sie den Kopf der Hündin und wandte sich um. Auf keinen Fall wollte sie beobachten müssen, wie Warren in das Zelt kletterte, das sie bald mit ihm teilen würde. Und so sehr sie sich auch darüber freuen würde, ihn weiterhin halb nackt zu sehen – es war sicher besser, dass er sich jetzt anzog. Alles andere hätte ihre Willenskraft zu sehr auf die Probe gestellt.

18

Warren schloss den Reißverschluss der Fliegengaze und blieb einen Moment lang still sitzen. Durch den Stoff konnte er Angel in der Dunkelheit nicht sehen, nur ab und zu blitzte der Lichtstrahl ihrer Taschenlampe auf. Es gefiel ihm nicht, sie allein durch den Wald laufen zu lassen, selbst wenn es nur wenige Meter waren und er sich in Rufweite befand. Nur die Anwesenheit der Hündin hatte ihn davon abgehalten, Angel seinen Schutz aufzudrängen. Und die Tatsache, dass er sich dann vermutlich nicht daran hätte hindern können, sie zu berühren. Auch wenn er nicht verstand, wie er in solch einer Situation überhaupt darüber nachdenken konnte – es war so, und er konnte nichts dagegen tun. Irgendwann zwischen ihrem ersten Kontakt und gerade eben war sie ihm unter die Haut geschlüpft, und so sehr er es auch versuchte, er schaffte es einfach nicht, sie aus dem Kopf zu bekommen.

Obwohl ihm alles wehtat und er vor Sorge um Emma beinahe verrückt wurde, hatte er Angels Besorgnis und ihre sanften Berührungen genossen. Wenn er ganz ehrlich war, hatten sie ihn sogar erregt. Nur gut, dass Angel seinen Zustand wegen der Dunkelheit nicht bemerkt hatte. In seinen Shorts war die Erektion nicht zu verstecken gewesen. Ein Blick nach unten zeigte ihm, dass sich daran auch nichts geändert hatte. Er musste sich dringend ablenken, bevor sie ins Zelt kam.

Warren zog seinen Rucksack zu sich heran und begann, das auszupacken, was er benötigen würde. Seine Zähne hatte er schon am Bach geputzt. Während seiner Rutschtour war auch

Schlamm in seinen Mund gelangt, und er war froh, dass jetzt nichts mehr zwischen seinen Zähnen knirschte. Er nahm ein frisches T-Shirt aus dem Rucksack und schnitt eine Grimasse, als die Wunden an seinen Händen wieder zu schmerzen begannen. Vorsichtig, damit er Angels Bemühungen nicht zunichtemachte, zog er sich das Shirt über den Kopf und an seinem Oberkörper nach unten.

Da seine Hose noch nass war, beließ er es bei seinen Shorts. Unter der Decke sollte es warm genug sein, um in der Nacht nicht zu frieren. Vermutlich würde eher das Gegenteil geschehen, wenn Angel neben ihm lag. Mit einem genervten Stöhnen schob er den Gedanken von sich und beschäftigte sich damit, das Essen aus dem Rucksack zu holen.

Noch immer ärgerte er sich darüber, dass er keine Waffe dabeihatte. Wenn sie auf die Verbrecher trafen – und er weigerte sich, darüber nachzudenken, dass sie entkommen könnten –, würde es schwer werden, Emma unbewaffnet zu befreien. Hätte er eine Pistole oder noch besser ein Scharfschützengewehr gehabt, hätte er die Männer aus der Entfernung unschädlich machen können, bevor sie überhaupt wussten, dass er ihnen auf der Spur war. So aber würde er in den Nahkampf gehen müssen, was es für Emma umso gefährlicher machte. Er konnte nur hoffen, dass ihm die dichte Vegetation dabei helfen würde, sich nah genug heranzuschleichen. Wenn die Verbrecher wirklich so gefährlich waren, wie der FBI-Agent erzählt hatte, würde er Emma beim ersten Anzeichen einer Gefahr als menschlichen Schutzschild benutzen oder sie gleich töten.

Oh Gott, Emma. Anstatt ihr wieder näherzukommen, wie er es eigentlich gehofft hatte, hatte er sie durch den Ausflug nur in Gefahr gebracht. Er konnte sich vorstellen, wie Carol reagieren würde, wenn sie davon erfuhr. Vor Angst um ihre Tochter würde sie fast verrückt werden und ihn verfluchen. Wenn sie

Emma dann – hoffentlich – gesund und munter zurückbekam, würde sie Himmel und Hölle in Bewegung setzen, damit er seine Tochter nie wiedersah. Zum Teil konnte er das sogar verstehen, aber so sehr ihm die ganze Sache auch leidtat, er war nicht bereit, auf sein Besuchsrecht zu verzichten. Emma war seine Tochter, und er würde sie nie aufgeben.

Ein ratschendes Geräusch ertönte und riss Warren aus seinen trüben Gedanken. Automatisch wollte er nach seiner Waffe greifen, die er nun schon seit Monaten nicht mehr trug. Stattdessen wirbelte er herum, sodass er den Eingang des Zeltes im Blick hatte. Erleichtert atmete er auf, als er erkannte, dass es Angel war, die jetzt hineinschlüpfte. Sofort machte er ihr Platz – zum Teil auch aus Selbstschutz, denn frisch gewaschen wirkte sie noch anziehender auf ihn als vorher schon. Ein überraschender Duft stieg ihm in die Nase, und er lehnte sich unauffällig näher, um ihn bestimmen zu können.

In diesem Moment drehte Angel sich um und blickte ihm in die Augen. »Was tust du da?«

Leicht verlegen zuckte er mit den Schultern. »Nichts.« Als sie ihn nur weiter ansah, gab er nach. »Du riechst so gut, ich wollte herausfinden, woran das liegt.«

Ihre Augenbrauen hoben sich. »Ich habe mich gewaschen.«

»Ja, ich auch, aber ich hatte keine Seife dabei.«

»Das wäre bei deinen Wunden auch nicht gut gewesen. Aber ich hätte dir meine anbieten sollen, tut mir leid, ich habe nicht daran gedacht. Ich benutze immer eine aus natürlichen Substanzen hergestellte Seife, die belastet die Umwelt nicht.«

Ja, das passte zu ihr. Ihn interessierte allerdings mehr die Tatsache, dass der Geruch ihre natürliche Schönheit noch unterstrich. Damit würde es ihm noch schwerer fallen, die Finger von ihr zu lassen … Er räusperte sich und wechselte schnell das Thema. »Hast du Hunger?«

»Ich könnte einen Bären essen.« Sofort drehte sie sich zum Eingang um. »Ich hoffe, das hat kein Bär gehört.«

Warren stieß ein überraschtes Lachen aus. »Davor musst du wohl keine Angst haben. Ich habe allerdings nur etwas Brot und Käse anzubieten.«

»Das hört sich gut an. Ich habe zwar auch eine Dose dabei, aber ich muss ehrlich gestehen, dass ich keine Lust mehr habe, den Kocher anzuschmeißen.«

Er blickte auf ihren Rucksack. »Du hast allen Ernstes auch noch einen Kocher dabei?«

»Wenn ich nicht weiß, wie lange ich unterwegs sein werde und vor allem in welchen Zustand die vermisste Person ist, nehme ich immer einen mit.«

Die Erinnerung an den Grund ihres Hierseins ließ ihn erstarren. »Ich verstehe.« Seine Stimme klang belegt.

Angel legte ihre Hand auf seine. »Entschuldige.«

Mühsam riss er sich zusammen. »Dafür gibt es keinen Grund. Ich bin dir sehr dankbar für deine Hilfe. Ohne dich wäre ich hier aufgeschmissen.«

Sie lächelte ihm schwach zu. »Das halte ich zwar für ein Gerücht, aber ich helfe dir gerne. Wir werden Emma finden, daran musst du glauben.«

Warren räusperte sich und zog vorsichtig die Hand zurück. »Essen wir etwas.« Je schneller sie damit fertig waren, desto eher konnte er schlafen und damit alles andere wenigstens für kurze Zeit ausblenden. Jedenfalls hoffte er das.

In freundschaftlichem Schweigen saßen sie kurz darauf im Zelt und füllten ihre Energiereserven auf. Mit jedem Bissen merkte Warren, wie er an Kraft gewann. Nach ein paar Stunden Schlaf sollte er wieder so gut wie neu sein. Abgesehen von den Verletzungen, die ihn aber hoffentlich nur minimal behindern würden. Auch Angel hatte wieder etwas Farbe bekommen, dafür schien sie jedoch fast im Sitzen einzuschlafen. Deshalb entschied Warren, dass Schlaf jetzt wichtiger war, als noch mehr zu essen. Er packte die Nahrungsreste wieder in seinen Rucksack und schob ihn ans Kopfende des Zeltes.

»Hat Moonlight alles, was sie braucht?« Angel hatte ihr eine kleine Decke vor das Innenzelt gelegt, auf der die Hündin jetzt schlief.

»Ja, ich habe ihr einen Napf mit Wasser hingestellt. Sie wird vermutlich bis morgen früh durchschlafen.« Angel unterdrückte ein Gähnen. »Tut mir leid.«

»Legen wir uns einfach hin, ich bin auch todmüde.« Und das war keine Übertreibung. Er würde keine Minute länger die Augen aufhalten können.

Mit einem dankbaren Lächeln schlüpfte Angel in den Schlafsack und schloss die Lider. Auch Warren legte sich hin, nahm sich aber die Zeit, Angel noch einmal zu betrachten. Ungeschminkt und mit geschlossenen Augen wirkte sie noch jünger als sonst, und er fragte sich, wie alt sie überhaupt war. In diesem Moment hoben sich ihre Lider, und sie blickte ihn direkt an.

»Was machst du denn noch?« Ihre Worte klangen vor Müdigkeit gedehnt.

»Nichts.« Einem Impuls folgend beugte er sich zu ihr hinüber und küsste leicht ihre Wange. »Gute Nacht.«

Verwirrung stand in ihren Augen, aber schließlich lächelte sie nur. »Schlaf gut.«

Warren knipste die Taschenlampe aus, legte sie ans Kopfende, damit er sie schnell wiederfinden konnte, und drehte sich auf den Rücken. Angels leise Atemzüge waren wie ein Wiegenlied, das ihn innerhalb weniger Minuten in einen tiefen Schlaf sinken ließ. Sein letzter Gedanke galt Emma, und er hoffte, dass es ihr gut ging und sie daran glaubte, dass er sie finden würde.

»Verdammt, es kann doch wohl nicht sein, dass wir immer noch nicht wissen, wo sich die Verbrecher im Moment aufhalten!« Gabriel versuchte, seine Beherrschung nicht ganz zu verlieren, aber es fiel ihm sehr schwer. »Was ist mit dem Vater der Geisel und der Hundeführerin, sind sie inzwischen schon weitergekommen?«

Hal blickte vom Bildschirm auf. »Die beiden haben sich für die Nacht abgemeldet, sie können in der Dunkelheit nicht weitergehen.« Er drehte seinen Laptop so, dass Gabriel die Karte darauf sehen konnte. »Sie sind jetzt hier.« Mit dem Zeigefinger deutete er auf einen Punkt mitten im hügeligen Teil des Parks. »Davis und Thomas sind auch dort durchgekommen.«

Angespannt starrte Gabriel auf die Karte, fand aber keinen Hinweis, wohin die Entflohenen von dort aus gegangen sein könnten. »Ja, aber wir wissen nicht, wann und auch nicht, ob sie vielleicht noch irgendwo in der Nähe sind oder schon ganz woanders.«

Hal nickte zustimmend. »Leider nicht. Aber immerhin ist es sicher, dass sie noch in die gleiche Richtung gehen. Ich denke, damit können wir davon ausgehen, dass sie nicht kopflos flüchten, sondern wirklich ein Ziel haben.«

Was er im Grunde schon die ganze Zeit vermutet hatte, deshalb war es auch keine große Überraschung. »Das hilft uns aber auch nichts, solange wir keine Ahnung haben, wo und wann sie aus dem Wald herauskommen. Selbst mit den Polizisten und den Rangern können wir so ein riesiges Gebiet nicht abdecken.«

»Wir können die Hubschrauber mit ihren Wärmebildkameras noch mal losschicken, in der Nacht sollten sich die Wärmespuren besser entdecken lassen als tagsüber.«

Für die Geisel war es zwar nicht ganz ungefährlich, wenn die Verbrecher den Hubschrauber bemerkten, aber da es das Einzige war, was sie jetzt noch tun konnten, nickte er. »Schick sie los. Lass sie dort anfangen, wo Harper und die Hundeführerin übernachten. Aber sie sollen vorsichtig sein und sich den Mördern nicht nähern.« Gabriel rieb sich über die Schläfe, hinter der sich ein unangenehmer Druck bemerkbar machte.

»Alles klar.« Hal griff zum Telefon.

Ein Klopfen ertönte von der Tür her, die sich gleich darauf öffnete. Detective Heron steckte seinen Kopf herein. »Entschuldigen Sie die Störung, ich habe hier …« Weiter kam er nicht, denn er wurde unsanft zur Seite geschoben, und eine rothaarige Frau betrat den Raum.

»Ich will wissen, wo sie ist!« Die laute Stimme hallte von den Wänden wider.

Gabriel runzelte die Stirn. »Wer sind Sie?«

Die Frau baute sich vor ihm auf. »Ich bin Carol Harper. Und wer sind Sie?«

Heron mischte sich ein. »Das ist Emmas Mutter. Sie ist gerade hier angekommen und möchte Informationen zum Verbleib ihrer Tochter.« Entschuldigend zuckte er hinter ihrem Rücken mit den Schultern. »Mrs Harper, das ist Special Agent in Charge Lynch. Er …«

Sie ließ den Detective nicht ausreden. »Was tun Sie, um meine Tochter zu finden? Wie hat mein Exmann es überhaupt geschafft, sie zu verlieren? Wenn ihr etwas passiert, werde ich …«

Gabriel unterbrach sie genervt. »Ich bedaure, dass Ihre Tochter verschwunden ist, Mrs Harper. Aber wir tun alles, was in unserer Macht steht, um sie so schnell wie möglich wiederzufinden.«

Die Frau schlang die Arme um ihre Taille. »Ach ja? Und warum ist Emma dann noch nicht hier? Es kann doch wohl nicht so schwer sein, sie zu finden.« Deutlich war die Sorge um ihre Tochter in ihren Worten zu hören.

Heron sprang ein. »Sie ist im Regenwald-Teil des National Parks verschwunden. Das bedeutet Hunderte von Meilen teilweise unpassierbaren Gebietes. Einen Menschen, noch dazu ein Kind, dort zu finden, ist nicht so leicht. Mr Harper …«

Bei der Erwähnung ihres Exmannes blitzten ihre Augen wütend auf. »Wo ist Warren? Ich hätte erwartet, dass er mit Ihnen zusammenarbeitet, um seine Tochter wiederzufinden. Ich habe ihm gesagt, dass es keine gute Idee ist, in diesen Park zu fahren. Aber nein, natürlich hört er nicht auf mich. Warum auch, er weiß ja besser, was gut für unser Kind ist.« Bitter lachte sie auf. »Obwohl er Emma seit ihrer Geburt nur ein paarmal gesehen hat. Und er hat es nicht einmal für nötig befunden, mich darüber zu informieren, dass sie weg ist!« Offenbar reagierte Mrs Harper sehr empfindlich, wenn es um den Vater ihrer Tochter ging. Wut und Enttäuschung schwangen in ihrer Stimme mit.

Wieder versuchte Heron besänftigend einzugreifen. »Ihr Exmann ist unterwegs und sucht nach Ihrer Tochter.«

Die Falten um ihre Mundwinkel vertieften sich. »Wollen Sie mir sagen, dass Warren gerade planlos durch den Wald läuft? Wie will er Emma so finden?« Ihre Stimme brach.

Herons Lippen wurden schmaler. »Er ist dort mit der Hundeführerin Angel Burns und ihrem Suchhund auf Emmas Spur. Dank ihnen wissen wir, wo sie sich ungefähr befindet.« Offenbar hatte Heron verstanden, dass es besser war, der Mutter nichts von den Verbrechern zu erzählen. Es reichte, wenn sie dachte, dass ihre Tochter sich einfach nur im Wald verirrt hatte.

Mrs Harper schnaubte geringschätzig. »Ihnen ist aber schon bewusst, dass Warren erst vor ein paar Monaten aus der Reha gekommen ist? Er ist körperlich ein Wrack. Und psychisch auch. Seit der Sache in Afghanistan leidet er unter einer posttraumatischen Belastungsstörung. Einmal habe ich so einen Anfall miterlebt und kann nur sagen, es war beängstigend. Er wusste gar nicht mehr, wo er war.« Ein Schauder lief durch ihren Körper. »Und so einer soll meine Tochter finden?«

Es gefiel Gabriel überhaupt nicht, daran erinnert zu werden, dass sein derzeit bester Trumpf ein Ex-Marine war, der sowohl physisch als auch psychisch nicht im Vollbesitz seiner Kräfte war. Valerie hatte ihn vorhin darüber in Kenntnis gesetzt. Aber es war nicht zu ändern, sie brauchten ihn nun mal. Außerdem hatte er keine Handhabe, Harper zurückzuholen. Der Mann würde seine Tochter nie im Stich lassen, selbst wenn Gabriel es ihm befehlen würde. »Er kam mir bisher ganz vernünftig vor.«

Mrs Harper wirkte nicht gerade überzeugt. »Und was tut die Polizei und das FBI? Sitzen Sie hier nur rum? Sie müssen meine Tochter finden!«

Dem Detective war deutlich anzusehen, dass er kurz vor einer Explosion stand, deshalb übernahm Gabriel schnell. »Wir werden dafür sorgen, dass Sie Ihre Tochter so schnell wie möglich zurückbekommen. Und jetzt entschuldigen Sie uns bitte, wir haben zu arbeiten.«

»Aber …«

Gabriel ließ sie nicht ausreden. »Wir werden Sie sofort benachrichtigen, sobald es etwas Neues zu Ihrer Tochter gibt.« Er wandte sich an den Detective. »Bitte bringen Sie Mrs Harper in der Lodge unter.«

Heron nickte knapp und führte die protestierende Frau aus dem Raum. Danach herrschte für einen Moment völlige Stille.

»Verdammt, was für eine Harpyie!« Hals Fluch brachte sie zum Lachen. Doch genauso schnell stellte sich auch wieder Ernüchterung ein. »Wer hat sie überhaupt informiert? Sie wird uns bestimmt noch einigen Ärger bereiten.«

»Julie. Wir müssen die Angehörigen informieren, wenn jemand verschwindet, besonders Kinder.« Gabriel seufzte. »Vermutlich dreht Mrs Harper nur wegen der Sorge um ihre Tochter so durch, darauf sollten wir Rücksicht nehmen.« Er rollte seine verspannten Schultern. »Weck alle, wir verlegen unser Hauptquartier nach Süden. Ich will so nah an den Schweinen dran sein wie möglich. Ein Hubschrauber soll sich ständig zu unserer Verfügung halten, falls wir schnell aufbrechen müssen. Außerdem will ich weit weg von dieser Frau sein.«

Hal runzelte die Stirn. »Sollten wir uns nicht vielleicht auch ein wenig hinlegen, damit wir morgen ausgeruht sind?« Ein Blick auf Gabriels Gesichtsausdruck reichte, um Hal zurückrudern zu lassen. »Ich informiere alle.«

»Gut.« Da er wusste, dass seine Leute nicht ewig durchhalten würden, machte er ein Zugeständnis. »Wir können abwechselnd schlafen, wenn wir unten bei Hoh Rain angekommen sind. Solange wir keine neuen Informationen bekommen.«

»Okay.«

Gabriel ließ Hal seine Aufgabe erledigen und verließ den Raum. Es kam ihm vor, als wäre er schon ewig hier eingesperrt gewesen, er brauchte dringend frische Luft. Die Lobby der Lodge war wie ausgestorben, nur ein Ranger stand als Wachposten vor der Tür. Er nickte Gabriel zu, bevor er den Blick wieder über das Gelände schweifen ließ. Da er niemanden sehen wollte, ging Gabriel um das Haus herum zur rückwärtigen Terrasse, die den See überblickte. Kühle Nachtluft umgab ihn, und zum ersten Mal seit Stunden hatte er das Gefühl, wieder frei durchatmen zu können.

Mit einem tiefen Seufzer ließ er sich auf eine der Bänke sinken und stützte die Ellbogen auf die Knie. Einzelne Laternen beleuchteten die Rasenfläche vor dem Haus, doch der See lag im Dunkeln. Die Luft roch nach feuchter Vegetation und den Blumen, die in Kübeln auf der Terrasse standen. Es war so friedlich, dass er beinahe dachte, er hätte sich die Flucht der beiden Verbrecher nur eingebildet. Leider war es nicht so. Gabriel fuhr sich mit beiden Händen über das Gesicht. Ray hätte es hier gefallen, Natur hatte ihn immer fasziniert, während er selbst eher in der Stadt zu Hause war. Trotz der grauenhaften Fälle, die sie häufig bearbeiteten, hatte Ray immer die Zeit gefunden, sich die Umgebung anzusehen. Mehr als einmal hatte er darüber sinniert, sich in einem der Orte niederzulassen, wenn er erst pensioniert war. Und jetzt würde keiner von Rays Plänen in Erfüllung gehen.

Trauer und Wut pressten Gabriels Brustkorb zusammen, und er wünschte sich, all die in ihm aufgestauten Gefühle einfach hinausschreien zu können. Doch das tat er nicht, weil er nicht wusste, ob er dann jemals wieder damit aufhören könnte. Er war jetzt zweiundvierzig Jahre alt und kurz davor, auszubrennen. Aber was hätte er denn schon ohne seinen Job gehabt? Die vielen Reisen und langen Arbeitszeiten waren tödlich für jede ernsthafte Beziehung, das hatte er schon vor einiger Zeit bemerkt. In Seattle erwartete ihn nur eine leere Wohnung, und nachdem seine Schwester nun verheiratet war, würde er auch sie weniger sehen. Aber er wollte sich gar nicht beschweren, er liebte seinen Job und war auch ganz gern allein. Solange er arbeiten konnte, war alles in Ordnung.

Aus den Augenwinkeln nahm Gabriel eine Bewegung wahr und drehte ruckartig den Kopf. Seine Hand verharrte auf dem Weg zum Schulterholster, als er Valerie erkannte. Langsam kam sie näher, als rechnete sie damit, dass er auf sie schießen oder ihr den Kopf abreißen würde. Selbst für ihre Verhältnisse war sie blass, ihre kurzen Haare standen zu allen Seiten ab. Schlechtes Gewissen kam in ihm auf. Zwar verlangte er immer viel von seinen Leuten, aber diesmal hatte er sie über Gebühr gefordert. Manchmal vergaß er, dass die Lebenden mindestens genauso wichtig waren wie die Toten.

»Entschuldige, ich wollte dich nicht stören.« Einige Meter entfernt von ihm war Valerie stehen geblieben und wirkte, als wollte sie gleich wieder flüchten.

Mit Mühe setzte er einen freundlicheren Gesichtsausdruck auf. »Das tust du nicht, ich wollte nur ein wenig frische Luft schnappen.«

»Oh, das kann ich verstehen.« Vorsichtig trat sie ein paar Schritte näher. »Was dagegen, wenn ich mich zu dir setze?«

Mit der Hand deutete Gabriel einladend auf die Bank. Ihm war zwar nicht unbedingt nach Gesellschaft, aber Valerie hatte offensichtlich etwas auf dem Herzen, das er sich als ihr Teamführer anhören sollte. »Hat Hal dir gesagt, dass wir gleich aufbrechen?«

Valerie setzte sich neben ihn, ließ aber genügend Abstand. »Ja, ich war eben im Hauptquartier.« Sie schwieg einen Moment. »Ich halte das für eine gute Entscheidung, sie werden bestimmt nicht wieder hierher zurückkommen.«

»Wie kommst du darauf?« Eigentlich war er der gleichen Ansicht, aber er wusste gerne, was seine Leute dachten.

»Es wäre unlogisch, den ganzen Weg wieder zurückzulegen, besonders wenn sie genau wissen, dass es hier inzwischen vor Polizei wimmeln muss. Dann hätten sie sich gleich in eine andere Richtung bewegt. Ihre einzige Chance ist es, an einer Stelle durchzubrechen, wo sie niemand erwartet oder nicht genug Leute sind, um sie zu stellen.«

Gabriel nickte. »Das ist naheliegend.«

»Ich denke immer noch, dass Russell Davis seinen Mitgefangenen nur am Leben gelassen hat, weil der ihm irgendwie behilflich sein kann. Ich bin noch einmal alle Unterlagen durchgegangen und ziemlich sicher, dass es wirklich nur dessen Kenntnis der Umgebung sein kann. Die eingeschlagene Richtung weist ja auch darauf hin. Sonst steht in Damons Akte nichts, das auf irgendeine Verbindung zu Davis hinweist.« Sie errötete, als sie seine hochgezogene Augenbraue sah.

»Damon?«

Valerie zuckte mit den Schultern. »Ich habe die Akten so lange studiert, dass ich das Gefühl habe, die beiden Häftlinge persönlich zu kennen.«

Das war ihm auch schon öfter so gegangen, besonders in der Anfangszeit als FBI-Agent, aber er würde es trotzdem weiter beobachten. Es war schon interessant, dass sie Russell Davis beim Nachnamen nannte, den anderen Verbrecher aber beim Vornamen. »Lass sie nur nicht zu nahe herankommen, sonst können sie es gegen dich verwenden.«

»Das werde ich nicht.« Valerie räusperte sich. »Nach allem, was ich gelesen habe, denke ich, dass Davis die treibende Kraft hinter dem Ausbruch ist. Die vorläufigen rechtsmedizinischen Ergebnisse stützen die Annahme, dass er Ray und die Wachleute ermordet hat. Vermutlich hatte Damon Thomas nur die Wahl zwischen Tod und gemeinsamer Flucht.«

»Das ist aber eine sehr gewagte These, Agent Hayes.«

Ihr Kinn schob sich vor. »Das mag sein, aber auch sie wird von den forensischen und anderen Beweisen gestützt. Davis konnte sich selbst befreien, Thomas jedoch wurde erst später befreit. Und zwar von Davis, wie die Fingerabdrücke auf dem Schlüsselbund beweisen. Auf der Waffe, mit der die Wachleute und Ray erschossen wurden, waren ebenfalls nur die Abdrücke von Davis. Außerdem hört man auf Rays Handyaufnahme nur die Stimme von Davis. Lucas stimmt mit meiner Schlussfolgerung überein.«

Gabriel lehnte sich auf der Bank zurück. »Ich auch, ich wollte nur sichergehen, dass du dich nicht nur von einem gutaussehenden Gesicht beeinflussen lässt.«

Wieder stieg Röte in ihre Wangen, diesmal allerdings vor

Wut. Valerie richtete sich auf, ihre Augen blitzten. »Wenn du so von meiner Arbeit denkst, warum bin ich dann in diesem Team? Ich dachte bisher, du wolltest extra jemanden haben, der sich nicht zu schade ist, sich durch Berge von Papierkram oder das Internet zu wühlen, um den Fall von allen Seiten zu beleuchten. Denn das ist es, was ich tue, egal, wie eindeutig etwas aussieht.«

»Ich weiß genau, wo deine Stärken liegen, Valerie. Und du hast recht, dafür habe ich dich ins Team geholt. Aber wir können es uns in diesem Fall nicht leisten, zu viel anzunehmen oder zu schlussfolgern, sondern wir brauchen harte Fakten. Und die sagen im Moment nur, dass die beiden Verbrecher ein Kind in ihre Gewalt gebracht haben und gerade irgendwo im Olympic unterwegs sind.« Frustriert stieß er seinen Atem aus. »Okay, was hast du noch?«

Valerie blickte ihn prüfend an, als müsste sie entscheiden, ob sie ihm noch mehr erzählen wollte. »Ich habe vorhin noch mal mit dem Anwalt gesprochen, der Damon Thomas' Antrag eingereicht hat. Genaueres wollte er mir immer noch nicht erzählen, aber er ist der festen Ansicht, dass sein Mandant unschuldig ist und sie das auch beweisen können. Allerdings gibt es da wohl noch ein paar Hindernisse wie fehlender Zugang zu wichtigen Beweisstücken. Thomas wurde vorher von einem anderen Anwalt vertreten, der inzwischen verstorben ist. Jedenfalls versucht der neue Anwalt nun zu beweisen, dass Thomas überhaupt kein Motiv hatte, den Mord zu begehen.«

»Das heißt aber nicht, dass er nicht der Täter ist. Davis hatte für seine Taten auch kein wirkliches Motiv außer die Freude am Töten.«

»Ja, solche Täter gibt es auch, aber ich glaube nicht, dass Thomas so einer ist.« Sie hielt die Hand hoch, als Gabriel etwas einwenden wollte. »Und das habe ich nicht aus seinem

Aussehen geschlossen, sondern aus den Informationen, die ich über ihn gesammelt habe. Nahezu jeder aus seinem näheren Umfeld beschreibt ihn als einen sehr umgänglichen, freundlichen und hilfsbereiten Menschen. Der Kontakt zu seiner Familie ist sehr eng. Ich habe mit seiner Schwester gesprochen, die ebenfalls davon überzeugt ist.«

»Deshalb kann er trotzdem jemanden getötet haben.«

»Natürlich, und ich will das auch gar nicht ausschließen. Es geht nur darum, herauszufinden, wie er reagieren wird, wenn wir die Flüchtigen stellen sollten. Ich denke nicht, dass er für andere gefährlich ist, und ich könnte mir sogar vorstellen, dass er versuchen würde, das Kind zu beschützen.«

Gabriel zog die Augenbrauen hoch. »Woher willst du das wissen?«

»Ich weiß es natürlich nicht sicher, aber ich habe das Gefühl, dass Damon nicht der ist, für den wir ihn halten. Alles, was ich bisher über ihn gelesen und erfahren habe, spricht dafür, dass er einem Kind nichts tun würde.«

Wieder der Vorname. »Ich verstehe. Dann hoffen wir, dass er Emma wirklich beschützt, denn ich fürchte, dass sie jede Hilfe benötigen wird, die sie bekommen kann. Wenn Davis in die Enge getrieben wird, ist jeder in seiner Nähe in höchster Gefahr.« Gabriel erhob sich. »Warum packst du jetzt nicht zusammen, und wir sprechen später weiter? Ich möchte so schnell wie möglich los.«

Es war deutlich zu sehen, dass Valerie noch etwas sagen wollte, aber schließlich nickte sie nur und stand ebenfalls auf. Gabriel blickte ihr nach, bis sie um die Hausecke verschwunden war. Er hatte das dumpfe Gefühl, dass er sie im Auge behalten musste.

19

Ein Schlag traf Angel am Arm und weckte sie auf. Orientierungslos blieb sie einen Moment liegen und lauschte den Geräuschen, die beinahe nach einem Kampf klangen. Dann erinnerte sie sich wieder daran, wo sie war und wer neben ihr lag. Ein tiefes Stöhnen erklang, das ihr eine Gänsehaut verursachte. War jemand in ihr Zelt eingedrungen und hatte Warren angegriffen? Nein, dann hätte Moonlight sich gemeldet. Es sei denn, der Angreifer hatte zuerst die Hündin außer Gefecht gesetzt. Furcht breitete sich in ihrem Körper aus. Am liebsten wäre sie sofort aufgesprungen und hätte nachgesehen, ob alles mit Moonlight in Ordnung war, doch das war zu gefährlich.

Deshalb tastete sie zuerst nach der Taschenlampe, die irgendwo am Kopfende liegen musste. Gerade als sich ihre Finger darum schlangen, stieß Warren einen markerschütternden Schrei aus. Moonlight winselte und kratzte an dem Stoff, der ihren Schlafplatz vom Inneren des Zeltes trennte. Erleichterung darüber, dass es der Hündin gut ging, mischte sich mit Sorge um Warren. Lautlos richtete Angel sich auf und knipste dann die Taschenlampe an. Was sie sah, ließ sie alles andere sofort vergessen.

Warren schien in einem Albtraum gefangen zu sein, Schweiß durchtränkte seine Kleidung und schimmerte auf seiner Haut, sein Gesicht war totenblass, die Augen fest zugekniffen. Sein Mund war zu einem lautlosen Schrei aufgerissen, mit den Händen schien er nach einem Halt oder vielleicht auch einem Gegner zu greifen. Raue Laute drangen aus seiner Kehle und ließen es Angel kalt über den Rücken rieseln. Was immer er gerade erlebte, musste furchtbar sein. Sie wusste nicht genau, ob es das Richtige war, aber sie musste Warren wecken und ihn von dieser Qual befreien. Ein Psychologe hätte vielleicht gesagt, dass er diese Träume brauchte, um darüber die Geschehnisse zu verarbeiten, doch sie wusste, wie es war, ein traumatisches Erlebnis immer wieder durchleben zu müssen – ohne Einfluss darauf, wie es ausging.

Entschlossen umfasste sie seine Schulter und schüttelte ihn sanft. Er schien es nicht einmal zu bemerken. Im Gegenteil, seine Bewegungen wurden immer heftiger, und sie musste ausweichen, um nicht wieder von seinem Arm getroffen zu werden. »Warren, wach auf!«

Auch ihre Stimme hatte keinerlei Wirkung auf ihn, genauso wie vor einigen Stunden, als er in seinem Flashback gefangen gewesen war. Noch einmal mochte sie ihn allerdings nicht schlagen, nachdem er schon so viele Verletzungen erlitten hatte. Es konnte auch sein, dass er dann aggressiv wurde, weil er es für einen Teil seines Traumes hielt. Das schränkte ihre Möglichkeiten beträchtlich ein. Schließlich entschied sie sich dafür, sich über ihn zu rollen und damit seine Arme unter ihrem Körper zu begraben. Als er sich dagegen zu wehren versuchte, beugte sie sich vor und legte ihre Hände um sein Gesicht.

»Warren, ich bin es, Angel. Du bist hier in Sicherheit, es ist alles in Ordnung.« Das war zwar gelogen, schließlich war Emma immer noch in den Händen der Verbrecher, aber das würde sicher nicht zu seiner Beruhigung beitragen. Sein Körper hob sich, und sie hatte alle Mühe, nicht abgeworfen zu werden. »Warren!«

Anscheinend drang sie nicht richtig zu ihm durch, es war, als würde er in einer eigenen Welt leben und seine Sensoren wären nur auf diese ausgerichtet. Wie konnte sie zu ihm gelangen und ihn dort herausholen? Ihr fiel nur eine einzige Methode ein, allerdings war sie nicht sicher, ob sie funktionieren würde. Sie konnte nur hoffen, ihn damit nicht noch mehr aufzuregen. Zögernd presste sie ihren Mund auf seine Lippen und küsste ihn sanft, während sie gleichzeitig seinen Kopf festhielt. Zuerst reagierte er gar nicht, sein Mund verharrte bewegungslos an ihrem, und sie war schon fast so weit, auch diesen Versuch als gescheitert anzusehen.

Langsam öffneten sich seine Augen und er blinzelte verwirrt. Es war deutlich zu erkennen, dass er nicht wusste, wo er sich befand. Oder wer sie war. Er machte eine Bewegung, als wollte er sich von ihr lösen, doch Angel hielt sein Gesicht weiterhin mit beiden Händen fest. Mit den Daumen strich sie ihm sanft über die Wangenknochen, um ihn zu beruhigen. An ihrer Brust spürte sie deutlich seinen schnellen Herzschlag, und weiter unten regte sich sein Schaft. Trotzdem unternahm er nichts, sondern blickte sie einfach nur an. In seinen hellbraunen Augen konnte sie erkennen, dass er mit sich kämpfte, seine Hände ballten sich neben seinem Körper zu Fäusten. Der Druck an ihrem Bauch wurde immer größer, und Angel hielt es nicht mehr aus.

Noch einmal beugte sie sich zu ihm hinunter und strich mit ihren Lippen über seine. Doch Warren reagierte nicht, wie sie es erwartet hatte, sondern blieb still unter ihr liegen. Sein Mund blieb geschlossen. Ein Stich fuhr durch ihr Herz, als sie erkannte, dass sie sein Verhalten falsch gedeutet haben musste. Er begehrte sie nicht. Gekränkt wollte sie sich zurückziehen, als Warrens Arme sich ohne Vorwarnung fest um ihren Körper schlangen und er sich mit ihr herumwarf. Hart landete sie auf dem Rücken und bekam für einen Moment keine Luft mehr.

»Warren …«

Weiter kam sie nicht, denn sein Mund senkte sich auf ihren und er küsste sie, als hinge sein Leben davon ab. Das Verlangen wurde fast übermächtig, und Angel erwiderte den Kuss mit allem, was sich in ihr aufgestaut hatte. Sie legte die Arme um seinen Nacken und hielt ihn über sich fest. Nicht dass das nötig gewesen wäre, offenbar war etwas in Warren gerissen und hatte eine gewaltige Leidenschaft in ihm ausgelöst, die jede Zurückhaltung verschwinden ließ. Seine Zunge wand sich um ihre und erforschte dann jeden Winkel ihres Mundes. Fast wirkte es, als wollte er sie verschlingen, aber damit hatte sie kein Problem.

Erregung brachte ihren Körper zum Kochen, und sie wünschte, sie wären beide nackt, damit sie seine Haut an ihrer fühlen konnte. Anscheinend hatte Warren ein ähnliches Bedürfnis, denn seine Hände schoben sich unter ihr T-Shirt und legten sich um ihre Taille. *Oh Gott, das fühlte sich so gut an!* Instinktiv hob sie die Hüfte, um ihm näher zu kommen. Seine Erektion an ihrem Oberschenkel bewies Angel, dass er ganz bei der Sache war. Der Albtraum war offensichtlich vergessen und hatte dem Verlangen Platz gemacht. Das war zwar nicht unbedingt ihr Plan gewesen, aber sie würde sich sicher nicht darüber beschweren. Ganz im Gegenteil, sie wollte mehr, viel mehr.

Warren hob seinen Körper an, und sie stöhnte protestierend auf. Nein, er sollte bei ihr bleiben! Raue Finger glitten über ihre Rippen nach oben und legten sich über ihre nackten Brüste. Angel bog den Rücken durch, um sich noch fester in seine Hände zu pressen. Erregung durchzuckte sie, als seine Finger sich um ihre Brustspitzen schlossen. Ihr Griff an seinem Nacken wurde fester, der Kuss noch verzweifelter. Ungeniert rieb sie ihre Scham an seiner Hüfte. *Mehr!* Warren musste den stummen Befehl gehört haben, denn er schob sich an ihrem Körper nach unten, bis er seine Lippen um ihre Brustwarze schließen konnte. Ein Schrei entfuhr ihr, als er hart daran saugte.

Seine andere Hand spielte weiterhin mit ihrer zweiten Brust. Sein Oberkörper lag zwischen ihren geöffneten Beinen und rieb bei jedem Atemzug über ihre empfindlichste Stelle. Es war eine wunderbare Tortur, die Angel dennoch unbefriedigt zurückließ. Mühsam löste sie ihre Finger von seinem Nacken und ließ sie an seinem Körper nach unten wandern. Ohne Rücksicht auf Verluste riss sie an seinem T-Shirt, bis es an seinem Körper nach oben rutschte. Jetzt presste sich seine nackte Haut an ihre Scham, nur hatte sie immer noch ihre Jogginghose an, und solange Warren auf ihr lag, würde es ihr auch nicht gelingen, sie loszuwerden.

Sie musste einen verzweifelten Laut von sich gegeben haben, denn Warren hob den Kopf. Sein Atem strich über ihre Brustspitze und löste einen erregten Schauer aus. Bevor sie erkannte, was er vorhatte, hatte Warren sich hochgestemmt und ihre Hose heruntergezogen. Innerhalb von Sekunden lag er wieder auf ihr und – *Gott, ja!* – endlich berührte sich ihre Haut. Warren strahlte eine Hitze aus, die mit nichts zu vergleichen war. Bei jedem Atemzug rieben seine Brusthaare über ihre Klitoris und lösten kleine Explosionen aus. Dieses Gefühl steigerte sich noch, als sich sein Mund über ihrer anderen Brustspitze schloss. Anstatt zu saugen, knabberte er diesmal daran. Es war mehr, als sie ertragen konnte.

Sie brauchte ihn, jetzt, sofort. Mit den Füßen versuchte sie, seine Shorts hinunterzuschieben, doch es gelang ihr nicht, weil er darauflag. Ein ungeduldiger Laut bildete sich in ihrer Kehle. Wieder verstand Warren sie ohne Worte, denn er stützte sich auf seine Ellbogen und Knie und bewegte sich an ihr hinauf. Damit verlor sie zwar seinen Mund an ihren Brüsten, aber sie konnte endlich seine Shorts erreichen und herunterziehen. Darunter war er nackt, was ihr sehr zugutekam. Ihre Finger zitterten, als sie seinen harten Schaft umfasste. Die Haut war seidig glatt und so warm, dass sie glaubte, daran zu verbrennen. Als seine Lippen ihren Hals berührten, erschauerte sie

Ihre Hände wanderten weiter und legten sich um seinen Po. Auch er fühlte sich überraschend glatt an, und sie hätte ihn gerne noch länger erkundet, aber das musste warten. Jetzt brauchte sie Warren zu sehr, um sich noch ablenken zu lassen. Auffordernd hob sie die Hüfte und presste gleichzeitig Warrens Po nach unten. Mit einem rauen Laut ergriff Warren die Initiative und füllte sie, ohne zu zögern. Angel biss sich auf die Lippen, um nicht laut aufzuschreien, als er in sie drang. Es fühlte sich so gut an, seine Härte in sich zu spüren. Für einen Moment lag er still auf ihr, dann begann er sich zu bewegen.

Angel krallte ihre Hände in seinen Po und trieb ihn zu einem immer schnelleren Tempo an. Ihr Keuchen erfüllte das Zelt, während Warren in sie hämmerte. Sein Gesicht war nahe an ihrem, raue Atemzüge strichen über ihr Ohr. Als sie schon dachte, dass sie es nicht mehr aushalten würde, legten sich seine Hände endlich wieder auf ihre vor Sehnsucht schmerzenden Brüste. Seine Fingerspitzen umkreisten ihre Brustwarzen, und Angel bewegte sich unruhig unter ihm. Ganz sanft rieb sein Daumen über den harten Nippel, und es war gerade dieser Gegensatz zu dem harten Stoß seiner Hüfte, der Angel über die Klippe fallen ließ.

Mit einem unterdrückten Schrei erreichte sie den Höhepunkt und klammerte sich an Warren, während er immer wieder in sie stieß. Sein Schaft in ihr wurde noch größer, dann begann er zu zucken. Mit einem tiefen Stöhnen brach Warren auf ihr zusammen und presste sie in den harten Boden. Doch das war ihr egal, sie genoss es viel zu sehr, sein Gewicht auf sich zu spüren. Noch immer war sie mit ihm verbunden, und das war so schön, dass sie keine Worte dafür fand. Mit einem Lächeln lauschte sie seinen keuchenden Atemzügen und spürte das rasende Pochen seines Herzens an ihrer Brust. Ihre Hände lagen noch immer auf seinem Po, und sie konnte sich nicht dazu bringen, sie wegzunehmen. Hätte es ihm nicht gefallen, hätte er es vermutlich gesagt.

Es dauerte lange Zeit, bis Warrens Herzschlag sich so weit beruhigt hatte, dass er nicht mehr Gefahr lief, einem Infarkt zu erliegen. Obwohl sich langsam wieder die Schmerzen in seinem Körper bemerkbar machten, fühlte er sich großartig. Sein Schaft zuckte in der feuchten Hitze und löste ein Zittern in Angel aus. Angel ... Sofort erhöhte sich Warrens Herzschlag wieder, als er sich daran erinnerte, wie leidenschaftlich sie auf ihn reagiert hatte. Er hätte nicht gedacht, dass die Furcht und Wut, die er in seinem Albtraum empfunden hatte, so schnell in Leidenschaft umschlagen könnte. Doch Angels Kuss hatte ihn einfach überwältigt und alles andere vergessen lassen.

Warren runzelte die Stirn. Hatte Angel ihn überhaupt geküsst, oder hatte er das nur geträumt? War er über sie hergefallen, während sie geschlafen hatte? Der Gedanke ließ ihn erstarren. Er war eindeutig in ihr, hatte er sie vergewaltigt? Wie, um seine Frage zu beantworten, hörte er ein Schniefen und spürte, wie erneut ein Zittern durch Angels Körper lief. *Oh Gott, nein!* Vorsichtig zog er sich aus ihr zurück und rollte dann schnell von ihr herunter. Es kostete all seinen Mut, in ihre Richtung zu blicken. Irgendwann musste sie die Taschenlampe angemacht haben, die einen leichten Schimmer von sich gab.

Angels Gesicht war von ihm abgewandt, ihre blonden Haare zerzaust. Das T-Shirt war bis über ihre Brüste hinaufgeschoben, unten herum war sie nackt. Sie war wunderschön, schlank, aber an den richtigen Stellen gerundet. Das blonde Dreieck zwischen ihren Beinen glitzerte feucht. Die geöffnete Stellung erlaubte ihm einen Blick auf das, was darunter lag. Ihre Scham war gerötet. Ein Funken Erregung zuckte durch seinen Körper, den er sofort beiseiteschob. Zuerst musste er herausfinden, was wirklich passiert war, bevor er darüber nachdachte, wie gerne er sie mit der Zunge erkunden würde.

Ein Blick auf seinen nackten Penis ließ jedes Verlangen sofort erlöschen. Er hatte kein Kondom benutzt! Zögernd sah er sie wieder an. »Angel?« Seine Stimme klang so rau, dass er sie selbst kaum erkannte. Er räusperte sich. »Habe ich dir wehgetan?« Allein der Gedanke daran ließ ihn beinahe aus der Haut fahren.

Langsam drehte sie ihm ihr Gesicht zu, und er sah Feuchtigkeit darauf schimmern. Sein Herz zog sich zusammen. Dann lächelte sie ihn zaghaft an. »Nein.«

»Bist du sicher? Meine Erinnerung ist etwas lückenhaft. Bin ich wirklich aufgewacht und habe mich auf dich gestürzt wie ein Neandertaler?«

Ihr Lächeln wurde breiter, gleichzeitig vertiefte sich die Röte auf ihren Wangen. »Genau genommen habe ich dich zuerst geküsst.« Sorge breitete sich in ihrem Gesicht aus. »Eigentlich müsste ich dich fragen, wie es dir geht. Du hattest einen schrecklichen Albtraum, und ich habe versucht, dich zu wecken, aber du hast nicht darauf reagiert. Der Kuss war mein letzter Versuch, dich doch noch zu erreichen.«

Sein Schaft regte sich, aber Warren ignorierte ihn. »Anscheinend hat es funktioniert. Ich habe dich hoffentlich zu nichts gezwungen, das du nicht wolltest.«

Angel hob die Hand und ließ ihre Finger über seine Hüfte gleiten. »Ich wollte es. Sehr sogar. Als du mich geküsst hast …« Sie brach ab und schluckte sichtbar.

Er fing ihre Hand ein und verschränkte ihre Finger mit seinen. Wenn sie ihn noch weiter berührte, würde sein Schaft eine Zugabe verlangen, und er glaubte nicht, dass das sinnvoll wäre, so gern er dem auch nachgegeben hätte. »Ja?«

Sie zuckte mit der Schulter, was ihre Brüste sanft schwingen ließ. Noch immer hatte sie sich nicht bedeckt, und das gefiel ihm außerordentlich gut. »Ich habe nicht viel Kontakt zu Männern, und als du mich so geküsst hast, ist etwas in mir aufgebrochen. Ich wollte alles, was du getan hast – und noch mehr.« Ihr Blick wanderte an seinem Körper nach unten und stoppte auf seinem Penis. Als Reaktion darauf füllte er sich wieder.

Warren räusperte sich. »Ich bin froh, dass es auf Gegenseitigkeit beruht. Aber so gern ich dir auch jeden Wunsch erfüllen würde, sollten wir das vermutlich verschieben.«

Angel schwieg so lange, dass Warren nervös wurde. Schließlich nickte sie. »Du hast recht. Jetzt ist weder die Zeit noch der Ort. Ich möchte aber, dass du weißt, wie sehr ich es genossen habe.«

Ihre Ernsthaftigkeit und der Mut, den es sie gekostet haben musste, so offen mit ihm zu reden, ließen sein Herz anschwellen. Durch ihre sonst eher zurückhaltende Art hätte er das nie erwartet. Umso mehr wusste er zu schätzen, dass sie seinetwegen über ihren Schatten sprang. »Ich auch.« Er drückte ihre Finger. »Und es tut mir leid, dass ich die Verhütung vergessen habe. Das ist mir noch nie passiert.«

Ihre Augen verdunkelten sich. »Ich habe auch nicht daran gedacht, wenn ich ehrlich bin. Es ging alles so schnell und war so überwältigend …« Mit der Zunge befeuchtete sie nervös ihre Lippen. »Ist das schlimm? Ich habe keine Krankheiten, falls dir das Sorgen bereiten sollte.«

»Nach meiner langen Zeit im Krankenhaus habe ich mich testen lassen. Ich bin auch gesund. Wegen einer möglichen Schwangerschaft …«

Angel unterbrach ihn. »Das ist eher unwahrscheinlich. Aber ich kümmere mich darum, wenn wir wieder in der Zivilisation sind.«

Es war verrückt, aber für einen winzigen Moment stellte Warren sich vor, wie ein Kind von ihm und Angel aussehen würde. Von sich selbst entsetzt schüttelte er den Gedanken ab. Angel wollte sicher kein Kind von ihm, besonders wenn er schon bald wieder nach Portland zurückkehren würde, und er selbst hatte schon mit Emma genug Sorgen. Sein Herz machte einen schmerzhaften Satz, und er presste die Hand darauf.

Besorgt setzte Angel sich auf. »Was hast du?«

»Ich habe gerade an Emma gedacht.« Er blickte in Richtung Ausgang. »Ist es schon hell genug, dass wir weitergehen können?«

»Nein, leider nicht. Eine oder zwei Stunden noch, schätze ich. Wir gehen, sobald die Dämmerung beginnt.« Mitfühlend sah sie ihn an. »Warum versuchst du nicht, noch ein wenig zu schlafen? Wir werden vermutlich jede Erholung brauchen, die wir noch kriegen können.«

Damit hatte sie unzweifelhaft recht, aber es widerstrebte ihm, hier herumzuliegen, während Emma in Gefahr war. Eine andere Möglichkeit hatte er allerdings auch nicht, er war auf Angel angewiesen, und solange sie es für zu gefährlich hielt, konnte er nichts machen. Allein würde er seine Tochter nie finden. Schweigend zogen sie sich ihre Kleidung wieder an, die sie zuvor so achtlos im Zelt verstreut hatten. Aus den Augenwinkeln beobachtete er Angel und atmete auf, als er sah, dass sie sich ganz normal bewegte. Offenbar hatte er sie wirklich nicht verletzt, das beruhigte ihn. Er konnte allerdings immer noch nicht glauben, dass er so leichtsinnig gewesen war, die Verhütung zu vergessen. Das war ihm nicht einmal in seiner Teenagerzeit passiert.

Doch Emma war jetzt wichtiger als alles andere. Wenn er sie gefunden hatte und es ihr gut ging, konnte er sich mit dem auseinandersetzen, was zwischen Angel und ihm geschehen war.

Es war zumindest keine Eintagsfliege, noch immer knisterte die Anziehung zwischen ihnen. Kopfschüttelnd wandte Warren sich ab. So gut ihm die Ablenkung von seinen Problemen auch getan hatte, er konnte es sich nicht leisten, sich zu sehr in seinen Gefühlen für Angel zu verlieren. Dass er mehr für sie empfand als nur eine flüchtige Zuneigung war für ihn schon lange keine Frage mehr, aber es war eine Komplikation, die er in seinem Leben eigentlich nicht gebrauchen konnte. Mit einem tiefen Seufzer legte er sich wieder hin und starrte an die Stoffbahnen über ihm.

»Fertig?« Angel hatte sich ebenfalls hingelegt und hielt die Taschenlampe hoch.

»Ja.« Das Licht erlosch und ließ sie im Stockdunkeln zurück. Er konnte nicht mal mehr die Hand vor Augen sehen. Angel hatte recht damit gehabt, nicht weiterzugehen. Wahrscheinlich hätten sie sich in diesem Gelände den Hals gebrochen. Eine Weile lang waren nur ihre Atemzüge zu hören, dann raschelte die Decke und Angel rückte näher.

»Macht es dir etwas aus?«

»Was?«

Anstelle einer Antwort bettete sie den Kopf auf seine Schulter und schlang den Arm um seinen Brustkorb. Ihr zufriedener Seufzer berührte sein Herz auf eine Weise, die für ihn ungewohnt war, und er genoss das Gefühl, nach langer Zeit wieder eine Frau nachts im Arm zu halten. Erst jetzt bemerkte er, wie sehr er das vermisst hatte. Zögernd legte er die Hand auf ihren Rücken und wurde von einem wohligen Laut belohnt. Sanft küsste er ihre wirren Haare und schloss die Augen. Doch er schlief nicht, sondern ließ nur seinen Körper ausruhen, während seine Gedanken um seine Tochter kreisten. *Halt durch, Emma, ich bin bald bei dir.*

20

Langsam schwamm Angels Bewusstsein an die Oberfläche. Lächelnd rieb sie die Wange an ihrem warmen Kissen. Ein stetiges Pochen dröhnte an ihr Ohr und machte ihr bewusst, dass sie immer noch in Warrens Armen lag. Als ihr die Geschehnisse der letzten Nacht wieder einfielen, riss sie die Augen auf und hob den Kopf. Schockiert starrte sie Warrens schlafendes Gesicht an. Hatte sie wirklich mit einem beinahe Fremden geschlafen, der noch dazu ganz andere Sorgen hatte? Sie musste eindeutig den Verstand verloren haben! Trotzdem konnte sie sich nicht dazu bringen, Warrens Arme zu verlassen. Wenn sie ganz ehrlich mit sich war, bereute sie überhaupt nichts. Es war wunderschön gewesen, ihm so nah zu sein und der Leidenschaft freien Lauf zu lassen.

Unter normalen Umständen wäre es nie dazu gekommen, weil sie zu sehr in sich vergraben und zu vorsichtig gewesen wäre. Doch die Angst um Emma und vor allem die lebensbedrohlichen Erlebnisse hatten zu einer Explosion der Gefühle geführt, die sie sonst in ihrem Inneren verschlossen hielt. Natürlich hatte es auch nicht geschadet, dass sie Warren wirklich mochte und ihn äußerst attraktiv fand. Ihr Blick wanderte über seine kantigen Gesichtszüge. Dunkle Bartstoppeln bedeckten sein Kinn, die selbst in der Dunkelheit im Inneren des Zeltes zu sehen waren. Seine Lippen waren schmal, aber schön gezeichnet, und sie erinnerte sich noch zu gut daran, wie sich seine Küsse angefühlt hatten. Ein Prickeln schoss durch ihren Körper, das sie selbst überraschte. Sie war gerade erst ausgiebig geliebt worden, wie konnte sie schon wieder Erregung empfinden? Vor allem, nachdem sie jahrelang den Sex noch nicht einmal vermisst hatte. Jetzt wusste sie allerdings auch, was sie verpasste, wenn Warren wieder aus ihrem Leben verschwand.

Als hätte er ihre Gedanken gehört, öffnete er die Augen. Er blinzelte ein paarmal, dann saugte sich sein Blick an ihrem fest. Keiner von ihnen rührte sich, während sie sich einfach nur ansahen. Unendliche Zeit später hob er langsam die Hand und legte sie um ihre Wange. Mit dem Daumen strich er ihr über die Unterlippe. Das Prickeln intensivierte sich, und ihr Atem stockte. Dann schlang er seine Hand um ihren Hinterkopf und zog sie langsam zu sich hinunter. Der folgende Kuss war so sanft, dass er ihr Tränen in die Augen trieb.

Zögernd lösten sie sich voneinander. »Guten Morgen.« Warrens Stimme klang rau, und sie wünschte sich, sie hätten die Zeit, zu erkunden, wohin ihre Gefühle sie führen würden. Doch Emma hatte oberste Priorität, und Angel konnte nicht länger ignorieren, dass der Tag begonnen hatte, so gerne sie das auch wollte.

Bedauernd setzte sie sich auf. »Guten Morgen. Ich denke, es ist jetzt hell genug draußen.« Es versetzte ihr einen Stich, zu sehen, wie die Sinnlichkeit und Ruhe aus seinen Augen verschwanden und von Sorge ersetzt wurden.

»Dann sollten wir aufbrechen. Wenn die Verbrecher die Nacht durchgegangen sind …«

Angel legte die Finger auf seinen Mund. »Zuerst essen wir was, dann baue ich das Zelt ab und bereite Moonlight vor. In einer Viertelstunde sind wir unterwegs.«

Warren nickte stumm. Angel nahm das als Zustimmung und pellte sich aus dem Schlafsack. Rasch zog sie sich an und war sich dabei Warrens Blicken bewusst, die über ihren Körper strichen. Zwar war sie nicht nackt, aber es fühlte sich beinahe so an. Ihre Wanderschuhe in der Hand kroch sie zum Ausgang und zog den Reißverschluss auf. Hinter sich hörte sie die Decke rascheln.

»Danke.«

Verwirrt blickte sie sich zu Warren um. »Wofür?«

Er hob die Schultern. »Dafür, dass du mit mir hier bist.«

Das entlockte ihr ein Lächeln. »Gerne.«

»Und dass du mir diese schlimme Zeit erträglich machst.«

»Ich wünschte, ich könnte mehr tun, aber Mantrailing braucht leider seine Zeit.«

Warren schüttelte den Kopf. »Du tust mehr, als ich von dir verlangen dürfte. Und was heute Nacht geschehen ist …«

Angel unterbrach ihn. »Wenn du es wagst, dich dafür zu bedanken, ziehe ich dir etwas über den Kopf.«

Ein Lächeln huschte über sein Gesicht. »Das hatte ich nicht vor. Ich wollte nur sagen, dass ich es sehr schön fand und hoffe, dass du es nicht bereust.«

Ihr dummes Herz begann schneller zu klopfen. »Das tue ich nicht. Es war … unglaublich, und ich werde es nie vergessen.«

Bevor er darauf etwas sagen konnte, schlüpfte sie durch den Spalt und verließ das Zelt. Draußen richtete sie sich auf und atmete tief durch. Sofort spürte sie, wie die Natur um sie herum in ihren Körper strömte. Ruhe senkte sich über sie, wie immer, wenn sie im Wald unterwegs war. Erst jetzt merkte sie, wie angespannt sie in Warrens Nähe wirklich gewesen war. Angel schnitt eine Grimasse. Schon immer hatte sie Schwierigkeiten damit gehabt, Beziehungen zu den Menschen um sich herum aufzubauen. Es gab nur wenige, die durch ihren Schutzschild dringen konnten. Warren war offensichtlich einer davon, und es gelang ihr nicht, sich dagegen zu wehren. Wenn sie allerdings ganz ehrlich war, wollte sie das auch gar nicht.

Angel beugte sich zu Moonlight hinab, die sie mit ihren wunderschönen bernsteinfarbenen Augen ansah. »Guten Morgen meine Süße. Hast du gut geschlafen?« Nicht, dass sie erwartete, eine Antwort zu erhalten, aber es beruhigte sie irgendwie, mit ihren Hunden zu reden. Moonlight wedelte mit dem Schwanz und fuhr mit der Zunge über Angels Hand. »Du hast vermutlich Hunger, oder?« Moonlights Reaktion war eindeutig. »Das dachte ich mir.«

Angel füllte den Futternapf der Hündin und ging zum Bach, um sich zu waschen und Moonlight Wasser mitzubringen. Das kühle Nass fühlte sich herrlich an auf ihrer Haut, trotzdem beeilte sie sich. Noch tropfend kehrte sie zum Zelt zurück und stellte Moonlight den Napf hin. Warren war inzwischen auch herausgekommen und band gerade seine Wanderstiefel zu. Seine Bewegungen waren seltsam steif, als hätte er Schmerzen. Besorgt sah sie zu, wie er langsam wieder aufstand.

»Wie geht es dir?«

Sofort verschwand jedes Zeichen von Schmerz aus seinem Gesichtsausdruck. »Gut.«

»Glaubst du, es bringt was, mich anzulügen? Ich muss es wissen, wenn du nicht weitergehen kannst, Warren. Es hilft deiner Tochter nicht, wenn du den Helden spielst und dich dabei selbst kaputt machst.«

»Ich bin ein wenig steif, aber das wird sich geben, wenn wir wieder gehen. Und ich werde so lange durchhalten, bis ich Emma wiederhabe. Alles andere ist keine Option. Meine Tochter ist mein Leben, und ich werde sie nicht aufgeben.« Seine Stimme klang gepresst.

Angel legte ihm die Hand auf den Arm. »Das verlangt ja auch keiner von dir. Ich mag es nur nicht, angelogen zu werden. Außerdem bin ich für dich verantwortlich, solange wir hier draußen sind.«

»Verstanden.«

Befriedigt nickte Angel. »Dann baue ich jetzt das Zelt ab, bevor wir schnell etwas essen.«

Zehn Minuten später hatten sie alles wieder verstaut und folgten weiter Emmas Spur. Wie am Tag zuvor schwieg Warren und tat alles, um Moonlight nicht zu stören. Er war wie eine schützende Präsenz in ihrem Rücken, und Angel stellte fest, dass sie sich daran gewöhnen könnte, mit ihm auf Tour zu gehen. Aber das würde nie geschehen. Um nicht weiter darüber nachdenken zu müssen, konzentrierte sie sich ganz auf Moonlight und die Fährte aus Geruchspartikeln, der sie folgten. Gleichzeitig hielt sie Ausschau nach den Verbrechern, denn sie wollte auf keinen Fall in eine potenziell gefährliche Situation stolpern. Unbewaffnet hatten sie keine Chance gegen zwei gewaltbereite Mörder mit Pistolen. Warren war das sicher auch bewusst. Zumindest würde es die Tatsache erklären, dass er diesmal viel dichter hinter ihr ging als gestern.

»Okay, sie sind wieder unterwegs.«

Hals Ankündigung drang in Gabriels Gedanken, und er sprang plötzlich hellwach auf. In der Nacht hatte er versucht, ein paar Stunden zu schlafen, aber es war ihm nicht wirklich gelungen. Schon seit drei Uhr morgens saß er in dem umgebauten Lieferwagen auf dem Parkplatz des Hoh Rain Forest Visitor Centers und wartete auf neue Nachrichten. Sämtliche Straßen in der Umgebung waren abgesperrt, die Touristen angewiesen worden, diese Gegend des Parks zu verlassen. Die wenigen Anwohner waren gewarnt und bewaffnet. Mehr konnten sie nicht tun, solange sie nicht wussten, wo genau die Mörder mit ihrer Geisel herauskommen würden. Immer wieder hatte er Hal neue Berechnungen anstellen lassen, doch ohne harte Fakten brachte sie das auch nicht viel weiter.

Wenigstens konnten sie die Einsatzkräfte von den Orten abziehen, wo die Verbrecher auf keinen Fall auftauchen würden, und sich auf das Gebiet konzentrieren, wo sie sich aufhalten mussten. Das war allerdings riesengroß, und die Suchhubschrauber hatten in der Nacht nichts finden können. Stattdessen hatten sie etliche Tiere aufgespürt, und auch Harper und Burns samt Hund waren ohne Probleme zu sehen gewesen. Warum also nicht Davis, Thomas und das Mädchen? Konnte es sein, dass sie doch einer falschen Spur folgten und sich die Mörder ganz woanders aufhielten?

Gabriel stellte sich neben Hal und starrte auf den Monitor seines Laptops. Ein roter Punkt zeigte deutlich den momentanen Standort des Vaters an. Weit waren sie noch nicht gekommen, wie deutlich an dem dicht daneben liegenden blauen Punkt zu sehen war, der das Nachtlager kennzeichnete. Russell Davis konnte nur wenige Hundert Meter vor ihnen sein – oder schon meilenweit entfernt. Und das war es, was Gabriel so verrückt machte. Mit all ihren technischen und personellen Möglichkeiten schafften sie es nicht, einen noch nicht einmal besonders intelligenten Mörder zu fassen, der völlig außerhalb seines Elements und ohne Ausrüstung unterwegs war.

Mit der flachen Hand schlug er auf die Tischplatte, sodass Hal erschreckt zusammenzuckte. »Wo sind sie, verdammt noch mal? Die Wärmebildkameras hätten sie doch erfassen müssen, wenn sie dort unterwegs sind!«

»Das ist nicht unbedingt gesagt. Bei so einem großen Gebiet kann nicht jeder Quadratzentimeter abgesucht werden. Wir können sie einfach verpasst haben. Oder sie haben sich irgendwo verkrochen, sodass die Kameras keine Wärmespuren finden konnten. In der Erde, unter Felsen oder Ähnlichem. Nur weil wir sie nicht gefunden haben, heißt das nicht, dass sie nicht dort sind. Wenn der Suchhund weiterhin der Spur des Mädchens folgt, müssen die Entflohenen auf jeden Fall dort entlanggegangen sein. Und da wir sicher sein können, dass sie weder mit einem Hubschrauber noch mit einem Auto abgeholt wurden, müssen sie sich auch noch irgendwo in dem Gebiet aufhalten.« Mit dem Finger deutete er einen Kreis auf dem Bildschirm an. »Es scheint so, als würden sie weiterhin grob der Richtung folgen wie zuvor.«

Gabriel kniff die Augen zusammen, um besser sehen zu können. »Woran machst du das fest?« Hal klickte mehrmals auf ein Pluszeichen am Rand der Karte und vergrößerte damit den Ausschnitt. Jetzt war der zurückgelegte Weg deutlicher zu erkennen. »Sieht es nicht so aus, als würden sie jetzt weiter nach Osten gehen als vorher?«

Hal deutete auf eine schraffierte Linie. »Das ist eine Schlucht, die sie vermutlich umgehen müssen, weil es länger dauern würde, hinunter- und dann auf der anderen Seite wieder hinaufzuklettern – falls das überhaupt möglich ist. Ich gehe davon aus, dass sie gleich wieder in die ursprüngliche Richtung zurückschwenken.«

Nur mäßig beruhigt richtete Gabriel sich wieder auf. »Ein Hubschrauber steht zu unserer Verfügung, wenn wir ihn brauchen?«

»Ja, einer ist immer auf Standby, die anderen setzen die Suche fort, obwohl es bei steigenden Temperaturen schwieriger wird mit der Wärmebilderfassung. Aber sie werden auch auf Sicht fliegen. Vielleicht haben wir Glück, und sie entdecken die Flüchtigen.«

Auf Glück oder Zufall verließ Gabriel sich schon lange nicht mehr. Seiner Erfahrung nach brachte das nur sehr selten einen Erfolg. Gerade bei jemandem wie Russell Davis war es nahezu ausgeschlossen, ihn auf diese Weise zu fassen. Außerdem befürchtete er, dass sie bald die Leiche des Mädchens finden würden, auch wenn er sich natürlich einen anderen Ausgang wünschte. Aber es war sowieso schon ein Wunder, dass Davis sie so lange mitgeschleppt hatte, normalerweise hätte er sich ihrer schon längst entledigt.

Es war auch immer noch die Frage, welche Rolle der zweite Entflohene spielte. Einerseits klang Valeries Schlussfolgerung halbwegs realistisch, andererseits konnten die beiden ihre Flucht auch gemeinsam geplant und durchgeführt haben. Vielleicht hatte Thomas erwähnt, dass er sich im Regenwald auskannte, und Davis hatte die Gelegenheit genutzt, mit ihm ein Geschäft zu machen. Wenn es darum ging, seinen Hals zu retten, war der Mörder äußerst geschickt und zu allem bereit. Was aber nicht bedeutete, dass er seinen Komplizen am Ende nicht auch töten würde. Russell Davis' Devise war es, niemals einen Zeugen zurückzulassen. Ob es sich dabei um ein kleines Mädchen oder einen ehemaligen Mithäftling handelte, spielte keine Rolle.

»Ich will Patrouillen auf allen Wanderwegen in der Gegend. Und zwar in ausreichender Stärke, damit sie nicht überrascht werden können, und mit voller Ausstattung. Außerdem müssen sie ständigen Funkkontakt halten und mit GPS ausgestattet sein, damit wir jeden ihrer Schritte verfolgen können. Sowie sie irgendetwas Ungewöhnliches bemerken, sollen sie Meldung machen. Wenn der Detective oder sonst jemand etwas daran auszusetzen hat, sollen sie zu mir kommen.« Vermutlich machte er sich damit nicht gerade Freunde, aber das war im Moment auch nicht sein Ziel. Ihm waren alle Mittel recht, um den Mörder ein für alle Mal aus dem Verkehr zu ziehen.

»Ich werde es weitergeben.« Hal kannte ihn lange genug, um zu wissen, wann nicht mit ihm zu spaßen war.

»In der Zwischenzeit rufe ich die anderen zusammen, damit wir aufbruchbereit sind, sobald es einen genaueren Standort gibt.«

»Soll ich dann mitkommen?« Es war Hals Stimme anzuhören, wie sehr es ihm widerstrebte, durch den Regenwald zu laufen.

»Nein, du bleibst hier und überwachst weiterhin die Koordinaten. Außerdem musst du die Suchmannschaften koordinieren, damit wir den Kreis um die Verbrecher immer enger ziehen und sie uns nicht entkommen.« Gabriel fuhr sich mit der Hand über das Gesicht und spürte zu seiner Überraschung Bartstoppeln. Normalerweise vernachlässigte er seine Hygiene auch während eines Falls nicht, doch diesmal hatte er nicht einmal daran gedacht, sich zu rasieren. »Julie bleibt bei dir. Falls es zu irgendwelchen Verhandlungen kommen sollte, kann sie mich über Funk anleiten.« Julie hatte zwar eine Grundausbildung beim FBI gemacht, aber in ihrer Funktion als Profilerin und Psychologin nahm sie normalerweise nicht an Außeneinsätzen teil.

Was bedeutete, dass er nur mit Lucas und Valerie fliegen würde. Eigentlich hätte er Valerie am liebsten auch hiergelassen, aber wenn er Davis schnappen wollte, brauchte er jeden Mann – oder jede Frau –, und davon würde ihn sicher nicht altmodisches Denken oder das vage Unbehagen beim Gedanken an die junge Agentin abhalten. Gabriel trat aus dem Lieferwagen und blickte in die einsetzende Dämmerung. Erschrocken zuckte er zusammen, als jemand seinen Arm berührte. Kein Geräusch hatte angekündigt, dass er nicht mehr alleine war.

»Sie werden sie finden.« Liv stand dicht hinter ihm, und er drehte sich zögernd zu ihr um. Da sie nicht mit ihnen nach Hoh Rain gefahren war, hatte er nicht erwartet, sie hier zu sehen.

»Wer wird wen finden?« Sein Blick traf ihren, und er wusste, dass sie seine Verzögerungstaktik durchschaute.

Liv lächelte ihn an. »Ich bin gekommen, um zu fragen, ob ich noch etwas für Sie tun kann.«

Langsam schüttelte Gabriel den Kopf. »Im Moment nicht. Sowie wir einen genaueren Standort der Flüchtigen haben, brechen wir auf. Aber danke für das Angebot.«

»Dann wünsche ich Ihnen und Ihrem Team viel Erfolg dabei. Und passen Sie auf sich auf.«

Dass sie sich die Mühe machte, ihn aufzusuchen, obwohl sie sicher genug zu tun hatte, erwärmte etwas in Gabriel, das seit Rays Tod zu Eis erstarrt war. »Danke.« Er würde ihr nicht versprechen, unverletzt und lebendig zurückzukommen. Auf solchen Einsätzen konnte immer etwas passieren.

Verständnisvoll nickte sie ihm zu. »Lassen Sie es mich wissen, wenn ich irgendwie helfen kann.« Ein kurzer Druck ihrer Hand an seinem Arm, dann entfernte sie sich, ohne auf seine Antwort zu warten.

Einen langen Moment sah er ihr nach, bevor er sich wieder zum Fenster umdrehte. Sein Spiegelbild schien ihn prüfend anzustarren.

Der Schmerz, der seine Rippen durchzog, weckte Damon auf. Er blinzelte, hatte aber Mühe in der Dunkelheit unter dem Überhang etwas zu erkennen. Als er jemanden neben sich spürte, wusste er instinktiv, dass er in Gefahr war. Ohne weiter darüber nachzudenken, rollte er zur Seite – oder versuchte es zumindest. Etwas stoppte ihn. Seine Hand traf auf Stoff und zerzauste Haare. *Emma!* Für einen winzigen Moment dachte er, sie wäre tot, doch dann spürte er ihren Herzschlag unter seiner Handfläche. Es musste Russell sein, der ihn so unsanft geweckt hatte und jetzt noch in der Nähe lauerte.

»Bist du endlich wach? Es ist unglaublich, wie du bei diesem Lärm schlafen kannst!«

Nun, da Russell es sagte, nahm Damon ein fernes Dröhnen wahr. »Was ist das?«

»Hubschrauber, sie kreisen schon seit einiger Zeit über diesem Gebiet.« Wenn er sich nicht irrte, hörte Damon eine gewisse Beunruhigung in Russells Stimme. Das war einerseits gut, konnte andererseits aber auch zu einer Gefahr für Emma und ihn selbst werden. Gereizt und nervös war Russell unberechenbar. Oder vielmehr: noch unberechenbarer als sowieso schon.

»Was machen wir jetzt?« Am liebsten wäre Damon nach draußen gelaufen und hätte die Hubschrauber auf sich aufmerksam gemacht, aber er wusste, dass er dann schon nach wenigen Schritten tot wäre.

»Wir warten hier, wo sie uns nicht sehen können. Irgendwann muss ihnen das Benzin ausgehen.«

Das hatte er fast befürchtet. Immerhin deutete die Anwesenheit der Hubschrauber darauf hin, dass jemand nach ihnen suchte und sie offenbar auch im richtigen Gebiet vermutete. Es sei denn, sie suchten den ganzen Park auf diese Weise ab, in der Hoffnung, sie durch Zufall zu entdecken.

Neben ihm bewegte sich Emma unruhig und wimmerte leise. Sofort legte Damon die Hand auf ihren Rücken und rieb darüber. Damit wollte er sie beruhigen, gleichzeitig aber auch dafür sorgen, dass sie Russell nicht noch zusätzlich reizte. Das war das Letzte, was sie jetzt gebrauchen konnten. Es dauerte nicht lange, bis Emma wieder ruhig schlief und Damon sich ein wenig entspannen konnte. Nachdem Russell nichts mehr sagte, legte Damon sich wieder zurück, um jedes bisschen Erholung aufsaugen zu können. Sobald sie wieder unterwegs waren, musste er hundertprozentig fit sein, wenn er eine Chance haben wollte, lebend aus der Sache herauszukommen.

Schneller als es ihm lieb war, verstummten die Motorengeräusche der Hubschrauber, und Russell drängte zum Aufbruch. Noch immer war es unter den riesigen Bäumen und dem Überhang relativ dunkel, nur dort, wo der freie Himmel zu sehen war, blitzte Helligkeit hindurch.

Sanft rüttelte er an Emmas Schulter. »Wach auf Kleine, wir müssen los.«

»Daddy?« Schlaftrunken setzte sie sich auf.

Damon räusperte sich. »Nein, Schätzchen, ich bin es, Damon. Aber du wirst deinen Vater bald wiedersehen.« Hoffentlich war das keine Lüge.

Er spürte, wie sie sich aufsetzte. »Versprichst du es mir?«

»Ja.«

Wenigstens war Russell schlau genug, nichts dazu zu sagen. Stattdessen drückte er Damon etwas in die Hand. »Esst schnell, ich will in zwei Minuten los. Wenn ihr noch irgendwelche anderen Bedürfnisse habt, erledigt das jetzt, ich werde keine Rücksicht auf euch nehmen, wenn wir unterwegs sind.«

Was Damon nicht wirklich überraschte. Eher schon, dass er überhaupt etwas zu essen bekommen hatte, aber er würde sich bestimmt nicht darüber beschweren. Rasch half er Emma mit ihrem Müsliriegel und der Wasserflasche, dann schlang er seinen eigenen Riegel hinunter. Sowie das Wasser seine Zunge berührte, erinnerte er sich daran, wie durstig er war. Zwar hatte er an einem Bach ein wenig getrunken, doch das war schon etliche Stunden her.

Russell wartete ungeduldig vor dem Überhang auf sie und schob den Lauf der Pistole in Damons Rippen. »Los jetzt, und keinen Ton mehr.«

21

Erleichtert atmete Damon auf, als es endlich hell wurde. Das Gelände war nun deutlich einfacher zu bewältigen, die dicht bewaldeten Hügel machten grasbewachsenen Lichtungen Platz. Noch immer herrschten Pflanzen des Regenwalds vor, aber sie bildeten keine undurchdringliche Masse mehr. Die Sonne schien durch die Baumkronen und erwärmte die Luft beträchtlich. Nicht mehr lange, und es würde unangenehm warm werden, wenn sie sich bewegten. Mücken summten um sein Gesicht herum, und Damon musste sich zwingen, sie nicht zu verscheuchen. Mit jeder Bewegung würde er nur weitere Biester anlocken. Russells Flüchen nach zu urteilen, war er von ihren Begleitern auch nicht begeistert. Hoffentlich verschlangen sie ihn mit Haut und Haaren.

Immer wieder blickte Damon zum Himmel, aber bisher war noch kein weiterer Hubschrauber aufgetaucht. Vielleicht war die Polizei inzwischen zu der Überzeugung gelangt, dass sie sich nicht hier aufhielten, und suchte nun andere Gebiete ab. Ohne Vorwarnung gaben die Bäume erneut eine Lichtung frei. Das Rauschen von Wasser erfüllte die Luft, und Damon erkannte, dass sie am gut getarnten Kopf eines Wasserfalls standen. Gischt sprühte auf, wo das Wasser auf nackte Felsen traf, an anderen Stellen tropfte es von Moosbüscheln, die sich an die Felsen klammerten. Schließlich verbreiterte es sich zu einem tosenden Schwall und landete in sicher zwanzig Metern Tiefe in einem beinahe kreisrunden Wasserbecken. Zu jedem anderen Zeitpunkt hätte er den Anblick genossen, doch heute hatte er für die Schönheit der Natur keinen Sinn. Stattdessen drehte er sich wieder um und versuchte, einen Ausweg aus dieser Situation zu finden. Es musste doch irgendwie möglich sein …

»Guten Morgen!«

Damon erstarrte, als er die fröhliche Begrüßung hörte. Langsam drehte er sich um und beobachtete, wie eine junge Frau die Lichtung betrat. Ein etwa gleichaltriger Mann folgte ihr. Nach ihrer Kleidung und den Rucksäcken zu urteilen, waren sie Wanderer, die im Hinterland des Parks übernachtet hatten.

Um das Schlimmste zu verhindern, zwang sich Damon zu einem Lächeln und drückte Emmas Hand. »Hallo, und wir dachten schon, wir wären die einzigen Wanderer hier in der Gegend.«

Die Frau lachte und warf ihren langen Pferdeschwanz zurück. »Das dachten wir allerdings auch.« Neugierig blickte sie zuerst ihn und dann Russell an. Als Letztes fiel ihr Blick auf Emma, und ihre Augen weiteten sich, als sie den Zustand des Mädchens sah. »Hey, Kleine, geht es dir gut?«

Emmas Lippen zitterten, sonst bewegte sie sich nicht. Stattdessen hielt sie sich an Damons Hand fest, als hinge ihr Leben davon ab. Ihre Zähne gruben sich in ihre Lippe, während sie versuchte, sich hinter Damon zu verstecken.

Der junge Mann trat einen Schritt vor. »He, lassen Sie die Kleine los, sonst …«

Damon sah, wie sich Russell hinter den Wanderer bewegte und ahnte, was passieren würde. »Nein, nicht!«

Der Mann wirbelte herum und erstarrte, als er die Waffe sah, die auf seine Brust zielte. Langsam hob er die Hände in einer beschwichtigenden Geste. »Alles okay, wir verschwinden einfach wieder. Komm, Cassie.« Seine Stimme wackelte.

»Oh Gott, bitte nehmen Sie die Waffe runter!« Mit weit aufgerissenen Augen starrte die junge Frau auf die dramatische Szene, die sich vor ihr abspielte.

Russell grinste sie nur an. »Warum sollte ich? Ist das jetzt der neueste Trick des FBI, hier Leute hinzuschicken, die so tun, als wären sie Touristen? Vergesst es, darauf falle ich nicht rein. Ihr hättet euch das besser überlegen sollen, bevor ihr hierhergekommen seid.«

Damon trat einen Schritt vor und schob gleichzeitig Emma hinter sich. »Lass sie gehen, das sind keine Polizisten oder Agenten. Sie können dir nichts anhaben.«

Russells Augen verengten sich. »Doch, sobald sie außer Sicht sind, werden sie das verdammte FBI anrufen oder die Ranger oder sonst wen und denen verraten, wo wir sind. Das kann ich nicht zulassen.«

Vermutlich hatte er damit sogar recht, aber das war noch lange kein Grund, sie einfach zu erschießen! »Dann lassen wir uns die Handys geben, Problem gelöst.«

Der junge Mann nickte eifrig. Schweiß trat ihm auf die Stirn. »Natürlich, die könnt ihr haben.« Er griff in die Innentasche seines Hemdes.

Damon sprang vor. »Nicht!« Doch es war zu spät. Ein Knall zerriss die Stille, und alle schienen zu erstarren. Dann kippte der Mann wie in Zeitlupe um.

»Nein!« Das Wort kam in einem langgezogenen Heulen aus Cassies Mund. »Kevin, oh Gott, bitte!« Sie fiel neben ihrem Freund auf die Knie und beugte sich über ihn. Raue Schluchzer brachen aus ihrer Kehle hervor, ihr gesamter Körper zitterte. »Ruft einen Arzt, schnell!«

Ein Blick auf Kevins blutgetränktes Hemd und seine starren, offenen Augen reichte, um zu wissen, dass ihm niemand mehr helfen konnte. Heiße Wut auf Russell erfasste Damon. Wie konnte dieser Mörder so gleichgültig mit dem Leben anderer umgehen? Und dabei sogar noch Spaß haben, wie man ihm deutlich ansehen konnte. Mit einem bösartigen Grinsen blickte Russell auf Cassie hinunter, die ihren Freund an den Schultern schüttelte und immer wieder seinen Namen rief. Es war herzzerreißend. Damon hätte sich am liebsten umgedreht und die Ohren zugehalten, doch das konnte er nicht tun. Er würde nicht zulassen, dass Russell noch jemandem etwas tat, und er war sich ziemlich sicher, dass der Mörder auch Cassie nicht am Leben lassen würde.

Und dann war da noch Emma. Sie klammerte sich von hinten an ihn, das Gesicht hatte sie an seinem Rücken vergraben. Für sie musste es noch schlimmer sein, sie war viel zu jung, um so etwas verarbeiten zu können. Besonders wenn sie wusste, dass ihr das Gleiche passieren konnte. Er griff nach ihren Händen und löste sie sanft von seiner Kleidung. Eine Hand legte er um ihren Hinterkopf. Mit tränenfeuchten Augen blickte sie zu ihm auf, ihre Unterlippe zitterte.

»Hör mir gut zu. Ich möchte, dass du dich dort hinten vor den Baum setzt und dir die Ohren zuhältst, okay?« Er hielt seine Stimme so leise, dass nur Emma ihn hören konnte. »Kannst du das für mich tun?« Stumm nickte sie.

Während Emma sich auf den Rand der Lichtung zubewegte, ging Damon auf Russell zu. Dabei achtete er darauf, seinen Körper immer in der Schusslinie zu halten, damit der Verbrecher nicht auf die Idee kam, auf das Kind zu schießen.

»Hol die Kleine zurück!« Wütend funkelte Russell ihn an.

Damon schüttelte den Kopf und blieb ein Stück vor ihm stehen. »Sie braucht das hier nicht zu sehen. Bisher hat sie sich gut gehalten, du willst bestimmt nicht, dass sie jetzt zusammenbricht.«

Einen Moment lang blickte Russell ihn schweigend an, dann

nickte er. »Okay. Aber wenn sie versucht abzuhauen, bis du dran.«

»Verstanden.«

»Gut.« Bevor Damon reagieren konnte, hatte Russell Cassie am Zopf gepackt und zog sie brutal daran hoch. »Hör auf zu flennen, das geht mir auf den Senkel!« Er brachte ihr Gesicht dicht an seines heran. »Zu schade, wenn ich mehr Zeit hätte, würde ich mich noch ein wenig mit dir vergnügen.« Mit der anderen Hand hielt er ihre Handgelenke auf dem Rücken zusammen.

Cassie stieß einen schmerzerfüllten Laut aus. Ihr Gesicht war kalkweiß, die dunklen Augen wirkten riesig. Ihr heftiges Atmen lenkte Russells Aufmerksamkeit auf ihre wohlgeformten Brüste. Ein Beben lief durch ihren Körper, und ihre Miene verzerrte sich. »Verdammtes Schwein! Ich werde dich mit bloßen Händen …«

Weiter kam sie nicht, denn Russell ließ ihre Haare los und versetzte ihr eine schallende Ohrfeige. Hätte er Cassie nicht an den Handgelenken festgehalten, wäre sie zu Boden gegangen. Halb benommen hing sie in Russells Griff, Blut lief ihr aus dem Mundwinkel. Ihre Augenlider flatterten. Sie war nicht in der Verfassung, sich gegen Russell zu wehren.

Der grinste sie nur an. »Ich glaube, ich habe mich anders entschieden. Ich mag Frauen mit Feuer.« Er warf sie zu Boden und hockte sich über sie. Mit einer Hand riss er ihr Hemd an der Knopfleiste auf. Cassie begann, um sich zu schlagen, aber es lag keine Kraft dahinter. Damit reizte sie den Mörder nur noch mehr. Damon konnte die Gier in seinen Augen sehen und wusste, dass Russell die Frau vergewaltigen würde, bevor er sie tötete.

Ekel stieg in Damon auf, und er handelte, ohne länger darüber nachzudenken. Auf keinen Fall konnte er danebenstehen, wenn Russell sich an der Frau verging, während ein siebenjähriges Mädchen dabei zusah. Etwas in ihm zerbrach, und er warf sich auf Russell. Der war von dem Angriff überrascht, erholte sich aber schneller wieder, als Damon lieb war. Eine Faust traf ihn am Kinn, Schmerz zuckte durch seinen Kopf. Doch er kämpfte weiter. Für Cassie. Für Emma. Und für sich selbst. Aus den Augenwinkeln sah er, wie Cassie auf die Füße kam und schwankend loslief.

Gleichzeitig stieß Russell ihn von sich und griff nach seiner Pistole, die er in dem Gerangel verloren hatte. Bevor Damon sie sich schnappen konnte, hatte der Mörder sie wieder in der Hand und zielte auf Cassie. Das ließ Damon keine Wahl. Er sprang auf und sprintete hinter ihr her. Jeden Moment erwartete er, von einer Kugel in den Rücken getroffen zu werden, doch seltsamerweise drückte Russell nicht ab.

»Stopp, oder ich schieße!« Die Stimme des Mörders hallte über die Lichtung.

Cassie lief einfach weiter, als hätte sie ihn gar nicht gehört. Oder als wüsste sie, dass sie sowieso sterben würde. Damon spürte, wie die Strapazen der letzten Tage an seinen Kräften zehrten, und holte das Letzte aus sich heraus. Er musste die Frau einholen! Das Herz hämmerte in seiner Brust, sein Atem ging schwer. Punkte flimmerten vor seinen Augen. Mit einem letzten Energieschub erreichte er Cassie kurz vor dem Wasserfall und brachte sie zum Stehen. Damit sie sich nicht wehrte, schlang er die Arme um ihren Oberkörper.

Dann brachte er seinen Mund dicht an ihr Ohr. »Halten Sie still, ich will Ihnen helfen. Können Sie schwimmen?«

Sie drehte den Kopf ein Stück zu ihm und blickte ihn verzweifelt an. »Ja, aber …«

»Russell wird Sie erschießen, das ist Ihre einzige Chance.« Er schob sie rückwärts bis an die Kante des Wasserfalls. »Es tut mir leid.«

Damon gab ihr einen Stoß und beobachtete, wie sie nach unten fiel. Ein langgezogener Schrei wehte zu ihm herauf, der abrupt abbrach, als sie auf das Wasser prallte. Angestrengt fixierte er die Oberfläche des Sees, aber die Frau tauchte nicht wieder auf. *Gott, hatte er sie umgebracht?*

Eine Hand packte ihn grob am Arm und zerrte ihn zurück. »Was sollte das?«

Mit Mühe schaffte Damon es, jedes Gefühl aus seiner Miene zu entfernen, bevor er sich zu Russell umdrehte. Achtlos zuckte er mit den Schultern. »Erschien mir besser, als eine Kugel zu verschwenden oder noch einmal zu riskieren, dass jemand den Schuss hört.«

Überrascht lachte Russell auf. »Interessant. Das hatte ich nicht von dir erwartet.« Er packte Damon am Hemd und zog ihn dichter zu sich heran. Seine grünen Augen wirkten hart wie gefärbtes Glas. »Wenn du mich allerdings noch einmal angreifst, bist du tot.« Er stieß Damon von sich und drehte sich um. »Komm jetzt, ich will hier so schnell wie möglich weg.«

Damon blickte zu Emma, die immer noch vor dem Baum saß. Als er auf sie zuging, bemerkte er ihren entsetzten Gesichtsausdruck und die Angst in ihren Augen. Betroffen versuchte er, so harmlos wie möglich zu wirken, während er sich ihr näherte. Langsam streckte er die Hand aus. »Komm, Kleine, wir gehen.«

Doch Emma zuckte vor seiner Hand zurück, als wäre es eine Schlange, und schob sich weiter nach hinten, um aus seiner Reichweite zu entkommen. »D…du hast d…die F…frau umgebracht!«

Ihre Worte trafen ihn wie ein Schlag. Er hatte nicht daran gedacht, dass sie alles verfolgt hatte. »Ich wollte sie retten.« Das sagte er leise, damit Russell ihn nicht hörte.

»Du hast sie geschubst, ich habe es gesehen!«

Das konnte er nicht leugnen. »Komm jetzt, wir müssen weiter.« Wieder wollte er nach ihrer Hand greifen, doch sie wich zur Seite aus.

»Fass mich nicht an!« Ihre Stimme drang über die Lichtung.

Damon trat zurück. »Okay, ich fasse dich nicht an. Steh auf.«

Wortlos folgte sie seinem Befehl und ging dann in einem großen Bogen an ihm vorbei. Beinahe so groß wie der, den sie um die Leiche des Mannes machte. Damon konnte sie verstehen, trotzdem traf ihn ihr Verhalten. Verdammt, was war mit ihm los? Er hatte weitaus größere Probleme als die Tatsache, dass Emma ihn nicht mehr mochte.

Russell lachte, als Damon an ihm vorbeiging. »Sieht so aus als wäre eure innige Freundschaft zu Ende. So ein Pech aber auch! Das passiert, wenn man ihr vorgaukelt, jemand zu sein, der man gar nicht ist. Du bist ein Mörder und kein Stück besser als ich, auch wenn du das zu denken scheinst.« Sein Grinsen verbreiterte sich. »Bei mir hätte die Frau wenigstens noch ihren Spaß gehabt, bevor sie kurz und schmerzlos gestorben wäre. Du dagegen hast ihr einen richtigen Höllentrip verpasst. Huh, ich hätte da nicht runterfallen wollen. Was meinst du, ist sie beim Aufprall auf irgendwelche Felsen gestorben, oder hat sie sich nur verletzt und ist dann ertrunken?« Er wackelte mit dem Kopf. »Kein schöner Tod.«

Damon ging einfach weiter und versuchte, sich nicht anmerken zu lassen, wie sehr ihm die Sache zu schaffen machte. Hätte es eine andere Möglichkeit gegeben, Cassie zu retten? Vielleicht wenn er Russell stärker bekämpft hätte … Doch wie lange er auch darüber nachgrübelte, er fand keine Antwort.

Abrupt stoppte er, als er Emma erschrocken aufschreien hörte, und drehte sich zu ihr um. Russell hatte sie am Arm gepackt und hielt ihr die Pistole an die Stirn. Sofort setzte sich Damon in Bewegung und blieb dicht vor dem Mörder stehen. »Lass sie los, Russell.«

»Warum sollte ich das tun? Ich brauche die Kleine nicht mehr, eigentlich kann ich sie gleich hier erledigen, dann habe ich es hinter mir.«

»Du brauchst sie noch, oder wie kommst du sonst nach Hoh Rain? Wenn du dem Mädchen etwas tust, werde ich dir den Weg nicht mehr zeigen, und dann wanderst du wahrscheinlich bis Timbuktu, ohne je eine Straße zu finden.«

Russells Augen verengten sich. »Überleg dir gut, ob du mich verärgern willst, Kleiner.«

»Ich will einfach nur endlich hier raus, und du vergeudest Zeit.«

»Wir kommen viel schneller vorwärts, wenn wir das Balg nicht überall mit hinschleppen müssen. Sie ist völlig unnütz.«

Bei diesen Worten wurde Emma noch blasser. Ihr gesamter Körper zitterte, und sie blickte ihn flehend an.

»Wir nehmen sie mit.«

Russell löste die Sicherung der Pistole. »Ich glaube nicht, dass du hier das Sagen hast …«

22

Sorgfältig behielt Warren die Umgebung im Auge, während er Angel und Moonlight folgte. Am liebsten wäre er vor ihnen gegangen, um sie im Falle eines Angriffs besser schützen zu können, aber das ging natürlich nicht, wenn er der Hündin die Arbeit nicht noch erschweren wollte. Die ganze Zeit waren sie einer lang gestreckten Schlucht gefolgt, die nun endlich ihr Ende fand. Wie befürchtet lief die Spur auf der anderen Seite der Schlucht wieder zurück. Jeder Schritt, den er vorwärtsging, steigerte seine Angst um Emma und seine Ungeduld noch. Die Hilflosigkeit, das Gefühl, seine Tochter nicht retten zu können, machten ihn verrückt. Nur mit äußerster Mühe schaffte er es, sich so weit zu beherrschen, dass er nicht losrannte oder seine Wut hinausschrie.

Er war so in seine Gedanken vertieft, dass er beinahe in Angels Hacken lief, als sie unerwartet stehen blieb. Rasch blickte er um sie herum und sah, dass Moonlight ebenfalls angehalten hatte und etwas anzeigte. Bevor Warren jedoch fragen konnte, was sie entdeckt hatte, lief sie schon weiter, diesmal allerdings ab vom bisher eingeschlagenen Weg. Einige Meter weiter stoppte sie erneut, und Warren erkannte einen kleinen Felsüberhang, der von der Vegetation fast vollständig verdeckt war. Ein sehr gutes Versteck, wenn man nicht entdeckt werden wollte.

Instinktiv schob er sich vor Angel. »Bleib hier, ich sehe mir das an.« Wieder wünschte er sich, eine Waffe zu haben.

Angels Hand berührte seinen Rücken. »Das ist nicht nötig. Wenn jemand hier wäre, hätte Moonlight das angezeigt.«

Ihre Aussage bewahrheitete sich, als die Hündin den kleinen Unterschlupf erschnüffelte und schließlich an einer Stelle ein weiteres Zeichen gab.

»Was bedeutet das?«

»Dass Emma hier war, und das für etwas längere Zeit. Anscheinend haben sich hier viele ihrer Geruchspartikel abgelagert, sonst hätte Moonlight das nicht extra angezeigt.« Sie drehte sich zu Warren um und strich ihm über den Arm. »Ich nehme an, dass sie hier zumindest einige Stunden gelagert haben. Vielleicht haben sie genauso wie wir darauf gewartet, dass es heller wird.«

Warrens Hände ballten sich zu Fäusten. Die Vorstellung, dass Emma hier gewesen war, während er nur wenige Hundert Meter entfernt geschlafen hatte, war unerträglich. Anstatt sich auszuruhen hätte er weitergehen und sie aus der Gewalt dieser Verbrecher befreien müssen. Bestimmt hatte sie furchtbare Angst gehabt und sich gewünscht, dass er sie endlich fand und nach Hause brachte. Und er hatte nicht nur geschlafen, sondern war auch noch über Angel hergefallen.

Angels Berührung brannte wie Feuer auf seiner Haut, und er schüttelte ihre Hand ab. Ohne ein Wort trat er aus dem Unterschlupf und ging ein paar Schritte, bevor er stehen blieb und tief durchatmete. Sein Herz raste, während sein Brustkorb gleichzeitig so schmerzte, als würde er von einem unsichtbaren Band zusammengepresst. Warren stützte die Hände auf die Oberschenkel und versuchte, sich wieder unter Kontrolle zu bringen.

»Du hättest nichts tun können, Warren. Im Dunkeln wären wir ohne Vorwarnung auf das Versteck gestoßen, und das hätte nicht nur Emma, sondern auch uns in Gefahr gebracht.«

Obwohl Warren wusste, dass sie recht hatte, fiel es ihm schwer, das zu akzeptieren. Es ging um seine Tochter, und er hatte schon versagt, als er nicht bemerkt hatte, dass sie aus dem Zelt verschwunden war. Dazu ein ganzer Tag, an dem es ihnen nicht gelungen war, sie einzuholen, und jetzt das. Kein Wunder, dass Carol ihm den Umgang mit Emma verbieten wollte. Der Druck in seinem Brustkorb verstärkte sich, seine Augen brannten. Wenn sie seinetwegen starb, würde er sich nie vergeben. Sie …

Ein dumpfer Knall zerriss die Stille des Morgens. Sofort ging Warren vor Angel in Verteidigungsstellung, obwohl er wusste, dass der Schuss weiter entfernt gefallen war und sie nicht treffen konnte. Erst verspätet ging ihm auf, was das bedeutete: Emma könnte in diesem Moment sterben oder war vielleicht sogar schon tot. Er kam zu spät. Verzweiflung packte ihn, und er wollte losstürmen, doch eine Hand schloss sich fest um seinen Arm. »Lass mich, ich muss …«

Angel unterbrach ihn. »Denk nach, Warren. Du kannst ihr nicht helfen, wenn du nicht weißt, wo sie ist. Moonlight wird uns zu ihr führen.«

Mühsam riss er sich zusammen und nickte knapp. »Können wir schneller gehen?«

»Natürlich.« Sie gab Moonlight den Befehl, die Spur wieder aufzunehmen, und ging los. Die Hündin schien sich zu freuen, dass sie endlich schneller laufen durfte und forcierte stark das Tempo.

Warren machte es nichts aus, fast hinter ihr herzujoggen, seine Angst um Emma ließ ihn jegliche Müdigkeit und Schmerzen vergessen. Mit jedem Schritt hallte ihr Name durch seinen Kopf, sein Herz hämmerte wie ein Presslufthammer. *Gott, sie durfte einfach nicht tot sein!* Wenn er ihren kleinen Körper irgendwo fand … Die Vorstellung war zu schlimm, um sie fortzusetzen. Nicht einmal, als er versucht hatte, Pedro aus dem brennenden Wagen zu befreien, hatte er eine solche Panik verspürt.

Wieder blieb Moonlight abrupt stehen, und diesmal konnte Warren sich nur mit einem Sprung zur Seite davon abhalten, Angel umzurennen, die ebenfalls angehalten hatte. Rau drangen seine Atemzüge aus seiner zugeschnürten Kehle. »Was ist?«

Angel drehte sich halb zu ihm, ihr Gesicht war bleich. Sie deutete auf Moonlight, die stocksteif dastand. »Sie zeigt mir an, dass sie etwas beunruhigt.«

»Gott, nein, Emma!« Warrens Knie drohten nachzugeben. Automatisch machte er einen Schritt vorwärts, doch Angel packte ihn am Arm.

»Wir wissen nicht, was Moonlight dort riecht, es kann alles Mögliche sein. Ich möchte, dass du hierbleibst, während ich nachsehe.«

Sofort schüttelte Warren den Kopf. »Nein. Ich muss sehen …«

Angels Stimme wurde sanfter. »Bitte Warren, sei vernünftig. Lass mich die Sache erst überprüfen.«

Mit Mühe riss er sich zusammen. »Nein, Angel. Es könnte sein, dass die Verbrecher noch in der Nähe sind. Es wäre zu gefährlich, wenn du alleine hier herumläufst.«

Zögernd nickte Angel. »Okay, das ist ein Argument. Aber bleib bitte hinter mir.«

Warren wollte protestieren, wusste aber, dass sie ihn bloß schützen wollte. Deshalb nickte er nur.

Angel drückte seinen Arm und ließ ihn dann los. Nach einem tiefen Atemzug gab sie Moonlight ein Zeichen. Langsamer als zuvor gingen sie weiter, was Warren beinahe verrückt machte. Sein Instinkt drängte ihn dazu, vorwärtszustürmen, um denjenigen, den Moonlight roch, noch zu retten. Was allerdings vergebens wäre, wenn Angel recht hatte. Trotzdem musste er es zumindest versuchen. Und wenn es wirklich Emma war … Er glaubte nicht, dass er es ertragen könnte, sie so zu sehen. Aus reinem Selbstschutz konzentrierte er sich für den Moment nur auf ihre Sicherheit. Wenn die beiden Mörder sich noch in der Nähe aufhielten, waren Angel und er in höchster Gefahr. Ganz sicher würden es die Verbrecher nicht zulassen, dass jemand sie sah und der Polizei davon berichten konnte.

Sein Nacken prickelte, und Warren blickte sich aufmerksam um. Nirgends war etwas zu entdecken, aber er hatte das Gefühl, dass sich jemand ganz in der Nähe aufhielt. Jetzt traten sie auf eine Lichtung, die mit hohem Gras bedeckt war. Alles wirkte friedlich, das einzige Geräusch war ein Rauschen, das vermutlich von einem nahen Wasserfall kam. Zuerst sah er nichts, aber dann nahm er einen dunklen Fleck wahr, der in der Mitte der Lichtung schwebte. Was zum Teufel war das? Angel hatte ihn auch bemerkt und hielt genau darauf zu.

Warren folgte ihr. Es dauerte nicht lange, bis er begriff, was er sah: Fliegen. Ein ganzer Schwarm schwebte einige Zentimeter über den Gräsern, und dafür konnte es nur einen Grund geben. Seine Hände begannen zu zittern. Als sie näher kamen, sah er einen roten Fleck durch das Gras schimmern. Emma trug ein rotes T-Shirt … Seine Beine gaben nach, und er sank auf die Knie. *Emma.* Seine wunderschöne kleine Tochter, so voller Leben. Wie hatte er sie nur einer solchen Gefahr aussetzen können? Hätte er auf Carol gehört, wäre das nie passiert und Emma wäre in Portland in Sicherheit. Stattdessen lag sie hier auf dieser Wiese und hatte unaussprechliche Qualen erlitten. Nie wieder würde er ihr Lachen hören und sie heranwachsen sehen. Und es war seine Schuld. Er schloss die Augen und wünschte, er wäre in Afghanistan gestorben.

»Warren!«

Angels leiser Ruf ließ ihn den Kopf heben, und er blinzelte, um scharf sehen zu können. Angel winkte ihn zu sich, aber ihren Gesichtsausdruck konnte er nicht deuten. Entsetzen stand darin, aber auch etwas wie … Erleichterung? Schwerfällig kam er auf die Füße und lief mit wackligen Knien zu Angel hinüber. Innerlich versuchte er, sich darauf vorzubereiten, gleich Emmas Leiche zu sehen, aber es gelang ihm nicht. Er konnte sie sich nur lebendig vorstellen, ihre wilden roten Locken, die hellbraunen Augen und die süßen Sommersprossen. Nur so wollte er sie sehen.

Trotzdem zwang er sich, neben Angel zu treten und nach unten zu blicken. Wanderstiefel und eine hellbraune Treckinghose füllten sein Blickfeld, und er ließ den Blick nach vorn schnellen. Ein rotes Hemd, auf dem eine furchtbare Wunde prangte, ein Gesicht, dem das Entsetzen im Augenblick des Todes anzusehen war. Warren schluckte heftig und versuchte, die Übelkeit zu unterdrücken. Gleichzeitig brach sich eine riesige Erleichterung in ihm Bahn. Es war nicht Emma! Er konnte weiterhin hoffen, sie lebendig und gesund zurückzubekommen.

Schlechtes Gewissen breitete sich in ihm aus, während er stumm auf den jungen Mann hinunterblickte. Irgendjemand würde ihn vermissen und wegen seines Todes zerstört sein. Seine Eltern, Geschwister, Freunde. Vielleicht hatte er eine Freundin oder Frau – oder sogar Kinder. Warren schob den Gedanken beiseite und konzentrierte sich stattdessen darauf, die Fakten zu sammeln. Der Tote war von einem Schuss in die Brust aus nächster Nähe getötet worden. Er trug Wanderkleidung und einen großen Rucksack, an dem auch ein zusammengerollter Schlafsack befestigt war.

»Meinst du, es ist einer der beiden Verbrecher?« Angel sprach so leise, dass er sie kaum verstand.

»Nein.«

Sie wandte sich ihm zu. »Warum bist du so sicher? Vielleicht hatten sie einen Streit, und der eine hat den anderen erschossen.«

»Er trägt Wanderstiefel mit Profil. Die Abdrücke, die wir bisher gefunden haben, waren aber viel weniger ausgeprägt. Seine Kleidung und auch der Rucksack mit Schlafsack deuten eher darauf hin, dass er ein Wanderer ist, der hier irgendwo im Hinterland übernachtet hat.«

Angel verzog den Mund. »Das hatte ich befürchtet. Er muss zufällig auf die Verbrecher getroffen sein und hat das mit seinem Leben bezahlt. Der arme Kerl.« Ihre Stimme zitterte, und sie bemühte sich, nicht mehr nach unten zu sehen. »Ich muss die Polizei informieren, damit sie ihn abholen. Wenn er hier liegen bleibt, werden sich die wilden Tiere über ihn hermachen.«

»Okay. Aber wir können nicht hier warten, bis sie kommen.«

»Was? Willst du ihn einfach so liegen lassen?«

Warren rieb sich über das Gesicht. »Hör zu, es tut mir auch leid für den jungen Mann. Aber er ist tot, und Emma lebt noch. Deshalb ist es mir wichtiger, Emma zu folgen, als hier Totenwache zu halten.«

Angel biss sich auf die Lippe, aber schließlich nickte sie. »Du hast recht.« Schnell schlüpfte sie aus den Riemen ihres Rucksacks und holte ihr Funkgerät heraus. »Hier ist Angel Burns, bitte kommen.«

Ein Rauschen ertönte, dann eine müde Stimme. »Sergeant Peters hier. Ich höre.«

»Wir haben gerade eine männliche Leiche auf einer Lichtung gefunden. Es scheint ein Wanderer zu sein.«

»Wiederholen Sie das bitte.« Diesmal klang Peters wesentlich wacher.

»Hier ist ein Toter, er wurde erschossen, vermutlich von den beiden entflohenen Häftlingen. Ich möchte mit Detective Heron sprechen.«

»Ja, ja, natürlich, kleinen Moment.«

Ungeduld stieg in Warren auf. Jede Sekunde, die sie hier verloren, konnte Emmas Tod bedeuten. Aber er sagte nichts. Sie waren es dem Toten schuldig, wenigstens dafür zu sorgen, dass er geborgen wurde. Wenn es Emma wäre oder jemand anders, den er liebte, würde er auch hoffen, dass sich jemand darum kümmerte.

»Heron hier. Habe ich das richtig gehört? Ihr habt einen Toten gefunden?«

»Ja. Er wurde erschossen. Moonlight hat uns hierhergeführt, also sind Emma und ihre Entführer auch hier gewesen. Außerdem haben wir einen Schuss gehört.«

»Kennst du den Toten?«

»Nein, vermutlich ist er ein Tourist. Bitte schick jemanden, der ihn holt, bevor ihn die Tiere entdecken. Wir müssen weiter Emmas Spur folgen und können nicht hierbleiben.«

»Das ist viel zu gefährlich, Angel. Warte, bis der Hubschrauber kommt, dann schicke ich dir ein paar Polizisten, die dich beschützen.«

Angels Blick wanderte zu Warren, doch er schüttelte den Kopf. »Nein, das dauert zu lange.«

»Okay, kannst du mir sagen, wo ihr gerade seid?«

Schnell holte Angel ihr GPS-Gerät heraus und schaltete es an. Sie nannte Heron die Koordinaten. »Beeilt euch bitte.«

»Ein Hubschrauber steht schon bereit. Kannst du mir noch sagen, wann ihr den Schuss gehört habt?«

Ratlos sah Angel Warren an. »Nicht genau. Ich würde sagen, ungefähr vor einer halben Stunde, bin mir aber nicht sicher.«

Warren mischte sich ein. »Ich habe kurz vorher auf die Uhr gesehen, sie haben jetzt etwa vierzig Minuten Vorsprung, wenn sie gleich nach dem Schuss weitergegangen sind.«

Ein tiefer Atemzug war durch das Telefon zu hören. »Passt auf euch auf, Angel. Diese Männer sind sehr gefährlich.«

Angel stieß ein harsches Lachen aus. »Das sehe ich gerade deutlich vor mir. Wir sind vorsichtig, ich verspreche es. Over.« Sie steckte das Funkgerät in den Rucksack zurück und richtete sich dann auf. Zu Warrens Überraschung hockte sie sich neben den Toten und schloss ihm sanft die Augen. »Es tut mir leid.«

Ein Kloß bildete sich in Warrens Kehle, gleichzeitig breitete sich Wärme in ihm aus. Angel war eine unglaubliche Frau, und er war sehr froh, sie in dieser schwierigen Situation an seiner Seite zu haben. Ein anderer hätte längst aufgegeben, doch sie stand immer wieder auf und machte weiter. Das bewunderte er zutiefst. Er hob ihren Rucksack auf und hielt ihn hoch, während sie die Arme in die Riemen schob.

»Danke.« An ihrer angespannten Miene konnte er sehen, wie nahe ihr das alles ging und wie viel die Erlebnisse sie schon gekostet hatten.

Sein Drang, sie zu schützen, kollidierte mit dem Wunsch, Emma zu retten. Es zerriss ihn förmlich. »Angel …«

Sie ließ ihn nicht ausreden. »Ich weiß, dass es gefährlich werden kann, aber das nehme ich in Kauf, wenn wir dafür deiner Tochter helfen können. Keiner hat sie nach ihrer Wahl gefragt. Ohne mich – oder vielmehr Moonlight – wirst du sie nie finden, also ist die Frage müßig, ob ich lieber hierbleiben würde.«

Da Warren die Worte fehlten, beugte er sich nur vor und küsste sie sanft auf den Mund. Sofort öffneten sich ihre Lippen, und sie vertiefte den Kuss. Viel zu schnell für seinen Geschmack löste sie sich jedoch wieder von ihm.

Leichte Röte überzog Angels Wangen. »Wofür war das?«

»Dafür, dass du so unglaublich bist. Wenn Emma in Sicherheit ist, kann ich dir hoffentlich zeigen, wie wunderbar ich dich finde.«

Der Hauch eines Lächelns huschte über ihr Gesicht. »Abgemacht.«

Ohne ein weiteres Wort machten sie sich wieder auf den Weg, diesmal aber deutlich langsamer und leiser, damit sie nicht aus Versehen über die Verbrecher stolperten. Während Warren Angels Rücken betrachtete, dachte er über die Zweifel in ihrem Blick nach, die im Gegensatz zu ihrer Antwort standen. Sie kannten sich zwar noch nicht so lange, aber es stand für ihn außer Frage, dass er sie gerne näher kennenlernen wollte – wenn das alles hier vorbei war. Er hoffte sehr, dass er die Gelegenheit haben würde, ihr zu zeigen, dass er jedes Wort ernst gemeint hatte.

Valerie lief über den Parkplatz zum Hubschrauber, der mit laufenden Rotoren auf dem Asphalt stand. Auf keinen Fall wollte sie riskieren, dass Gabriel sie nicht mitnahm. An seinem Gesichtsausdruck hatte sie erkannt, dass er darüber nachgedacht hatte, und sie wollte ihm keine Gelegenheit geben, es sich anders zu überlegen. Zwar wusste sie selbst nicht genau, warum, aber sie hatte das Gefühl, dass sie unbedingt dabei sein musste, wenn die Flüchtigen gefasst wurden. Sie warf ihr Gepäck in den Hubschrauber und kletterte dann selbst hinterher. Lucas und Detective Heron waren bereits an Bord, außerdem noch zwei Ranger, deren Namen sie nicht kannte, und ein Sanitäter. Wenig später traf auch Gabriel ein und gab dem Piloten ein Zeichen, loszufliegen.

Nachdem sie alle Kopfhörer aufgesetzt hatten, erklärte Gabriel, was sich zugetragen hatte. »Wir werden den Toten sichern und dann weiterfliegen. Hal konnte den möglichen Aufenthaltsort aufgrund der Zeitangaben noch weiter eingrenzen, Harper und Burns folgen weiter der Spur und liefern uns damit weitere Daten.«

Herons Augenbrauen schoben sich zusammen. »Ich finde das immer noch viel zu gefährlich. Sie sind nicht mal bewaffnet! Und Sie haben gehört, was Mrs Harper gesagt hat, ihr Exmann ist psychisch labil.«

Gabriel wirkte nicht, als würde ihn das sonderlich aufregen. »Das stimmt, aber ich glaube nicht, dass sie sich von uns hätten aufhalten lassen. Harper weiß, dass die Verbrecher seine Tochter jederzeit töten können, deshalb wird er sicher nicht aus Angst um seine eigene Sicherheit wegbleiben und uns die Sache erledigen lassen. Wenn wir aber dank ihrer GPS-Daten die Mörder vorher erwischen, geraten sie gar nicht erst in Gefahr. Wir müssen nur schneller sein.«

Valerie fand das sehr riskant, doch sie wusste, wann es besser war, den Mund zu halten. Für Gabriel zählte momentan nur, die Entflohenen zu fassen und das Mädchen zu retten, alles andere war zweitrangig. Hoffentlich gingen Warren Harper und die Hundeführerin mit Bedacht vor. Wenn nicht, konnte das nicht nur ihren, sondern vor allem den Tod des Mädchens zur Folge haben. Aber der ehemalige Marine wusste das vermutlich und würde Vorkehrungen treffen.

»Ich denke trotzdem, dass es zu gefährlich ist. Besonders für Angel, sie ist solche Dinge nicht gewohnt.« Heron gab offensichtlich nicht so schnell auf. Wahrscheinlich, weil er Gabriel nicht gut genug kannte, um zu wissen, dass er seine Entscheidungen nie rückgängig machte. Schon gar nicht zu einem so späten Zeitpunkt.

Genervt blickte Gabriel ihn an. »Was soll ich denn Ihrer Meinung nach tun? Solange sie uns nicht per Funk kontaktieren, können wir sie nicht erreichen. Und selbst wenn es möglich wäre, haben Sie es doch selbst gehört: Sie folgen Emmas Spuren, egal was passiert. Und damit ist die Diskussion beendet.«

Heron wirkte, als wollte er weiter argumentieren, schien dann aber einzusehen, dass es nichts bringen würde. Er presste die Lippen zusammen und wandte sich von ihnen ab.

Valerie blickte aus dem Fenster auf das grüne Dach des Regenwalds hinunter. Von hier oben sah es so friedlich aus, man konnte sich kaum vorstellen, dass gerade zwei entflohene Mörder dort unten ihr Unwesen trieben. Ihre Ausbildung zur FBI-Agentin war noch nicht so lange her, dass sie ihre Anspannung völlig überspielen konnte, aber sie versuchte es. Auf keinen Fall sollte Gabriel bereuen, sie mitgenommen zu haben. Als neuestes Mitglied des Teams hatte sie das Gefühl, sich beweisen zu müssen, bevor sie vollständig akzeptiert wurde.

Nach einigen letzten Anweisungen von Gabriel schwiegen sie, nur der Lärm der Rotoren war zu hören. Die Vibrationen liefen durch ihren Körper und verstärkten ihre Unruhe noch. Es schien unendlich lange zu dauern, bis sie endlich zu den Koordinaten kamen, die Angel Burns ihnen gegeben hatte. Der Hubschrauber ging in den Sinkflug über und setzte schließlich mit einem sanften Ruck auf der grasbewachsenen Lichtung auf. Heron riss die Tür auf und sprang hinaus. Mit der Pistole im Anschlag sicherte er den Ausstieg der anderen. Zwar hatte Gabriel vorher überprüft, dass sich Harper und Burns weiter von diesem Punkt entfernt hatten und damit auch die Verbrecher nicht mehr in der Gegend waren, aber es war immer besser, vorsichtig zu sein.

Valerie kletterte aus dem Hubschrauber und duckte sich unter den Rotoren hinweg, um dem starken Luftzug zu entkommen. Schnell entfernte sie sich einige Schritte und hielt sich die Hand vor die Augen, um dem aufgewirbelten Dreck zu entgehen. Erst als der Motor aus war, konnte sie sich richtig umsehen. Rasch folgte sie Gabriel, Lucas und Heron, die zielstrebig auf einen bestimmten Punkt zugingen. Der Sanitäter schloss sich ihr an. Mit seinen etwa fünfzig Jahren wirkte er ruhig und abgeklärt. Vermutlich hatte er in seinem Job schon viel gesehen und ließ sich von nichts mehr schocken. Dagegen kam sie sich furchtbar jung und unerfahren vor, obwohl sie mit dreißig auch nicht gerade taufrisch war.

Der Sanitäter warf ihr einen Blick zu, der ihr mitleidig erschien, deshalb beeilte sie sich, zu ihren Kollegen aufzuschließen. Als sie sah, dass sie ihr Ziel erreicht hatten, blieb sie abrupt stehen: Vor ihnen lag die Leiche eines jungen Mannes. In Höhe seines Herzens befand sich ein Loch in seinem Hemd, aus dem Blut ausgetreten war. Nicht extrem viel, was den Schluss nahelegte, dass er fast sofort gestorben war. Vermutlich noch bevor er auf dem Boden aufschlagen war. Auf seinem Gesicht zeichneten sich Schock und Entsetzen ab. Sein Mund war leicht geöffnet, als hätte er gerade etwas gesagt oder vielleicht auch geschrien, die Augen waren geschlossen. Valerie bezweifelte, dass einer der beiden Verbrecher das getan hatte, vielleicht war es Warren Harper oder Angel Burns gewesen.

Einen Moment lang beobachtete sie, wie der Sanitäter den jungen Mann untersuchte und dann den Kopf schüttelte, um das zu bestätigen, was sie sowieso schon alle wussten. Dem Mann war nicht mehr zu helfen. Fliegen schwirrten um ihn herum, die sich von den Menschen nicht stören ließen. Noch waren keine Anzeichen von Verwesung zu bemerken, aber wenn er länger in der Hitze und feuchten Umgebung lag, würde der Prozess bald einsetzen. Da sie nichts tun konnte, trat Valerie zurück und holte tief Luft. Es war nie einfach, eine Leiche zu sehen, aber hier kam noch hinzu, dass die Verbrecher ein kleines Mädchen in ihrer Gewalt hatten, das jederzeit so enden konnte wie der junge Mann einige Meter weiter.

Außerdem war er ungefähr in dem gleichen Alter wie ihr Bruder damals … Sofort wischte Valerie den Gedanken beiseite. Sie durfte jetzt nicht an ihn denken, sondern musste sich auf ihre Arbeit konzentrieren. Mit den Augen suchte sie die Umgebung nach Hinweisen ab, was hier geschehen war. Ihr Hauptaugenmerk lag zwar auf der Rettung des Mädchens und der Festnahme der beiden Flüchtigen, aber es konnte nicht schaden, sich umzusehen. Von einem leisen Rauschen angelockt trat sie näher an etwas heran, das sich erst auf den zweiten Blick als Abgrund entpuppte. Valerie lehnte sich vor und blickte nach unten. Ein schmaler Wasserfall fiel über einen Felsvorsprung in ein beinahe kreisrundes Becken etliche Meter tiefer.

Es wirkte so idyllisch, dass Valerie tatsächlich für einen Moment vergaß, warum sie hier war. An den Wänden wuchsen Moose und Farne, Gischt sprühte über die Felsen und ließ die Pflanzen in der Sonne glitzern. Sie wünschte, sie könnte dort unten liegen und … Valerie stieß einen erschrockenen Schrei aus und taumelte instinktiv zurück. Ihr Verstand weigerte sich, das zu verarbeiten, was sie gesehen hatte.

»Valerie, alles in Ordnung?« Lucas' Frage riss sie aus ihrem Schockzustand.

Noch einmal blickte sie nach unten, um sich zu vergewissern, dass sie es sich nicht eingebildet hatte, dann drehte sie sich zu den anderen um. »Kommt schnell, da unten liegt jemand!«

Die anderen reagierten sofort und rannten zu ihr. Vorsichtig sahen sie nach unten. Heron fluchte unterdrückt und wandte sich an einen der Ranger. »Wie kommen wir am besten nach unten? Vielleicht lebt die Frau noch.«

Der Mann – »Watts« stand auf der Brusttasche seines Hemdes – schüttelte den Kopf. »Das wird schwierig. Ich muss mich abseilen. Die Ausrüstung habe ich dabei, aber für die Bergung der Frau brauchen wir einen Hubschrauber mit Rettungstrage, die wir runterlassen können.«

Gabriel zog sein Satellitenhandy heraus und forderte den

gewünschten Helikopter an. »Bekommen Sie das hier alleine hin?« Seine Frage richtete sich an die beiden Ranger, die ihn nur stumm anstarrten. Ungeduldig führte er weiter aus: »Diese Typen haben immer noch eine Geisel. Wenn wir jetzt nicht zugreifen, ist das kleine Mädchen auch noch tot.« Wieder blickte er nach unten. »Ich hoffe, die Frau lebt noch, aber im Moment ist es mir wichtiger, die Mörder davon abzuhalten, noch weiteren Schaden anzurichten.«

Schließlich nickte Watts zögernd. »Zu dritt sollten wir es hinkriegen. Der Rettungshubschrauber ist auch besser geeignet zur Versorgung von Verletzungen – sollte die Frau noch leben.«

Der andere Ranger meldete sich zu Wort. »Aber ich dachte, Sie brauchen jemanden, der sich in der Gegend auskennt?«

Ein Muskel zuckte in Gabriels Wange. »Es muss eben ohne gehen. Ich hätte es mir auch anders gewünscht, aber ich kann jetzt nichts mehr daran ändern. Wenn Sie noch etwas aus dem Hubschrauber brauchen, holen Sie es jetzt, wir brechen sofort auf.« Damit ging er weg und ließ sie dort stehen.

Watts blickte ihm hinterher. »Ist er etwa immer so?«

Lucas übernahm die Antwort. »Nein, aber auch wenn das keine Entschuldigung ist, er hat seine Gründe dafür, die Verbrecher so schnell wie möglich zu fassen und alles andere hintanzustellen.«

Der Sanitäter hatte die Frau nicht aus den Augen gelassen. »Ich kann das verstehen. Leute, die dazu fähig sind, so etwas zu tun, sollte man … Hey!« Aufgeregt beugte er sich vor, und Heron griff automatisch nach seinem Arm, um zu verhindern, dass er kopfüber in den Abgrund fiel. »Ich glaube, die Frau hat sich gerade bewegt. Wir sollten ganz schnell da runter!«

Angespannt blickten alle in den Abgrund, und Valerie atmete scharf ein, als sie sah, dass sich tatsächlich ein Arm bewegte. Hoffentlich konnte man ihr schnell genug helfen. Lucas machte Valerie schließlich darauf aufmerksam, dass Gabriel ungeduldig am Hubschrauber auf sie wartete. Mit einem Dröhnen begannen sich die Rotoren zu bewegen, und sie rannten los. Es war nicht auszuschließen, dass Gabriel sie einfach hierlassen würde, wenn sie zu langsam waren. Und das musste sie auf jeden Fall verhindern.

23

An Moonlights Verhalten konnte Angel erkennen, dass sie Emma immer näher kamen. Was einerseits gut war, andererseits aber auch die Gefahr barg, dass die Verbrecher sie entdeckten und genauso töteten wie den armen Touristen. Während ihrer bisherigen Sucheinsätze hatte sie schon mit vielem zu tun gehabt – Mörder waren allerdings noch nicht darunter gewesen. Das machte ihr Angst, und sie wusste nicht, wie sie sich verhalten sollte. Wenn es zu einer Schießerei kam, würden nicht nur sie in Gefahr geraten, sondern auch Emma. Angel verzog den Mund. Es würde eine sehr einseitige Schießerei werden, da weder sie noch Warren eine Waffe dabei hatten.

Sie wurde immer langsamer, bis sie schließlich ganz stehen blieb. Moonlight drehte sich zu ihr um und gab ein leises Winseln von sich. Testweise zog sie an der Leine, doch Angel ließ sich davon nicht beirren. Wenn sie Emma lebendig dort herausholen wollten, mussten sie sich etwas einfallen lassen. Warren stoppte neben ihr und sah sich um. Es überraschte sie, dass er die offensichtliche Frage nicht stellte, stattdessen blickte er sie nur an.

»Ich möchte, dass ihr beiden hierbleibt, während ich mich umsehe.«

»Aber die Spur …«

Warren unterbrach sie. »Ich nehme an, dass du stehen geblieben bist, weil Moonlight Emmas Nähe anzeigt, oder?« Stumm nickte sie. »Dann werde ich sie auch so finden. Es wäre zu auffällig, wenn wir zu dritt durch den Wald stapfen, besonders wenn wir uns genau auf der Spur bewegen. Ich möchte vermeiden, dass wir den Verbrechern irgendwann aus Versehen in die Hacken laufen.«

Das konnte sie absolut nachempfinden. Trotzdem wollte sie ihn nicht allein gehen lassen. »Wir könnten doch …«

Er legte ihr einen Finger auf die Lippen. »Angel, ich bin ein Marine und weiß, was ich tue. Glaub mir, dass ich mich ihnen unbemerkt nähern kann. Ihr aber nicht.«

Angel musste sich auf die Lippe beißen, um ihn nicht darauf hinzuweisen, dass er kein Marine mehr war und noch dazu verletzt. Das Schlimmste, was sie tun konnte, war, ihn an seinen Fähigkeiten zweifeln zu lassen. »Sei bitte vorsichtig, Warren.«

Ernst blickte er sie an. »Versteckt euch hier, bis ich zurück bin. Moonlight wird dich warnen, wenn sich jemand nähern sollte, oder?« Er wartete auf ihr Nicken, bevor er fortfuhr: »Solltest du Schüsse hören, verschwinde hier so schnell wie möglich.«

Protest regte sich in ihr. Er wollte, dass sie ihn und Emma im Stich ließ? »Aber …«

»Das ist nicht verhandelbar, Angel. Ich möchte, dass du in Sicherheit bist. Wenn ich die ganze Zeit befürchten muss, dass dir etwas zustoßen könnte, kann ich mich nicht ausreichend konzentrieren.«

Wärme breitete sich in ihr aus. »Ich mache mir aber auch Sorgen um dich und um Emma. Kannst du dir vorstellen, wie schwer es ist, nur die Hände in den Schoß zu legen und abzuwarten?«

»Ja, so geht es mir seit gestern Morgen.«

Erst jetzt wurde ihr richtig bewusst, wie schlimm es für einen Mann wie Warren gewesen sein musste, auf sie und Moonlight angewiesen zu sein und nicht selbstständig handeln zu können. »Es tut mir leid.«

Ein seltsamer Ausdruck huschte über sein Gesicht. »Es gibt rein gar nichts, was dir leid tun müsste, Angel. Ganz im Gegenteil. Ohne dich – euch – wäre ich jetzt nicht hier. Wenn ich Emma unversehrt zurückbekomme, ist das allein euer Verdienst. Ich bin einfach nur hinter euch hergelaufen.«

Das sah sie zwar nicht so, aber sie hatten nicht genug Zeit, das jetzt auszudiskutieren. »Lass den Rucksack hier, dann kommst du schneller vorwärts.«

Warren schlüpfte aus den Riemen und stellte den Rucksack auf den Boden. »Gute Idee. Versteck ihn einfach in der Nähe, dann brauchst du ihn nicht mit dir rumzuschleppen.«

»Wird erledigt.« Angel konnte sich gerade noch davon abhalten, zu salutieren. Es musste Warren verdammt schwergefallen sein, die Suche nicht an sich zu reißen. Seine Beherrschung war bewundernswert, besonders wenn man bedachte, wie er sich nach der Entführung seiner Tochter fühlen musste. Sorgen hatten die feinen Linien in seinen Augen- und Mundwinkeln noch vertieft, Furchen durchzogen seine Stirn. Ohne bewussten Befehl hob sich ihre Hand, und sie strich sanft mit den Fingerspitzen über die Falten.

Wärme leuchtete ihr aus seinen Augen entgegen. »Gut.«

Als er sich vorbeugte und sie zärtlich küsste, hielt Angel den Atem an. Für einige viel zu kurze Sekunden genoss sie seine Nähe, dann legte sie die Hände auf seine Brust und schob ihn von sich. »Geh.«

Nach kurzem Zögern wandte Warren sich abrupt um und ging los. Innerhalb weniger Augenblicke war er in der Vegetation verschwunden, kein Geräusch war mehr zu hören. Wieder stieß Moonlight ein Winseln aus, und Angel wünschte, sie könnte es ihr gleichtun. Je weiter Warren sich entfernte, desto mehr hatte sie das Gefühl, dass etwas Schreckliches passieren würde.

Es gefiel ihm nicht, Angel allein zu lassen, aber er wollte sie so weit wie möglich aus der Gefahrenzone heraushalten. Durch ihren Mangel an Erfahrung wäre sie ihm außerdem nur im Weg gewesen und hätte dadurch nicht nur sich selbst gefährdet, sondern auch Emma. Und das konnte er nicht zulassen. Die Vorstellung, seine Tochter vielleicht bald wieder in den Armen halten zu können, drohte seine Konzentration zu stören, deshalb schob er den Gedanken schnell beiseite.

Lautlos schlich er durch den Regenwald und nutzte jede Deckung, um sich den Verbrechern unentdeckt zu nähern. Ein kurzes Stück weit folgte er noch den frischen Spuren, die er in der feuchten Erde relativ gut erkennen konnte, doch dann hörte er Geräusche und Stimmen. Es waren zwei Männer, die sich erkennbar stritten. Warren schlich sich näher heran, um sie besser verstehen zu können und vielleicht sogar einen Blick auf Emma zu erhaschen.

»Wir haben jetzt keine Zeit für eine Pause! Hast du den Hubschrauber nicht gehört?«

Die andere Stimme war so leise, dass Warren nur ein Murmeln hörte.

»Es ist mir völlig egal, ob die Kleine kaputt ist oder nicht. Ihr konntet euch heute Nacht genug ausruhen. Ich hätte euch beide gleich auf der Lichtung töten sollen, dann würdet ihr mich wenigstens nicht mehr nerven. Noch einmal mache ich den Fehler sicher nicht.«

Unwillkürlich trat Warren einen Schritt vor, konnte sich dann aber gerade noch davon abhalten, loszustürmen und den Mörder zu zermalmen, der das Leben seiner Tochter so kaltherzig bedrohte. Was immer auch der Grund sein mochte, Warren war sehr dankbar dafür, dass der Verbrecher seine Drohungen bisher noch nicht wahr gemacht hatte.

Langsam bewegte er sich wieder vorwärts, immer darauf bedacht, seine Anwesenheit nicht zu verraten. Er hatte nur dann eine Chance, wenn er den Überraschungsmoment auf seiner Seite hatte. Hörten die Mörder ihn vorher, würden sie Emma vielleicht erschießen, bevor er nah genug heran war. Das durfte er auf keinen Fall riskieren. Ihre Sicherheit zählte bedeutend mehr als sein Rachedurst. Einige Meter weiter duckte er sich hinter einen umgestürzten Baumstamm und blickte daran vorbei in die Richtung, in der er die Verbrecher vermutete. Die Stimmen waren verstummt, doch er hörte deutlich das Geräusch von Kleidung, die über die Blätter der Farne und anderen Pflanzen strich.

Warren konnte die Nähe seiner Tochter beinahe fühlen. Wenn er die Hand ausstreckte … Ein dumpfer Laut ertönte, und er zuckte erschrocken zusammen. Dicht presste er sich an den Baumstamm und hörte, wie jemand direkt dahinter langging. Er hielt den Atem an und versuchte, sich so unsichtbar wie möglich zu machen. Auf keinen Fall durften die Farne um ihn herum wackeln und damit seinen Standort verraten. Nach scheinbar unendlich langer Zeit – dabei waren es vermutlich nur wenige Sekunden – entfernten sich die Schritte endlich, und Warren atmete langsam aus.

Vorsichtig richtete er sich wieder auf und blickte über den Baumstamm hinweg. Diesmal stockte ihm der Atem aus einem anderen Grund: Zerzaust und sichtbar erschöpft ging Emma nur wenige Meter von ihm entfernt zwischen zwei Männern durch den Regenwald. Sie lebte! Anhand der Spuren hatte er das zwar schon gewusst, aber nachdem er sie jetzt mit seinen eigenen Augen sah, konnte er es endlich auch glauben. Erleichterung mischte sich mit Anspannung. Egal wie, er musste sie dort so schnell wie möglich herausholen. Das würde allerdings nicht ganz einfach werden, denn der Glatzkopf hinter ihr hielt eine Pistole direkt auf ihren Rücken gerichtet. Warren würde nicht schnell genug an sie herankommen, um sie vor der Kugel zu bewahren.

Vor allem blickte der Verbrecher sich ständig um, als ahnte er, dass jemand in der Nähe war, der ihn angreifen wollte. Der andere Mann war auch aufmerksam, aber er trug keine Waffe – jedenfalls konnte Warren keine sehen – und wirkte weniger gefährlich. Als Emma stolperte, drehte er sich sogar sofort um und stützte sie. Von ihm schien keine unmittelbare Gefahr für seine Tochter auszugehen, doch das konnte sich natürlich ändern, wenn sie angegriffen wurden.

»Geht das auch ein wenig schneller? Wenn jemand die Leichen entdeckt, wird es hier gleich nur so von Polizisten wimmeln.«

Leichen – Plural? Hatten sie außer dem jungen Mann noch jemanden umgebracht? Aber hätte Moonlight das nicht wittern müssen? Warren schüttelte den Gedanken ab. Seine ganze Konzentration durfte jetzt nur noch auf Emmas Rettung ausgerichtet sein, alles andere lenkte ihn nur ab, und das konnte er sich nicht leisten.

Warren wartete, bis sie außer Sichtweite waren, bevor er sich aufrichtete und in die Richtung zurückging, aus der er gekommen war. Jede Faser in ihm rebellierte dagegen, Emma alleinzulassen, aber er musste dringend Hilfe suchen. Auf einen Polizei- oder FBI-Zugriff wollte er nicht warten, die setzten andere Prioritäten, und Emma konnte dabei zwischen die Fronten geraten. Doch was sollte er stattdessen tun?

Als hätten seine Gedanken sie herbeigezaubert, stand er plötzlich vor Angel und Moonlight. Einen Moment lang sah er sie nur verwirrt an, dann schüttelte er den Kopf. »Solltet ihr nicht dort hinten warten?«

»Ja, aber wir sind nicht sonderlich gut darin, das zu tun, was man uns sagt.«

»Offensichtlich.« Das Wort kam deutlich bewundernder heraus, als er es geplant hatte.

Angels Miene entspannte sich etwas. »Ich dachte mir, dass es besser ist, in der Nähe zu bleiben, falls du uns brauchen solltest. Hast du Emma gesehen? Geht es ihr gut?«

Warren räusperte sich. »Ja, und sie scheint weitgehend unverletzt zu sein. Aber der eine Verbrecher hält die ganze Zeit eine Waffe auf sie gerichtet, ich kann es nicht riskieren, ihn anzugreifen. Wenn sich ein Schuss löst ...«

»Was kann ich tun?« Sie wirkte fest entschlossen.

Wenn er nicht schon so fasziniert von ihr gewesen wäre, hätte er sich spätestens in diesem Moment in sie verliebt. Aber das sagte er Angel besser nicht. »Ich brauche eine Ablenkung, damit ich Emma befreien kann.« Nachdenklich rieb er sich über die Stirn. »Nur was?«

Anstelle einer Antwort setzte Angel ihren Rucksack ab und begann, darin zu wühlen. Triumphierend zog sie etwas heraus. »Wie wäre es hiermit?«

Warren betrachtete die Leuchtschusspistole und nickte. »Perfekt.« Angel wollte sie ihm geben, doch er schüttelte den Kopf. »Behalt sie.«

Verwirrt blickte sie ihn an. »Aber hast du nicht gerade gesagt ...«

»Ich brauche etwas, das die Aufmerksamkeit der Verbrecher von Emma ablenkt. Wenn sie die Leuchtkugel sehen, wird sie das zumindest kurzzeitig verwirren, und ich kann sie angreifen oder mir Emma schnappen.«

Angels Blick zeigte ihm, dass sie ihn verstanden hatte. »Die Leuchtkugel muss aus der anderen Richtung kommen.«

»Genau.« Bittend sah er sie an. »Ich weiß, es ist viel verlangt, aber könntest du die Pistole abfeuern? Du wärst dann weit genug entfernt, sodass du nicht in Gefahr bist, und ich möchte auch, dass du dich danach sofort zurückziehst und alles andere mir überlässt. Oder den Leuten vom FBI, wenn die bis dahin hier sein sollten.«

Angel biss sich auf die Unterlippe, und Warren befürchtete schon, dass sie ablehnen würde. »Natürlich kann ich die Waffe abfeuern, aber ist das nicht viel zu gefährlich für dich – und auch für Emma –, wenn du jetzt versuchst, sie zu befreien? Ohne Waffen, ohne Unterstützung ...«

»Ich weiß, was ich tue.« Jedenfalls hoffte er das. Alles, was er wusste, war, dass er Emma da rausholen musste, bevor der Glatzkopf sie tötete.

»Okay.« Angel öffnete entschlossen die Kammer und kontrollierte, ob die Kugel darin war. »Ich nehme mir auch noch ein paar Ersatzpatronen mit, falls es eine Fehlfunktion gibt.«

Heldenhaft widerstand Warren dem Drang, Angel in seine Arme zu ziehen. »Am besten lässt du den Rucksack und Moonlight hier, damit du wendiger bist.«

Angel sah aus, als wollte sie protestieren, nickte dann aber nur. »Wo genau soll ich in Position gehen?«

»Ich bringe dich hin und dann wartest du fünf Minuten, bevor du die Leuchtkugel abfeuerst. Bis dahin bin ich an meinem Platz und kann angreifen.« Der Plan war riskant, das wusste er selbst, aber es gab keine andere Möglichkeit. Wenn er selbst eine Ablenkung startete, war er nicht am richtigen Platz, um Emma zu extrahieren. Außerdem hoffte er, damit den Verbrechern zu signalisieren, dass ihre Verfolger näher kamen und sie sich ergeben sollten.

»Sei bitte vorsichtig, Warren.«

Er bemühte sich um ein zuversichtliches Lächeln. »Das bin ich immer. Außerdem habe ich eine ganz neue Motivation, am Leben zu bleiben, seit ich dich kenne.« Das war vermutlich ein bisschen zu ehrlich gewesen, wenn er Angels beinahe erschrockenen Gesichtsausdruck richtig deutete. Bevor sie etwas sagen konnte, redete er schnell weiter: »Ich meinte nur, dass ich mich darauf freue, dich näher kennenzulernen, wenn das hier vorbei ist.« Mist, es kam ihm vor, als würde sie sich nun noch mehr von ihm zurückziehen. »Natürlich nur, wenn du das auch möchtest.«

Ihre grünen Augen verdunkelten sich. »Es hat weniger damit zu tun, dass ich es nicht möchte, aber du lebst nicht hier, und Emma braucht dich. Außerdem …«

Warren unterbrach sie schnell, damit sie nicht noch mehr Gründe dafür fand, ihn nicht mehr sehen zu wollen. Eigentlich hatte er gehofft, sie würde etwas freudiger reagieren, besonders da es durchaus sein konnte, dass er nicht zurückkam. Mühsam unterdrückte er seine Enttäuschung und ignorierte den Druck auf seinem Brustkorb. »Das sind alles Dinge, über die wir dann sprechen können.« Rasch hob er seinen Rucksack auf, den Angel ihm mitgebracht hatte. »Lass uns die hier verstecken, ich möchte die Typen nicht zu weit weg kommen lassen.«

»Natürlich. Entschuldige, ich wollte dich nicht ablenken.«

»Meine Schuld, ich habe damit angefangen.« Warren fand einen hohlen Baumstamm, in dem ihre Rucksäcke für kurze Zeit in Sicherheit sein würden. »Kannst du die Stelle auf dem GPS markieren, damit wir sie nachher auch wiederfinden?«

Angel speicherte die Koordinaten und steckte das Gerät dann zurück in die Jackentasche. Dann hockte sie sich hin und kraulte Moonlights Ohren. »Moonlight, sitz. Pass gut auf unsere Sachen auf, ich bin gleich wieder da.«

Moonlight legte den Kopf schräg und blickte sie fragend an. Als Angel aufstand und sich von ihr entfernte, winselte die Hündin leise.

»Nein, diesmal nicht.« Angel war anzusehen, wie schwer es ihr fiel, Moonlight allein zu lassen.

Deshalb ging Warren schon einmal los und atmete erleichtert auf, als Angel ihm folgte und die Hündin bei den Rucksäcken blieb. Dort würde sie in Sicherheit sein. Bisher waren die Männer noch nie von ihrem Kurs abgewichen oder umgedreht, und Warren würde dafür sorgen, dass sie jetzt auch nicht damit anfingen. Sein Herz klopfte immer schneller, je dichter er Angel an die Verbrecher heranführte. Es dauerte nicht lange, bis er sie wieder hörte, und er änderte sofort den Kurs. Auf keinen Fall wollte er, dass Angel ihnen zu nahe kam. Er würde nicht damit leben können, wenn ihr etwas passierte, während sie ihm half.

Schließlich blieb er stehen. »Ich denke, hier ist ein guter Ort.« Es war eine kleine Lichtung, die aber durch Vegetation von den Verbrechern getrennt war. Diese konnten Angel nicht sehen, sie dagegen konnte ohne Probleme die Leuchtkugel abschießen und musste nicht befürchten, dass sie in den Kronen der Bäume hängen bleiben würde. »Denk dran: Nur abschießen, dann gleich von hier verschwinden, falls die Verbrecher auf die Idee kommen, nach dir zu suchen. Eigentlich sollten sie in die entgegengesetzte Richtung fliehen, aber geh kein Risiko ein.«

»Verstanden.« Angel verglich ihre Uhr mit der von Warren. »Fünf Minuten?«

»Ja.« Noch einmal zog er sie an sich und drückte ihr einen kurzen, aber intensiven Kuss auf den Mund. »Wir sehen uns bald.«

Ernst blickte sie ihn an. »Ich werde auf dich warten. Bring Emma zurück und tritt den Verbrechern in den Hintern.«

Überrascht grinste er sie an. »Ich tue mein Bestes.« Ein letzter Druck seiner Finger an ihren, dann drehte er sich um und lief los.

So leise wie möglich suchte er sich seinen Weg bis auf die andere Seite der Verbrecher. Er musste den Moment abpassen, in dem die Männer in seine Richtung fliehen würden, um Emma aus ihren Fängen zu befreien. Am liebsten ohne Anwendung von Gewalt, aber wenn es nicht anders ginge, war er auch dazu bereit. In seiner Ausbildung als Marine hatte er diverse Arten kennengelernt, mit bloßen Händen zu verletzen oder im Notfall sogar zu töten.

Immer dichter schlich er sich an die Männer heran, die sich schweigend einen Weg durch die Vegetation bahnten. Emma ging weiterhin in der Mitte, während der Glatzköpfige die Pistole auf sie gerichtet hielt. Die Vorstellung, was passieren konnte, wenn der Entführer nur einmal stolperte und sich ein Schuss löste, ließ Warren in Schweiß ausbrechen. Gott, er war so nah dran, es durfte jetzt nichts mehr schiefgehen.

Ein Blick auf die Uhr zeigte, dass Angel in wenigen Sekunden das Ablenkungsmanöver starten würde. Lautlos brachte er sich in Position hinter einem Erdhügel, der mit Farnen bewachsen war. Wie so oft in Kampfsituationen blendete sein Gehirn alles andere außer der bevorstehenden Aufgabe aus. Sein Puls senkte sich, seine Atmung wurde gleichmäßiger. Er merkte nichts von den Dornen, die in sein Bein stachen oder den Mücken, die um sein Gesicht herumschwirrten. Die einzigen Geräusche waren das Rascheln der Blätter im leichten Wind und das Summen der Insekten.

Dann näherten sich die Männer und Emma seinem Versteck. Einen Moment lang sog er den Anblick seiner Tochter in sich auf, ihre zerrissene und verdreckte Kleidung, die Schmutzflecken in ihrem blassen Gesicht und die Blätter und Zweige, die in ihren zerzausten Haaren steckten. An ihren zusammengepressten Lippen konnte er sehen, wie sehr sie kämpfte. Sie war noch viel zu jung, um so etwas durchzumachen, er konnte nur ahnen, was das mit ihrer Psyche anstellen würde. Aber er war stolz auf sie, dass sie so lange durchgehalten hatte und nicht aufgab. Ihr Blick war fest auf den Mann vor ihr gerichtet, und sie setzte mechanisch einen Fuß vor den anderen. Ihre Hände hatte sie an den Seiten zu Fäusten geballt.

Warren überkam eine solche Wut, dass er beinahe die Ruhe verlor und sich sofort auf die Verbrecher stürzte. Er konnte sich gerade noch beherrschen. Wenn er vorzeitig angriff, würde das den Mistkerlen nur in die Karten spielen. Seine Zähne knirschten, so fest presste er sie zusammen. Schließlich hatte er sich so weit beruhigt, dass er die Männer taxieren konnte. Noch immer entdeckte er bei dem vorderen keine Pistole in der Hand oder unter der Kleidung. Das war ungewöhnlich. Es wirkte fast, als wäre er auch eine Geisel, wie Emma, doch darauf konnte sich Warren nicht verlassen.

Sein Hauptziel würde trotzdem der Glatzköpfige sein. Auch ohne die Waffe wäre ihm anzusehen gewesen, dass er der gefährlichere der beiden Verbrecher war. Warrens Körper spannte sich an, als er sich zum Sprung bereit machte. Er hatte nur eine Chance, den Mörder zu überraschen. In der kurzen Zeitspanne musste er an die Waffe kommen und den Mann überwältigen oder mit Emma verschwinden. Gleich …

Ein dumpfes Ploppen ertönte und wenige Sekunden später tauchte am Himmel über ihnen eine rot leuchtende Kugel auf. Sofort blieb der Glatzköpfige stehen und verfolgte den Weg der Leuchtkugel mit den Augen. Anschließend drehte er sich in die Richtung, wo Angel stand. *Das war sein Signal!* Nach einem tiefen Atemzug schnellte Warren hoch und sprang über den Hügel auf den Verbrecher zu. Aus den Augenwinkeln sah er, wie Emma sich umdrehte und ihn mit offenem Mund anstarrte.

»Dad!«

24

Damon wirbelte herum, als er Emmas Schrei hörte. Das Mädchen starrte mit einem so hoffnungsvollen Blick auf den Mann, der sich gerade auf Russell stürzte, dass es beinahe schmerzhaft war. Für einen Moment streiften ihn die hellbraunen Augen, die zweifelsfrei belegten, dass dieser Mann Emmas Vater war. Er war groß und kräftig, und so, wie er sich bewegte, schien er Erfahrung im waffenlosen Kampf zu haben. Allerdings hatte er offenbar keine Waffe bei sich, was gegen jemanden wie Russell ein entscheidender Nachteil war. Ein lautes Knallen ertönte, und Damon reagierte instinktiv. Er schlang den Arm um Emmas Körper und rannte los.

»Nein, Dad!«

Warnend drückte Damon fester zu. »Still, sonst lenkst du ihn ab.«

»Ich will zu meinem Dad!« Tränen klangen in Emmas Stimme mit. Immerhin hatte sie die Stimme gesenkt, und sie waren weit genug entfernt, sodass die beiden Kämpfenden sie nicht mehr hören konnten.

»Wenn er gewonnen hat, bringe ich dich zu ihm zurück. Im Moment sind wir nur im Weg, und vor allem möchte ich keine Kugel abbekommen.«

Emma schwieg einen Moment. »Versprochen?«

Erleichtert, dass sie offenbar bereit war, ihm wieder zu vertrauen, lächelte er sie beruhigend an. »Mein allergrößtes Ehrenwort. Ich hoffe sehr, dass er Russell fertigmacht, dann können wir endlich alle nach Hause zurück.« Okay, das war eher unwahrscheinlich – zumindest für ihn und Russell –, aber das musste Emma ja nicht wissen.

»Musst du dann zurück ins Gefängnis?« So viel dazu, das Kind vor der Realität schützen zu wollen.

Im letzten Moment duckte sich Damon unter einigen Flechten hindurch, die von einem Ast herabhingen. Erst dann antwortete er: »Ja, vermutlich.«

»Weil du jemanden getötet hast?« Mit großen Augen blickte sie zu ihm auf.

Damon presste die Zähne zusammen. »Weil die Polizei und der Richter denken, dass ich jemanden getötet habe.« Da er beim Laufen nicht nach hinten sehen konnte – vor allem nicht mit Emma im Arm –, blieb er hinter einer Konifere stehen und lehnte sich mit dem Rücken gegen die raue Borke. Vorsichtig setzte er Emma ab, hielt sie jedoch am Arm fest, damit sie nicht weglief. »Wir müssen still sein, sonst hören sie uns.«

»Aber wie soll mein Dad mich dann finden?«

Beruhigend drückte er ihre Hand. »Wir werden ihn finden, wenn keine Gefahr mehr droht. Und jetzt sei bitte einen Moment ruhig.«

Emmas Blick sprach Bände, aber sie schwieg tatsächlich. Dafür war er ihr sehr dankbar, denn über dem eigenen donnernden Herzschlag in seinen Ohren hörte er kaum etwas. Mühsam senkte er seinen Puls und lauschte angestrengt. Es war totenstill. Damon fragte sich, ob es ein gutes oder schlechtes Zeichen war, dass keine Schüsse mehr zu hören waren. Hatte Emmas Vater Russell überwältigt? Oder war ihr Vater tot, und Russell hatte sich wieder auf die Suche nach ihnen gemacht?

Auf eine Antwort konnte Damon nicht warten, er musste sie in Sicherheit bringen. Eine weitere Gelegenheit würde er nicht bekommen, vor allem nicht, wenn Russell sie wiederfand. Er konnte kaum glauben, dass der Moment einer Fluchtmöglichkeit endlich gekommen war, so lange wartete er schon darauf. Zwar war die Gefahr noch nicht vorbei, aber die Freiheit roch unerwartet gut. Zum ersten Mal seit dem Unfall fühlte er sich beinahe so, als hätte er sein Schicksal wieder in der Hand. Für jemanden, der seit drei Jahren in einer kleinen Zelle hauste und dem die grundlegendsten Dinge vorgeschrieben worden waren, war es beinahe das Paradies.

Es konnte allerdings immer noch so viel schiefgehen, dass er sich nicht traute, sich richtig darüber zu freuen. Seine wichtigste Aufgabe war jetzt, Emma unbeschadet wieder bei ihrem Vater abzuliefern.

»Damon! Du musst aufwachen, bitte!« Emmas Stimme holte ihn wieder in die Gegenwart zurück. Verwirrt schüttelte er den Kopf. Warum saß er plötzlich auf dem Boden? Das Mädchen rüttelte verzweifelt an seinen Schultern. »Bitte, Damon, ich habe Angst.«

Das weckte ihn endgültig auf. »Alles klar, ich bin wieder da. Hast du etwas gehört?«

Stumm schüttelte sie den Kopf, dicke Tränen liefen ihr über die Wangen. »Ich will zu meinem Dad.«

»Und du wirst auch zu ihm kommen.« Jedenfalls hoffte er das. »Wir müssen nur erst sicherstellen, dass der böse Mann nicht mehr da ist.« Langsam rappelte er sich auf und hielt Emma die Hand hin. »Komm, gehen wir weiter, vielleicht treffen wir gleich deinen Vater.« Als sie ihre kleine Hand vertrauensvoll in seine legte, wusste er wieder, wo seine Prioritäten lagen.

Angespannt blickte Gabriel aus dem Fenster des Hubschraubers. Gerade eben war eine Leuchtkugel hochgegangen, etwa dort, wo die Koordinaten lagen, auf denen Hal zuletzt den Standort von Harper und Burns gekennzeichnet hatte. Da er sich ziemlich sicher war, dass die Verbrecher keine Signalpistole bei sich hatten, musste sie von den Verfolgern stammen. Was war passiert? Hatten die Mörder sie entdeckt und angegriffen? Stumm fluchte er. Sie hätten schneller sein müssen! Doch der Hubschrauber schien unendlich langsam zu fliegen, und dann hatte der Pilot auch noch gemeldet, dass er keinen Landeplatz in der Nähe fand. Wenn sie also nicht aus Baumwipfelhöhe abspringen wollten – was er nicht vorhatte –, mussten sie sich weiter entfernt eine Lichtung suchen und dann zurücklaufen.

Immerhin kannten sie nun das Gebiet, in dem sich die Mörder befanden, und mussten nicht mehr Vermutungen anstellen, wo sie sein könnten. Er hatte weitere Truppen angefordert, Polizisten und Ranger waren bereits unterwegs. Sie würden Davis und Thomas einkreisen und ihnen keine Chance lassen, zu entkommen. Das einzige Problem würde sein, das Kind unverletzt dort herauszubekommen. Wenn Davis sie bemerkte – und das würde er, denn die Hubschraubergeräusche ließen sich kaum verbergen –, würde er die Kleine als Schutzschild benutzen. Oder sie gleich töten. Das mussten sie unbedingt verhindern.

Es schien unendlich lange zu dauern, bis der Pilot endlich den Hubschrauber auf einer kleinen Lichtung landete. Die Rotorblätter schredderten die Vegetation, so wenig Platz war hier, aber es reichte, um sie und ihre Ausrüstung sicher auf dem Boden abzusetzen und dann wieder abzuheben. Einen Moment lang blickte Gabriel dem Helikopter hinterher, dann konzentrierte er sich auf seine Aufgabe und führte das Funkgerät an seinen Mund. »Hal, gibt es etwas Neues?«

»Nein, die Handys haben sich nicht einen Zentimeter bewegt. Glaubst du …?«

Gabriel unterbrach ihn. »Ich weiß es nicht. Wir werden jetzt erst mal zurücklaufen und hoffen, dass wir die Entflohenen und ihre Geisel finden.«

»Ich habe eure Signale und werde die anderen Teams in eure Richtung dirigieren, wenn ihr Hilfe braucht.«

»Alles klar.«

Heron trat neben ihn. »Hier ist Detective Heron. Haben Sie etwas über die Frau gehört, die wir am Wasserfall gefunden haben?«

»Nein, leider noch nicht, die Ranger sind noch dabei, einen Weg nach unten zu suchen. Ich werde Sie aber auf dem Laufenden halten, wenn ich etwas erfahre.«

»Danke.« Heron nickte ihm zu und entfernte sich wieder.

Gabriel räusperte sich. »Ich werde das Funkgerät ausschalten, damit es keine Geräusche von sich gibt, wenn wir uns den Verbrechern nähern. Sollte etwas sein, melde ich mich.«

»Okay. Passt auf euch auf und fasst diese Schweine!« Es war Hal anzuhören, dass er bei der Festnahme auch gerne dabei gewesen wäre.

»Machen wir. Over.«

Gabriel schaltete das Funkgerät aus und steckte es in seinen leichten Rucksack, der nur die wichtigsten Utensilien enthielt. Sie hatten sich alle nicht mit großem Gepäck beschwert, damit sie schneller vorwärtskamen und wendiger waren. An Waffen hatten sie allerdings nicht gespart, jeder von ihnen trug mehrere Pistolen bei sich, er selbst und Heron zusätzlich noch Gewehre.

Nacheinander betrachtete er die Mitglieder seines kleinen Teams und landete als Letztes bei Valerie. Noch immer war sie erschreckend blass, aber ihre Augen waren klar, und sie blickte ihn ruhig an. Hoffentlich würde er es nicht bereuen, sie mitgenommen zu haben. Er war sich weiterhin nicht sicher, wie sie reagieren würde, wenn es darum ging, die beiden Verbrecher aus dem Verkehr zu ziehen. Doch unter diesen Bedingungen hatte er jeden mitnehmen müssen, der ordentlich ausgebildet war und eine Waffe abfeuern konnte. Detective Heron kannte er nicht gut genug, um das beurteilen zu können, aber den Unterlagen nach, die er Valerie hatte heraussuchen lassen, schien er kompetent zu sein. Tatsächlich hatte er nicht immer in Port Angeles seinen Dienst verrichtet, sondern vorher für das Seattle Police Department gearbeitet.

Nach einem letzten Blick in die Runde atmete Gabriel tief durch. »Bereit?« Alle nickten. »Wenn wir die Mörder aufspüren, überprüfen wir erst die Lage und sprechen dann unser Vorgehen ab.« Das war zwar Standard, aber er wollte sicherstellen, dass es keine Unklarheiten darüber gab. Er sah Valerie und Heron an. »Keine Alleingänge, verstanden?« Bei Lucas war er sicher, dass er sich seinem Kommando unterordnen würde, aber bei diesen beiden zweifelte er daran.

Valeries Augen verengten sich. »Ja.«

Der Detective wirkte auch nicht glücklich, nickte aber wieder nur. Das reichte Gabriel. Sie hatten keine Zeit zu verlieren, jede weitere Diskussion würde nur dazu führen, dass sie Gefahr liefen, die Verbrecher zu verpassen. Und das würde Gabriel auf keinen Fall zulassen.

Warren spürte den Schmerz, als die Kugel in sein Fleisch eindrang, ignorierte ihn aber. Sein Angriff hatte den Verbrecher eindeutig überrascht, doch der hatte sich viel schneller wieder davon erholt, als Warren lieb war. Glücklicherweise war die Pistole nicht auf Emma gerichtet gewesen, sonst wäre seine Tochter jetzt tot. Während Warren das Handgelenk seines Gegners festgehalten und ihn so daran gehindert hatte, wahllos in die Gegend zu schießen, hatte er nur zusehen können, wie der andere Verbrecher mit Emma geflüchtet war. Einerseits war Warren froh darüber, dass sie nun nicht mehr in der Nähe der Waffen war, andererseits wusste er nicht, was der andere Mann mit ihr vorhatte. Bisher hatte er ihn weniger gefährlich als den Glatzköpfigen eingeschätzt, aber jetzt war er sich da nicht mehr so sicher. Auf jeden Fall musste er so schnell wie möglich hinter ihnen her, wenn er Emma nicht doch noch verlieren wollte.

Dagegen schien allerdings der Verbrecher etwas zu haben, denn er wehrte sich jetzt mit aller Macht. Obwohl er deutlich kleiner war als Warren, hatte er seine Zeit im Gefängnis offensichtlich damit verbracht, sich extrem große Muskeln anzutrainieren. Und zu kämpfen. Natürlich hielt er sich dabei nicht an die Regeln, und Warren hatte Mühe, die wütenden Angriffe abzuwehren. Ohne seinen Hass auf den Entführer und die Verzweiflung, die er in sich spürte, hätte er wahrscheinlich keine Chance gehabt. Aber er wusste, wofür er kämpfte.

Endlich bekam er den Arm des Verbrechers richtig zu fassen und bog ihn hart nach hinten. Mit einem schmerzerfüllten Aufschrei ging der Mann in die Knie, um den Druck auf sein Schultergelenk zu reduzieren. Doch Warren ließ nicht locker. Mit der anderen Hand griff er nach der Waffe. Wenn er sie erst einmal erobert hatte, würde der Verbrecher aufgeben müssen, und er konnte sich darauf konzentrieren, Emma zu finden. Zur Not mit Angels und Moonlights Hilfe, sollten sie keine verwertbaren Spuren hinterlassen haben. Weit konnten sie allerdings noch nicht sein.

Warren quetschte die Finger des Mörders, bis der die Pistole losließ. Schnell packte er sie sich und richtete sie auf den kahlen Schädel. »Geben Sie auf, Sie haben keine Chance.«

Der Verbrecher reagierte nicht auf die Drohung, nur sein Mund verzog sich zu einem grausamen Lächeln, bei dem es Warren kalt über den Rücken lief. Offenbar hatte der Mistkerl keinerlei Angst, oder er plante etwas, von dem Warren nichts wusste.

Absichtlich presste er den Lauf der Pistole hart an die Schläfe des Mannes. »Glauben Sie nicht, dass ich nicht schießen würde. Sie wären nicht der Erste, den ich getötet habe.« Theoretisch war das zwar richtig, aber es war etwas anderes, jemanden als Soldat und auf Befehl zu töten als in einer Situation wie dieser.

Der Verbrecher lachte. »Glaubst du wirklich, dass mir der Gedanke an den Tod Angst macht? Seit ich denken kann, ist das Sterben ein Teil meines Lebens, und ich habe nichts zu verlieren.« Sein kalter Blick traf den von Warren. »Du dagegen schon. Was glaubst du, was mein Kumpan gerade mit deiner Kleinen macht?«

Darüber wollte Warren lieber nicht nachdenken. »Wenn meiner Tochter irgendetwas passiert …«

»Dann was? Du kannst überhaupt nichts dagegen tun. Was für ein Gefühl ist es, so hilflos zu sein? Ich schätze mal, sehr unangenehm.«

Warren wusste, dass der Kerl ihn nur provozieren wollte, deshalb versuchte er, seinen Gesichtsausdruck so passiv wie möglich zu halten und ihm keine Genugtuung zu geben. »Ich hoffe, du hast die Freiheit genossen, denn bald wirst du wieder im Gefängnis sitzen. Mal sehen, ob du dann auch noch lachst.«

Wut blitzte in seinen Augen auf, doch dann lächelte er nur. »Ich werde nicht ins Gefängnis kommen.«

Wenn er glaubte, dass Warren ihn aus seinem Elend befreien würde, täuschte er sich. Er konnte ihn auch einfach nur verletzen und dann dafür sorgen, dass er abtransportiert wurde. »Träum weiter.« Er senkte die Waffe, bis sie auf die Schulter des Verbrechers zeigte. »Wenn du nicht kooperierst, wird das sehr schmerzhaft für dich.«

»Dito.«

Bevor Warren verstehen konnte, was der Glatzköpfige damit meinte, schoss dessen Bein heraus und prallte mit voller Wucht gegen seine alte Verletzung. Der Schmerz war so stark, dass Warren für einen Moment schwarz vor Augen wurde. Benommen schüttelte er den Kopf und kämpfte darum, bei Bewusstsein zu bleiben. Sein Griff am Arm des Verbrechers lockerte sich, und Warren spürte, wie er ihm entglitt. Verdammt, er durfte ihn nicht entkommen lassen! Der Gedanke an Emma half, ihn wieder vom Abgrund zurückzuholen, doch es war schon zu spät. Der Mörder hatte seinen Griff abgeschüttelt und sprang auf die Füße. Warren stolperte zurück und richtete die Pistole auf ihn, die er glücklicherweise nicht verloren hatte.

»Bleib stehen.«

Anstelle einer Antwort wirbelte der Verbrecher herum und überraschte Warren mit einem Tritt in den Magen. Er taumelte nach hinten, und das verletzte Bein gab unter ihm nach. Hart stürzte er zu Boden. Als sich die Schussverletzung in Höhe seiner Rippen bemerkbar machte, konnte er gerade noch einen Aufschrei unterdrücken. Bisher hatte er sie ignoriert, aber das war jetzt unmöglich. Mühsam schnappte er nach Luft und versuchte, dabei weiterhin den Verbrecher im Auge zu behalten, der jetzt hinter sich griff. Warren ahnte, dass er nach einer weiteren Waffe suchte, aber das würde er nicht zulassen!

Entschlossen hob er die Pistole und zielte auf den Oberkörper des Mannes. Er wollte ihn nicht töten, doch er musste dafür sorgen, dass der Bastard nicht selbst schießen konnte. Sein Finger krümmte sich um den Abzug, gerade als der Verbrecher sich duckte. Die Kugel ging ins Leere, und Warren fluchte unterdrückt. Er musste auf die Füße kommen, um ein besseres Schussfeld zu haben. Der Glatzköpfige war hinter einen Baumstamm abgetaucht und machte es damit unmöglich, ihn zu treffen. Verdammt! Er hätte ihn erschießen sollen, als er die Möglichkeit dazu gehabt hatte.

Er hörte ein Klicken und reagierte sofort, indem er sich zur Seite warf. Ein Schuss peitschte durch den stillen Wald, Erde spritzte neben ihm auf. Das war knapp gewesen, ein Stück weiter nach links und er wäre getroffen worden. Verdammt, offenbar hatte der Mistkerl seine Zweitwaffe nun gefunden! Um weiteren Kugeln zu entgehen, rollte er sich tiefer in eine Senke, die von Pflanzen bedeckt war. Von seinem Standort aus würde der Verbrecher ihn jetzt nicht mehr sehen können, aber das hatte auch den Nachteil, dass Warren ebenfalls nicht wusste, wo sich sein Gegner genau befand. Schießen konnte er von hier aus auch nicht. Warren presste sich auf den feuchten Boden und robbte sich langsam vorwärts. Bei jeder Bewegung schoss Schmerz durch seine Seite, aber er ignorierte ihn, so gut es ging. Jetzt zählte nur, den Mörder an der Flucht zu hindern.

Kein Laut war zu hören, es war fast, als hielte der gesamte Wald den Atem an. Warren spürte die Präsenz einer anderen Person, konnte aber niemanden sehen. Um nicht zu riskieren, von einer Kugel getroffen zu werden, bewegte er sich langsam zur Seite, um dann von einem anderen Standort aus den Vorteil zu haben. Wenn der Verbrecher nicht wusste, wo genau er sich aufhielt, konnte er sich nicht richtig gegen ihn verteidigen. Natürlich galt das auch umgekehrt. Vorsichtig verlagerte Warren sein Gewicht und achtete darauf, dass die Pflanzen über ihm sich nicht bewegten.

Als er schließlich den Eindruck hatte, weit genug von seinem vorherigen Standort entfernt zu sein, hob er vorsichtig den Kopf und blickte über die Kante. Es war nichts zu sehen. Keine Bewegung oder etwas, das nicht in die Gegend gehörte. Ein Streifenhörnchen huschte über den Baumstamm, hinter dem sich der Verbrecher versteckt hatte. Ein schlechtes Gefühl breitete sich in Warren aus und er richtete sich auf. Nichts geschah. Seelenruhig ließ sich das Tier auf dem Stamm nieder und begann, etwas zu knabbern. Verflucht!

Mühsam kam Warren auf die Beine und humpelte zum Baumstamm. Das Streifenhörnchen gab ein erschrecktes Pfeifen von sich und verschwand im Gebüsch. Ein weiterer Beweis dafür, dass der Mörder längst fort war. Die Bestätigung bekam Warren, als er nachsah – keine Spur von dem Verbrecher. Sofort suchte er nach Spuren, musste aber nach einigen Metern aufgeben. So gern er den Mistkerl auch unschädlich gemacht hätte, es war jetzt wichtiger, Emma zu finden. Und die hatte der zweite Verbrecher in die andere Richtung getragen. FBI und Polizei würden sicher bald eintreffen, sie konnten sich dann um den Glatzköpfigen kümmern.

Mit vor Blut glitschigen Fingern prüfte Warren die Pistole und stellte fest, dass sie leer war. Die letzten Kugeln hatte er verbraucht, als er in die Vegetation geschossen hatte, ohne jemanden zu treffen. Ein Fluch entfuhr ihm. Da er keine Ersatzmunition hatte, war die Waffe nun wertlos. Er konnte sie höchstens als Druckmittel benutzen, aber er bezweifelte, dass der Glatzköpfige sich davon beeindrucken lassen würde. Trotzdem steckte er die Pistole in seinen Hosenbund und zog das Hemd darüber.

Warren richtete sich auf und suchte die Stelle, an der er Emma zuletzt gesehen hatte. Schnell fand er den kleinen Hügel, hinter dem er sich versteckt hatte, und von dort aus war es nicht schwierig, den Fußabdrücken des zweiten Verbrechers zu folgen. Beim Laufen hatten sie sich tiefer in den Boden gedrückt als sonst, was sicher auch daran lag, dass er Emma trug. Wieder sah er seine Tochter vor sich, die Erleichterung in ihrem Gesicht, gemischt mit Furcht. Es musste furchtbar für sie sein, ihn gesehen zu haben und sich trotzdem noch in der Hand eines Mörders zu befinden. Er musste sie so schnell wie möglich befreien, bevor der auf die Idee kam, sich ihrer zu entledigen.

Der Gedanke bewirkte, dass er automatisch schneller ging, seine Verletzungen waren vergessen. Jetzt zählte nur noch seine Tochter. Hoffentlich hatte Angel gut zu ihren Rucksäcken und Moonlight zurückgefunden und blieb dort in Sicherheit, bis er zu ihr zurückkehrte. Er konnte die Sorge um sie nicht ganz unterdrücken. Sicher hatte sie die Schüsse gehört und würde sich fragen, was mit ihm passiert war. Ein weiterer Grund, so schnell wie möglich Emma zu finden und mit ihr zum Treffpunkt zurückzukehren.

Ohne Vorwarnung endeten die Spuren auf einigen Felsplatten und blieben verschwunden, so sehr Warren auch danach suchte. Wie konnte das sein? Der Verbrecher war sicher nicht mit Emma weggeflogen, irgendwo mussten sie weitergegangen sein. Je mehr Zeit verging, desto verzweifelter wurde er. Schließlich gab er auf und beschloss, Angel und Moonlight zu holen. Mit ihrer feinen Nase würde die Hündin auf jeden Fall seine Tochter finden können.

Noch schneller als zuvor lief er zum Treffpunkt zurück. Außer Atem presste er die Hand auf seine Rippen, die nun höllisch schmerzten. Dass er auch blutete, bemerkte er erst, als er die Hand wieder wegnahm, doch das war jetzt nicht wichtig. Moonlight empfing ihn mit einem Winseln und rannte zu ihm, während er auf die kleine Lichtung humpelte. Von Angel war nichts zu sehen.

Warren hockte sich hin und nahm Moonlights Kopf in beide Hände. »Wo ist Angel?«

Unruhig bewegte sich die Hündin in seinem Griff und winselte erneut. Warren ließ sie los. Sofort lief Moonlight ein paar Schritte in die Richtung, in die sie vorher gegangen waren, und blickte dann zu ihm zurück. Offenbar wollte sie ihn dazu bewegen, Angel zu suchen. Noch einmal sah er dorthin, wo er Emma vermutete, dann entschied er, der Hündin zu folgen. Ohne Angel würde Moonlight vermutlich nicht Emmas Spur nachgehen, und allein konnte er sie nicht finden. Gleichzeitig wollte er auch wissen, wo Angel abgeblieben war, eigentlich hätte sie schon längst hier sein müssen. Wenn sie sich irgendwie verletzt hatte …

Mit den schlimmsten Vorahnungen nahm er Moonlights Leine und löste sie von dem Baumstamm. Einmal atmete er noch tief durch, dann gab er der Hündin den Befehl, Angel zu suchen. Ohne sich nach ihm umzudrehen, rannte Moonlight los.

25

Nachdem sie die Signalpistole abgefeuert hatte, machte sich Angel sofort wieder auf den Rückweg. Als plötzlich ein Schuss ertönte, blieb sie unschlüssig stehen. Natürlich konnte einer der Verbrecher einfach in die Gegend geschossen haben, nachdem er die Leuchtkugel gesehen hatte, aber was war, wenn Warren oder Emma verletzt oder sogar getötet worden waren? Vielleicht brauchten sie ihre Hilfe. Warren hatte zwar gesagt, dass sie zu Moonlight und den Rucksäcken zurückkehren sollte, doch er würde sicher froh sein, wenn sie ihr Versprechen brach, um ihm zu helfen. Zögernd ging sie ein paar Schritte in die Richtung, aus der der Schuss gekommen war.

Ein weiterer Knall besiegelte ihren Entschluss. Sie konnte nicht untätig abwarten, während Warren und seine Tochter vielleicht beschossen wurden. Wie gerne hätte sie jetzt Moonlight bei sich gehabt, aber es hätte zu lange gedauert, sie zu holen. Außerdem wollte sie die Hündin nicht auch noch in Gefahr bringen. Moonlight war immer nur als Suchhund eingesetzt worden, sie würde gar nicht wissen, wie sie mit einem Angreifer umgehen sollte. Schweren Herzens schlich Angel los, immer darauf bedacht, niemanden auf sich aufmerksam zu machen und nicht in die Schusslinie zu geraten.

Sie machte sich keine Illusionen darüber, dass sie unbewaffnet viel würde ausrichten können, aber sie musste es zumindest versuchen. Wo blieben nur die FBI-Agenten? Sollten sie nicht längst hier sein? Sie hatte ihnen extra noch einmal die GPS-Daten gegeben, um etwas in der Hinterhand zu haben, wenn

Warrens Plan nicht funktionieren sollte. Doch wie es aussah, waren sie auf sich selbst gestellt. Ein verletzter Ex-Marine und eine Hundeführerin, die sich lieber unter Hunden als Menschen aufhielt – grandios.

Entschlossen steuerte sie auf den Ort zu, an dem sie Warren und die Verbrecher vermutete. Inzwischen war es totenstill, es gab keine weiteren Schüsse, aber auch von einem Kampf war nichts zu hören. Unbehagen stieg in ihr auf, und sie ging immer langsamer. Ihr Brustkorb zog sich schmerzhaft zusammen, als sie sich vorstellte, Warren sterbend oder tot vorzufinden. Obwohl sie ihn noch nicht so lange kannte, hatte er es in der kurzen Zeit geschafft, sich unter ihren Schutzpanzer zu schieben. Ihn jetzt unter diesen Umständen wieder zu verlieren, würde sie zerstören. Es gab nur wenige Menschen, die sie überhaupt an sich heranließ, doch wenn sie es einmal geschafft hatten, waren sie in der Lage, großen Schaden anzurichten. Warren mehr als jeder andere Mann zuvor. Und das lag nicht nur an der Art, wie sie sich geliebt hatten, sondern vor allem daran, dass er sie mit der Verletzlichkeit berührt hatte, die er hinter seiner starken Fassade verbarg. Dazu kamen noch die unverkennbare Liebe zu seiner Tochter und die Rücksicht, die er Angel und Moonlight gegenüber gezeigt hatte. Kein Wunder, dass sie sich prompt in ihn verliebt hatte.

Abrupt blieb Angel stehen und presste die Hand vor den Mund. *Nein, das durfte einfach nicht sein!* Faszination und Sympathie, ja, aber Liebe? Auch wenn sie ziemlich sicher war, dass Warren sie sehr mochte und nicht einfach nur mit ihr spielte, würde nie mehr daraus werden. Ihr Leben spielte sich in ganz anderen Bahnen ab, es war völlig unmöglich, für mehr als ein paar Tage zusammenzukommen. Es überhaupt zu versuchen, wäre Wahnsinn und würde nur in Tränen enden. Das wollte sie weder sich selbst noch Warren zumuten.

Seine Priorität sollte jetzt bei Emma liegen, und das tat sie auch.

Angel schüttelte den Kopf. Sie sollte sich ein Beispiel daran nehmen und sich endlich auf ihre Aufgabe konzentrieren. Alles andere musste warten, bis sie außer Gefahr waren. Nachdem sie diese Entscheidung getroffen hatte, wurde sie etwas ruhiger und schlich wieder vorwärts. Warum war es denn so still? Eigentlich müssten doch Stimmen oder Kampfgeräusche zu hören sein. Oder wie sich jemand durch den Wald bewegte. Aber da war … nichts. Plötzlich richteten sich ihre Nackenhaare auf, und sie blickte sich schnell um. Es war nichts zu sehen, trotzdem hatte sie das Gefühl, nicht mehr allein zu sein.

Fast hätte sie nach Warren gerufen, aber sie hielt sich gerade noch zurück. Wäre er in der Nähe, hätte er sich ihr schon zu erkennen gegeben. War es jemand anders, wollte sie ihn nicht auf sich aufmerksam machen. Lautlos ging sie in die Hocke und versteckte sich hinter einem riesigen Farn. Ihr Atem klang erschreckend laut in ihren Ohren, doch sie hoffte, dass niemand anders ihn hören konnte. In einiger Entfernung knackte es, dann ertönte ein Rascheln, bevor sich wieder Stille über sie senkte. Angels Herz hämmerte in ihrer Brust, während sie angespannt lauschte.

Es war der Gedanke, dass Warren vielleicht irgendwo lag und verblutete, der sie schließlich dazu zwang, sich wieder in Bewegung zu setzen. Langsam richtete sie sich auf und blickte sich um, bevor sie weiterlief. Jetzt wünschte sie doch, sie hätte Moonlight bei sich, als Gesellschaft, aber auch, um sie zu Warren zu führen. So könnte sie nur wenige Meter an ihm vorbeilaufen und würde ihn nicht einmal bemerken. Natürlich verstand sie, warum die Ablenkung für seinen Plan entscheidend gewesen war, aber sie wünschte trotzdem, sie hätten sich nie getrennt.

Wieder raschelte es, diesmal dicht hinter ihr. Bevor sie herumwirbeln konnte, hatte sich ein Arm um ihre Kehle geschlungen, und etwas Hartes wurde gegen ihre Schläfe gepresst. Vor Schreck war sie für einen Moment wie gelähmt, dann kämpfte sie mit allem, was sie in sich hatte. Doch es reichte nicht. Der Griff wurde immer fester, bis ihr die Luft ausging. Schwarze Punkte flimmerten vor ihren Augen, und sie krallte die Finger in den Arm, um wieder atmen zu können.

»Halt still, wenn du nicht willst, dass ich dich jetzt schon umbringe.« Die Stimme war leise und rau, trotzdem konnte sie die Bereitschaft zu töten darin hören.

Angel stellte jede Bewegung ein, und es dauerte einen Moment, bis der Arm verschwand und sie wieder Luft bekam. Ihre Beine gaben nach, und sie sank zu Boden. Mit den Händen stützte sie sich ab und versuchte, genug Sauerstoff in ihre Lunge zu pumpen. Ihre gequetschte Kehle machte jeden Atemzug zur Qual, aber sie lebte noch, und das erfüllte sie mit Dankbarkeit. Solange sie nicht tot war, konnte sie kämpfen. Langsam richtete sie sich auf und blickte den Mann an, der einige Schritte von ihr entfernt stand.

Wenn jemand sie gefragt hätte, ob man einen Mörder am Aussehen erkennen könnte, hätte sie es verneint. Diesem Mann war die Grausamkeit allerdings deutlich anzusehen. Und das lag nicht an der Glatze und den aufgepumpten Muskeln, sondern an seinen Augen. Grün und so kalt, dass ihr ein Schauder über den Rücken rann. Ja, dieser Kerl würde sie, ohne zu zögern, erschießen, wenn es ihm in den Sinn kam. Eigentlich wunderte es sie fast, dass er sie nicht gleich getötet hatte.

»Du gehörst nicht zur Polizei. Wer bist du?« Noch immer war seine Stimme leise, als befürchtete er, dass ihn jemand hören würde. Konnte es sein, dass Warren noch lebte? Hoffnung blühte in ihr auf.

»Woher wollen Sie wissen, dass ich nicht Polizistin bin?«

Er trat näher und wedelte mit der Pistole vor ihrem Gesicht herum. »Ich bin nicht zu Spielen aufgelegt, Goldlöckchen. Dir fehlt die Härte, und ein Polizist hätte sich nie so leicht übertölpeln lassen wie du. Also, zum letzten Mal: Wer bist du?«

»Ich lebe hier in der Gegend und war wandern.«

Seine Augenbrauen zogen sich zusammen. »Ganz ohne Wasser? Hältst du mich für blöd?«

Offenbar war er schlauer, als sie gehofft hatte, daher beschloss sie, ihm die Wahrheit zu sagen. »Ich habe einen lauten Knall gehört, deshalb habe ich meinen Rucksack liegen gelassen, um zu sehen, was es war und ob jemand Hilfe braucht.« Sie deutete in die Richtung, in der sich die Rucksäcke und Moonlight befanden. Wenn sie ihn dorthin locken konnte und das FBI eintraf …

»Wie weit ist das entfernt?«

»Vielleicht einen halben Kilometer.«

Ihr Herz sank, als er den Kopf schüttelte. »Dafür haben wir keine Zeit.« Er packte ihren Arm und zog sie nach oben.

Angel stolperte und stieß mit ihm zusammen. Sein Arm schlang sich um ihren Rücken, und er brachte sein Gesicht dicht an ihres heran. »Hm, ich glaube, du könntest mir glatt gefallen, Goldlöckchen. Vielleicht haben wir nachher ein wenig Zeit, uns näher kennenzulernen. Ich habe eine Schwäche für zierliche blonde Frauen.« Mit der Zunge fuhr er über ihre Wange. »Du schmeckst gut, nach Schweiß und Angst.« Ohne Vorwarnung schob er sie brutal von sich, hielt aber ihren Arm weiterhin fest. »Nur damit wir uns verstehen: Ich will dich ficken, aber wenn du mir Ärger machst, bringe ich dich sofort um. Und das ist keine leere Drohung, ich habe eben schon einen Mann umgebracht, der weitaus mehr drauf hatte als du.«

Angels Herz blieb stehen. Ein tiefer, reißender Schmerz setzte ein, und sie gab einen unartikulierten Laut von sich.

Verwundert blickte der Verbrecher sie an, dann grinste er. »Oh, ich verstehe. Der Narbentyp war dein Lover, richtig? Oder bist du sogar die Mutter der Kleinen? Das ist wirklich Pech. Aber du verstehst sicher, dass ich auf solche Dinge keine Rücksicht nehmen kann. Du bleibst nur so lange am Leben, wie du mir nützlich bist.«

Endlich fand Angel ihre Sprache wieder. »Nein!«

Seine Augenbrauen hoben sich. »Was nein? Willst du lieber gleich sterben?«

»Nein, ich habe kein Kind und auch keinen *Lover.*«

Er zog sie wieder zu sich heran und atmete tief ein. »Du solltest mich nicht belügen, ich kann ihn an dir riechen. Es wird mir ein Vergnügen sein, seine Spuren an dir auszulöschen und mit meinen zu ersetzen.«

Ein Zittern lief durch Angels Körper, Übelkeit stieg in ihr auf bei dem Gedanken, dass dieser Bastard sie berühren würde. Sie hob den Kopf. »Das könnten Sie gar nicht.« Angel wusste selbst, dass es nicht sinnvoll war, den Verbrecher zu reizen, aber sie konnte nicht anders. Auf keinen Fall würde sie das, was sie mit Warren geteilt hatte, beschmutzen lassen.

Seine Augen verengten sich, sein Mund bildete eine grausame Linie. »Wenn ich es nicht so eilig hätte, würde ich es dir beweisen.« Er stieß sie von sich, und sie fiel auf die Knie. Schmerz fuhr durch ihren Körper. »Steh auf. Du wirst mich zum Hoh Rain führen. Mein bisheriger Führer ist mir gerade abhanden gekommen.«

War der zweite Verbrecher tot? Oder war er geflohen, als Warren angegriffen hatte? Zu gern hätte Angel gewusst, was mit Emma passiert war, aber wenn sie noch ein wenig am Leben bleiben wollte, musste sie ihre Fragen für sich behalten.

Auf keinen Fall durfte der Verbrecher erfahren, dass sie ein GPS-Gerät bei sich hatte, denn dann brauchte er sie nicht mehr. Mühsam kam sie auf die Füße. »Wir sind schon im Hoh Rain Forest.«

»Tatsächlich? Woher weißt du das?«

»Ich lebe hier, vielleicht zwanzig Kilometer entfernt.« Luftlinie allerdings, doch das sagte sie ihm nicht.

Kalkulierend sah er sie an. »Okay, dann führ mich dorthin. Oder hast du hier irgendwo dein Auto geparkt?«

»Ja, am Visitor Center.« Das war gelogen, aber sie hoffte, dass dort das FBI auf die Verbrecher warten würde.

»Und wie weit ist das noch?«

»Etwa zehn Kilometer.« Und dazwischen waren noch einige Hindernisse.

Er richtete die Pistole auf ihre Brust. »Gut. Geh los, ich folge dir. Wenn du irgendwas Komisches versuchst, wirst du es bereuen.«

Das tat sie jetzt schon. Wäre sie zu Moonlight zurückgegangen, hätte sie Warren mit ihrer Hilfe sicher gefunden. Oder wenigstens Emma. Jetzt war sie selbst die Geisel, und es war ziemlich unwahrscheinlich, dass sie lebend hier herauskommen würde. Angst überschwemmte sie, doch Angel drängte sie eisern zurück. Sie konnte sich nur vorstellen, wie sich ein siebenjähriges Mädchen in Gegenwart eines solchen Verbrechers gefühlt haben musste. *Warren, wenn du noch lebst, finde deine Tochter und bring sie sicher nach Hause!*

Die Schüsse hatten jede Hoffnung zunichtegemacht, dass sie für den Zugriff auf Verstärkung warten konnten. Angespannt lief Valerie durch den Wald, die Pistole im Anschlag, aber noch gesichert, damit sie nicht aus Versehen jemanden erschoss, wenn sie stolperte. Und das passierte in diesem unwegsamen

Gelände häufiger, als ihr lieb war. Den anderen ging es ähnlich, nur Detective Heron schien ein bisschen besser mit der Vegetation zurechtzukommen, aber da er von hier stammte, war das vermutlich nicht weiter verwunderlich.

Nach dem zweiten Schuss hatten sie nichts mehr gehört, und das machte sie nervös. Wenn es Harper gelungen wäre, die Verbrecher zu überwältigen, hätte er sich sicher per Funk gemeldet. Hatte Russell Davis das kleine Mädchen getötet? Oder vielleicht auch ihren Vater und die Hundeführerin? Die Vorstellung, wieder zu spät zu kommen, war furchtbar. Noch immer hatte sie das Gesicht des jungen Mannes vor sich, das Entsetzen in seinen erstarrten Zügen. Zu gerne hätte sie gewusst, ob die Frau noch lebte, aber bisher hatten sich die Ranger noch nicht wieder gemeldet. Kein Wunder, wenn sie erst in die Tiefe klettern mussten. Valerie beneidete sie nicht um ihren Job.

Um ihren eigenen momentan allerdings auch nicht. Zwar hatte sie die gleiche Ausbildung durchlaufen wie alle FBI-Agenten, aber sie fühlte sich vor ihrem Computer deutlich wohler als mitten im Geschehen. Warum hatte sie nur unbedingt an der Aktion teilnehmen müssen? Doch eigentlich kannte sie die Antwort schon. Wäre es nur um Russell Davis gegangen, hätte sie vermutlich jemand anderem den Vortritt gelassen und wäre bei Julie geblieben. Stattdessen lief sie durch den Regenwald, um sich für einen Mann einzusetzen, den sie nur aus einer Akte kannte.

Valerie hätte die Augen verdreht, wenn das nicht unweigerlich zu einem Sturz geführt hätte. Sie sollte dringend mal ihren Kopf untersuchen lassen. Gabriel war ein guter Agent und würde nie jemanden leichtfertig erschießen. Das wusste sie, aber trotzdem hatte sie dieses seltsame Gefühl, dass sie hier sein musste. Dass etwas Schlimmes passieren würde, wenn sie nicht dabei war. Normalerweise glaubte sie nicht an innere Stimmen, und genau das irritierte sie.

Die schweren schusssicheren Westen waren nicht gerade hilfreich, wenn man versuchte, im Sommer durch einen Regenwald zu laufen. Schweiß rann an ihrem Oberkörper hinab und versickerte im Bund ihrer Hose. Auch ihr Gesicht war nass, ihre kurzen Haare klebten an ihrem Kopf. Mücken stürzten sich förmlich auf sie, und das ständige Summen machte sie ganz verrückt. Da sie die Hände nicht frei hatte, konnte sie nicht einmal nach ihnen schlagen. Vermutlich war das auch gut so, sie wollte ja nicht, dass Gabriel sie für unprofessionell hielt. Ihr Boss schien all das jedoch gar nicht zu bemerken. Wie ein Roboter setzte er einen Fuß vor den anderen, seinen Blick nur auf das Ziel gerichtet.

Schließlich, als Valerie schon dachte, dass sie endlos weiterlaufen würden, gab Gabriel ein Handsignal und stoppte dann. Dankbar sog sie die feuchte Luft ein und versuchte, nicht allzu offensichtlich zu keuchen. Wenigstens glänzten die Gesichter von Lucas und dem Detective auch feucht, das versöhnte sie etwas. Unauffällig wischte sie sich mit dem Ärmel übers Gesicht, damit ihr der Schweiß nicht in die Augen rann.

Gabriel winkte sie näher zu sich heran. »Das ist die Stelle, an der sie laut GPS sein müssten.« Seine Stimme hielt er so leise, dass sie nicht weiter getragen wurde als bis zu ihnen. »Da sie hier nicht sind, nehme ich an, dass sie nur ihre Handys dagelassen haben.« Es war ihm anzusehen, wie sehr ihm das gegen den Strich ging. »Das heißt, wir müssen sie auf die altmodische Art suchen. Können Sie Spuren lesen?« Die Frage war an Heron gerichtet.

Der hob die Augenbrauen. »Weil ich indianischstämmig bin?«

Ein Muskel zuckte in Gabriels Wange. »Ich frage Sie, weil ich von meinen Leuten weiß, dass sie das nicht können.«

Woher wusste er das? Valerie konnte sich nicht erinnern, schon mal mit ihm darüber geredet zu haben, und in ihrer Akte stand das sicherlich auch nicht. Da es allerdings gerade unerheblich war – und er recht hatte –, schwieg sie.

»Verstehe. Es ist zwar nicht meine stärkste Eigenschaft, aber einer einfachen Spur kann ich folgen.«

Gabriel nickte befriedigt. »Gut.« Nach einem Blick auf sein GPS-Gerät ging er einige Schritte weiter und hockte sich dann auf den Boden. Hinter einem Busch zog er zwei Rucksäcke hervor und überprüfte sie, bevor er sie wieder zurücklegte. »Sie waren eindeutig hier, das heißt, es müsste möglich sein, von hier aus ihren Spuren zu folgen.«

Heron blickte auf den Boden und nickte schließlich. »Sie haben recht.« Mit gerunzelter Stirn sah er auf. »Allerdings scheint der Mann – Harper – hier mehrfach durchgekommen zu sein.«

»Irgendeine Spur von den Verbrechern?«

»Nein, es scheinen nur die Abdrücke von Angel und Harper zu sein. Und dem Hund. Es sieht so aus, als wäre Moonlight längere Zeit hier gewesen und dann mit dem Mann weggegangen.« Die Furchen auf seiner Stirn verstärkten sich noch. »Das gefällt mir nicht.«

»Was?«

»Die Hunde sind auf Angel trainiert und gehen normalerweise nicht mit Fremden mit.«

Gabriel hob die Schultern. »Vielleicht ist der Hund ja mit Ms Burns mitgegangen.«

Heron schüttelte den Kopf. »Nein, dann wären Angels Abdrücke über denen des Hundes. Der Hund geht beim Spurenlesen immer vorne.« Er bückte sich und deutete auf Pfotenabdrücke. »Hier sieht man ganz deutlich, dass Angels Spur ganz unten ist, dann die des Hundes und oben drauf die von Harper.«

»Und was bedeutet das jetzt?« Gabriel klang ungeduldig.

»Keine Ahnung, aber es gefällt mir nicht.«

Gabriel überprüfte seine Waffe. »Wir werden es nur herausfinden, wenn wir weitergehen. Absolute Ruhe, und haltet die Augen offen. Detective, Sie führen uns.«

Allgemeines Nicken, dann waren sie wieder unterwegs. Die Spuren waren offenbar so frisch, dass Heron keine Mühe hatte, ihnen zu folgen. Hinter ihm bahnte sich die Gruppe einen Weg durch den immer noch totenstillen Wald, doch diesmal gingen sie langsamer. Immer wieder blickte Valerie in die dichte Vegetation zu beiden Seiten, obwohl ihr bewusst war, dass sich die Verbrecher hinter einem der vielen Baumstämme, Felsen oder Pflanzen versteckt haben könnten. Wenn sie unvermittelt das Feuer eröffneten, konnten sie tot oder schwer verletzt sein, bevor sie überhaupt bemerkt hatten, dass sie nicht mehr allein waren. Keine sehr angenehme Vorstellung.

Das Prickeln in ihrem Nacken verstärkte sich, genauso wie die dunkle Vorahnung. Mehr als einmal lief Lucas ihr fast in die Hacken, weil sie immer langsamer wurde. Doch schließlich war sie es, die Gabriel anrempelte, weil sie gerade zur Seite blickte, als er abrupt vor ihr stehen blieb. Sie unterdrückte gerade noch die Entschuldigung, die ihr auf der Zunge lag, als sie bemerkte, dass er die Hand hob und zur Faust ballte. Unruhig schaute sie sich um, konnte aber nichts entdecken. Dann blickte sie an Gabriel vorbei und sah, dass Heron am Boden hockte und etwas untersuchte.

Schließlich stand er auf und drehte sich zu ihnen um. Tiefe Falten standen auf seiner Stirn. »Die Spur teilt sich hier. Harper und der Hund sind zuletzt nach rechts gegangen, aber es sind auch Spuren von ihm zu finden, die aus der gleichen Richtung kommen und nach links führen. Da hatte er den Hund allerdings nicht bei sich.«

Valerie blickte nach links und spürte ganz deutlich, wie etwas sie dorthin zog.

Gabriel wirkte nicht glücklich. »Die Frau ist aber nur nach rechts gegangen?«

»Ja, ihre Spur kommt auch nicht zurück.«

»Irgendein Hinweis darauf, dass die Verbrecher und das Kind hier waren?«

Stumm schüttelte Heron den Kopf.

»Okay, der Detective und ich folgen der frischesten Spur. Lucas und Valerie, ihr seht euch die andere Spur an. Ich glaube zwar nicht, dass dort etwas zu finden ist, sonst wäre er nicht zurückgekommen, aber wir müssen trotzdem sicherstellen, dass wir nichts übersehen. Seid vorsichtig und bleibt über Funk mit mir in Kontakt.«

Valerie konnte nicht sagen, dass sie über die Aufteilung besonders begeistert war, aber dafür bekam sie die Chance, ihrer Ahnung nachzugehen.

»Hältst du das wirklich für sinnvoll, Gabriel? Ich denke, wir sollten zusammenbleiben.« Lucas sagte selten etwas gegen Gabriels Entscheidungen, aber wenn er es tat, hörten alle zu. Besorgnis stand in seinen Augen.

»Ich denke nicht, dass ihr dort in Gefahr geratet, sonst würde ich euch nicht hinschicken. Wenn etwas dort wäre, hätte Harper nicht den anderen Weg eingeschlagen.«

Ein Muskel zuckte in Lucas' Wange. »Kannst du dir vorstellen, dass ich mir Sorgen um euch mache? Die Kerle sind schwer bewaffnet, und sie brauchen sich einfach nur irgendwo zu verstecken und zu warten, bis ihr vorbeikommt.«

Gabriels Miene wurde etwas weicher, und er legte die Hand auf Lucas' Schulter. »Wir wissen, was wir tun. Außerdem kommt ihr ja hinterher, wenn ihr dort nichts findet. Sowie uns etwas auffällt, werden wir euch Bescheid sagen. Okay?«

Lucas nickte zögernd. »Lasst euch nicht umbringen.«

Über Gabriels Gesicht huschte ein Grinsen, was Valerie lange nicht mehr gesehen hatte. »Dito.« Sofort wurde er wieder ernst. »Keine Heldentaten. Wenn ihr sie sehen solltet, bleibt in Deckung und informiert mich.« Sein Blick bohrte sich in Valeries Augen.

»Natürlich.« Sie hielt sich garantiert nicht für Superman.

»Okay, dann los.«

Valerie setzte sich in Bewegung und stellte fest, dass sie gerne den Detective bei sich gehabt hätte. Ohne einen Führer war es gar nicht so einfach, die Spur in der dichten Vegetation nicht zu verlieren. Besonders wenn sie gleichzeitig auch noch die Umgebung im Auge behielt. Sie wusste zwar, dass Lucas das Gleiche tat, aber er konnte nicht sämtliche Richtungen überwachen. Und auch wenn Gabriel glaubte, dass er die Verbrecher am Ende der anderen Spur finden würde, war sie davon nicht überzeugt. Es musste einen Grund geben, warum Harper noch einmal zurückgekommen war, und den würde sie herausfinden.

Während sie sich langsam ihren Weg suchte, verlor sie jegliches Zeitgefühl. Glücklicherweise hatte sich Harper keine Mühe gemacht, seine Spuren zu verbergen, sonst hätten sie überhaupt keine Chance gehabt. Deshalb war sie einen Moment lang irritiert, als sie vor einer kleinen Felswand ankamen. Die Spuren deuteten darauf hin, dass er sich hier längere Zeit aufgehalten hatte. Valerie reckte sich und blickte über den Felsen. Es war nur weitere Natur zu sehen, nichts, was darauf hindeuten würde, warum Harper hier gestoppt hatte. Vielleicht hatte er etwas gehört?

Rasch begann sie, über den Felsen zu klettern, als sich plötzlich eine Hand um ihren Knöchel legte. Gerade noch rechtzeitig unterdrückte sie einen erschrockenen Laut, als sie bemerkte, dass es Lucas war. Fragend blickte sie ihn an.

»Lass mich vorgehen.«

Das hielt sie zwar für unnötig, aber sie würde sich sicher nicht mit ihm darüber streiten. Mit einer Handbewegung ließ sie ihm den Vortritt. Geschickt schwang er sich darüber, und Valerie war dankbar, dass er nicht mehr sah, wie mühsam sie selbst hochkraxelte. Oben angekommen sah sie sich genauer um. Auf dem Boden waren Fußspuren, die zu Harpers Schuhen passten, aber auch welche ohne Muster. Die Verbrecher waren hier gewesen! Unbehaglich blickte sie sich um, doch es blieb alles still. Sie hockte sich neben Lucas und atmete erleichtert auf, als sie an einer Stelle auch kleine Schuhabdrücke sah, die bewiesen, dass Emma noch lebte.

Der Boden war aufgewühlt, etliche Pflanzen zerdrückt oder herausgerissen. »Sieht nach einem Kampf aus.« Sie hielt ihre Stimme so leise wie möglich.

»Ja.« Lucas beugte sich vor und zog etwas mithilfe eines dünnen Zweiges hervor.

Valeries Atem stockte, als sie die Patronenhülse sah. »Ich denke, wir wissen jetzt, wo der Schuss abgegeben wurde, den wir gehört haben.«

Lucas nickte. »Ich informiere besser Gabriel.« Er zog das Funkgerät heraus und steckte den Kopfhörer ins Ohr. »Gabriel? Hier Lucas. Over.«

Valerie stand auf und ging ein paar Schritte weiter. Auch hier waren deutlich Kampfspuren zu sehen, offenbar war das Gerangel nach dem Schuss noch weitergegangen. Auch wenn sie schon wusste, dass Emmas Vater überlebt hatte und weitergelaufen war, war sie trotzdem erleichtert. An einem Blatt sah sie einen dunklen Fleck und beugte sich hinunter, um mit einem Taschentuch darüber zu wischen. Rot, wie Blut. Einer der beiden musste verletzt sein. Die Wunde schien nicht extrem zu bluten, aber trotzdem konnte sie am Ende über Leben und Tod entscheiden.

Rasch kehrte sie zu Lucas zurück und berichtete, was sie gefunden hatte. Der gab die Information an Gabriel weiter. Nachdenklich starrte Valerie auf die Spuren und folgte ihnen ein paar Meter. Dann ging sie wieder zurück. Als sie sah, dass Lucas sein Gespräch beendet hatte, trat sie zu ihm. »Weißt du, was mich wundert?«

»Was?«

»Dass hier nur noch zwei Spuren sind: die von Harper und die eines der Flüchtigen. Wo ist der andere geblieben? Und das Kind?«

Lucas starrte auf den Boden. »Verdammt, du hast recht!«

Valerie hockte sich neben eine besonders deutliche Spur und hielt ihren Unterarm daneben. »Das scheint die kleinere Spur zu sein, also die von Russell Davis.« Es wunderte sie nicht, dass er es war, der gegen Harper gekämpft hatte. Jetzt musste sie nur noch herausfinden, wohin Damon mit dem Mädchen verschwunden war. Sie ging zum Ausgangspunkt zurück und versuchte, seine Spuren in dem Durcheinander zu entdecken. Es waren keine Schuhabdrücke des Mädchens mehr zu finden, wahrscheinlich hatte er sie hochgehoben.

Dann sah sie den größeren Abdruck. Er wirkte etwas tiefer als vorher, aber das konnte auch daran liegen, dass Damon gelaufen war. Als Laie wusste sie nicht, wie sie die Spuren deuten sollte, doch die Hauptsache war, dass sie sie gefunden hatte.

»Kommst du?«

Valerie blickte zu Lucas zurück. »Thomas ist mit dem Mädchen in diese Richtung geflohen. Wir müssen sie verfolgen.«

»Aber die Spur von Davis führt in diese Richtung.« Er zeigte in den Wald.

»Ich werde das Kind nicht sich selbst überlassen.«

»Valerie …«

Sie unterbrach ihn. »Nein, Lucas. Wenn du Davis folgen

willst, verstehe ich das. Aber ich werde Emma nicht im Stich lassen. Sie hat niemanden außer uns.« Ohne auf seine Antwort zu warten, ging sie los.

Seine Hand schlang sich um ihren Arm, und er zwang sie, sich zu ihm umzudrehen. »Ich kann den Mörder von Ray nicht davonkommen lassen, Valerie. Aber ich verstehe, dass du dem Mädchen folgen willst. Sei vorsichtig, okay? Bleib mit mir über Funk in Kontakt und greif nicht ein. Wenn du sie siehst, sagst du mir sofort Bescheid.«

»Natürlich.«

Valerie wusste nicht, ob es ihr gefiel, allein durch den Wald zu laufen, aber sie würde Emma auf keinen Fall sich selbst überlassen. Gabriels Hauptaugenmerk lag auf Russell Davis, was sie durchaus verstehen konnte. Doch sie würde nicht zulassen, dass ein siebenjähriges Mädchen noch länger in Angst leben musste.

Mit einer kurzen Umarmung verabschiedete sie sich von Lucas, dann machte sie sich auf den Weg. *Halt durch, Emma, ich hole dich.*

26

Je länger er Moonlight folgte, desto schlechter wurde Warrens Gefühl. Er konnte sich nur einen einzigen Grund vorstellen, warum Angel nicht zu ihrem Treffpunkt zurückgekommen war und sich stattdessen in dieser Gegend aufhielt: Weil sie dazu gezwungen wurde. War sie dem Glatzkopf in die Arme gelaufen oder seinem Kumpan? Eigentlich hätten sie sich gar nicht begegnen dürfen, wenn Angel sich nach dem Abschießen der Signalkugel gleich wie besprochen auf den Rückweg gemacht hatte. Hatte sie die Schüsse gehört und sich dafür entschieden, ihm zu Hilfe zu kommen? Der Gedanke war unerträglich.

Es war ihm egal, was mit ihm selbst passierte, solange Emma und Angel frei und unverletzt waren. Bisher hatte er mit seinem Eingreifen jedoch nur das Gegenteil bewirkt. Wenigstens war Moonlight bei ihm und er konnte hoffen, dass sie Angel und später auch Emma fanden. Die Leine hielt er so, wie er es bei Angel gesehen hatte, nicht zu stramm, aber auch nicht zu locker, damit sie sich nirgends verfing. Da er keine Zeit hatte, nach sichtbaren Spuren zu suchen, wusste er nicht, ob Angel wirklich hier entlanggekommen war, oder ob Moonlight sie auf andere Weise roch. Das war allerdings auch unwichtig, Hauptsache, er fand sie, bevor ihr etwas zustieß.

Moonlight blieb so abrupt stehen, dass Warren es beinahe zu spät bemerkte und fast über sie stolperte. Ratlos sah er sich um, konnte aber nichts entdecken, das zu dieser Reaktion geführt haben konnte. Vorsichtshalber ging Warren in die Hocke und legte seine Hand auf den Rücken der Hündin. Moonlight drehte den Kopf zu ihm und blickte ihn mit ihren bernsteinfarbenen Augen an. Wollte sie ihm etwas sagen? Er wünschte, Angel wäre hier und könnte das Verhalten der Hündin interpretieren.

»Wo ist Angel? Kannst du sie riechen?« Er hielt seine Stimme leise und ruhig, während er sich gleichzeitig sagte, wie lächerlich es war, von einem Hund eine Antwort zu erwarten.

Moonlight duckte sich tief auf den Boden und bewegte sich langsam vorwärts. Einen Moment lang sah Warren ihr irritiert zu, dann verstand er, wo er so ein Verhalten schon einmal gesehen hatte: in Tierfilmen über Raubkatzen, die sich an ihre Beute heranschlichen. Wenn er ihr Verhalten richtig deutete, befand Angel sich ganz in der Nähe, war aber nicht allein, und sie mussten sich ihr unbemerkt nähern. Vielleicht interpretierte er auch zu viel hinein, aber es konnte sicher nicht schaden, vorsichtig zu sein.

Lautlos folgte er Moonlight und lief tief gebückt durch die Vegetation. Diese Haltung ließ die Wunde über seinen Rippen schmerzhaft pochen, doch darum konnte er sich jetzt nicht kümmern. Immer weiter schlich er vorwärts, bis die Hündin sich plötzlich flach auf den Boden legte. Sofort tat er es ihr nach. Ein leises Winseln erreichte seine Ohren, das erst stoppte, als er Moonlights Kopf berührte.

»Still.« Sein Befehl drang nur bis zu ihrem Ohr.

Zentimeter für Zentimeter robbte Warren sich vorwärts, bis er durch die Vegetation blicken konnte. Sein Herz sank, als er den Glatzköpfigen sah, der Angel vorwärtsstieß und dabei die Pistole direkt auf ihren Rücken gerichtet hielt.

»Geht das auch schneller? Ich habe keine Lust, noch eine Nacht in diesem elenden Wald zu verbringen.« Die Stimme war deutlich zu hören, obwohl sie etwa zwanzig Meter entfernt war.

Offenbar erwartete der Verbrecher nicht, dass noch jemand

hinter ihm her war. Hielt er ihn für tot? Das konnte sich als Vorteil erweisen, den Warren nutzen würde, denn bisher standen die Chancen für seinen Gegner eindeutig besser. Was auch passierte, der Glatzköpfige durfte ihn erst bemerken, wenn er ganz nah dran war. Wie sehr wünschte Warren sich mehr Munition oder noch besser ein Scharfschützengewehr, doch er hatte nicht einmal ein Messer. Suchend blickte er sich um, aber er fand nichts, das sich als Waffe eignete.

Damit sich Angel und ihr Geiselnehmer nicht zu weit entfernten, bewegte er sich langsam vorwärts, immer darauf bedacht, nicht bemerkt zu werden. Einerseits halfen ihm die Farne und anderen Pflanzen, sich zu verstecken, andererseits war es ihm unmöglich, sich zu rühren, ohne sie zum Wackeln zu bringen. Bisher schien die Aufmerksamkeit des Verbrechers nur nach vorn gerichtet zu sein, aber das konnte sich rasch ändern. Deshalb bemühte sich Warren, die Entfernung so schnell wie möglich zu verringern.

Endlich war er nur noch wenige Meter von Angel entfernt. Zu gerne hätte er ihr Gesicht gesehen, doch sie gingen zu schnell, und die Vegetation war zu niedrig, um sie ungesehen zu überholen. Ein Ablenkungsmanöver wäre jetzt gut gewesen, aber Warren wusste nicht, wie er das allein bewerkstelligen sollte. Dafür brauchte er jemanden, der von der anderen Seite kam, und den hatte er nicht. Außerdem wäre das viel zu gefährlich gewesen – für denjenigen, der den Glatzköpfigen ablenkte, doch vor allem auch für Angel.

Kalter Schweiß lief ihm den Rücken hinab, und für einen Moment fühlte er sich wie gelähmt. Was auch immer er versuchen würde, es konnte dazu führen, dass Angel starb. Als Soldat hatte er gelernt, innerhalb von Sekundenbruchteilen Entscheidungen zu treffen und danach zu handeln. Doch jetzt zögerte er.

Moonlight schien das zu spüren, denn sie lief einfach weiter und zwang ihn durch die Leine dazu, sich auch wieder in Bewegung zu setzen. Innerlich fluchend kroch er vorwärts, während er gleichzeitig an der Leine zog, um die Hündin etwas zu bremsen. Moonlight sah nur ihr Frauchen in Gefahr und wollte sie beschützen, konnte aber die Folgen nicht überblicken. Das war sein Job.

Vorsichtig lenkte Warren die Hündin weiter von Angel und dem Verbrecher weg. Wenn sie zu nah dran waren, konnten sie sich nicht heranschleichen, ohne gesehen zu werden. Sie mussten einen Bogen machen, sie überholen und dann auf sie warten. Das hatte vorhin beinahe schon einmal funktioniert, und es war die einzige Möglichkeit, den Verbrecher zu überrumpeln.

Moonlight sträubte sich erst, schien dann aber Warrens Führung zu akzeptieren. Damit war wenigstens eine Hürde ausgeräumt, und er konnte sich ganz darauf konzentrieren, den idealen Standort zu finden. Als ein Erdwall sie von Angel und ihrem Geiselnehmer trennte, konnte sich Warren endlich wieder aufrichten und loslaufen, ohne dass er befürchten musste, entdeckt zu werden. Moonlight lief neben ihm her und schien zu spüren, dass sie jetzt Angel retten würden. Warren war etwas neidisch, wie leichtfüßig sie sich fortbewegte, während er ständig irgendwelchen Hindernissen ausweichen musste.

Aber schließlich erreichten sie eine Stelle, von der aus ein Angriff Erfolg versprach. Gerade als er sich hinkauerte, um durch die Farnblätter spähen zu können, hörte er hinter sich ein Knacken. Er wirbelte herum und fand eine Pistole auf sich gerichtet. Warren erstarrte. Wo war der Mann hergekommen? Es dauerte einen Moment, bis er das Emblem an der schusssicheren Weste erkannte. Er hob die Hand, doch es war schon zu spät.

»Keine Bewegung, FBI!«

Verdammt! Anstatt der Aufforderung Folge zu leisten, warf Warren sich zu Boden und zog Moonlight mit sich. Keine Sekunde zu früh. Schüsse peitschten durch den zuvor stillen Wald, Vögel stoben kreischend auf, Rascheln ertönte im Unterholz.

»Nein, nicht!« Angels Aufschrei war deutlich zu hören.

Warrens Finger krampften sich in Moonlights Fell, um die Hündin davon abzuhalten, aufzuspringen und Angel zu helfen. Ihm selbst ging es nicht anders, doch er wusste, dass der Verbrecher nur darauf wartete. »Ruhig, ganz ruhig.« Leicht hob er den Kopf, um nach dem FBI-Agenten zu schauen. Es war nichts von ihm zu sehen. Entweder war er auch in Deckung gegangen, oder eine Kugel hatte ihn erwischt.

Mit zusammengebissenen Zähnen wartete Warren darauf, was als Nächstes passieren würde. Es lag ihm überhaupt nicht, nur reagieren zu können, aber momentan waren seine Möglichkeiten begrenzt. Er musste näher an den Agenten herankommen, um zu sehen, ob er noch lebte, und sich seine Waffe holen, falls er getroffen worden war. Wo blieben seine Kollegen? Das FBI würde doch sicher nicht einen einzelnen Agenten auf die Jagd nach zwei Mördern schicken!

Angestrengt lauschte er, doch es war nichts mehr zu hören. Was hatte der Verbrecher mit Angel gemacht? Als er es nicht mehr aushielt, schlang sich Warren die Leine so ums Handgelenk, dass Moonlight sich nicht von ihm entfernen konnte, und kroch dann vorwärts. Immer wieder schlugen ihm Pflanzen ins Gesicht und rissen an seiner Kleidung, doch das merkte er kaum. Alle Sinne waren auf die Stelle ausgerichtet, wo der Agent hingestürzt sein musste. Gleichzeitig behielt Warren den kleinen Hügel im Auge, hinter dem sich Angel und der Verbrecher aufhielten.

Alles in ihm drängte danach, zu Angel zu laufen und sich zu vergewissern, dass es ihr gut ging, doch ohne Waffe – oder vielmehr Munition – wäre das Selbstmord. Wenn der Agent noch lebte, würde er mit ihm zusammenarbeiten, wenn nicht, hätte er wenigstens eine Pistole und damit deutlich bessere Chancen gegenüber dem Verbrecher. Als er hinter sich ein Rascheln hörte, presste er sich wieder dicht auf den Boden. Eine Hand legte er auf Moonlights Rücken, um sie ruhig zu halten.

Ohne Vorwarnung fielen weitere Schüsse, die Warren erschrocken zusammenzucken ließen. Die Hündin zitterte und versuchte, ihren Kopf unter seinen Arm zu schieben. Warren zog sie enger an sich und drückte sie beruhigend. Nachdem die Schüsse verhallt waren, herrschte für einen Moment gespenstische Stille.

»Ich töte die Frau, wenn ich noch einmal jemanden sehe! Ist das klar?«

Niemand antwortete. Langsam ließ Warren seinen angehaltenen Atem wieder entweichen. Müsste das FBI jetzt nicht mit Verhandlungen beginnen? Oder war es eine neue Strategie, die Verbrecher dadurch zu verunsichern, dass sich niemand rührte? Was immer es auch war, es gefiel Warren nicht. Wenn der Glatzköpfige jetzt ausflippte und Angel etwas antat, würde er die Agenten eigenhändig erschießen.

Er wartete, bis sich die Geräusche wieder in die andere Richtung bewegten, bevor er vorsichtig den Kopf hob. Es war nichts zu sehen. Langsam kroch er wieder vorwärts und rechnete schon damit, von einer Kugel getroffen zu werden, doch nichts passierte. Schließlich kam er bei der Stelle an, wo er den Agenten gesehen hatte, aber der war nicht dort. Beunruhigt folgte Warren der Spur von abgeknickten Pflanzen und Abdrücken im weichen Boden und fand den Mann einige Meter weiter. Offenbar hatte er sich in die Deckung eines Baumstamms geschleppt. Er lehnte mit dem Rücken dagegen und presste eine Hand an seine Hüfte. In der anderen hielt er eine Pistole.

Seine Lider waren geschlossen, die Gesichtsfarbe grau. Schweiß bildete sich auf seiner Stirn und lief langsam hinunter. Als Warren sich näherte, riss der Mann plötzlich die Augen auf und starrte ihn an. Um zu zeigen, dass er unbewaffnet war, hob Warren die Hände. Moonlight drängte sich an ihn, als wollte sie ihn beschützen. Beruhigend tätschelte er ihren Kopf.

»Ich bin Warren Harper. Die Verbrecher haben meine Tochter Emma entführt, und jetzt hat der Glatzköpfige auch noch Angel Burns in seiner Gewalt.« Er hielt seine Stimme so leise, dass nur der Agent ihn hören konnte. Trotzdem konnte er seinen Ärger nicht ganz unterdrücken. »Mit Ihrer Aktion haben Sie dem Verbrecher meine Anwesenheit verraten. Wenn er Angel jetzt etwas antut, ist es Ihre Schuld!«

»Agent … Lucas Horner.« Er atmete schwer und brauchte einige Zeit, bis er weiterreden konnte. »Tut mir leid, … habe … Sie … gesehen und … wollte Ihnen sagen, dass ich … da bin. Dann tauchte … hinter Ihnen … der … Mörder auf. Wollte ihn … zur Aufgabe zwingen.« Ein schwaches Lachen drang über seine Lippen, das sofort in Husten überging. »Hätte wissen … müssen, dass Davis sofort … schießt.«

Schlechtes Gewissen breitete sich in Warren aus, als ihm bewusst wurde, dass der Agent ihm wahrscheinlich das Leben gerettet hatte. »Wie schwer sind Sie verletzt?« Der Mann hob die Hand, und sofort breitete sich das Blut schneller auf dem Stoff der Hose aus. Verdammt, das sah nicht gut aus. Horner würde ihm sicher nicht helfen können, Angel zu befreien. »Wo sind Ihre Kollegen?«

»Irgendwo in … der … Nähe. Wir hatten uns … getrennt.«

Wunderbar. Anscheinend waren die anderen Agenten nicht dort, wo sie eigentlich hätten sein müssen. »Wie viele sind Sie?«

»Vier. Meine … Kollegin ist … der Spur des anderen … Verbrechers gefolgt, um Ihre … Tochter zu befreien.«

Einerseits war er froh darüber, andererseits hoffte er inständig, dass die Agentin ihren Gegner besser einschätzen konnte als ihr Kollege. »Ich habe vorhin versucht, der Spur zu folgen, aber sie brach ab, und ich habe sie nicht wiedergefunden.« Er richtete sich auf. »Können Sie laufen?« Stumm schüttelte der Mann den Kopf. »Ich muss hinter Angel her. Würden Sie mir Ihre Waffe leihen?«

Der Agent zögerte. »Ich kann keine …«

Warren unterbrach ihn. »Das war zwar eine höfliche Frage, aber zur Not werde ich sie mir einfach nehmen. Es geht hier um Leben und Tod, und da sind mir Ihre Vorschriften herzlich egal.« Er zog die ungeladene Pistole aus seinem Hosenbund. »Die habe ich dem Verbrecher abgenommen, aber ich habe keine Munition mehr dafür.«

Horner schien ihm anzusehen, dass es ihm völlig ernst war, denn er hob den Arm und händigte Warren seine Waffe aus. »Seien … Sie vorsichtig. Der Bastard … tötet gern.«

Warren presste die Lippen zusammen. »Das ist mir schon aufgefallen. Kommen Sie zurecht?« Er legte die leere Pistole neben den Agenten.

Mit einer Grimasse bewegte der Agent sein Bein. »Ja. Helfen Sie … der Hundeführerin, sie braucht es … mehr als ich.« Er zog ein Funkgerät aus der Jackentasche. »Ich sage … meinen Kollegen Bescheid, sie werden bald … hier sein. Außerdem habe ich noch … eine Ersatzwaffe. Viel Glück!«

Warren nickte knapp und stand auf. Sein Bein protestierte gegen die Bewegung, aber er ignorierte es. Auf keinen Fall durfte er die Entfernung zwischen sich und dem Verbrecher zu groß werden lassen. Er ließ die Leine etwas lockerer, was die Hündin sofort nutzte, um sich in die Richtung zu bewegen, in die der Glatzköpfige geflüchtet war. »Komm Moonlight. Wir holen uns Angel.«

Die Hündin brauchte dafür keine weitere Aufforderung, sie lief, ohne zu zögern, los. Nach einem letzten Blick auf den Agenten folgte ihr Warren.

Angel blickte sich um, konnte aber aus ihrer liegenden Position niemanden entdecken. Hatte der Verbrecher denjenigen erschossen, der ihnen gefolgt war? Auf jeden Fall war es ein Mann gewesen, und er hatte etwas gerufen, aber sie hatte es nicht richtig verstanden. Der Verbrecher hatte ihr unvermittelt einen Hieb gegen den Hinterkopf versetzt und sie davor gewarnt, sich auch nur einen Millimeter zu bewegen. Dann hatte er sich in die Büsche geschlagen und war einen Hügel hinaufgeklettert. Darauf waren der Ruf und die Schüsse gefolgt. Sie klangen so nah, dass ihr Entführer sie abgefeuert haben musste.

Erneut ertönten Schüsse, und Angel zuckte zusammen. Wenn noch jemand gelebt hatte, war er jetzt sicher tot. Eine Mischung aus Trauer und Wut breitete sich in ihr aus.

»Ich töte die Frau, wenn ich noch einmal jemanden sehe! Ist das klar?« Die Stimme des Verbrechers hallte durch den Wald.

Also lebte doch noch jemand? Oder vermutete er nur, dass noch andere Agenten in der Nähe waren? Falls der Mann eben vom FBI oder der Polizei gewesen war, wo blieb dann der Rest der Mannschaft? Die Agenten waren ja sicher nicht so blöd, allein hier herumzulaufen. Agent Lynch war ihr über Funk jedenfalls nicht so vorgekommen, als würde er irgendetwas dem Zufall überlassen. Und dann war da noch Michael Heron. Der Freund ihres Stiefvaters würde sich sicher nicht zurücklehnen, solange ein kleines Kind in Gefahr war. Vorhin hatte sie einen Hubschrauber gehört, aber er war weitergeflogen und nicht in der Nähe gelandet.

Mühsam stemmte Angel sich hoch. Sie musste zumindest versuchen zu fliehen, solange der Mörder anderweitig beschäftigt war. Wenn tatsächlich jemand hier nach ihr suchte, konnte sie ihnen die Sache möglicherweise erleichtern. Außerdem musste sie unbedingt herausfinden, ob Warren und seine Tochter noch lebten. Die Ungewissheit zerrte an ihren Nerven. Moonlight tauchte vor ihrem inneren Auge auf. Sie musste sich auch um ihre Hündin kümmern, die nur ihretwegen hier war. Inzwischen war Moonlight vermutlich völlig außer sich.

Schwankend kam Angel auf die Füße und spürte, wie ihr etwas Feuchtes in den Kragen lief. Mit den Fingern tastete sie vorsichtig ihren Hinterkopf ab und zuckte zusammen, als sie eine dicke Beule fand. Als sie die Hand wegzog, entdeckte sie Blut an ihren Fingern. Ein weiterer Beweis dafür, wie fest der Verbrecher zugeschlagen hatte. Vermutlich war es die Pistole gewesen, aber es war so schnell gegangen, dass Angel nur den Schlag gespürt hatte und zusammengebrochen war. Einen Moment lang hatte sie benommen am Boden gelegen und sich gefragt, was passiert war. Das Gesicht des Verbrechers war eine wilde Fratze gewesen, als er die Warnung ausgestoßen hatte, dass sie sich ja nicht bewegen sollte.

Trotz der Gefahr musste sie sich jetzt zusammenreißen. Die Hand weiterhin auf die Wunde gepresst, stolperte sie einige Schritte vorwärts und schrie erschrocken auf, als sich etwas brutal um ihren Arm schloss.

»Wo willst du denn hin? Hatte ich mich nicht klar genug ausgedrückt?« Der Mörder stand dicht hinter ihr, sein Arm schlang sich um ihre Mitte. Als sein Atem ihr Ohr streifte, schauderte sie.

Mit Mühe hielt sie ihre Stimme ruhig. »Lassen Sie mich los.« Sie wollte nicht, dass er ihr Zittern spürte, das sie nicht unterdrücken konnte.

»Warum sollte ich das tun?« Echte Neugier lag in seiner Frage.

Angel richtete sich gerader auf. »Weil ich Sie sonst nicht dorthin bringe, wo Sie hinwollen.« Bisher hatte sie ihn in leichten Schlenkern geführt, um mehr Zeit herauszuschlagen, doch bald würde selbst das nicht mehr reichen. Es wunderte sie ohnehin schon, dass er noch nichts gemerkt hatte.

»Es ist nicht sinnvoll, mich zu reizen, das solltest du wissen.« Sein Griff wurde fester, die Mündung der Pistole strich über ihr Kinn. »Die paar Kilometer schaffe ich zur Not auch alleine, wenn du mir also zu viel Ärger machst, werde ich dich beseitigen.«

Das glaubte sie ihm unbesehen. Aber sie konnte ihn nicht gewinnen lassen. Um ihretwillen, aber auch wegen Warren, Emma und den anderen Menschen, die durch ihn in Gefahr geraten würden oder sogar schon verletzt oder getötet worden waren. Und sei es, dass sie nur ein paar wertvolle Sekunden gewann, indem sie sich ihm verweigerte. Anscheinend reizte es ihn, wenn jemand nicht sofort das tat, was er sagte. Das sollte sie sich merken, vielleicht konnte sie es später noch nutzen.

»Ich kann so nicht gehen, das Gelände ist zu uneben.«

Sein Griff lockerte sich, und er ließ sie schließlich los. »Sag das doch gleich. Und jetzt beweg dich, ich habe nicht ewig Zeit.«

Angel orientierte sich kurz, dann schlug sie einen Weg ein, der in einem leichten Winkel zu ihrem eigentlichen Ziel verlief. Falls der Verbrecher es nicht bemerkte, konnte sie so noch einmal Zeit gewinnen, damit das FBI, die Polizei oder sonst jemand eingreifen konnten. Was sie machen würde, wenn niemand kam, wusste sie nicht. Doch darüber würde sie dann nachdenken, wenn es so weit war. Jetzt brauchte sie all ihre Sinne, um auf den Füßen zu bleiben.

27

Gabriel spürte, wie sein Blutdruck sich mit jedem Schritt erhöhte. Wie hatte das passieren können? Lucas war ein erfahrener Agent, er hätte nie allein versuchen dürfen, die Verbrecher dingfest zu machen. Zumindest nicht, wenn es sich nicht um einen Notfall handelte und niemand in unmittelbarer Gefahr schwebte. Schlimmer allerdings war, dass er sich dabei hatte anschießen lassen. Lucas hatte zwar versucht, die Verletzung herunterzuspielen, aber die Schmerzen waren ihm während des kurzen Gespräches über Funk anzuhören gewesen. Diese ganze Aktion war ein komplettes Desaster, und dazu passte auch gut, dass Russell Davis jetzt die Hundeführerin in seiner Gewalt hatte und der Vater des Mädchens mit Lucas' Waffe auf Rächermission unterwegs war.

Dank des GPS-Gerätes war es kein Problem, den Standort seines Kollegen zu finden. Lucas lehnte mit dem Rücken an einem Baumstamm, in der Hand hielt er eine Pistole. Die andere Hand hatte er gegen die Hüfte gepresst, Blut tropfte zwischen seinen Fingern hindurch. Besorgnis erfasste Gabriel, und er hockte sich neben Lucas. Der hatte die Augen halb geschlossen, sein Gesicht war kalkweiß und glänzte vor Schweiß. Detective Heron setzte seinen Rucksack ab und zog ein Erste-Hilfe-Set heraus. Mit einem Nicken nahm es Gabriel entgegen.

»Lucas, kannst du mich hören?« Er hielt seine Stimme leise, falls einer der Verbrecher in der Gegend war.

Lucas' Augenlider flatterten und hoben sich schließlich ein kleines Stück. »Gabriel. Tut mir leid …«

Er unterbrach ihn sofort. »Das hat Zeit, zuerst muss ich wissen, ob du noch woanders verletzt bist.«

»Nur die … Hüfte.« Lucas bewegte sich schwach, als wollte er aufstehen.

Sofort legte Gabriel ihm eine Hand auf die Schulter und hielt ihn so mühelos auf dem Boden. »Bleib still sitzen. Ich werde mir die Wunde jetzt ansehen und dann verbinden.«

»Keine Zeit. Ihr müsst die … Frau retten.«

Gabriel blickte sich um. »Wo ist Valerie? Ist sie hinter Davis her?«

Lucas schüttelte den Kopf. »Wir haben uns … getrennt. Thomas ist mit dem Kind in die … andere Richtung geflüchtet. Sie ist hinter ihnen her, um Emma zu … retten.«

Verflucht! Er wusste, dass es ein Fehler gewesen war, sie mitzunehmen. Wenn sie sich töten ließ, würde er sich das nie verzeihen. Valerie war einfach noch nicht so weit und traf ihre Entscheidungen nicht mit dem Kopf, sondern nach Gefühl. Natürlich wollte sie das Kind beschützen, das konnte er verstehen, aber so funktionierte ein Einsatz nicht. Es konnte nicht jeder einfach machen, was er wollte, ohne mit dem Einsatzleiter – ihm – zu sprechen. Doch es brachte auch nichts, das jetzt zu sagen. Lucas wusste es sowieso, und Valerie war nicht hier.

»Hast du seitdem von ihr gehört?«

»Nein.« Lucas' Augen schlossen sich langsam wieder. »Lasst mich hier, ich komme schon … zurecht. Ihr müsst … Davis stoppen. Er ist verrückt.«

Das war für Gabriel nichts Neues. »Wir werden ihn kriegen, aber zuerst verbinde ich dich.« Offenbar ging es seinem Kollegen schlecht genug, um nicht weiter dagegen zu protestieren.

Gabriel machte kurzen Prozess mit Lucas' Hose und betrachtete die Eintrittswunde. Sie sah schlimm aus, ein stetiger

Blutstrom lief ihm über Hüfte und Oberschenkel. Vor allem war keine Austrittswunde zu sehen, das bedeutete, dass die Kugel vermutlich irgendwo zwischen den Hüftknochen steckte. Die Lippen fest zusammengepresst tupfte Gabriel das Blut weg und legte dann mehrere Schichten von Kompressen auf die Wunde. Anschließend verband er sie dick. Mehr konnte er hier und jetzt nicht tun.

Er setzte sich auf die Hacken zurück und wischte sich mit dem Unterarm über die feuchte Stirn. »Das war's. Versuch, dich nicht zu bewegen, und drück weiter auf die Wunde, damit sie aufhört zu bluten. Trink viel. Hast du große Schmerzen?«

Lucas nickte knapp. Seine Hände waren zu Fäusten geballt, und tiefe Linien hatten sich in sein Gesicht gegraben. »Es geht … schon.«

Heron zog etwas aus dem Erste-Hilfe-Paket und hielt es Gabriel hin. Es waren hochdosierte Schmerztabletten. Gabriel nahm zwei heraus und reichte sie Lucas zusammen mit einer Wasserflasche. Über Funk forderte er einen Arzt an, doch er wusste, dass es lange dauern würde, bis dieser eintraf. Immerhin war die Verstärkung schon auf dem Weg, musste allerdings auch noch vom Landeplatz hierherkommen. Bis dahin konnte er jedoch nicht warten.

Gabriel blickte den Detective an, der gerade seinen Rucksack wieder aufsetzte. »Würden Sie hier bei Lucas bleiben? Ich kann ihn in dem Zustand nicht allein lassen.«

Bevor Heron etwas sagen konnte, schaltete sich Lucas ein. »Ich komme … zurecht. Du brauchst … Unterstützung, wenn du … diesen Mistkerl fassen willst! Es wäre zu gefährlich, allein … zu gehen.« Am Ende seiner Rede schwankte er und wäre fast umgekippt, wenn Gabriel ihn nicht im letzten Moment aufgefangen hätte.

Gabriel brachte sein Gesicht dicht an das seines Kollegen heran. »Ich werde nicht noch einen meiner Leute verlieren, hast du das verstanden? Es ist meine Verantwortung, Davis wieder einzufangen, und genau das werde ich tun.«

»Gabriel …«

»Das steht nicht zur Diskussion. Heron?«

Der Detective blickte sichtlich unentschlossen von einem zum anderen. »Der Kerl hat Angel in seiner Gewalt. Ich habe ihrem Stiefvater versprochen, auf sie aufzupassen.«

»Das verstehe ich, und ich werde alles tun, um sie unbeschadet aus der Sache herauszubringen.« Gabriel holte tief Luft. »Ich kenne Russell Davis wie sonst kein anderer. Wenn ihn einer stoppen kann, dann ich.« Lucas' Gewicht in seinen Armen wurde immer schwerer. Als er nach unten blickte, erkannte er, dass der Agent das Bewusstsein verloren hatte. »Verdammt!«

Heron schob ihn zur Seite. »Gehen Sie, ich kümmere mich um Ihren Freund.«

»Danke.« Schnell richtete sich Gabriel auf und trat zur Seite, damit der Detective mehr Platz hatte.

»Bringen Sie nur Angel unverletzt zurück.«

Das konnte er nicht versprechen, aber er wusste, dass Heron es hören wollte. »Das werde ich.«

Heron nickte ihm zu.

Um nicht noch mehr Zeit zu verlieren, verabschiedete Gabriel sich rasch und folgte dann der nicht zu übersehenden Spur, die Harper zusammen mit dem Hund hinterlassen hatte. Als er einen kleinen Hügel überwunden hatte, wurde sie sogar noch deutlicher. Offenbar hatte die Hundeführerin sich alle Mühe gegeben, deutlich sichtbare Abdrücke zu hinterlassen. Hin und wieder entdeckte er Blutstropfen auf den Blättern der Pflanzen, doch er wusste nicht, ob sie von Angel Burns, Davis oder dem Vater stammten. Den Hund konnte er ausschließen, da sie sich zu hoch befanden. Aber egal von wem sie waren – sie machten deutlich, dass er sich beeilen musste, wenn er Schlimmeres verhindern wollte.

Der Schmerz war Warrens ständiger Begleiter, als er so schnell wie möglich durch den Wald lief. Nicht nur sein verletztes Bein, sondern auch die Wunde an seiner Seite schmerzte höllisch. Es hätte ihn nicht gewundert, wenn eine oder mehrere Rippen in Mitleidenschaft gezogen worden waren. Aber der Gedanke an Angel ließ ihn die Qualen ignorieren. Moonlight lief dicht vor ihm, und er hoffte, dass die Hündin ihn warnen würde, wenn sie sich dem Verbrecher näherten.

Dazu kam sein schlechtes Gewissen, dass er einen Verletzten einfach sich selbst überlassen hatte, aber er ging davon aus, dass der Agent inzwischen gefunden worden war. Pedros Gesichtsausdruck kurz vor der Explosion tauchte aus seiner Erinnerung auf. Eine Mischung aus Verzweiflung und Akzeptanz hatte darin gelegen. Und Schmerz. Warren schüttelte die furchtbaren Bilder ab und konzentrierte sich auf das Hier und Jetzt. Auf keinen Fall durfte er sich wieder in einem Flashback verlieren. Er musste funktionieren, wenn er nicht wollte, dass Angel einen furchtbaren Preis für ihre Hilfsbereitschaft bezahlte.

Ob die Agentin Emma inzwischen gefunden hatte? Einerseits hoffte er es, andererseits hatte er Angst davor, was es für seine Tochter bedeuten konnte, wenn die Agentin die Lage falsch einschätzte. Nein, er musste darauf vertrauen, dass es Emma gut ging und er sie bald wieder in seine Arme schließen konnte. Alles andere würde jetzt nur seine Konzentration stören, und das konnte fatale Folgen haben.

Als sich Moonlights Körper plötzlich versteifte, ging er sofort hinter einer gewaltigen Baumwurzel in Deckung. Er zog die Hündin an sich und legte sicherheitshalber seine Hand um ihre

Schnauze. Das war auch gut so, denn sie gab ein Winseln von sich, während sie sich gleichzeitig rückwärtsbewegte.

Warren beugte den Kopf, sodass er dicht neben ihrem Ohr war. »Ganz ruhig, wir werden Angel gleich holen.« Es wirkte fast, als würde die Hündin ihn verstehen, denn sie beruhigte sich und sah ihn mit bittenden Augen an. Sanft strich ihr Warren über den Kopf. »Ich verspreche es.« Jetzt redete er schon so mit ihr, als wäre sie ein Mensch.

Moonlight überraschte ihn damit, dass sie die Zunge ausfuhr und über seine Wange leckte. Unwillkürlich musste Warren lachen. »Okay, das reicht.« Innerhalb von Sekunden erinnerte er sich daran, warum er hier war und was auf dem Spiel stand. Sofort verging ihm das Lachen wieder. »Wir müssen weiter.«

Ein Rascheln ertönte, und Warren erstarrte. Mit dem Rücken presste er sich gegen das Wurzelgeflecht, während er sich vorbeugte und um die Ecke blickte. Sofort zog er den Kopf wieder zurück, als er sah, dass Angel sich nur wenige Meter entfernt einen Weg durch die Vegetation bahnte. Mehr als alles andere wollte er sie greifen und mit ihr flüchten, doch der Verbrecher ging nur ein paar Schritte hinter ihr, und seine Pistole war direkt auf ihren Rücken gerichtet. Mit festem Griff hielt Warren Moonlight fest, die Anstalten machte, zu ihrem Frauchen zu laufen.

Als hätte sie ihre Blicke gespürt, drehte Angel leicht den Kopf und suchte mit den Augen die Gegend ab. Instinktiv ging Warren das Wagnis ein und bewegte sich, um ihre Aufmerksamkeit zu erregen. Dass sie ihn bemerkt hatte, erkannte er daran, dass sie sofort in eine andere Richtung blickte. Gut, zumindest wusste sie jetzt, dass jemand in der Nähe war, um sie zu retten. Nun musste er nur noch die geeignete Gelegenheit finden, den Verbrecher außer Gefecht zu setzen. Zwar hätte er ihn von hier aus einfach erschießen können, aber das barg ein zu großes Risiko, dass sich aus dessen Waffe ein Schuss lösen und Angel treffen könnte. Auf die geringe Entfernung würde der Verbrecher sie nicht verfehlen.

Auch musste Warren dafür sorgen, dass die Hündin nicht in die Schusslinie geriet. Wenn er sie losließ und sie auf Angel zurannte, wäre das ihr sicheres Todesurteil. Das konnte er Moonlight nicht antun, und er wusste auch, dass Angel ihm das nie verzeihen würde. Mit schlechtem Gewissen band er die Leine an die Baumwurzel, und zwar so, dass Moonlight sich nur wenig bewegen konnte. »Es tut mir leid, aber es muss sein. Wenn ich Angel retten will, kann ich mich nicht auch noch um dich sorgen.« Warren kraulte sie hinter den Ohren. »Bleib still hier liegen, ich komme gleich mit Angel wieder.«

Die Hündin winselte und versuchte, sich aus der Leine herauszuwinden. Da sie jedoch am Geschirr befestigt war, hatte Moonlight keine Chance. Mit einem letzten bedauernden Blick auf sie verließ Warren die Deckung und bewegte sich vorsichtig durch die Vegetation. Er schlug die entgegengesetzte Richtung ein und arbeitete sich langsam zu Angel und ihrem Entführer vor. Dabei half ihm, dass sie angehalten hatten. Schließlich hockte er sich hinter ein kleines Gebüsch aus brusthohen Pflanzen, das sich nur etwa zwei Meter von ihnen entfernt befand. Es kam ihm fast so vor, als brauchte er nur die Hand auszustrecken, um Angel zu berühren. Da jedoch noch immer die Pistole des Verbrechers auf sie gerichtet war, bezwang er seinen inneren Drang.

»Ich brauche eine Pause, mir ist schwindelig.« Angels Stimme drang ganz deutlich in sein Versteck.

Besorgt blickte er sie an, und aus der Nähe sah er, dass sie tatsächlich angeschlagen wirkte. Ihre hellblonden Haare waren auf einer Seite von Blut verklebt, das auch auf ihre Kleidung getropft war. Eine gewaltige Wut stieg in Warren auf, die er nur schwer bezähmen konnte. Er wünschte sich nichts mehr, als diesem Mistkerl den Hals umzudrehen. Hoffentlich würde sich eine Gelegenheit dazu ergeben, für das, was er Emma und nun auch Angel angetan hatte. Und natürlich auch den anderen Menschen, die von ihm verletzt oder getötet worden waren. Seiner Meinung nach verdiente ein solcher Mensch es nicht, zu leben.

»Stell dich nicht so an. Ich weiß genau, was du versuchst, aber es wird dir nicht gelingen. Es wird dich niemand retten, jeden, der es versucht, werde ich über den Haufen schießen. Ich dachte, das wäre inzwischen schon klar geworden.«

Angel schwankte, und der Verbrecher packte ihren Arm, um sie daran zu hindern, umzukippen. »Mir ist wirklich …« Ohne Vorwarnung beugte sie sich vor und begann zu würgen.

Unwillkürlich ließ der Verbrecher sie los, und sie fiel hart auf die Knie. Dabei traf ihr Blick den von Warren, und sie zwinkerte ihm zu. Gott, er liebte diese Frau! Er kannte kaum jemanden, der in dieser Situation so einen klaren Kopf behalten hätte wie Angel. Noch einmal würgte sie, und es hörte sich selbst für ihn täuschend echt an. Der Glatzköpfige nahm es ihr offensichtlich ab, denn er stieß einen genervten Laut aus und drehte sich um. Das war die Gelegenheit, auf die Warren gewartet hatte. Er gab ihr ein Zeichen, und Angel warf sich nach vorn. Die Pflanzen verschluckten sie sofort, für den Mörder musste es so wirken, als wäre sie spurlos verschwunden.

Zur gleichen Zeit begann Moonlight zu bellen, und verdeckte damit die Geräusche, während Angel durch die Vegetation kroch. Warren hatte keine Ahnung, woher die Hündin wusste, dass sie genau jetzt ein Ablenkungsmanöver starten sollte, aber es war perfekt. Der Verbrecher begann sofort zu schießen, und Warren war froh, dass er Moonlight hinter der Wurzel angebunden hatte, wo sie nicht getroffen werden konnte.

Er nahm Angels Hände und zog sie in Sicherheit. Gleichzeitig war er sich der Tatsache bewusst, dass die Pflanzen ihnen auf Dauer nur wenig Schutz bieten würden. Warren richtete sich ein wenig auf, um den Verbrecher notfalls zu erschießen, doch der war offensichtlich nach den ersten Schüssen ebenfalls in Deckung gegangen.

Verdammt, er hätte ihn lieber weiter im Blick behalten, aber es war jetzt nicht mehr zu ändern. Sie mussten hier so schnell wie möglich weg. Während er sie beide nach hinten absicherte, schob er Angel vor sich her. Moonlight hatte aufgehört zu bellen, und Warren wusste nicht, ob das ein gutes oder ein schlechtes Zeichen war. Aber solange Angel noch in Gefahr war, konnte er sich nicht darum kümmern. Für ihn hatte sie oberste Priorität, und danach erst kamen die Hündin, er selbst oder andere Menschen.

Dass Angel das anders sah, wurde ihm schon wenige Meter weiter klar, als sie sich in der Deckung eines kleinen Erdhügels zu ihm umdrehte. »Ich muss zu Moonlight.«

Sanft trieb Warren sie weiter. »Das geht jetzt nicht, der Verbrecher wird nach uns suchen.«

Angel schob ihr Kinn vor. »Und wenn er Moonlight findet, wird er sie töten.«

Damit hatte sie vermutlich recht, aber er wusste nicht, wie er das verhindern sollte. Auf keinen Fall würde er Angel wieder in Gefahr bringen. »Ich werde nicht zulassen, dass dieser Mörder noch einmal seine Hände an dich legt. Die Vorstellung, dass er dir etwas tun könnte, hat mich ganz verrückt gemacht.« Vorsichtig schob er ihre Haare zur Seite und betrachtete die Platzwunde.

Ihre Miene wurde weicher. »Das ging mir genauso, als er mir gesagt hat, dass er dich getötet hat.« Sie legte die Hand an seine Wange. »Ich bin froh, dass du lebst und mich geholt hast.

Aber ich werde Moonlight nicht im Stich lassen, sie gehört zu meiner Familie.«

An der Entschlossenheit in ihren Augen konnte er erkennen, dass sie sich nicht umstimmen lassen würde. Mit einem tiefen Seufzer gab er nach. »Okay, du bleibst hier und versteckst dich so gut, dass der Verbrecher dich nicht findet, und ich hole Moonlight.«

»Aber ...«

Warren legte einen Finger auf ihre Lippen. »Das ist mein einziges Angebot.« Zur Not würde er sich Angel über die Schulter werfen und mit ihr so schnell wie möglich von hier verschwinden.

Offenbar konnte sie ihm das an den Augen ablesen, denn sie nickte schließlich zögernd. »Danke. Sei bitte vorsichtig.« Sie umarmte ihn so fest, dass ihm ein schmerzhaftes Stöhnen entfuhr. Sofort ließ sie ihn los und betrachtete ihn besorgt. »Was ist?«

Ihr Blick wanderte an seinem Körper hinab, und sie keuchte auf, als sie seine blutige Kleidung sah. »Oh Gott, du bist verletzt! Warum hast du denn nichts gesagt?« Sofort begann sie, an seiner Kleidung zu zupfen, doch er hielt ihre Hände fest.

»Nur ein Kratzer.« Wenn sie jetzt das Hemd hochzog, würde die bereits leicht verschorfte Wunde wieder aufbrechen, und er würde erneut zu bluten beginnen.

Sie biss sich auf die Unterlippe. »Aber ...«

»Es geht mir gut, und ich muss jetzt los, wenn ich Moonlight holen soll, bevor der Verbrecher sie entdeckt.«

Sichtlich widerwillig ließ Angel ihn los. All die Gefühle, die sich in ihm aufgestaut hatten, brachen sich Bahn, und Warren beugte sich zu ihr hinunter, um sie zu küssen. Nach einer Schrecksekunde erwiderte Angel den Kuss, und Warren konnte ihre Verzweiflung fühlen. Viel zu früh musste er sich wieder von ihr lösen. Um nicht in Versuchung zu geraten, sie wieder an sich zu ziehen und nie wieder loszulassen, trat er einen Schritt zurück.

Er hielt ihr die Pistole hin. »Hier. Wenn der Verbrecher sich dir nähert, schieß.«

Angel schüttelte den Kopf. »Ich kann nicht mit Waffen umgehen, und es ist wichtiger, dass du dich verteidigen kannst. Ich verstecke mich so gut, dass er mich nicht finden wird, keine Angst.«

Obwohl er nicht glaubte, dass dies die richtige Entscheidung war, nickte Warren und steckte die Pistole in seinen Hosenbund. »Ich komme so schnell wie möglich wieder. Wenn das FBI auftaucht, bleib so lange im Versteck, bis sie den Verbrecher verhaftet oder getötet haben.«

»Okay.«

Nach einem letzten Händedruck drehte Warren sich um und lief geduckt dorthin, wo er Moonlight zurückgelassen hatte. Hoffentlich hatte der Glatzköpfige sie noch nicht gefunden, er wollte Angel nicht sagen müssen, dass ihre geliebte Hündin tot war. Und auch ihn selbst würde es schmerzen, er hatte sie in den letzten Tagen richtig ins Herz geschlossen. Immer wieder blieb er stehen und sah sich um, doch von dem Verbrecher war nichts mehr zu sehen. Ob er einfach abgehauen war und nun versuchte, sich allein durchzuschlagen? Möglich war es, aber so, wie Warren ihn einschätzte, eher unwahrscheinlich. Stattdessen wurmte es ihn sicher unheimlich, dass ihm seine Geisel abhandengekommen war, und er überlegte sich bereits, wie er sie zurückbekommen und töten konnte.

Warren biss die Zähne zusammen, um nicht vor Wut laut zu schreien. Besser, der Mörder verkroch sich irgendwo. Sollte er ihm noch mal über den Weg laufen, konnte er für nichts garantieren.

Vorsichtig schlich er weiter zu der in die Luft ragenden Baumwurzel, hinter der er Moonlight angebunden hatte. Schon seit einiger Zeit bellte sie nicht mehr, was ihn erleichterte. So würde der Verbrecher sie wenigstens nicht so leicht finden. Allerdings konnte es auch sein, dass er sie schon gefunden hatte … Warrens Nacken prickelte, und er bewegte sich noch langsamer vorwärts. Seine Finger schlossen sich fester um den Griff der Pistole, und er entsicherte sie. Das Klicken schien laut im stillen Wald widerzuhallen.

Warren ging in die Hocke und lauschte, während er gleichzeitig den Blick über die Vegetation gleiten ließ. Nichts rührte sich, aber er meinte, ein leises Winseln zu vernehmen. Erleichterung durchflutete ihn. Wenigstens lebte die Hündin noch! Vorsichtig bewegte er sich im Schutz der Pflanzen weiter vor, bis er an dem dicken Stamm angekommen war, der irgendwann mitsamt dem Wurzelballen umgekippt war. Pflanzen und kleine Büsche wuchsen bereits darauf, Flechten überzogen eine Seite. Im Laufe der Zeit hatten sich kleine Holzstücke vom Stamm gelöst, die nun den Boden übersäten.

So leise wie möglich kroch Warren am Stamm entlang und nutzte ihn gleichzeitig als Deckung. Ein Windstoß ließ die Blätter rascheln, und Warren fuhr herum. Erst als er überzeugt war, dass ihm von der Seite her keine Gefahr drohte, bewegte er sich weiter. Das Winseln hatte aufgehört, Stille breitete sich wieder aus. Warrens Nackenhaare sträubten sich, sein Instinkt schlug Alarm. Da er die Hündin jedoch nicht hierlassen konnte, blieb ihm keine Wahl, er musste weitergehen. Lautlos bewegte er sich in Richtung der Baumwurzel und spähte um die Ecke. Als er Moonlight neben dem Ballen stehen sah, atmete er erleichtert auf.

Automatisch bewegte er sich auf sie zu, doch dann fiel ihm ihre starre Haltung auf. Jeder Muskel in ihrem Körper war angespannt, sie vibrierte von Kopf bis Fuß. Den Schwanz hatte sie zwischen die Hinterbeine geklemmt. Ihr Blick war starr auf einen Punkt hinter der Baumwurzel gerichtet. Irgendetwas musste dort sein, das sie irritierte oder ängstigte. Der Zustand der Wurzel, an der er sie festgebunden hatte, zeigte, dass sie bereits versucht hatte, sich zu befreien. Überall waren Kratzspuren am Holz. Erde und Pflanzen lagen um sie herum verstreut.

Vorsichtig trat Warren auf sie zu und hoffte, dass sie ihn nicht durch ihr Bellen verriet. Moonlights Kopf fuhr zu ihm herum, und er konnte das Weiße in ihren Augen sehen. Sie sprang auf ihn zu, wurde jedoch mitten im Flug von der Leine zurückgezogen. Warren schnitt eine Grimasse und beeilte sich, die Leine von der Wurzel zu lösen. Dadurch dass die Hündin so daran gezogen hatte, war der Knoten nur schwer zu entwirren, aber schließlich gelang es ihm. Sofort drängte sich Moonlight an ihn, es war fast, als wollte sie ihn wegschieben. Warren nahm die Leine auf und bewegte sich langsam rückwärts. Dabei behielt er die Stelle im Blick, die Moonlight zuvor angestarrt hatte.

Als hinter ihm ein Klicken ertönte, erstarrte er. Etwas Hartes presste sich gegen seinen Nacken, und Warren war klar, dass er seine eigene Pistole nicht schnell genug herumbringen würde, um den Verbrecher davon abzuhalten, ihn zu erschießen. Auf keinen Fall würde er aber ohne einen Kampf aufgeben. Unauffällig ließ er Moonlights Leine fallen, damit sie wegrennen konnte, doch sie bewegte sich keinen Zentimeter. Verzweifelt gab er ihr einen Stups mit dem Schuh.

»Schön, dass wir uns noch einmal wiedersehen, Daddy.« Die Stimme des Mörders quälte Warrens Nerven und ließ ihn wünschen, er könnte seine Hände um dessen Hals legen und zudrücken. »Obwohl es mir noch lieber wäre, du wärst vorhin schon gestorben. Ich nehme mal an, dass du dafür verantwortlich bist, dass ich meine kleine Freundin verloren habe. Zu schade, ich hatte noch einiges mit ihr vor.« Ein Grinsen war in seiner Stimme zu hören. »Aber das kann ich ja gleich nachholen, wenn du erst mal aus dem Weg bist. Was meinst du, ob sie angelaufen kommt, wenn ich damit drohe, dich zu töten?«

Warren war sich ziemlich sicher, dass der Verbrecher Angel gut eingeschätzt hatte. Sie wäre sogar für ihren Hund gekommen, aber das würde er ihm ganz sicher nicht auf die Nase binden. »Nein.«

Diesmal lachte der Mörder auf. »Wie kommt es nur, dass ich dir nicht glaube? Ich denke, ich werde mal ein kleines Experiment starten.« Eine Hand legte sich um Warrens Arm und zog ihn nach hinten. Schmerz schoss durch sein Schultergelenk, und er lehnte sich automatisch vor, um den Druck zu lindern. »Lass die Waffe fallen. Sofort.«

Warren wollte die Pistole nicht verlieren, aber da sie ihm im Moment sowieso nichts nützte, legte er sie auf den Boden.

»Gut so. Und jetzt steh auf, aber langsam. Eine falsche Bewegung, und du bist tot.«

Es juckte Warren in den Fingern, den Verbrecher mit einem gezielten Schlag außer Gefecht zu setzen, aber in seiner derzeitigen Position war das nicht möglich. Er wäre schneller tot, als er zuschlagen könnte. Außerdem musste er an Moonlight und Angel denken. Wenn er aus dem Weg war, gab es niemanden mehr, der sie beschützen würde. Angespannt kam er langsam auf die Füße und löste damit lautes Bellen bei Moonlight aus.

»Still.«

Doch die Hündin hörte nicht auf seinen Befehl. Stattdessen fletschte sie die Zähne und stürzte sich auf den Verbrecher. Der trat mit dem Fuß nach ihr und traf sie in die Rippen. Sie jaulte auf, kam aber wieder auf die Füße und griff erneut an. Der kalte Stahl verschwand aus Warrens Nacken. Er ahnte, was jetzt passieren würde. »Nein!«

Er versuchte, den Glatzköpfigen aus dem Gleichgewicht zu bringen, doch es war zu spät. Ein Schuss ertönte, und Moonlight brach zusammen. Trauer und Bedauern erfasste ihn. Die Hündin war nur gestorben, weil sie ihm helfen wollte. Warren wollte zu ihr, doch noch immer befand sich sein Arm in dem harten Griff. Dann spürte er die Pistole wieder im Nacken.

»Blöder Köter. Und jetzt zu dir.«

Warren schloss die Augen und bereitete sich darauf vor, zu sterben. *Es tut mir leid, Angel.*

28

Gehetzt blickte Damon sich um. Eine Weile lang hatte er das Gefühl gehabt, dass ihnen jemand folgte, doch es war niemand aufgetaucht. In der Hoffnung, mögliche Verfolger abzuhängen, war er an einer Stelle einen Fels hinuntergerutscht. Damit sollte er zumindest für Verwirrung gesorgt haben, aber ihm fehlte die Zeit, wirklich alle Spuren zu beseitigen.

Seit dem Angriff von Emmas Vater hatte Damon mehrere Schüsse gehört, aber er konnte es sich nicht leisten, darauf zu vertrauen, dass Russell endlich gestoppt worden war. Nichts hätte er lieber getan, als Emma endlich in die Hände ihres Dads zu übergeben, doch ohne genauere Informationen war das zu gefährlich. Deshalb ging er einfach immer weiter und hoffte, endlich bei Hoh Rain anzukommen. Dort würde er Emma abliefern können, ohne sie zu gefährden.

Außer Atem blieb er stehen und setzte das Mädchen ab. Sofort baute sie sich vor ihm auf. »Bring mich zu meinem Dad zurück!«

Mit einem tiefen Seufzer ließ er sich auf einem Baumstumpf nieder. »Du weißt, dass das nicht geht, Emma. Solange wir nicht wissen, ob der böse Mann noch frei ist, können wir nicht zurück.«

»Mein Dad hat ihn sicher besiegt! Er ist ein Marine, die gewinnen immer.«

Damon lächelte schwach, weil ihn diese Art der kindlichen Logik an seine Nichten und Neffen erinnerte. »Dein Vater ist sicher ein tapferer Mann, und ich wünsche mir wirklich, dass er Russell in den Boden gestampft hat, aber du hast auch die Schüsse gehört.«

Emmas Unterlippe begann zu zittern. »Meinst du, mein Dad ist tot?«

»Ich hoffe sehr, dass er noch lebt und dich bald holt. Aber ich möchte sichergehen, dass wir nicht wieder in die Hände des Verbrechers fallen. Deshalb bringe ich dich dorthin, wo viele Menschen sind, die sich gut um dich kümmern werden, bis dein Vater wieder bei dir ist.«

Mit großen Augen sah sie ihn an. »Und was ist mit dir? Bleibst du nicht bei mir?«

Das war eine gute Frage. »Nein, ich gehe woanders hin, wenn du in Sicherheit bist.«

»Aber ich will nicht, dass du gehst!« Die Tränen, die sich in ihren Augen bildeten, schnitten Damon ins Herz, und er streckte instinktiv die Arme aus. Sofort warf sie sich hinein.

Damon schloss die Augen und presste Emma an sich. »Glaub mir, du bist ohne mich viel besser dran. Normalerweise wären wir uns nie begegnet, es war nur Zufall.« Und er verfluchte sich immer noch dafür, dass er Russell zu dem Campingplatz geführt und Emma dadurch in die ganze Sache mit hineingezogen hatte.

»Aber ohne dich wäre ich mit diesem … Monster alleine gewesen. Ich bin froh, dass du da warst.«

»Ich auch.« Er drückte ihr einen Kuss auf den Kopf und schob sie dann sanft von sich. »Komm jetzt. Je eher wir weitergehen, desto schneller bist du bei deinem Vater.« Jedenfalls hoffte er das. So oder so würde sich zumindest jemand anderer um sie kümmern als ein entlaufener Häftling, der als verurteilter Mörder galt.

»Okay.« Als Emma vertrauensvoll ihre Hand in seine legte, schluckte er hart.

Vor einigen Jahren hatte er noch gedacht, dass er die passende Frau finden und – so wie seine Geschwister – ebenfalls Kinder haben würde. Doch das alles war durch seine Verhaftung und anschließende Verurteilung zunichtegemacht worden. Und selbst wenn er es irgendwie schaffen sollte, das Urteil aufheben zu lassen – welche Frau würde ihn jetzt noch haben wollen? Er war beschädigte Ware, jemand, der Jahre seines Lebens im Gefängnis verbracht hatte und dadurch verändert worden war. Jemand, der keinen Besitz und kein Geld hatte, weil alles für die Anwälte draufgegangen war, die ihm dann doch nicht hatten helfen können. Er war heimatlos und bettelarm.

Noch einmal sah sich Damon nach allen Seiten um. Es war niemand zu sehen oder zu hören, aber irgendwie hatte er immer noch das Gefühl, dass er so schnell wie möglich von hier verschwinden sollte. Die letzten Schüsse waren weit entfernt gewesen, Russell dürfte also eigentlich nicht mehr in der Nähe sein. Es sei denn, es war noch jemand anders in der Gegend, der herumschoss. Die Polizei zum Beispiel oder irgendwelche schießwütigen Leute, die sich an der Mörderjagd beteiligten. Wenn ihn jemand mit Emma erwischte, würde er dann auch einfach erschossen werden, ohne dass man ihn anhörte?

Bei der Vorstellung brach ihm der Schweiß aus. Er wollte nicht sterben, zumindest nicht so und ohne die Möglichkeit, sich zu wehren. Vor allem wollte er Emma diese Szene ersparen, sie hatte schon genug durchgemacht. Dass sie noch einen Mord mit ansehen musste, würde er nicht zulassen. Entschlossen machte er sich wieder auf den Weg, langsamer diesmal, um sich Emmas kleineren Schritten anzupassen. So konnte er auch besser einschätzen, ob sich ihnen jemand näherte. Er fragte sich immer noch, wie es Emmas Vater gelungen war, sie zu finden. Sie hatten nichts bei sich, das man irgendwie technisch verfolgen könnte, und die Hubschrauber und Kleinflugzeuge dürften sie nicht entdeckt haben. Also wie dann? Spurenleser? Suchhunde? Dann wäre es keine Schwierigkeit, ihn noch einmal aufzuspüren.

Da ihn diese Gedanken nur noch unruhiger machten, konzentrierte er sich darauf, Emma einen möglichst bequemen Weg durch den Regenwald zu bahnen, während sie sich weiterhin auf sein Ziel zubewegten. Jedenfalls hoffte er, dass er noch in die richtige Richtung unterwegs war. Normalerweise war sein Orientierungssinn unfehlbar, aber während der wilden Flucht hatte er nicht immer auf den Weg geachtet. Das Gelände wurde allerdings wieder etwas flacher, die Farne und von den Ästen hängenden Flechten größer. Ein eindeutiges Zeichen, dass sie von der gebirgigen Mitte des Parks langsam wieder zum vom Regenwald geprägten Randgebiet kamen.

Es schien ihm beinahe unendlich lange her zu sein, seit er im Transportbus gesessen hatte. War es gestern gewesen? Oder sogar vorgestern? Er konnte sich nichts Schöneres vorstellen, als endlich wieder in die Zivilisation zu kommen. Eine warme Dusche, ein weiches Bett, richtige Nahrung … Doch all das würde er wohl nicht bekommen, solange er noch hier in der Gegend war. Sicher hatte die Polizei überall Straßensperren aufgestellt und Handzettel verteilt. Sobald er irgendwo in einen Supermarkt oder ein Hotel ging, würde ihn jemand erkennen. Mal ganz davon abgesehen, dass er kein Geld bei sich hatte.

Mit einem tiefen Seufzer verabschiedete er sich gedanklich von einem saftigen Burger und einer großen Cola. Es erschien ihm beinahe leichter, sich wieder einfangen zu lassen, dann würde er zumindest etwas zu essen bekommen und hätte ein Dach über dem Kopf. Nur der Gedanke an die zweiundzwanzig Jahre, die er noch im Gefängnis verbringen musste – plus die Jahre, die er für den unverschuldeten Ausbruch bekommen würde –, hielt ihn davon ab, sich einfach auszuliefern. Wenn er weiterhin im Gefängnis saß, würde der wahre Mörder nie gefasst werden, denn die Justiz hatte den Fall zu den Akten gelegt. Für sie war er der Täter, und sie würden erst dann etwas anderes glauben, wenn er ihnen unumstößliche Beweise für seine Unschuld lieferte.

Ein lautes Knacken gefolgt von einem gedämpften Fluch riss ihn aus seinen Gedanken. Er reagierte instinktiv, indem er Emma hochhob und loslief. Das Mädchen klammerte sich an ihn und stieß ein ängstliches Wimmern aus. Wenn es Russell war, würden sie sterben, so viel war sicher. Schnell wurde ihm bewusst, dass er in seinem geschwächten Zustand und mit Emmas zusätzlichem Gewicht nicht entkommen konnte. Das Tempo konnte er nur wenige Hundert Meter durchhalten. Er musste Emma verstecken, damit wenigstens sie in Sicherheit war.

Verzweifelt suchte er nach einem geeigneten Versteck, bis er einen ausgehöhlten Baumstamm entdeckte. Er war gerade dick genug, dass ein Kind hineinkriechen konnte. Perfekt. In vollem Tempo steuerte Damon darauf zu und kam kurz davor zum Stehen. Rasch stellte er Emma auf die Füße und schob sie dann zum Baumstamm. »Schnell, kriech da rein und versteck dich.«

Ohne zu fragen, tat sie, was er ihr befahl. Ihre Nase kräuselte sich, als sie die dicken Käfer und Würmer entdeckte, die darin lebten, doch sie schob trotzdem die Beine hinein. Damon half ihr dabei, tiefer hineinzurutschen. Als nur noch ihr Kopf herausschaute, blickte sie zu ihm auf. »Und was ist mit dir?«

»Ich suche mir ein anderes Versteck in der Nähe. Keine Angst. Bleib einfach still hier liegen, ich hole dich dann. Sollte ich nicht kommen und du hörst andere Stimmen, vielleicht von Rangern, Polizisten oder auch Wanderern, dann mach dich bemerkbar. Sie werden dich in Sicherheit bringen. Achte nur darauf, dass es nicht Russell ist. Okay?«

Stumm nickte sie. »Bitte komm zurück.«

»Wenn es irgendwie geht, werde ich das tun, ich verspreche es.« Schnell erhob er sich, verbarg ihre Spuren, so gut es ging, und lief dann in die Richtung zurück, aus der sie gekommen waren. Er hatte Emma angelogen: Nur wenn ihr Verfolger Russell war und Damon ihn besiegen konnte, würde er sie holen und sie in die Zivilisation bringen. Bei jedem anderen würde er sich zurückziehen und darauf vertrauen, dass Emma sicher nach Hause gebracht wurde.

So leise wie möglich bewegte sich Damon durch den Regenwald auf die Person zu, die ihnen gefolgt war. Deutlich war das Knacken von Ästen und das Rascheln von Blättern zu hören. Emmas Vater war es jedenfalls nicht, der hatte sich völlig lautlos bewegt, sonst hätte er sich ihnen nie unbemerkt nähern können. Damon duckte sich hinter einen Felsen und wartete darauf, dass der Verfolger an ihm vorbeikam. Als er ihn sah, atmete Damon erleichtert auf. Es war nicht Russell, die Person war viel schmaler gebaut. Automatisch hielt er den Atem an, während sie näher kam, und stellte fest, dass es sich um eine Frau handelte. An ihrer Figur konnte man dies nicht unbedingt erkennen, aber an den feinen Gesichtszügen und der modischen Kurzhaarfrisur. Und nicht nur das: Sie trug eine schusssichere Weste mit FBI-Kennzeichen und hielt eine Pistole in der Hand. *Endlich, die Kavallerie!*

Damon wartete, bis sie an ihm vorbei war, bevor er sich langsam rückwärtsbewegte, um Emma zu holen. Die Agentin würde dafür sorgen, dass die Kleine heil nach Hause kam. Damit wäre der Weg für ihn frei. Er würde im Wald untertauchen und irgendwo wieder herauskommen, wo niemand mit ihm rechnete. *Frei, endlich frei.*

Wie versprochen hatte Angel sich in einem von dichter Vegetation verdeckten Erdloch verkrochen, um auf Warrens Rückkehr zu warten. Das ging ihr zwar gegen den Strich, aber sie wusste auch, dass sie es nicht mit einem Mörder aufnehmen konnte. Sie wäre nur im Weg. Als sie Moonlight erst bellen und dann aufjaulen hörte, richtete sie sich auf. Es hatte eindeutig Schmerz in dem Laut gelegen, und sie kannte ihre Hündin gut genug, um zu wissen, dass etwas absolut nicht in Ordnung war. Unvermittelt hallte ein Schuss durch den Wald, und danach war nichts mehr von Moonlight zu hören. *Nein!*

Ohne weiter darüber nachzudenken, richtete sie sich auf und krabbelte aus dem Loch. Sie musste zu Moonlight! Selbst wenn es zu spät sein sollte, wollte sie bei ihr sein. Außerdem musste sie wissen, was mit Warren passiert war. Er hätte den Verbrecher sicher daran gehindert, Moonlight etwas zu tun. Also war er entweder noch nicht bei ihr angekommen oder schwebte in Lebensgefahr. Oder … Sie mochte sich nicht vorstellen, dass er vielleicht schon tot war. Ihre Kehle war wie zugeschnürt, ihr Brustkorb fühlte sich an, als würde er von einer Zentnerlast zerdrückt.

Langsam, mit wild rasendem Herzen kroch sie vorwärts. Sie konnte Warren nur helfen, wenn sie dicht genug herankam, ohne entdeckt zu werden. Was sie dann machen sollte, wusste sie allerdings nicht. Sie war unbewaffnet und hatte schon vorher festgestellt, dass sie gegen die Kraft des Mörders nicht ankam. Ihr Blick fiel auf einen unterarmdicken Ast. Das war zwar kein Ersatz für eine Pistole, aber besser als nichts. Sie hob ihn auf und fühlte sich wenigstens etwas gewappneter, auch wenn das eine Illusion sein mochte.

Es herrschte eine beinahe unheimliche Stille, in der jedes kleinste Geräusch, das die Zweige und Blätter unter ihren Händen und Knien machten, umso lauter klang. Unwillkürlich hielt sie den Atem an, doch das führte nur dazu, dass sie danach umso lauter keuchte. Sie musste sich dringend beruhigen, wenn sie keinen Fehler machen wollte, aber das war leichter gesagt als getan. Beinahe wünschte sie sich, nie in die ganze Misere hineingezogen worden zu sein, dann würde sie jetzt mit Moonlight gemütlich und sicher in ihrem Haus sitzen. Allerdings hätte sie dann auch nie Warren Harper kennengelernt, und darauf wollte sie um nichts in der Welt verzichten. Sie konnte nur hoffen, dass Moonlight nicht den Preis dafür gezahlt hatte.

Tränen stiegen ihr in die Augen, und sie blinzelte sie hastig fort. Später war immer noch Zeit zu trauern, jetzt musste sie sich konzentrieren. Für Warren, aber auch für sich selbst. Konsequent bewegte sie sich in die Richtung fort, aus der das Bellen gekommen war. Als sie näher kam, glaubte sie Stimmen zu hören, konnte aber keine einzelnen Worte verstehen. Immerhin wusste sie jetzt, dass sie in die richtige Richtung unterwegs war. Rasch näherte sie sich den Personen und erkannte schließlich die Stimme des Mörders. Unwillkürlich wurde ihr Griff um den Ast fester.

»Du hättest dich nicht in die Sache einmischen sollen. Jetzt wirst du sehen, wie es deiner kleinen Tochter ergangen ist.«

»Emma lebt, ich habe sie gesehen.« Warrens Antwort klang gepresst, aber wenigstens war er noch am Leben.

Erleichtert atmete Angel auf, bevor sie sich näher heranschlich. Die Stimmen schienen hinter dem riesigen Wurzelballen eines umgestürzten Baumes hervorzudringen, und das gab ihr die Möglichkeit, sich ungesehen zu nähern. Mit wild klopfendem Herzen presste sie sich mit dem Rücken an den Stamm. Ängstlich lauschte sie, doch niemand schien ihre Ankunft bemerkt zu haben.

»Woher weißt du, was mein Kumpan mit ihr gemacht hat? Ich hatte den Eindruck, dass er auf kleine Mädchen steht, wenn du verstehst, was ich meine.« Sein Grinsen war deutlich zu hören.

Warren gab einen wutentbrannten Laut von sich, der Angel Gänsehaut verursachte. »Du Bastard! Ich werde …« Ein dumpfes Geräusch war zu hören, dann ein Stöhnen.

»Ich glaube nicht, dass du dir deiner Position bewusst bist. Du wirst sterben, und das kann entweder relativ schnell und schmerzfrei passieren, oder ich werde dafür sorgen, dass du bedauerst, überhaupt geboren worden zu sein. Es liegt ganz bei dir. Da du nicht zur Polizei gehörst und einfach nur deine Tochter retten wolltest, vor allem aber, weil du ein Mann bist, bin ich geneigt, dir einen kurzen Tod zu gönnen. Wenn du mich allerdings weiterhin ärgerst, wird daraus nichts.«

»Ich habe nicht darum gebeten.«

Angel hielt den Atem an, doch kein Schuss ertönte. Stattdessen lachte der Verbrecher. »Es ist zu schade, dass ich nicht genug Zeit habe, mich in Ruhe mit dir zu beschäftigen, ich glaube, das könnte sehr interessant werden. Du warst beim Militär, oder?« Warren schwieg. »Du willst es mir nicht sagen? Auch gut. Deine Haltung und deine Verletzungen verraten dich sowieso. Wusstest du, dass ich mich auch beim Militär beworben hatte und sie mich abgelehnt haben? Angeblich weil das psychologische Gutachten dagegensprach.« Diesmal lag Wut in seinen Worten.

»Mörderische Psychopathen werden beim Militär ungern gesehen.«

Wieder erklang ein dumpfer Laut und das Geräusch eines Körpers, der zu Boden fiel. Angel hielt es nicht mehr aus, sie musste sehen, was da vor sich ging. Langsam arbeitete sie sich vor, bis sie direkt vor dem in die Luft ragenden Wurzelwerk stand. Ihre Hände zitterten, als sie vorsichtig den Kopf vorstreckte und um die Wurzeln herumblickte. Was sie sah, ließ ihr den Atem stocken. Der Verbrecher beugte sich über Warren, der auf dem Boden zusammengebrochen war. Gerade riss er dessen Kopf brutal an den Haaren nach hinten. Warrens Augen waren geschlossen, er schien bewusstlos.

Erst dann bemerkte sie Moonlight, die vor ihm auf dem Boden lag. Blut bedeckte ihr helles Fell, und sie schien nicht mehr zu atmen. *Oh Gott, nein!* Damit traf ihre schlimmste Befürchtung ein, und sie presste eine Hand vor den Mund, um die Laute zu unterdrücken, die daraus hervorzudringen drohten. Für andere Leute mochte ein Hund nur ein Tier sein, doch für sie waren ihre Hunde und besonders Moonlight viel mehr als das. Sie waren ihre Freunde, ihre Vertrauten, ihre Familie. Einen von ihnen an Krankheit oder Alter zu verlieren, war furchtbar, aber Moonlight war kaltblütig ermordet worden.

Wut kam in ihr hoch, und Angel umfasste den Knüppel fester. Sie würde nicht zulassen, dass dieser Mistkerl noch jemanden umbrachte, und wenn es das Letzte war, was sie tat. Von dieser Seite her anzugreifen, würde allerdings nichts bringen, der Verbrecher würde sie sehen, bevor sie ihn erreichte. Deshalb zog sie sich zurück und begann, auf den Baumstamm zu klettern. Sicher würde er nicht erwarten, dass jemand von oben kam. Jetzt wünschte sie doch, sie hätte die Pistole genommen, damit hätte sie ihn auch aus der Entfernung in Schach halten können. Um mit dem Ast an ihn heranzukommen, würde sie sich ihm bis auf wenige Zentimeter nähern müssen.

Vorsichtig kroch sie über das brüchige Holz. Kleine Stücke rieselten unter ihren Händen und Knien den Baumstamm hinunter. Angel erstarrte, doch nichts passierte, deshalb setzte sie ihren Weg schnell fort. Der Verbrecher konnte Warren jeden Moment erschießen, und sie wollte nicht wieder zu spät kommen. All das Leben, die Kraft, Energie und Leidenschaft, die sie in den wenigen Stunden mit ihm zu spüren bekommen hatte, wären für immer verloren. Die Vorstellung war so furchtbar, dass Angel sie rasch beiseiteschob. Sie würde nicht zu spät kommen.

Als sie die Wurzeln erreichte, legte sie sich flach auf den Stamm und schob vorsichtig den Kopf vor. Aus dieser Perspektive hatte sie einen direkten Blick auf den Rücken des Verbrechers, der sich immer noch über Warren beugte. Stück für Stück bewegte sie ihre Hand mit dem Knüppel auf dem Baumstamm nach oben.

»Ehrlich? Das war's schon? Wie langweilig. Aber ich hab sowieso keine Zeit mehr, mich mit dir zu befassen. Dann wirst du eben im Schlaf sterben. Dein Pech.« Der Mörder hob die Pistole und presste sie an Warrens Hinterkopf.

Entsetzen lähmte Angel für einen Moment, dann handelte sie. Sie schob sich vor und schwang gleichzeitig den dicken Ast. Er krachte gegen die Pistole und schleuderte sie in hohem Bogen aus der Hand des Verbrechers. Glücklicherweise löste sich kein Schuss, wie sie zuerst befürchtet hatte. Wutentbrannt schrie der Mann los, sein Kopf ruckte hoch. Sein Blick traf den von Angel, und der Hass, den sie in seinen Augen aufleuchten sah, ließ sie zurücktaumeln. Dann erinnerte sie sich daran, dass sie Warrens einzige Chance war, und ließ den Knüppel noch einmal hinuntersausen, diesmal in Richtung des kahlen Schädels.

Doch jetzt war der Mörder vorbereitet und duckte sich rechtzeitig. Dann schnellte sein Arm vor, und seine große Hand schloss sich um den Ast. Mit einem Ruck zog er daran und brachte sie damit aus dem Gleichgewicht. Sie versuchte noch, sich festzuhalten, doch es gelang ihr nicht. Mit einem Aufschrei stürzte sie vom Stamm und landete hart auf dem Boden. Für einen Augenblick blieb ihr die Luft weg. Dann setzten die Schmerzen am ganzen Körper ein, besonders ihr Steißbein und ihr Nacken taten höllisch weh. Glücklicherweise hatte sie den Stock nicht verloren, so konnte sie …

Ein schwerer Fuß landete auf ihrer Brust und schnitt ihr erneut die Luft ab. Als der Verbrecher sich zu ihr herunterbeugte, verlagerte er noch mehr Gewicht auf ihren Brustkorb. Schwarze Punkte flimmerten vor ihren Augen, und sie wusste, dass ihr nur wenig Zeit blieb, bevor sie das Bewusstsein verlieren würde. Mit aller Kraft, die noch in ihr steckte, riss sie den Arm hoch und schlug mit dem Stock zu. Sie traf den Verbrecher seitlich am Kopf. Mit einem wütenden Schrei stolperte er zurück, das Gewicht verließ Angels Brust, und sie konnte endlich wieder frei atmen. Sie richtete sich auf und sah sich nach der Pistole um, die der Verbrecher verloren hatte. Doch sie war nirgends zu entdecken.

Immerhin hatte sie noch den Ast, mit dem sie sich zur Not verteidigen konnte. Jetzt, wo der Bastard unbewaffnet war, sollten sich ihre Chancen stark verbessert haben. Entschlossen hockte sie sich vor Warren, während sie gleichzeitig den Verbrecher im Auge behielt. Der kam jetzt wieder auf sie zu, eine Hand gegen den Kopf gepresst, die andere hinter dem Rücken verborgen. Außer Reichweite ihres Knüppels blieb er stehen und nahm die Hand vom Gesicht. Blut bedeckte seine Handfläche und Wange. Ein langer Riss zog sich darüber, aus dem weiterhin Blut sickerte und auf sein T-Shirt tropfte.

»Du kleine Schlampe. Glaubst du wirklich, du könntest mich mit dem kleinen Stöckchen davon abhalten, dich zu töten und vorher noch meinen Spaß mit dir zu haben?« Durch das Blut wirkte sein Grinsen besonders furchterregend.

Angel versuchte, die Angst nicht gewinnen zu lassen, und hob das Kinn. »Ja.«

Seine Augen verengten sich. Er zog die Hand hinter dem Rücken hervor und richtete eine Pistole auf sie. »Denk noch mal drüber nach.«

Verdammt, wo hatte er die Waffe her? Ihr war entgangen,

dass er sie sich wiedergeholt hatte, nachdem er sie verloren hatte. Oder hatte er noch eine gehabt? Angel schluckte hart, während sie in den Lauf der Pistole starrte. »Warum tun Sie das?«

Die Frage brachte ihr ein Lachen ein. »Weil ich es kann, weil es mir Spaß macht, such dir was aus.«

Der Mann war ein Monster! Wie war sie überhaupt in diese Situation geraten? Darüber nachzugrübeln half ihr allerdings jetzt auch nichts, ihr musste etwas einfallen, wie sie ihn besiegen konnte. Ein abgebrochener Ast gegen eine Pistole, keine besonders guten Aussichten. Wahrscheinlich war es am besten, ihn reden zu lassen und damit etwas Zeit zu schinden. Vielleicht kam ja doch noch die Rettung in Form der Polizei oder des FBI. Oder Warren wachte zumindest auf, damit sie sich nicht so allein fühlte. »Warum haben Sie das Kind mitgenommen? Sie wären doch alleine sicher viel schneller vorwärtsgekommen.«

Der Verbrecher legte den Kopf schräg. »Ich weiß, was du tust, und du wirst damit keine Zeit gewinnen. Aber die Antwort ist ganz einfach: Ich brauchte eine Geisel und etwas, das meinen läppischen Mitgefangenen daran hindert, einfach abzuhauen oder zu versuchen, mich zu überwältigen. Nicht, dass er das geschafft hätte, aber so war es einfacher.«

Fassungslos starrte Angel ihn an. »Für so etwas zerstören Sie das Leben eines unschuldigen Kindes?«

Er hob die Schultern. »Andere Leute interessieren mich nicht.«

Ja, den Eindruck hatte sie allerdings auch. »Aber wie …?«

»Schluss jetzt, ich hab keine Lust mehr, mich mit dir zu unterhalten. Du bist langweilig. Ergibst du dich mir freiwillig, oder muss ich erst deinen Freund erschießen?«

Die Mündung der Waffe bewegte sich zur Seite und zeigte nun auf Warren. Sofort rückte Angel hinterher, sodass sie ihn mit ihrem Körper schützte. Solange er sich nicht selbst verteidigen konnte, musste sie das tun.

Die Augenbrauen des Verbrechers schossen nach oben. »Ehrlich? Du bist bereit, für ihn zu sterben? Wie lange kennst du ihn schon?«

»Einen Tag.«

»Wow, ihr wart echt fleißig. Kein Wunder, dass ihr jetzt so schwach seid.«

Seine Häme ließ sie kalt. Sie wusste nur, dass sie nicht dabei zusehen konnte, wie er Warren wehtat, und sie war sich sicher, dass Warren auch so handeln würde, wenn sie verletzt wäre. Ja, es war alles sehr schnell gegangen zwischen ihnen, aber Zeit war bei so einem intensiven Erlebnis unerheblich. Deshalb schwieg sie nur und blickte den Verbrecher an.

Jeglicher Humor verschwand aus seinem Gesicht, mit dem Daumen entsicherte er die Pistole. »Ganz wie du willst. Schade, ich hätte sicher viel Spaß mit dir gehabt.«

Ein Zittern lief durch ihren Körper, und sie tastete instinktiv nach Warrens Hand, die nur wenige Zentimeter neben ihrer lag. Als ihre Finger sich berührten, fühlte sie sich stark genug, dem Tod entgegenzusehen.

29

»FBI, geben Sie auf, Davis!« Unerwartet tönte der Ruf durch den Wald.

Angel schloss erleichtert die Augen. *Gott sei Dank!* Sie hatte schon nicht mehr mit einer Rettung gerechnet.

Davis, wie der Verbrecher anscheinend hieß, wirbelte herum, hielt die Pistole aber weiter auf Angel gerichtet. »Niemals! Wenn ihr nicht abrückt, werde ich die beiden Geiseln töten.«

Einen Moment lang herrschte Stille, dann trat ein schlanker Mann aus dem Dickicht hervor. Er trug eine schusssichere Weste, auf der in großen weißen Buchstaben FBI stand. Ein Windstoß fuhr ihm durch die kurzen dunkelblonden Haare. Sein Blick löste sich nicht eine Sekunde von dem Verbrecher.

Ein Grinsen zog über Davis' Gesicht. »Oh, Agent Lynch höchstpersönlich, ich fühle mich geehrt. Oder darf ich Gabriel sagen? Ich hatte gehofft, dass wir uns noch mal sehen. Es war sehr enttäuschend für mich, dass Sie den Transport nicht selbst begleitet haben.«

Der Agent trat noch näher. Seine Pistole zeigte direkt auf die Brust des Verbrechers. »Und ich hatte gehofft, dass Sie im Gefängnis verrotten würden. Man bekommt leider nicht immer, was man gerne hätte.«

Angel konnte deutlich die Wut erkennen, die in Davis' Augen aufblitzte, auch wenn er immer noch locker tat. »Nein, wohl nicht. Aber es hat mir trotzdem Spaß gemacht, Ihren Kollegen zu töten. Der arme Kerl dachte tatsächlich, dass Sie mich wieder ins Gefängnis bringen würden. Was für ein Idiot.«

»Es gab überhaupt keinen Grund, die Wachleute und den Agenten zu töten. Warum sind Sie nicht einfach abgehauen?«

Davis hob die Schultern. »Wo wäre da der Spaß?«

Ein Muskel zuckte in der Wange des Agenten, sonst ließ er sich keine Gefühle anmerken. Angel wünschte, er würde sich beeilen, damit sie nach Warren sehen konnte. Es beunruhigte sie, dass er immer noch so still dalag.

»Lassen Sie die Waffe fallen, dann reden wir weiter.«

»Keine Chance, FBI. Wenn Sie sich allerdings ergeben, könnte ich mir überlegen, ob ich die Frau gehen lasse.«

Angel biss sich auf die Lippe, um Davis nicht zu sagen, was sie davon hielt. Auch dem Agenten konnte sie ansehen, dass er genau wusste, wie viel dieses Angebot wert war. Allerdings glaubte sie auch nicht, dass sich der Verbrecher wieder ins Gefängnis sperren ließ. Er hatte schon bewiesen, dass er zu allem bereit war, um in Freiheit zu bleiben. Und jetzt standen sie, Warren und auch Lynch ihm im Weg. Ihre kurzzeitige Erleichterung verschwand und machte erneut der Furcht Platz. Wo waren überhaupt die anderen Agenten? Vielleicht würde es Davis eher überzeugen, wenn er umzingelt wäre, doch bisher war nur der eine Agent zu sehen.

»Lassen Sie die Frau gehen, dann können wir uns weiter unterhalten.«

Davis lachte amüsiert auf. »Warum sollte ich das tun? Mir gefällt sie genau da, wo sie ist. Nun strengen Sie sich mal ein wenig an, Lynch. Das hier ist ja geradezu lächerlich. Sie wissen, was ich mit der Frau machen werde, wenn Sie mich nicht aufhalten. Wie geht es eigentlich Ihrer Schwester? Sehr hübsch, wenn ich mich recht erinnere.«

Das Gesicht des Agenten versteinerte. »Wie wäre es damit? Ich habe die Erlaubnis, Sie zu erschießen, und ich werde nicht zögern, genau das zu tun. Wenn Sie also leben wollen, sollten

Sie sich etwas verhandlungsbereiter zeigen.« Noch immer zitterte die Hand nicht, die die Pistole hielt. Der Agent konnte Davis überhaupt nicht verfehlen, er gab ein zu großes Ziel ab.

»Und wie erklären Sie, dass eine unbeteiligte Person dabei getötet wurde? Ich werde nämlich abdrücken, sobald Sie auch nur zucken.«

Bitte nicht! Angel wünschte, sie könnte sich irgendwo verkriechen, aber das war nicht möglich. Hinter ihr lag Warren, und dahinter befand sich gleich der Wurzelballen. Es gab nicht einmal Platz, auszuweichen, was aber auf diese Entfernung sowieso nicht funktioniert hätte. Sowie Davis abdrückte, war sie tot.

Der Agent verzog keine Miene. »Manchmal sind leider Opfer nötig.«

»Wow, Sie sind echt kalt. Hast du das gehört, Goldlöckchen? Du bist für das FBI entbehrlich. Ist es nicht schön, wie viel wir dem Staat wert sind?«

Angel schwieg. Auf keinen Fall würde sie sich dort hineinziehen lassen, auch wenn die Worte des Agenten sie getroffen hatten. Sie konnte nur hoffen, dass das zum Bluff gehörte und er nicht wirklich so dachte.

»Zum letzten Mal: Waffe runter und treten Sie nach vorne, die Hände über dem Kopf.«

Oh Gott, Lynch sah so aus, als würde er wirklich schießen! Das bedeutete für sie das sichere Todesurteil. Angel versuchte, sich kleiner zu machen, doch das brachte nichts. Davis konnte sie gar nicht verfehlen. Wie in Zeitlupe erlebte sie die nächsten Ereignisse. Warren, der bisher still hinter ihr gelegen hatte, warf sie plötzlich um und landete auf ihr. Ein Knall ertönte, dicht gefolgt von einem zweiten. Angel spürte, wie Warren über ihr zusammenzuckte, dann rührte er sich nicht mehr. Alles klang seltsam gedämpft, Dunkelheit hüllte sie ein, und sie bekam kaum noch Luft. *Nein, Warren!* Nach einer Schocksekunde begann Angel zu kämpfen. Mühsam wand sie sich unter ihm heraus und hockte sich neben ihn. Seine Augen waren geschlossen, und er schien nicht mehr zu atmen, dafür breitete sich auf seinem Rücken ein Blutfleck aus.

Schnell rappelte sie sich auf und kniete sich neben ihn. Ihre Hand zitterte, als sie ihn berührte. »Warren, kannst du mich hören?«

Keine Antwort.

Als sie hinter sich ein Geräusch hörte, wirbelte sie kampfbereit herum. Sie würde nicht zulassen, dass dieser Verbrecher Warren noch einmal wehtat. Erleichtert erkannte sie, dass es der FBI-Agent war, der auf sie zukam. Seine Miene wirkte starr, nur in seinen Augen brannte ein seltsames Feuer.

»Sind Sie verletzt?« Selbst seine Stimme klang seltsam tot.

»Nein, ich denke nicht.« Sie befeuchtete ihre Lippen. »Was ist passiert? Wo ist der Verbrecher?«

»Tot.« Seltsamerweise klang in der Feststellung keine Befriedigung mit. »Er hat auf Sie geschossen, aber Ihr Freund hat sich genau im richtigen Moment auf Sie geworfen.« Lynch hockte sich neben sie und legte die Finger an Warrens Hals, um den Puls zu fühlen. Ängstlich hielt Angel den Atem an und ließ ihn erst wieder entweichen, als der Agent ihr zunickte. »Er lebt. Aber er braucht so schnell wie möglich einen Arzt. Ich rufe einen.« Damit erhob er sich und entfernte sich einige Schritte.

Mit einem schnellen Blick auf Davis vergewisserte sie sich, dass der Verbrecher ihr wirklich nichts mehr tun konnte, bevor sie sich über Warren beugte und ihm mit den Fingern über die Wange strich. »Komm schon, Warren, wach auf.« Sie traute sich nicht, ihn zu bewegen, aus Angst, dass sein Rückgrat verletzt sein könnte. Zwar befand sich die Einschusswunde weiter seitlich, aber sie wollte nichts riskieren. Sein Gesicht war ihr zugewandt, deshalb sah sie es, als seine Augenlider zu zucken begannen.

»Komm zurück zu mir, Warren. Bitte.«

Langsam hoben sich seine Lider, und er blickte sie an. »An…gel.«

»Ja, ich bin hier.« Durch ihre Tränen hindurch lächelte sie ihn an.

»Bist du … ver…letzt?« Es schien ihn unendlich viel Kraft zu kosten, die wenigen Worte herauszubringen.

»Nein, mir geht es gut. Dank dir. Wie konntest du dich vor eine Kugel werfen?« Ihre Stimme war mit jedem Wort lauter geworden.

Warrens Mundwinkel hoben sich. »Musste … dich … beschützen. Nur meinet…wegen hier.«

»Dummkopf.« Angel beugte sich weiter nach unten und küsste ihn sanft auf die Stirn. »Agent Lynch ruft gerade Hilfe. Wir bringen dich hier raus.«

Warren nickte. »Emma?«

Bedauern erfüllte sie, weil sie ihm keine bessere Nachricht überbringen konnte. »Ich habe noch nichts gehört. Aber vielleicht weiß der Agent etwas.«

Unerwartet zuckte Warren zusammen. »Was …?«

Besorgt blickte Angel ihn an. »Geht es dir schlechter?«

»Ne…in. Irgendwas Feuchtes an … meiner … Hand.«

Oh Gott, hatte er etwa noch weitere Verletzungen? Rasch blickte Angel auf seine Hand und erstarrte. Moonlight hatte ihren Kopf gehoben und leckte über Warrens Finger. Sie lebte! Diesmal flossen ihre Tränen unaufhaltsam, während sie sich vorbeugte und ihr Gesicht in Moonlights Fell vergrub. Wieso hatte sie nicht schon eher überprüft, ob die Hündin noch lebte? Gut, sie hatte nicht wirklich viel Gelegenheit dazu gehabt, trotzdem plagte sie das schlechte Gewissen.

»An…gel.« Warrens brüchige Stimme brachte sie dazu, den Kopf zu heben.

Mit dem Handrücken wischte sich Angel über die Wangen, bevor sie ihn anblickte. »Es ist Moonlight, sie lebt!«

»Gu…t. Tut mir leid, sie …« Er atmete flach durch, bevor er weitersprach. »… hat versucht … mir zu hel…fen.«

Mit der Hand untersuchte Angel Moonlight auf Verletzungen und zuckte zusammen, als sie die Schusswunde an ihrem Oberschenkel sah. Die Menge des Blutes deutete darauf hin, dass die Arterie verletzt war. Vermutlich hatte sie deshalb das Bewusstsein verloren. Beruhigend strich Angel über Moonlights Fell. »Sie ist eine ganz tapfere Hündin.« Ihr Körper entspannte sich unter Angels Berührung. »Und ich finde, ihr passt super zusammen, schließlich habt ihr euch beide anschießen lassen, um jemand anderem zu helfen.«

Warren schnitt eine Grimasse. »Gleich … dumm.«

»Genau.« Zärtlich lächelte Angel ihn an.

Ein Räuspern ließ sie auseinanderfahren. Hinter ihr stand Agent Lynch. »Ich habe einen Hubschrauber für Mr Harper bestellt. Er wird in etwa zwanzig Minuten hier sein. Allerdings haben wir auch einen verletzten Agenten, deshalb wird es sehr eng im Hubschrauber. Sie müssten dann solange hier bleiben und auf einen anderen Transport warten, Ms Burns.«

»Natürlich. Ich kann auch zu Fuß nach Hoh Rain gehen, wenn es sein muss.«

Das entlockte Lynch ein schmales Lächeln. »Das wird nicht nötig sein.«

Warren hob ein wenig den Kopf. »Wo … ist Emma?«

Sofort verschloss sich die Miene des Agenten wieder. »Ich weiß es nicht. Eine Agentin ist der Spur gefolgt, die der zweite Verbrecher gemacht hat, nachdem sie sich getrennt haben. Bisher habe ich noch nichts wieder von ihr gehört. Aber Sie können sicher sein, dass wir so lange nach Ihrer Tochter suchen werden, bis wir sie gefunden haben.«

Erschöpft schloss Warren die Augen. »Sie müssen … Emma finden. Hat … Angst im … Dunkeln. Mag … keine fremden … Leute.«

Mitleid kam in ihr auf. Es war deutlich, dass Warren am liebsten selbst weiter nach seiner Tochter gesucht hätte, aber körperlich dazu einfach nicht in der Lage war. »Ich kann Ihnen nachher bei der Suche helfen. Moonlight ist zwar nicht mehr dazu fähig, aber ich bin ganz gut im Spurenlesen.«

Der Agent nickte ihr zu. »Danke. Ich hoffe, dass das nicht nötig sein wird, aber falls wir sie nicht bald finden, nehme ich Ihr Angebot gerne an.«

»Angel …«

Sie unterbrach Warrens Protest. »Ich werde in Gesellschaft von Agenten sein, mir wird nichts passieren. Und ich hatte dir versprochen, Emma so lange zu suchen, bis wir sie gefunden haben.«

»Liebe … dich.« Der Druck seiner Finger verschwand, sein Kopf fiel zur Seite.

Eine Mischung aus Glück und panischer Angst schoss durch ihre Adern. »Warren?« Doch er antwortete nicht mehr.

Lynch schob ihre Hände beiseite. »Machen Sie ein wenig Platz, ich werde ihn verbinden, damit er nicht zu viel Blut verliert, während wir warten.«

Widerwillig rutschte sie ein wenig zur Seite und sah nervös zu, wie der Agent sich mit geübten Handgriffen an die Arbeit machte. Gott, Warren musste einfach überleben! Lynch reichte ihr eine Bandage und nickte zu Moonlight hin. Froh, etwas zu tun zu haben, begann sie damit, die Wunde der Hündin zu säubern und dann fest zu verbinden. Sie konnte nur hoffen, dass dies ausreichen würde.

Instinktiv wusste Valerie, dass sie beobachtet wurde. Sie folgte eindeutig noch immer den Spuren, die der Flüchtige und das Mädchen hinterlassen hatten, aber irgendetwas war anders. Als wäre sie nicht mehr die Verfolgerin, sondern die Gejagte. Ein Schauder lief ihr über den Rücken, und sie schloss die Hand fester um den Griff ihrer Pistole. Das würde ihr allerdings nichts bringen, wenn derjenige zu schießen begann, bevor sie ihn überhaupt sah. Hoffentlich hatte sie recht mit ihrer Annahme, dass Damon Thomas nicht die treibende Kraft hinter dem Ausbruch war und sich widerstandslos festnehmen lassen würde.

Links von sich nahm sie eine Bewegung wahr und ließ sich in die Hocke fallen. Etwas Großes trieb sich dort herum, zwar relativ lautlos, aber sein Umriss war durch die Pflanzen hindurch zu erkennen. Mit wild klopfendem Herzen folgte sie der Gestalt und hoffte, dass es kein Bär war. An einer Stelle, an der ein riesiger Baum umgestürzt war und eine Lücke in die Vegetation gerissen hatte, wurde der Wald etwas lichter. Deutlich war jetzt die schlanke Gestalt eines Mannes zu erkennen. Schwarze, etwas zu lange Haare hingen über den Kragen seines Sweatshirts. Auf jeden Fall war es nicht Russell Davis, was sie sehr erleichterte. Aber wenn es Damon Thomas war, wo befand sich dann das Kind? Hatte er es bereits irgendwo beseitigt?

Valeries Magen zog sich zusammen bei dem Gedanken, dass sie zu spät gekommen sein könnte. Schnell trat sie ebenfalls auf die kleine Lichtung hinaus und hob die Pistole. »Hände hoch, FBI.« Sie sah deutlich, wie er erstarrte. Dann sackten seine Schultern herunter. Langsam hob er die Hände und verschränkte sie hinter dem Kopf. Dabei spannte sich sein Hemd, und sie konnte sehen, dass er trotz seiner schlanken Figur durchaus muskulös war. »Drehen Sie sich langsam zu mir um.«

Damon tat, was sie verlangte. Sein Gesichtsausdruck war passiv, nichts deutete darauf hin, dass er überrascht war, sie zu sehen. Intensiv betrachtete er ihr Gesicht, als versuchte er, darin zu lesen. Valerie erkannte, dass er wirklich so blaue Augen hatte wie auf dem Foto. Es war seltsam, ihm persönlich gegenüberzustehen, nachdem sie so viel über ihn gehört und dadurch das Gefühl hatte, ihn schon zu kennen. Doch davon durfte sie sich nicht ablenken lassen. Innerlich schüttelte sie den Bann ab und konzentrierte sich wieder aufs Geschäft.

»Damon Thomas?« Er nickte. »Ich bin Agent Hayes vom FBI. Haben Sie irgendwelche Waffen bei sich?«

»Nein.«

Sie wusste nicht, ob sie ihm glauben konnte, aber sie hatte auch keine Möglichkeit, es nachzuprüfen, ohne näher heranzutreten. »Wo ist das Mädchen?«

»Ich wollte Emma gerade holen, um sie Ihnen zu übergeben.«

Wieder konnte sie nicht einschätzen, ob er die Wahrheit sagte. »Dann wussten Sie, dass ich komme?«

Der Hauch eines Lächelns huschte über sein Gesicht und verschwand sofort wieder. »Sie sind nicht gerade lautlos, wenn Sie sich durch den Wald bewegen.«

Valerie verzog den Mund. Er hätte sie also jederzeit töten können, wenn er es gewollt hätte. Umso erstaunlicher war es, dass sie ihn überhaupt hatte stellen können. »Warum sind Sie dann nicht einfach verschwunden?«

Ein Muskel zuckte in seiner Wange. »Weil ich Emma nicht hierlassen wollte. Können Sie sie zu ihrem Vater bringen?«

Anscheinend hatte Valerie ihn zumindest in diesem Punkt nicht falsch eingeschätzt, er schien sich wirklich um das Mädchen zu sorgen. »Ich weiß nicht, wo er gerade ist, aber ich werde mich darum kümmern.«

»Gut. Er hat gegen Russell gekämpft, und ich habe die Gelegenheit genutzt, Emma in Sicherheit zu bringen, deshalb weiß ich nicht, was aus ihm geworden ist.« Er warf einen Blick über die Schulter und senkte die Stimme. »Er lebt doch noch, oder?«

»Ich weiß es wirklich nicht, ich habe ihn nicht gesehen.« Valerie hob das Kinn. »Jetzt führen Sie mich zu Emma.«

Damon trat einen Schritt zurück. »Sie ist hier ganz in der Nähe, aber ich möchte ihr den Anblick ersparen, dass Sie eine Waffe auf mich gerichtet haben.«

Valerie verspannte sich. »Sie glauben doch nicht im Ernst, dass ich das Risiko eingehe, dass Sie einfach verschwinden?«

Einen Moment lang blickte er sie prüfend an. »Ich werde mich nicht ausliefern. Sie müssen mich schon erschießen, wenn Sie mich aufhalten wollen.«

Sie hatte es geahnt. »Damon, seien Sie bitte vernünftig. Sie werden nicht entkommen. Es wimmelt nur so von FBI, Polizisten und Rangern in der Gegend. Geben Sie auf, und ich werde dafür sorgen, dass Sie fair behandelt werden.« Zumindest würde sie es versuchen.

Damon stieß ein humorloses Lachen aus. »Ja, natürlich. Weil das ja bisher immer alles so fair verlaufen ist. Wenn sich jemand bemüht hätte, die Wahrheit herauszufinden, anstatt einfach nur den erstbesten Sündenbock zu nehmen, wären wir jetzt nicht hier. Ich habe nichts getan, Agent Hayes. Weder damals noch jetzt. Aber Russell hat mir die Wahl gelassen, entweder sofort zu sterben, oder mit ihm zu fliehen. Was hätten Sie gemacht?«

Eine gute Frage, doch sie hatte nicht vor, mit ihm darüber zu diskutieren. »Das können Sie alles vor Gericht sagen.«

Damon schnaubte abschätzig. »Ja, weil die mir glauben werden.«

»Die im Transportbus gefundenen Beweise deuten darauf hin, dass Russell Davis die Männer erschossen hat. Es waren nur seine Fingerabdrücke auf den Waffen und den Schlüsseln.« Sie wusste zwar, dass es nicht korrekt war, einem flüchtigen Verbrecher etwas über die gesammelten Beweise zu sagen, aber sie hoffte, ihn damit dazu zu bewegen, sich freiwillig zu ergeben. Sie wollte nicht auf ihn schießen müssen, wenn er zu fliehen versuchte.

Seine blauen Augen bohrten sich in ihre. »Es ist gut, dass das zweifelsfrei erwiesen ist, aber es ändert nichts an der Tatsache, dass sie mich wieder einsperren werden. Und ich kann nicht wieder ins Gefängnis gehen.« Verzweiflung sprach aus seinen Worten.

»Was ist mit Ihrer Anhörung? Wenn Sie jetzt fliehen, wird das Verfahren sicher nicht noch einmal aufgerollt werden.« Auf seinen fragenden Blick hin hob sie die Schultern. »Ich habe mit Ihrem Anwalt darüber gesprochen.«

»Und er hat mit Ihnen geredet? So viel zur Schweigepflicht.«

»Es war zu Ihrem Besten. Ich habe versucht herauszufinden, ob Sie ein genauso gewissenloser Mörder sind wie Russell Davis, oder ob Sie nur in den Umständen gefangen sind.«

Abwartend blickte Damon sie an. »Und zu welchem Ergebnis sind Sie gekommen?«

Valerie holte tief Luft. »Mein abschließendes Urteil fälle ich erst, wenn ich sehe, ob es Emma gut geht.«

Seine Augen verdunkelten sich. »Ich habe alles getan, um sie zu schützen. Aber ich werde sie nicht in diese Situation bringen. Sie wird zu Ihnen kommen, wenn ich weg bin.«

Sofort schüttelte sie den Kopf. »Das kann ich nicht zulassen, Damon, und das wissen Sie. Ich kann Ihnen helfen, wenn Sie sich jetzt ergeben.«

»Entweder sind Sie furchtbar naiv, oder Sie versuchen, mich absichtlich zu täuschen. Aber das ist auch egal, denn ich kann nicht darauf eingehen. Meine Zeit läuft ab.« Damon nahm die

Hände herunter und trat einen Schritt zurück. »Lassen Sie mich gehen, Ms Hayes.«

Er versuchte eindeutig, sie zu manipulieren, wie auch die Tatsache zeigte, dass er sie nicht mehr als Agent ansprach. Und es ärgerte sie, dass er sie als naiv bezeichnete. Ja, sie war jung und glaubte immer noch, dass das Rechtssystem grundsätzlich gut funktionierte, aber sie wusste auch, dass manchmal Menschen durchs Raster fielen. Innerlich lachte sie bitter auf. Gott, sie wusste das besser als jeder andere. Toms Schicksal hatte ihr das mehr als deutlich vor Augen geführt. Trotzdem konnte sie Damon nicht gehen lassen.

Sie verlagerte ihr Gewicht und griff die Pistole mit beiden Händen. »Bleiben Sie stehen, sonst muss ich schießen. Und glauben Sie mir, das werde ich auch tun.« Um ihm den Ernst der Situation zu demonstrieren, löste sie die Sicherung mit einem lauten Klicken.

»Nein, nicht!« Die helle Kinderstimme ertönte hinter Damon, dann rannte Emma zu ihm und klammerte sich an seine Beine.

Mit einem Fluch nahm Valerie die Waffe herunter. Solange das Kind dort stand, hatte sie kein klares Schussfeld. Eine Welle von Gefühlen zog sichtbar über Damons Gesicht. Schließlich legte er die Hand sanft auf Emmas rote Locken und sprach leise mit ihr.

Das Mädchen schüttelte heftig den Kopf. »Nein, ich gehe nicht weg! Die böse Frau soll nicht auf dich schießen!«

»Emma, Ms Hayes ist FBI-Agentin, sie gehört zu den Guten. Sie wird dich zu deinem Vater bringen.«

Emma drehte ihren Kopf so, dass sie Valerie mit einem Auge ansehen konnte. Valerie versuchte, so wenig bedrohlich wie möglich auszusehen. »Ehrlich, du bringst mich zu meinem Dad?«

»Ja, das werde ich. Wir werden sogar mit einem Hubschrauber fliegen.«

Noch immer klammerte sich das Mädchen an Damon, und Valerie glaubte nicht, dass das etwas mit dem Stockholm-Syndrom zu tun hatte. Nein, sie schien den Mann wirklich zu mögen, genauso wie er sie. Konnte jemand wie Damon wirklich ein eiskalter Mörder sein? Ihre Erfahrung sagte Ja, während ihr Herz das Gegenteil behauptete.

»Aber du willst Damon erschießen!«

Valerie unterdrückte eine Grimasse. »Nein, das möchte ich natürlich nicht. Er braucht sich nur freiwillig zu stellen, dann gehen wir zu dritt zum Hubschrauber.«

Mit großen Augen blickte Emma Damon an. »Dann können wir zusammen bleiben.«

Er ließ sich auf ein Knie nieder, sodass er mit ihr auf Augenhöhe war. Dabei achtete er darauf, sich nicht hinter das Mädchen zu bewegen und sie als Schild zu benutzen. Valerie war sich ziemlich sicher, dass Russell Davis genau das Gegenteil getan hätte. »Hör zu, Kleine. Ich kann nicht mit dir mitgehen, weil ich dann wieder ins Gefängnis muss, und da möchte ich nicht hin. Weißt du, was ein Gefängnis ist?«

Emma biss sich auf die Unterlippe und nickte. »Hast du etwas Böses gemacht?«

Ein Ausdruck von Schmerz huschte über Damons Gesicht. »Nein, aber die Polizei denkt, ich hätte jemandem wehgetan.«

»Aber dann brauchst du ihnen das doch nur sagen und …«

Damon legte ihr einen Finger auf die Lippen. »Leider funktioniert es so nicht.«

»Das ist ungerecht!«

Ja, das war es jedes Mal. Valerie versuchte, ihr Herz gegen die rührende Szene zu verschließen, aber es gelang ihr nicht ganz.

Damon küsste Emma auf die Wange und schob sie dann sanft von sich. »Jetzt geh zu Ms Hayes, sie wird sich um dich kümmern.« Fragend blickte er über Emmas Kopf Valerie an.

»Ich verspreche es.« Sie streckte die Hand aus. »Komm zu mir, Emma.«

Tränen liefen ihr über die Wangen, als sie von einem zum anderen blickte. Dann klammerte sie sich verzweifelt an Damon. »Ich will aber bei dir bleiben!«

»Das geht nicht, Emma, darüber haben wir doch gesprochen.« Es stand eine solche Trauer in Damons Gesicht, dass Valerie beinahe selbst die Tränen kamen. »Deine Eltern warten sicher schon auf dich, und sie wären sehr traurig, wenn du nicht zu ihnen gehst. Ich komme dich besuchen, wenn all das vorbei ist, okay?«

Mit dem Handrücken wischte sich Emma schließlich die Tränen weg. »Versprochen?«

Valerie war klar, dass er sein Versprechen nicht würde halten können, solange er im Gefängnis saß oder auf der Flucht war, doch Damon nickte nur. »Ich verspreche es.«

»Ich werde auf dich warten.« Damit drehte sie sich um und lief zu Valerie.

Glücklicherweise sah sie so nicht seinen Gesichtsausdruck. Schwerfällig erhob sich Damon, seine Bewegungen wirkten wie die eines alten Mannes. Valerie nahm das Mädchen in Empfang und schob sie gleich hinter sich.

»Bitte, Damon, geben Sie auf.«

Langsam schüttelte er den Kopf. »Das kann ich nicht.« Damit drehte er sich um und ging davon.

Valerie hob die Waffe und schoss an ihm vorbei, in der Hoffnung, dass Damon stehen bleiben und sich verhaften lassen würde. Doch er drehte sich nicht um, sondern ging einfach weiter. Noch einmal legte Valerie auf ihn an.

Emma schrie auf und warf sich gegen ihre Beine. »Nein, bitte tu ihm nichts!«

Valerie blickte zu ihr hinunter und sah die Angst in Emmas Augen. Tränen liefen ihr über die Wangen. Als FBI-Agentin musste sie einen verurteilten Verbrecher verhaften, wenn er flüchtete, aber sie brachte es nicht über sich, ihn anzuschießen, während das Mädchen danebenstand. Stattdessen beobachtete sie untätig, wie er im Wald untertauchte. *Verdammt!*

Emma zupfte an ihrer Weste. »Glaubst du, dass er alleine den Weg finden wird?«

Sie stieß einen tiefen Seufzer aus. »Ich hoffe es.«

30

Gabriel atmete erleichtert auf, als endlich die Sanitäter vom Hubschrauber auftauchten. Zwar lebte Warren Harper noch, aber wenn er nicht bald behandelt wurde, konnte es für ihn zu spät sein. Vielleicht war es das auch schon, die letzte Viertelstunde war er nicht mehr bei Bewusstsein gewesen. Angel Burns war außer sich vor Sorge um ihn und auch um ihre Hündin. Nachdem Davis jetzt endlich tot war, wollte Gabriel nicht, dass noch weitere Tode auf dessen Konto gingen. Noch einmal überprüfte er die Bandagen und stand dann auf, damit ihn die Sanitäter besser sehen konnten.

»Hierher.«

Aus den Augenwinkeln beobachtete er, wie sich die Hundeführerin dichter über Harper beugte. »Die Hilfe ist da, Warren. Du brauchst nur durchhalten, okay?«

Natürlich antwortete er ihr nicht, aber das hielt sie nicht davon ab, weiter auf ihn einzureden. Wenn es ihr half, war es Gabriel recht. Vielleicht war das auch ihre Art, damit klarzukommen, dass sie Harper nicht begleiten konnte. Wie gerne hätte Gabriel es ihr gestattet, aber es ging nicht, weil sie mit Lucas noch einen Verletzten zu transportieren hatten und mit den Sanitätern der Platz im Hubschrauber besetzt war.

Insgesamt waren es drei: zwei, die die Trage durch den Regenwald zum Landeplatz bringen würden, und einer, der sich um den Verletzten kümmerte. Nachdem sie Harpers Hand ein letztes Mal gedrückt hatte, bewegte sich Angel Burns zur Seite und ließ die Sanitäter ihre Arbeit machen. Stattdessen kümmerte sie sich um die Hündin, die leise winselte und mit der Pfote das Bein des Verletzten berührte, als könnte sie spüren, dass er mit dem Tode rang. Das ging selbst Gabriel nahe, obwohl er normalerweise eher ein sachlicher Mensch war. Abrupt drehte er sich um und hockte sich neben Davis.

Obwohl es offensichtlich war und er es bereits zweimal überprüft hatte, suchte er noch einmal nach Lebenszeichen, fand aber keine. Russell Davis war wirklich und wahrhaftig tot. Wenn möglich vermied es Gabriel, ein Leben zu nehmen, doch in diesem Fall konnte er nicht sagen, dass es ihm leidtat, Davis erschossen zu haben. So erhielt der Verbrecher nie wieder die Gelegenheit, jemand anderem zu schaden, was er selbst im Gefängnis garantiert wieder versucht hätte. Das machte seine Opfer zwar nicht wieder lebendig, aber es war zumindest für die Angehörigen und Freunde eine Genugtuung. Und darin schloss er sich ausdrücklich ein.

»Okay, er ist transportfähig. Kommen Sie auch mit, Agent Lynch?«

Gabriel stand auf und drehte sich zu dem Sanitäter um, der ihn angesprochen hatte. »Nein, dafür ist nicht genug Platz. Außerdem muss ich hier bei der Leiche bleiben.«

Angel Burns trat vor. »Nehmen Sie bitte den Hund mit. Sie ist angeschossen worden und kann nicht selbst aus dem Wald laufen.«

»Tut mir leid, Miss, wir haben nur eine Trage, und im Hubschrauber ist auch nicht genug Platz.«

Angel legte ihm die Hand auf den Arm. »Zur Not trage ich Moonlight eigenhändig zum Landeplatz, aber sie wird mitfliegen.« Sie drehte sich zu Gabriel um. »Nur durch sie wussten Sie überhaupt, wo sich die Verbrecher aufhalten. Sie wurde verletzt, weil sie versucht hat, uns zu retten. Ich denke, dafür kann ruhig eine kleine Ausnahme gemacht werden.«

Gabriel stieß einen tiefen Seufzer aus. Normalerweise wäre er hart geblieben, aber er war müde und nicht mehr in der Verfassung für eine Auseinandersetzung. Und so, wie er die Hundeführerin bisher kennengelernt hatte, würde sie nie aufgeben. Deshalb nickte er dem Sanitäter zu. »Nehmen Sie den Hund mit. Es wird doch sicher noch irgendwo eine kleine Ecke geben.«

Der Sanitäter zuckte mit den Schultern. »Auf Ihre Verantwortung.«

»Natürlich.« Er wandte sich an Angel. »Gehen Sie mit zum Landeplatz, ein zweiter Hubschrauber wird Sie dann nach Port Angeles bringen.«

Müde lächelte sie ihn an. »Danke. Für alles.«

Gabriel nickte ihr zu. »Wir haben zu danken. Ich hoffe, Harper und Ihrem Hund geht es bald besser. Wenn Sie sich ein wenig erholt haben, wäre es nett, wenn Sie Zeit für ein Gespräch hätten.«

»Natürlich.« Sie strich sich eine Haarsträhne hinters Ohr. »Sie finden mich im Krankenhaus.«

Gabriel sah zu, wie die Sanitäter Harper vorsichtig auf die Trage legten. »Passt der Hund am Fußende noch mit drauf?«

»Das geht n…«

Sofort unterbrach er den Mann. »Der Hund hat Schmerzen und kann nicht auf andere Weise getragen werden. Wenn es also keine medizinischen Gründe dafür gibt, nehmen Sie ihn mit.«

Widerwillig kamen die Sanitäter seinem Befehl nach, während Angel zu ihm trat und ihn auf die Wange küsste. »Danke noch mal.«

Das brachte ihn dann doch zum Lächeln. »Achten Sie gut auf die beiden.«

»Das werde ich.« So entschlossen, wie Angel dabei aussah, machte er sich darüber keine Sorgen.

Mit Argusaugen sah sie zu, wie die Hündin vorsichtig zwischen Harpers Beine gelegt wurde, und ging dann neben der Trage her, als die Sanitäter sie hochhoben und sich in Bewegung setzten. Ihre Hand lag dabei gleichzeitig auf Harpers Bein und Moonlights Pfote. Obwohl sie Furchtbares erlebt hatte und zwei Tage lang durch den Regenwald gelaufen war, hielt sie den Rücken gerade und ließ sich durch nichts in ihrem Tun beirren. Bewundernswert.

Gabriel sah ihnen nach, bis sie hinter den Bäumen verschwunden waren, dann setzte er sich auf einen Baumstumpf. Nachdem nun zumindest ein Teil seiner Arbeit erledigt war, setzte die Erschöpfung mit Macht ein, aber er konnte sich jetzt nicht ausruhen.

Zuerst musste Davis' Leiche weggebracht werden, und dann musste er herausfinden, wo zum Teufel sich Valerie gerade befand. Er hatte schon ein paarmal versucht, sie zu kontaktieren, doch sie hatte nie geantwortet. Hoffentlich war sie nur zu nah an dem Verbrecher dran, um antworten zu können, und nicht verletzt oder gar tot.

Mit den Fingerspitzen rieb sich Gabriel über die Schläfen. Er hätte sie nie nur mit Lucas als Begleitung losziehen lassen dürfen, auch wenn er Russell Davis als den gefährlicheren der Flüchtigen ansah. Das bedeutete aber nicht, dass nicht auch Damon Thomas jeden aus dem Weg räumen würde, der zwischen ihm und der Freiheit stand. Und dann war da noch das Kind. Wenn sie es nicht schafften, es zu retten … *Verflucht!* Ein scharfer Schmerz zog durch seinen Kopf, wie immer, wenn er angespannt war.

Wie auf Befehl gab sein Funkgerät ein Piepsen von sich. Gabriel nahm es in die Hand. »Ja?

»Gabriel? Hier ist Valerie. Ich habe das Mädchen. Es geht ihr den Umständen entsprechend gut.«

Gabriel schloss kurz die Augen. »Gott sei Dank. Was ist mit Thomas?«

Einen Moment lang herrschte Stille. »Emma hatte sich in einem hohlen Baumstamm versteckt. Der Flüchtige ist nicht hier. Ich kann ihn auch nicht verfolgen, weil ich jetzt das Mädchen bei mir habe. Kann jemand anders übernehmen?«

Sein Instinkt meldete sich, irgendetwas passte da nicht zusammen. Aber vielleicht lag das auch an seiner Erschöpfung. Gabriel atmete tief durch. »Gib mir die Koordinaten, bei denen du das Mädchen gefunden hast. Ich schicke ein Team dorthin, um Thomas' Spuren weiter zu verfolgen. Hat die Kleine gesagt, was passiert ist? Wann hat sie den Verbrecher zuletzt gesehen?«

»Er hat anscheinend zu ihr gesagt, dass sie sich verstecken und erst herauskommen soll, wenn jemand von der Polizei oder den Rangern vorbeikommt. Er hat wohl versucht, sie so vor Russell Davis zu schützen. Das muss in der Nähe der Koordinaten gewesen sein, die ich dir gleich gebe.« Sie diktierte eine Reihe von Längen- und Breitengraden, die er sich rasch aufschrieb.

»Okay, ich habe sie notiert. Wo seid ihr jetzt? Meinst du, ihr könnt es zum nächsten Hubschrauber schaffen?«

»Das kommt darauf an, wo der Landeplatz ist. Emma ist ziemlich erschöpft.«

Gabriel gab ihr die Koordinaten des Landeplatzes. »Ist das machbar?«

»Ich habe sie in das GPS-Gerät eingegeben, und es scheint nicht allzu weit entfernt zu sein. Wir haben eben auch einen Hubschrauber gehört. Wie geht es Lucas und Heron? Habt ihr Davis gefunden? Sind alle in Ordnung?«

»Lucas ist angeschossen worden, genauso wie Warren Harper und der Hund. Sie werden gerade mit dem Hubschrauber abtransportiert. Davis ist tot.« Es kam ihm seltsam vor, es laut zu sagen. Fast, als würde es erst jetzt wahr werden.

»Oh Gott, ich hoffe, die Verletzungen sind nicht zu schwer, und sie schaffen es! Ich hätte bei Lucas bleiben sollen, aber ich musste einfach der Spur des Mädchens folgen.«

»Darüber reden wir bei der Nachbesprechung. Geht so schnell wie möglich zum Hubschrauber. Glaubst du, Thomas kann euch noch gefährlich werden?«

»Nein.« Die Antwort kam ihm eindeutig zu schnell und schürte sein Misstrauen. »Er ist sicher längst weit weg. Und ich glaube nicht, dass er Emma gefährden würde.«

Gabriel behielt seine Meinung lieber für sich. Jetzt war nicht die Zeit dafür. »Gut, lauft los. Ich werde Bescheid sagen, dass der zweite Hubschrauber auf euch warten soll. Angel Burns wird mit euch fliegen, sie kann sich um Emma kümmern.«

»Alles klar, wir sind unterwegs. Over.«

Kopfschüttelnd ließ Gabriel das Funkgerät sinken und starrte auf Davis' Leiche. War es ein Fehler gewesen, Valerie Hayes in sein Team aufzunehmen? Bisher hatte er sie für eine Bereicherung gehalten und gedacht, dass ihre Talente den Ermittlungen dienen würden, doch er musste sich auf jeden Einzelnen verlassen können. Seine Befehle mussten ausgeführt werden, und zwar ohne Widerspruch und Zögern, zumindest nach der Planungsphase. Er trug die Verantwortung für die Mission, und wenn etwas schiefging, hielt er den Kopf hin.

Doch darüber würde er sich Gedanken machen, wenn auch der zweite Flüchtige gefasst war. Gabriel gab den Teams den Befehl, Damon Thomas zu suchen, ausgehend von den Koordinaten, die Valerie ihm gegeben hatte. Danach funkte er Detective Heron an und bat ihn, auf Valerie und das Mädchen zu warten.

»Natürlich. Angel und Harper sind eben angekommen, sie laden ihn und Moonlight gerade in den Hubschrauber. Ich warte hier mit Angel auf Emma.«

»Gut, danke. Haben Sie etwas von den Rangern gehört? Ist es ihnen inzwischen gelungen, die Frau vom Wasserfall zu bergen?«

Heron räusperte sich. »Der Sanitäter ist jetzt unten bei ihr. Offenbar hat sie Glück gehabt und ist im Wasser gelandet. Sie hat Prellungen vom Aufprall, eine Gehirnerschütterung, und ihr Bein ist gebrochen. Anscheinend ist sie unter Wasser auf Felsen aufgeschlagen. Und sie ist unterkühlt. Aber sie wird es überleben. Ob sie allerdings den Tod ihres Freundes überwinden kann, ist eine andere Frage. Russell Davis hat ihn erschossen, und danach hat Damon Thomas sie in die Tiefe gestoßen.«

Verdammt! »Danke für die Informationen. Der Hubschrauber mit der Trage ist noch nicht da?«

»Noch nicht, soll aber wohl in wenigen Minuten dort ankommen. Die Aktion ist wegen der Vegetation etwas heikel, aber die Piloten und Sanitäter haben hier einige Erfahrung damit. Die Ranger halten mich auf dem Laufenden.«

»Gut. Melden Sie sich bitte bei mir, wenn die Sache erledigt ist oder falls es Komplikationen gibt.«

»Natürlich. Over.«

Er brauchte dringend jemanden, mit dem er reden konnte. Einen kurzen Moment lang war er versucht, Liv anzurufen, zog das Handy aus der Tasche seiner schusssicheren Weste und starrte dann unschlüssig aufs Display. Liv würde ihn verstehen, das wusste er, aber es kam ihm irgendwie nicht richtig vor, sie mit den Geschehnissen zu belasten. Gerade hatte er einen Menschen getötet, und auch wenn Russell es eindeutig verdient hatte zu sterben, wollte er nicht, dass Liv damit in Berührung kam. Oder mit seiner eigenen dunklen Seite, die in solchen Augenblicken hervorbrach. Es war besser, wenn er sie weitgehend außen vor ließ und sie sich auf ihre Aufgabe als Superintendent des Parks konzentrierte.

Mit einem leisen Gefühl des Bedauerns steckte Gabriel das Handy wieder ein und atmete erleichtert auf, als er zwei Ranger mit einer Trage auf sich zukommen sah. Sie hatten die undankbare Aufgabe, Russell Davis' Leiche zum Hubschrauber zu bringen. Da ein FBI-Agent den Verbrecher in Notwehr erschossen hatte und es dafür Zeugen gab, war eine weitergehende Untersuchung des Tatorts nicht nötig. Rasch tütete Gabriel die Waffen ein, die Davis bei sich trug, und überließ ihn dann den Rangern. Schweigend machten sie sich auf den Weg zum Landeplatz.

Angel sah dem Hubschrauber hinterher, der Warren und Moonlight nach Port Angeles transportieren würde. Zu gerne wäre sie mit ihnen geflogen, aber es war wichtiger, dass sämtliche Verletzte so schnell wie möglich zum Krankenhaus kamen. Warren war sowieso bewusstlos und würde nicht merken, dass sie nicht bei ihm war, und Michael Heron hatte ihr versprochen, dass ein Freund von ihm Moonlight in Empfang nehmen und sie zum Tierarzt bringen würde. Es war also für alle gesorgt. Trotzdem hatte Angel irgendwie das Gefühl, dass etwas schiefgehen würde, wenn sie nicht über die beiden wachte.

Michael legte ihr eine Hand auf die Schulter. »Sie werden gut versorgt, Angel.«

Sie zwang ein halbherziges Lächeln auf ihr Gesicht. »Ich weiß. Aber ich wäre trotzdem lieber bei ihnen.«

»Das verstehe ich. Wir fliegen hinterher, sobald die Agentin mit Emma hier ist.« Er blickte auf die Uhr. »Allzu lange sollte das nicht mehr dauern.«

Diesmal war ihr Lächeln echt. »Ich bin so froh, dass es Emma gut geht und sie unverletzt gefunden wurde. Ich wünschte nur, Warren hätte es noch erfahren, das würde ihm sicher Kraft geben.« Sie knabberte an ihrer Unterlippe. »Wenn du möchtest, kann ich mich gerne um sie kümmern, bis er wieder fit ist. Ich glaube, das wäre eher in seinem Sinne, als wenn eine Sozialarbeiterin das übernimmt.«

Mitgefühl stand in Michaels dunklen Augen. »Das stimmt, allerdings ist seine Exfrau schon vor Ort und wird Emma im Krankenhaus in Empfang nehmen. Am besten solltest du ihr gar nicht erst ins Gehege kommen, die Frau hat Haare auf den Zähnen.« Er schüttelte den Kopf. »Wir hoffen, dass sich das bessert, wenn sie ihre Tochter wiedersieht, aber sie erfährt gerade erst, dass die Kleine in der Gewalt von zwei Verbrechern und nicht allein im Wald unterwegs war. Wahrscheinlich wird sie das Kind nehmen und sofort von hier verschwinden.«

Angels Herz sank. Okay, es war vermutlich selbstsüchtig, aber sie hätte Emma gerne noch näher kennengelernt, bevor sie mit ihrer Mutter wieder nach Portland zurückkehren würde. Vor allem, da sie wusste, dass Warren seine Tochter wichtiger war als alles andere. Was Angel zwar für richtig hielt, aber es bedeutete auch, dass er sie verlassen würde, wenn es besser für sein Kind wäre. Sie schnaubte. Wer sagte, dass Warren überhaupt noch mit ihr zusammen sein wollte, jetzt, wo Emma in Sicherheit war? Ja, er hatte gesagt, dass er sie liebte, aber zu dem Zeitpunkt hatte der Schmerz ihn vermutlich verwirrt. Oder er hatte es nur aus Dankbarkeit gesagt.

»Denk nicht so viel nach, Angel. Was passieren soll, geschieht auch.«

Genervt blickte Angel ihren Freund an. »Du hörst dich an wie Dad.« Und mit dieser Art von Ratschlägen hatte er sie in den Wahnsinn getrieben.

»Gut, er war ein kluger Mann.« Trauer huschte über Michaels Gesicht. »Ich vermisse ihn.«

In ihrer Kehle bildete sich ein Kloß. »Ich auch.« Sie straffte die Schultern. »Aber ich glaube nicht, dass es mir in diesem

Fall helfen wird, wenn ich die Hände in den Schoß lege und abwarte.«

Prüfend sah Michael sie an. »So sehr magst du diesen Warren?«

Sie nickte stumm. Röte stieg in ihre Wangen, als sie daran dachte, was in der Nacht geschehen war. Noch immer glaubte sie, seinen Körper an ihrem spüren zu können. Das Gefühl der Nähe und Verbundenheit, das sie geteilt hatten.

»Dann lass dich von dieser Harpyie nicht abhalten, sondern kämpfe um ihn.«

Überrascht lachte Angel auf. »Harpyie?«

Michael schnitt eine Grimasse. »Es lag nahe bei Mrs Harpers … einnehmender Art.«

»Irgendwie gefällt es mir.« Das Grinsen verging ihr allerdings sehr schnell, als sie sich vorstellte, sich mit so einer Frau auseinandersetzen zu müssen. »Warum kann nicht mal etwas einfach sein?« Sie hob die Hand. »Und wenn du jetzt sagst: ›… weil man für das kämpfen muss, was sich lohnt‹, schlage ich dich.«

Michael lächelte leicht. »Eigentlich wollte ich sagen: ›… weil die besten Dinge nicht ohne einen Preis kommen‹, aber dein Spruch ist auch nicht schlecht.«

Angel verdrehte die Augen. »Ich bin jetzt wirklich nicht in der Stimmung für solche Weisheiten.«

Sofort wurde er wieder ernst. »Ich weiß.« Er warf ihr einen besorgten Blick zu. »Bist du sicher, dass ich mir deine Wunde nicht mal ansehen soll?«

»Ja.« Automatisch wollte sich Angel an den Kopf fassen, konnte sich aber gerade noch davon abhalten. »Es hat endlich aufgehört zu bluten. Wenn du jetzt darin rumstocherst, fängt es nur wieder an.«

»Ein wenig mehr Vertrauen …« Michael brach ab und sah an ihr vorbei. »Das muss Emma sein.«

Angel drehte sich um und blickte dem Mädchen entgegen, das von einer schlanken, hochgewachsenen Frau an der Hand gehalten wurde. Der Schriftzug FBI auf der schusssicheren Weste und die Pistole in ihrem Hüftholster gaben schon von Weitem ihren Beruf preis. Emma sah aus wie auf ihrem Foto, nur deutlich mitgenommener. Ihre roten Locken waren zerzaust, die schmutzige Kleidung zum Teil zerrissen. Ein Kratzer zog sich über ihre Wange. Auch ihre Hände und nackten Beine waren schmutzig und zerkratzt. Dunkle Ringe lagen unter ihren hellbraunen Augen, die Angel so sehr an Warren erinnerten, dass es ihr einen Stich gab.

Als sie die Fremden sah, drängte sich das Mädchen enger an die Agentin, die ihr beruhigend eine Hand auf den Rücken legte. »Keine Angst, Emma, niemand wird dir etwas tun. Das ist Detective Heron von der hiesigen Polizei, er hat mit dem FBI zusammen nach dir gesucht.« Fragend blickte die Agentin Angel an.

Michael übernahm. »Hallo Emma. Es ist schön, dich zu sehen. Das hier ist Angel Burns, sie hat zusammen mit deinem Vater und ihrer Hündin Moonlight nach dir gesucht.«

Angel trat vor. »Ich freue mich, dass es dir gut geht, Emma. Dein Vater war sehr besorgt und hat alles getan, um dich zu finden.«

Emmas Augen leuchteten auf. »Ich habe ihn vorhin gesehen, aber dann …« Suchend blickte sie sich um. »Wo ist Dad?« Sie hob die Stimme. »Dad?«

Angel konnte die Unsicherheit in Emmas Gesicht nicht ertragen und hockte sich vor sie. »Dein Dad hat sich verletzt, er ist schon mit einem Hubschrauber zum Krankenhaus geflogen worden.«

»Wird er sterben?« Emmas Unterlippe zitterte, Tränen bildeten sich in ihren Augen.

Es brach Angel fast das Herz. »Nein, natürlich nicht. Er ist stark, und die Ärzte werden ihn ganz schnell wieder gesund machen.« Jedenfalls hoffte sie das. Es brachte allerdings nichts, mit einem siebenjährigen Kind über mögliche Komplikationen zu reden. Emma brauchte jetzt Stabilität und Hoffnung, und genau die würde sie ihr geben. »Meine Hündin Moonlight ist bei ihm und wird auf ihn aufpassen.«

Hoffnung leuchtete in Emmas Augen auf. »Wirklich?«

»Ja, natürlich. Moonlight ist sehr schlau. Sie hat dich nur mit ihrer Nase gefunden.«

»Den ganzen Weg durch den Wald?«

»Ganz genau. Nur deshalb konnten wir dich finden. Wenn du willst, kann ich sie dir in ein paar Tagen vorstellen.«

Emma lächelte sie an. »Oh ja!« Dann verdunkelte sich ihre Miene. »Aber erst will ich meinen Dad sehen.«

»Geht mir genauso.« Das war ihr so herausgerutscht, aber sie wollte es auch nicht wieder zurücknehmen, denn es entsprach der Wahrheit.

Spekulation trat in Emmas Augen. »Kennst du meinen Dad gut?«

»Er kam zu mir, als er dich nicht finden konnte, und in den letzten zwei Tagen habe ich ihn ziemlich gut kennengelernt. Dein Dad liebt dich über alles, Emma. Er war außer sich vor Sorge, als du plötzlich verschwunden warst.«

Emma blickte zu Boden. »Ich war böse zu ihm.« Ihre Stimme war nur noch ein Hauch. »Ich wollte nicht mit ihm hierherfahren, weil er nie da war.«

Angel strich ihr mit dem Finger über die Wange. »Glaub mir, das hat er längst vergessen. Gib ihm eine Chance, wenn du ihn siehst, okay?«

Stumm nickte Emma.

Da sie sich nicht noch mehr in etwas einmischen wollte, das

sie eigentlich nichts anging, erhob sie sich. Glücklicherweise erschien in diesem Moment der Hubschrauber und verhinderte jedes weitere Gespräch. Sie nahm Emmas Hand und zog sie zur Seite, damit sie nicht von aufgewirbeltem Sand und Vegetation getroffen wurde. Als der Helikopter stand, winkte Michael sie zu sich. Rasch kletterte Angel hinauf und nahm dann Emma entgegen, die der Detective ihr reichte, bevor er sich selbst hinaufschwang. Dann zog er die Tür hinter ihnen zu.

»Was ist denn mit der Agentin? Kommt sie nicht mit?« Angel musste gegen den Lärm der Rotoren anschreien.

Michael reichte ihr und Emma Kopfhörer, mit denen der Lärm erträglicher wurde. »Agent Lynch ist gerade eingetroffen, sie fliegt dann mit ihm.«

Angel sah aus dem Fenster und blickte rasch wieder weg, als sie die Trage sah, die zwei Männer in Rangeruniform gerade abstellten. Offensichtlich hatte der Agent nicht gewollt, dass Emma Davis' Leiche sah, wofür ihm Angel sehr dankbar war. »Ich verstehe.«

»Agent Hayes hat uns Emma anvertraut und bittet uns, sie zu ihrem Vater ins Krankenhaus zu bringen.«

Angel blickte auf Emma hinunter, die den Kampf gegen die Müdigkeit verloren hatte und zusammengesunken auf dem Sitz saß. »Natürlich.« Sanft zog sie das Mädchen an sich, damit es seinen Kopf auf ihren Oberschenkel legen konnte. Während Emma schlief, strich Angel ihr beruhigend durch die Haare. Es fühlte sich einfach richtig an, und sie spürte, wie sich ihr Herz für die Kleine öffnete. Vermutlich war das ein Fehler, doch sie konnte nicht anders.

31

Der Flug war überraschend kurz, aber vielleicht war sie auch zwischendurch eingenickt. Am liebsten hätte Angel Emma schlafen lassen, doch im Krankenhaus würde man sie sicher untersuchen wollen, und sie konnte das Kind nicht dorthin tragen. Deshalb strich sie ihr sanft über den Rücken. »Wach auf, Emma, wir sind da.«

»Mommy?« Schlaftrunken setzte Emma sich auf und rieb sich die Augen.

Ihre Anrede versetzte Angel einen Stich. »Nein, aber ich bin sicher, du wirst deine Mutter bald sehen. Sie ist benachrichtigt worden und wird zum Krankenhaus kommen.«

»Versprochen?« Emma rückte ein Stück von ihr ab und sah sie ernst an.

Unerklärlicherweise verletzte das Angel, und sie hätte das Mädchen am liebsten wieder an sich gezogen. »Versprochen. Deine Mutter war sehr erleichtert, als sie gehört hat, dass es dir gut geht.« Das wusste Angel zwar nicht, aber sie nahm es zumindest an.

»Hast du auch Kinder?«

Diese Frage versetzte ihr ebenfalls einen Stich. »Nein, noch nicht. Dafür habe ich aber sechs Hunde.«

Emmas Augen wurden groß. »Sechs? Meine Mutter erlaubt mir nicht mal einen.«

»Als Kind hatte ich auch keinen, dafür sind wir zu oft umgezogen. Aber seit ich hier lebe, trainiere ich Hunde. So wie Moonlight, die dich gefunden hat.«

»Darf ich sie mir ansehen?«

Angel lächelte. »Wenn deine Eltern das erlauben, gerne.«

»Seid ihr so weit?« Michael stand vor ihnen und hielt Angel die Hand hin.

Fragend blickte sie Emma an. »Bereit?«

Das Mädchen sprang auf. »Ja!«

Angel ließ sich von Michael hochhelfen und kletterte dann aus dem Hubschrauber. Emma stand schon draußen und nahm sofort Angels Hand, ihre kindliche Begeisterung war schnell wieder der Unsicherheit gewichen. Angel konnte sie gut verstehen, am liebsten hätte sie auch jemanden gehabt, an dem sie sich festhalten konnte und der ihr sagte, dass alles gut werden würde. Doch die Zeiten waren lange vorbei, und sie hatte gelernt, mit dem zu leben, was auf sie zukam.

Immerhin war Michael noch bei ihnen und beseitigte mit seiner Dienstmarke jegliche Hürden. Nachdem sie und Emma untersucht und ihre Blessuren behandelt worden waren, begleitete der Detective sie in ein Wartezimmer und ließ sie dort zurück, um sich auf die Suche nach etwas Essbarem zu machen. Erst jetzt bemerkte Angel, wie viel Hunger und vor allem Durst sie hatte, allerdings verhinderte ihre Angst um Warren, dass sie wirklichen Appetit entwickelte. Emma dagegen brauchte dringend etwas zu essen. Angel konnte sich nicht vorstellen, dass der Verbrecher ihr in den letzten zwei Tagen viel zugestanden hatte.

In einer Ecke des Raumes entdeckte Angel einige Kinderbücher. »Soll ich dir etwas vorlesen, Emma?« Vielleicht konnten sie sich so etwas ablenken und Zeit totschlagen, während sie auf Nachricht warteten.

Emma ging zu dem Tisch und suchte sich ein Buch heraus. »Das hier mag ich.« Lächelnd kletterte sie auf Angels Schoß. »Es kommen auch Hunde darin vor.«

Angel setzte sie so hin, dass sie es beide bequem hatten, dann nahm sie das Buch in die Hand und begann vorzulesen. Das hatte sie noch nie gemacht, aber sie gewöhnte sich schnell daran und genoss Emmas vergnügtes Kichern, wenn sie den Hunden verschiedene Stimmen zuordnete.

»Was soll das denn?« Die schrille Frauenstimme zerstörte die beinahe entspannte Stimmung.

Emma erstarrte, dann rutschte sie schnell von Angels Schoß und lief auf die Frau zu. »Mommy!«

Das missbilligend verzogene Gesicht glättete sich, und die Frau zog Emma in ihre Arme. Riesengroße Erleichterung zeichnete sich deutlich auf ihrem Gesicht ab, Tränen liefen ihr über die Wangen, die sie rasch wegwischte. »Emma, Liebling. Ich bin so froh, dass es dir gut geht! Als ich gehört habe, dass dein Vater dich verloren hat, hatte ich solche Angst.«

Angel runzelte die Stirn. Vielleicht war es der Aufregung zuzuschreiben, aber sie fand es nicht richtig, dass Emmas Mutter vor ihrer Tochter schlecht über deren Vater redete. Als sie sah, wie glücklich das Mädchen wirkte, schob sie den Gedanken beiseite. Offenbar fühlte sich Emma bei ihrer Mutter wohl, und das erleichterte Angel. Es wurde eindeutig Zeit für sie, sich zu verabschieden, auch wenn sie sich weiterhin im Krankenhaus aufhalten würde. Schließlich wollte sie wissen, wann Warren aus dem Operationssaal herauskam. Bei der emotionalen Familienzusammenführung hatte sie jedoch nichts verloren.

Sie wollte gerade den Raum verlassen, als der Blick von Emmas Mutter auf sie fiel. »Sind Sie von der Polizei oder gar vom FBI?«

»Nein, ich bin Angel Burns.« Die Miene der Frau verfinsterte sich, deshalb sprach Angel rasch weiter. »Ich lebe in der Nähe des Parks und habe Warren zusammen mit meiner Hündin bei der Suche nach Emma geholfen.«

»Welche Qualifikation besitzen Sie dafür?«

Sprachlos starrte Angel die Frau an. Sie hatte sicher keinen Dank erwartet, aber auch nicht diese Verachtung, die ihr entgegengebracht wurde. Zu gerne hätte sie dieser hochnäsigen Tussi die Meinung gesagt, aber da Emma danebenstand und dem Gespräch mit großen Augen lauschte, hielt sie sich zurück. »Ich sollte jetzt gehen, ich muss nach meiner Hündin sehen. Emma, ich bin froh, dich kennengelernt zu haben.«

Die Kleine riss sich von ihrer Mutter los und lief zu ihr. Stürmisch umarmte sie Angel. »Danke, dass ihr mich gefunden habt. Gibst du Moonlight einen großen Knochen für mich?«

Angel lächelte sie an. »Natürlich mache ich das.« Noch einmal strich sie über Emmas Locken, dann löste sie sich von ihr. »Mach's gut. Du kannst mich jederzeit gerne besuchen, wenn du mal in der Nähe bist.«

Emma öffnete den Mund zu einer Antwort, wurde aber von ihrer Mutter übertönt. »Das wird ganz sicher nicht geschehen. Emma wird nie wieder in diese gottverlassene Gegend kommen.«

»Aber Mom …«

Wieder wurde Emma unterbrochen. »Das ist mein letztes Wort. Ich hätte Warrens blöder Idee nie zustimmen dürfen, wir sehen ja, was dabei herauskommt, wenn er den Vater spielt.«

Nun konnte Angel den Ärger, der in ihr brodelte, nicht mehr zurückhalten. »Es war auf keinen Fall Warrens Schuld, dass so etwas passiert ist. Niemand konnte wissen, dass ein Gefängnistransporter verunglücken würde.«

»Hören Sie mir bloß damit auf. Ich mag mir gar nicht vorstellen, was die Verbrecher meinem Baby alles hätten antun können.« Schützend legte sie die Arme wieder um ihre Tochter und drückte sie eng an sich, als wären die Entführer noch im Raum und könnten ihr Emma erneut wegnehmen. Für einen Moment war sie nur auf das Mädchen konzentriert, dann schien sie sich wieder daran zu erinnern, dass sie nicht allein waren. Mit einer Mischung aus Schuldgefühl und Wut blickte sie Angel an. »Wäre Emma bei mir zu Hause und nicht bei ihrem Vater gewesen, wäre das jedenfalls nicht passiert.«

Angel versuchte, ihre Stimme zu mäßigen. »Nein vermutlich nicht. Aber dafür hätte irgendetwas anderes geschehen können. Das kann man nie vorher wissen. Gerade als Mutter sollte Ihnen das klar sein.« Emma sah sie flehend an, und Angel wurde bewusst, dass sie es nur noch schlimmer machte, wenn sie versuchte, diese Frau zur Vernunft zu bringen. »Aber das ist jetzt egal. Emma ist glücklicherweise gesund, und Warren wird sich hoffentlich von seinen Verletzungen erholen. Alles Gute für die Zukunft. Auf Wiedersehen.«

Rasch verließ sie das Zimmer, bevor Warrens Exfrau noch etwas sagen konnte. Eigentlich wollte Angel nur noch nach Hause, aber das konnte sie nicht, solange sie nicht wusste, ob Warren überleben würde.

»Warten Sie!«

Die Stimme von Mrs Harper ließ Angel ruckartig stehen bleiben. Langsam drehte sie sich um. »Ja?«

Die Frau blieb dicht vor ihr stehen. Ihr Gesicht war beinahe so rot wie ihre Haare, und ihre Augen blitzten wütend. »Glauben Sie nicht, dass ich nicht weiß, was Sie hier abziehen. Aber ich werde es nicht zulassen.«

Verwirrt blickte Angel sie an. »Ich weiß nicht, wovon Sie überhaupt reden.«

»Sie versuchen, Warren durch Emma für sich zu gewinnen, aber das wird Ihnen nicht gelingen! Er ist unfähig, jemanden zu lieben. Ihm ist immer nur seine Einheit wichtig gewesen, und dass er sich als Held aufspielen konnte.« Sie schnaubte geringschätzig. »Jetzt sieht er, wohin ihn das gebracht hat. Beinahe wäre er im Sarg nach Hause gekommen, und seine Tochter hätte den Preis dafür gezahlt.« Trotz ihrer harschen Worte war ein tiefer Schmerz in ihren Augen zu erkennen.

In Angels Innern kämpften Ärger und Mitgefühl um die Vorherrschaft. »Ich glaube, Warren liebt seine Tochter sehr, und er hätte alles getan, um sie zu retten. Anstatt ihm Vorwürfe zu machen, sollten Sie ihm vielleicht danken.«

Mrs Harpers Gesicht verzerrte sich. »Ah, ich sehe schon, er hat Sie auch geblendet, so wie mich damals. Sie denken wirklich, dass er was mit Ihnen anfängt? Da muss ich Sie enttäuschen: Warren ist ein egoistisches Arschloch.«

Angel hatte genug gehört. »Wie Sie meinen. Kümmern Sie sich jetzt lieber um Emma, sie braucht jemanden, der ihr Halt gibt.«

»Wie können Sie es wagen …?«

Rasch blendete Angel das Gekreische aus, das ihr folgte, während sie schnell den Gang hinunterging. Sie hatte keine Lust, sich noch länger anzuhören, wie Warrens Exfrau ihn schlechtmachte. Sicher hatte er in seiner Ehe auch Fehler begangen, wer tat das nicht, aber sie kannte ihn nur als nachdenklichen und aufrichtigen Mann, der alles dafür getan hatte, seine Tochter zu retten. Und genau so wollte sie ihn in Erinnerung behalten.

Sie bog um die Ecke und lief beinahe Michael in die Arme. Seinem Gesichtsausdruck war anzusehen, dass er zumindest einen Teil der Unterhaltung mit angehört hatte. Angel schnitt eine Grimasse.

»Tut mir leid, dass ich nicht da war, um die Harpyie abzulenken.«

Das brachte Angel wider Erwarten zum Lachen. »Sei froh.« Dann wurde sie wieder ernst. »Mir tut nur Emma leid. Ihr gegenüber ist sie zwar liebevoll, aber es kann nicht gut sein, wenn sie sich immer die Spitzen gegen ihren Vater oder andere Leuten anhören muss.«

Unbehaglich wiegte Michael den Kopf. »Hoffentlich liegt das nur an der Stresssituation und Mrs Harper ist sonst umgänglicher.«

Das bezweifelte Angel zwar, aber im Grunde ging es sie auch nichts an. »Auf jeden Fall kann ich nicht in dem Wartezimmer bleiben. Weißt du, wo ich mich aufhalten kann, bis Warren aufwacht?«

Mitfühlend blickte Michael sie an. »Warum siehst du nicht nach Moonlight? Ich sage dir sofort Bescheid, wenn er wach ist.«

Unsicher biss sich Angel auf die Unterlippe. Sie wollte für Warren da sein, aber es konnte tatsächlich Stunden oder sogar Tage dauern, bis er wieder etwas um sich herum wahrnehmen würde. So lange konnte sie unmöglich hierbleiben, besonders wenn Emmas Mutter eindeutig etwas gegen sie hatte. Schließlich nickte sie. »Okay. Sagst du mir auch Bescheid, wenn …« Sie brach ab.

»Natürlich. Ich halte dich über seinen Zustand auf dem Laufenden.« Er drückte ihr eine Flasche Wasser und einen Schokoriegel in die Hand. »Was Besseres gab es leider nicht.«

»Danke, das reicht schon.« Angel nahm die Sachen entgegen und betrachtete ihre verschmutzte Kleidung. »Vielleicht sollte ich auch duschen und mir etwas anderes anziehen.«

Michaels Mundwinkel hob sich. »Das kann definitiv nicht schaden.«

Froh, endlich dem Hubschrauber und damit Gabriels misstrauischen, gleichzeitig aber auch vorwurfsvollen Blicken entkommen zu können, sprang Valerie hinaus und machte den Rangern Platz, die die Trage mit Russell Davis' Leiche transportierten. Ihr war die undankbare Aufgabe zugeteilt worden, dafür zu sorgen, dass die Leiche zum Rechtsmediziner kam und untersucht wurde. Sie konnte sich etwas Schöneres vorstellen, aber gleichzeitig war sie auch froh, nicht weiter nach Damon suchen zu müssen. Wenn Gabriel oder eines der Suchteams ihn fanden, würde er nicht davonkommen, so viel war sicher.

Die Frage war, ob er dann ausplaudern würde, dass sie ihn gehen lassen hatte. Wenn er das tat, war ihre Karriere beim FBI gelaufen, vermutlich würde sie sogar wegen Fluchthilfe angeklagt werden. So ein Fehler konnte ihr ganzes Leben zerstören. Trotzdem schaffte sie es nicht, ihre Tat zu bedauern. In Damons blauen Augen hatte sie seine Verzweiflung und Entschlossenheit gesehen. Er hätte sie gezwungen, ihn zu erschießen, und dazu war sie nicht bereit gewesen, schon gar nicht in Gegenwart des Kindes. Vielleicht hätte es eine andere Möglichkeit gegeben, ihn zur Aufgabe zu bewegen, aber in dem Moment war sie ihr nicht eingefallen.

Gabriel würde sie auf jeden Fall noch einmal darauf ansprechen, das hatte sie seinem Blick entnehmen können. Die Wahrscheinlichkeit war hoch, dass er sie aus dem Team ausschließen würde. Da sie ihre Kollegen und deren Arbeit schätzte, würde sie das sehr bedauern. Aber bei ihr ging es nur um einen Job, Damon Thomas konnte sein Leben verlieren, die nächsten zweiundzwanzig Jahre oder mehr im Gefängnis sitzen oder zumindest immer auf der Flucht sein. Sie konnte sich nur schwer vorstellen, was für ein Gefühl das sein musste.

Valerie ging hinter der Trage her und war froh, dass endlich jemand ein Tuch über die Leiche gedeckt hatte. Man sollte annehmen, dass sie sich langsam daran gewöhnt hätte, Tote zu sehen, doch dem war nicht so. Vor allem musste sie die ganze Zeit daran denken, dass Russell Davis das Leben so vieler Menschen zerstört hatte. Nicht nur das der Leute, die er ermordet hatte, sondern auch das der Familien und Freunde. Und dann war da noch die Frau aus dem Park, die erst den kaltblütigen Mord an ihrem Lebensgefährten hatte mit ansehen müssen und danach eine Klippe hinuntergestoßen worden war. Nur mit viel Glück hatte sie das überlebt.

Was hatte Damon dazu bewogen, so etwas zu tun? Hatte er eine Zeugin beseitigen wollen oder ein ganz anderes Motiv gehabt? Zeigte der Vorfall eine andere Seite von ihm, die sie in den Unterlagen übersehen hatte? Und hätte sie ihn auch gehen lassen, wenn sie vorher gewusst hätte, dass er die Frau in die Tiefe gestoßen hatte? Sie war sich nicht sicher, und das beunruhigte sie zutiefst. Es war *eine* Sache, gegen das Gesetz zu verstoßen, weil man hundertprozentig davon überzeugt war, das Richtige zu tun. Aber im Zweifelsfall hätte sie sich eigentlich für das entscheiden müssen, was sie in ihrem Job gelernt hatte. Und das hatte sie nicht.

Die traumatische Erfahrung mit ihrem Bruder Tom hatte sicher mit hineingespielt, aber sie hatte den Verdacht, dass es vor allem an Damon selbst gelegen hatte. An dem, was sie in den Unterlagen und Befragungen über ihn erfahren hatte, aber auch an ihrer Reaktion auf ihn. Selbst wenn sie nicht abstreiten konnte, dass ihr sein Äußeres gefiel, hatte es doch eher mit dem zu tun, was sie geglaubt hatte, in ihm zu spüren. Fast von Anfang an hatte ihr Instinkt ihr gesagt, dass Damon nicht mit Russell Davis unter einer Decke steckte und auch nicht für die Morde an Ray und den Wachleuten verantwortlich war. Und das hatte sich bewahrheitet.

Valerie schüttelte die Gedanken ab. Es war zu spät, jetzt noch etwas daran zu ändern. Sie hatte eine Entscheidung getroffen und würde damit leben müssen. Wenn Damon nicht gefasst wurde, konnte sie sogar davonkommen, weil es keine

Beweise gab – es sei denn, Emma erzählte jemandem, was sich zugetragen hatte. Zwar hatte das Mädchen versprochen, es nicht zu tun, aber wenn jemand – Gabriel zum Beispiel – sie unter Druck setzte, würde sie sich garantiert verplappern. Was Valerie ihr nicht verdenken könnte, sie war erst sieben Jahre alt und hätte so etwas gar nicht durchmachen dürfen. Allerdings war es auch kein gutes Gefühl, dass ihre Zukunft von der Fähigkeit eines Kindes, zu lügen, abhing.

Endlich erreichten sie das Gebäude, in dem die sehr überschaubare Gerichtsmedizin von Clallam County in Port Angeles untergebracht war. Gabriel hatte sie angewiesen, der Autopsie beizuwohnen, sofern diese sofort vorgenommen wurde. Falls nicht, würde sich Valerie mit den anderen Mitgliedern des Teams, Julie und Hal, treffen und sie unterstützen. Am liebsten hätte sie sich in ein Hotelzimmer zurückgezogen und mindestens zehn Stunden geschlafen, aber das würde in absehbarer Zeit wohl nicht passieren. Außerdem wollte sie zuerst noch ins Krankenhaus fahren und sehen, wie es Lucas ging.

Auch seinetwegen hatte sie ein schlechtes Gewissen. Vielleicht wäre er nicht verletzt worden, wenn sie bei ihm geblieben wäre, anstatt Damons Spur zu folgen. Da sie dann aber auch Emma nicht gefunden hätte, konnte sie die Entscheidung vor sich rechtfertigen. Sie wünschte, das ginge ihr mit anderen Dingen genauso.

Angel fütterte gerade ihre Hunde – die sich dabei aufführten, als wäre sie wochenlang weggewesen und nicht knapp zwei Tage –, als der Anruf kam, auf den sie so lange gewartet hatte. Ihre Hand zitterte, während sie das Telefon ans Ohr hielt. »Ja?«

»Angel, hier ist Michael.« Der Detective klang wie immer, sie konnte seiner Stimme nicht entnehmen, ob er ihr gute oder schlechte Nachrichten überbringen würde.

»Lebt er?«

»Ja. Er wurde mehrere Stunden operiert und die Kugel entfernt. Sie haben ihn jetzt in ein Zimmer verlegt.«

Vor Erleichterung wurden ihre Beine schwach, und sie ließ sich auf einen Stuhl sinken. »Gott sei Dank!« Angel merkte, wie belegt ihre Stimme klang, und räusperte sich. »Wird er sich ganz erholen?«

»Das können die Ärzte jetzt noch nicht sagen, aber sie sind recht optimistisch.«

Angel stützte den Kopf auf den Arm und atmete tief durch. »Er ist stark, er wird es schaffen. Schon allein, um bei seiner Tochter sein zu können.« Zumindest hoffte sie das. Sie wünschte, sie könnte bei ihm sein, um ihn zu unterstützen und ihm zu zeigen, dass er das nicht allein durchmachen musste. »Bist du noch im Krankenhaus?«

»Ich wollte jetzt zum Department fahren. Ich habe sämtliche Aussagen aufgenommen, jetzt fehlen nur noch deine und die von Harper. Aber ich denke nicht, dass er heute schon aufwachen wird. Morgen reicht auch.«

»Ist die Harpyie noch da?« Sowie es aus ihrem Mund war, bereute sie es. Sie hatte kein Recht, so über eine Frau zu sprechen, die sie im Grunde gar nicht kannte.

Michael lachte erschöpft. »Ja, und sie macht dem gesamten Klinikpersonal das Leben zur Hölle.«

Na wunderbar. Eigentlich legte sie es nicht unbedingt auf eine weitere Begegnung mit der Frau an. »Sie muss doch sicher irgendwann mal gehen, um Emma ins Bett zu bringen, oder?«

»Vermutlich, aber ich kann dir nicht sagen, wann das sein wird. Willst du dir das wirklich antun, Angel? Warte doch lieber, bis sie abgereist ist.«

Angel biss sich auf die Lippe. »Das kann ich nicht. Ich muss sehen, dass es ihm gut geht.«

Ein tiefer Seufzer drang durch das Telefon. »Das verstehe ich. Okay, wie wäre es, wenn wir uns dort in zwei Stunden treffen? Dann kann ich erst alles im Department erledigen.«

Erleichtert atmete Angel auf. »Vielen Dank, Michael, das bedeutet mir sehr viel.«

»Du schuldest mir dann aber was, wenn ich deinetwegen mit der Harpyie kämpfe.«

Ein Lächeln umspielte ihre Mundwinkel. »Auf jeden Fall. Such dir was aus, ich tue alles.«

»Ein sehr gutes Angebot.« Michaels Stimme wurde ernst. »Ich möchte nicht, dass du verletzt wirst, Angel. Egal was zwischen euch vorgefallen ist, das war eine Ausnahmesituation, und Warren Harpers normales Leben findet woanders statt. Daran solltest du denken.«

Ein scharfer Schmerz durchzuckte Angels Herz, als Michael ihr genau das sagte, was sie selbst auch befürchtete. »Glaub mir, das ist mir völlig bewusst. Genauso wie die Tatsache, dass Emma für ihn immer an erster Stelle kommt. Und so sollte es ja auch sein.«

Michael gab einen grunzenden Laut von sich. »Das mag sein, aber wo bleibst du dann?«

Angel presste eine Hand auf ihr schmerzendes Herz. »Hier natürlich, wie immer.«

»Das meinte ich nicht.«

»Das ist mir klar, aber es ist die einzige Antwort, die ich dafür habe. Hier ist mein Leben, einen anderen Platz gibt es für mich nicht.« Bevor Michael weiter auf sie einreden konnte, beendete Angel das Gespräch.

Rasch stand sie auf und bereitete sich auf ihren Besuch im Krankenhaus vor. Wenn sie schnell war, konnte sie vorher noch einmal beim Tierarzt vorbeischauen und sehen, wie es Moonlight ging. Die Hündin hatte die Operation glücklicherweise gut überstanden und erholte sich jetzt noch über Nacht in der halbwegs sterilen Umgebung. Angel hätte sie zwar gerne bei sich gehabt, doch so war es besser für Moonlight.

Nach einer schnellen Dusche und der weitaus längeren Überlegung, was sie anziehen und ob sie sich schminken sollte, stieg sie in ihren Wagen und fuhr los. Netterweise hatte Michael dafür gesorgt, dass ihr Auto vom Sol Duc Campingplatz nach Hause gebracht worden war, sodass es ihr jetzt zur Verfügung stand. Unterwegs drehte sie mehrere Male beinahe um, weil sie sich vor dem fürchtete, was im Krankenhaus auf sie zukommen würde, doch der Wunsch, bei Warren zu sein, überwand jeden Zweifel und jede Angst. Sie wollte ihn sehen, mit ihm reden und sich mit eigenen Augen vergewissern, dass er überleben würde. Selbst wenn er danach für immer aus ihrem Leben verschwand.

32

Nachdem sie Moonlight besucht und sich vergewissert hatte, dass es ihr gut ging, kam Angel einige Minuten zu früh im Krankenhaus an. Da sie nicht wusste, ob Michael vor dem Krankenzimmer auf sie warten würde oder an der Rezeption, fragte sie nach Warrens Zimmernummer und stieg dann in den Fahrstuhl. Scheinbar unendlich langsam bewegte er sich nach oben, und sie wünschte, sie hätte die Treppe genommen. Besonders weil die Enge und die Nähe zu den anderen Leuten sie zusätzlich nervös machten. Ungeduldig wartete sie darauf, dass sich die Fahrstuhltüren wieder öffneten, und stürzte beinahe hinaus. Es war ihr egal, was die anderen von ihr dachten, Hauptsache, sie kam endlich zu Warren.

Auf dem Gang sah sie sich um und ging dann in die Richtung, die ihr das Schild an der Wand vorgab. Ihr Verhalten gab ihr selbst Rätsel auf. Normalerweise dauerte es extrem lange, bevor sie jemanden überhaupt ein wenig an sich heranließ. Doch Warren war einfach an allen ihren Verteidigungswällen vorbeigeschlüpft, und sie hatte es sehenden Auges zugelassen. Seine offensichtliche Liebe für seine Tochter hatte sicher noch dazu beigetragen, dass sie ihn so schnell ins Herz geschlossen hatte, aber allein damit konnte sie es nicht erklären.

Es war beinahe so, als hätte sie ihr ganzes Leben nur auf ihn gewartet. Als wäre er ihr Gegenstück, der einzige Mann, der wirklich zu ihr gehörte. Obwohl sie innerlich die Augen verdrehte, konnte sie den Gedanken doch nicht ganz beiseiteschieben. Sie kannte andere gut aussehende oder nette Männer, aber Warrens Mischung aus Stärke und Verletzlichkeit traf sie irgendwo tief in ihrem Herzen.

»Was machen Sie denn schon wieder hier? Ich habe Ihnen doch vorhin schon klargemacht, dass Sie hier nichts zu suchen haben.« Die laute Stimme drang in ihre Gedanken und ließ sie abrupt aufblicken.

Angel konnte sich gerade noch davon abhalten, eine Grimasse zu ziehen, als sie die ehemalige Mrs Harper sah, die wie ein Wachtposten mitten im Gang stand. »Ich glaube nicht, dass Sie mir etwas zu sagen haben. Vorhin bin ich wegen Emma gegangen, nicht Ihretwegen.« Suchend blickte sie sich um. »Wo ist Emma eigentlich?«

Röte stieg in Mrs Harpers Wangen, die sich unschön mit ihren roten Haaren biss. »Das geht Sie gar nichts an! Ich habe genau gesehen, wie Sie sich vorhin bei Emma eingeschmeichelt haben, mit dem Vorlesen und Ihrem Gerede über Hunde. Versuchen Sie nicht, mir meine Tochter wegzunehmen, es wird Ihnen nicht gelingen.«

Verwirrt blickte Angel sie an. »Warum sollte ich das wollen? Emma ist Ihre und Warrens Tochter und wird es auch immer bleiben.«

Einen Moment lang schien Mrs Harper unsicher, als hätte sie nicht mit dieser Antwort gerechnet. Doch dann fing sie sich wieder und hob das Kinn. »Gut, dass Sie das einsehen. Und lassen Sie Ihre Finger auch von Warren. Er hat einer Frau nichts zu bieten außer Kummer und Schmerz.«

Das brachte Angels Wut zum Überkochen. »Warren ist nicht mehr mit Ihnen verheiratet, also geht es Sie überhaupt nichts an, ob ich ihn sehe oder nicht. Und er ist vielleicht verletzt worden, aber das heißt noch lange nicht, dass er kein erfülltes Leben mehr führen kann. Kein Wunder, dass er sich von Ihnen getrennt hat, wenn Sie so über ihn denken!«

Mrs Harper trat nahe an sie heran. »*Ich* habe mich von *ihm* getrennt, nicht anders herum – und zwar bevor er verletzt wurde. Ich hatte keine Lust mehr auf einen Mann, der sowieso die meiste Zeit nicht da war und seine Karriere beim Militär mir und vor allem seiner Tochter vorzog. Können Sie sich vorstellen, wie sich das anfühlt, wenn man einfach so abgeschoben wird, weil etwas anderes wichtiger ist?« Obwohl sie ihre Stimme gesenkt hatte, unterhielt sie damit immer noch den gesamten Gang.

Ja, das konnte Angel tatsächlich. Genauso wie Warren hatte ihre Mutter es zwar nicht aus böser Absicht getan, aber es tat trotzdem weh. »Wenn das so ist, kann es Ihnen doch erst recht völlig egal sein, was er macht.«

Sie riss sich sichtbar zusammen. »Das ist es auch. Aber nur so lange, wie er meine Tochter dabei nicht gefährdet.«

»Die Diskussion hatten wir vorhin schon, und ich werde sie sicher nicht noch einmal führen. Allerdings wüsste ich nicht, wie es Emma gefährden sollte, wenn ich Warren kurz besuche.«

»Ich will nicht, dass meine Tochter noch einmal in diese Gegend hier kommt. Und ich werde alles dafür tun, dass Warren jegliches Besuchsrecht verliert. Die ganze Sache hat eindeutig bewiesen, dass er als Vater völlig unfähig ist. Wer lässt schon sein Kind nachts alleine zur Toilette gehen?«

Angel bemühte sich um eine ruhige Stimme, obwohl ihr Ärger erneut anstieg. Es war eine Sache, Warren Versäumnisse in der Ehe vorzuwerfen, aber sie konnte sich nicht vorstellen, dass er jemals etwas tun würde, das seine Tochter gefährdete. »Das hätte Ihnen genauso passieren können. Und ohne die Verbrecher wäre überhaupt nichts passiert.«

»Es ist aber was passiert! Mörder haben mein kleines Mädchen entführt und sie zwei Tage lang durch den Wald geschleppt!« Tränen bildeten sich in Carols Augen, und sie drehte abrupt den Kopf zur Seite, damit Angel es nicht sah.

Mitgefühl kam in Angel auf. »Ich verstehe, dass das schrecklich für Sie gewesen ist, Mrs Harper, aber das ist doch kein Grund …«

Die Frau unterbrach sie, erneut wurde der Schmerz in ihrem Gesicht von Wut abgelöst. »Sie verstehen gar nichts! Wer sind Sie denn schon? Eine Hinterwäldlerin, die mit ihren Hunden den ganzen Tag durch die Natur läuft.« Ohne Angel zu Wort kommen zu lassen, fuhr sie fort: »Nein, ich lasse Sie nicht zu meinem Mann, und Sie werden meine Tochter nie wiedersehen. Verschwinden Sie endlich!«

Schockiert von so viel Hass fand Angel keine Antwort. Wortlos drehte sie sich um und ging den Gang entlang zum Treppenhaus. Nachdem sich die Tür hinter ihr geschlossen hatte, lehnte sie sich gegen die Wand und versuchte, sich wieder zu beruhigen. Ihre Kehle zog sich zusammen, und sie bekam kaum Luft. Schon immer hatte sie sich von solchen Personen ferngehalten, weil sie wusste, dass sie ihnen einfach nicht gewachsen war. Der Drang war groß, es diesmal auch zu tun. Warrens Exfrau konnte tatsächlich dafür sorgen, dass Emma keinen Kontakt mit ihr haben durfte, und das würde gleichzeitig bedeuten, dass Warren sich auch von ihr fernhalten würde. Von seiner Tochter würde er sich niemals trennen, und die Harpyie wusste das genau.

Angel sank auf eine Treppenstufe und vergrub das Gesicht in den Händen. Sie hatte verloren. Schon von Anfang an hatte sie geahnt, dass eine Verbindung zu Warren keine Zukunft haben würde, aber sie hatte sich trotzdem in ihn verliebt. Wie hätte sie sich auch gegen ihre Gefühle wehren können? Am meisten schmerzte sie, dass es Warren genauso ging. Das hatte sie ihm angesehen, doch sie hatten keine Chance. Ihre Augen brannten, aber sie weigerte sich, hier zu weinen. Diese Genugtuung wollte sie der Frau nicht geben.

Erschrocken blickte sie auf, als sich die Tür öffnete. Michael trat ins Treppenhaus und setzte sich neben sie. »Geht es dir gut?«

Die Antwort war offensichtlich, deshalb stellte sie ihm eine Gegenfrage. »Was tust du hier?«

Michael verzog den Mund. »Eine der Schwestern hat mir gesagt, dass sie gesehen hat, wie du hier reingegangen bist. Sie hat mir auch von dem Streit erzählt.«

Angel seufzte. »Du hattest mich gewarnt.«

»Ja, aber das heißt nicht, dass diese Furie das Recht hat, dich zu beleidigen oder dich davon abzuhalten, Warren zu besuchen.«

Seine Unterstützung tat ihr gut, aber sie musste der Wahrheit ins Auge sehen. »Vielleicht ist es besser, wenn ich einfach nach Hause fahre. Ich will Warrens Leben nicht auch noch erschweren. Er wird genug damit zu tun haben, um Emma zu kämpfen.«

Michael wiegte den Kopf. »Das stimmt vermutlich, aber ich hätte nicht gedacht, dass du so einfach aufgibst. Ich habe es in all den Jahren nie gesehen, dass du so auf einen Mann reagiert hast, Angel, und es würde mir leidtun, wenn du diese Chance vergibst.«

»Aber welche Möglichkeit habe ich denn?«

»Das weißt du erst, wenn du den Weg gehst. Wenn du ihn jetzt abbrichst, wirst du dich immer fragen, ob du nicht zu früh aufgegeben hast.«

Angel sah ihn lange an und nickte dann. »Du hast recht. Ich muss mich zumindest von ihm verabschieden. Doch wie komme ich an dem Drachen vorbei?«

Auf Michaels Gesicht breitete sich ein Grinsen aus. »Gib

mir zwei Minuten, ich werde sie ablenken, dann kannst du in das Zimmer schlüpfen. Aber du hast dann nur fünf Minuten.«

Sie straffte den Rücken. »Das reicht mir. Danke, Michael.«

»Für dich immer.« Er beugte sich vor und küsste ihre Stirn.

Angel blickte ihm nach, als er aufstand und wieder durch die Tür in den Gang trat. Ungeduldig wartete sie, bis die zwei Minuten um waren, bevor sie ebenfalls das Treppenhaus verließ. Nachdem sie sich vergewissert hatte, dass Mrs Harper nirgends in Sicht war, eilte sie zu Warrens Zimmer. Rasch öffnete sie die Tür und trat in den Raum. Ihr erster Blick auf Warren ließ sie erstarren. Blass und still lag er unter den weißen Laken, in seinem Arm steckten diverse Kanülen, an denen lange Schläuche befestigt waren. Ein Herzmonitor piepste langsam vor sich hin.

Nur ganz allmählich überwand sie den Schock und schaffte es, sich auf ihn zuzubewegen. Neben dem Bett blieb sie stehen und blickte auf ihn hinunter. Tiefe Linien zogen sich durch sein Gesicht, seine Narben am Hals stachen auf der blassen Haut dunkel hervor. Seine Lider waren geschlossen, und sie wünschte, er würde sie noch einmal mit seinen hellbraunen Augen ansehen. Ihre Knie wurden weich, und sie ließ sich auf den Stuhl sinken, der neben dem Bett stand. Zögernd hob sie die Hand und legte die Finger auf Warrens Arm. Er war warm, und das beruhigte sie irgendwie.

»Ich bin hier, Warren. Es ist alles gut, du wirst dich wieder erholen.« Erst als sie ihre eigene Stimme hörte, erkannte sie, dass sie laut gesprochen hatte. »Emma geht es gut, sie ist in Sicherheit. Und Moonlight erholt sich auch langsam. Es gefiel ihr überhaupt nicht, dass ich sie beim Tierarzt gelassen habe.« Angel beugte sich vor und presste die Stirn an seinen Arm. »Wach bitte auf, Warren.«

Warren spürte eine sanfte Berührung an seinem Arm, jemand sprach leise auf ihn ein. Mühsam kämpfte er sich an die Oberfläche, um einzelne Worte verstehen zu können. Es war eine Frau, die seinen Namen nannte und ihm versicherte, dass alles gut war. Unruhe erfasste ihn, als er bemerkte, dass er nicht wusste, wo er sich befand. Was war passiert? Wer war die Frau? Dann drang ein bekannter Name an sein Ohr: Emma. Die Erinnerung an seine Tochter drängte an die Oberfläche, und der Nebel löste sich auf.

Mit größter Anstrengung schaffte er es, seine Lider so weit zu heben, dass er etwas durch die Augenschlitze sehen konnte. Zuerst war alles verschwommen, doch dann wurde das Bild deutlicher: Goldblonde Haare umrahmten ein herzförmiges Gesicht, grüne Augen blickten ihn besorgt an. Fast sofort tauchte ein Wort dazu in seinem Gedächtnis auf. »Angel.« Es war mehr ein Krächzen, aber sie schien ihn zu verstehen.

»Ja.« Tränen schimmerten in ihren Augen. »Willkommen zurück.«

Verwirrt versuchte er, ihre Worte zu begreifen. »Wo war ich denn?«

Ein Lächeln hob ihre Mundwinkel. »Du warst bewusstlos. Dann wurdest du operiert, und jetzt bist du in einem Krankenhauszimmer, damit du dich erholen kannst.«

Das löste eine Welle an Erinnerungen aus. Seine Verzweiflung, als er gemerkt hatte, dass Emma verschwunden war. Angel, die ihm bei der Suche half. Stundenlanges Marschieren durch den Regenwald. Moonlight, die ihnen den Weg zeigte. Und dann Kampf und Blut. Schmerzen. Es war zu viel, um alles auf einmal zu verarbeiten. Deshalb konzentrierte er sich auf das Wichtigste. »Emma?«

»Es geht ihr gut. Sie wurde unverletzt von einer FBI-Agentin gefunden. Deine Exfrau kümmert sich um sie.«

Warren schnitt eine Grimasse. »Carol ist hier?«

»Ja. Sie wird sicher bald reinkommen.«

Bildete er sich das nur ein, oder war Angel darüber nicht sehr erfreut? »Darauf kann ich gut verzichten.«

Diesmal war Angels Lächeln etwas freier. »Ich auch, wenn ich ehrlich bin. Sie wollte mich nicht zu dir lassen. Detective Heron lenkt sie gerade ab.«

Warren wollte die Hand heben, stellte aber fest, dass er sogar dafür zu schwach war. Anscheinend hatte Angel die Bewegung gesehen, denn sie legte ihre Hand in seine. »Ich bin sehr dankbar dafür.«

Das Grün ihrer Augen wurde dunkler. »Ich auch.«

Angels Finger strichen sanft über seinen Handrücken, und Warren war unheimlich froh, dass sie endlich wieder bei ihm war. Als er genauer hinsah, entdeckte er tiefe Schatten unter ihren Augen, an der Schläfe prangte ein großer Bluterguss. »Geht es dir gut?«

»Ja, alles okay. Nur eine Beule. Moonlight wurde operiert und sollte sich wieder vollständig erholen.«

»Das ist gut. Der Verbrecher?«

»Tot. Agent Lynch hat ihn erschossen.«

Warren schloss die Augen. »Gut.« Mühsam öffnete er sie wieder. Er war furchtbar müde, aber er wollte keine Sekunde in Angels Gegenwart verpassen. Und er wusste, dass er ihr etwas Wichtiges sagen musste. »Was ich im Wald gesagt habe, bevor ich das Bewusstsein verloren habe …«

Angel legte den Finger auf seine Lippen. »Du warst verletzt, da sagt man manchmal Dinge, die man nicht meint. Ich verstehe das.«

Angestrengt drehte Warren den Kopf zur Seite, um wieder sprechen zu können. »Nein, ich sage so etwas nicht aus einer Laune heraus. Ich meinte es.«

Ihre Augen wurden feucht. »Ich sollte jetzt gehen, Carol kann jeden Moment kommen.«

Ärger stieg in ihm auf. »Mir ist meine Exfrau im Moment völlig egal, Angel. Nur du interessierst mich.«

Es war deutlich zu sehen, wie Angel mit sich kämpfte. »Das freut mich, aber es geht einfach nicht. Carol hat damit gedroht, dir das Besuchsrecht zu entziehen. Sie will nicht, dass Emma jemals wieder mit dir irgendwo hinfährt, und hierher schon gar nicht. Ich verstehe, dass deine Tochter für dich absoluten Vorrang hat. Aber das bedeutet eben, dass du nicht hier sein kannst.«

Warren versuchte, das Gehörte zu verdauen. Natürlich hatte er geahnt, dass Carol die Gelegenheit nutzen würde, um ihn aus Emmas Leben zu drängen. Die Frage war jedoch, wie seine Exfrau dazu kam, mit Angel über so etwas zu sprechen. »Danke für die Warnung, ich werde sofort meinen Anwalt kontaktieren. Ich werde auf keinen Fall zulassen, dass Carol mir Emma wegnimmt. Sie ist meine Tochter, und ich habe das Recht, Zeit mit ihr zu verbringen.« Er drückte Angels Hand. »Das bedeutet aber nicht, dass ich dich nicht mehr sehen will oder dich opfere, nur weil meine Exfrau ihre Spielchen treibt. Okay?«

Angel nickte zögernd, aber die Skepsis war ihr deutlich anzusehen.

Ernst blickte Warren sie an. »Wenn ich hier entlassen werde, muss ich erst mal nach Portland zurückkehren, um die Sache mit Emma zu regeln. Aber ich verspreche, dass ich sofort zurückkommen werde, wenn es erledigt ist. Ich weiß zwar noch nicht, wie es in meinem Leben weitergeht, ich muss mir einen Job suchen und noch vieles andere, aber ich weiß, dass ich dich nicht verlieren möchte.« Angel schwieg, deshalb redete er schnell weiter. »Die wichtigste Frage ist aber natürlich, ob du überhaupt möchtest, dass ich zurückkomme.«

»Natürlich will ich das!« Es brach förmlich aus Angel heraus, was Warren sehr gefiel.

Er begann zu lachen, gab es jedoch rasch wieder auf, als Schmerz durch seine Seite zuckte. »Au, verdammt! Bring mich nicht zum Lachen.«

Angel setzte sich gerade auf. »Das hatte ich sicher nicht vor. Aber schön, dass ich dich amüsiere.«

»Du weißt, dass ich es nicht so gemeint habe. Komm mal näher.« Es nervte ihn, dass er so schwach war und sich nicht nehmen konnte, was er haben wollte. Angel beugte sich zu ihm, aber das reichte ihm noch nicht. »Tiefer.« Ihr Gesicht war jetzt direkt über seinem, ihr Atem streifte seine Lippen. »Noch tiefer.«

»Warren …«

Er hob den Kopf wenige Millimeter an, bis seine Lippen ihre berührten. Erst sanft, dann immer leidenschaftlicher erkundete er ihren Mund. Es fühlte sich so gut an, sie zu küssen, am liebsten hätte er das noch stundenlang getan. Leider machten ihm seine Verletzungen einen Strich durch die Rechnung. Ein Ziehen begann in seiner Brust und nahm ihm den Atem. Keuchend ließ er seinen Kopf wieder ins Kissen sinken.

Angel legte ihre Hände um seine Wangen. »Geht es dir gut?«

»Ging … mir … nie besser.« Flach atmete er durch. »Du bist … einfach … atemberaubend.« Im wahrsten Sinne des Wortes.

Zwischen ihren Augenbrauen erschien eine Falte. »Sehr witzig. Du musst dich erholen, damit du schnell zu mir zurückkommen kannst.«

Sein Herz klopfte schneller. »Dann … wartest du … auf mich?«

Noch einmal beugte sie sich hinab und strich mit ihren Lippen über seinen Mund. »Natürlich, Dummkopf. Aber beeil dich bitte.«

»Ich verspreche es.«

Ein Hauch ihres Shampoos stieg ihm in die Nase, dann richtete sie sich auf und entfernte sich von ihm. »Ich muss jetzt gehen. Werde schnell gesund.«

Am liebsten hätte er sie zurückgehalten, doch er wollte nicht, dass Carol sie noch einmal in ihre Krallen bekam. »Mache ich. Gib Moonlight einen großen … Knochen von mir.«

Angel lächelte ihn an. »Keinen Kuss?«

Warren verzog den Mund. »Meinetwegen auch das.« Ihr leises Lachen war wie Musik in seinen Ohren.

Viel zu schnell wurde sie wieder ernst und entfernte sich von ihm. An der Tür blickte sie noch einmal zu ihm zurück. »Leb wohl.«

Erst da erkannte er, dass sie nicht mit seiner Rückkehr rechnete. Bevor er sie aufhalten konnte, war sie aus dem Raum geschlüpft und hatte die Tür leise hinter sich geschlossen. In diesem Moment schwor er sich, sie eines Besseren zu belehren. Er würde hierher zurückkehren und Angel klarmachen, dass er nicht vorhatte, sie jemals wieder gehen zu lassen. Sie gehörte zu ihm, was auch passierte.

Schwer atmend kauerte Damon hinter einem verrotteten Baumstumpf und lauschte angestrengt, doch außer seinen eigenen Atemzügen konnte er nichts hören. Hatten seine Verfolger endlich aufgegeben? Stundenlang war er ihnen immer wieder ausgewichen, manchmal erst im letzten Moment. Mehrere Male hätte er die Polizisten überwältigen können, aber das wollte er nicht. Sie machten nur ihren Job, und er wollte auf keinen Fall so werden wie Russell und jeden beseitigen, der ihm im Weg war. Allerdings war er auch nicht bereit, sich wieder ins Gefängnis stecken zu lassen. Drei Jahre seines Lebens hatte er verloren, weil die Polizei nicht ihren Job gemacht und den wahren Täter ermittelt hatte. Natürlich hatte er gewusst, dass Leute zu Unrecht verurteilt wurden, aber er hätte nie gedacht, dass es einmal ihn treffen würde – und es tatsächlich nicht möglich war, seine Unschuld zu beweisen. Er sei denn, er fand den wahren Täter selbst.

Aber dafür musste er erst einmal den Suchmannschaften entkommen und den Wald hinter sich lassen. Ohne Nahrung und Wasser würde er nicht lange überleben, und vor allem würden sie ihn irgendwann erwischen, wenn er sich noch länger hier herumtrieb. Ein Schauer lief durch seinen Körper. Wenn er nicht frieren wollte, musste er sich bewegen. Mit der Nacht war es wieder kälter geworden, und seine schweißfeuchte Kleidung bot nur wenig Schutz. Die Erde war an vielen Stellen noch nass vom gestrigen Regen, Damon hatte einige Male über den Boden robben müssen, um seinen Verfolgern zu entkommen. Das rächte sich jetzt, und es würde ihn nicht wundern, wenn er sich erkältete. Oder Schlimmeres. Das Zittern verstärkte sich, und nachdem er sich davon überzeugt hatte, dass niemand in der Nähe war, kam er mühsam auf die Füße.

Während er angestrengt durch den Regenwald stapfte, kehrten seine Gedanken wieder zu der FBI-Agentin zurück. Noch immer wusste er nicht, warum sie ihn hatte gehen lassen, aber er war ihr verdammt dankbar dafür. Trotzdem verstand er nicht, warum sie das getan hatte. Für sie war er ein Verbrecher, ein Mörder, der auf jeden Fall wieder in Gewahrsam genommen werden musste. Woher sollte sie auch wissen, dass er den Mord nicht begangen hatte? Wenn ihm selbst die Anwälte nicht glaubten, warum sollte gerade sie es tun? Nein, sie musste einen anderen Grund gehabt haben.

Vielleicht hatte sie auch nur nicht gewollt, dass Emma dabei zusehen musste, wie er erschossen wurde. Noch jetzt zog sich sein Herz zusammen, wenn er an Emmas Aufschrei nach dem ersten Schuss dachte und wie sie die Agentin angefleht hatte, ihm nichts zu tun. Ms Hayes hatte extra danebengeschossen, dessen war er sicher – auf die Entfernung hätte sie ihn treffen müssen. Ein Mann hätte auf jeden Fall nicht so gehandelt, sondern ihn eiskalt angeschossen oder sogar getötet, wenn er sich nicht freiwillig ergeben hätte.

Ein leichtes Lächeln huschte über seine Lippen. Ja, Agent Hayes war trotz ihrer Größe, den kurzen rotbraunen Haaren und der figurverhüllenden schusssicheren Weste eindeutig eine Frau. Ihre weichen Gesichtszüge, die großzügigen Lippen und großen grauen Augen verrieten das. Und der sanfte Schwung ihrer Hüfte, wenn sie sich bewegte. Unter anderen Umständen hätte er sie sicher anziehend gefunden. Glücklicherweise hatte sie eine Pistole auf ihn gerichtet und ihn damit daran erinnert, dass sie seine Gegnerin war. Dieses Bild sollte er sich besser ins Gedächtnis einbrennen.

Mit einem Stich des Bedauerns schob er die Gedanken an Agent Hayes beiseite. Er konnte nur hoffen, dass sie sich gut um Emma gekümmert hatte und die Kleine nun bei ihren Eltern war. Beinahe konnte er noch spüren, wie das Mädchen sich nachts vertrauensvoll an ihn geschmiegt hatte, wie sich ihre Arme um seinen Hals anfühlten oder ihre Hand in seiner. Er würde sie nie vergessen, aber um ihretwillen hoffte er, dass Emma die Ereignisse bald hinter sich lassen und ein normales, unbeschwertes Leben führen konnte. So wie seine Nichten und Neffen, die er mehr vermisste, als er sich eingestehen mochte.

Auch sie waren ein Grund dafür, sich so schnell wie möglich in die Zivilisation durchzuschlagen und für Gerechtigkeit zu sorgen. Erst wenn sein Name reingewaschen war, konnte er sie wiedersehen. Wenn die Polizei oder das FBI ihn jetzt nicht erwischten, würden sie sich an seine Familie wenden, in der Hoffnung, dass er sie kontaktieren würde. Es tat Damon leid, seiner Familie so viel Kummer zu bereiten, aber es war seine einzige Chance. Wenn er diese Sache überlebt und seine Unschuld bewiesen hatte, konnte er sich bei ihnen dafür entschuldigen.

Allein kam ihm der Wald im Dunkeln beinahe noch unheimlicher vor, besonders da er nicht wusste, ob irgendwo jemand auf ihn lauerte. Er hoffte, dass wenigstens Russell ihm keine Probleme mehr bereiten konnte und entweder in Gewahrsam oder tot war. Nur noch ein paar Kilometer musste er durchhalten, dann würde er am Waldrand ankommen und konnte in die Zivilisation eintauchen.

Was er dann tun würde, wusste er noch nicht genau, aber er träumte von einer guten Mahlzeit und einer heißen Dusche. Das Wasser würde über seinen Körper rinnen und all den Dreck, all die Ängste und Erinnerungen an das Gefängnis fortspülen. Damon war so in seiner Fantasie gefangen, dass er das Licht erst bemerkte, als es nur noch wenige Meter entfernt war. Sofort warf er sich zu Boden und versuchte, mit der Vegetation zu verschmelzen. Erst als nichts weiter passierte, wagte er es, den Kopf wieder zu heben. Das Licht kam nicht etwa von einer Taschenlampe, wie er zuerst angenommen hatte, sondern drang aus den Fenstern eines Hauses, dessen Umrisse er gerade noch in der Dunkelheit ausmachen konnte. *Endlich, die Zivilisation!*

Er wurde von einer solchen Erleichterung erfasst, dass er einen Moment lang einfach nur daliegen und das Gebäude anstarren konnte, bis es vor seinen Augen verschwamm. Um jede Begegnung mit Menschen zu vermeiden, würde er es weiträumig umgehen müssen, aber ein Haus bedeutete auch immer, dass es Straßen gab. Und die würden ihn endlich aus der Wildnis hinausführen. Er konnte sich gar nicht mehr daran erinnern, wie es war, ein freier Mensch zu sein, aber er war sicher, sich schnell wieder daran zu gewöhnen.

Lautlos erhob er sich und bewegte sich auf das Haus zu. Er war nur wenige Schritte weit gekommen, als plötzlich lautes Bellen einsetzte, das schnell näher zu kommen schien. Verdammt, er hatte nicht daran gedacht, dass der Hausbesitzer Hunde haben könnte. Denen würde er nicht entgehen, auch wenn es noch so dunkel war. Verzweifelt versuchte er, einen Ausweg zu finden, doch sein Gehirn war wie eingefroren. Als wäre es genauso erstarrt wie sein Körper.

»Stopp!« Der Ruf vor ihm ließ Damons Traum von der Freiheit abrupt zerplatzen.

Langsam schloss er die Augen. Er war so dicht dran gewesen …

Epilog

Nervös wischte sich Warren die feuchten Hände an seiner Hose ab, bevor er die Wagentür öffnete und ausstieg. Sein Blick glitt über das große Grundstück, die hohen Bäume, breiten Rasenflächen und schließlich das gemütlich wirkende zweigeschossige Haus. Als er zum ersten Mal hier gewesen war, hatte er überhaupt keinen Blick dafür gehabt, sondern nur an seine Angst um Emma denken können. Und nach seiner Entlassung aus dem Krankenhaus – was auf seinen Wunsch hin eher geschehen war, als die Ärzte es für richtig erachtet hatten – war er sofort nach Portland abgereist, ohne noch einmal hier vorbeizukommen.

Was er sah, gefiel ihm. Es wirkte alles natürlich, nicht so künstlich wie Carols manikürter Garten. Beinahe fließend schienen die Übergänge zum angrenzenden Regenwald, sodass man sich wie in einer kleinen Oase inmitten des Grüns vorkam. Kein Wunder, dass Angel hier lebte und nicht in einer der verstopften Städte. Besonders mit den Hunden war es ein idealer Standort.

Warren merkte, dass er nur Zeit schindete, aus Angst, von Angel abgewiesen zu werden. Seit ihrem Abschied im Krankenhaus hatte er nicht wieder mit ihr gesprochen, um nicht in Versuchung zu geraten, sofort zu ihr zu fliegen, ohne vorher seine Probleme mit Carol gelöst zu haben. Stattdessen hatte er ihr nur eine kurze SMS geschickt, dass er aus dem Krankenhaus entlassen worden war. Vermutlich hätte er es verdient, wenn Angel jetzt wütend auf ihn war, doch er hoffte trotzdem, dass sie ihm verzieh. Seine Sehnsucht nach ihr war mit jedem Tag angewachsen, bis er es nicht mehr länger aushalten konnte. Zehn furchtbar lange Wochen hatte es gedauert, bis er endlich das Gefühl gehabt hatte, Portland verlassen zu können, ohne dass seine Exfrau ihm sofort wieder sein Besuchsrecht bei Emma streitig machen würde. Warren schnitt eine Grimasse. Zwar durfte er seine Tochter nun regelmäßig sehen, aber das hieß nicht, dass ihm Carol nicht bei jeder Begegnung seine vielen Verfehlungen vorwarf. Wenn er jetzt nicht abgereist wäre, hätte er vermutlich etwas sehr Dummes getan.

Erschrocken zuckte er zusammen, als plötzlich lautes Bellen erklang, das vom Haus her kam. Er hatte gar nicht den Hund bemerkt, der sich auf der obersten Stufe aufgebaut hatte. Für einen Wachhund wirkte er sehr klein, aber zumindest war er laut.

»Genug, Bounty. Was ist denn heute mit dir los?« Die Haustür ging auf, und Angel trat heraus. In der Hand hielt sie ein Handtuch, das unbeachtet zu Boden fiel, als sie ihn bemerkte.

Gierig nahm er ihren Anblick in sich auf, von ihren goldblonden Haaren bis hin zu ihren nackten Füßen. Das Ziehen in seiner Brust wurde stärker und bewirkte, dass er sich endlich in Bewegung setzte. Mit jedem Schritt klopfte sein Herz lauter, und er befürchtete schon, dass Angel es hören würde, wenn er endlich bei ihr angekommen war. Schließlich blieb er vor der Veranda stehen und blickte zu ihr hinauf. »Hallo, Angel.« Innerlich schlug er sich vor die Stirn. Verdammt, er hatte sich doch extra vorher zurechtgelegt, was er sagen wollte! Stattdessen brachte er nur ein einfaches Hallo heraus.

Ihre Hände waren an den Seiten zu Fäusten geballt, ihr Gesicht blass. Sie hatte eindeutig nicht erwartet, ihn wiederzusehen, und wirkte auch nicht unbedingt erfreut darüber. Eher … vorsichtig. »Warren.« Es klang beinahe wie eine Frage.

Bevor er etwas sagen konnte, tauchte Moonlight hinter Angels Beinen auf und lief die Stufen hinunter. Es tat ihm weh, ihr Humpeln zu sehen, das offensichtlich von der Wunde stammte, die sie sich bei dem Kampf gegen den Verbrecher zugezogen hatte. Warren hockte sich hin und ließ die stürmische Begrüßung über sich ergehen. Lachend schob er ihre Schnauze weg, als sie ihm über das Gesicht lecken wollte. »Ist ja gut, ich freue mich auch, dich zu sehen, Moonlight.« Kräftig rieb er über ihr kurzes, silbergraues Fell. Das veranlasste die Hündin zu einem beinahe ekstatischen Gesichtsausdruck, der Warren erneut zum Lachen brachte.

Als er schließlich wieder aufsah, traf ihn Angels resignierter Blick. Ein letztes Mal kraulte er Moonlight noch hinter den Ohren, dann erhob er sich und wischte sich die Hände an der Jeans ab.

»Du musst Moonlights Überfall entschuldigen. Seit ihrer Verletzung ist sie extrem liebesbedürftig, und vor allem hat sie zu viel Energie, weil ich keine langen Trails mehr mit ihr laufen kann.« Ihre Stimme klang neutral, aber in Angels ausdrucksvollen Augen konnte Warren sehen, wie sehr es sie schmerzte.

»Das tut mir sehr leid. Ihr wart ein tolles Team.«

»Ja.« Sehnsüchtig blickte sie an ihm vorbei, dann seufzte sie. »Aber es ist nicht zu ändern. Wenn ich vor der Wahl stünde, würde ich alles wieder so machen.«

Alles? Meinte sie damit auch ihre gemeinsame Nacht? Ein wenig Hoffnung keimte in ihm auf, dass sie vielleicht doch noch Gefühle für ihn hatte. »Ich bin jedenfalls sehr dankbar dafür, dass ihr mir geholfen habt, Emma zu finden.«

»Das haben wir gerne gemacht.« Nur kurz sah Angel ihm in die Augen, bevor sie den Blick wieder auf Moonlight senkte. Eine kleine Handbewegung reichte, um die Hündin zurück an ihre Seite zu bringen. »Wie geht es Emma?«

»Den Umständen entsprechend sehr gut.« Warren schüttelte den Kopf. »Manchmal glaube ich, sie hat die Sache besser verkraftet als ich. Auf jeden Fall sind meine Albträume wesentlich vielfältiger geworden.«

»Ich freue mich, dass es Emma gut geht. Sie ist ein tapferes Mädchen.« Echte Zuneigung war in Angels Stimme zu hören.

»Ja, das ist sie.« Warren räusperte sich. »Wie geht es dir, Angel?«

Unwillkürlich strich sie sich über die Schläfe. »Gut, ich hatte ja nur eine kleine Beule.«

Warren trat näher. »Das meinte ich nicht, und das weißt du. Der Verbrecher hatte dich in seiner Hand und …«

»Das reicht. Ich habe manchmal Albträume, okay? Aber das ist wohl normal, und ich bin sicher, dass sie mit der Zeit weggehen.« Wütend funkelte sie ihn an.

Sein Herz zog sich zusammen. Der Preis für ihre selbstlose Hilfe war viel zu hoch. »Hast du jemanden, mit dem du darüber reden kannst?«

Angel hob die Schultern, antwortete aber nicht. *Also nein.* Und er hatte sie hier mit allem allein gelassen und sich nur um seine Angelegenheiten gekümmert. Kein Wunder, dass sie ihn so misstrauisch ansah.

Ohne auf ihre deutliche Körpersprache zu achten, stieg er die drei Stufen hinauf und hob seine Hand. Angel zuckte zurück, doch davon ließ er sich nicht beirren. Sanft strich er ihr die Haare aus dem Gesicht und ließ seine Fingerspitzen über die kleine Narbe an ihrer Schläfe gleiten. Ein Zittern lief durch Angels Körper, doch sie versuchte wenigstens nicht mehr, ihm zu entkommen. Mit der anderen Hand hob er ihr Gesicht an, damit sie ihm in die Augen sehen musste. »Es tut mir so leid, Angel.«

»Was? Du hast die Wunde nicht verursacht.«

»Vielleicht nicht direkt, indirekt aber schon. Ich hätte dich nie solch einer Gefahr aussetzen dürfen.«

Angel schob das Kinn vor. »Es war meine eigene Entscheidung, dir zu helfen. Und spätestens, als wir die Leiche gefunden hatten, wusste ich, wie gefährlich es werden könnte. Emmas Leben war es wert, und ich bereue nichts, Warren.« Sie holte tief Luft. »Wenn du also nur deshalb hier bist …«

Weiter kam Angel nicht, denn Warren hatte die letzte Entfernung zwischen ihnen überbrückt und presste die Lippen auf ihre. Der Druck war sanft, aber unerbittlich. Angel versuchte, gegen die Gefühle anzukämpfen, die sie dazu drängen wollten, alles zu vergessen und sich einfach in Warrens Arme zu stürzen. Alles in ihr sehnte sich danach, endlich wieder seinen Körper an ihrem zu fühlen, seine Kraft und Wärme. Aber noch einmal konnte sie ihr Herz nicht riskieren, wenn sie nicht wusste, ob er nicht gleich wieder verschwinden würde.

Der Kuss veränderte sich, wurde verlangender. Ohne bewusstes Zutun teilten sich Angels Lippen und erlaubten Warren damit, den Kuss zu vertiefen. Sofort nutzte er die Gelegenheit und erkundete mit seiner Zunge ihren Mund. Es fühlte sich seltsam vertraut, aber gleichzeitig auch neu an. *Oh Gott, sie war verloren.* Ihr Widerstand bröckelte und brach schließlich zusammen. Sie schloss die Augen, während sie sich ganz dem Kuss hingab. Ihre Beine wurden weich, und sie schlang die Arme um seinen Hals, um nicht von der Veranda zu fallen.

Als Reaktion darauf legten sich Warrens Arme um ihre Taille, und er zog sie näher an sich. Nur ihre Kleidung war jetzt noch zwischen ihnen, eine viel zu dünne Barriere. Deutlich konnte sie seine Wärme spüren und auch die Erektion, die sich immer größer an sie drängte. Am liebsten hätte sie einfach alles andere vergessen und ihn gebeten, sie ins Schlafzimmer zu tragen.

Doch sie wusste, dass sie das nicht konnte. Dazu war sie zu verletzlich. Wenn er sie dann noch einmal verließ, würde sie das zerstören.

Der Gedanke bewirkte, dass sie die Kraft fand, den Kuss zu beenden. Warren reagierte sofort und ließ sie los. Schwer atmend standen sie voreinander, und sie konnte an Warrens Gesicht ablesen, wie viel es ihn kostete, sich zu beherrschen. Sein Hals war gerötet, seine Augen glitzerten. Seine Lippen glänzten feucht und lenkten ihren Blick darauf. Ein Stöhnen schreckte sie schließlich auf.

»Beantwortet das deine Frage?« Seine Stimme klang rau.

Angel leckte sich über die Lippen. »Welche?«

»Ob ich nur hier bin, um mich bei dir zu entschuldigen oder zu bedanken. Denn das bin ich ganz sicher nicht.«

Mühsam gewann Angel die Beherrschung wieder. »Du willst auch noch ein wenig Sex, bevor du wieder fährst?«

Warren zuckte zurück, als hätte sie ihn geschlagen. »Das glaubst du wirklich von mir?«

Frustriert strich sie sich mit der Hand durchs Haar. »Ehrlich gesagt, weiß ich nicht, was ich von dir glauben soll, denn ich kenne dich kaum. Ganz sicher weiß ich nur, dass du deine Tochter über alles liebst, was ich sehr berührend finde. Bei unserem Abschied im Krankenhaus dachte ich, dass du mich vielleicht auch ein wenig magst. Aber als du dich dann bis auf die SMS nie gemeldet hast und auch nicht aufgetaucht bist …« Sie hob die Schultern. »Was sollte ich deiner Meinung nach denken?«

Ein gequälter Ausdruck zog über sein Gesicht. Müde rieb er mit der Hand darüber, bevor er sie wieder ansah. »Du hast völlig recht, es war falsch von mir, dich einfach so hängen zu lassen.«

Angel schlang die Arme um ihren Oberkörper. »Warum hast du es dann getan?«

Ein Muskel zuckte in seiner Wange. »Ich durfte mich nicht von meinen Gefühlen für dich ablenken lassen. Carol hat versucht, ein Gericht davon zu überzeugen, dass ich nicht fähig bin, mich um meine Tochter zu kümmern, und deshalb kein Besuchsrecht mehr bekommen soll, oder nur noch unter ihrer Aufsicht. Mein Anwalt musste ziemliche Überzeugungsarbeit leisten, um ihre Anschuldigungen zu entkräften. Sie hat mir vorgeworfen, wegen meiner PTSD nicht in der Lage zu sein, auf Emma aufzupassen. Oder dass ich sie während einem meiner Anfälle verletzen könnte.« Er lachte bitter auf. »Damit könnte sie sogar richtigliegen, aber soll ich deswegen wirklich das Recht verlieren, meine Tochter zu sehen? Nach zwei Monaten stand dann das Urteil, dass ich weiterhin Besuchsrecht habe, solange es keinen Vorfall gibt. Ich kann Emma jetzt an jedem zweiten Wochenende zu mir holen. Dafür habe ich meine Wohnung in Portland so eingerichtet, dass Emma ein eigenes Zimmer bekommt.«

Das Band um Angels Brustkorb zog sich enger. Wenn er in Portland blieb, bedeutete das für sie das Aus. Und sie konnte nicht mal dagegen kämpfen, denn sie wollte, dass Emma einen Vater hatte, der sich um sie kümmerte und immer für sie da war. »Ich bin froh, dass du gewonnen hast.« Kam es ihr nur so vor oder klang ihre Stimme hohl?

»Ich auch. Ich weiß nicht, was ich getan hätte, wenn das Gericht anders entschieden hätte.« Warren wirkte unglaublich erschöpft.

»Du hättest weitergekämpft.« Wie konnte sie sich eigentlich für ihn freuen, während ihr gleichzeitig das Herz brach? »Wie läuft es mit Emma? Habt ihr euch wieder aneinander gewöhnt?«

Ein Lächeln erschien auf seinem Gesicht, das ihr Tränen in die Augen trieb. »Emma ist toll. Ihre Aussage war es, die das

Gericht umgestimmt hat. Sie hat ihnen klargemacht, dass ich ein Teil ihres Lebens sein soll. Ich bin extrem dankbar, dass sie mir noch mal eine Chance gegeben hat, und ich werde alles tun, um es diesmal richtig zu machen.«

»Emma kann froh sein, dich als Vater zu haben.« Besonders als Ausgleich für diese Mutter … »Was hat deine Exfrau dazu gesagt?«

Das Lächeln verblasste. »Sie hat allerlei Drohungen ausgestoßen und mir vorgeworfen, selbstsüchtig zu sein. Sie hat angekündigt, sämtliche Rechtsmittel auszuschöpfen, um ihre Tochter aus meiner Reichweite zu entfernen. Ihr Anwalt hat ihr dann glücklicherweise klargemacht, dass sie nichts tun kann, solange ich nicht meine Aufsichtspflicht verletze oder Emma schlecht behandele. Und das habe ich ganz sicher nicht vor.«

»Das ist gut. Bitte grüß Emma lieb von mir.«

»Mache ich.« Warren blickte sie ernst an. »Eigentlich hatte ich gehofft, dass ich sie irgendwann mal mitbringen darf. Ich möchte nicht, dass sich die Angst vor der Natur in ihr festigt.«

Angel biss sich auf die Lippe. »Natürlich kannst du sie gerne hierherbringen. Moonlight wird sich freuen, sie zu sehen. Ihr Trail hat ja nie ein befriedigendes Ende für sie gefunden.« Noch jetzt ertappte sie die Hündin hin und wieder dabei, wie sie suchend schnupperte. Angel zwang sich zu einem Lächeln. »Und ich würde mich natürlich auch freuen, Emma wiederzusehen.« Aber sie wusste nicht, ob sie es ertragen würde, Warren vielleicht erst in ein paar Monaten oder sogar Jahren wiederzusehen und zu wissen, dass er für sie unerreichbar war. Angel wollte sich abwenden, doch Warrens Finger schlossen sich um ihren Arm.

»Angel.«

Zögernd blickte sie ihn wieder an. »Was?«

»Eigentlich hatte ich gehofft, dass du mir ein Zeichen gibst, ob du mich wiedersehen möchtest.«

Verwirrt starrte sie ihn an. »Ich habe doch eben …«

»Ich rede von mir, nicht von Emma. Vielleicht habe ich es ungeschickt ausgedrückt, aber eigentlich wollte ich dich bitten, es noch einmal mit mir zu versuchen.«

»Oh.« Hatte er das wirklich gesagt, oder hatte sie es sich nur eingebildet, weil sie es so gerne hören wollte?

Beinahe verzweifelt blickte er sie an. »Ist das alles, was dir dazu einfällt?«

»Du lebst in Portland, Warren, und ich hier. Ich kann nicht mit den Hunden dorthin ziehen, und ich würde mich dort auch nicht wohlfuhlen. Ganz zu schweigen von deiner Exfrau, die mich offenbar hasst.«

Warren zog sie an sich. »Ich habe dich auch gar nicht gebeten, nach Portland zu kommen.«

»Oh.« Langsam verstand sie gar nichts mehr. Anscheinend war das auch ihrem Gesicht anzusehen, denn Warren schüttelte den Kopf.

»Offensichtlich mache ich es bei jedem Versuch nur noch schlimmer. Die Wohnung in Portland behalte ich nur für die Zeiten, in denen Emma bei mir ist. Also jedes zweite Wochenende und wann immer Carol mir erlaubt, mich um sie zu kümmern. Den Rest der Zeit würde ich gerne hier bei dir verbringen, zumindest wenn du das auch möchtest.« Er umschloss ihr Gesicht mit beiden Händen und zwang sie so, ihm direkt in die Augen zu blicken. »Um dir meine Absichten ganz klar zu machen: Ich möchte bei dir sein. Und nicht wegen Emma oder aus Schuldgefühl oder Dankbarkeit oder irgendeinem anderen Grund, den du dir vielleicht ausdenken kannst, sondern allein deinetwegen. Weil ich mich auf irgendwelchen seltsamen Wegen während der zwei Tage in dich verliebt habe.« Seine Daumen strichen über ihre Wangenknochen.

Als sie die Wärme in seinen hellbraunen Augen sah, stieg Hoffnung in ihr auf. »Aber du kennst mich gar nicht.«

»Irrtum. Ich weiß genug von dir, um mich in dich zu verlieben. Und den Rest hoffe ich, nach und nach herauszufinden.« Ein Hauch von Unsicherheit war auf seinem Gesicht zu erkennen. »Natürlich nur, wenn du das auch willst. Ich weiß, dass ich kein großer Fang bin und …«

Angel ließ ihn nicht ausreden, sondern küsste ihn einfach. Anschließend legte sie ihre Stirn an seine. »Vielleicht bist du nicht perfekt, aber ich mag dich genau so, wie du bist. Also ja, natürlich will ich dich.« Ihre Lippen strichen über seine. »Möchtest du reinkommen?« Überrascht schrie sie auf, als Warren sie hochhob und über seine Schulter warf.

Rasch überquerte er die Veranda und stieß ihre Haustür auf. »Aber unbedingt.«

Danksagung

Ein spezieller Dank geht an meine Freundin Ina, die mich durch ihre Geschichten über das Mantrailing mit ihrem Hund Collin überhaupt erst auf die Idee zu der Heldin Angel Burns und ihrer Hündin Moonlight gebracht hat. Von ihr habe ich auch zahlreiche interessante und hilfreiche Informationen zum Thema Mantrailing erhalten. Sämtliche Fehler und Freiheiten, die der Lesbarkeit der Geschichte dienen, liegen natürlich ganz bei mir.

Leseprobe

MICHELLE RAVEN
TURT/LE
Gefährlicher Einsatz

Afghanistan, Juli

Die gedämpften Schritte des Verfolgers kamen näher. Wer auch immer hinter ihnen her war, schien in ausgezeichneter Verfassung zu sein. Einige Minuten zuvor hatten sie die beunruhigende Nachricht erhalten, dass ihre Tarnung aufgeflogen war. Es war sicherer gewesen, sofort aufzubrechen – hatte Kyla zumindest gedacht. Durch die von der Regierung in dieser Region auferlegte Ausgangssperre war es sehr gefährlich, nach Einbruch der Dunkelheit auf der Straße zu sein. Sollten sie und ihre Kollegin Jade entdeckt werden, würden sie im Gefängnis landen – oder Schlimmeres. Die meisten der hier lebenden Menschen mochten keine Fremden, erst recht keine westlichen Frauen. Deshalb waren sie nun auf der Flucht, ohne ein Fahrzeug oder eine Idee, wohin sie gehen sollten. Natürlich hatten sie einen Notfallplan, aber zuerst mussten sie ein gutes Stück zwischen sich und ihre Unterkunft legen und den Verfolger loswerden. Leichter gesagt als getan. Tief im Schatten der beiderseits der Straße über ihnen aufragenden Gebäude versuchten sie, ihn abzuschütteln. Sollten sie von dem Verfolger gefangen genommen werden, der sicher zu der von ihnen ausgekundschafteten Terrorgruppe gehörte, waren sie so gut wie tot.

Wer hatte den wahren Grund ihres Hierseins verraten? Eigentlich sollten sie keinen Verdacht erregt haben, nicht umsonst hatten sie monatelang für die Undercover-Mission trainiert. Sie hatten alle zu hart daran gearbeitet, die Einheit auszubilden, es durfte nicht scheitern. Wenn es Jade und ihr jetzt gelang, unentdeckt das Land zu verlassen, würde es noch ein Erfolg werden. Doch gerade das schien ihr Verfolger verhindern zu wollen.

Der Schleier über Kylas Kopf und vor ihrem Gesicht dämpfte die Geräusche um sie herum und verstärkte gleichzeitig ihr eigenes Keuchen. Bevor sie nach Afghanistan gekommen war, war sie in der besten Form ihres Lebens gewesen, doch jetzt, nach mehreren Wochen ohne regelmäßiges Training, protestierten ihre Muskeln gegen die ausdauernde Bewegung. Schweiß lief ihren Rücken hinunter und verschwand im Bund der Tarnhose, die sie unter der Burka trug. Sowie sie aus der Stadt heraus waren und in die unwirtliche Natur eintauchten, konnten sie die Gewänder ausziehen. Doch solange noch die Möglichkeit bestand, dass sie anderen Menschen begegneten oder sogar verhaftet wurden, war es zu gefährlich.

Kyla hatte Berichte über Frauen gehört, die verstümmelt oder umgebracht worden waren, nur weil ein kleines Stückchen Haut zu sehen gewesen war. Theoretisch war das unter dem neuen Regime verboten, aber hier, mitten in einer Krisenzone, herrschte nicht das Gesetz, sondern die Macht der Stärkeren, und das waren eindeutig die Rebellengruppen.

Gerade deshalb waren sie hierhergekommen und nicht in eine der »sicheren« Städte gegangen. Während andernorts die Aufbauarbeiten vorangingen, lag in dieser Gegend immer noch alles in Trümmern. Obwohl die meisten Häuser unbewohnbar waren, lebten hier Menschen. Ganze Familien, Großeltern, Eltern, Onkel, Tanten und Kinder. So viele Kinder. Wie konnten sie es aushalten, so zu leben? Es gab nichts, manchmal noch nicht einmal das Lebensnotwendigste wie Wasser und Grundnahrungsmittel. Natürlich waren auch hier die Hilfsorganisationen gegenwärtig, aber sie hatten es schwer, sich gegen den Druck der Rebellen und das Misstrauen der Leute durchzusetzen. Vor allem kam die Hilfe auch nur zögerlich – wenn überhaupt – bei der Bevölkerung an. Ein Großteil versickerte wie in jeder Krisenzone in anderen Kanälen.

Aber das war nicht Kylas Problem. Sie waren einzig dafür zuständig, Informationen zu sammeln, auszuwerten und weiterzuleiten. Und das hatten sie getan, zumindest bis die Nachricht über ihre Entdeckung sie aus ihrem Versteck gezwungen hatte.

Geduckt liefen sie im Schatten der Ruinen immer weiter, wobei sie sich weitgehend an die Hauptstraße hielten. Nicht auszudenken, wenn sie plötzlich in einer Sackgasse gefangen wären. Jedes Mal wenn sie einem weiteren Schuttberg ausweichen mussten, der vor ihnen auftauchte, verloren sie ein wenig von ihrem Vorsprung. Es war klar, dass sie ihrem Verfolger nicht davonlaufen konnten, sie würden kämpfen müssen.

Genervt schob Kyla den Schleier von ihrem Kopf, um wenigstens etwas von ihrer Umgebung erkennen zu können. Nachdem die dämpfende Schicht verschwunden war, hörte sie die Schritte hinter ihnen viel lauter. Ihre Finger schlossen sich fester um die Pistole. Wie leicht wäre es, sich einfach umzudrehen und zu schießen, doch das würde sie nur im äußersten Notfall tun, da sie keinen Schalldämpfer dabeihatte. Dunkel ragte ein halb eingestürztes Gebäude vor ihnen auf. Der Eingang war ein gähnendes Loch, die herausgebrochenen Lehmziegel waren zur Seite geschoben worden. Perfekt.

Mit knappen Handzeichen signalisierte sie ihrer Partnerin Jade, was sie vorhatte, dann tauchten sie nacheinander lautlos in die Dunkelheit des zerstörten Hauses. So leise wie möglich suchten sie sich ihren Weg durch die Ruine, während sie gleichzeitig auf die Schritte ihres Verfolgers lauschten. Es war unwahrscheinlich, dass er nicht erkannte, wohin sie geflohen waren, deshalb atmete sie nur tief durch, als sie hinter sich das verräterische Schaben von Schuhsohlen auf losen Steinen hörte. Es sollte nicht schwierig sein, ihn auszuschalten, dafür waren sie ausgebildet worden. Trotzdem zog sie es vor, ihre Arbeit zu machen, ohne dass überhaupt jemand ihre Anwesenheit bemerkte.

Lautlos schlüpften sie durch einen intakten Türrahmen, in dem die Tür fehlte, und stellten sich zu beiden Seiten mit dem Rücken gegen die Wand auf. Die Schritte ihres Verfolgers klangen jetzt zögernder, er schien sich nicht sicher zu sein, wo sie waren. Sie könnten versuchen, ungesehen an ihm vorbeizukommen, und sich wieder auf den Weg machen, doch es war besser, wenn sie sicherstellten, dass er ihnen nicht folgen konnte.

Kyla gab ihrer Partnerin ein Zeichen, bevor sie gegen einen Stein trat, der polternd über den Boden rollte. Draußen entstand ein kleiner Moment der Stille, dann setzten die Schritte wieder ein, leiser als zuvor. Als der Lauf einer mit Schalldämpfer ausgestatteten Waffe in der Türfüllung erschien, trat sie zu. Wie geplant flog die Pistole durch das Zimmer und landete in der hintersten Ecke des Raums, während der Mann mit einem unterdrückten Schmerzenslaut zu ihr herumfuhr. Deutlich konnte sie seine Wut spüren und erwartete in Verteidigungshaltung seinen Angriff, der jedoch nie kam. Er hatte vergessen, seinen Rücken zu decken, was Jade sofort ausnutzte. Lautlos brach er wenige Sekunden später zusammen. Gemeinsam schleppten sie ihn in eine Ecke des Zimmers und durchsuchten ihn nach nützlichen Dingen. Eilig steckte Kyla einige Geldscheine ein und wischte sich dann angewidert die Finger an ihrer Burka ab. Ihr Verfolger war nicht gerade von der sauberen Sorte. Bis auf die Pistole und das Geld hatte er nichts bei sich, was sie auf ihrer Flucht gebrauchen konnten.

Nachdem sie sichergestellt hatten, dass sich niemand anders in der Nähe befand, verließen sie die Ruine. Im Schatten der Gebäude waren sie in der Dunkelheit nur zu erkennen, wenn ein Mondstrahl sie traf. Sofern es hier früher Straßenlampen gegeben hatte, existierten sie schon lange nicht mehr. Allerdings bezweifelte Kyla, dass sich die arme Stadt im Osten Afghanistans jemals diesen Luxus hatte leisten können. Solange es ihre Flucht begünstigte, hatte sie nichts dagegen. Die profillosen Sohlen ihrer Schuhe hinterließen keine erkennbaren Spuren im Sand, der schon lange den aufgerissenen Straßenbelag bedeckte. Sollte jemand versuchen, ihrer Fährte zu folgen, würde er scheitern. Ein Hochgefühl löste langsam die Angst ab, die sich nach dem Erhalt der Nachricht in Kyla ausgebreitet hatte. Nur noch wenige hundert Meter, und sie konnten in eine Nebenstraße eintauchen, die sie gleich zu Beginn ihrer Mission als mögliche Fluchtroute ausgekundschaftet hatten. Von dort aus würde es ihnen sicher gelingen, zu dem alten Wagen zu gelangen, den sie außerhalb der Stadt versteckt hatten. Und spätestens morgen Abend saßen sie dann bereits in einem Flugzeug, das sie zurück in die Vereinigten Staaten bringen würde.

Der Schlag kam völlig unerwartet. Eben noch war Kyla in Gedanken bereits zu Hause, im nächsten Moment traf sie etwas im Rücken, und sie wurde unversehens wieder in die gefährliche Realität versetzt. Einen kurzen Augenblick lang fühlte sie gar nichts, dann setzte der Schmerz ein. Wie ein reißendes Tier wühlte er in ihrem Körper, setzte ihn in Flammen. Ein lautes Keuchen entfuhr ihr. Sofort war ihre Partnerin bei ihr und zog sie mit sich in den tieferen Schatten eines Hauses. Erneut wurden Schritte hinter ihnen lauter, anscheinend war ihr Verfolger nicht allein gewesen.

»Was ist passiert?« Jades Stimme war ein fast tonloses Flüstern, das nur bis zu ihrem Ohr drang.

»Schmerzen.«

»Wo?«

»Unter … der rechten Schulter.« Inzwischen brannte nicht nur die Wunde. Sie konnte gerade noch ein Stöhnen unterdrücken, als sanfte Finger nach der Verletzung tasteten. Ein leiser Fluch erklang hinter ihr.

»Eine Schusswunde, die Kugel ist glatt durchgegangen. Kannst du laufen?«

»Keine andere Wahl.« Die Zähne fest zusammengebissen bewegte Kyla ihre Arme. Sie konnte laufen, aber es würde höllisch wehtun. Und sie würde nicht lange durchhalten. Vermutlich nicht einmal die wenigen hundert Meter bis zu der Nebenstraße, die ihre Flucht ermöglichen sollte. Aber das konnte sie ihrer Partnerin nicht sagen, denn es war klar, dass Jade sonst bei ihr bleiben würde. Langsam setzte Kyla sich in Bewegung, versuchte, einen Laufrhythmus zu finden, der weniger schmerzte, doch es gelang ihr nicht. Jeder Schritt war die reinste Qual. Schließlich gab sie auf.

»Lauf weiter, bring dich und die Informationen in Sicherheit. Ich werde mich hier verstecken.«

»Auf keinen …«

»Wir dürfen nicht beide in deren Hände fallen, einer von uns muss Bericht erstatten.«

Auch wenn sie ihre Partnerin nicht allein lassen wollte, erkannte Jade wohl, dass sie recht hatte. »Ich werde Hilfe holen.«

»Ich komme zurecht. Sorg dafür, dass unsere Arbeit hier nicht umsonst war.«

»Das werde ich. Nachdem ich den elenden Kerl von dir weggelockt habe.« Ein letzter Händedruck, dann verschwand Jade in der Dunkelheit.

San Diego, Kalifornien, ein Tag später

Die Pfütze vor ihr hatte ungefähr die Ausmaße des Freibads von San Diego. Rose Gomez verzog das Gesicht. Sofern sie nicht ihr Schwimmabzeichen nachholen wollte, musste sie einen Umweg über mindestens drei Häuserblocks nehmen. Gut, das war vermutlich übertrieben, aber von dort, wo sie stand, sah es so aus. Sie hatte abgewartet, bis das Sommergewitter weitergezogen war, bevor sie aus ihrem Büro in der Universität aufbrach. Da ihr Haus nicht weit entfernt lag, ging sie meistens zu Fuß, außer wenn sie Besorgungen machen musste oder bei extrem schlechtem Wetter. Was in Südkalifornien nicht besonders häufig vorkam. Darum hatte das Gewitter sie kalt erwischt, sie hatte weder einen Schirm noch eine Jacke dabei, und ihr weißes T-Shirt hätte in nassem Zustand nicht mehr allzu viel verhüllt. Also war sie länger im Büro geblieben und hatte auf eine Regenpause gewartet, was nicht schwierig gewesen war, schließlich hatte sie immer genug Arbeit auf ihrem Schreibtisch liegen.

Kopfschüttelnd blickte sie sich um. Da kein Floß aus heiterem Himmel auftauchen würde, sollte sie sich langsam auf den Weg machen, denn die Pfütze würde vermutlich auch morgen noch an genau dieser Stelle sein. Sie rückte ihre Tasche zurecht und marschierte los. Tief in ihre Gedanken versunken bemerkte sie nicht, dass sich von hinten ein Auto näherte. Den Kopf gesenkt, den Riemen ihrer Tasche fest im Griff, dachte sie nur daran, so schnell wie möglich nach Hause zu kommen. Ein gewaltiger Schwall schmutziges Wasser ergoss sich über sie. Erschrocken schnappte Rose nach Luft, als die kalte Brühe ihre nackte Haut traf und in Sekundenschnelle durch T-Shirt und Rock sickerte. Unwillkürlich sprang sie zurück, aber es war schon zu spät. Zitternd und tropfend stand sie auf dem Bürgersteig und sah dem Jeep nach, der sich rasch entfernte. Sie öffnete den Mund, um ihm einige nicht ganz jugendfreie Flüche hinterherzuschicken, als unvermittelt die Bremslichter aufleuchteten und der Wagen mit quietschenden Bremsen anhielt. Anscheinend hatte der Fahrer doch noch gemerkt, was er angerichtet hatte.

Rose blickte an sich herunter und verzog den Mund. Sie war völlig nass, bräunliche Flecken zierten ihre Kleidung, und zu allem Überfluss hatten sich einige Haarsträhnen aus ihrem Zopf gelöst und ringelten sich um ihr Gesicht. Wahrscheinlich sah sie aus wie das Monster aus dem See. Rose hob das Kinn. Das war alles nur die Schuld dieses Idioten. Deshalb war eine Entschuldigung sehr angebracht. Die Hände in die Hüften gestemmt beobachtete sie, wie der Jeep am Straßenrand anhielt und der Fahrer – der offenbar durchaus schlau war – auf der Beifahrerseite ausstieg, um sich die nassen Füße zu ersparen. Ungeduldig blickte Rose ihm entgegen. Natürlich war es einer von diesen großen Typen, die mehr Muskeln als Verstand besaßen, wer sollte auch sonst eine so riesige Pfütze übersehen und achtlos hindurchfahren. Als er näher kam, sah Rose in sein Gesicht und erstarrte.

Verdammt, genau das hatte ihm noch gefehlt. Wie spät war es eigentlich? Mit müden Augen blinzelte Roderic Basilone, von allen nur Rock genannt, gegen die Sonne. Er war seit über sechsunddreißig Stunden auf den Beinen. Früher war das kein Problem gewesen, aber inzwischen machte sich sein fortgeschrittenes Alter doch bemerkbar. Normalerweise war fünfundvierzig nicht wirklich alt, aber in seinem Beruf als Navy SEAL hatte er allmählich die Schallmauer erreicht. Er konnte zwar immer noch mit den anderen mithalten, und seine Erfahrung übertraf die der jüngeren Kollegen bei Weitem, aber er erholte sich nicht mehr so schnell von den Strapazen in Einsatz und Training. Heute fühlte er sich besonders alt und verbraucht. Gerade als sie von einer vierundzwanzigstündigen Trainingsoperation auf die SEAL-Basis in Coronado zurückgekehrt waren, hatten sie die Nachricht erhalten, dass zwei der TURT/LE-Agentinnen in Afghanistan auf einer Erkundungsmission verschollen und höchstwahrscheinlich von Extremisten gefangen genommen oder getötet worden waren.

TURT/LE stand für *Terrorism Undercover Reconnaissance Team/Ladies Elite* und war ein relativ neues Projekt der US-Regierung zur Terrorismusbekämpfung. Eigentlich hieß es nur TURT, da es sowohl Männer als auch Frauen in diesem Team gab, doch es hatte sich sehr schnell die Untergruppe *Ladies Elite* gebildet, in der die besten Frauen aus allen Zweigen des Militärs, von FBI, NSA, CIA und weiteren Regierungsdiensten zusammengefasst waren. Auf den Missionen sendeten die Teams zu bestimmten Zeitpunkten Signale, die zeigten, dass sie noch im Spiel waren. Die beiden jetzt verschwundenen TURT/LEs hatten drei Termine verstreichen lassen, ohne das vereinbarte Zeichen zu geben. Es konnte passieren, dass jemand für einige Zeit verhindert war, aber dreimal hintereinander war bisher noch nie vorgekommen. Ein Kontaktmann war aus Kabul ausgesandt worden, um den letzten bekannten Aufenthaltsort der Agentinnen zu überprüfen, aber bisher hatte auch er sich noch nicht wieder gemeldet. Ein weiteres schlechtes Zeichen.

Mit langen Schritten strebte Rock auf die Person zu, die er in seiner Unaufmerksamkeit von oben bis unten nass gespritzt hatte. Es war eindeutig eine Frau, denn mit dem durchsichtigen weißen T-Shirt hätte sie ohne Weiteres an einem Miss-Wet-T-Shirt-Wettbewerb teilnehmen können. Sofort meldete sich sein schlechtes Gewissen. Erst ertränkte er sie fast, und dann beglotzte er auch noch ihre unübersehbaren Rundungen. Abrupt hob er den Blick zu ihrem Gesicht. Schmutzige Streifen zierten die braune Haut, ein verwelktes Blütenblatt klebte an ihrer Wange. Schwarze Korkenzieherlocken hingen wirr in ihre Augen. Dunkle Augen, die ihm entgegenblickten, als wäre er der Teufel persönlich. Stocksteif stand sie da, sie schien völlig erstarrt zu sein. Sorge breitete sich in ihm aus.

»Es tut mir leid, Ma'am, ich habe Sie überhaupt nicht gesehen. Geht es Ihnen gut?«

Keine Reaktion. Beunruhigt trat er näher an sie heran. Sie zitterte, ihre Hände waren zu Fäusten geballt. Rock hob eine Hand, um ihre Schulter zu berühren. »Ma'am, hören Sie mich? Sie …« Plötzlich kehrte Leben in die Frau zurück, und sie trat hastig einen Schritt zurück. Scheinbar hatte sie wirklich Angst vor ihm. Rock blieb stehen und hob beruhigend die Hände. »Alles okay, ich tue …« Er brach ab, als er sie erkannte. Fassungslos öffnete er seinen Mund, aber kein Ton drang heraus. Schließlich räusperte er sich und löste sich damit aus seiner Starre. »Rose?«

Ihre Augen trafen seine, der Schmerz darin war offensichtlich. Sie verschränkte die Arme vor der Brust. »Hallo Roderic.«

Michelle Raven

Tödliche Verfolgung

Roman

Eine gefährliche Jagd beginnt

Nur widerwillig nimmt Jack Tease die Hilfe Lissa Camerons an, als ihm in einer abgelegenen Gegend der Truck gestohlen wird. Auf Lissas Harley jagen sie den Dieb quer durch den Südwesten der USA. Was sie nicht wissen: Es sind noch andere Verbrecher hinter der Ladung des Trucks her, was die Suche nach dem Wagen zu einem lebensgefährlichen Unterfangen macht.

»Perfekt vereint Michelle Raven Action, mörderische Spannung, atemberaubende Naturbeschreibungen und eine ebenso sinnliche wie gefühlvolle Liebesgeschichte!« *LoveLetter*

448 Seiten, kartoniert mit Klappe
€ 9,99 [D]
ISBN 978-3-8025-9231-7

www.egmont-lyx.de

LYX
EGMONT